DEVA GANTT

Im Sommer der Stürme

Buch

Als der Unabhängigkeitskrieg am Horizont von Virginia aufzieht, nimmt Charmaine Ryan eine Stelle als Gouvernante bei der wohlhabenden Familie Duvoisin an. Aufgewachsen in Armut, ihre Vergangenheit tief in ihrem Herzen verschlossen, will sie der Trostlosigkeit ihrer Heimat entfliehen. So reist sie zur Plantage der Familie, die auf einer traumhaft schönen Karibikinsel liegt. Dort findet Charmaine hinter der Fassade gesellschaftlicher Konventionen eine Welt leidenschaftlicher Gefühle, Verrat und gut gehüteter Geheimnisse. Mit ihrer direkten Art und Herzlichkeit bricht Charmaine lange verkrustete Beziehungen auf, und es gelingt ihr auf einzigartige Weise, jedes Mitglied zu berühren. Nicht nur die Mutter des Hauses, Colette, sondern auch den undurchschaubaren und illegitimen Paul Duvoisin …

Autorinnen

Hinter dem Pseudonym DeVa Gantt verbergen sich die Schwestern Debra und Valerie Gantt, die aus New Jersey stammen. Nachdem sie lange Zeit vergeblich versucht haben, einen Verlag zu finden, beschlossen sie, ihre Trilogie um die Duvoisin-Familie auf eigene Faust zu veröffentlichen. Der Erfolg gab ihnen recht, und schon standen große amerikanische Verlage bei ihnen Schlange! Wenn sie nicht gerade schreiben, arbeitet Debra als Geschäftsführerin eines Pharmazieunternehmens und Valerie als Lehrerin. Beide leben in New York.

Weitere Romane von DeVa Gantt sind bei Blanvalet bereits in Vorbereitung!

DeVa Gantt

Im Sommer der Stürme

Roman

Aus dem Amerikanischen
von Monika Koch

blanvalet

Die amerikanische Originalausgabe erschien 2008
unter dem Titel »A Silent Ocean Away« bei Avon Books,
an imprint of HarperCollins*Publishers*, New York.

FSC
Mix
Produktgruppe aus vorbildlich
bewirtschafteten Wäldern und
anderen kontrollierten Herkünften

Zert.-Nr. SGS-COC-001940
www.fsc.org
©1996 Forest Stewardship Council

Verlagsgruppe Random House FSC-DEU-0100
Das FSC-zertifizierte Papier *Holmen Book Cream*
für dieses Buch liefert Holmen Paper, Hallstavik, Schweden.

1. Auflage
Taschenbuchausgabe September 2010 bei Blanvalet,
einem Unternehmen der Verlagsgruppe Random House GmbH, München.

Umschlaggestaltung: HildenDesign, München
Umschlagmotiv: © HildenDesign, München, unter Verwendung
von Motiven von VisionsofAmerica / Joe Sohm / Photodisc /
Getty Images; wiw / Shutterstock
Redaktion: Ilse Wagner
ED · Hertellung: sam
Satz: Uhl+Massopust, Aalen
Druck und Einband: GGP Media GmbH, Pößneck
Printed in Germany
ISBN: 978-3-442-37399-4

www.blanvalet.de

Im Sommer der Stürme *ist allen Lesern gewidmet, die unsere Colette-Trilogie, im Eigenverlag herausgegeben, entdeckt und begeistert weiterempfohlen haben. Ohne unsere Leser und ohne die vielen Buchhändler, die unseren Roman in ihren Läden feilgeboten haben, würden Sie dieses Buch heute nicht in Händen halten.*

DIE PERSONEN

IN RICHMOND, VIRGINIA:

Charmaine Ryan – Heldin der Geschichte (* 1818)
Marie Ryan – Charmaines Mutter, als Kind vor dem Heim von St. Jude Thaddeus ausgesetzt
John Ryan – Charmaines Vater, Dockarbeiter
Father Michael Andrews – Priester in St. Jude
Sister Elizabeth – Nonne und Lehrerin in St. Jude
Joshua Harrington – Charmaines erster Dienstherr
Loretta Harrington – Joshuas Frau
Jonah Wilkinson – Kapitän der *Raven* und Kauffahrer der Familie Duvoisin
Edward Richecourt – Anwalt der Familie Duvoisin

AUF CHARMANTES:

Die Familie Duvoisin

Frederic Duvoisin – Patriarch und Herr auf Charmantes; Sohn von Jean Duvoisin II., Gründer von Les Charmantes (†); Bruder von Jean Duvoisin III. (†)
Elizabeth Duvoisin – Frederics erste Frau († 1808)
John Duvoisin – einziger Sohn von Frederic und Elizabeth; Erbe des Familienvermögens (* 1808)
Paul Duvoisin – Frederics unehelicher Sohn (* 1808)
Colette Duvoisin – Frederics zweite Frau (* 1810)

Yvette und Jeannette Duvoisin – Zwillingstöchter von Frederic und Colette (* 1828)
Pierre Duvoisin – jüngster Sohn von Frederic und Colette (* 1834)

Weitere Bewohner des Herrenhauses

Agatha Blackford Ward – ältere Schwester von Elizabeth Duvoisin; John Duvoisins Tante
Rose Richards – Kinderfrau von Yvette, Jeanette und Pierre; frühere Kinderfrau von John und Paul; einstmals von Jean Duvoisin II. für den jungen Frederic eingestellt
Professor Richards – Roses verstorbener Mann; früherer Lehrer von John und Paul; von Jean Duvoisin II. für den jungen Frederic eingestellt
George Richards – Enkel der Richards; enger Freund von John und Paul Duvoisin; Geschäftsführer auf der Insel (* 1809)

Die Dienerschaft im Herrenhaus

Jane Faraday – Haushälterin
Travis Thornfield – Butler und Frederics persönlicher Diener
Gladys Thornfield – Travis' Frau; Colettes Zofe
Millie und Joseph Thornfield – Kinder von Travis und Gladys
Felicia Flemings – Hausmädchen
Anna Smith – Hausmädchen
Fatima Henderson – Köchin
Gerald – Hausdiener

Bewohner der Insel

Dr. Robert Blackford – Arzt; Agathas Zwillingsbruder; älterer Bruder von Elizabeth Duvoisin; Johns Onkel

Harold Browning – Aufseher, Vorarbeiter

Caroline Browning – Harolds Frau; Loretta Harringtons Schwester

Gwendolyn Browning – Harold und Caroline Brownings einzige Tochter

Stephen Westphal – Finanzfachmann; Leiter der örtlichen Bank

Anne Westphal London – Stephen Westphals verwitwete Tochter; lebt in Richmond

Father Benito St. Giovanni – Priester auf der Insel

Jack Watson – Hafenvorarbeiter

Buck Mathers – Hafenarbeiter

Jessie Rowlan – Hafenarbeiter

Madeline Thompson (Maddy) – Geschäftsfrau

Wade Remmen – Sägemühlenbetreiber

Rebecca Remmen – Wade Remmens jüngere Schwester; Freundin von Gwendolyn Browning

Martin – Hufschmied

PROLOG

Herbst 1833
Ein Gebet

Abendlicher Nebel senkte sich über die Kirche und breitete einen Schleier der Hoffnungslosigkeit über die bemoosten Mauern. Ein einsamer Besucher saß auf einer der Bänke, sank nach vorn und bedachte die düsteren Schatten um ihn her mit abfälligen Bemerkungen. Er musste etwas trinken. Der teure Whisky hatte ihm keinen Frieden geschenkt. Ja, er hatte nicht einmal sein Bewusstsein getrübt. Doch was hatte er hier im Haus Gottes zu suchen, wenn er nicht betrunken war? Zum Teufel! Ein Glucksen entfuhr ihm, gefolgt von irrem Gelächter, das in haltlosem Schluckauf mündete. Er war hier, um den Allmächtigen um etwas zu bitten – um einen Tod zu erbitten. Nein, nicht seinen eigenen. So edelmütig war er nicht. Jedenfalls noch nicht. Statt seiner sollte Gott einen anderen abberufen. Vergeltung – Gerechtigkeit. Er verzog die Lippen. Ein bestechender Gedanke. *Der Tod … Die Lösung war so einfach.*

»Erlöse ihn von seinem Übel. Erlöse mich von *meinem* Übel«, nuschelte er und sah dann zu dem hölzernen Kruzifix über dem Altar auf. »*Hörst du mich?*«

Als er abrupt seinen Kopf bewegte, schienen die Wände zu taumeln und die Statuen in einen geisterhaften Tanz zu versetzen, sodass ihm übel wurde. Er griff nach der Bank, um dem Taumel Einhalt zu gebieten, doch seine Hand verfehlte ihr Ziel. Es krachte vernehmlich, als sein Kopf gegen die Bank prallte. Stöhnend sank der Besucher auf die Steinfliesen, bevor graublauer Nebel seinen Schmerz einhüllte und in gnädiger Bewusstlosigkeit auflöste.

Marie Ryan hastete über die Steinfliesen des schwach erleuchteten Innenhofs. Das Klappern ihrer Absätze hallte von den Mauern wider. Trotz der vielen Jahre, die sie im Waisenhaus von St. Jude im Herzen von Richmond, Virginia, gelebt hatte, hatte sie sich nicht den leichtfüßigen Gang der Schwestern angeeignet, mit dem diese Tag für Tag auf leisen Sohlen über das Pflaster zur Andacht eilten.

Marie kam zu spät, und das, obwohl die Unterredung nur für sie anberaumt worden war. Doch mit dem heutigen Abend waren alle Pläne ohnehin hinfällig. Sie würde das Waisenhaus nie mehr verlassen. Dieses Heim war ihr Zuhause und ihre Zuflucht. Der Ort, wo sie hingehörte. Weder die Drohungen ihres Mannes noch ihre eigene, von einem schweren Schicksal geprägte Vergangenheit würden sie je wieder aus der Geborgenheit dieser Mauern vertreiben. An diesem Abend hatte sie ein Zeichen empfangen.

Seit man sie vor dreißig Jahren als kleines Kind auf den Stufen von St. Jude ausgesetzt hatte, hatte Gott keine Mühe gescheut, um sie als seine Dienerin zu gewinnen. Aber während der letzten sechzehn Jahre hatte sie sich nicht mehr um ihn geschert. Doch von nun an würde sich das ändern. Von heute Abend an wollte sie ihm folgen. Das Leben außerhalb der Kirchenmauern konnte sie nicht länger mit leeren Versprechungen locken. Die wahre Welt umfasste zwei völlig unterschiedliche Arten von Menschen, die jedoch voneinander abhängig waren: und zwar diejenigen, die unter dem Leben und seinen Zerrbildern litten, und diejenigen, die dem Leben zu Diensten waren.

Heute Abend wollte sie Ersteren aus dem Weg gehen und die Letzteren umarmen. Ihre Buße war abgeleistet.

Marie betrat das Pfarrhaus und grüßte die wartenden Personen mit zögerlichem Nicken: Sister Elizabeth, Father Michael Andrews und Joshua Harrington. Letzterer war ein älterer Gentleman und wohlhabender Geschäftsmann, der nach einer passenden Gesellschafterin für seine Ehefrau suchte. Nachdem die fünf Söhne geheiratet hatten und fortgezogen waren, litt Loretta Harrington unter der Leere zu Hause.

»Halten Sie mich bitte nicht für undankbar, Mr. Harrington«, entschuldigte sich Marie, nachdem sie einander vorgestellt worden waren, »doch ich fürchte, ich habe meine Meinung inzwischen geändert.«

Father Andrews stand wie vom Donner gerührt da. Die junge Frau hatte größtes Interesse an dieser Stellung im Haus der Harringtons bekundet und ihn gebeten, die Unterredung für sie zu organisieren. Außerdem wäre der ansehnliche Lohn ein wahrer Segen für sie. »Ist etwas geschehen, Marie?«

Sie zögerte. »Ich habe endlich begriffen, dass ich hierher gehöre. Hierher in dieses Haus. Ja, ich weiß, ich habe ein eigenes Zuhause, aber ich will mich in Zukunft hier in St. Jude um alle kümmern, die mich wirklich brauchen.«

Der Pastor staunte immer mehr. Obgleich Maries Tochter Charmaine die Elementarschule von Sister Elizabeth in St. Jude besuchte, überschritt Marie die Schwelle der Kirche so gut wie nie. »Aber dein Mann …«, begann er.

»… wird es verstehen müssen«, antwortete Marie.

»Ich bin ja nicht einmal sicher, ob *ich* es verstehe. Ich dachte, du bräuchtest diese Stellung.«

Marie seufzte. »Heute Abend war ein Mann in der Kirche. Er war krank.«

»Wieder so ein Bettler«, spottete Father Michael in ungewöhnlich hartem Ton.

»Nein, kein Bettler«, widersprach Marie und wunderte sich über seine barsche Reaktion. »Der Mann war vornehm gekleidet, und doch befand er sich in einem bedauernswerten Zustand: Er war ohnmächtig. Ich glaube, er hat sich den Kopf an einer der Bänke angeschlagen. Ich ließ ihn von Matthew in den Aufenthaltsraum bringen und blieb bei ihm, bis er aufwachte. Ich fürchte, er hat viel durchgemacht. Und das nicht nur äußerlich. Ich möchte, dass Sie sich um ihn kümmern, Father.«

»Ich begreife trotzdem nicht, wie dich dieser Fremde zu einem solchen Sinneswandel bewegen konnte.«

»Es war etwas, das er gesagt hat«, erwiderte Marie mit einer gewissen Zurückhaltung. »Ich glaube, dass Gott ihn nicht nur nach St. Jude, sondern direkt zu mir geschickt hat, um mir zu zeigen, wo ich wirklich gebraucht werde. Wohin ich gehöre. Ich entschuldige mich noch einmal ganz ausdrücklich, Mr. Harrington. Ich hätte Sie nicht so lange von Ihrer Frau fernhalten dürfen. Doch ich hoffe, Sie verstehen, dass ich hier in St. Jude bleiben muss.«

Father Michael Andrews lächelte Marie an. Sechzehn lange Jahre hatte er ihre Gegenwart vermissen müssen. Doch heute Abend war sie zurückgekehrt.

John Ryan erhob sich von dem wackeligen Stuhl, auf dem er am Fenster gesessen hatte, und stolzierte wie ein Pfau durch die kleine Küche. Er massierte seinen aufgeblähten Bauch und fuhr dann mit vergilbten Nägeln durch sein angegrautes Haar, das gleich darauf wieder seine finstere Miene verhüllte.

Voll Abscheu wandte Charmaine sich ab und machte sich an die Zubereitung des Abendessens. Das angeberische Gehabe ihres Vaters widerstrebte ihr zutiefst. In Augenblicken wie diesen dankte sie Gott, dass er sie als Frau erschaffen hatte.

Sie seufzte. Offenbar verspätete sich ihre Mutter. Das Gespräch mit Joshua Harrington hatte schon vor mehr als zwei Stunden begonnen. Ihr Vater hielt das zwar für ein gutes Zeichen, doch sie war anderer Meinung.

»Wann genau war deine Mutter denn verabredet?«

Charmaine schrak zusammen. »Ich glaube, sie hat fünf Uhr gesagt.«

»Du *glaubst*? Guter Gott, Mädchen, weißt du das denn nicht?«

»Nein, nicht mit Sicherheit«, erwiderte sie gereizt. Mit stumpfem Blick sah sie ihrem Vater nach, als er ins Schlafzimmer ging.

Sie musste an sich halten. Im Augenblick brachte sie alles in Wut, was ihr Vater tat. Wenn sich ihre Mutter unter seinen Schimpftiraden duckte, wurde Charmaines Wut nur umso größer. Vermutlich wagte sie diese Art von Widerspruch nur deshalb, weil ihr Vater nie die Hand gegen sie erhob. Was das anging, so war Marie weniger glücklich. Niemand hatte sie gelehrt, die Überlegenheit ihres Mannes anzuzweifeln, und so schwieg sie, um den empfindlichen Frieden nicht zu gefährden.

Charmaine saß oft in der ärmlichen Küche des schäbigen Häuschens mit nur drei Zimmern, starrte vor sich hin, dachte über die Beziehung zwischen John Ryan und Marie St. Jude nach, und versuchte, die Umstände zu begreifen, die einst zur Ehe ihrer Eltern geführt hatten. Aus dem Vorleben ihrer Mutter wusste sie nur, dass sie einst auf den Stufen der St. Jude Thaddeus Church ausgesetzt worden war, und von ihrem Vater wusste sie noch sehr viel weniger. Er kam oder ging, ganz wie es ihm gefiel, und ließ seine Frau und seine Tochter oft mehrere Tage lang allein. Was Charmaine jedoch gefiel, denn je weniger sie von dem Mann sah, desto besser. Hatte er außer seiner Frau und seiner Tochter womöglich noch eine zweite Familie? Dies war nur eine von vielen unbeantworteten Fragen. Mit Sicherheit wusste Charmaine nur, dass John Ryan ein schlecht erzogener, ungebildeter Trunkenbold war. Er arbeitete nur selten, und wenn er Geld für Alkohol benötigte, trieb er sich im Hafen und in den Docks von Richmond herum und nahm irgendwelche Gelegenheitsarbeiten an.

Wie hatte ein solcher Taugenichts das Herz ihrer Mutter gewinnen können? Eine weitere unergründete Frage. Eigentlich hatte Marie als Novizin ins Kloster eintreten und das Gelübde ablegen wollen, sich mit Gott und der Heiligen Kirche zu verheiraten. Stattdessen hatte sie mit achtzehn Jahren das Waisenhaus von St. Jude Thaddeus verlassen und einen Mann geheiratet, der angeblich nett zu ihr gewesen war, wie sie behauptete. Aus der Ehe war ein einziges Kind hervorgegangen – eine Tochter, die nach der Großmutter väterlicherseits auf den Namen Haley Charmaine getauft worden war. Die Großmutter hatte Charmaine nie zu Gesicht bekommen, und ihr Vater war weit und breit der Einzige, der sie Haley nannte. Ihre Mutter bevorzugte den Namen Charmaine, weil der Klang dieses Namens sie an eine Zeit und einen Ort gemahnte, ohne dass sie sich genauer daran erinnern konnte.

»Wir fangen schon einmal ohne sie an.«

Charmaine zuckte zusammen. Dieser Mann beherrschte das heimliche Anschleichen vollendet. »In Ordnung«, sagte sie und stellte das Essen auf den Tisch. Von dem wenigen Geld, das ihr die alte Jungfer von nebenan zugesteckt hatte, hatte sie ein kleines Stück Schweinefleisch besorgt, um heute Abend den Erfolg ihrer Mutter zu feiern.

»Ich hoffe nur, dass dieser Harrington auch ein Auge für eine tüchtige Arbeitskraft hat«, bemerkte John Ryan und setzte sich auf den Stuhl am Kopf der Tafel. Charmaine schwieg, während ihr Vater das Holzbrett zu sich heranzog und die Fettkruste von dem dampfenden Braten abschnitt. Anschließend suchte er sich seine Scheiben aus und legte die restlichen Stücke auf Charmaines Teller. »Deine Mutter kann hart arbeiten«, fuhr er fort. »Wenn sie sich richtig Mühe gibt, kann keiner mit ihr mithalten. Ich möchte dem Kerl raten, das genauso zu sehen.«

»Ja, Sir«, entgegnete Charmaine widerwillig. Es war abstoßend, wie unverfroren ihr Vater von Fremden Respekt für die Tüchtigkeit seiner Frau einforderte. Diese Gedanken verblüfften Charmaine immer wieder, und wenn die Situation nicht so trostlos gewesen wäre, hätte sie am liebsten über seine großspurige Redeweise gelacht.

»Ich hoffe, dass er sie wenigstens anständig bezahlt.« Die Worte wurden von dem Stück Fleisch erstickt, das er sich in den Mund stopfte. »Kein Mitglied meiner Familie darf für einen Hungerlohn arbeiten. Nein, Sir. Ich hoffe, er gehört nicht zu diesen verdammten, geizigen Aris–tokraten, die immer nur einen Hungerlohn zahlen wollen. Nicht mit mir! Das erlaube ich nicht.«

Wieder biss sich Charmaine auf die Zunge. Sollte sie ihm vielleicht vorhalten, dass er seine Frau zur Arbeit schickte und anschließend ihren Lohn für sich beanspruchte? Das war sinnlos. Abgesehen davon tat es Marie gut, wenn sie eine Stellung bekam, die sie unabhängig machte. Sie selbst ging zusammen mit den Waisenkindern in St. Jude Thaddeus zur Schule, wo sie vor den Brutalitäten ihres Vater geschützt war. Doch was besaß Marie? Sie hatte nur das schäbige Haus, in dem sie wohnten, und nicht die geringste Hoffnung, dass sich das in nächster Zeit ändern würde. Doch nun hatte sich etwas geändert. Vom heutigen Tag an würde das Haus der Harringtons ihrer Mutter eine Zufluchtsstätte bieten.

»Guter Gott, Frau, wie konntest du nur *so* dumm sein?«

»Es tut mir leid, John« – Marie versuchte ihren Mann zu beschwichtigen –, »aber ich konnte einfach nichts dagegen tun.«

»Nichts dagegen tun?« Er schnaubte. »Und das soll ich dir glauben? Ich weiß genau, wie es war. Du wolltest die Stelle gar nicht! Du warst dir für die Arbeit zu schade.«

»Nein, das stimmt nicht, John. Ich habe dir gesagt, dass Mr. Harrington lieber eine jüngere Frau möchte. Eher eine Tochter, die seine Frau unter ihre Fittiche nehmen kann.«

Dieser Satz zog einen neuen Fluch nach sich. »Dann schick ihnen doch Haley«, meinte John Ryan.

»Wie bitte?«

»Du hast mich genau verstanden.« Je länger er darüber nachdachte, desto breiter wurde sein Grinsen. »Sie ist noch jung und genau das, was die Harringtons wollen. Sie wird der feinen Lady bestimmt gefallen.«

»Nicht doch, John. Charmaine ist viel zu jung und muss erst die Schule beenden.«

»Die Schule«, giftete er. »Wenn du mich fragst, war sie lange genug in dem verdammten St. Jude. Was hat sie dort schon gelernt, außer mir zu widersprechen? Es wird Zeit, dass sie ihren Lebensunterhalt selbst verdient!«

»Das ist nicht nötig«, widersprach Marie unvorsichtig. »Ich werde mich weiter nach Arbeit umsehen, und bis ich etwas Passendes finde, werden wir mit dem auskommen, was du im Lagerhaus verdienst. Ich weiß, es ist nicht viel, aber bisher haben wir es ja auch geschafft und …«

»Ich arbeite nicht mehr im Lagerhaus«, unterbrach er sie.

»Und warum nicht?«

»John Duvoisin ist ein elender Trunkenbold, und ich arbeite nicht für Trunkenbolde. Lieber schicken wir Haley zu den Harringtons und leben von dem Lohn, den sie nach

Hause bringt. Wenn du dann auch noch Arbeit findest, sind wir fein raus.«

»Aber, John! Charmaine ist noch viel zu jung«, wiederholte Marie leise und hoffte inständig, dass er sich beruhigte. »Außerdem bekommt sie nicht genug Geld. Nein, nein, da gibt es noch andere Möglichkeiten. Und wenn es gar nicht anders geht, greifen wir auf das Geld zurück, das ich …« *Zu spät!*

»Und welches Geld soll das sein?« John bedachte Marie mit einem vorwurfsvollen Blick, als ob sie ihn hintergangen hätte.

»Ich rede von dem Geld, dass ich mir mit Wäschewaschen verdient habe.«

»Das Geld, das du mit Wäschewaschen verdient hast?«, äffte er sie nach. »Und wie ist es dir gelungen, das vor mir zu verstecken?«

»Das war nie ein Geheimnis, John. Es war mein Geld, und ich habe es zurückgelegt, falls …«

»*Dein* Geld? *Dein* Geld?«, schrie er mit zornrotem Kopf. »Dieses Geld gehört mir, und zwar alles! Ich bin dein Mann! Ich kleide dich und deine Tochter, und ich gebe euch zu essen und biete euch ein Dach über dem Kopf. Oder stimmt das etwa nicht?«

»Doch, John, genauso ist es. Aber …«

»Halt endlich dein Maul! Und spar dir gefälligst diesen frommen Blick!«

»Hört endlich auf!« Charmaine explodierte. Im nächsten Augenblick mäßigte sie sich jedoch, aus Angst, dass der Streit böse enden könnte. »Bitte, hört auf!«

Doch ihr Protest vergrößerte die Wut ihres Vaters nur. »Eines lass dir gesagt sein, junge Lady: Ich habe deine Blicke satt – ein für allemal. Du glaubst, dass ich sie nicht sehe, was? Du hältst dich wohl für etwas Besseres? Es wird langsam Zeit, dass du mir mit Respekt begegnest, statt mir mit deiner spitzen Zunge zuzusetzen! Solange du unter meinem Dach lebst, wirst du ohne Widerworte tun, was ich sage. Hörst du?«

Charmaines Pulsschlag beschleunigte sich. »Ich habe es gehört, Vater, und ich werde tun, was du sagst.«

Vor Überraschung ebbte sogar sein Zorn ab.

Charmaine hob das Kinn. »Ich würde sehr gern für die Harringtons arbeiten, falls sie mich haben wollen.«

»Aber natürlich wollen die dich haben«, sagte John Ryan. »Es sei denn, deine Mutter hat uns nicht die Wahrheit gesagt.«

Marie überhörte die Bemerkung. »Das kannst du doch nicht machen, Charmaine.«

»Und warum nicht?«

»Tja, warum denn nicht, Mutter?«, echote John.

»Wegen deines Lebens und der Ausbildung in St. Jude …«

»Welches Leben denn?«, entgegnete Charmaine. »In St. Jude lebe ich nicht, und dies hier kann man wohl kaum als Leben bezeichnen.« Ihr Augen funkelten vor unterdrücktem Schmerz und Zorn, und die hasserfüllten Blicke trafen ihren Vater wie Dolche. »Ich will von hier weg. Und wenn ich bei anständigen Leuten arbeite, muss ich wenigstens nicht länger unter *deinem* Dach leben!«

Dieser Ausbruch verpuffte wirkungslos, weil John Ryan längst erreicht hatte, was er wollte.

I

Freitag, 9. September 1836
Richmond, Virginia

John Duvoisin sah zu, wie sich die *Raven* langsam vom Anleger entfernte. Als die Schlepper die Leinen lösten, verlor das Schiff plötzlich an Geschwindigkeit und schien einen Moment lang unentschlossen innezuhalten. Im nächsten Augenblick bauschten sich die Segel im Wind, und ein Stöhnen ging durch den Rumpf, als der Bug in die Strömung des James River eintauchte und auf sein Ziel zusteuerte – auf drei kleine Inseln namens Les Charmantes, die in den Gewässern der nordöstlichen Westindischen Inseln lagen. Die Inseln galten gemeinhin als Grundstock des Reichtums der Duvoisins. Für John bedeuteten sie jedoch weit mehr als nur das. Er behielt den Segler fest im Blick, während sein Herz dem gewundenen Lauf des Flusses folgte. Inzwischen war die *Raven* nur noch so groß wie ein Spielzeug, doch John starrte ihr unverwandt nach, als ob er sich durch bloßes Hinsehen auf ihr Deck versetzen könnte. Eine bittere Enttäuschung hatte ihn am heutigen Morgen daran gehindert, das Schiff zu besteigen – und nun machte er sich Vorwürfe, weil er nichts unternommen hatte. Der Kampf in seinem Inneren erreichte seinen Höhepunkt, als die *Raven* nach der Flussbiegung außer Sicht geriet. Mit steifen Fingern fuhr er durch sein zerzaustes Haar, als ob die Geste seine Gedanken ordnen könnte, dann drehte er sich um, ohne das geschäftige Leben am Kai überhaupt wahrzunehmen. Er bestieg sein Pferd, trieb es zwischen den Menschen hindurch und ließ die Gedanken an die *Raven* und die Inseln im Hafen zurück.

»Wir bewegen uns! Endlich!«, rief Charmaine, während sie durch das Bullauge der kleinen Kabine nach draußen starrte. Mit triumphierendem Lachen drehte sie sich zu Loretta um, die zufrieden auf einem am Boden festgeschraubten Sessel thronte. »Wollen Sie sich das nicht ansehen?«

»Nein, danke, Liebes.« Loretta lächelte. »Ich verlasse mich darauf, dass das Schiff seinen Weg allein findet, und hoffe, dass mein Magen sich anständig benimmt.« Die Seekrankheit war der einzige Einwand, den sie gegen diese Reise vorzubringen hatte. Aber Charmaine nahm alle Unannehmlichkeiten in Kauf, die während der nächsten vier oder fünf Tage vielleicht auf sie zukamen. Tatkräftig, wie sie war, wandte sich Loretta dem Nächstliegenden zu. »Was hältst du davon, wenn wir dein Vorstellungsgespräch ein wenig üben, Charmaine? Es würde mich außerdem von der Schaukelei ablenken.«

»Aber ich fühle mich bestens vorbereitet«, antwortete Charmaine. Trotzdem nahm sie den Vorschlag an und setzte sich zu der Frau, die ihr in den letzten Jahren zur zweiten Mutter geworden war …

Es war fast drei Jahre her, seit die Harringtons sie bei sich aufgenommen hatten. Als Marie Ryan einsehen musste, dass sie ihre Tochter nicht davon abhalten konnte, ihr Elternhaus zu verlassen, redete sie mit den Harringtons. Joshua Harrington mochte das lebhafte Mädchen sofort. In den großen braunen Augen erkannte er eine Willenskraft, wie sie bei Fünfzehnjährigen selten war, und aus ihren Worten schloss er, dass sie sehr genau zwischen Gut und Böse unterscheiden konnte. Bereits nach dem ersten Treffen war er sicher, dass er die richtige Gesellschaft für seine Frau gefunden hatte. Vielleicht konnte ihr das Mädchen sogar die Tochter sein, die sie nie gehabt hatte.

Es dauerte keine zwei Wochen, bis alles abgemacht war und Charmaine Ryan ihr altes Leben zurückließ und ein neues begann. Mit all ihren Habseligkeiten zog sie in das hübsche, weiß verputzte Haus der Harringtons, das im Villenviertel von Richmond lag, wo sie die Woche über lebte. Ihre Eltern besuchte sie nur noch an den Wochenenden.

Dass ihre Mutter von nun an ganz allein für sich sorgen musste, war das Einzige, was Charmaine auch weiterhin bedrückte. Aber Marie verbrachte mehr und mehr Zeit in St. Jude, fand Trost in ihrer Arbeit und war froh und glücklich, wenn sie sich die Sorgen fremder Menschen anhören konnte. Als ihre Mutter an einem Wochenende ungewöhnlich schweigsam war, vermutete Charmaine, dass etwas Marie bedrückte, doch die gab keine Einzelheiten preis. »Ich habe immer gedacht, dass nur die Armen leiden. Aber das war ein Irrtum. Vielleicht gilt ja sogar der Satz: Je größer der Reichtum, desto tiefer der Schmerz.«

Es dauerte keinen Monat, bis John Ryan der »Wohltätigkeitsarbeit« von Charmaine einen Riegel vorschieben wollte. Doch Charmaine war entschlossen, seine Pläne zu durchkreuzen. Sie dankte dem Himmel, dass ihr Lohn höher war, als ihr Vater erwartet hatte, und dass sie so schlau gewesen war, heimlich die Hälfte davon zu sparen. In dieser bedrohlichen Lage bestand sie darauf, dass ihre Mutter das Geld annahm. »Mach ihm weis, dass die Kirche deine Arbeit bezahlt«, riet sie ihr in verschwörerischem Ton. »Dann wird er einverstanden sein, dass du auch weiterhin dort arbeitest.« Und so war es. Kaum dass die Münzen in seiner Hand klimperten, verstummten die Beschwerden.

Unter dem Dach der Harringtons fühlte Charmaine sich geborgen und konnte aufatmen. Mr. Harrington behandelte seine Frau mit Respekt und Bewunderung. So wie er sollten eigentlich alle Männer sein, dachte Charmaine. Entsprechend treu ergeben war ihm seine Frau. Nie kam ein hartes Wort über ihre Lippen, und unter ihrer Zuneigung und Fürsorge blühte Charmaine sichtlich auf.

»Für mich bist du weit mehr als nur eine Gefährtin«, hatte Loretta noch vor Ablauf des ersten Jahres zu Charmaine gesagt. »Für mich gehörst du zu unserer Familie.«

Charmaine glaubte das von Tag zu Tag mehr. Doch wenn die Söhne zu Besuch kamen, bedrückte es sie, den liebevollen Umgang zwischen den Männern und ihren Frauen, zwischen Kindern und Eltern und Vätern und Töchtern zu beobachten. Obwohl sie wie selbstverständlich dazugehörte, fühlte sie sich fremd. Solange ihre Eltern lebten und sie daran erinnerten, wer sie war, gehörte sie nicht wirklich zu dieser liebenvollen Familie.

Zwei Jahre lang verschwieg Charmaine den Harringtons ihre Herkunft, weil sie fürchtete, ihre Sachen packen zu müssen, wenn alles ans Licht kam. Marie Ryan war zwar eine Seele von Mensch, aber nichtsdestotrotz war sie nur eine Waise, deren einziges Glück im Leben darin bestanden hatte, vor dem Waisenhaus von St. Jude aufgefunden und in diesem Haus erzogen worden zu sein. Maries Eltern waren vermutlich um kein Haar besser als die Eltern ihres Mannes – und für die vornehmen Bürger von Richmond zählte John Ryan zu dem weißen Abschaum.

Loretta und Joshua Harrington fragten sich oft, warum Charmaine nach den Tagen, die sie bei ihrer Familie verbrachte, so nachdenklich und schweigsam war. Sie spürten, dass Charmaine litt, doch sie wollten dem Mädchen Zeit geben, um ihre Scheu zu überwinden. Aber die Zeit war nicht auf Charmaines Seite.

An einem Wochenende herrschte John Ryan seine Tochter plötzlich an: »Du arbeitest jetzt seit zwei Jahren für die Harringtons. Wann zahlen die dir denn endlich mehr Lohn?«

Charmaines Lohn war längst erhöht worden, doch da sie das Geld nach wie vor mit ihrer Mutter teilte, hatte sie den zusätzlichen Betrag für sich selbst gespart.

»Ich werde mit ihnen reden«, versprach Charmaine, ohne lange nachzudenken, was ihren Vater zu beruhigen schien.

Aber dem war nicht so, denn die Antwort hatte sein Misstrauen geweckt. Fast eine Woche lang dachte John Ryan nach, und am Freitagabend beschloss er, der Sache auf den Grund zu gehen. Mit einer Flasche Whisky trank er sich Mut an, bevor er auf unsicheren Beinen zum Haus der Harringtons schwankte und mit den Fäusten gegen die Tür hämmerte. Als das Hausmädchen öffnete, drängte er sie zur Seite und verlangte, Joshua Harrington zu sprechen.

»Ich will wissen, wie viel Sie meiner Tochter zahlen«, lallte er, als der Hausherr erschien. »Außerdem hole ich von heute an das Geld persönlich ab. Ich lasse mich nicht länger um mein Recht betrügen!«

»Sie sind ja betrunken, Mann!«

»Da haben Sie ausnahmsweise recht. Aber ich verrate Ihnen eines: Ein Mann sieht nur klar, wenn er betrunken ist. Ich weiß genau, dass Haley ihren Dad bescheißt. Aber nicht mit mir! Verstanden?«, rief er.

»Gehen Sie nach Hause, Mann, und schlafen Sie Ihren Rausch aus«, schimpfte Joshua. Er packte John Ryan am Ellenbogen und zog ihn zur Tür. »Wenn Sie nüchtern sind, können wir gern weiterreden.«

»O nein, nicht mit mir«, protestierte Ryan und riss sich los. »Ich weiß, was Sie planen. Diese Verschwörung ist vermutlich Ihre Idee. Ich will das Geld, das man mir vorenthält – und zwar sofort!« Er wollte Harrington an den

Rockaufschlägen packen, doch er verlor das Gleichgewicht und stolperte gegen die Wand.

Mr. Harrington riss die Haustür auf und sagte leise und schneidend: »Ich halte keinen Lohn zurück. Natürlich muss mit Ihrer Tochter geredet werden, doch dies ist weder die Zeit noch der Ort dafür. Charmaine schläft bereits, und ich bitte Sie noch einmal höflich, nach Hause zu gehen und Ihren Rausch auszuschlafen.« Er wies ihm die Tür.

»Wenn Sie nichts damit zu tun haben, steckt sicher meine Frau dahinter. Ich hätte wissen müssen, dass sie mich belügt«, brummelte John Ryan vor sich hin, während er sich schlurfend aus dem Staub machte.

Charmaine hatte nichts von der unerfreulichen Szene mitbekommen, und Joshua Harrington beschloss, ihr diesen Kummer zu ersparen. Doch als der nächste Montag kam und Charmaine nicht vom Besuch bei den Eltern zurückkehrte, bereute er seinen Entschluss. Auch Loretta sorgte sich, weil sie nicht einmal wussten, wo die Ryans wohnten oder wie sie die Familie erreichen konnten. Als ein weiterer Tag ohne Nachricht von Charmaine vergangen war, suchte Joshua Father Michael in St. Jude auf. Schließlich hatte der Priester die Begegnung zwischen Marie und den Harringtons vermittelt. Aber Father Michael wusste auch nicht, wo die Ryans wohnten. Als Mr. Harrington ihm von den Beschimpfungen des Betrunkenen berichtete, wuchs seine Sorge. Marie war seit vier Tagen nicht mehr in St. Jude erschienen. Der Priester vermutete schon länger, dass Maries Ehe nicht glücklich war, doch wenn er sie wegen der blauen Flecken befragte, die sie sich häufig über Nacht zuzog, wischte sie seine Bedenken mit Ausflüchten beiseite. »Ich bin nur gefallen … Ich bin wirklich sehr ungeschickt.« Father Michael befürchtete zwar, dass dies nicht der Wahrheit entsprach, doch was konnte er tun? Heute jedoch schob sein Zorn das Gelübde beiseite, das er vor fünfundzwanzig Jahren abgelegt hatte. Falls dieser John Ryan Marie und Charmaine etwas angetan hatte …

Am späten Mittwochabend fasste sich Charmaine ein Herz und kehrte zu den Harringtons zurück. Ihre Mutter war tot. Stockend beschrieb sie das erbärmliche Leben, das sie unter dem Dach ihres Vaters gefristet hatte, und wie sie am vergangenen Wochenende ihre Mutter bewusstlos auf dem Boden vorgefunden hatte. Obgleich ihr Vater nirgends zu finden war, wusste Charmaine sofort, was passiert war. Sie war aus dem Haus gerannt und hatte um Hilfe geschrien, und Nachbarn hatten sich ihrer erbarmt und den Arzt gerufen. Drei Tage lang hatte sich Marie noch ans Leben geklammert, hatte ab und zu schreckliche Laute hervorgestoßen und ihren Mann angefleht, endlich aufzuhören. Und Charmaine hatte geweint, als sie begriffen hatte, dass ein Streit über ihren Lohn der Anlass für die verhängnisvollen Prügel gewesen war.

Gleich am nächsten Morgen suchte Joshua den Sheriff auf und verlangte, John Ryan zu verhaften. Da Mr. Harrington zu den angesehenen Bürgern der Stadt gehörte, war der Haftbefehl nur eine Frage der Zeit. Falls sich John Ryan noch in der Gegend aufhielt, würde man ihn fassen.

Tags darauf wurde Marie nach einer Trauerfeier, der nur die Harringtons und Maries Freunde aus St. Jude beiwohnten, beigesetzt. Viele der Anwesenden weinten. Father Michael ebenfalls. Gebete wurden gesprochen, und als sich die kleine Schar zerstreute, zog der Pastor Charmaine zur Seite. »Es tut mir sehr leid, Charmaine«, murmelte er. »Wir werden deine Mutter sehr vermissen. Falls du jemals in Not gerätst, dann zögere nicht und komm zu mir.«

»Ich habe große Hoffnung, dass es mir in Zukunft gutgeht. Die Harringtons haben mir angeboten, für immer bei ihnen zu bleiben. Trotzdem danke ich Ihnen für Ihr Angebot.«

Die erste Woche ging ins Land, dann eine weitere und schließlich die dritte – und dementsprechend stieg die Gewissheit, dass sich John Ryan nicht mehr in Richmond aufhielt. Und falls doch, so hatte er ein gutes Versteck ausfindig gemacht. Die Wahrscheinlichkeit, dass er für das grausame Verbrechen bezahlen musste, wurde von Tag zu Tag geringer. Charmaine lag Nacht für Nacht wach und fürchtete, dass ihr Vater ihr auflauern könnte. Obgleich die Harringtons versicherten, dass John Ryan es nie mehr wagen würde, sich zu zeigen, ängstigte sich Charmaine vor jedem Schatten, sobald sie in der Stadt unterwegs war. Lauerte ihr Vater womöglich in einem Hauseingang oder irgendwo zwischen den Häusern und beobachtete sie? Um ihre Ängste zu bekämpfen, betete sie für ihre Mutter, denn sie war überzeugt, dass Marie im Paradies endlich Frieden gefunden hatte und von oben heruntersah und über ihre Tochter wachte.

Ein Jahr ging ins Land, und allmählich wurde Charmaine ruhiger. Inzwischen war sie Loretta wie eine Tochter ans Herz gewachsen. Seit die Harringtons die Wahrheit über Charmaines Herkunft kannten, liebten sie das Mädchen nur noch mehr.

Voll Eifer nahm Loretta Charmaine unter ihre Fittiche und beschloss, eine elegante Lady aus ihr zu machen. Eine bessere Stellung in der Gesellschaft zu erlangen, das wäre dem Selbstbewusstsein des Mädchens sicher förderlich. Loretta waren gute Manieren überaus wichtig, also musste Charmaine nur dem Beispiel von Loretta folgen – und schon wurden ihr freundliches und würdevolles Benehmen von ganz allein zur zweiten Natur. Ergänzend zu der Schulbildung, die Charmaine in St. Jude erworben hatte, machte Loretta das junge Mädchen mit Literatur, Musik und den schönen Künsten bekannt. Charmaine lernte tanzen und nähen und verbrachte zusammen mit ihrer Lehrmeisterin so manche Stunde am knisternden Kaminfeuer und stickte.

Am besten gefiel Charmaine jedoch der Musikunterricht, wo sie es durch fleißiges Üben am Pianoforte sogar zu einer gewissen Meisterschaft brachte. Dabei unterstützten nicht nur die Melodien ihren Eifer, sondern ebenso das Glücksgefühl, das sie jedes Mal durchflutete, wenn sie eine besonders schwierige Stelle gemeistert hatte. Charmaines Fortschritte blieben nicht unbemerkt, und eines schönen Tages überraschte Mr. Harrington das Mädchen und seine Frau mit einem außergewöhnlichen Geschenk – und zwar mit einem »verbesserten« Pianoforte, einem sogenannten Piano, das man als Erfindung des Jahrhunderts bezeichnete. Im Gegensatz zu seinem Vorgänger verfügte dieses Instrument über zusätzliche Oktaven und eine tiefere und weichere Resonanz. Loretta war in ihrem Element, und Charmaine ließ sich anstecken und vervollkommnete ihre Fertigkeiten. Mit der Zeit konnte sie sich sogar zu ersten Erfolgen gratulieren, denn jedes Mal, wenn die Söhne der Harringtons mit ihren Familien zu Besuch kamen, scharten sich die Kinder um das Piano und verlangten, dass *sie* ihnen etwas vorspielte.

Charmaine freute sich auf diese Besuche, auch wenn sie jedes Mal gewisse Sehnsüchte in ihr weckten. Als gute Beobachterin erspürte Loretta, dass Charmaine sich um ihr zukünftiges Leben Gedanken machte. »Sie braucht einen Mann«, erklärte sie deshalb eines Abends, als sie mit ihrem Mann allein war. »Siehst du denn nicht, wie sehnsüchtig sie unsere Jungen und die Kinder ansieht?« Als Joshua schnaubte, spann sie den Faden weiter: »Wenn doch wenigstens einer unserer Söhne noch nicht verheiratet wäre …«

Von diesem Tag an lud Loretta ständig junge Männer in ihr Haus ein, doch keiner von ihnen konnte Charmaines Aufmerksamkeit fesseln. Loretta war überzeugt, dass ihre Absichten unbemerkt geblieben waren, doch eines schönen Tages machte Charmaine dem Versteckspiel ein Ende. »Mrs. Harrington, ich habe kein Interesse an den jungen Männern, die Sie mir zuliebe einladen.« Loretta spielte die Unschuldige, doch Charmaine ließ sich nicht beirren. »Ich glaube nicht, dass ich jemals heiraten werde. Jedenfalls möchte ich nie so leben wie meine arme Mutter.«

Loretta war äußerst ungehalten. »Aber Charmaine, es sind doch nicht alle Männer so wie dein Vater. Denk nur an Joshua. Er ist ein liebenswerter und freundlicher Mann. Auch du kannst einen solchen Mann finden. Aber das wird nie passieren, wenn du in jedem immer nur deinen Vater siehst.«

»Ich halte es für besser, mich an ihn zu erinnern, statt die Augen vor der Wirklichkeit zu verschließen. Ich habe die Not und die Ängste meiner Mutter immer gespürt – und damit gelebt. Das kann ich nicht so leicht vergessen.«

»Aber du bist zu jung, um schon die Flinte ins Korn zu werfen. Irgendwo dort draußen gibt es auch einen Mann für dich. Doch den findest du nur, wenn du dein Herz öffnest.« Ein Blick auf Charmaines Miene sagte ihr, dass es mehr als nur einiger weniger Worte bedurfte, um das Mädchen zu überzeugen.

Seit diesem Tag sah sie es als ihre größte Aufgabe an, Charmaines Ansichten zu ändern und sie allmählich aus dem sicheren Hafen ihres Hauses ins wahre Leben zu entlassen. Allerdings war das leichter gesagt als getan. Doch bevor Loretta an ihrem Plan verzweifeln konnte, bot sich aus heiterem Himmel eine günstige Gelegenheit.

Zufällig hatte Lorettas Schwester in ihrem letzten Brief

erwähnt, dass Frederic und Colette Duvoisin eine Gouvernante für ihre drei kleinen Kinder suchten. Loretta war der Name bestens bekannt. In Virginia besaßen die Duvoisins ausgedehnte Ländereien, und auf ihrer Insel in der Karibik, wo die Familie lebte, war Lorettas Bruder als Oberaufseher ihrer Ländereien angestellt. Die Insel musste ein wahres Paradies sein. Loretta hatte sie zwar noch nie mit eigenen Augen gesehen, doch ihre Schwester hatte hin und wieder die landschaftlichen Schönheiten erwähnt. Je länger Loretta darüber nachdachte, desto sicherer war sie, dass Les Charmantes genau das war, was Charmaine in diesem Augenblick brauchte: ein neues Heim, weit genug von ihrem früheren Leben entfernt, dazu Kinder, neue Bekanntschaften und mit Gottes Hilfe auch eine Zukunft!

Nachdem ihr Plan feststand, näherte sich Loretta dem Thema mit großer Vorsicht. »Ich habe einen Brief von meiner Schwester Caroline bekommen«, sagte sie, als sie abends im vorderen Salon beisammensaßen. Charmaine sah von ihrer Stickerei auf, doch Loretta sprach ungerührt weiter. »Unter anderem ist darin auch von der Familie Duvoisin die Rede.«

»Von der Familie Duvoisin?«, fragte Charmaine, woraufhin Loretta unwillkürlich die korrekte französische Aussprache wiederholte: Dü-woa-san.

»Wie es aussieht, suchen Frederic und Colette Duvoisin eine Gouvernante für ihre Zwillinge und ihren kleinen Sohn. Nach Carolines Brief zu schließen, soll die Bewerberin jung sein. Wäre dies nicht eine willkommene Gelegenheit, um in einem großen Haus für eine angesehene Familie zu arbeiten? Eine solch anspruchsvolle Stellung bietet sich meistens nur ein einziges Mal im Leben – wenn überhaupt.« Als Loretta aufsah, begegnete sie dem eindringlichen Blick der jungen Frau.

Charmaine wusste, dass Loretta dieses Thema nicht

zufällig angeschnitten hatte. »Und Sie meinen, dass *ich* mich um diese Stelle bewerben soll?«

»Genau das meine ich.«

Joshua Harrington räusperte sich. »Ich weiß nicht, ob das ratsam ist, meine Liebe.«

»Und warum nicht?« *Wenn er auch nur noch ein einziges Wort sagt und mir in die Quere kommt, so wird er das bereuen!*

»Die Männer dieser Familie sind ziemlich ungestüme Gesellen«, bemerkte Joshua trotz des warnenden Blicks, den seine Frau ihm zuwarf.

»Als Gouvernante muss sich Charmaine nur um die drei kleinen Kinder kümmern.«

»Wegen der Kinder habe ich auch keine Bedenken«, sagte Mr. Harrington.

Doch Loretta schüttelte den Kopf. »Aber Joshua, wir leben doch nicht mehr im Mittelalter! Außerdem habe ich mir überlegt, dass wir Charmaine auf die Insel begleiten. Wenn uns die Stellung unpassend erscheint, so muss sie diese ja nicht antreten.«

»Auf die Insel?«, fragte Charmaine. »Aber ich dachte …«

»Les Charmantes«, erläuterte Loretta. »Oder einfach nur Charmantes, wie die Einwohner die größte Insel nennen. Ich habe sie schon öfter erwähnt. Caroline, Harold und meine Nichte Gwendolyn leben seit zehn Jahren dort. Les Charmantes ist die Heimat der Duvoisins.«

»Aber ja, ich weiß, wo Ihre Schwester mit ihrer Familie lebt. Aber ich dachte, dass diese Stelle hier in Virginia zu vergeben sei.« Sie holte tief Luft. »Diese Insel … nun, sie scheint ziemlich weit entfernt zu sein.«

»Allerhöchstens einen Brief weit. Außerdem verkehren die Schiffe der Duvoisins regelmäßig zwischen Richmond und den Inseln. Die Familie gehört zu den ganz Großen im Zucker- und Tabakgeschäft.« Loretta legte eine kleine

Pause ein, bevor sie weitersprach. »Natürlich ist es allein deine Entscheidung, liebe Charmaine, und es besteht auch kein Grund zur Eile. Lass dir die Sache in Ruhe durch den Kopf gehen. Habe ich nicht recht, Joshua?«

»Absolut«, murmelte Joshua schmunzelnd, da er die Taktik seiner Frau durchschaute.

Einige Tage vergingen, ohne dass von der Insel oder der Stellung die Rede gewesen wäre. Umso häufiger dachte Charmaine über die Reise nach. Gouvernante von drei kleinen Kinder. Jedenfalls besser als Hausmädchen oder Haushälterin. Und bei Loretta konnte sie auch nicht für immer bleiben. Wo sie wohl in zwanzig Jahren lebte? Diese Gelegenheit war greifbar nahe und würde sich ihr vermutlich nie wieder bieten. Und was noch wichtiger war: Falls sie von hier fortging, musste sie sich nicht länger vor ihrem Vater ängstigen.

Sobald Loretta spürte, dass die junge Frau zu einer Entscheidung bereit war, brachte sie die Sache noch einmal unter einem anderen Blickwinkel zur Sprache. »Du bist noch unglaublich jung, Charmaine.«

»Unglaublich, fürwahr«, spottete Charmaine.

»Solche Reden will ich nicht wieder hören«, schimpfte Loretta. »Das Beste an dir ist dein großes Herz und dein liebevolles Wesen. Doch wenn du so redest, als ob du eine solche Stellung nicht verdientest, bewahrheitet sich das womöglich noch.«

Die Heftigkeit der Antwort beeindruckte Charmaine. Sie musste Loretta recht geben. Dies war eine außergewöhnliche Gelegenheit. Und womöglich wartete ja tatsächlich etwas Besonderes auf sie. Es konnte nicht schaden, nach Les Charmantes zu reisen und sich dort umzusehen. Womöglich wachte ihre Mutter ja wirklich über ihr Schicksal. Am besten legte sie ihre Entscheidung in Gottes Hand.

Noch bevor die Woche vorüber war, schrieb Loretta ihrer Schwester und kündigte ihren Besuch an, und am Ende des Monats bezahlte Joshua Harrington die Überfahrt für drei Personen auf der *Raven*, die zur Flotte der Duvoisins gehörte und Versorgungsgüter auf die Inseln transportieren sollte.

Noch am Vorabend der Abreise hatte Charmaine heftig mit ihrer Entscheidung gehadert, doch als das Schiff unter dem blauen Himmel ruhig auf dem Fluss dahinglitt, erwachte ihre Vorfreude. Sie war plötzlich froh, dass sie sich überwunden und sich für das Wagnis statt für die Selbstzufriedenheit oder, besser noch, für das Neue statt für das Altgewohnte entschieden hatte. Wenn Mrs. Harrington der Ansicht war, dass sie sich um die Stellung einer Gouvernante bewerben konnte, war sie dazu bereit. Und so saß sie nun in der kleinen Kabine und übte die Antworten auf allerlei Fragen, die man ihr vermutlich während ihres Vorstellungsgesprächs stellen würde.

»Das war schon sehr gut.« Loretta lächelte. »Und denk immer daran, Charmaine: Du musst nicht alles erzählen.«

»Aber was soll ich antworten, wenn sie nach meiner Familie fragen?«

Loretta tätschelte ihre Hand. »Zum Beispiel: ›Meine Mutter – Gott schenke ihrer Seele Frieden – ist vor ungefähr einem Jahr gestorben. Mein Vater hat uns leider schon vor langer Zeit verlassen.‹«

»Ist das denn annehmbar? Werden sie damit zufrieden sein?«

»Wie ich dir bereits gesagt habe, werde ich schon dafür sorgen.«

»Alles ist in bester Ordnung!« Joshua Harrington strahlte über das ganze Gesicht, als er sich übermütig wie ein

Junge in den Sessel plumpsen ließ, den seine Frau soeben erst verlassen hatte.

Loretta und Charmaine sahen von dem schmalen Bett auf und vergaßen sogar den Rock, an dem sie gerade nähten, so sehr staunten sie über die Verwandlung, die mit dem leicht untersetzten Joshua geschehen war. Offensichtlich hatte er die letzten fünf Stunden an Deck der *Raven* auf dem Weg zum Atlantik von Herzen genossen.

»Jonah Wilkinson erwartet keinerlei Komplikationen auf unserer Überfahrt. Außerdem rechnet er damit – was dich sicher besonders freut, meine Liebe –, dass wir die Inseln in weniger als vier Tagen sichten werden, immer vorausgesetzt natürlich, dass der Wind günstig ist.«

»Das sind wahrlich gute Neuigkeiten«, bestätigte Loretta.

»Wie du weißt, ist deine gelegentliche Unpässlichkeit nicht wirklich als Seekrankheit zu bezeichnen, meine Liebe. Immerhin war dir niemals wirklich …«

»Bitte, Joshua«, flehte Loretta, »lass uns nicht davon sprechen.«

»Wie gedankenlos von mir. Wäre es dir lieber, wenn ich dir von der Abreise berichtete?«

»Das wäre wunderbar«, entgegnete sie begeistert und zwinkerte Charmaine zu.

»In dem Moment, als wir Segel setzten und die *Raven* sich vom Kai entfernte, wusste ich, dass dies eine ganz außergewöhnliche Reise werden würde«, begann er. »Und nicht nur wegen des kräftigen Winds. Das Glück war vom ersten Augenblick an mit uns. Ursprünglich hatte Captain Wilkinson damit gerechnet, dass John Duvoisin uns noch aufhalten könnte. Doch im letzten Moment kam die Nachricht, dass er die Ladung der *Raven* nicht, wie ursprünglich geplant, noch einmal inspizieren würde. Ich muss nicht betonen, dass uns das wertvolle Zeit gespart hat. Das eigentliche Glück liegt jedoch darin, dass uns Mr. Duvoisins unmögliches Betragen und seine höhnischen Bemerkungen erspart geblieben sind.«

»Joshua!«

»Wie dem auch sei. Ich habe den fragwürdigen Charakter dieses Mannes schon früher erwähnt. Jedermann in Virginia weiß: Wo auch immer John Duvoisin hingeht, folgt ihm der Spott auf dem Fuße. Ich sage dir eines, wenn er auf der Insel leben würde, hätte ich ernsthafte Bedenken, unsere Charmaine dort zurückzulassen.«

John... dachte Charmaine... *Wie sehr ich diesen Namen verachte!*

Samstag, 10. September 1836

Zufrieden vermerkte Jonah Wilkinson den Kurs seines Schiffes auf der Seekarte. Bei diesem schönen Wetter würde die *Raven* die Strecke in Rekordzeit zurücklegen – außer sie träfen doch noch auf einen der Tropenstürme, die sich mit Vorliebe im späten August und im September in diesen Gewässern zusammenbrauten. Wenn er allerdings den gestrigen Wind als Vorzeichen nahm, so würde die Reise nach Les Charmantes ohne besondere Zwischenfälle verlaufen und in weniger als vier Tagen beendet sein. Von den Inseln würde ihn seine Reise zunächst nach New York, dann weiter nach England und vermutlich nach vier Monaten wieder zurück nach Virginia führen. Obgleich ihm die Planken nicht gehörten, auf denen er das Kommando führte, hatte ihm Frederic Duvoisin von Beginn an das Gefühl gegeben, dass er allein Herr auf der *Raven* war. Schon aus diesem Grund würde er für keinen anderen Mann arbeiten.

Als Charmaine das Deck betrat, sah Wilkinson gerade

mit prüfendem Blick auf die Seekarte hinunter. Obgleich ihm dieser Teil des Atlantiks vertraut war, war es ihm hin und wieder ein Bedürfnis, sich in gebieterischer Pose über die Karten zu beugen und seine Aufzeichnungen zu studieren. Das Rascheln ihres Kleids ließ ihn aufblicken, und er drehte sich zu seiner Besucherin um. Im Durcheinander der Abreise war er der jungen Frau zwar vorgestellt worden, aber bis zu diesem Augenblick hatte er nicht mehr an sie gedacht.

Die junge Frau war keine hinreißende Schönheit, wie er sie bei seinen Reisen hin und wieder kennenlernte. Doch ihr Gesicht hatte etwas Fesselndes, wenn man nur genau hinsah. Sanft geschwungene Brauen wölbten sich über gleichmäßigen Zügen, und die dunkelbraunen Augen wurden von rauchschwarzen Wimpern eingerahmt. Ihre Nase war lang und schmal und wies an der Spitze ein klein wenig nach oben. Die Lippen waren weder dick noch dünn und bewegten sich lebhaft bei jedem Wort. Als Jonah sie ansah, schoss ihm plötzlich der Gedanke durch den Kopf, dass ihre Schönheit gar nicht richtig zur Geltung kam, solange sie die dunklen Locken in diesem strengen Knoten fesselte. Andererseits war das gut so, genau wie das einfache Gewand, das von ihrer hübschen Gestalt ablenkte, denn jede Zurschaustellung weiblicher Reize hätte nur seine ungehobelten Matrosen aufmerksam werden lassen.

»Guten Tag, Kapitän.« Charmaine lächelte zu ihm empor, woraufhin seine mittelgroße Gestalt sofort ein ganzes Stück zu wachsen schien. »Ich wollte Sie nicht stören, aber Mr. Harrington hat mich ermutigt, ein wenig an Deck zu gehen, während er sich um seine Frau kümmert.«

»Wie geht es denn seiner lieben Frau?« Er erinnerte sich, gehört zu haben, dass einem seiner Gäste sogar dieser ruhige Seegang nicht bekam.

»O danke, sie fühlt sich schon sehr viel besser. Der erste

Tag war am schlimmsten. Wenn sie sich ablenkt, geht es ihr gleich besser.«

»So ergeht es vielen, bis ihnen die Seemannsbeine wachsen. Und wie steht es mit Ihnen, Miss …?«

»Ryan«, ergänzte Charmaine.

»Miss Ryan.« Wilkinson lächelte. »Ihnen scheint die Jungfernfahrt nichts anzuhaben. Es stimmt doch, dass dies Ihre erste Seereise ist, nicht wahr?«

»So ist es, aber ich bin viel zu aufgeregt, um mich zu fürchten.« Ein mitreißendes Lächeln glitt über ihr Gesicht. Aufseufzend griff sie nach der Reling und blickte über die endlose Weite.

»Dieser Anblick raubt einem den Atem, nicht wahr?« Er sah ebenfalls zum Horizont und freute sich über die unverhüllte Bewunderung der jungen Frau.

»Angesichts der Weite wird mir klar, wie klein ich in Wirklichkeit bin.«

»So wie die Wellen lange vor Ihrer Geburt auf den Strand rollten, so werden sie auch noch lange nach Ihrem Tod anbranden. Unser Leben ändert die Welt nicht.«

Diese Worte missfielen Charmaine. »Denken Sie das wirklich?«

»Viele Menschen sind anderer Meinung. Gehören Sie etwa auch zu ihnen?«

»Mir gefällt der Gedanke, dass jeder Mensch durch sein Leben eine Änderung bewirkt, und sei sie auch noch so klein.«

Kapitän Wilkinson dachte einen Moment lang über diese philosophische Äußerung nach. Das Mädchen war sicher nicht älter als achtzehn Jahre. »Wenn Sie erst so alt sind wie ich, werden Sie womöglich auch anders darüber denken. Aber heute ist das ohne Belang. Erlauben Sie, dass ich Ihnen meinen ganzen Stolz und meine Freude zeige.«

Als sich der Kapitän dem Heck des Segelschiffs zuwandte, begriff Charmaine, dass er sein Schiff meinte. Sie ermutigte ihn mit einem Nicken, und dann spazierten sie eine gute Stunde lang über die *Raven,* und Charmaine lernte, vom Vorderdeck über das Mitteldeck bis zum Achterdeck alles beim richtigen Namen zu nennen. Sie erfuhr, dass der Segler mit einer Länge von einhundertfünfundzwanzig Fuß in Britannien gebaut worden war und seit seiner Jungfernfahrt vor über dreißig Jahren stets unter Kapitän Wilkinsons Kommando über die Meere gekreuzt war. Der Kapitän zeigte ihr alles, vom Ruder bis zum Ankerspill, und erläuterte, wie viele Männer nötig waren, um die mächtige Kette und den Anker der *Raven* einzuholen. Die Masten waren rahgetakelt und die Rahen in einem bestimmten Winkel gesetzt, um den Wind am besten nutzen zu können. Charmaine beschattete ihre Augen und sah zu den drei Mastspitzen empor, die am Himmel zu kratzen schienen, und anschließend bedachte sie den Kapitän mit höflichen Komplimenten, während er ihr die einzelnen Segel – vom Außenklüver am Bugspriet, der ihnen voranflatterte, bis zum Besansegel, das den Kurs hielt – erläuterte. Unglücklicherweise deutete der Kapitän Charmaines Lächeln als Interesse und konnte in seiner Begeisterung kein Ende finden.

Charmaine seufzte erleichtert, als sich irgendwann Joshua Harrington zu ihnen gesellte, und wollte sich in ihre Kabine zurückziehen. Doch als sich die Unterhaltung unverhofft den Duvoisins zuwandte, war ihr Interesse geweckt, und sie lehnte sich gegen die Reling.

»... sehr vermögend«, sagte der Kapitän soeben. »Zehn Schiffe, drei Inseln, einige tausend Morgen Land und dazu Gott weiß wie viele Unternehmungen. Aber solches Vermögen hat einen hohen Preis. Frederic und seinen Söhnen wurde ein gerüttelt Maß an Schwierigkeiten beschert – eine schwere Last, wie ich sie nicht gern tragen wollte ...«

Je größer das Vermögen, desto tiefer der Schmerz … dachte Charmaine.

»… Es gibt viele, die den Duvoisins ihre Macht und ihr Geld neiden, aber genau diese Männer würden die Macht und den Reichtum missbrauchen. Die Duvoisins haben ihr Vermögen immerhin ehrlich verdient, und zwar mit harter Arbeit und großer Geschäftstüchtigkeit.«

Joshua Harrington hielt sich zurück. Während der letzten beiden Tage hatte er den Kapitän als besonnenen Mann kennengelernt, sodass er geneigt war, seine Meinung zu respektieren. »Sie äußern sich sehr lobend über die Familie«, bemerkte er schließlich mit etwas zweifelndem Unterton.

»Ich hebe Frederic Duvoisin keineswegs auf ein Podest, aber er ist ein gerechter Mann. Gerechter jedenfalls als jeder andere, den ich kenne. Diesen Wesenszug hat er seinen Söhnen vererbt.«

»Auch John?« Joshua schien nicht überzeugt zu sein. »Als ich im letzten Jahr seine Bekanntschaft machte, kamen mir viele Bezeichnungen in den Sinn. ›Gerecht‹ war allerdings nicht darunter.«

Jonah lachte leise. »Das überrascht mich nicht. John kann zuweilen äußerst zynisch sein, und seine Zunge ist so schnell wie seine Gedanken. Aber öfter, als man gemeinhin annimmt, ist er gerecht. Sein Sarkasmus ist nur ein Schutz.«

»Ein Schutz wovor?«

»Nun ja, vor der Wut und dem Schuldgefühl«, erklärte der Kapitän. »Angeblich war John der Grund für den schweren Anfall, der seinen Vater zum Krüppel gemacht hat. Der Schlaganfall, oder was auch immer es war, hat Vater und Sohn gleichermaßen getroffen. Frederic war einst ein starker, kraftvoller Mann, doch heute verlässt er seinen Besitz nicht mehr. John leidet ebenso wie sein Vater.

Er ist vor drei Jahren von den Inseln geflüchtet und seitdem nicht mehr zurückgekehrt. Soweit ich weiß, hat er keinen Kontakt zu seinem Vater, auch wenn er weiterhin für alle geschäftlichen Belange in Virginia und für den Frachtverkehr von und nach Richmond verantwortlich ist. Frederics anderer Sohn Paul wurde mit den Geschäften auf Les Charmantes betraut, was in der Folge leider neue Probleme aufgeworfen hat.«

»Wie soll ich das verstehen?«, fragte Joshua gespannt.

»Die Brüder haben unterschiedliche Ansichten. Zuweilen handeln sie sogar völlig entgegengesetzt und muten ihren Mitarbeitern damit eine Menge zu. Auf einem Schiff kann es jedoch nur einen Kapitän geben, wenn es nicht untergehen soll.«

»Demnach wetteifern die Söhne sozusagen um die Vorherrschaft?«

»Dieser Streit reicht bereits bis in die Kindheit der Jungen zurück. Paul verbindet ein enges Band mit seinem Vater, was John als gesetzlichem Erben nie vergönnt war.«

»Weshalb gesetzlich?«

Kapitän Wilkinson räusperte sich. Er hatte zu viel geredet. Doch diesen Punkt musste er genauer erklären. »Frederic hat Paul als kleines Kind adoptiert und wie einen eigenen Sohn großgezogen, obgleich Paul außerehelich geboren wurde. Aber Paul ist Frederics Sohn«, fügte er schnell hinzu, um der nächsten Frage zuvorzukommen. »Dessen bin ich sicher.«

»Aber weshalb sollte ein Mann seinen Bastard dem ehelich geborenen Erben vorziehen …«

Der ungehörige Ausdruck war Mr. Harrington schneller entwischt, als er sich beherrschen konnte. Er errötete und sah zu Charmaine hinüber, doch sie sah so freundlich drein wie immer. Offenbar hatte sie ihn nicht verstanden.

Der Kapitän war mit Mr. Harringtons Vorwurf ganz und

gar nicht einverstanden. »Frederic Duvoisin respektiert seine beiden Söhne gleichermaßen. Doch Paul arbeitet härter als sein Bruder, was meiner Meinung nach auch die engere Beziehung zwischen Vater und Sohn erklärt.«

Joshua Harrington kam aus dem Staunen nicht mehr heraus. »Und Johns Mutter? Wie steht sie zu dem Ganzen?«

»Elizabeth Duvoisin ist vor mehr als fünfundzwanzig Jahren im Kindbett gestorben. Einige sagen, dass Frederic John für ihren Tod verantwortlich macht, aber das ist Unsinn. Diese Gerüchte wurden von der Tatsache genährt, dass Frederic viele Jahre lang um seine Frau getrauert hat.«

Inzwischen verstand Charmaine nichts mehr. »Aber ich dachte…« Sie unterbrach sich. »Demnach ist Colette Duvoisin also seine *zweite* Frau?«

»Ja. Frederic Duvoisin hat vor zehn Jahren zum zweiten Mal geheiratet«, antwortete der Kapitän fast barsch.

Dass Frederic viele Jahre lang um seine Frau getrauert hat…

Verwirrt senkte Charmaine den Kopf. Sie spürte, dass der Kapitän ihr auswich, aber den Grund dafür konnte sie nicht benennen. Frederic Duvoisin war also ein älterer Mann mit zwei erwachsenen Söhnen, die von seiner ersten Frau und von seiner Geliebten stammten. Darüber hinaus hatte er noch drei weitere Kinder von seiner *zweiten* Frau, von denen das Kleinste noch ein Baby war.

»Stammt sie von den Inseln?«, fragte Charmaine.

»Wer? Miss Colette? Himmel, nein!« Der Kapitän lachte in sich hinein. »Miss Colette ist Französin. Eine waschechte Aristokratin. Soweit ich weiß, hat ihre Mutter diese Ehe eingefädelt«, fügte er hinzu. Doch als er Charmaines gerunzelte Stirn sah, wurde ihm unbehaglich. Am liebsten wäre er den heiklen Fragen ausgewichen, die nun auf ihn zukamen.

»Ihre Mutter?«

»Colette war damals noch sehr jung.«

»Wie jung?«

Im Lauf der letzten Stunde war Jonah Wilkinson immer gesprächiger geworden, doch plötzlich gab er nur noch einsilbige Antworten. Und zu Charmaines Verzweiflung schlug sich auch noch Mr. Harrington auf seine Seite. »Derartige Arrangements waren in besseren Kreisen schon immer üblich, nicht wahr?«

»So ist es«, pflichtete ihm der Kapitän eilig bei.

Trotz der heißen Sonne erschauerte Charmaine. Sie war immer der Meinung gewesen, dass die Reichen unbegrenzte Freiheiten genossen. Doch wie es schien, lebte hier auf der Insel eine junge Frau wie sie, deren Freiheit beschränkter war, als ihre es jemals sein würde.

»Ein Arrangement?« Charmaine überlegte. »Gefangenschaft wäre eigentlich das passendere Wort.«

»Gefangenschaft?« Das Lachen des Kapitäns klang unecht. »Miss Colette hat ihrem Mann zwar drei Kinder geboren, aber ich kann versichern, dass sie ein höchst angenehmes Leben führt«, erklärte er mit fester Stimme, als ob das einen solchen Handel erträglicher machte.

Charmaine nagte an ihrer Unterlippe. Sie war völlig durcheinander, und ihre Gedanken eilten zu der Insel. *Eine Ehe ohne Liebe.* Ihre Mutter hatte eine solche Ehe erduldet. Im Vergleich dazu war ihr eigenes Leben mit einem Mal gar nicht mehr erdrückend und eng. Im Gegenteil. Sie hatte nicht gewusst, wie frei sie in Wirklichkeit war.

Am Abend lud Kapitän Wilkinson Charmaine und die Harringtons zum gemeinsamen Mahl in seine Kabine ein. Obgleich die Speisen nur mittelmäßig waren, wurde es ein angenehmer Abend. Selbst Mrs. Harrington aß mit Appetit und war in kürzester Zeit von ihrem warmherzigen

Gastgeber äußerst angetan. Charmaine hatte ihr haarklein berichtet, was sie am Nachmittag erfahren hatte, und Loretta stellte nun ohne Zögern eigene Fragen. Geschickt, wie sie war, wandte sie sich zuerst der weiter zurückliegenden Geschichte der Duvoisins zu, die mit einem Netz von Geheimnissen umwoben schien. Und der Kapitän, der auf so manchen Abend in Gesellschaft von drei Generationen dieser Familie zurückblicken konnte, kam Lorettas Wunsch nur zu gern nach …

Zu Beginn des achtzehnten Jahrhunderts hatte ein gewisser Jean Duvoisin seine französische Heimat verlassen und war in die Amerikanischen Kolonien aufgebrochen. Als jüngerer Sohn einer wohlhabenden und einflussreichen Familie wollte er in der Fremde sein Glück machen, wobei er auf eine größere Summe Geldes, ein schnelles Schiff und die Segenswünsche seines Vaters zählen konnte. Zu Anfang ließ sich Jean im damaligen Newport's News in Virginia nieder, wo sich an der Mündung des James River eine aufstrebende Siedlung und ein Schiffsbauzentrum entwickelten. Als er erfuhr, dass William Byrd II. ungefähr neunzig Meilen nordwestlich von Newport's News eine neue Stadt gründen wollte, zog er mit seiner jungen Familie im Jahr 1737 dorthin. Die Stadt erhielt den Namen Richmond im ehrenhaften Angedenken an Richmond an der Themse, und Jean Duvoisin gehörte zu ihren Begründern. William Byrds Handelsniederlassung und sein Lagerhaus, oder Shocco, wie die Indianer es nannten, waren auf regelmäßige Schiffslieferungen angewiesen. Weitsichtig erkannte Jean Duvoisin die finanziellen Möglichkeiten, die in einer solchen Unternehmung schlummerten, und gab in Newport's News ein weiteres Schiff in Auftrag. William Byrd schätzte Jeans Wagemut und sicherte letztlich seinen Erfolg, indem er ihm ausgedehnte Gebiete westlich von Richmond übereignete. Es dauerte keine zehn Jahre, bis das gesamte Gebiet gerodet war und Tabakpflanzen angebaut worden waren. Obendrein besaß Jean Duvoisin inzwischen drei Handelsschiffe, die ihrem Besitzer nicht nur ein Vermögen einbrachten, indem sie die Versorgungsgüter aus Europa heranschafften, sondern im Gegenzug seinen Tabak auch zu Vorzugspreisen transportierten. Als Jean Duvoisin mehr als zwanzig Jahre später starb, hatten die beiden Unternehmungen seine kühnsten Erwartungen übertroffen. Die Tabakplantage war um das Dreifache gewachsen, außerdem hatte er weiteres Land in Virginia erworben und das Schifffahrtsgeschäft bereits seinem ältesten Sohnes übereignet.

Jean Duvoisin II. trat in die Fußstapfen seines Vaters und vergrößerte das Familienimperium, indem er das Geschäft auf dem Ozean ausweitete. Seine ganze Leidenschaft gehörte dem Schifffahrtsunternehmen und dessen Zukunft, sodass er nach dem Tod des Vaters die Tabakplantage in andere Hände übergab. Inzwischen hatte er drei beinahe unbewohnte Inseln in seinen Besitz gebracht und ihnen den Namen Les Charmantes gegeben, was in der Muttersprache seines Vaters »Die Hübschen« bedeutete. Durch ihre günstige Lage inmitten der Handelsrouten seiner Flotte bot sich die größte der Inseln als idealer Stützpunkt an. Jean II. machte die Insel urbar und baute einen ersten Anleger, und als Ruhepol für sich selbst ließ er in der unberührten Einsamkeit im Westen der Insel eine prächtige Villa errichten. Es ging das Gerücht um, dass Haus und Insel in Wahrheit nur als Gefängnis für seine hübsche Frau dienten, was ihm schnell den Titel eines Gentleman-Piraten eintrug. Angeblich hatte er das Mädchen einem Rivalen in Richmond unter der Nase weg entführt und befürchtete, sie zu verlieren, sobald er sich auf See wagte. Also hatte er sie in dieses abgelegene Paradies gebracht, damit sie immer bei ihm bleiben musste.

Diese Frau war die Erste, die ihre Kinder auf Charmantes zur Welt brachte, wie die größte Insel inzwischen genannt wurde – und zwar sechs an der Zahl. Die drei mittleren Söhne kamen bei einem großen Feuer um, das nur den Ältesten, Jean III., seine Schwester Eleanor und Frederic verschonte, der zwölf Jahre jünger war als sein ältester Bruder. Viele Jahre später gingen die beiden Brüder nach Virginia, um sich um die Geschäfte der Familie in Richmond zu kümmern.

Als Jean Duvoisin II. im Jahr 1796 erkrankte, kehrte sein Ältester nach Charmantes zurück, wo er in die Unruhen zwischen den westindischen Inseln, die in amerikanischem und französischem Besitz waren, involviert wurde und dabei sein Leben verlor. Innerhalb eines Jahres starb auch Jean III., woraufhin Frederic das gesamte Vermögen der Duvoisins in den Schoß fiel. Zu diesem Zeitpunkt war er gerade dreiundzwanzig Jahre alt. Da er von Richmond aus das Geschehen auf den Inseln nicht im Blick hatte und ihren Verlust befürchten musste, kehrte er nach Les Charmantes zurück und vereinigte die kleinen Farmen seines Vaters zu einer großen Zuckerrohrplantage, die er von Sklaven und persönlich ausgewählten Pächtern bewirtschaften ließ.

Frederic war bereits in den Dreißigern, als er eine um fünfzehn Jahre jüngere Engländerin mit Namen Elizabeth Blackford ehelichte. Die junge Frau verließ ihre Familie – Mutter, Vater, Bruder und Schwester – und fuhr von Liverpool aus auf die Inseln, um zusammen mit ihrem Mann ein neues Leben zu beginnen. Leider starb sie jedoch kein Jahr später im Kindbett.

»Im Lauf der Jahre hat sich die Insel ständig weiterentwickelt«, fuhr der Kapitän fort. »Das Zuckergeschäft führte zur Anlage eines Hafens, wo die Schiffe Vorräte und Versorgungsgüter entladen und im Gegenzug Rohzucker an Bord nehmen konnten. Um den Hafen herum entstand nach und nach eine Siedlung, deren Häuser von befreiten Gefangenen errichtet wurden. Nach Verbüßung ihrer Strafe ermutigte Frederic die Besten unter ihnen, auf den Inseln zu bleiben und gegen regelmäßigen Lohn in seine Dienste zu treten. Diese Männer waren die ersten Siedler auf Charmantes, und einige von ihnen ließen sogar ihre Familien nachkommen. Etliche Geschäftspartner, die Frederic nahestanden, hielten ihn für übergeschnappt und seine Idee für reine Narretei. In Europa galten diese Männer als Verbrecher, dabei waren die meisten nur wegen lächerlicher Taten verurteilt worden. Armut bringt eben so manchen Mann auf dumme Gedanken. Auf Charmantes bot sich ihnen jedoch die Gelegenheit, noch einmal von vorn zu beginnen – und die meisten ergriffen die Gelegenheit voll Eifer. Es sind wilde Gesellen darunter mit Ecken und Kanten, und dennoch gibt es so gut wie keine Verbrechen auf der Insel, weil diese Männer, wenn man so will, für den Frieden bürgen. Als die Bevölkerung zunahm, sorgte Frederic dafür, dass sich weiteres Gewerbe auf der Insel ansiedelte. Als Erstes wurde Thompson's Handelshaus gegründet, wo sich die Bewohner mit Waren aller Art versorgen können. Dann eröffnete ein Böttcher sein Geschäft und fertigt seitdem die wasserdichten Fässer, die für den Transport des Rohzuckers unerlässlich sind. Das Dulcie's folgte wenig später.«

»Das Dulcie's?«, fragte Loretta.

»Der Saloon«, erklärte Jonah Wilkinson und legte eine Pause ein, um einen Schluck Kaffee zu trinken. »Später kam noch ein Mietstall dazu und dann ein Versammlungshaus, das an Sonntagen auch als Kirche dient. Das ist jetzt zehn Jahre her. Miss Colette ist eine strenge Katholikin und bestand darauf, dass die Bevölkerung diese Möglichkeit bekam.«

»Gibt es tatsächlich einen Reverend auf der Insel, der regelmäßig die Messe liest?«, fragte Loretta erstaunt. »Ich dachte, dass meine Schwester übertreibt, als sie mir in einem Brief davon schrieb.«

»Nein, nein, das war keineswegs übertrieben. Der Mann ist römisch-katholischer Priester und lebt schon seit vielen Jahren auf Charmantes.«

»Ist das denn nicht ungewöhnlich? Soweit ich weiß, schickt die Kirche doch keine Priester auf solch kleine, entlegene Inseln.«

»Ich fürchte, da unterschätzen Sie die Größe und die Bedeutung von Charmantes«, erwiderte Jonah Wilkinson. »Es gibt dort sogar eine Bank, die einer von Frederics Freunden aus Virginia leitet. Viele einflussreiche Leute stecken ihr ganzes Vermögen in die Unternehmungen der Duvoisins – vor allem in das Schifffahrtsunternehmen. Und am Stadtrand kaufen viele Inselbewohner Land, auf dem sie dann ein Haus oder ein Geschäft errichten müssen. Der Wohlstand der Duvoisins ermutigt die Menschen und weckt ihren Appetit. Sie haben das Gefühl, an Frederics Vermögen teilzuhaben, sofern sie nur ein Stück seiner Insel besitzen.«

Joshua Harrington sah skeptisch drein. »Und sind sie damit erfolgreich?«

»Wenn wir in einem oder zwei Tagen ankommen, können Sie sich mit eigenen Augen ein Bild machen und dann selbst entscheiden, ob die Menschen ein gutes Leben führen oder nicht.«

Loretta beugte sich vor. »Ich weiß, dass meine Schwester und ihr Mann sehr glücklich über ihre Übersiedlung in die Karibik sind, und nach Ihrer lebhaften Beschreibung kann ich unsere Ankunft kaum abwarten. Das klingt doch alles ganz wunderbar, nicht wahr, Charmaine?«

Das Mädchen war jedoch in Gedanken versunken und hörte gar nicht zu.

»Charmaine?«

»Oh, tut mir leid – was haben Sie gesagt?«

»Es sieht ganz so aus, als ob Charmantes wunderschön sei und jedermann gern dort lebe«, sagte Loretta. »Aber du bist mit deinen Gedanken ja ganz woanders.«

Charmaine rieb sich über die Stirn. »Nein«, murmelte sie, »ich habe zugehört.«

Aber Loretta wusste es besser. Den ganzen Nachmittag über hatte sich das Mädchen über die Brautwerbung zwischen Colette und Frederic Duvoisin ereifert und sich die wildesten Szenarien ausgemalt, ohne andere Möglichkeiten überhaupt in Betracht zu ziehen. Loretta wollte unbedingt die Wahrheit erfahren, bevor Caroline sie mit ihrem Gerede beeinflussen konnte.

»Mr. Wilkinson« – sie wandte sich an den Kapitän –, »wenn es nicht zu unverschämt ist, würde ich auch gern ein wenig über Colette Duvoisin erfahren.«

Auf sein Stirnrunzeln hin lenkte Loretta geschickt ein. »Wissen Sie, meine Schwester plappert gern, aber mit dem Schreiben hat sie es nicht so. Ich bekomme nur selten Post von ihr, und wenn doch, sind die Briefe meistens kurz. Da sich Charmaine bei den Duvoisins bewerben möchte, verstehen Sie sicher, dass ich gern so viel wie möglich über ihre zukünftige Herrschaft erfahren würde.«

Mr. Wilkinson war einverstanden. Schließlich ließ sich nicht verschweigen, was sie ohnehin erfahren würden. »Und was genau möchten Sie wissen?«

»Charmaine hält Miss Colette für so jung, dass sie Frederic Duvoisins Tochter sein könnte.«

»So ist es. Um genau zu sein, ist sie sogar jünger als seine beiden Söhne.«

Charmaine warf Loretta einen vielsagenden »Habe ich es nicht gesagt«-Blick zu.

Der Kapitän bemerkte den Blick und verschränkte die

Arme vor der Brust. »Miss Colettes Familie befand sich damals in finanziellen Schwierigkeiten, und Frederic hat ihnen geholfen. Außerdem gab es einen Bruder, der lange Zeit ernstlich krank war, und Frederics Vermögen hat auch diese Kosten getilgt. Nun ja. Manch einer mag eine solche Übereinkunft als Gefängnis bezeichnen, aber ich bin sicher, dass Miss Colette dieses Wort nie benutzen würde.«

Charmaine war so entsetzt, dass sie den letzten Satz überhörte. Das Leben ihrer Mutter war grauenhaft gewesen, aber zumindest hatte sich Marie dieses Leben selbst erwählt. Dagegen war Colette Duvoisin wie ein Stück Vieh gegen Geld verschachert worden. Charmaine empfand tiefstes Mitleid mit dieser Frau.

Jonah Wilkinson lehnte sich zurück. »Miss Colette ist keineswegs so unglücklich, wie Sie sich das vielleicht vorstellen, Miss Ryan.«

»Ich denke, dass ich mir selbst ein Bild machen möchte, Mr. Wilkinson.«

Loretta tätschelte Charmaines Hand. Ihrer Meinung nach hatte der Kapitän vermutlich recht. »Zumindest steht dir die Herrin des Hauses im Alter sehr nahe«, meinte sie versöhnlich. »Vielleicht könnt ihr euch sogar anfreunden.«

Auf den Gedanken war Charmaine noch gar nicht gekommen, doch nun hoffte sie, dass das wahr werden würde.

Montag, 12. September 1836

An ihrem vierten Tag auf See erwachte Charmaine bereits früh am Morgen. Der Kapitän ging davon aus, dass sie die Inseln in der Morgendämmerung sichteten, und diesen Moment wollte sie auf keinen Fall verpassen. Nach kurzem Nachdenken schlüpfte sie in ihr bestes, blassgrünes Kleid und bürstete gerade die letzten Knoten aus ihrer widerspenstigen Lockenmähne, als der lang ersehnte Ruf über das Deck schallte. »Land in Sicht!«

Einen Moment lang hielt Charmaine inne, aber dann warf sie ihre Haare, die ihr fast bis zur Taille reichten, kurz entschlossen über die Schulter zurück. Der strenge Knoten musste warten, da sie den lang ersehnten Anblick nicht verpassen wollte. Sollte doch der Wind ihre Haare zausen, wie er wollte – sie wollte sich jedenfalls nicht den Tag verderben lassen, an dem vielleicht ihr neues Leben begann. Nach einem letzten Blick in den Handspiegel lächelte sie zufrieden und verließ eilig ihre Kabine.

Kapitän Wilkinson nahm Charmaine gar nicht wahr, als sie das Oberdeck betrat, weil seine Blicke auf die Takelage gerichtet waren, wo einige Männer an der Webeleine nach oben kletterten, um die Segel auszurichten und die *Raven* auf das Anlegemanöver vorzubereiten. Sie ging davon aus, dass Mr. Harrington noch in seiner Kabine weilte, und suchte sich einen ruhigen Platz an der Reling.

Ein paar Männer, die mit Teerarbeiten beschäftigt waren, beäugten sie, und als erste zotige Bemerkungen an ihr Ohr drangen, sah Charmaine verwundert an sich hinunter. Auch wenn ihr die Männer während der Reise hin und wieder nachgepfiffen hatten, waren sie doch nie aufdringlich geworden. War sie etwa unziemlich gekleidet? Da sie nichts feststellen konnte, wandte sie den Blick wieder dem Ozean zu, um endlich das Land zu erspähen. Als das Schiff plötzlich in den steifen Gegenwind drehte, wirbelten die Böen Charmaines offenes Haar durcheinander und pressten die Röcke eng gegen ihre Beine.

Als einer der Männer pfiff, sah Mr. Wilkinson zur Reling hinüber. Verstohlen grinste er in sich hinein. Die Kleine gab sich ja redliche Mühe, die Grobiane nicht zu beachten. Er wischte sich den Schweiß von der Stirn und ging zu ihr hinüber. »Guten Morgen, Miss Ryan.«

Erleichtert sah Charmaine ihm entgegen.

Ihr strahlendes Lächeln, die erwartungsvoll leuchtenden Augen und die ungebärdigen Locken enthüllten Charmaines Schönheit, die dem Kapitän bisher entgangen war. Kein Wunder, dass seine Matrosen sich so aufführten.

»Ich habe gehört, dass Land gesichtet wurde. Aber ich sehe es nicht! Oder sind die Inseln noch so weit entfernt, dass ich ein Fernglas brauche?«

»Aber nein, Miss Ryan. Sie suchen sie nur auf der falschen Seite.«

Verblüfft senkte Charmaine den Blick, doch Mr. Wilkinson nahm nur wortlos ihren Arm und führte sie zur Reling an der Steuerbordseite hinüber, wo er nach Südosten wies. Dort am Horizont war Land zu sehen.

Der Kapitän kehrte an seine Arbeit zurück. Charmaine rührte sich nicht von der Stelle und beobachtete, wie der dunkle Fleck langsam größer wurde, bis blendend weiße Strände von einer Ausdehnung erkennbar wurden, die für eine einzige Insel viel zu groß zu sein schienen. Jenseits der Strände erstreckte sich Buschwerk und hohes Gras bis in die Schatten unter den hohen Palmen, Weiden und dem dichten Laubwerk. Charmaine bewunderte die Schönheit der unberührten Landschaft, als ihr plötzlich auffiel, dass sie noch kein Anzeichen einer menschlichen Siedlung gesehen hatte. Weder einen Hafen noch Häuser und erst recht keine Menschen. Sie sah sich um, weil sie den Kapitän fragen wollte, doch der war nirgendwo zu sehen. Also musste sie ihre Ungeduld noch etwas bezähmen. Inzwischen segelten sie parallel zum Strand an einer offensichtlich unbewohnten Insel entlang. Charmaine konnte sich lebhaft vorstellen, was Jean Duvoisin II. bei der Entdeckung dieses Paradieses gedacht hatte – herrlich unberührtes, freies Land. Ein friedlicherer Ort ließ sich auf Erden kaum vorstellen, dachte Charmaine und schloss daraus, dass dies unmöglich die größte Insel sein konnte. Eher war es eine der beiden anderen, die noch nicht besiedelt waren.

Nach und nach wurden die Strände felsiger. Und bald begleiteten Klippen die Küste, die, je weiter sie in östlicher Richtung segelten, immer höher emporwuchsen. Anbrandende Wellen schleuderten die Gischt so hoch in die Luft, dass ihre feuchten Schleier bis auf das Deck der *Raven* wehten. Sie näherten sich einem Leuchtturm, der den nördlichsten Punkt der Insel markierte, und als sie die Stelle passiert hatten, glitt Charmantes Blick zu den Klippen, die sich in weitem Bogen nach rechts erstreckten und sich in der Ferne verloren.

Es verging fast eine ganze Stunde, bis der Kapitän zusammen mit Joshua Harrington wieder an Deck erschien. »Wir umrunden gerade Charmantes«, erklärte er, »und werden in Kürze die Bucht erreichen.«

»Welche Bucht?«, fragte Charmaine.

»Der Hafen wurde in einer Bucht angelegt, und zwar an der Ostküste der Insel. Die meisten Inseln in der Karibik verfügen über einen leeseitigen oder westlichen Hafen, wo man vor den Wirbelstürmen sicher ist. Charmantes dagegen besitzt ein natürliches Hafenbecken an der Ostküste, das von einer schützenden Halbinsel umgeben ist. Jean Duvoisin II. konnte also den Anleger im Osten errichten und die ruhige Westseite mit den wunderbar sandigen Stränden zum Bau des Herrenhauses nutzen. Sobald wir das Ende der Halbinsel erreichen, verwandelt sich die unberührte Landschaft in die geschäftige Stadt, von der ich gestern Abend gesprochen haben.«

Er deutete zum östlichen Horizont hinüber. »Wenn Sie genau hinsehen, können Sie dort drüben die beiden anderen Inseln von Les Charmantes ausmachen.« Charmaine beschattete ihre Augen und konnte in der Ferne tatsächlich zwei kleine Landrücken erkennen.

Kurz darauf wich das Land plötzlich zurück, und die *Raven* machte eine Kursänderung nach Süden, um die Halbinsel zu umsegeln. Mr. Harrington schloss sich dem Kapitän an, als dieser auf seinen Posten zurückkehrte, und Charmaine war erneut sich selbst überlassen. Seevögel tauchten aus dem Nichts auf, flogen durch die Takelage hindurch und glitten tief über die Wellen. Dabei kreischten sie so laut, als ob sie das ankommende Schiff begrüßen wollten.

Als die *Raven* das Ende des Kaps erreichte, richtete sich Charmaines Blick auf die Takelage. Die Leinen knarzten, als die dreieckigen Segel gesetzt wurden, und im nächsten Augenblick fingen sie den Wind ein und wölbten sich nach vorn. Das Heck kam herum, und das Schiff legte sich hart nach Steuerbord, bis es einen vollkommenen Halbkreis beschrieben hatte. »Das Schiff spannt alle seine Kräfte an«, bezeichnete dies der Kapitän, und Charmaine konnte nur staunen, wie zielsicher der Handelssegler nach Norden drehte und in die Bucht von Charmantes einlief. Überrascht schnappte sie nach Luft, als statt der wilden Einsamkeit mit einem Mal ein geschäftiger Hafen und eine kleine Stadt ins Blickfeld rückten.

Während der Kapitän den Segler mit großem Geschick längsseits des größten der drei Kais manövrierte, glitten Charmaines Blicke über die Gebäude der Insel, die sich in alle Richtungen erstreckten. Dann konzentrierte sie sich auf die Menschen. Ganz normale Menschen, wie sie schnell feststellte. Wie hatte sie nur denken können, dass sie irgendwie anders aussehen würden?

Die Menschenmenge am Kai vergrößerte sich ständig. Offenbar war die Ankunft eines so großen Handelsschiffs von besonderem Interesse. Menschen aller Hautfarben – weiß, schwarz und alle anderen Schattierungen – sammelten sich am Anleger. Alle waren anständig gekleidet. Von Ärmlichkeit keine Spur. Es waren auch Frauen darunter, die Kinder an die Brust drückten und ihren Männern an Bord des Seglers zuwinkten. Demnach waren die Matrosen der *Raven* keine heimatlosen Seeleute, wie Charmaine gedacht hatte, sondern hatten Familien, die auf ihre Heimkehr warteten.

In einem wahren Begeisterungstaumel wurden die Leinen in kürzester Zeit von zahllosen Händen an den Pollern am Kai festgezurrt. Als Letztes wurde die Gangway herabgelassen, und im nächsten Augenblick strömten die Wartenden an Deck. Freunde, die sich seit vielen Monaten nicht mehr gesehen hatten, schlugen sich mit schwieligen Händen auf die Schultern, Verabredungen für den abendlichen Besuch im Saloon wurden getroffen, und die verheirateten Matrosen rannten auf den Kai hinunter, um Frauen und Kinder in die Arme zu schließen. Für einige Augenblicke war die Arbeit vergessen, und alle begrüßten und umarmten sich und tauschten die letzten Neuigkeiten aus.

Erst als ein dunkelhaariger Mann die Gangway erklomm und plötzlich inmitten der Menge stand, trat Stille ein. Der Mann hatte eine so starke Ausstrahlung, dass er die Blicke aller auf sich zog. Auch Charmaines Blick haftete auf ihm, und sie bewunderte ihn, wie sie noch nie zuvor einen Mann bewundert hatte. Sein Gesicht war gebräunt, was den langen Stunden unter tropischer Sonne geschuldet war. Der eindringliche Blick seiner Augen ließ einen scharfen Verstand erahnen. Kastanienbraune Locken fielen ihm bis auf die Brauen, und unter der geraden Nase erkannte sie einen Schnurrbart, volle Lippen und ein energisches Kinn. Der Mann bewegte sich leichtfüßig, und doch war seine Haltung stolz und selbstbewusst – ja, aristokratisch. »Na los, Männer!«, rief er über die Decks, dass seine weißen Zähne nur so blitzten. »Je schneller wir die Ladung löschen, desto eher könnt ihr euren Durst auf meine Kosten im Dulcie's löschen.«

Laute Jubelrufe waren die Antwort, und gleich darauf entstand ein unglaubliches Durcheinander, als die Männer sich an die Arbeit machten. Der hochgewachsene Fremde stand mit gespreizten Beinen an Deck und brüllte einen Befehl nach dem anderen. Die Abdeckung der großen Luke wurde geöffnet, Gerätschaften wurden herangerollt, und es dauerte nicht lange, bis ein Flaschenzug und ein Ladebaum errichtet waren. Der Mann grinste über das ganze Gesicht, während er die Geschäftigkeit um sich herum beobachtete.

Charmaine konnte ihre Augen kaum abwenden und hoffte nur, dass der Mann ihre Blicke nicht bemerkte.

Mit einer ausholenden Bewegung wischte er sich mit dem Ärmel den Schweiß von der Stirn, bevor er sich das Hemd über den Kopf zog und genau wie Matrosen und Schauerleute eine behaarte Brust und breite Schultern sehen ließ. Rasch hängte er das Hemd über die Reling und legte dann bei den Arbeiten selbst mit Hand an.

Charmaines Herz geriet aus dem Takt. In Richmond zogen sich die Männer niemals das Hemd aus. Staunend betrachtete sie das Spiel der Muskeln auf seinem gebräunten Rücken und den Armen. Offenbar scheute er sich nicht vor harter Arbeit. Ja, er schien sie geradezu zu genießen. Das Blut stieg ihr in die Wangen, während ihr Blick über den verschwitzten Rücken bis hinunter zu den muskulösen Beinen unter der eng anliegenden Hose glitt. Überwältigt musste sie den Blick abwenden. Sie konnte kaum mehr atmen. Dies war bei weitem der attraktivste Mann, den sie je zu Gesicht bekommen hatte.

»Charmaine!«, rief Joshua, als er sich einen Weg durch

das Durcheinander bahnte. »Ich habe Harold und Caroline Browning bereits erspäht.«

»Sind sie denn hier?«

»Ja, sie warten unten auf dem Kai.« Er ergriff ihren Arm und führte sie zum Achterdeck. »Offenbar haben sie uns an Bord der *Raven* vermutet, als sie hörten, dass sie aus Richmond kommt.«

Charmaine nickte, doch ihr Blick ruhte noch immer auf dem Fremden, der zusammen mit drei anderen Männer die ersten Fässer, immer eines nach dem anderen, quer über das Deck rollte.

»Wer ist dieser Mann?«, fragte sie.

»Das ist Paul Duvoisin«, bemerkte Joshua Harrington schroff, als er die Röte auf Charmaines Wangen bemerkte. »Wir wurden einander bereits vorgestellt.«

»Wann denn?«

»Vor ein paar Augenblicken. Komm jetzt, Charmaine, wir müssen uns beeilen. Die frische Brise ist abgeflaut, und ich habe nicht die Absicht, noch länger in dieser Hitze auszuharren. Wenn die Sonne höher steigt, wird es noch schlimmer.«

Als sie sich der Gangway näherten, deutete Joshua auf ein Paar, das ihnen vom Kai aus zuwinkte. »Ich muss noch Loretta holen. Geh du doch schon nach unten und mach dich mit ihrer Schwester bekannt.«

»Aber ich muss meine Sachen holen«, entgegnete Charmaine. »Sie sind noch in meiner Kabine.«

»Mach dir keine Sorgen. Ich bringe sie mit.«

»Aber nein, Mr. Harrington, das kann ich unmöglich annehmen. Kümmern Sie sich um Ihre Frau, und wir treffen uns in zehn Minuten bei den Brownings auf der Pier.«

Rasch verschwand Joshua Harrington unter Deck. Doch Charmaine blieb mit klopfendem Herzen stehen und schaute erneut zu Paul Duvoisin hinüber. Ihr wurde bewusst, welches Vermögen in den Händen dieses jungen, gut aussehenden Mannes ruhte. Besser, sie dachte nicht darüber nach. Rasch lief sie nach unten, um ihr Gepäck zu holen.

Als Charmaine an Deck zurückkehrte, war Mr. Harrington nirgends zu sehen. Vermutlich war sie vor ihm mit dem Packen fertig geworden. Also machte sie sich auf die Suche nach Mr. Wilkinson, weil es unhöflich gewesen wäre, das Schiff zu verlassen, ohne sich von ihm zu verabschieden und ihm zu danken.

Von einem Matrosen erfuhr sie, dass sich der Kapitän in seiner Kabine auf dem Achterdeck befand. Sie hatte noch kaum geklopft, als Mr. Wilkinson auch schon »herein« rief. Der Kapitän saß am Schreibtisch, und Paul Duvoisin beugte sich über seine rechte Schulter. Keiner der beiden Männer hob den Kopf. Stattdessen starrten sie auf einige Blätter hinunter, die vor ihnen ausgebreitet waren. Der Kapitän machte eine ungeduldige Handbewegung. »Na los, Junge! Gib sie her!«

Vor Überraschung brachte Charmaine kein Wort heraus.

Der Kapitän sah auf. »Oh, Miss Ryan, ich bitte um Entschuldigung. Ich habe Sie für Wagner gehalten. Er sollte mir einige Papiere holen.«

Als Paul Duvoisin den Namen hörte, richtete er sich auf. Seine Aufmerksamkeit war augenblicklich geweckt. *Seltsam – ein hübsches Mädchen: wehende Locken, ein nettes Gesicht und eine kurvenreiche Figur. Wie kam sie auf die* Raven*?* Er schluckte. Er hatte sie noch nie gesehen. »Ist das die hübsche Nichte, die Sie mir schon die ganze Zeit über vorenthalten, Jonah?«

»Sie wissen doch genau, dass ich keine Verwandten habe, Paul.«

»Das behaupten Sie jedes Mal!« Paul lachte, auch wenn ihm die Antwort nicht gefiel.

Sein Blick ruhte auf der jungen Frau, doch noch bevor er die nächste Frage stellen konnte, kam der Kabinenboy herein. Ungeduldig griff Paul nach den Schriftstücken und fing sofort an zu lesen.

Diese Missachtung ärgerte Charmaine zwar, aber trotzdem dankte sie dem Kapitän für seine Gastfreundschaft. Er wiederum küsste ihr die Hand und wünschte ihr alles Gute. Mit einem letzten Blick in Richtung Schreibtisch verließ Charmaine wortlos die Kabine.

Inzwischen hatte sich die Hitze merklich gesteigert. Sie hob den Koffer hoch und steuerte auf die Gangway zu, wo die Harringtons sicherlich bereits warteten.

Mr. Harrington erspähte sie schon von weitem. Er kehrte an Bord zurück, nahm ihr den Koffer ab und fasste sie am Ellenbogen. Kurz darauf hatte Charmaine wieder festen Boden unter den Füßen, und doch schwankte sie, als ob sie sich noch immer auf dem Schiff befände.

»Du bist also Charmaine«, sagte Caroline, nachdem sie einander vorgestellt worden waren, und ihr Mann lächelte erfreut. »Du bist genauso hübsch, wie meine Schwester dich beschrieben hat.«

»Ich fürchte, Mrs. Harrington hat übertrieben.«

»Unsinn«, versicherte die rundliche Frau. »Du bist ja beinahe so schön wie meine Gwendolyn.«

Carolines Mann räusperte sich, doch sie brachte ihn mit einem kühlen Blick zum Schweigen.

Charmaine war froh, als sie endlich in den Wagen der Brownings steigen konnte. »Ist es hier immer so heiß?«, fragte sie und betupfte ihre Brauen.

»Eigentlich geht immer eine leichte Brise«, antwortete Mr. Browning. »Und mit der Zeit gewöhnt man sich an die Hitze.«

»Schwerlich, wenn man das Haar offen trägt«, bemerkte Caroline.

Charmaine hob die Haare im Nacken an. »Ich wollte sie eigentlich zu einem Knoten aufstecken …«

»Es ist hübsch, so wie es ist«, fiel ihr Loretta ins Wort und drückte ihre Hand.

Caroline Browning reckte die Nase in die Luft, doch im nächsten Moment wandte sie ihre Aufmerksamkeit der Straße zu. »Sieh nur – dort drüben!«, rief sie und wies quer über das Durcheinander. Gleichzeitig bedeutete sie ihrer Schwester, sich zu ihr herüberzubeugen. »Das ist das Dulcie's! Oh, dort wird so einiges geboten! Aber Männer sind nun einmal Männer. Habe ich recht, Harold?«

»Woher soll ich das wissen«, murmelte dieser und hielt den Blick auf seinen Schoß gerichtet.

»Was hast du gesagt?«

Diesmal sagte er es laut und deutlich. »Ich sagte, dass nur du das weißt.«

Misstrauisch beäugte sie ihn, aber als die Häuser an ihnen vorbeizogen, vergaß sie die Sache rasch. »Dort drüben ist der große Laden, wo man alles bekommt, was man zum Leben braucht. Das Angebot kann sich durchaus mit größeren Läden in den Staaten messen. Doch an den Wochenenden kann man dort nicht hingehen, denn dann bekommen die Sträflinge ihre Löhne und kaufen ein. Da sind wirklich ekelhafte Gesellen darunter!«

»Aber Caroline«, widersprach ihr Mann entrüstet. »Die meisten sind anständige Leute.«

»Wie kannst du so etwas nur sagen?« Sie war mindestens so entrüstet wie ihr Mann. »Das sind allesamt Mörder – und sonst gar nichts.«

»Sie sind keine Mörder, und das weißt du genau. Sonst dürften sie gar nicht hier arbeiten. Die meisten sind arme Schlucker, die wegen einer Bagatelle hier gelandet sind.«

»Oh, sei doch nicht so verbohrt«, schimpfte sie. »Es

sind ganz gewöhnliche Verbrecher. Warum nimmst du sie nur ständig in Schutz?«

»Ich kenne die Männer, oder hast du vergessen, dass ich die Arbeit der meisten beaufsichtige?«

»Psst«, zischte sie, denn ihre Scham war noch größer als ihre Entrüstung. »Muss denn jedermann erfahren, dass du dich mit diesen Leuten abgibst?«

»Ich verberge nicht, womit ich auf der Insel mein Brot verdiene«, entgegnete er hastig. »Erst recht lüge ich nicht, wie du das tust.«

»Harry, bitte!«, sagte sie nervös. »Doch nicht vor der ganzen Familie!«

Sie starrte aus dem Fenster – und schon ging das Klagen weiter. »Sieh nur, was du angerichtet hast! Jetzt sind wir in den Außenbezirken und haben alle wichtigen Gebäude verpasst!«

Sie schimpfte noch eine Weile, bevor sie sich für ein neues Thema erwärmte. »Es ist wirklich eine Schande, dass du Paul Duvoisin verpasst hast, Loretta. Ein feiner Mensch – aber auch ein Schwerenöter, wenn du weißt, was ich damit meine. Außerdem wirft er gern ein Auge auf die Ladys. Angeblich fällt der Apfel ja nicht weit vom Stamm. Was das angeht, so tritt er in die Fußstapfen seines Vaters …«

»Caroline!«, fiel Harold ihr ins Wort.

»Aber so ist es doch«, entgegnete sie sehr viel sanfter. Dennoch war sie verärgert, dass ihr Mann wagte, den Klatsch zu unterbinden, der doch unbedingt erzählt werden musste. »Stellt euch nur vor: So viele Jahre war der Mann Witwer – und dann heiratet er mir nichts, dir nichts ein Mädchen, das seine Tochter sein könnte! Wenn ich mir vorstelle, dass Colette …«

»Caroline!« Ihr Mann explodierte. »Halt jetzt endlich den Mund!«

»Aber Harold«, entrüstete sich Caroline angesichts dieses seltenen Wutausbruchs.

Doch Harolds Zorn kühlte ebenso rasch ab, wie er aufgeflammt war, und er zerrte verlegen an seinem Kragen. »Es tut mir leid«, entschuldigte er sich leise. »Aber meine Frau sollte keine Gerüchte verbreiten.«

Caroline schnalzte mit der Zunge. »Das sind keine Gerüchte, mein lieber Mann, sondern Fakten.«

Die restliche Fahrt über wurde geschwiegen. Charmaine überlegte, wie verschieden die beiden Schwestern doch waren. Außerdem kehrten ihre Gedanken immer wieder zu Colette Duvoisin zurück und suchten nach Antworten. War die junge Frau gern mit einem Mann verheiratet, der alt genug war, um ihr Vater zu sein? Welche Überraschungen und Erkenntnisse brachten wohl die nächsten Tage für sie?

Als der Wagen vor dem Landhaus der Brownings hielt, erschien ein Mädchen von ungefähr fünfzehn Jahren. Sie war genau wie ihre Mutter ein wenig untersetzt, aber sie rannte mit einem strahlenden Lächeln auf den Wagen zu. »Tante Loretta? Onkel Joshua?«

»Gwendolyn?« Loretta konnte es nicht fassen. »Mein Gott, Kind, wie groß du geworden bist!«

Während sie einander umarmten, zog Harold Browning seine Frau beiseite und flüsterte hitzig auf sie ein. »Wenn ich nur noch eine einzige Silbe über Frederic und Colette von dir höre, kannst du augenblicklich deine Sachen packen. Das schwöre ich!« Carolines Kinn sank herab. »Oder willst du vielleicht, dass ich meine Stellung auf der Insel verliere? Dass man mich wie Clayton Jones davongejagt? Erinnerst du dich noch, wie es ihm ergangen ist?«

Carolines Augen wurden so groß wie Untertassen. »Ja … aber nein … natürlich nicht.«

»Oder wärst du lieber die neue Alma Banks? Dann hätten die Leute in der Stadt wahrlich etwas zu tratschen!«

Carolines Gesichtsausdruck spiegelte ihr Entsetzen wider.

»Nun gut.« Harold lächelte und nickte zufrieden. »Denk daran, bevor du beim nächsten Mal deine Zunge wetzt. Frederic Duvoisin ist vielleicht krank, aber ich weiß aus sicherer Quelle, dass er nicht handlungsunfähig ist, wie jedermann zu glauben scheint. Außerdem habe ich genauso viel Respekt vor Colette wie vor ihrem Mann. Wenn die beiden nicht gewesen wären… Wer weiß, wo wir heute stünden? Das ist doch wahrlich Grund genug, um das Getratsche endlich einzustellen!«

Caroline nickte beklommen. Es dauerte einen Moment, bis sie sich wieder in der Gewalt hatte und dann endlich ihre Besucher ins Haus bat.

2

Mittwoch, 14. September 1836
Les Charmantes

Die Morgensonne schien in das Schlafzimmer, das sich Charmaine mit Gwendolyn Browning teilte. Sie öffnete die Augen, gähnte und räkelte sich wohlig in der leichten Brise, die durch die Fenster hereinwehte. Nur noch ein paar Stunden, dann hatte die karibische Sonne die Morgenkühle aufgezehrt. Im Augenblick war hier Sommer, aber wenn sie den Brownings und Gwendolyn glauben durfte, so waren die anderen Jahreszeiten nicht wirklich kühler. Nur ein wenig milder.

Charmaine kroch aus dem schmalen Doppelbett und sah auf ihre neue Freundin hinunter. Ja, diese Bezeichnung hatte Gwendolyn verdient, denn das junge Mädchen sprudelte vor Einfällen, und ihre Fröhlichkeit war ansteckend.

Gestern hatten sie die Stadt unsicher gemacht, und heute wollte ihr Gwendolyn die andere, sehr viel schönere Seite von Charmantes zeigen, worauf sie sich ganz besonders freute. Auf Mrs. Brownings Gesellschaft verzichtete sie gern, und sie war erleichtert, dass sie die beiden Schwestern einen Tag lang sich selbst überlassen durfte.

Als sie sich an den Frisiertisch setzte und ihre Zöpfe löste, regte Gwendolyn sich. »Guten Morgen.« Sie gähnte. »Warum bist du denn schon auf?«

»Ich konnte nicht mehr schlafen. Na, was genau hast du denn für heute geplant?«

»Die Strände. Im Vergleich zu der hässlichen Stadt sind sie einfach überwältigend schön.«

Charmaine bürstete ihre widerspenstigen Locken. »So hässlich fand ich die Stadt gar nicht.« In Wahrheit war sie sogar beeindruckt. Selbst Kapitän Wilkinsons Beschreibungen hatten sie nicht auf die rege Geschäftigkeit der Stadt vorbereitet, die einen großen Eindruck auf sie gemacht hatte. Außer Laden, Saloon, Versammlungshaus und Bank hatte die Stadt auch einen Fassmacher zur Ansiedlung bewogen, dann gab es noch einen Hufschmied samt Schmiede im Leihstall, einen Gerber, einen Töpfer sowie einen Schuster, die in den drei Warenhäusern ihre Dienste anboten. Außerdem konnte man sich in dem Holzlager mit dem nötigen Material für den Hausbau eindecken. Wenn man Mrs. Browning glauben durfte, so stammte das meiste Holz aus den Kiefernwäldern im Norden der Insel, wo es gleich an Ort und Stelle in einem Sägewerk verarbeitet wurde. Alle weiteren Materialien wurden aus Virginia herbeigeschafft. Kapitän Wilkinsons Behauptung, dass sich viele Bewohner dauerhaft auf Charmantes ansiedeln wollten, entsprach offensichtlich den Tatsachen. Überall wurde gebaut, und nur der Ozean führte einem vor Augen, dass diese aufstrebende Stadt auf einer Insel lag und überhaupt kein Hinterland besaß.

Interessiert beobachtete Gwendolyn, wie Charmaine ihre Haarsträhnen zu einem dicken Knoten zusammensteckte. »Du hast ungewöhnlich dickes Haar. Wieso ist es so lockig?«

»Keine Ahnung. Zuweilen verfluche ich das Schicksal, weil meine Eltern beide völlig glatte Haare hatten.«

»Dabei sind die Locken doch schön! Wenn ich dein Haar hätte, würde ich sofort Paul Duvoisin nachstellen!«

»Oh, das sind aber wahrlich hohe Ziele!«

»Vermutlich müsste ich um die Taille herum noch ein

bisschen abnehmen«, meinte Gwendolyn und sah verdrossen an ihrer plumpen Figur hinunter. »Aber dann … dann könnte mich nichts mehr aufhalten!« Trotz Charmaines Kopfschütteln fuhr sie fort: »Wenn du ihn gesehen hättest, wüsstest du, wovon ich rede.«

»Aber ich habe ihn gesehen, und ich weiß genau, was du meinst.«

»Ist das wahr?« Vor Aufregung sprang Gwendolyn vom Bett. »Wann denn? Und wo?«

»Gleich bei unserer Ankunft. Auf dem Schiff.«

»Oh … Ist er denn nicht der aufregendste Mann, dem du je begegnet bist?«, fragte sie träumerisch. »Ich könnte jedes Mal ohnmächtig umsinken, wenn er in meine Richtung schaut. Aber leider übersieht er mich immer.« Sie zog eine Schnute, bis ihr ein neuer Gedanke durch den Kopf schoss. »Mit deiner Figur und deinen Haaren hätte ich allerdings wirklich eine Chance. Eine echte Chance.«

»Und worauf, wenn ich fragen darf?«

»Auf einen Heiratsantrag, natürlich! Den nehme ich natürlich an, bevor er seine Meinung ändert!«

Angesichts dieses jugendlichen Ungestüms musste Charmaine lächeln, aber ihre Freundin plapperte munter weiter. »Ich weiß, dass das alles nur ein romantischer Traum ist. Aber sieh dich an, du hast alles, wonach Männer Ausschau halten. Besonders eine hübsche Figur und wundervolles Haar.«

»Es tut mir leid, aber in diesem Fall bist du auf dem Holzweg. Ich habe mein Haar genauso getragen, als ich Mr. Duvoisin zum ersten Mal begegnet bin, doch er wollte mir nicht einmal vorgestellt werden.«

»Dann war er sicher beschäftigt«, meinte Gwendolyn. »Wenn ein Schiff einläuft, denkt er nur an Arbeit und Geschäft. Aber warte nur, bis du erst unter seinem Dach lebst. Wenn du ihn jeden Tag siehst oder sogar mit ihm am

Tisch sitzt. Angeblich kann sich doch alles ändern, oder nicht? Alle Mädchen auf der Insel werden neidisch sein, weil du die einmalige Chance hast, nach der wir uns alle sehnen! Es wäre doch gelacht, wenn er dich dann nicht wahrnähme!«

Paul Duvoisins Haus… unter einem Dach leben… zusammen mit ihm am Tisch sitzen… ihn jeden Tag sehen! In diesem Augenblick wurde Charmaine die ganze Tragweite klar. Warum hatte sie nicht früher daran gedacht, dass Paul Duvoisin auf Charmantes lebte? Es war schließlich sein Zuhause! Mit einem Mal war ihr schwindlig. Widerstrebende Gefühle stürmten auf sie ein: Ängstlichkeit und Sorge und zugleich eine erwartungsvolle Hochstimmung.

Kurz darauf verließen die Mädchen hübsch angezogen das Schlafzimmer. Loretta Harrington saß am Küchentisch und beendete gerade einen Brief, der an das Herrenhaus gerichtet war. Darin bat sie Madame Duvoisin um eine Unterredung, da ihre Reisegefährtin Charmaine Ryan extra von Richmond nach Charmantes gekommen sei, um sich um die Stelle einer Gouvernante zu bewerben.

»Ich denke, das genügt.« Sie klopfte auf den Umschlag. Dann begann sie einen neuen Brief an ihre Haushälterin zu schreiben, in dem sie mitteilte, dass sie angekommen waren, und ankündigte, nicht länger als einen Monat auf Charmantes bleiben zu wollen. Als die Mädchen gefrühstückt hatten, bat sie Gwendolyn, den Brief für sie aufzugeben. »Hier ist etwas Geld«, sagte sie. »Caroline sagte, dass man eine Gebühr verlangt, um den Brief nach Richmond zur Post zu befördern.«

Gwendolyn nickte. »Und was ist mit dem anderen an Mrs. Duvoisin?«

»Dein Vater hat versprochen, ihn heute im Herrenhaus abzugeben«, antwortete Loretta.

Die Häuserzeile entlang der Wasserlinie schien im prallen Sonnenschein förmlich dahinzuwelken, aber die Insulaner störten sich nicht an der Hitze. Charmaine und Gwendolyn schlenderten als Erstes zum großen Laden. Charmaine fühlte sich noch immer schwach und erreichte die schattige Veranda vor dem Laden keine Sekunde zu früh. Gwendolyn dagegen schien die Hitze überhaupt nicht zu spüren.

»Komm, Charmaine, dort drüben ist Rebecca Remmen. Ihr Bruder erlaubt sonst nie, dass sie allein in der Stadt herumspaziert.«

»Geh nur«, sagte Charmaine. »Ich muss mich einen Moment ausruhen. Ich werde den Brief später aufgeben, während du mit deiner Freundin redest.«

»Das ist eine gute Idee. Ich komme in ein paar Minuten nach.«

Charmaine betrat den Laden und war überrascht, dass außer Madeline Thompson niemand da war. Bei ihrem gestrigen Stadtspaziergang hatte sie die hübsche Witwe bereits kennen gelernt. »Kann ich Ihnen helfen?«, fragte Madeline mit einem weichen erotischen Südstaatenakzent.

»O ja, bitte. Ich möchte einen Brief nach Richmond aufgeben«, erwiderte Charmaine.

Mit gerunzelter Stirn betrachtete Madeline den Brief. »Nach Richmond... hmm... schade, dass Sie ihn nicht früher gebracht haben. Die Post wurde schon gestern abgeholt. Doch ich könnte versuchen, ihn nach Ladenschluss noch zur *Raven* zu bringen.«

Charmaine bedankte sich mit einem Nicken und kramte in ihrem Täschchen nach den Münzen, die Gwendolyn ihr in die Hand gedrückt hatte. Sie war so beschäftigt, dass sie nicht auf die Ladenglocke achtete. »Bitte sagen Sie mir, wie viel ich Ihnen...«

»Entschuldigen Sie mich bitte einen Augenblick«, sagte

Madeline und kam hinter ihrer Theke hervor. »Kann ich Ihnen behilflich sein?«, fragte sie ihren neuen Kunden.

»Nein danke, Maddy …«

Charmaines Magen vollführte einen Purzelbaum, als sie die Stimme von Paul Duvoisin erkannte.

»… ich finde alles, was ich brauche. Aber wenn Sie wollen, könnten Sie die Sachen zusammenstellen, die auf dieser Liste stehen.« Er zog ein gefaltetes Stück Papier aus der Hemdtasche. »Miss Colette hat sie mir heute Morgen in die Hand gedrückt.«

Lächelnd nahm ihm Madeline das Papier aus der Hand, wobei ihre Finger die seinen etwas länger berührten, als unbedingt nötig gewesen wäre. »Darf ich Sie dafür auch um einen Gefallen bitten?«, fragte sie kokett. »Aber nur, wenn Sie heute noch auf die *Raven* kommen!«

»Aber ganz sicher. Was soll ich für Sie tun?«

Madeline Thompson sah auf den Brief in ihrer Hand hinunter. »Ich habe hier noch einen Brief nach Virginia. Gunther hat die Post schon abgeholt, doch wenn Sie den Brief dem Kapitän übergeben könnten, wäre ich Ihnen auf ewig dankbar.«

»Auf ewig, Madeline? Sie wollen Ihre weiblichen Reize doch wohl nicht an mich verschwenden, oder?«

»Wenn es helfen würde!«

»Geht schon in Ordnung, Maddy.« Lachend steckte er den Umschlag in die Tasche. »Ich liefere den Brief ab, und dafür suchen Sie mir Miss Colettes Bestellung bis Ladenschluss zusammen.«

»Perfekt«, gurrte sie. »Dann habe ich heute ja sogar zweimal die Freude Ihrer Gesellschaft.«

Paul blinzelte ihr zu und trat dann einen Schritt zur Seite. Charmaine verharrte wie angewurzelt. Offenbar hatten ihm die Schmeicheleien gefallen. Als er kurz in ihre Richtung blickte, setzte ihr Herz einen Schlag lang aus, und sie wünschte fieberhaft, ebenso wortgewandt wie Madeline Thompson zu sein. Und wenn möglich auch so verführerisch. Sie schüttelte innerlich den Kopf, weil solche Gedanken nur zu Problemen führten. Plötzlich stand Paul Duvoisin direkt neben ihr und legte einige Gegenstände auf den Ladentisch, und Charmaine wurde bewusst, wie dumm es war, wenn sie nur stumm dastand. »Ich wüsste gern, wie viel Geld ich Ihnen für das Briefporto schulde, Mrs. Thompson.« Paul sah auf sie hinunter, doch sie hielt die Augen stur geradeaus gerichtet, wobei der Rand ihrer Haube ihr Gesicht verdeckte.

»Das macht zwei Cents«, antwortete Madeline und ging hinter ihre Theke zurück.

Rasch suchte Charmaine die Münzen heraus, doch bevor Madeline sie entgegennehmen konnte, bat Paul Duvoisin, seine Sachen zu Miss Colettes Bestellung hinzuzufügen, die er später abholen wollte. Als Madeline nickte, wünschte er einen guten Tag und trat zu Charmaines Erleichterung und auch Enttäuschung aus dem Laden in den gleißenden Sonnenschein hinaus.

Ein paar Minuten später verließ auch Charmaine den Laden, doch da war weit und breit nichts mehr von ihm zu sehen. In freudigem Überschwang eilte Gwendolyn auf sie zu. »Du hast Paul Duvoisin knapp verpasst, Charmaine! Er hat sogar mit mir geredet! Natürlich war er in Eile, doch Rebecca war außer sich. Wenn du meinst, dass ich dummes Zeug rede, dann solltest du sie erst einmal hören! Sie liebt ihn so sehr …« Auf diese Art ging es weiter. Gwendolyns Glück war ansteckend, und trotz der Hitze lächelte Charmaine und hatte ihren Spaß.

»Die letzte Woche war wirklich ungewöhnlich heiß«, stellte Gwendolyn fest. »Normalerweise ist es das ganze Jahr über mild und schön. Warte nur, bis du ein wenig länger hier bist. Spätestens dann wirst du es lieben.«

Die beiden Mädchen spazierten in südwestlicher Richtung, und es dauerte keine Stunde, bis sie über weite schneeweiße Strände schlenderten und die Stadt nur noch eine ferne Erinnerung war. Sie folgten der Brandung, sammelten Muscheln, und Gwendolyn plapperte in einem fort. Für Charmaine war es unbegreiflich, dass die Landschaft wild und verlassen dalag, da doch so viele Menschen auf Charmantes lebten. Stundenlang schlenderten die beiden allein über den weiten Strand. Nur die Möwen protestierten lauthals gegen ihre Anwesenheit und stiegen hoch in die Luft empor, um einige Augenblicke später auf ihren Fußspuren im Sand zu landen.

Als die Sonne gegen Mittag immer stärker vom Himmel brannte, suchten sie unter einigen Palmen Schutz. Sie lagen reglos im Schatten, und außer den leisen Stimmen verriet nichts ihre Anwesenheit. Lächelnd sah Charmaine zu, wie ein Flamingopaar an der Brandungslinie entlangstolzierte, doch als die Vögel die Mädchen bemerkten, machten sie kehrt und verschwanden im schattigen Wald hinter dem Strand.

»Nun gut«, fragte Gwendolyn irgendwann, als sie aufstand und sich Moos und Sand vom Rock streifte, »wohin gehen wir jetzt?«

»Ich habe nicht die leiseste Ahnung.« Charmaine sah zu ihr auf.

»Du hast die Wahl. Von hier aus ist es nur noch ein Katzensprung bis zum Herrenhaus der Duvoisins. Das Grundstück ist zwar eingezäunt, aber du könntest immerhin aus der Ferne einen kurzen Blick auf das Haus werfen, in dem du demnächst vielleicht arbeitest.«

»In dem ich demnächst vielleicht arbeite?« Charmaine zog eine Braue in die Höhe. »Ich habe mich noch nicht einmal vorgestellt, aber du scheinst bereits zu wissen, dass ich die Stelle bekomme.«

»Aber klar bekommst du sie. Schon wegen deines Namens.«

Charmaine runzelte lächelnd die Stirn. »Wie meinst du das?«

»Charmaine... Charmantes... Glaubst du nicht auch, dass das Schicksal ist? Wie viele Mädchen heißen denn so? Mir kommt es vor, als ob die Insel dich nach Hause gerufen hätte.«

Lachend schüttelte Charmaine den Kopf. »Ich kann nur hoffen, dass du recht behältst. Allmählich habe ich das Gefühl, als ob mir das Leben hier gefallen könnte. Besonders mit einer Freundin wie dir.«

Sie lehnte es ab, bis zum Haus der Duvoisins zu laufen, weil sie auf keinen Fall gesehen werden wollte. Inzwischen waren die Mädchen hungrig, und Gwendolyn schlug vor, zurück in die Stadt zu gehen und bei Dulcie's etwas zu essen. »Ich habe sogar ein bisschen Geld dabei.«

»Im Saloon?« Charmaine war völlig entgeistert.

»So schlimm ist es dort gar nicht. Jedenfalls tagsüber. Das Essen ist sogar sehr gut.«

Aber Charmaine ließ sich nicht überzeugen. »Der Saloon ist eine Spielhölle – wenn nicht noch Schlimmeres.«

»Aber doch nur in der Nacht, Charmaine, oder an den Wochenenden. Außerdem haben weder die Sträflinge noch die freien Sklaven Zutritt.«

»Freie Sklaven?« Mit diesem Ausdruck konnte Charmaine nichts anfangen. Auf den Straßen hatte sie zwar einige Schwarze gesehen, die sich offenbar frei bewegen durften, doch in Richmond waren solche Bilder fremd.

»Die Inseln in diesem Teil des Westindischen Archipels stehen alle unter britischer Verwaltung«, erklärte Gwendolyn, während sie langsam den Rückweg einschlugen. »Vor ein paar Jahren wurde die Sklaverei nicht nur in England, sondern auch auf den Inseln abgeschafft.«

»Ich dachte eigentlich, dass die Insel Frederic Duvoisin gehört und er sie auch verwaltet.«

»Das stimmt«, versicherte Gwendolyn. »Aber mein Vater sagt, dass Mr. Duvoisin darauf bedacht ist, es sich nicht mit den Briten zu verderben. Schließlich geht der größte Teil seines Zuckers nach England. Außerdem genießt er britischen Schutz gegen Piratenüberfälle – und zwar auf hoher See und hier auf Charmantes. Seine Waren wären sicher nicht so begehrt, wenn die Briten befürchten müssten, dass sie mit Sklavenarbeit erwirtschaftet und bezahlt wurden.«

»Also bemüht er sich um Frieden.«

»Und keineswegs nur mit der britischen Monarchie. Auch seine Frau lehnt die Sklaverei ab.«

»Wirklich?« Charmaine war überrascht. Für sie war Sklavenarbeit das Natürlichste auf der Welt, da sie damit aufgewachsen war.

Gwendolyn erzählte lang und breit von einem Schwarzen mit Namen Nicholas, der mit Prügeln bestraft werden sollte. Offenbar war Colette Duvoisin dem Mann zu Hilfe geeilt, was üblen Klatsch zur Folge hatte, bis Frederic Duvoisin der Sache ein Ende machte, indem er ein Exempel statuierte und zwei Inselbewohner, die in die Sache verwickelt waren, von der Insel verwies. Es gab auch Gerüchte über einen Mord, und Gwendolyn war nicht davon abzubringen, dass die Sache noch immer tabu war und die Menschen nur aus Angst den Mund hielten. Nicht lange nach diesem Vorfall wurden alle Schwarzen freigelassen.

»Wenn du nicht ins Dulcie's willst, wie wäre es dann mit einem Besuch im Hafen?«, fragte Gwendolyn.

Charmaine sah Gwendolyn fragend an, doch im nächsten Moment wurde sie bereits über den Plankenweg davongezogen. Als sie sich dem Hafen näherten und sie endlich Gwendolyns Absicht durchschaute, entwand sie sich ihrem Griff. Das Mädchen wollte Paul Duvoisin nachspionieren. Gwendolyn rannte trotz ihrer Pfunde leichtfüßig weiter bis zum Kai, wo die *Raven* noch immer vertäut war.

»Gwendolyn, nein«, rief Charmaine. »Wir haben hier nichts verloren!«

Das Mädchen kicherte und hielt kurz inne, um zu Atem zu kommen. »Sei doch nicht dumm! Er sieht uns sowieso nicht. Das kann ich dir versprechen. Jedenfalls hat er das bisher noch nie getan!«

»Bisher? Soll das heißen, dass du schon öfter hier warst?«

Gwendolyn nickte eifrig. Obgleich Charmaine den Kopf schüttelte, sah sie, dass sie inmitten des Trubels gar nicht bemerkt wurden. Schließlich fanden sie in einiger Entfernung vom Schiff zwischen einem großen Lagerhaus und einem leeren Geräteschuppen eine Art Versteck, von wo aus sie die Schauerleute beim Entladen beobachten konnten. Stapel von Fässern und Kisten verbargen sie vor den Blicken der Männer, während sie gleichzeitig begierig durch jeden Spalt spähten, um Paul Duvoisin irgendwo zu entdecken.

»Das war eine dumme Idee«, flüsterte Charmaine. »Was soll ich machen, wenn er mich trotzdem entdeckt?«

»Das passiert schon nicht. Je öfter du ihn siehst, desto schneller gewöhnst du dich an seinen Anblick. Dann sind die ersten Tage in seinem Haus auch nicht so schwer.«

Eine Serie lautstarker Flüche machten ihrem Geflüster ein Ende. »Allmächtiger! Doch nicht so! Genau anders herum!«

Keine fünfzehn Fuß von ihnen entfernt, neben einigen schrägen Planken, stand ein ungepflegt aussehender Mann mit finsterer Miene und kaute mit gelblichen Zähnen auf einigen Tabakblättern herum. »Verdammt! Ich habe doch gesagt, du sollst es anders herumrollen!« Er schleuderte das Tau zur Seite, das er gerade um ein dickes Eichenfass winden wollte, und deutete auf einen Jungen von vielleicht zwölf Jahren. »Stell dich dort drüben hin, verdammt! Ich drücke das Fass zur Seite, und du schiebst die Doppelschlinge darunter. Dann können wir es nach oben hieven.«

Der Junge, der sich mit der Schulter gegen das quer daliegende Fass stemmte, rührte sich nicht. Die Muskeln in seinem Nacken waren gespannt, und sein Gesicht war knallrot angelaufen. »Es wiegt mindestens fünfhundert Pfund, und der Kai ist nicht eben! Es rollt weg, wenn ich es loslasse!«

»Ich halte es doch«, schimpfte der Dockarbeiter. »Nimm endlich das verdammte Tau!«

Der Junge gehorchte nach einigem Zögern, und sofort setzte sich das Fass in Bewegung und rollte über die Pier. Der Junge schnitt eine Grimasse, als es gegen drei andere Fässer prallte, doch als es unbeschadet blieb, grinste er über das ganze Gesicht.

»Herrgott im Himmel, Junge! Wie konntest du dich nur *so* dämlich anstellen! Warum hast du nicht gewartet, bis ich es fest im Griff hatte?« Kalter Hass stand in seinen Augen, aber der Junge kicherte unbeeindruckt. »Wenn ich dir in deinen verdammten Hintern trete, wird dir das Lachen schnell vergehen!«

Charmaine hatte genug gesehen. »Komm, Gwendolyn, lass uns gehen. Dieser Mann erinnert mich an jemanden, den ich lieber vergessen möchte …«

»Was geht hier vor?«

Der ältere Mann richtete sich auf, als Paul Duvoisin auf ihn zukam. »Dieser junge Frechdachs hat keine Ahnung von der Arbeit«, brummte er.

»Stimmt das?«, fragte Paul. »Was hast du zu deiner Verteidigung zu sagen, Junge?«

»Ich muss das doch erst lernen, Sir. Heute ist mein erster Tag. Ich brauche nur mehr Übung – mehr nicht.«

»Was du brauchst«, zischte der alte Mann, »ist ein saftiger Tritt in den Hintern! Dann vergeht dir endlich das dämliche Grinsen.«

»Das reicht«, befahl Paul Duvoisin. »Da der Junge neu ist, erwarte ich mehr Geduld von Ihnen, Mr. Rowlan. Doch wenn Sie damit überfordert sind, vertraue ich den Jungen lieber einem anderen an, der ihm in Ruhe alles beibringt.«

»Mir soll's recht sein. Auf eine solche Hilfe verzichte ich gern!«

»Nun gut«, entgegnete Paul kühl. »Wie heißt du, mein Junge?«

»Jason, Sir. Jason Banner.«

»Na gut, Jason. Wir wollen sehen, ob Buck Mathers dich heute gebrauchen kann.«

»*Buck?*«, rief der ältere Mann. »Warum, zum Teufel, geben Sie ihn ausgerechnet dem riesigen Nigger? Der braucht doch keine Hilfe!«

Paul zog eine Braue in die Höhe. »Wenn Jason mehr Hindernis als Hilfe ist, kann Ihnen das doch egal sein, nicht wahr, Mr. Rowlan?« Da keine Antwort kam, wandte Paul sich an den Jungen. »Du findest Buck Mathers vorn am Bug. Du erkennst ihn sofort, denn er ist der größte Schwarze weit und breit.«

»Alles klar, Sir. Ich weiß, wie er aussieht.«

»Also gut.« Paul klopfte dem Jungen auf die Schulter. »Tu genau, was er dir sagt, und richte ihm aus, dass ich dich geschickt habe und später noch mit ihm reden will.«

»Ja, Sir! Danke, Sir!« Im nächsten Augenblick war er fort.

Paul Duvoisin wandte sich an Jesse Rowlan. »Na los, geh wieder an die Arbeit.«

»Aber Sie schicken mir doch einen Helfer?«

»Sie hatten Hilfe, aber Sie wollten sie nicht. Nun müssen Sie die Arbeit allein erledigen, oder Sie können sich Ihren Lohn beim Zahlmeister der Duvoisins abholen. Wie auch immer, aus Ihrem Schandmaul will ich kein Wort mehr hören!«

Rowlan nahm die Rüge zur Kenntnis. »Ja, ja, der Zahlmeister der Du-vo-sin«, brummte er wütend, während er zu den Fässern schlurfte. »Wie großspurig das klingt! Dabei ist hier doch alles Du-vo-sin!«

»Das spricht man *Dü-woa-san* aus, Mr. Rowlan«, entgegnete Paul in aller Ruhe. »Sprechen Sie den Namen richtig aus – oder Sie brauchen hier nie wieder Arbeit zu suchen!«

Rowlan zog die Brauen zusammen und konnte seinen Hass nur schlecht verbergen.

»Wollten Sie mir noch etwas sagen – diesmal vielleicht direkt ins Gesicht?«, fragte Paul Duvoisin.

Der Mann schwieg, doch als er das nächste Fass zum Laden vorbereitete, sprach seine Haltung Bände.

Paul rieb sich den Nacken und wandte sich zum Gehen.

Als Charmaine ihm beim Weg auf das Deck nachsah, malte sie sich eine ähnliche Konfrontation aus. Bei der Vorstellung, dass John Ryan vor Paul Duvoisin kuschte, spielte ein Lächeln um ihre Lippen – und mit einem Mal war die Angst, die sie noch in Richmond empfunden hatte, wie weggeblasen.

»War das nicht wunderbar?«, flüsterte Gwendolyn fast ehrfürchtig.

Charmaine seufzte. »Oh, ja, das war es wirklich.« Mit einem Mal war Paul Duvoisin in ihren Augen sehr viel mehr als nur ein gut aussehender Mann.

Rowlan befahl einem anderen Arbeiter, ihm zu helfen. Das Tau wurde doppelt um das schwere Fass gelegt und die Enden durch eine Schlinge gezogen, an der das Fass dann von einer Seilwinde über die schrägen Planken an Bord gezogen wurde. An Deck wurde das Tau abgenommen und das Fass über das Mittelschiff zum Lagerraum im Heck des Schiffes gerollt.

Die Zeit verstrich, während die Männer ohne Pause arbeiteten, und die Stimmung war gut. Dann jedoch kam der Ladevorgang abrupt zum Stillstand, weil plötzlich zwei Kisten mit Tee abgeladen werden mussten. Charmaine konnte sich das nicht erklären, doch Gwendolyn zuckte nur die Schultern. Ein leichter Wagen fuhr längsseits an das Schiff heran, um die Kisten zu übernehmen. Gleich darauf erfüllte das Geräusch von splitterndem Holz die Luft, das Seil spulte sich rasend schnell von der Winde ab, und eine der Kisten sauste abwärts. Die Männer auf dem Kai brüllten lauthals und stoben auseinander. Die Kiste verfehlte den Wagen nur um Haaresbreite, bevor sie mit voller Wucht auf den Kai krachte, auseinanderbrach und der Tee sich in alle Richtungen ergoss. Die Pferde scheuten, und der Fuhrmann musste sich mit aller Macht an die Zügel klammern, um sie am Durchgehen zu hindern.

Sofort tauchte Paul Duvoisin an der Steuerbordreling auf und stürmte mit finsterer Miene auf den Kai hinunter. »Wessen Schuld ist das?«

Jake Watson, der Vorarbeiter im Hafen, schüttelte empört den Kopf. »Keine Ahnung.«

Paul sah die Männer durchdringend an, die um die beschädigte Kiste herumstanden. »Noch einmal – wer hat das verschuldet?« Dabei schnitt seine Stimme so scharf wie eine Peitsche durch die Luft.

Ein riesengroßer Schwarzer trat vor. Und Jason Banner mit ihm. »Es war der alte Jessie Rowlan, Sir. Ich habe gesehen, dass er die Kiste mit dem falschen Flaschenzug angehoben hat.«

Paul knirschte mit den Zähnen. »Und wo, zum Teufel, ist er?«

Der schwarze Mann deutete zum Deck empor, und alle blickten in die Richtung, wo Jessie Rowlan an der Reling lehnte. Mit gemessenem Schritt stieg Paul Duvoisin die Gangway empor und ließ dabei den Schuldigen keine Sekunde aus den Augen.

Mit rachelüsternem Grinsen sah Jessie Rowlan ihm entgegen. »Was kann ich für Sie tun, Mr. *Dü-voa-san*?«, fragte er höhnisch.

»Sind Sie für diesen Schaden verantwortlich?«

»Was soll das heißen – verantwortlich? Wie ich die Sache sehe, ist niemand verantwortlich. Meiner Meinung nach ist das Ganze nur ein Missgeschick.«

»Wie ich die Sache sehe«, wiederholte Paul finster, »wurde ein falscher Seilzug benutzt. Es gibt Flaschenzüge und Taue für Fässer, und es gibt Flaschenzüge und Taue für Kisten, was Ihnen sicher noch in Erinnerung wäre, wenn Sie nicht so gottverdammt betrunken wären! Da Sie am Flaschenzug gearbeitet haben, sind Sie für dieses ›Missgeschick‹, wie Sie es nennen, verantwortlich. Solche Blödheit kann ich nicht durchgehen lassen, und erst recht kann ich sie mir nicht leisten. Morgen holen Sie Ihren restlichen Lohn bei Jake Watson ab – allerdings abzüglich meines Verlusts durch den Schaden an der Ladung und dem Flaschenzug. Danach will ich Ihr Gesicht hier nicht mehr sehen.«

In Jessie Rowlans Augen brodelte weiterer Widerspruch. »Hört, hört. Der allmächtige Paul Duvoisin, der glaubt, dass ihm die ganze Welt gehört. Ich habe ein paar Freunde, Sir, und eines Tages werden Sie noch bedauern, dass Sie das heute gesagt haben. Sie halten sich für besser als alle anderen Menschen, aber das sind Sie nicht. Sie sind ja nicht einmal so gut wie die meisten Männer hier. Zumindest ist unter uns kein Bastard – ob reich oder nicht.«

Wutentbrannt packte Paul den Mann am Kragen und hob ihn mit einer Hand in die Höhe. »Sagen Sie das Wort noch einmal, und ich schwöre, Sie sind ein toter Mann! Haben Sie mich verstanden? Ein toter Mann!«

Jessie Rowlan keuchte ein gequältes »Ja!«, bevor er sich bäuchlings auf den Planken wiederfand. Rasch sprang er auf und verließ schleunigst das Schiff. Schweigend machten ihm die anderen Dockarbeiter Platz.

»Was hatte das alles zu bedeuten?«, fragte Charmaine.

»Das erkläre ich dir später«, flüsterte Gwendolyn und sah aufmerksam hin, um nichts zu verpassen.

»Na los, Jake«, rief Paul auf den Kai hinunter. »Ich bin gespannt, was ein paar Männer mit Schaufeln und Eimern aus diesem ›Missgeschick‹ machen können. Ich hätte die Ladung sofort an John zurückschicken sollen, als ich sie hinten im Frachtraum entdeckt habe.«

»Ich glaube nicht, dass es die Schuld Ihres Bruders war«, rief Jake. »Ich hätte die Schilder genauer prüfen sollen. Ich dachte, dass die Ladung ...«

»Lassen Sie es gut sein, Jake! Es sieht mir ganz nach einem Gewitter aus, und es wäre eine Katastrophe, wenn der Tee dann noch nicht zusammengekehrt wäre. Es gibt eine Belohnung, wenn die Arbeit erledigt ist, bevor die ersten Tropfen fallen.«

Sofort machten sich die Männer ans Werk, und Paul kehrte mit zufriedener Miene an seine Arbeit zurück.

»Warum hat Jessie Rowlan Paul Duvoisin so beschimpft?«, drängte Charmaine wieder, als sie zusammen mit Gwendolyn nach Hause eilte.

»Wie denn?«

»Du weißt genau, welches Schimpfwort ich meine. Dein Onkel hat es auf unserer Überfahrt benutzt und wurde sehr verlegen, weil ich es gehört hatte. Es war sicher kein freundliches Wort. Warum erzählst du es mir nicht?«

»Da gibt es nichts zu erzählen.« Gwendolyn war sichtlich verlegen, weil sie das Wort eigentlich nicht kennen durfte. »Der Mann hat nur geflucht, und Paul wurde wütend.«

»Nein, es ging um mehr als nur das. Paul hat erst die Geduld verloren, als der Mann *dieses* Wort gesagt hat.« Als Gwendolyn noch immer kein Licht in die Angelegenheit bringen wollte, fügte Charmaine hinzu: »Geht es darum, dass Paul ein uneheliches Kind ist – dass er adoptiert wurde?«

»Woher weißt du denn das?«

»Mr. Wilkinson hat es erwähnt.«

»Hat er auch erwähnt, was die Leute in der Stadt so alles erzählen?«

»Er hat nicht getratscht, wenn du das meinst.«

Gwendolyn reckte die Nase in die Luft. »Genau deshalb möchte ich es auch nicht wiederholen.«

Das Leuchten in ihren Augen ließ ahnen, wie gern sie es trotzdem erzählen würde. »Es geht nicht weiter als bis in meine Ohren, falls dich das beruhigt.«

»Nun gut.« Gwendolyn zögerte und sah sich kurz um. »Die Leute behaupten, dass Paul Frederic Duvoisins *Bastard* ist«, flüsterte sie so leise, als ob der Wind Ohren hätte.

»Und was bedeutet das genau? Ist das nicht dasselbe wie ›unehelich‹?«

»Das schon, aber es ist trotzdem noch schlimmer! Es bedeutet, dass Paul der Affäre mit einer Hure entstammt. Eine anständige Frau hätte Frederic Duvoisin natürlich geheiratet. Angeblich wurde Paul als Baby auf die Insel gebracht, und Frederic hat ihn adoptiert, weil er genau wusste, dass *er* der Vater ist.«

Charmaines Herz war von Mitgefühl für Paul Duvoisin erfüllt. Der Mann war reich, sah blendend aus und war allem Anschein nach ein ehrenhafter Mann, und doch musste er die üblen Bemerkungen der Lästermäuler aushalten.

Ein Wolkenbruch beendete ihre Gedanken.

»Rasch, Charmaine, wir werden sonst bis auf die Haut nass.«

Die Mädchen rannten durch die Straßen, so schnell ihre Beine sie trugen, aber das Villenviertel, das sich an die Stadt anschloss, war einfach zu weitläufig. Als sie endlich die Veranda der Brownings erreichten, waren sie völlig durchnässt.

»Du lieber Himmel«, rief Caroline erschrocken. »Sieh dich nur an, junge Lady. Das Kleid ist ruiniert!«

»Es tut mir leid, Mutter. Aber Charmaine und ich sind so schnell gerannt, wie wir konnten.«

»*Was* habt ihr gemacht?«

»Wir sind den ganzen Weg aus der Stadt bis hierher gerannt.«

»Ihr seid gerannt? Was werden meine Freundinnen nur denken!«

»Keine Sorge, Mrs. Browning«, versuchte Charmaine, die Wochen zu glätten, »in diesem Augenblick sind alle gerannt und haben irgendwo Schutz gesucht.«

»Ich sage nur dies: Gesittete junge Damen rennen in der Öffentlichkeit nicht, ganz gleich, ob es gewittert oder nicht! Was hätte wohl Colette Duvoisin gesagt, wenn sie euch so gesehen hätte?«

Loretta kam aus dem Wohnzimmer. »Vermutlich: ›Zwei kluge Mädchen, die bei Gewitter Schutz suchen und nicht wie vornehme Ladys mit klatschnassen Kleidern durch die Stadt schleichen, bis sie womöglich noch vom Blitz getroffen werden‹.«

Caroline schnitt ein Gesicht, aber Loretta lächelte den Mädchen zu. »Na los, ab in euer Zimmer, und heraus aus den Kleidern, bevor ihr euch erkältet.«

Caroline schmollte noch bis zum Abendessen, bei dem endlich ihre wahren Ängste zur Sprache kamen. Sie liebte das Leben auf der Insel, doch sie fürchtete, dass ihre Tochter hier nie den nötigen gesellschaftlichen Umgang pflegen könnte, um eines Tages einen Ehemann zu finden. Loretta musste ihrer Schwester beipflichten, und noch bevor das Mahl zu Ende ging, war sie zum großen Missfallen der Mädchen sogar einverstanden, ihre Nichte bei ihrer Rückreise mit nach Virginia zu nehmen. Als sie die gesenkten Lider ihrer Nichte bemerkte, meinte sie: »Es wird dir in Richmond gefallen, Gwendolyn. Sieh die Reise einfach als verlängerte Ferien an. Und wenn du nach einer oder zwei Wochen immer noch nicht glücklich sein solltest, kannst du jederzeit nach Charmantes zurückkehren.«

Gwendolyns Miene hellte sich zwar auf, doch jetzt hatte Charmaine das Gefühl, im Stich gelassen zu werden. Sie hatte sehr auf eine Freundin auf der Insel gehofft, die sie besuchen und der sie sich anvertrauen konnte, doch nun sah es ganz danach aus, als ob es ihr Schicksal sei, allein zu bleiben.

3

Freitag, 16. September 1836
Herrenhaus der Duvoisins

Der offene Wagen schwankte sanft, als die Pferde von der größeren Straße abbogen und gemächlich über den einsamen Weg zum Herrenhaus trabten. Hier im Wald war so gut wie niemand mehr unterwegs, und die vier Insassen wurden augenblicklich vom Frieden der Insel eingehüllt. Die kleine Straße führte genau nach Westen zu ihrem Ziel auf die andere Seite der neun Meilen breiten Insel – zum Paradies von Jean Duvoisin II. Die östliche Seite von Charmantes war inzwischen dicht besiedelt, doch am Westufer wohnte nach wie vor nur eine einzige Familie: die Duvoisins. Weder die entlegenen Zuckerrohrfelder und Obstplantagen im Süden noch der Kiefernwald im Norden rund um die Sägemühle konnten es mit der großartigen Landschaft des Westufers aufnehmen, wo die Insel bis auf den Herrensitz noch immer so unberührt war wie am ersten Tag.

»Was ist los, meine Liebe?«, fragte Loretta.

Charmaine holte tief Luft. »Ich bin sehr nervös. Was, wenn sie mich nicht mögen?«

»Dann gehen wir wieder.«

»Oh, Mrs. Harrington, aus Ihrem Mund klingt alles so einfach.«

»Genau das ist es doch auch«, erklärte Loretta mit einem aufmunternden Lächeln.

Gestern hatten sie einen handgeschriebenen Brief von

Colette Duvoisin erhalten, in dem diese ein Treffen am sechzehnten September um vier Uhr nachmittags vorschlug. In der Nacht hatte Charmaine kaum geschlafen und nur schwach gelächelt, als Harold Browning ihr am Morgen seine Begleitung angeboten hatte. »Dann ist es weniger offiziell.« Er wollte ihr die Sache erleichtern, und sie hatte ihm gedankt. Aber ihre Ängste wirklich beruhigen konnte auch er nicht.

Als sie schon glaubten, dass die Fahrt nie ein Ende nähme, lichtete sich allmählich der Wald. Charmaine sah das Haus als Erste – ein prachtvolles Gebäude, von üppigem Grün umgeben, eine weiße Perle auf smaragdgrünem Teppich. Als sich der Wagen dem Eisenzaun näherte, der das weitläufige Grundstück umgab, wuchs das Gebäude höher empor als alle, die Charmaine bisher zu Gesicht bekommen hatte. Höher noch als die großen Herrenhäuser in Virginia. Das palastähnliche Haus war atemberaubend und so unbeschreiblich, dass sicher nur die größten Dichter die richtigen Worte finden würden.

Zehn dorische Säulen ragten vor der Front des Gebäudes himmelwärts und trugen nicht nur eine Veranda im oberen Stockwerk, sondern noch eine weitere im Stock darüber, bevor sie unter dem überstehenden Dach aus roten Ziegeln endeten. Die Veranden erstreckten sich über die ganze Breite der Fassade und umgaben die ausladenden Seitentrakte, die sich im Süden und Norden im rechten Winkel anschlossen. So weit man sah, reihte sich eine französische Terrassentür an die nächste, die allesamt weit offen standen, um die sanfte Brise des Nachmittags einzufangen. Der Eingang des Gebäudes versteckte sich im Schatten zweier großer Eichen, die zu beiden Seiten der Auffahrt emporragten. Die Seiten des Hauses wurden bis weit nach hinten von Papayas und Palmen flankiert, aber unwillkürlich kehrte der Blick wieder zu den majestätischen Eichbäumen zurück. Harold erzählte, dass Frederics Vater die Setzlinge einst als Erinnerung an seine verstorbene Frau aus Virginia mitgebracht und vor dem Eingang eingepflanzt hatte. Heute, nach ungefähr fünfzig Jahren, waren sie zu mächtigen Bäumen herangewachsen und erinnerten daran, dass der Wohlstand der Duvoisins seinen Ursprung in Amerika hatte. Gleichzeitig betonten sie den perfekten Gleichklang und die wunderbare Symmetrie der gesamten Anlage, die nicht einmal von der später angefügten kleinen Kapelle am Südflügel gestört wurde.

Alle schwiegen, während der Wagen durch das Haupttor und weiter über die gepflasterte Auffahrt fuhr und im Schatten der beiden Eichen anhielt, wo die vier Insassen ausstiegen. Charmaine gestattete, dass Robert Browning ihren Arm ergriff und sie die wenigen Stufen zum Säulengang und weiter bis zur Eichentür geleitete.

Offenbar hatte der Butler sie bereits erwartet, denn die Türflügel öffneten sich wie von Geisterhand, bevor sie überhaupt klopfen konnten. »Wenn Sie bitte eintreten wollen. Ich werde Miss Colette Ihre Ankunft sofort melden.«

Über das geräumige Foyer mit Marmorfliesen und einer großen Standuhr spannte sich eine Decke mit geschnitzten Verzierungen, an der ein üppiger Kronleuchter hing. Gegenüber der Eingangstür öffnete sich ein weitläufiges Treppenhaus. Ein verziertes Eisengeländer begleitete die geschwungenen Stufen bis hin zu einem breiten Treppenabsatz, über dem das überlebensgroße Porträt einer jungen Frau die Blicke auf sich zog. An dieser Stelle teilte sich die Treppe und führte zu den jeweiligen Seitenflügeln empor. Die Wände wurden von bodentiefen Fenstern eingenommen, die den Schein der Nachmittagssonne einfingen und die staunenden Besucher in goldenes Licht tauchten.

Der Butler führte die Gäste in den nördlichen Flügel

bis in die Bibliothek und forderte sie auf, es sich bequem zu machen. Drei der Wände waren mit Bücherregalen bedeckt, und ein großer Schreibtisch, ein Sofa und einige Sessel bildeten die Mitte des Raums. Es herrschte dämmriges Licht, das aber nicht unangenehm war, denn durch die offen stehenden Fenstertüren wehte die kühle Brise des Ozeans herein.

Loretta sank in einen Lehnstuhl. »Etwas einschüchternd, nicht wahr?«

»Fürwahr«, murmelte Charmaine, während sie Lorettas Beispiel folgte.

»Hast du das Bild im Foyer gesehen?«, fragte Loretta. »Wer diese hübsche junge Dame wohl ist?«

»Das ist Miss Colette«, erklärte Harold Browning.

Loretta lächelte. »Dann wissen wir ja jetzt, warum Mr. Duvoisin sie geheiratet hat, nicht wahr, Charmaine? Ich sehe keinen Grund, warum ich sie nicht von deiner Eignung überzeugen könnte.«

Charmaine war verblüfft. »Und wie kommen Sie darauf?«

»Hast du dir denn nicht ihr Gesicht angesehen?«

»Dazu war ich viel zu aufgeregt!«

Lorettas Lächeln vertiefte sich. »So etwas sieht man auf den ersten Blick. Wenn der Maler sein Modell richtig erfasst hat, und dessen bin ich sicher, so ist Mrs. Duvoisin eine warmherzige und liebenswerte Person, die genau diese Eigenschaften sofort in dir entdecken wird. Ich vermute, dass sie bei unserer Abfahrt heute Abend mehr als zufrieden sein wird. Es gibt sicher nicht viele Bewerberinnen, die so umsichtig und dabei so jung und lebensfroh sind wie du.«

Als Charmaine antworten wollte, öffnete sich die Tür, und die Frau auf dem Porträt betrat, gefolgt von Paul Duvoisin, die Bibliothek. Der Inbegriff der Weiblichkeit, gefolgt von schroffer Männlichkeit. Colette und Paul Duvoisin, Stiefmutter und Stiefsohn – ein faszinierendes Bild, das jedermann in seinen Bann schlug. Die beiden waren ungefähr gleich alt und wirkten eher wie ein Paar, das auch der Gesellschaft in Richmond zur Ehre gereicht hätte. Doch ihre Verbindung war weit komplizierter. Dann richteten sich die Blicke aller auf die Tür, aber Frederic Duvoisin blieb dem Treffen fern.

Colette beendete die erwartungsvolle Stille mit einem freundlichen »Guten Tag« mit hinreißendem französischen Akzent und lud ihre Gäste in den Wohnraum ein, in dem es sehr viel heller war. Dieser Raum öffnete sich mit zwei großen Fenstertüren auf die weite Rasenfläche auf der Vorderseite des Hauses. Einige Sofas, Lehnsessel und kleine Tischchen gruppierten sich um einen kunstvoll gewirkten Orientteppich und den mächtigen Kamin, der in einem Haus in der Karibik etwas fehl am Platz zu sein schien. Die Wand über dem Sims wurde von dem Bild eines Mannes eingenommen, auf dessen Knien ein kleiner Junge saß. Ein zweiter Junge stand neben dem Sessel. Charmaines Blicke wurden jedoch magisch von einem großen Piano aus poliertem Ebenholz angezogen, das zwischen den beiden Türen stand, die in die Bibliothek und ins Foyer führten.

Nachdem Harold Browning die Anwesenden miteinander bekannt gemacht hatte, bat Colette ihre Besucher, sich zu setzen. Sie trug ein schlichtes blassblaues Kleid, das ihr ausgezeichnet stand, und hatte das helle Haar, das ihr Gesicht umrahmte, im Nacken zusammengefasst. Ihre faszinierenden eisblauen Augen, die schmale, gerade Nase und volle Lippen rundeten das Bild ab. Doch es war ihr Lächeln, das die feinen Züge belebte und, wie Loretta vorausgesagt hatte, ihren Besuchern die erste Befangenheit nahm. Allen – bis auf Charmaine.

Colette Duvoisin hielt die Hände im Schoß gefaltet und sah ihre Gäste aufmerksam an. Paul dagegen stand mit leicht gespreizten Beinen hinter ihrem Sessel, als ob er sich noch auf der *Raven* befände. Man hätte meinen können, dass er seine Stiefmutter vor unbekannten Gefahren schützen wollte. Seine dunklere Haut bildete einen lebhaften Kontrast zu ihrer eleganten Blässe, und wieder hielt Charmaine die beiden unwillkürlich für ein Paar.

»Nun, Miss Ryan«, begann Colette, »wie gefällt Ihnen denn unsere Insel?«

»Sie ist wunderschön«, antwortete Charmaine.

In diesem Moment sah Colette sich selbst an Stelle des jungen Mädchens, durchlebte erneut ihre eigene Ankunft vor neun Jahren und verspürte das Entzücken, das sie beim Betreten genau dieses Raums erfasst hatte. Natürlich hatte sie sich damals nicht um eine Stelle als Gouvernante beworben. Im Gegenteil. Sie sollte Frederic Duvoisin zum ersten Mal treffen und einen guten Eindruck machen. Noch heute konnte sie ihren schnellen Puls und das Herzklopfen spüren, als Frederic sich zu ihr umgedreht und sie zum ersten Mal angesehen hatte. Sein gutes Aussehen hatte sie eingeschüchtert, und sein eindringlicher Blick hatte bis auf den Grund ihrer Seele geschaut und ihr den Atem geraubt. Ja, sie wusste sehr genau, wie man sich in Gegenwart der Duvoisins fühlte. Sie lächelte Charmaine zu. »Sie sind jetzt seit … seit drei Tagen hier?«

»Vier«, verbesserte Charmaine. »Wir sind am Montag mit der *Raven* angekommen.«

Dort habe ich sie also gesehen! Plötzlich war Paul das Gesicht der jungen Frau in Wilkinsons Kabine wieder gegenwärtig. Aber damals hatte sie das Haar offen getragen – lang und lockig. Aus diesem Grund hatte er sie auch nicht sofort wiedererkannt. Jetzt war ihm auch klar, wie sie auf Jonah Wilkinsons Schiff gekommen war. Sie war von

Richmond aus hierhergereist. Ob John sie kannte? Hatte er sie vielleicht vor der Abfahrt auf dem Schiff getroffen? Aber nein, überlegte Paul. Wenn sie seinen Bruder kennengelernt hätte, würde sie jetzt nicht wie ein Kaninchen in der Falle vor ihm sitzen. Und doch. Vielleicht hatte John sie ja völlig verunsichert. *Es ist eine Schande, dieses Haar aufgesteckt zu tragen … Die wirren Locken waren so hübsch.*

»… stimmt das nicht, Paul?«, fragte Colette.

»Es tut mir leid. Was hast du gesagt?«

»Mit den einsamen Stränden hat Miss Ryan den schönsten Teil von Charmantes bereits gesehen, nicht wahr?« Sie wandte sich um, damit sie ihn besser ansehen konnte.

»Ja«, murmelte er nur.

Charmaine erschauerte unter Pauls prüfendem Blick und fragte sich, ob sie ihn durch irgendetwas beleidigt hatte, weil er mit einem Mal so finster dreinsah. Sie war erleichtert, als plötzlich die Tür aufging, eine Frau eintrat und Pauls Aufmerksamkeit von ihr ablenkte.

»Hallo, Agatha«, begrüßte Colette die Frau. »Komm her und lass dir unsere Gäste vorstellen.«

Die Frau war nicht mehr ganz jung, aber in jeder Weise so aufrecht und eindrucksvoll wie Colette. Das schimmernde rötlichbraune Haar war sorgfältig zu einer bauschigen Frisur gekämmt, perfekte Brauen wölbten sich über stechend grünen Augen, und die gerade aristokratische Nase endete über einem ausdrucksvollen Mund. Mit herrischem Schritt trat sie näher und lächelte den Anwesenden freundlich zu.

»Ich wusste gar nicht, dass du Gäste eingeladen hast«, bemerkte Agatha mit deutlichem britischem Akzent. »Hältst du das nach Roberts Rat von gestern für klug?«

»Ich befolge Roberts Ratschläge durchaus, Agatha. Jedoch nur, wenn ich sie für vernünftig halte.«

Statt einer Antwort läutete Agatha und bestellte als Erfrischung eine Karaffe mit Limonade.

Als sie einander vorgestellt wurden, erfuhr Charmaine, dass Agatha Blackford Ward die Schwester von Frederic Duvoisins erster Frau Elizabeth war. Nachdem sie vor kurzem Witwe geworden war, hatte sie sich für immer auf Charmantes niedergelassen, um ihrem Zwillingsbruder Robert Blackford nahe zu sein. Robert Blackford war Agathas einziger lebender Verwandter und außerdem der einzige Arzt auf der Insel.

»Miss Ryan bewirbt sich um die Stellung als Gouvernante«, vollendete Colette ihre Erklärung.

Agathas anfängliche Höflichkeit schwand. »Ach, wirklich? Sie scheint mir sehr jung zu sein.«

Paul räusperte sich. »Soweit ich weiß, führt Colette dieses Gespräch, Agatha. Also sollte sie auch die Fragen stellen, nicht wahr?«

Diese höfliche Zurechtweisung verblüffte Agatha, doch sie bewahrte Haltung, indem sie zur Tür ging und das Tablett mit der Limonade in Empfang nahm. Sie goss jedem ein Glas ein und setzte sich dann in den Sessel neben Colette.

Wieder richtete Colette den Blick auf Charmaine. »Darf ich Sie nach Ihrem Lebenslauf fragen, Miss Ryan?«

»Nennen Sie mich doch bitte Charmaine.«

»Nun gut, Charmaine, wo waren Sie bisher angestellt?«

»Die vergangenen drei Jahre seit meinem fünfzehnten Geburtstag habe ich für Mrs. Harrington gearbeitet.«

»Und was waren Ihre Pflichten?«

»Meistens war ich ihre Gesellschafterin.«

»Und bevor Sie dort gearbeitet haben?«

»Davor bin ich in Richmond zur Schule gegangen. Außer den üblichen Fähigkeiten wie Lesen, Schreiben und Mathematik verfüge ich noch über eine Menge anderer Kenntnisse.«

»Welche Schule haben Sie besucht?«

»Die Schule von St. Jude.«

Colettes Augen leuchteten auf. »St. Jude Thaddeus... der Patron der Hoffnungslosen.«

Charmaine war erstaunt. »Ja, aber das wissen die wenigsten.«

»Die Hoffnungslosen schon«, hauchte Colette. »Sind Sie demnach römisch-katholisch, Charmaine?«

»Ja. Meine Mutter war sehr gläubig, und ich versuche, ihrem Beispiel zu folgen.«

Colette nickte beifällig. »Welche Fähigkeiten haben Sie außerdem? Vielleicht eine Ausbildung an einer Akademie für Ladys?«

Charmaine zögerte ein wenig, doch sofort schaltete sich Loretta Harrington ein. »Charmaines Erziehung wurde während der Jahre in meinen Diensten fortgesetzt und vervollkommnet. Die Literatur und die Musik liebt sie besonders. Außerdem kann Charmaine wunderschön sticken und ihre eigenen Kleider nähen. Und sie kennt alle Tanzschritte und hat großes Talent zum Klavierspiel. Und nicht zuletzt verfügt sie über ein einwandfreies Benehmen, sodass sie Ihren Töchtern ein Vorbild sein kann.«

»Ich verstehe«, antwortete Colette. »Sprechen Sie auch Französisch?«

Charmaine erschrak. »Muss ich das denn?«

»Aber nein.« Colette lachte leise. »Das ist keine Bedingung. Ich habe nur gehofft, dass ich mich vielleicht ein wenig in meiner Muttersprache unterhalten könnte.«

Charmaine seufzte, doch ihre Erleichterung währte nicht lange, denn nun ergriff wieder Agatha das Wort. »Es mag sein, dass dich mein Rat nicht interessiert, Colette, doch ich fände es passender, wenn du für die Erziehung deiner Töchter nach einer reiferen Person Ausschau hieltest. Vielleicht besitzt Miss Ryan ja all die Fähigkeiten, die

Mrs. Harrington aufgezählt hat, aber das heißt nicht, dass sie auch über die Gabe verfügt, den Kindern diese Dinge nahezubringen. Ich gehe davon aus, dass in ihrer Ausbildung Kindererziehung bisher nicht vorgekommen ist. Mit Frederics Geld könntest du doch den besten Professor engagieren, der Pierre und die Mädchen unterrichtet. Warum überstürzt du diese Entscheidung so? Warum siehst du dich nicht zuvor noch in Europa um?«

Charmaine sank in sich zusammen. So gesehen war Agathas Standpunkt vernünftig, und es gab nichts daran auszusetzen. Weshalb sollte Frederic Duvoisin jemanden wie sie einstellen, wenn er für sein Geld doch sehr viel mehr Fachwissen bekommen konnte? Paul Duvoisin ergriff als Nächster das Wort, und seine Feststellungen waren nicht weniger enttäuschend.

»Vielleicht hat Agatha in diesem Fall wirklich recht, Colette. Zweifellos kann Vater die besten Lehrer gewinnen, die man für Geld bekommen kann, wie er es ja schon bei John, George und mir bewiesen hat. Wenn Pierre heranwächst, wird ihm das Wissen eines hervorragenden Lehrers von großem Nutzen sein. Weshalb also suchst du nicht einen Mann wie Professor Richards? Dank Roses Ehemann wurde uns eine umfangreiche Bildung zuteil, sodass wir bestens auf die Universität vorbereitet waren. Miss Ryan hat dagegen nur drei Jahre lang als Gesellschafterin einer Lady Erfahrungen gesammelt. Trotz all ihrer Bildung – wo ist ihre Erfahrung im Umgang mit Kindern? Meiner Meinung nach ist diese nicht vorhanden.«

»Ganz im Gegenteil«, widersprach ihm Loretta energisch. Die Unterredung lief in die falsche Richtung, und es war an der Zeit, dass sie eingriff. »Charmaine hat sogar öfter mehrere Tage ganz allein für meine Enkelkinder gesorgt. Im Umgang mit den Kindern war sie immer sehr umsichtig und geschickt. Die Kindern betteln ständig um einen Besuch bei mir, damit sie mit Charmaine zusammen sein können.«

Einen kurzen Augenblick lang war Charmaine überrascht, was Paul nicht entging. *So so, Loretta Harrington spielt also ein Spielchen. Nun gut, das kann ich auch.* »Für eine andere Stelle«, sagte er, und seine Augen blitzten, »scheint mir Miss Ryan allerdings durchaus geeignet – und für eine weniger anstrengende obendrein, als ständig hinter drei Kindern herzulaufen, die sie Tag und Nacht auf Trab halten. Als Hausmädchen, zum Beispiel?«

»Ich fühle mich stark genug, vielen Dank, Mr. Duvoisin, und ich bin durchaus in der Lage, hinter drei kleinen Kindern herzurennen«, erklärte Charmaine unwirsch. »Vor meiner Tätigkeit bei den Harringtons habe ich die Waisenkinder von St. Jude betreut. Und zwar bestens. Ich habe sehr gern mit ihnen gespielt. Schließlich war ich meiner eigenen Kindheit gerade erst entwachsen.«

»Das ist völlig richtig«, pflichtete Colette ihr bei. »Ich suche ja auch mehr als nur eine Gouvernante für meine Kinder. Wie Agatha bereits angedeutet hat, steht es mit meiner Gesundheit nicht immer zum Besten. Wenn ich mich nicht wohlfühle, will ich meine Kinder in guten Händen wissen, die mehr für sie tun als sie nur zu unterrichten. Die Gouvernante, die *ich* mir vorstelle, muss tatkräftig, liebevoll, mitfühlend und vor allem bereit sein, sich auf alles einzulassen, was Kindern so einfällt. Meine Kinder sollen frei aufwachsen. Ich will, dass sie reiten lernen und im Ozean schwimmen, und ich will, dass sie tanzen – und leben! Sie sollen nicht Tag für Tag ins Kinderzimmer verbannt sein und nie die wunderbare Luft von Charmantes genießen. Wir leben in einem Paradies, und ich möchte, dass meine Kinder das spüren – dass sie mit gesundem Körper und gesundem Geist hier aufwachsen und glücklich sind! Hat das jedermann im Raum gehört?«

Dies war eine rhetorische Frage, die sich an keinen der Anwesenden im Besonderen richtete, sondern alle betraf. Einen Augenblick lang herrschte Stille.

»Da das nun ein für allemal geklärt ist«, fuhr Colette fort, »möchte ich Miss Ryan nun noch ein paar weitere Fragen stellen. Ihre Familie …« Als ob sie die schwierigen Gewässer ahnte, hielt sie einen Augenblick lang inne. »Bisher haben Sie Ihre Familie noch nicht erwähnt. Darf ich fragen, warum Mr. und Mrs. Harrington Sie hierher begleitet haben?«

Charmaine senkte den Kopf. Trotz der vielen Übungen war die Erinnerung noch immer schmerzlich. »Meine Mutter ist im vergangenen Jahr gestorben, und mein Vater hat uns schon vor langer Zeit verlassen. Ich weiß nicht, wo er ist.« Als sie Colette ansah, schimmerten Tränen in ihren Augen. »Wenn ich die Harringtons nicht gehabt hätte, weiß ich nicht, was aus mir geworden wäre. Sie haben sich um mich gekümmert und sind jetzt meine Familie.«

Sehr gut, dachte Loretta, *ehrlich und kein Wort zu viel.* Ein Blick auf Colette genügte ihr, und sie wusste, dass Charmaine das Herz dieser Frau berührt hatte.

»Das tut mir sehr leid«, murmelte Colette und schwieg einen Moment betroffen. Dann ergriff sie erneut das Wort. »Ich möchte gern, dass meine Kinder Sie kennenlernen. Das ist ein wesentlicher Punkt meiner Entscheidung, wenn Sie das verstehen, Miss Ryan?«

»Bitte, nennen Sie mich doch Charmaine. Aber natürlich verstehe ich das. Ich möchte die Kinder ebenfalls gern sehen.«

Agatha stand auf. »Soll Rose sie herunterbringen?«

Colette nickte, und die ältere Frau verließ den Raum.

»Rose Richards oder Nana Rose, wie die Kinder sie nennen, ist eine ganz besondere Kinderfrau«, erklärte Colette.

»Sie steht bereits seit fast sechzig Jahren im Dienst der Duvoisins und hat nicht nur Paul und John, sondern zuvor auch schon ihren Vater Frederic großgezogen. Ihr Mann, Professor Harold Richards, hat zwei Generationen junger Duvoisins unterrichtet. Rose ist eine Seele von Mensch«, fuhr Colette fort, »doch allmählich machen sich die Jahre bemerkbar. Und mit drei kleinen Kindern Schritt zu halten ist ihr immer weniger möglich.

Aber nun will ich mit Ihnen über meine Kinder reden. Die beiden Mädchen sind die Älteren und werden Ende des Monats acht Jahre. Obgleich sie eineiige Zwillinge sind, sind sie vom Wesen her so unterschiedlich wie Tag und Nacht. Sie auseinanderzuhalten dürfte Ihnen also nicht allzu schwerfallen. Yvette ist ein wenig vorlaut, und im Gegensatz zu ihr wirkt Jeannette eher still und schüchtern. Mein Sohn ist zweieinhalb, was üblicherweise ein schwieriges Alter ist. Aber nicht so bei Pierre. Er ist ein äußerst liebenswertes Kind und mein ganzes Glück.«

Im selben Moment öffnete sich die Tür, und ein hübsches Mädchen mit blassblauen Augen betrat den Raum. Das helle Haar war erst zur Hälfte geflochten, aber das schien sie nicht zu stören. Sie musterte die Fremden einen nach dem anderen, bis ihr Blick schließlich bei Charmaine hängen blieb. »Wie heißen Sie?«, wollte sie wissen.

»Aber, Yvette«, mahnte ihre Mutter. »So stellt man sich doch nicht vor. Unsere Gäste werden denken, dass du keine Manieren hast.«

»Ich will mich ja nicht vorstellen, Mama. Sie« – dabei deutete sie mit dem Finger auf Charmaine – »soll mir nur sagen, wie sie heißt.«

»Außerdem ist es unhöflich, mit dem Finger auf Menschen zu zeigen«, bemerkte nun auch noch Paul.

Mit finsterer Miene ließ sich das Mädchen auf einen Sessel plumpsen und schmollte.

Colette beachtete sie nicht, sondern rief Jeannette und Pierre zu sich. Schnurstracks rannte der kleine Junge in die ausgebreiteten Arme seiner Mutter. Nachdem sich Rose, Agatha und Jeannette gesetzt hatten, fuhr Colette mit der Vorstellung ihrer Besucher fort. »Dies sind Mr. und Mrs. Harrington aus Richmond in Virginia …«

Yvette spitzte die Ohren. »Dort wohnt auch Johnny.«

»… und dies ist Miss Ryan, eine Freundin von ihnen.«

»Wohnen Sie auch in Richmond?«, fragte Yvette.

»Ich bin dort aufgewachsen«, erwiderte Charmaine.

»Kennen Sie meinen älteren Bruder?«

»Nein. Es tut mir leid, aber ich kenne ihn nicht.«

Yvette war noch nicht zufrieden. »Könnten Sie ihn vielleicht finden?«

»Yvette«, mahnte ihre Mutter, »es ist genug.«

Das Mädchen lächelte bezaubernd. »Aber, Mama, du hast doch gesagt, dass jeder den Namen Duvoisin kennt. Vielleicht kann Miss Ryan ja herausfinden, wo Johnny wohnt.«

Charmaine lachte. »Vermutlich könnte ich das, wenn ich es versuchen würde.«

Das schien das Mädchen zu freuen. »Gut. Wenn Sie nach Richmond zurückfahren, könnten Sie ja vielleicht einen Brief für ihn mitnehmen. Ich wollte ihm schon früher schreiben, aber Mama sagt, dass sie nicht weiß, wohin sie den Brief schicken soll. Und Vater … nun, Johnny und er hatten einen schrecklichen …«

»Yvette!«, bellte Paul. »Unsere Gäste interessieren solche Dinge nicht!«

Das Mädchen verdrehte die Augen und rutschte im Sessel herum, als Rose Richards sich zu ihr hinabbeugte. »Das nächste Mal«, raunte die alte Frau ihr zu, während sie die goldenen Strähnen bürstete, »rennst du nicht einfach davon, bevor ich dich hübsch gemacht habe.«

Charmaines Blick wanderte zu Jeannette, die noch kein Wort gesagt hatte. Die Kleine lächelte schüchtern. »Sie sind sehr hübsch«, sagte sie.

Charmaine lachte leise. »Vielen Dank, Jeannette. Darf ich dir das Kompliment zurückgeben?«

»Woher kennen Sie meinen Namen?«

Yvette brummte. »Man hat ihn ihr verraten, bevor wir hereingekommen sind, Dummchen.«

»Deine Schwester hat recht«, bestätigte Charmaine. »Aber viel mehr konnte deine Mutter mir nicht erzählen. Ich würde gern mehr über euch wissen, aber nur, wenn ihr mich auch etwas fragt.«

»Ich wüsste gern, wie Sie heißen«, sagte Yvette.

Colette schnalzte mit der Zunge. »Ich habe dir doch gesagt, dass sie Miss Ryan heißt, Yvette.«

»Ich meine aber ihren Vornamen. Wie heißen Sie mit Vornamen?«

»Charmaine.«

Jeannette legte den Kopf schief. »Das ist ja lustig! Das klingt wie Charmantes.«

»Nicht wahr? Eine Freundin hat das vor kurzem auch gesagt. Da war es mir noch gar nicht aufgefallen.«

»Können wir Sie Charmaine nennen?«, fragte Yvette.

»Nein, das *könnt* ihr nicht«, fuhr Colette dazwischen, »aber ihr *dürft* Mademoiselle Charmaine sagen.«

Yvette wollte sich von Rose losmachen, die ihre Haare flocht. »Autsch!«, quietschte sie und fing sich einen tadelnden Blick ihrer Kinderfrau ein.

»Wenn du nicht so zappeln würdest, wäre ich längst mit dem Flechten fertig.«

»Warum muss ich es mir immer bürsten und flechten lassen? Wenn ich ein Junge wäre, dürfte ich es ganz kurz abschneiden!«

Charmaine schmunzelte. »Wie gut ich dich verstehe,

Yvette. Ich hasse es auch, mein Haar zu bürsten, und überlege fast jeden Morgen, ob ich es nicht abschneiden soll.«

Yvettes Bewunderung für Charmaine wuchs. »Und warum tun Sie es nicht?«

»Man hat mir gesagt, dass es das Schönste an mir ist.«

Die Antwort schien Yvette nicht zu begeistern.

»Stell dir nur vor, ich sähe danach fürchterlich aus? Das wäre eine schöne Bescherung, nicht wahr? Außerdem würde es Jahre dauern, bis es wieder so lang ist wie heute.«

»Das stimmt«, räumte die Kleine widerstrebend ein. Nachdem der zweite Zopf fertig war, ging sie zu Charmaine hinüber. »Wann werden Sie unsere Gouvernante?«

Colette war sprachlos. »Wie, um alles in der Welt, kommst du denn darauf, Yvette?«

Das Mädchen zog ein Gesicht. »Nana hat gesagt, dass sie nicht mehr so für uns sorgen kann wie früher für Johnny, Paul und George. Und ich habe gehört, dass Mrs. Ward vorgeschlagen hat, eine Gouvernante einzustellen.«

Colette runzelte die Stirn. »Und wo hast du das gehört, junge Lady?«

»Keine Ahnung.« Sie zuckte die Schultern. »Ich habe es eben gehört.«

»Und möchtest du denn, dass Miss Ryan Eure Gouvernante wird?«

»*Ich* schon«, meldete sich Jeannette zu Wort. Dann wandte sie sich an ihren Bruder, der zufrieden auf Colettes Schoß thronte. »Was meinst du, Pierre? Willst du, dass Mademoiselle Ryan bei uns wohnt und für uns sorgt?«

Lächelnd rieb sich der kleine Kerl die Äuglein und gähnte.

»Er ist müde«, stellte Jeannette fest. »Aber ich glaube, er mag sie.«

»Und wie steht es mit dir, Yvette?«, fragte Colette.

»Möchtest du, dass Mademoiselle Charmaine zu uns kommt?«

»Ich denke schon«, meinte sie schnippisch.

»Yvette, deine Mutter hat dich nach deiner Meinung gefragt«, mischte sich Paul ein. »Bitte, gib ihr eine höfliche Antwort.«

»Schwer zu sagen«, meinte Yvette und legte den Finger ans Kinn. »Aber ich glaube, dass sie mir besser gefällt als Felicia.«

Ein Blick zu Paul – und jedermann wusste, dass Yvette etwas gesagt hatte, was besser ungesagt geblieben wäre. Und genauso klar war auch, dass Colette genau wusste, worauf ihre Tochter anspielte. »Ich bin sehr enttäuscht, Yvette«, sagte sie, bevor Paul reagieren konnte.

Sofort brach das Mädchen in Tränen aus. Angesichts dieses Tadels war alle Aufsässigkeit wie weggeblasen. »Es tut mir leid, Mama! Es tut mir leid, Paul!«, heulte sie und rannte aus dem Zimmer.

Colette seufzte. »Ich halte es für besser, unser Gespräch an diesem Punkt zu beenden. Mir ist klar, dass Sie auf eine Antwort warten, Miss Ryan, doch ich möchte mir die Angelegenheit in Ruhe durch den Kopf gehen lassen. Ich werde Ihnen am Montag Bescheid geben, wenn Ihnen das recht ist?«

Charmaine lächelte zaghaft. »Aber natürlich ist mir das recht.«

Jeannette spürte, dass Charmaine bedrückt war, und ging zu ihr. »Ich mag Sie sehr, Miss Ryan, und ich verspreche, dass ich Mama und Papa überreden werde, Sie zu nehmen.«

Papa – Frederic Duvoisin. Charmaine hatte ihn völlig vergessen. Natürlich wollte Colette die Sache mit ihrem Mann besprechen. Mit einem Mal sah alles nicht mehr ganz so hoffnungslos aus. Sie lächelte der Kleinen zu. »Ich danke dir, Jeannette, und ich hoffe sehr, dass wir uns bald wiedersehen.«

Caroline Browning konnte ihre Rückkehr kaum erwarten. »Kommt schnell herein«, rief sie, als sie aus dem Wagen stiegen. »Wie ist das Gespräch verlaufen? Ist alles gut gegangen? Hast du die Stelle bekommen?«

Charmaine musste erst einmal Luft holen. »Ich weiß es nicht – ich meine, ich erfahre es erst am Montag. Mrs. Duvoisin möchte noch mit ihrem Mann darüber sprechen.«

»War Frederic denn nicht dabei?«, fragte Caroline empört. »Dann ist es also wahr!«

»Was ist wahr?«, fragte ihre Schwester.

»Dass Frederic seine Räume nicht mehr verlässt.«

»Das können wir doch gar nicht wissen«, erwiderte Loretta. »Vielleicht hatte er ja anderswo zu tun.«

Das hielt Charmaine für unwahrscheinlich. Schließlich hatte Paul Duvoisin auch Zeit gefunden, um bei dem Gespräch anwesend zu sein. Und wenn man Gwendolyn glauben wollte, so war er doch ständig beschäftigt.

Caroline sprach aus, was sie dachte. »Jedermann weiß, dass Frederic das Haus nicht mehr verlässt. Das stimmt doch, nicht wahr, Harold?«

Ihr Mann widersprach nicht.

»Nein, nein, sein Zustand muss ernst sein.« In ihrem Kopf arbeitete es. »Und Miss Colette? Ist sie auch so krank, wie man munkelt?«

Loretta runzelte die Brauen. »Du wusstest, dass es mit ihrer Gesundheit nicht zum Besten steht, und hast uns das nicht gesagt?«

»Ich kann doch nicht an alles denken.« Caroline setzte sich aufrecht hin und strich sich über das Mieder. »War das denn so wichtig?«

»Es hätte zumindest erklärt, weshalb Mrs. Duvoisin

eine junge Gouvernante sucht, die sich um ihre Kinder kümmert.« Loretta war sichtlich verärgert. »Wir sind in dem Glauben zu dem Gespräch gegangen, dass die Erziehung und der Unterricht im Mittelpunkt stünden. Dabei stand für Mrs. Duvoisin die richtige Betreuung ihrer Kinder im Mittelpunkt. Wenn wir das gewusst hätten, hätte Charmaine sich besser vorbereiten können.«

»Soll das heißen, dass die Sache schlecht steht?«, fragte Gwendolyn schüchtern.

»Ganz im Gegenteil«, entgegnete Loretta. »Das Gespräch ist mehr als nur gut verlaufen.«

Sonntag, 18. September 1836

Der Tag hatte erfrischend kühl begonnen, was nach der Hitze endlich angenehmere Temperaturen verhieß, aber es nieselte. Seufzend stellte Colette fest, dass die Regensaison begonnen hatte. Bis in den Dezember hinein mussten sie nun öfter mit bewölktem Himmel rechnen. Sie saß in ihrem privaten Salon am Schreibtisch und beobachtete versonnen, wie ein sanfter Wind durch die Palmwedel und die Äste der Pawpawbäume vor dem Balkon strich, der durch die offenen Terrassentüren bis in den Salon wehte. Augenblicke wie dieser waren selten, doch Colette hatte gelernt, die kostbare Zeit zu genießen, und darauf bestanden, nach der sonntäglichen Messe eine Stunde für sich allein zu haben. Während Pierre tief und fest auf ihrem Bett schlief, empfand sie beinahe so etwas wie Frieden.

Einen Augenblick später kehrte sie in die Wirklichkeit zurück und sah auf den fast beendeten Brief auf ihrem Schreibtisch hinunter:

Liebe Miss Ryan,
nach unserem Gespräch vom Freitag habe ich mir alles durch den Kopf gehen lassen. Es erscheint mir wichtig, dass wir uns noch einmal treffen, damit ich Ihnen in Ruhe darlegen kann, wie ich mir die Betreuung meiner Kinder vorstelle. Ich möchte also meine Einladung erneuern. Würde es Ihnen passen, mich heute zu einem weiteren Gespräch in meinen Privaträumen aufzusuchen? Sagen wir um vier Uhr? Ich bin sicher, dass wir uns bei einem vertrauten Gespräch unter vier Augen sehr viel besser kennenlernen können.

Sollte sie noch etwas hinzufügen? Keinesfalls wollte sie die junge Frau mit dieser neuen Einladung verunsichern, aber am Freitag waren einfach zu viele Menschen im Raum gewesen, um sich in Ruhe aussprechen zu können. Charmaine Ryan gefiel ihr, und höchstwahrscheinlich würde sie ihr noch vor dem Abend die Stellung anbieten.

Es klopfte an der Tür zum Flur. *War es etwa schon Mittag?*

»Herein«, rief sie und verzog ihr Gesicht, als Agatha Ward eintrat.

Sie hasste diese Frau. Seit sie vor etwa sechs Monaten die Schwelle des Hauses überschritten hatte, hatte sie sich häuslich eingerichtet. Im Gegensatz zu früheren Besuchen schien dieser kein Ende zu nehmen. Rose Richards zufolge war Agatha Ward schon zu Stippvisiten auf die Inseln gekommen, als Paul und John noch klein waren. Da Agathas Eltern früh gestorben waren und sie keine Kinder hatte, war es nur natürlich, dass sie mit ihren einzigen Verwandten in Kontakt blieb … Vor allem mit ihrem Bruder Robert und ihrem Neffen John. Frederic hatte die Schwester seiner Frau vom ersten Besuch vor etwa zwanzig Jahren an stets willkommen geheißen. Hin und wieder auch für längere Zeit, wenn Agathas Mann als Offizier der British Royal Navy zur See fuhr. Dieser Mann war im Januar gestorben, und im März war seine Witwe in Colettes Welt eingebrochen und hatte sich im Nordflügel häuslich eingerichtet – und das offenbar für immer. Als Colette einmal vorsichtig einen getrennten Wohnsitz angeregt hatte, wurde sie von Agatha belehrt, dass sie seit Jahren im Besitz einer Einladung von Frederic sei, in seinem Haus zu leben, sollte sie jemals in Not geraten. Nun war dieser Fall eingetreten, und Agatha war gekommen, um zu bleiben. Und schlimmer noch. Sie hatte sich gekonnt beim Personal eingeschmeichelt und auf ihrer Rolle als persönliche Gesellschafterin für Colette beharrt. Colette wiederum hatte weder den Willen aufgebracht, sich gegen Agatha zu wehren, noch den Mut, um ihr Missfallen offen mit ihrem Mann zu besprechen. Inzwischen schalt sie sich selbst für ihre Zaghaftigkeit.

»Ich dachte, du ruhst dich ein wenig aus«, sagte Agatha vorwurfsvoll.

Trotz plötzlicher Kopfschmerzen bemühte sich Colette um Höflichkeit. »Aber das tue ich doch.«

»Wie ich sehe, schreibst du einen Brief.«

»Das ist ja nicht unbedingt kräfteraubend, oder?« Colette faltete das Blatt, als Agatha näher trat. »Gibt es einen Grund für deinen Besuch? Ich dachte, ich hätte klar gesagt, dass ich eine Stunde lang ungestört bleiben möchte.«

»Die Mädchen fragen nach dir.«

»Wie kann das denn sein? George hat sie doch mit in die Stadt genommen.«

Unsicher runzelte Agatha die Stirn, aber dann zuckte sie nur die Schultern. »Es tut mir leid. Ich dachte, dass Fatima sich vorhin in der Küche über sie beschwert hätte. Aber vielleicht bezog sich das auf gestern. Nach dem Vorfall in

Pauls Zimmer letzte Woche halte ich es für das Klügste, dich sofort über alles ins Bild zu setzen. Yvette nutzt deine Abwesenheit gern aus.«

»Das haben wir bereits besprochen, Agatha. Sie ist noch ein Kind.«

»Umso besser sollte sie ihren Platz kennen. Wie soll sie denn zu einer anständigen jungen Lady heranwachsen, wenn man ihr alles durchgehen …«

»Du sprichst von meiner Tochter.«

»Und du verteidigst sie natürlich.« Agatha wurde energischer. »Ich will dich nicht beunruhigen, Colette, aber Yvette macht das jeden Tag. Nach Roberts Meinung ist Aufregung das Schlimmste für dich. Hör mir zu!« Sie hob die Hand, als Colette widersprechen wollte. »Yvettes Aufsässigkeit wird täglich schlimmer. Deine Schwäche und deine Unfähigkeit, ihr Grenzen zu setzen, hat dieses Benehmen gefördert. Aber das ist kein Grund, darüber hinwegzusehen. Als deine Freundin, deine Gesellschafterin, fühle ich mich verpflichtet, dich vor den Folgen zu warnen. Yvette braucht eine feste Hand, die ihr diese Unarten …«

»Es reicht, Agatha!« Colette funkelte sie an. »Du bist nur Gast im Haus meines Mannes.«

»O nein, ich betrachte mich eher als deine Freundin und Gesellschafterin.«

»Das ist deine Meinung, nicht meine. Für mich bist du ein Gast. Also merke dir eines: Ich liebe meine Kinder. Sieh dich vor, wenn es um sie geht, sonst widerrufe ich die großzügige Einladung meines Mannes. Hast du verstanden?«

»Aber nein, meine Liebe, du bist diejenige, die es nicht versteht. Dein Mann ist angesichts deiner schwachen Gesundheit verzweifelt und hat seine Bedenken nicht nur Robert, sondern auch mir gegenüber zum Ausdruck gebracht. Ihm zuliebe habe ich eingewilligt, auf Charmantes zu bleiben. Er hat mich gebeten, dir nicht nur jeden Wunsch zu erfüllen, sondern auch dafür zu sorgen, dass du den Anweisungen meines Bruders Folge leistest. Du siehst, du bist ganz ausdrücklich meiner Fürsorge anvertraut.« Sie lächelte triumphierend. »Sieh doch nicht so bekümmert drein, Colette. Frederic sorgt sich doch nur um dich – und um seine Kinder.«

Mutlos ließ Colette den Kopf sinken. Sie verstand nicht, dass Frederic ihr das antat. Allerdings wusste sie nur zu genau, welche Macht Agatha über ihn hatte. Deswegen hasste sie diese Person. Als Agatha den Raum verließ, floh Colette aus der erstickenden Atmosphäre hinaus auf den Balkon und hob ihr Gesicht, sodass die Regentropfen ihre Haut küssten und sich mit den Tränen mischten. *Frederic – warum nur? Warum ziehst du diese Frau mir vor?*

Colette konnte sich noch genau an die Nacht erinnern. Die Zwillinge waren damals gerade ein Jahr alt gewesen, und in all der Zeit seit ihrer Geburt hatte Frederic sie kein einziges Mal in die Arme geschlossen und geliebt. Es war ihre eigene Schuld. Er dachte, dass sie ihn hasste. *Sie* dachte, dass sie ihn hasste. Aber gleichzeitig liebte sie ihn, liebte ihn so sehr, dass es schmerzte und die Heftigkeit des Gefühls sie erschreckte, ja, lähmte. Dazu kam die Mahnung des Arztes, dass sie auf weitere Kinder verzichten sollten. Einige Tage zuvor war Agatha nach Charmantes gekommen – und das in Begleitung einiger Geschäftspartner ihres verstorbenen Vaters. Frederic trug sich damals mit der Absicht, ein neues Schiff mit Namen *Destiny* als Ergänzung seiner ständig wachsende Flotte in Auftrag zu geben, und die Männer waren angereist, um seine besonderen Wünsche an die Werft zu übermitteln und für den Bau des Schiffes zu sorgen. Ein jüngerer, gut aussehender Gentleman war von Colettes Jugend und Schönheit besonders begeistert, und es fiel ihr nicht schwer, ein wenig mit ihm zu flirten – und Frederic über den Tisch hinweg zu beobachten: Seine verkniffenen Lippen, die finsteren Brauen und seine kaum verhüllte Reizbarkeit – vielleicht war das ja das richtige Rezept, um ihn zu wecken und in ihre Arme zurückzuholen. Sie schenkte Frederic ein kokettes Lächeln, um ihn zu ermuntern. Doch später lief sie in ihrem Salon auf und ab und hatte Angst, dass sie womöglich die Grenzen überschritten hatte. Heute Abend würde er zu ihr kommen, dessen war sie sicher, aber war sie auch stark genug, um sich seinem Zorn zu stellen? Beim Gedanken an sein Liebesspiel raste ihr Puls, und ihr Herz hämmerte so laut, dass sie es hören konnte. Stunde um Stunde verging – aber Frederic kam nicht. In ihrer Enttäuschung fasste Colette den Entschluss, zu ihm zu gehen. Sie schluckte ihren Stolz hinunter und wollte ihm zeigen, dass sie ihn begehrte, ihn liebte. Aus seinem Schlafzimmer war schweres Atmen zu hören, Agathas Kleider waren überall im Ankleidezimmer verstreut. Also hatte Frederic in den Armen seiner Schwägerin Trost gefunden. Auf Zehenspitzen schlich Colette in ihre Räume zurück. Ihr Herz war wie tot, und sie fand Trost, indem sie unzählige Tränen in die Kissen vergoss.

Frederic erfuhr niemals, was Colette in dieser Nacht gesehen hatte. Sie ging davon aus, dass er Agatha von da an bei jedem ihrer Besuche in seinem Bett willkommen geheißen hatte, und sie fragte sich, ob er sie auch heute, in seinem verkrüppelten Zustand, noch immer in die Arme schloss.

Sie wandte sich wieder dem Brief zu. Sie freute sich auf das Treffen mit Charmaine Ryan, und ebenso behagte ihr der Gedanke, endlich eine Frau um sich zu haben, die in etwa ihr Alter hatte. In diesem Moment beschloss sie, die junge Frau einzustellen.

»Was machst du nur so lange, Charmaine?«, rief Loretta von der Tür her. »Es ist beinahe halb vier. Du wirst noch zu spät kommen.«

»Ich will doch gut aussehen, aber ich kann die Brosche einfach nicht feststecken.«

»Lass mich das machen.«

Loretta befestigte die Bosche, und Charmaine trat einen Schritt zurück. »Na, wie sehe ich aus? Werde ich die Prüfung bestehen?«

»Du siehst wunderhübsch aus.« Mit aufmunternder Geste ergriff Loretta Charmaines Hand. »Mein Gott, du zitterst ja wie ein Blatt im Sturm. Kein Wunder, dass du die Brosche nicht befestigen konntest.«

»Ich werde es schon schaffen«, versicherte Charmaine mit bebender Stimme und zaghaftem Lächeln. »Und falls ich die Stelle nicht bekomme …«

»… wird es ihr Schaden sein«, entgegnete Loretta. »Sei zuversichtlich und denk daran: Hin und wieder ein bisschen zu flunkern hat noch keinem geschadet.«

»Das kann ich nicht!«

»Unsinn. Du hast doch gesehen, welchen Erfolg ich damit hatte. Hinterher war keiner schlauer.«

»Aber was, wenn sie die Wahrheit herausfinden?«

»Wie sollten sie das denn anstellen? Du musst so mit den Menschen reden, wie sie es von dir erwarten, dir sozusagen ihre Absicht aneignen. Paul Duvoisin ist ein gutes Beispiel dafür. Er wollte deine Unerfahrenheit ins Feld führen, doch ich habe ihm den Wind aus den Segeln genommen. Schließlich *bist* du imstande, dich um meine Enkelkinder zu kümmern, selbst wenn du nie Gelegenheit dazu hattest.«

»Sie mögen ihn nicht, oder?«

»Wen? Mr. Duvoisin? Ganz im Gegenteil. Vermutlich ist der Mann ein Gentleman. Doch solange du ihn nicht besser kennst, solltest du auf der Hut sein.« Loretta lächelte aufmunternd. »Komm jetzt, Charmaine, der Wagen wartet, um dich in dein neues Leben zu bringen. Und in meinem Herzen weiß ich, dass du nicht enttäuscht sein wirst.«

Charmaine bestieg den Landauer, den Colette Duvoisin geschickt hatte, und während der Fahrt hatte sie Zeit genug, um über ihre Ängste nachzudenken. Loretta Harrington war so sicher, was ihre Zukunft betraf, doch ihr selbst fehlte diese Zuversicht. Für gewöhnlich fand sie Ruhe im Gebet, aber bei der heutigen Mittagsmesse hatte nicht mal das geholfen. Trotz des Briefs hatte Charmaine während Father Benitos langatmiger und wenig zuversichtlicher Predigt ständig nur das Schlimmste befürchtet. Wie leicht konnte die Macht dieser Familie ihr Leben vernichten. Wer war sie denn schon? Und wichtiger noch: Wenn Paul Duvoisin sie ablehnte, welches Glück konnte sie dann noch in den Mauern dieses Herrenhauses finden?

Die Räumlichkeiten des Hausherrn und der Hausherrin lagen am äußersten Ende des Südflügels, und zwar im Stockwerk über dem großen Ballsaal und somit weit vom Lärm und der Unruhe des Haushalts entfernt. Dort fanden der Hausherr und seine Frau die ersehnte Ruhe, weil sich niemand, ohne aufgefordert zu sein, bis in diese entlegenen Räume verirrte.

Dieses Leben in Abgeschiedenheit war Frederic Duvoisins selbst gewähltes Gefängnis, wo er über sein bisheriges Leben nachsann. Oft saß er in dem großen Sessel und starrte auf die geschlossene Eichentür. Insgesamt gab es drei Türen im Raum. Eine führte in sein Schlafzimmer und eine weitere auf den Flur, aber die interessierten ihn nicht. Er hatte nur Augen für die geschlossene Tür direkt vor ihm, nicht mehr als zehn Schritte von ihm entfernt, hinter der sich der Salon seiner Frau befand – dies war die einzige Tür, die ihn interessierte.

Er konnte jede Bewegung hören und verfolgte genau, was auf der anderen Seite der Barriere vor sich ging. So auch nachts, wenn er im Bett lag und auf die Geräusche ihrer abendlichen Toilette lauschte. Wenn sich die Stille der Verzweiflung breitmachte, drehte er sich im Bett auf die andere Seite und starrte auf die Tür, die ihre Schlafzimmer miteinander verband – aber nicht den Mann mit seiner Frau …

Frederic merkte, dass er mit den Zähnen knirschte, weil er dem Groll gegenüber hilflos war, der ihn beherrschte. In den vergangenen sechzig Jahren hatte er nie untätig herumgesessen und sein Leben von der Zeit und den Umständen bestimmen lassen. Ruhelos und fordernd hatte er die Dinge ständig vorangetrieben. Ruhelos und fordernd – und stur. Und genau dieser Wesenszug hatte ihn letztlich in die Hölle geführt, in der er sich nun befand: Er war geistig und physisch nur noch ein halber Mann – eine Entscheidung vor acht Jahren, als er am Tag seines Anfalls die vernichtende Wahrheit erfuhr. Colette … wie sehr er sie liebte.

Über diese Liebe nachzudenken tat ihm nicht gut. Er kämpfte darum, seine Gefühle zu beherrschen. Was seine Frau anging, so hatte er keine Rechte mehr. Aber hatte sie ihm vergeben? Nicht einmal dic Erinnerung an seine erste Frau Elizabeth konnte ihn noch trösten, denn sie hatte er genauso enttäuscht.

»Was denkst du nur von mir, Colette?«, murmelte er, während sich sein Herz nach ihrem sanften Verständnis sehnte. Warum kam sie nicht zu ihm, obwohl er sie doch so nötig brauchte? Er kannte die Antwort. Sogar in diesem Moment war Elizabeth auf Colettes Seite.

»Genug«, brummte er und verdrängte mit letzter Kraft

diese Gedanken. Da er während der letzten drei Jahre nicht gestorben war, musste er sich jetzt wohl zum Leben zwingen. »Ich habe viel zu lange herumgesessen und viel zu viel aufgegeben.«

Mit größter Anstrengung quälte er sich auf die Füße, wobei seine gekrümmte Gestalt seiner Größe Hohn sprach. Wenigstens hatte ihm der Anfall nicht alle Kraft geraubt. In früheren Tagen war er jedem Mann ein kraftvoller Gegner gewesen und von Seinesgleichen beneidet worden. Selbst heute staunten noch viele über seine Willenskraft, doch wer ihn von früher kannte, fühlte sich abgestoßen.

Seine linke Seite war noch immer teilweise gelähmt, wobei ihm das Bein größere Schwierigkeiten bereitete als sein Arm. Mit verzerrtem Gesicht stützte er sich auf den schwarzen Stock, ohne den er nicht mehr auskam, und dann hinkte und schleppte er sich bis zur Tür. Wie immer fiel sein Blick dabei auf den hohen Spiegel, den man auf seinen Befehl hin in der Ecke des Raums aufgestellt hatte. Und wie immer zuckte er vor seinem Abbild zurück. Der Spiegel erfüllte seinen Zweck und mahnte ihn tagtäglich an sein Aussehen und den Grund, warum er in dieser selbst gewählten Einsamkeit verharren musste. Er hätte die verstohlenen Blicke nicht ertragen, auch nicht das Geflüster und die heimlichen Bemerkungen und, was am schlimmsten war, das Mitleid.

Colette ließ ihn nichts von alledem spüren. Sie war der einzige Mensch, der den Blick nicht abwandte und ihm ohne Zögern oder Widerwillen in die Augen sah. Doch in ihrem Blick lag der größte Kummer. Er wusste, dass sie sich Vorwürfe machte und auf seine Vergebung hoffte. Aber er konnte sich nicht überwinden und die Worte aussprechen. Seltsam, wie er jedes Mal darüber nachdachte, bevor er zu ihr ging.

Colette blickte sich in ihrem Salon um und fand alles ihren Wünschen entsprechend hergerichtet. Mit einem Lächeln, das ihre blauen Augen förmlich zum Leuchten brachte, wandte sie sich an ihre Zofe. »Sehr schön, Gladys. Wirklich einladend. Ich bin sicher, dass Miss Ryan das ebenso empfinden wird. Würden Sie jetzt noch Cookie – ich meine natürlich Fatima – bitten, einige Erfrischungen bereitzustellen?«

»Ja, Ma'am«, erwiderte Gladys und verließ den Raum.

Colette trat unter die Balkontür und ließ sich den Wind über das Gesicht streichen. *Wann werde ich jemals vergessen?* Das Geräusch beim Öffnen der Tür rief sie in die Gegenwart zurück. »Haben Sie etwas vergessen ...«

Die Frage erstarb ihr auf den Lippen, als Frederic hereingehumpelt kam. Es war drei Jahre her, seit er diesen Raum zuletzt betreten hatte. Entsprechend beunruhigt war Colette. In der letzten Zeit waren sie einander immer nur auf neutralem Boden oder im Kinderzimmer begegnet.

»Ich wollte dich nicht stören«, entschuldigte er sich mit undeutlicher Stimme.

»Du störst mich nicht.« Sie zwang sich zur Ruhe und sah ihm entgegen.

Er hinkte einige Schritte näher zu ihr. »Wie ich sehe, erwartest du einen Gast. Jemanden, den ich kenne?«

»Ich erwarte eine Frau, die ich als Gouvernante für die Kinder einstellen möchte.«

»Und wie heißt sie?«

»Charmaine Ryan.«

»Paul sagt, dass sie sehr jung ist. Und vermutlich noch etwas unerfahren.«

Colette wunderte sich. »Er hat das mit dir besprochen? Wie kann er das hinter meinem Rücken tun?«

»Dasselbe kann ich dich fragen, meine Liebe«, erwiderte er kühl. »Ich bin immerhin dein Mann und der Herr des Hauses. Im Grunde ist es nicht Pauls Aufgabe, mich über alles aufzuklären, was meine Kinder angeht, sondern deine. Oder ist das zu viel verlangt?«

»Nein, natürlich nicht«, flüsterte Colette. Sie sah zu Boden und kämpfte mit den Tränen.

Frederic vernahm das Zittern in ihrer Stimme sehr wohl und knirschte mit den Zähnen, als tiefe Abscheu vor sich selbst seinen Zorn verdrängte. »Erzähl mir von Miss Ryan«, bat er.

Colette nahm sich zusammen. »Miss Ryan kommt aus Richmond. Sie hat durch Harold Browning von unserer Suche erfahren. Seine Frau wiederum hat mit den Harringtons darüber gesprochen, bei denen Charmaine bisher drei Jahre lang beschäftigt war und wo sie auch Erfahrungen mit deren Enkelkindern gesammelt hat. Sie ist eine gebildete junge Frau und …«

»Du empfiehlst sie für diese Stellung«, fuhr er an ihrer Stelle fort.

»Ja, das tue ich«, murmelte Colette. Um ihre Position nicht gänzlich zu verlieren, setzte sie sich auf einen Stuhl, der einige Schritte weit von ihm entfernt stand.

Aber Frederic folgte ihr, sodass er sie auch weiterhin überragte. »Das klingt gut und schön, aber in meinen Augen macht es nicht den geringsten Sinn. Du, die du deine Kinder nie aus den Augen lässt, warum suchst du nach einer anderen Person für diese Aufgabe? Und erzähl mir nicht, dass die Bildung der Kinder der Grund ist. Genauso gut könntest du ihnen selbst alles beibringen, was sie zum Leben brauchen. Warum also willst du eine Fremde ins Haus holen und ihr die Sorge um unsere Kinder anvertrauen?«

»Ich gebe die Sorge nicht aus der Hand, aber ich bin nicht mehr so kräftig wie noch vor einem Jahr. Robert wiederholt ständig, dass die Kinder eine Belastung für mich seien. Obwohl ich ihm nicht zustimme, möchte ich verhindern, dass meine Schwäche ihre Entwicklung hemmt.«

»Du hättest den Jungen nicht bekommen dürfen«, stellte er in scharfem Ton fest. »Nach den Zwillingen hat Robert dich ganz klar gewarnt.«

»Pierre kann nichts dafür. Nach seiner Geburt ging es mir gut. Es war das Fieber im vergangenen Frühjahr.«

Frederics Miene verfinsterte sich, und Colette verstummte. Einige Minuten verstrichen, bis Frederic sich schließlich räusperte. »Hat Robert dir die Anstellung einer Gouvernante empfohlen?«

»Nein, seine Schwester.«

»Aber Agatha hält sie nicht für geeignet.«

»Und woher weißt du das?«, fragte Colette misstrauisch.

»Agatha hat Paul gebeten, mit mir zu sprechen. Nach ihrer Ansicht ist Charmaine Ryan zu jung und zu lebhaft.« Er hinkte zur Verbindungstür hinüber. Dort hielt er inne und sah sich noch einmal um. Ein Funkeln trat in seine Augen. »Ich würde sagen, dass Miss Ryan genau die richtige Gouvernante für unsere Kinder ist.«

Ein Lächeln trat auf ihr Gesicht, und zum ersten Mal seit Monaten weitete sich Frederics Herz. Als ihm die Tränen in die Augen traten, wandte er sich rasch ab. »Ich habe Paul versprochen, Agatha zuliebe mit dir zu sprechen, und das habe ich getan.« Als sie nichts erwiderte, öffnete er die Tür und kehrte in seine Räume zurück. Colette hatte seine Zustimmung erhalten.

Trotz der etwas verspäteten Abfahrt kam Charmaine pünktlich auf der Schwelle der Duvoisins an. Sie strich ihre Röcke glatt und sah kurz zu dem eindrucksvollen Haus. Mit einem tiefen Seufzer stieg sie die wenigen Stufen zum Säulengang hinauf. In diesem Augenblick ging die Tür auf, und ein Mann stürmte mit gesenktem Kopf heraus. Um einen Zusammenstoß zu vermeiden, trat Charmaine einen Schritt zur Seite. Aber zu spät! Der Mann prallte mit voller Wucht gegen sie und hätte sie beinahe umgeworfen, doch instinktiv umklammerte er ihre Oberarme, bis sie ihre Balance wiedergefunden hatten.

»Verzeihen Sie.« Mit einem leisen Auflachen ließ er sie los, und als er sie von Kopf bis Fuß musterte, vertiefte sich sein Lächeln. »Du lieber Himmel.«

Unwillkürlich musste Charmaine lächeln. Der schlaksige junge Mann gefiel ihr.

»Ich hätte nicht wie ein Verrückter aus dem Haus rennen dürfen, aber der Zusammenstoß mit Ihnen war die Sache wert.« Ohne weitere Förmlichkeiten fasste er ihren Ellenbogen und geleitete sie die letzten Stufen empor. »Darf ich vielleicht noch Ihren Namen erfahren?«

Ihr Blick lag auf seinem schmalen Gesicht. »Charmaine Ryan.«

»Oh, die neue Gouvernante.«

»Bin ich das?«, fragte sie zurück.

Seine Miene wurde ernst, innerlich stöhnte er. »Nun ja, vielleicht noch nicht ganz, aber man zieht Sie immerhin in Erwägung. Es tut mir leid, wenn ich Hoffnungen geweckt habe, aber ich bin sicher …«

»George, wolltest du nicht Wade helfen, die Säge in der Mühle zu schleifen?«

Mit verschränkten Armen stand Paul Duvoisin unter der Tür und musterte den jungen Mann mürrisch. Charmaine hatte ihn noch gar nicht bemerkt, und mit einem Mal brannten ihre Wangen wie Feuer. »Nun?«

»Heute ist immerhin Sonntag«, rechtfertigte sich George. »Die Säge kann ruhig bis morgen warten. Außerdem habe ich fast den ganzen Nachmittag mit *deinen* Schwestern gespielt und sie gerade eben erst bei meiner Großmutter abgeliefert. Der Rest des Tages gehört jetzt mir.«

Paul erwiderte nichts darauf, doch Charmaine bemerkte das stumme Zwiegespräch zwischen den beiden Männern sehr wohl. »Ich will außerdem nach Alabaster sehen.«

Paul zog eine Braue in die Höhe. »Und warum?«

»Phantom hat ihn kürzlich gebissen.«

»Wie, zum Teufel, konnte das passieren?«

George räusperte sich und sah kurz in Charmaines Richtung. Aber Paul beeindruckte das nicht. Schließlich antwortete George zögernd. »Yvette hat …«

Bestürzt hob Paul die Hand. »Das will ich gar nicht hören! Aber ich verspreche dir eines – und das kannst du gern auch Rose ausrichten: Irgendwann wird Yvette zu weit gehen, und dann werde ich sie voller Wonne übers Knie legen und ihr den Hintern versohlen!«

George räusperte sich noch einmal, diesmal lauter, und sah wieder zu Charmaine hinüber, die errötet war. Paul folgte seinem Blick, und im selben Augenblick verdrängte ein Lächeln seinen missmutigen Gesichtsausdruck. »Nachdem unsere Bemühungen fehlgeschlagen sind, hat Miss Ryan vielleicht einen besseren Einfluss auf meine kleine Schwester. Wenn ja, so wäre das der Beweis, dass sie mit Kindern umgehen kann.«

»Ich sehe jetzt lieber nach Alabaster«, bemerkte George. »Guten Tag, Miss Ryan. Ich hoffe, ich komme jetzt öfter in den Genuss Ihrer Gesellschaft. Viel Glück!«

»Vielen Dank.« Wenigstens einer, der ihr Mut machte. »Unsere Begegnung hat mich sehr gefreut, obgleich uns keiner miteinander bekannt gemacht hat.«

»Ich bin George. George Richards.«

»Mr. Richards.« Charmaine nickte ihm zu. »Noch einmal vielen Dank.«

»Die Freude war ganz auf meiner Seite.« Spontan ergriff er ihre Hand und drückte einen Kuss darauf. Dann eilte er glücklich lächelnd über die Wiese davon und konnte es sich nicht verkneifen, sich noch einmal kurz umzudrehen. Das eifersüchtige Stirnrunzeln auf Pauls Gesicht enttäuschte ihn nicht. Ja, er hatte ihn loswerden wollen.

»Miss Ryan.« Paul wandte den Blick endgültig von George ab und konzentrierte sich auf Charmaine. »Wie ich sehe, sind Sie pünktlich.«

»Es war sehr nett, mir den Wagen zu schicken«, sagte sie ruhiger, als sie es für möglich gehalten hätte.

»Also gut … Gehen wir ins Haus? Colette erwartet Sie bereits.« Ohne ihre Antwort abzuwarten, nahm er den Platz ein, den George soeben geräumt hatte, und führte sie am Ellenbogen ins Haus.

Je schneller Charmaines Herz klopfte, desto flacher ging ihr Atem. Stumm geleitete Paul sie durchs Foyer und dann die südliche Treppe hinauf, die vermutlich zu den Räumen der Hausherrin führte. Charmaine war dankbar für das Schweigen, weil es ihr Zeit gab, sich zu sammeln.

»Es ist nicht mehr weit«, sagte Paul. »Colette ist der Meinung, dass Sie sich in ihren Räumen wohler fühlen würden, doch leider liegen sie am Ende des Hauses.«

»Ich wusste ja, dass das Haus groß ist, aber …«

»Wie groß es ist, konnten Sie sich nicht vorstellen«, folgerte er. Dabei spielte die Andeutung eines Lächelns um seine Mundwinkel.

»Dies hier ist der Südflügel«, erklärte er, als sie die oberste Stufe erreichten. »Die Räume auf dieser Seite des Hauses sind allein der Familie vorbehalten.« Er deutete auf den Absatz, wo die beiden Treppen sich trennten. »Der nördliche Flügel dagegen steht die meiste Zeit leer. Es sei denn, mein Vater hat Gäste.«

»Ich verstehe.« Sie bemerkte einen Flur, der entlang der Frontseite des Hauses verlief und die beiden Seitenflügel miteinander verband. Auf ihm öffneten sich zehn Türen.

Pauls Augen folgten ihrem staunenden Blick. »Die

Räume auf der Vorderseite des Hauses sind nach Osten und damit zur Morgensonne hin ausgerichtet – zum Beispiel das frühere Zimmer meines Bruders« – er deutete auf eine nicht weit entfernte Tür – »und daran anschließend liegen das Schlaf- und das Spielzimmer der Kinder gegenüber dem südlichen Flügel. Hier entlang«, sagte er und geleitete Charmaine in den Korridor des südlichen Trakts.

Inzwischen hatte sich Charmaine an seine Stimme gewöhnt. »Und wo befindet sich Ihr Zimmer?«, fragte sie spontan.

Falls er die Frage vorlaut fand, so ließ er sich das nicht anmerken. »Wir sind gerade daran vorbeigekommen. Sie liegen weiter vorn, gleich gegenüber der Treppe.«

»Haben Sie denn mehr als nur eines?«

»Ja, ein Schlafzimmer und einen Ankleideraum. Die meisten Räume im Obergeschoss sind großzügig gestaltet, um den Bewohnern Platz und Freiheit zu geben.«

Angesichts der Ausmaße konnte Charmaine nur staunen. »Freiheit wovon?«

»Um sich zum Beispiel von der Welt zurückzuziehen, wenn es einem gefällt. Wer sich anders entscheidet, kann im Salon ein Ankleidezimmer einrichten, wie ich es bevorzuge.«

»Zum Glück flüchten Sie nicht vor der Welt«, bemerkte sie vielleicht ein wenig zu euphorisch.

Am Ende des Gangs drehte sich Paul um und lächelte schelmisch. Er war ihr so nahe, dass sie die dunklen Punkte in seinen olivgrünen Augen sehen konnte.

»O nein, das käme mir nicht in den Sinn«, versicherte er leise. »Sind Sie bereit?« Er sah zur letzten Tür auf der linken Seite hinüber. Als sie nickte, klopfte er, und auf Colettes Aufforderung hin betraten sie den Salon der Hausherrin.

Der Raum war elegant möbliert, aber von Großspurigkeit keine Spur. Ein paar Möbelstücke von erlesener Schönheit zogen sofort den Blick auf sich. In der Mitte des Salons lag das kleinere Gegenstück des prächtigen Orientteppichs im Wohnraum. Auf einer Seite stand eine Ottomane mit hoher Rückenlehne, davor ein kleiner Tisch mit Marmorplatte, und zwei Mahagonistühle vollendeten die Runde. Die Wand gegenüber wurde von einem großen Schrank beherrscht, eine Vase mit frisch geschnittenen Blumen schmückte die Kommode, und auf dem Frisiertisch daneben stand eine kostbare Schmuckschatulle. An der Wand zwischen beiden Fenstertüren hatte der Sekretär seinen Platz gefunden, und Colette hatte den Stuhl so zur Seite geschoben, dass sie genau vor einer der offenen Glastüren saß.

Sie ließ Charmaine einen Augenblick lang Zeit, um den Raum auf sich wirken zu lassen, bevor sie aufstand und ihrem Gast einen Platz auf dem Sofa anbot. Paul verabschiedete sich, damit sich die beiden unter vier Augen unterhalten konnten, wie Colette es in ihrem Brief versprochen hatte.

Sie unterhielten sich fast eine Stunde lang – ohne Kinder, aber auch ohne eine Begegnung mit dem Hausherrn. Nach Charmaines Ansicht hatte Mrs. Duvoisin dieses Treffen nur gewünscht, um ihr die Ängste zu nehmen und ihr deutlich zu machen, dass sie als Mutter am Leben ihrer Kinder teilhaben wollte, soweit ihre Gesundheit das erlaubte.

»Verzeihen Sie meine Neugier, Mrs. Duvoisin«, wagte Charmaine schließlich zu fragen, »unter welcher Krankheit leiden Sie eigentlich?«

Colette beugte sich nach vorn. »Ich bestehe darauf, dass Sie mich Colette nennen.«

»Sehr gern, Colette.«

»Eigentlich ist es keine wirkliche Krankheit. Die Geburt

der Mädchen war schwer, und auf Anraten meines Arztes sollte ich keine weiteren Kinder mehr bekommen. Als ich feststellte, dass ich erneut schwanger war, waren alle sehr besorgt. Zum Glück war die Geburt meines Sohnes jedoch sehr leicht. Aber als ich zu Beginn dieses Jahres erkrankte, machte Dr. Blackford die Strapazen der Schwangerschaft mit Pierre dafür verantwortlich, dass sich die unbekannte Krankheit nicht gut behandeln ließ. Ich fürchte, ich muss ihm recht geben, denn ich muss mich noch immer erholen. Doch Robert ist optimistisch und prophezeit mir Besserung, wenn ich mich nicht überanstrenge. Die tägliche Messe wurde mir gestrichen, ebenso die Ausflüge in die Stadt, und man riet mir, eine Gouvernante einzustellen. Nun, da ich alle Bedingungen erfüllt habe, lege ich den Rest in Gottes Hand.«

Charmaine verharrte sprachlos auf ihrem Stuhl und wusste nicht recht, wie sie die Worte deuten sollte, bis Colette aufstand und mit einem herzlichen »Willkommen in der Familie Duvoisin« die Arme ausbreitete. Charmaine lachte, doch gleich darauf schlug sie ihre Hand vor den Mund. Dann stand sie auf und ließ sich in die Arme nehmen. Sie hatte die Stellung bekommen!

Beim anschließenden Tee kam auch die Höhe des Lohns zur Sprache, der in Charmaines Augen dem Lösegeld für einen König nahekam. Im Vergleich zu der Stelle bei den Harringtons würde sich ihr Einkommen fast verdreifachen. Das Geld würde monatlich bei der örtlichen Bank eingezahlt, wo sie ganz nach Belieben darüber verfügen konnte. Der Unterricht war zwar nur an den Wochentagen vorgesehen, dennoch benötigte man Charmaines Dienste an sieben Tagen in der Woche. Die Wochenenden durfte sie gestalten, wie auch immer es ihr gefiel, solange sie die Kinder einbezog. Für Zimmer, Unterhalt und Mahlzeiten würde nichts vom Lohn einbehalten, sodass sie nach einigen Jahren im Dienst der Duvoisins eine unabhängige Frau sein würde.

Auf der Rückfahrt war Charmaine nicht nur glücklich und erleichtert, sondern sie hatte auch das Gefühl, dass ihr neues Leben bereits begonnen hatte.

4

Montag, 19. September 1836

Früh am nächsten Morgen kam Charmaine im Herrenhaus an. Colette hatte darauf bestanden, dass sie am ersten Tag noch frei hatte, um sich in ihrem Zimmer im zweiten Stock einzurichten. Ihr Dienst als Gouvernante sollte erst am Dienstag beginnen. Loretta und Gwendolyn begleiteten sie, und als sie das große Foyer betraten, musste Charmaine mühsam an sich halten, um nicht zu kichern. Gwendolyns unzählige »Ahs« und »Ohs« waren schon schlimm genug.

»Es ist sehr hübsch, nicht wahr, Gwendolyn?«, flüsterte sie dem Mädchen zu, bevor Colette ihr das Hauspersonal vorstellte.

Als Erstes begrüßte Charmaine Mrs. Jane Faraday, die gestrenge Witwe und oberste Haushälterin. Ihr unterstanden die beiden Hausmädchen, Felicia Flemmings und Anna Smith, die kaum älter waren als Charmaine und für die Reinigung des Hauses, die Wäsche und den Dienst bei Tisch zuständig waren. Als Nächstes waren die Thornfields an der Reihe, und zwar Gladys und Travis und ihre beiden Kinder Millie und Joseph. Millie war so alt wie Gwendolyn, und Joseph war ungefähr zwölf. Sie versahen allerlei kleine Arbeiten im Haus und auf dem Grundstück, während ihre Eltern als persönliche Zofe und Diener der Besitzer fungierten. Wenn Travis einmal nicht als persönlicher Diener des Hausherrn Dienst tat, versah er die Rolle des Butlers. Im Gegensatz zur gestrengen Mrs. Faraday und ihren beiden Schützlingen schienen die Thornfields liebenswerte Leute zu sein. Doch Mrs. Fatima Henderson, die runde schwarze Köchin mit ihrer warmherzigen, lauten Art und ihrem verschmitzten Lachen, war von Beginn an Charmaines Favoritin.

Mit Travis' und Josephs Hilfe wurden Charmaines Habseligkeiten über die Personaltreppe auf der Rückseite des Nordflügels in den zweiten Stock geschafft. Anschließend verbrachte Charmaine den größten Teil des Vormittags mit Auspacken und gestaltete das schönste Zimmer, in dem sie jemals genächtigt hatte, nach ihrer Vorstellung um. Dabei standen ihr Loretta und Gwendolyn mit Rat und Tat zur Seite.

Kurz vor Mittag kam Millie, um sie zum Essen nach unten zu holen – aber nicht zur Dienerschaft in der Küche, sondern ins Speisezimmer der Familie. Der Raum lag im Nordflügel, gut vierzig Fuß in der Länge und der Breite, und zwar zwischen der großen Bibliothek und der Küche. Die beiden Längsseiten bestanden aus einer langen Reihe Glastüren, die sich auf der einen Seite auf die Rundumveranda des Hauses öffneten und auf der anderen auf den Innenhof zwischen den beiden Gebäudeflügeln. Wie in einem Kristallpalast fing der Raum die mittägliche Sonne ein und blendete die Augen. In der Mitte stand eine dunkelrot schimmernde Mahagonitafel mit vierzehn passenden Stühlen, an der jedoch mit Leichtigkeit auch die doppelte Zahl von Gästen Platz gefunden hätte. Trotzdem wirkte die Tafel im Gegensatz zu dem riesigen Raum fast klein. Drei Kronleuchter, deren Funkeln es durchaus mit den Glastüren aufnehmen konnte, rückten die Tafel ins rechte Licht. Vor der Wand, hinter der sich die Bibliothek verbarg, war eine Bar installiert, und die gegenüberliegende Wand schmückte eine Vitrine mit ausgesuchtem Porzellan.

Ein opulentes Mahl erwartete die Gäste. Auch die Kinder nahmen an der Mahlzeit teil, und es dauerte nicht lange, bis sich eine lebhafte Unterhaltung entwickelte. Die Mädchen waren über die ungewohnte Gesellschaft entzückt, und als sich Charmaine bewundernd über das Haus äußerte, bestanden sie sogleich darauf, sie überall herumzuführen. Doch Colette wandte ein, dass sie sich bis zum kommenden Tag gedulden müssten, wenn Charmaines Pflichten begannen.

Nachdem der letzte Gang beendet war, begleitete Charmaine ihre Besucher zum Eingang und musste tief Luft holen, als Loretta sie zum Abschied lächelnd in die Arme schloss.

»Ich bin sicher, dass es dir hier gefallen wird, Charmaine.«

»Das weiß ich.« Rasch schluckte sie einen Anfall von Rührung hinunter. »Sie werden auch bald abreisen, nicht wahr?«

»Erst wenn wir sicher sind, dass du hier glücklich bist. Ich kann die Gesellschaft meiner Schwester schon noch ein oder auch zwei Wochen ertragen.« Gwendolyn lachte, und Loretta und Charmaine stimmten ein. »Außerdem wissen wir ja noch gar nicht«, fuhr Loretta fort, »wann das nächste Schiff im Hafen einläuft.«

Charmaine sah noch zu, wie die beiden in den Wagen stiegen und davonfuhren. Doch als sie sich dem Haus zuwandte und ihr plötzlich klar wurde, dass der restliche Nachmittag ihr nun ganz allein gehörte, wünschte sie mit einem Mal, dass sie das Angebot der Mädchen zur Besichtigung des Hauses angenommen hätte. Wie dem auch sei. Colette hatte ihr ja ausdrücklich ans Herz gelegt, dass sie das Haus von nun an als ihr Zuhause betrachten solle und sie sich ungehindert überall bewegen dürfe.

Als Erstes spazierte Charmaine in den großen Wohnraum und wurde magisch vom Piano angezogen. Mit größter Vorsicht hob sie den Deckel an und strich über die elfenbeinernen Tasten. Doch bevor sie sich hinsetzen und spielen konnte, wurde sie von einer Stimme aufgehalten. »Hier sind Sie also!«

Es war Yvette, und sie war allein. Unwillkürlich musste Charmaine an Pauls gestrige Worte denken: *Irgendwann wird Yvette zu weit gehen … Miss Ryan hat vielleicht einen besseren Einfluss auf meine kleine Schwester. Wenn ja, so wäre das der Beweis, dass sie mit Kindern umgehen kann …* Offenbar hatte er noch immer keine bessere Meinung von ihr. Sie würde ihm schon noch beweisen, dass er sich irrte und man Kinder auch ohne Schläge erziehen konnte.

»Yvette? Du bist doch Yvette, oder?«

»Ja, richtig«, bestätigte die Kleine. »Haben Sie schon alles ausgepackt?«

Als Charmaine das bestätigte, meinte Yvette: »Dann können Sie sich ja jetzt ausdenken, was wir morgen Lustiges machen könnten.«

»Lustiges?«, fragte Charmaine. »Warum sagst du das?«

»In der letzten Zeit war es ziemlich langweilig. Nana Rose ist alt. *Sehr* alt! Und weil es Mama oft nicht gut geht, haben wir schon lange keine lustigen oder spannenden Sachen mehr gemacht. Wir hocken immer im dämlichen Kinderzimmer!«

»Also gut. Ich werde darüber nachdenken. Wie klingt das?«

Yvette schien nicht sehr überzeugt zu sein. Sie warf sich auf einen Sessel und zuckte die Schultern. »Wunderbar klingt das.«

Charmaine überlegte. Diese Unzufriedenheit konnte sie sich zunutze machen. »Ich habe eine Idee. Ich denke, dass man mit dir ein Geschäft machen kann.«

Yvette war ganz Ohr. »Ja?«
»Ich habe gehört, du sollst ziemlich schwierig sein.«
»Wer hat das gesagt?«
»Das ist nicht weiter wichtig. Wenn wir aber einen Vertrag schließen, könnten wir vielleicht beide mit dem Ergebnis zufrieden sein.«
»Was für einen Vertrag?«, fragte Yvette misstrauisch.
»Am letzten Freitag hast du deinen Bruder John erwähnt.«
»Was ist mit ihm?«
»Ich könnte ihm vielleicht einen Brief schicken.«
Yvette riss die Augen auf. »Wirklich?« Aber im nächsten Moment hatte sie Angst, dass sie hereingelegt wurde. »Und wie soll das gehen? Sie wohnen ja jetzt auch hier!«
»Aber meine Freunde kehren in ein paar Wochen nach Richmond zurück. Mr. Harrington kennt deinen Bruder. Er kann ihn sicher ausfindig machen.«
Yvette war vorsichtig. »Und was muss ich dafür tun?«
»Dich gut benehmen«, sagte Charmaine.
»Mich gut benehmen? Sonst nichts?«
»Nach allem, was ich gehört habe, fällt dir das ganz schön schwer. Du musst mir so gehorchen, wie du deiner Mutter gehorchst. Und keine Ausflüchte.«
Myriaden von Empfindungen spiegelten sich auf Yvettes Gesicht, während sie die Vor- und Nachteile abwog.
»Du hast recht, es ist vielleicht wirklich zu schwierig …«
»Ich bin einverstanden«, fiel ihr das Mädchen ins Wort. »Wollen wir uns die Hand darauf geben?«
Charmaine nickte. Sie griff nach Yvettes ausgestreckter Hand, doch plötzlich wurde diese zurückgezogen. »Eines noch«, sagte Yvette und versteckte ihre Hand auf dem Rücken. »Sie sollten Mama und Papa nichts davon sagen. Sonst darf ich den Brief vielleicht gar nicht schicken.«

Charmaine war sprachlos. Sicher würden die Eltern ihrem Kind nicht verbieten, einen ganz normalen Brief an seinen großen Bruder zu schreiben. »Warum sollten sie das tun?«

»Weil sie auf Johnny wütend sind. Das ist der echte Grund, warum ich ihm keinen Brief schicken kann. Ich sollte Ihnen das auch nicht sagen, aber Johnny ist an Papas Anfall schuld. Das ist ein großes Familiengeheimnis! Doch Sie hätten es ja sowieso erfahren. Jeder im Haus weiß, was passiert ist. Aber Johnny hat das nicht gewollt. Das weiß ich genau. Zum Glück ist Papa nicht gestorben.« Das Mädchen seufzte. »Inzwischen darf ich nicht einmal mehr seinen Namen aussprechen. Sie werden nie erlauben, dass ich ihm einen Brief schreibe.«

»Ich werde mit deiner Mutter darüber reden«, sagte Charmaine in sanftem Ton.

»Nein!«, rief das Mädchen. »Kein Geheimnis, keine Abmachung! Wenn Sie meiner Mutter von dem Brief erzählen, wird er die Insel nie verlassen.«

Charmaine runzelte die Stirn. Sie mochte es nicht, wenn man sie unter Druck setzte. Und hinter Colettes Rücken wollte sie schon gar nichts tun. »Ich muss darüber nachdenken.«

»Vergessen Sie es«, sagte Yvette enttäuscht. »Ich wusste ja, dass Ihnen der Mut fehlt.«

»Aber Yvette.« Charmaine hatte das Gefühl, dass sie sich das Mädchen zum Feind gemacht hatte. »Wenn dir der Brief so viel bedeutet, verspreche ich, dass wir ihn deinem Bruder irgendwie zukommen lassen.«

Es gab eine lange Pause. »Sind Sie sicher? Sagen Sie das nicht nur so?«

»Ich bin sicher, und ich verspreche es. Aber jetzt komm, ich bringe dich ins Kinderzimmer zurück, bevor Nana Rose oder deine Mutter nach dir suchen.«

Listig drehte sich das Mädchen zum Klavier um. »Können Sie darauf spielen?«

»Aber ja.«

»Wollen Sie mich unterrichten?«

»Vermutlich könnte ich das. Allerdings wärst du meine erste Schülerin.«

»Das ist mir egal. Ich würde es gern lernen. Johnny kann sehr gut spielen.« Dabei klimperte sie auf einer Taste herum. »Er wäre bestimmt überrascht, wenn er nach Hause kommt und mich spielen hört. Ich würde ihn wirklich gern überraschen.«

Charmaine lächelte auf das Mädchen hinunter, das seinen Bruder so sehr verehrte. »Nun gut, Mademoiselle Duvoisin, wenn du bereit bist, eine Stunde pro Tag zu üben, kannst du an Weihnachten schon ein paar einfache Melodien spielen. Wollen wir gleich anfangen?«

Yvette nickte begeistert, und sie setzten sich ans Piano. »Schau her, dies ist das mittlere C.«

So fand Colette die beiden vor, als sie den Wohnraum betrat. Sie lächelte zufrieden.

Als Yvette von der ersten Lektion genug hatte, brachte Charmaine sie zurück ins Kinderzimmer und bestand dann auf einer Führung durch das Haus. Sie staunte nicht schlecht über das, was die Mädchen ihr zeigten. Besonders über das Wasserklo am oberen Ende der Treppe zum Südflügel und das eine Etage tiefer. Sowohl die Toiletten als auch die Waschbecken waren an ein Wassersystem angeschlossen, das der Großvater der Mädchen beim Bau des Herrenhauses entworfen hatte. Das Regenwasser wurde vom Dach in eine Zisterne über der Toilette abgeleitet. Als Yvette einen Pumpenschwengel betätigte und daraufhin ein Schwall Wasser durchs Klo rauschte, sprang Charmaine erschrocken einen Schritt zurück. Die Mädchen lachten begeistert. »Haben Sie noch nie ein Spülklo gesehen?« Ein solches jedenfalls nicht. Nicht einmal die Harringtons besaßen ein solch modernes Badezimmer.

Im Erdgeschoss zeigten die Zwillinge Charmaine den riesigen Ball- und Bankettsaal, der den gesamten Südflügel einnahm. Ihre Schritte hallten durch den Raum, als sie ihn auf dem Weg zur kleinen Kapelle durchquerten. Das kleine Gebäude aus Stein wurde erst vor acht Jahren errichtet und scherte als einziger Teil aus der strengen Symmetrie des Herrenhauses aus.

Als Nächstes führten die Mädchen ihre Gouvernante in den Garten, der den Hof zwischen Nord- und Südflügel ausfüllte. Frederics Vater hatte einen Gärtner beauftragt und diesen geschlossenen Raum mit Büschen und exotischen Blüten bepflanzen lassen. Heute kümmerten sich Travis und Gladys darum. Unter überhängenden Zweigen, besetzt mit feuerroten Blüten, und dem Blütenmeer der Frangipanibäume in dunklem Orange, Weiß, Pink und Gelb herrschte süß duftende Kühle. Entlang der gepflasterten Wege luden Marmorbänke zum Verweilen ein, damit man sich an der Schönheit des Gartens und der Zartheit seiner Blütenpracht erfreuen konnte. Die Mitte der Anlage zierte ein Springbrunnen, dessen Fontäne in ein Marmorbecken fiel und von dort in immer größere Becken hinabplätscherte.

»Dies ist ein wirkliches Paradies«, sagte Charmaine.

»Aber wenn man sich daran gewöhnt hat, ist es trotzdem langweilig«, sagte Yvette.

»Das stimmt«, bestätigte Jeannette. »Es macht viel mehr Spaß, irgendwo ein Picknick zu machen oder auszureiten, was wir oft getan haben, bevor Mama krank wurde.«

Hier also liegt das Problem, dachte Charmaine. Die Mädchen langweilten sich, weil ihre Tage immer gleich verliefen. Und das konnte sie ihnen nicht verdenken. Kinder sollten ihre Freiheit genießen. Noch heute Abend wollte sie Pläne schmieden, um das Leben der Kinder aufregender zu gestalten. Natürlich war der Unterricht wichtig – Colette legte schließlich Wert darauf, dass ihre Töchter lesen und schreiben lernten –, aber die Wochenenden standen ihr zur freien Verfügung. Vielleicht konnten sie ja hin und wieder ein Picknick veranstalten, solange das regnerische Wetter mitspielte.

Um sieben Uhr versammelten sich die Bewohner des Hauses im Speisezimmer – Charmaines erstes Abendessen im Kreis ihrer neuen Familie. Genau wie beim Lunch setzten sich Rose und Yvette an gegenüberliegende Seiten des Tischs auf die beiden mittleren Plätze. Colette half ihrem Sohn in den Kinderstuhl, der direkt neben ihrem Platz am Fußende der Tafel in der Nähe der Tür zu Küche stand. Charmaine ging davon aus, dass Frederic Duvoisin, sollte er an der Mahlzeit teilnehmen, gegenüber seiner Frau am Kopfende Platz nahm. Auch dieses Mal bat Colette die Gouvernante, auf dem Stuhl neben Pierre Platz zu nehmen, und Jeannette setzte sich blitzschnell neben sie.

»Ist das erlaubt, Mama?«, fragte sie höflich.

»Solange Nana sich nicht vernachlässigt fühlt.«

Rose schüttelte den Kopf. »Sie kann gern neben Charmaine sitzen. Mir ist das recht.«

Im Foyer ertönten Stimmen, und wenig später traten George Richards und Paul ins Speisezimmer. Zu Charmaines Verwunderung setzte sich Paul an den Kopf der Tafel, während George zu seiner Rechten Platz nahm. Demnach nahm Frederic Duvoisin wohl nicht am Abendessen teil. Wieder schoss ihr der Gedanke durch den Kopf, dass Paul und Colette eigentlich eher wie Mann und Frau wirkten.

Agatha Ward kam als Letzte. Charmaine hatte sie nur ein einziges Mal zu Gesicht bekommen, als sie Colette gegen Mittag zu einer Ruhepause ermahnt hatte. Die Witwe nickte freundlich in die Runde und setzte sich gegenüber von Pierre an den Tisch.

Während die Gänge aufgetragen wurden, entwickelte sich rasch eine zwanglose Unterhaltung. Voller Genuss widmete sich Charmaine dem Essen. Sie hatte gar nicht gemerkt, wie hungrig sie war, obgleich schon das Mittagessen so köstlich geschmeckt hatte. Hin und wieder half sie Pierre und unterhielt sich dabei mit Rose und den Mädchen. Nach etwa der Hälfte der Mahlzeit richtete George das Wort an sie. »Nun, Miss Ryan, wie war Ihr erster Tag als Gouvernante?«

»Oh, ganz wundervoll.«

Colette lachte leise. »Charmaine sollte eigentlich erst morgen anfangen. Doch« – mit gespielt tadelndem Blick sah sie ihre Tochter an – »Yvette hat sich heute schon einmal eine Klavierstunde bei Miss Ryan gesichert.«

Alle sahen Yvette an, nur Paul ließ Charmaine nicht aus den Augen.

»Das stimmt«, rief Yvette. »Mademoiselle gibt mir Unterricht.«

»Mir auch«, rief Jeannette.

Paul lehnte sich zurück. »Miss Ryan steckt voller Überraschungen, nicht wahr?«

Charmaine sah ihm direkt in die Augen. »Es ist keine Überraschung, dass ich Klavier spielen kann, Mr. Duvoisin. Mrs. Harrington hat das bereits bei unserem Gespräch am Freitag erwähnt.«

»Das ist wahr«, erwiderte Paul mit angedeutetem Lächeln. »Sagen Sie, Mademoiselle, was wollen Sie meinen Schwestern und Pierre noch alles beibringen?«

»Was auch immer sie lernen möchten.«

Als sein Lächeln breiter wurde, verspürte Charmaine Schmetterlinge im Bauch. Verlegen wandte sie ihren Blick ab.

»Wir haben Mademoiselle Charmaine das ganze Haus gezeigt«, berichtete Jeannette. »Sie fand es sehr schön.«

»Ja«, murmelte Paul, »das kann ich mir denken.«

Charmaine war erleichtert, als sich die Unterhaltung anderen Themen zuwandte. Tag für Tag mit Paul Duvoisin am Tisch zu sitzen würde nicht ganz einfach werden. Zumindest hatte er sie heute wahrgenommen. Und seine Anwesenheit bei Tisch gefiel ihr natürlich besser als seine Abwesenheit.

Als sie überlegte, was George hier zu suchen hatte, fiel ihr sein Nachname ein. *George Richards. Rose Richards … Ich habe deine Schwestern gerade eben erst bei meiner Großmutter abgeliefert.* George war also Roses Enkel. Sie erinnerte sich an Yvettes Bemerkung während des Vorstellungsgesprächs. *Nana hat gesagt, dass sie nicht mehr so für uns sorgen kann wie früher für Johnny, Paul und George.* Deshalb also saß George hier am Tisch. Das erklärte auch sein enges Verhältnis zu Paul. Wie seine Großmutter war auch er mehr als nur ein Angestellter: Er war ein Teil der Familie.

Nach dem Essen räumten Anna und Felicia das Geschirr ab. Charmaine sah genau, wie Letztere Paul Duvoisin schon zum zweiten Mal schöntat. Beim ersten Mal war sie sich noch unsicher gewesen, doch diesmal waren die Zeichen nicht zu übersehen: der Augenaufschlag, die schwingenden Hüften. Mit ihrer olivfarbenen Haut, dem schwarzen Haar und ihrer weiblichen Figur sah Felicia Flemmings hinreißend aus, und Paul schien ihren Anblick zu genießen.

Colette bemerkte es ebenfalls. »Morgen Vormittag möchte ich dich in meinem Salon sprechen, Felicia«, erklärte Colette in scharfem Ton.

Das Mädchen schrak zusammen und knickste. Dann rannte sie davon und ließ sich den ganzen Abend über nicht mehr blicken.

Nach dem Dessert hob Colette die Tafel auf, und die Anwesenden zogen sich in den Wohnraum zurück. Paul und George lehnten ab. »Wir haben noch einiges im Arbeitszimmer zu besprechen«, bemerkte Paul. »Leider kann ich auch Vater einige der Themen nicht ersparen. Nichts Aufregendes, nur …«

»Im Gegenteil, Paul«, fiel ihm Colette ins Wort. »Es wird ihm guttun, in geschäftlichen Dingen wieder mitreden zu können. Je aufregender, desto besser. Er hat lange genug tatenlos herumgesessen.«

Mit einem Nicken verabschiedeten sich George und Paul und gingen in die Bibliothek. Im diesem Moment wurde Charmaine klar, dass die Bibliothek auch als Arbeitszimmer genutzt wurde.

Gegen neun Uhr schliefen die Kinder tief und fest, und Charmaine zog sich in ihr Zimmer im zweiten Obergeschoss zurück. Während ihres ersten Tages im großen Haus war viel geschehen, und ihr Kopf und ihr Herz waren voll von diesen Eindrücken. Es war ein guter Tag gewesen, und sie freute sich schon auf morgen. Mit einem Seufzer stieg sie ins Bett und fiel rasch in einen tiefen Schlaf.

Doch dann träumte sie beunruhigende Dinge. Zu Anfang stand sie am Kai und sah, wie Paul Duvoisin den Hafenarbeiter Jessie Rowlan beschimpfte. Dann wurde Jessie zu ihrem Vater. Paul packte ihn am Kragen und hob ihn, mir nichts, dir nichts, in die Höhe. Im nächsten Moment lag John Ryan rücklings auf dem Boden des Versammlungshauses, und Paul herrschte den Priester an: »Erklären Sie Mr. Ryan, wen seine Tochter geheiratet hat.«

Schweißgebadet erwachte Charmaine und fröstelte. Trotz der schmeichelhaften Andeutung, dass *sie* Pauls Frau war, war John Ryans Bild sehr lebendig. *Du bist hier in Sicherheit … Paul wird dich beschützen. Genau das will der Traum dir sagen. Er wird dich beschützen.* Doch trotz dieser beruhigenden Gedanken dauerte es noch eine ganze Zeit, bis sie wieder einschlafen konnte.

Sonntag, 25. September 1836

Charmaines erste Woche als Gouvernante verlief ohne Zwischenfälle. Yvette benahm sich vorbildlich, und Charmaine fragte sich zuweilen, ob Pauls Zornesausbruch vom letzten Sonntag womöglich gar nicht nötig gewesen wäre. Wie dem auch sei. Rose und Colette lobten das Mädchen jedenfalls wegen ihres guten Benehmens. Und während sie gelobt wurde, wanderte Yvettes Blick zu Charmaine, um sie an ihren Part der Abmachung zu erinnern. Ein kleines Zwinkern bestätigte den Handel.

Die Mädchen setzten ihren Klavierunterricht mit unvermindertem Interesse fort. Sie übten täglich eine ganze Stunde, und am Freitag gingen ihnen einige leichte Melodien bereits flüssig von der Hand.

Als am Samstag die Sonne schien, entschied sich Charmaine für ein Picknick. Dr. Blackford war bereits früh am Morgen ins Haus gekommen, um Colette zu behandeln, und die beiden hatten sich in Colettes Räume zurückgezogen. Da Rose darauf bestand, sich um Pierre zu kümmern – »Sie werden sehr viel mehr Spaß mit den Mädchen haben, wenn er zu Hause bleibt« –, machten sich Charmaine und die Mädchen, mit einem schweren Korb beladen, auf den Weg zu den südlich des Hauses gelegenen Stränden. Sie sammelten Muscheln, wateten bis zu den Knien im warmen Wasser und tobten herum, lachten und erzählten sich allerlei Geschichten. Natürlich wollten die Mädchen auch alles über Charmaines Vergangenheit hören, und sie gehorchte ihrem Wunsch, ohne auf die betrüblichen Einzelheiten einzugehen. »Arm zu sein«, wie sie es nannten, fanden sie jedenfalls sehr viel spannender, als »reich zu sein«. Charmaine schnaubte nur verächtlich.

Am Sonntag besuchten alle die Messe in der kleinen Kapelle. Nur Frederic Duvoisin fehlte wie gewöhnlich, und Charmaine fragte sich, ob sie den Patriarchen der Familie wohl jemals zu Gesicht bekommen würde. Wie am Sonntag zuvor war Father Benitos langatmige Predigt auch diesmal mit drohender Verdammnis überfrachtet. Unwillkürlich dachte Charmaine an Father Michael Andrews und seine Predigten, die die Botschaft der Liebe und Vergebung verbreiteten und den Menschen Erfüllung schenkten. Mit welcher Verehrung hatte ihre Mutter stets von diesem Priester gesprochen. Father Benito sollte sich ein Beispiel an seinem Amtsbruder nehmen.

Charmaine war jedenfalls froh, als die Messe endlich vorbei war. Die Mädchen hatten in einem fort gezappelt, Pierre war unruhig gewesen, und Paul hatte sie ständig beobachtet. Ob er es ihr anlastete, wenn die Kinder nicht stillsaßen? Colette zog sich gleich nach der Messe in ihre Räume zurück, sodass die Sorge um die Kinder Rose und Charmaine überlassen blieb. Nach dem Mittagessen brachte Charmaine den kleinen Pierre für seinen Mittagsschlaf nach oben. Die Mädchen wollten am Piano üben, und Rose leistete ihnen dabei Gesellschaft.

Als der Junge binnen Sekunden eingeschlafen war, schlich Charmaine auf Zehenspitzen in ihr Zimmer, um sich ein Buch zu holen. Als sie zurückkam, erschrak sie zutiefst: Pierres Bettchen war leer. *Wo steckte er nur?* In ihrer Panik rannte Charmaine zur Treppe. Nichts. Aber dann vernahm sie ein leises Kichern aus den Räumen hinter ihr. Erleichterung überkam sie. Die Tür war nur angelehnt. Charmaine stieß sie auf – und erblickte den Vermissten, der bis zu den Hüften in Pauls Reitstiefeln steckte.

»Pierre«, schimpfte sie, während ihr Blick durch das Zimmer glitt. »Komm sofort her!« Aber Pierre jauchzte laut und versuchte, in den Stiefeln zu laufen. »Komm schnell her, Pierre, du hast hier nichts verloren. Bitte!«

Doch der Kleine fiel um und kicherte nur noch mehr. Strampelnd befreite er seine Beinchen und lief in das Schlafzimmer seines großen Bruders. Die Jagd war eröffnet. Charmaine hatte keine Wahl. Sie rannte durch den Ankleideraum und blieb schüchtern an der Tür zum Schlafraum stehen. Zum Glück war der Raum leer – bis auf das große Bett, unter dem Pierre soeben verschwand.

»Warte nur, wenn ich dich erwische!« Aufstöhnend machte sie sich an die Verfolgung. Je eher sie den Kleinen einfing, desto besser. Als sie flach auf dem Boden lag und ihr Opfer gerade an einem Beinchen hervorziehen wollte, räusperte sich jemand hinter ihr. Sie schrak zusammen und hätte am liebsten nicht hingesehen. Aber sie musste. Sie ließ das Beinchen los, dann stand sie auf und sah Paul, ihre Wangen flammend rot, an.

»Haben Sie etwas verloren, Miss Ryan?« Mit gekreuzten Armen und Beinen lehnte er am Türrahmen und grinste diabolisch. »Oder sind Sie vielleicht aus anderen Gründen hier?«

»Nein, Sir … ich meine … ja, Sir«, stammelte sie und fühlte sich unendlich gedemütigt. »Ich meine, ich habe etwas verloren, Sir.«

»Ach ja?«

Zum Glück kroch Pierre in diesem Moment auf der anderen Seite des Betts hervor und rannte auf direktem Weg in die Arme seines großen Bruders. Paul hob ihn schwungvoll hoch und sah Charmaine mit gerunzelten Brauen an. »Demnach haben Sie also den kleinen Pierre verloren? Wirklich erstaunlich. Rose kümmert sich um die Mädchen, und Sie hatten nur ihn zu hüten. Ist es denn wirklich so schwierig, einen kleinen Racker im Zaum zu halten?«

»Ich dachte, er schläft«, erwiderte Charmaine sichtlich beleidigt. »Ich habe ihn nur einen Augenblick allein …«

»Sie müssen mir das nicht erklären, Miss Ryan. Wie ich schon in unserem ersten Gespräch sagte, kann es durchaus anstrengend sein, hinter einem kleinen Kind herzurennen. Womöglich ist es ja doch zu viel für Sie.«

»Sie irren sich, Sir«, fauchte Charmaine, »und irgendwann werden Sie Ihre Worte zurücknehmen.«

Er lachte herzlich, was Pierre mit einem Quietschen quittierte. Charmaine wurde immer zorniger und musste regelrecht an sich halten, um nicht nach vorn zu treten und ihm den spöttischen Ausdruck aus dem Gesicht zu schlagen.

Paul bemerkte ihren Zorn. »Meiner Ansicht nach haben Sie Ihren Wert für meine Familie bereits unter Beweis gestellt, Miss Ryan. Was die Kinder betrifft, so haben Sie Ihre Pflicht bestens erfüllt. Besonders was Yvette angeht.«

Diese Worte kamen völlig unerwartet. Und sie klangen aufrichtig. Sie wusste nicht recht, was sie sagen sollte.

»Nehmen Sie mein Lob an?«, fragte er mit schiefem Grinsen.

»Ja, Sir«, antwortete Charmaine mit rauer Stimme.

»Warum sagen Sie nicht einfach Paul zu mir? Natürlich nur, wenn ich Sie auch mit dem Vornamen anreden darf. Auf Charmantes sind wir nicht ganz so förmlich wie die gute Gesellschaft in Richmond. Und einfacher auszusprechen ist der Name außerdem.«

Dieser kleine Stachel verlockte sie zu einer Antwort. »Also gut, Paul.«

»Charmaine«, erwiderte er mit einer kleinen Verbeugung. »Nun gut, *Charmaine*, dann wollen wir Pierre jetzt wieder ins Kinderzimmer bringen. Wir wollen Mrs. Faraday ja nicht in Verlegenheit bringen, wenn sie uns allein in meinem Schlafzimmer überrascht.«

Wieder röteten sich Charmaines Wangen, und Paul lachte leise in sich hinein. Ein paar Minuten später lag der Kleine wieder in seinem Bettchen, und Paul war fort. Charmaine bebte innerlich noch über eine Stunde und fühlte sich angenehm erregt. Paul hatte sie gelobt. Endlich hatte er sie gelobt!

Später am Nachmittag kamen Loretta und Gwendolyn zu Besuch. Sie verbrachten fast eine ganze Stunde bei den Säulen, wo die Mädchen und Pierre Verstecken spielten. Gwendolyn wäre fast in Ohnmacht gefallen, als irgendwann Paul aus dem Haus trat und sie grüßte. Er ging zum Stall und dem Unterstand für die Wagen südlich der großen Wiese hinüber. Als er außer Hörweite war, flüsterte sie: »Was musst du glücklich sein, Charmaine!«

Loretta Harrington war weniger begeistert. »Charmaine sollte lieber einen kühlen Kopf bewahren.«

»Keine Sorge, Mrs. Harrington. Ich bin nur eine Gouvernante, aber träumen ist doch nicht verboten.«

»Solange es beim Träumen bleibt.«

Am Abend war Charmaines erste Woche bei den Duvoisins vollendet. Als sie die Mädchen ins Bett brachte, flüsterte Yvette ihr zu: »Sie haben meinen Brief noch nicht vergessen, oder?«

»Nein, habe ich nicht«, flüsterte Charmaine.

»Das ist gut. Ich bin nämlich seit gestern fertig. Ich habe sogar ein Bild gemalt! Wann fahren Ihre Freunde nach Richmond?«

»Wahrscheinlich erst in einer Woche. Zuerst einmal muss ein Schiff im Hafen anlegen. Auf jeden Fall habe ich unsere Abmachung nicht vergessen. Lässt du mich den Brief morgen lesen?«

Yvette riss die Augen auf. »Überhaupt nicht! Der ist doch privat.«

Charmaine lachte und gab ihr einen Kuss. »Du hast dich eine Woche lang vorbildlich betragen, Yvette. Ich hoffe, das bleibt auch so, wenn dein Brief die Insel verlassen hat.«

»Keine Sorge, Mademoiselle.« Yvette gähnte. »Ich mag Sie, also benehme ich mich.« Mit einem zufriedenen Lächeln kuschelte sie sich unter ihre Decke.

Jeannette schlief bereits, aber Pierre war eigensinnig. Er weinte und jammerte nach seiner Mutter, die er die meiste Zeit des Tages nicht gesehen hatte. Zum Glück kam Colette, auch wenn sie geisterhaft blass war und kaum laufen konnte. Es sah nicht danach aus, als ob ihr Dr. Blackfords samstäglicher Besuch sonderlich gutgetan hätte. Sie blieb nur so lange, bis sie ihren Sohn in den Schlaf gewiegt hatte, und Charmaine beschloss, die Sache mit dem Brief erst dann mit ihr zu erörtern, wenn es ihr wieder besser ging.

Montag, 26. September 1836

Charmaines zweite Woche begann ziemlich genau wie die erste, nur dass sie inzwischen Pauls Respekt gewonnen hatte. Während der ersten Woche hatte sein immer gleiches *Guten Morgen, Miss Ryan* oder *Guten Abend, Miss Ryan* sie schon glauben lassen, dass der Mann nur höflich und nicht wirklich freundlich sein konnte. Aber am Sonntag hatte sich das geändert. Sie lächelte bei der Erinnerung. Am Montagabend hatte sie sich bereits an die neue Anrede gewöhnt und freute sich, wenn er sie Charmaine nannte und sich liebenswürdig erkundigte, wie sie den Tag mit den Kindern verbracht hatte.

Ihre neue »Freundschaft« war den beiden Hausmädchen natürlich nicht entgangen, und als sie spät am Abend in ihr Zimmer ging, fingen Felicia und Anna sie ab. »Sie nennen ihn schon Paul, was?«, zischte Felicia. »Aber in sein Bett plumpsen Sie nicht sofort, oder?«

Die gewöhnliche Ausdrucksweise stieß Charmaine ab. »Paul respektiert mit Sicherheit keine, die sich ihm an den Hals wirft. Außerdem weiß ich, dass Miss Colette solches Benehmen nicht duldet.«

Felicias Augen funkelten. »*Miss* Colette ist mir egal. Und woher wollen Sie wissen, was Paul gefällt und was nicht? Lassen Sie ihn in Ruhe, klar? Bleiben Sie ihm vom Leib.«

»Lassen Sie mich durch«, entgegnete Charmaine mit einer gewissen Herablassung.

Überrascht suchte die üppige Schönheit bei der etwas begriffsstutzigen Anna Smith nach Verstärkung, doch Charmaine nutzte die Gunst des Augenblicks, huschte in ihr Zimmer und warf Felicia die Tür vor der Nase zu. Mit geschlossenen Augen lehnte sie sich dagegen und wünschte, dass sie nicht auf demselben Flur mit Felicia Flemmings wohnen müsste. Mit dieser Konfrontation war die Sache sicher noch nicht ausgestanden. Wütend packte Charmaine ihr Buch und beschloss zu lesen, bis ihr die Augen zufielen.

Dienstag, 27. September 1836

Nach einem regnerischen Montag versprach der Dienstag sonnig zu werden. Auf Colettes Wunsch hin fuhr Charmaine am Vormittag in die Stadt. Am nächsten Tag hatten die Zwillinge Geburtstag, und Colette brauchte jemanden, am liebsten eine Frau, die ihre Besorgungen im

Warenhaus erledigte. Sie bestellte den Wagen, und Charmaine ließ den Kutscher zuerst bei den Brownings halten und bat Gwendolyn, sie zu begleiten. Voller Freude holten sie die Geschenke ab, die Colette schon vor Monaten für ihre Töchter bestellt hatte. Besonders hübsch waren die beiden Miniaturpferdchen aus Glas für ihre Sammlung. »Die Mädchen lieben den Stall über alles«, hatte Colette gesagt. »Und jetzt haben sie sogar eigene Pferde.«

Kurz vor Mittag verabschiedete sich Charmaine von ihrer Freundin und ließ sich zum Herrenhaus zurückfahren. Dort lief sie rasch nach oben, legte die Pakete auf ihr Bett und kam pünktlich zum Essen an den Tisch.

»Wo sind Sie gewesen?«, wollte Yvette wissen.

»Das wirst du morgen schon sehen.« Mehr ließ sich Charmaine nicht entlocken.

Später am Abend, als alle längst im Bett lagen, packte Charmaine die Geschenke ein und gab sich besondere Mühe mit den Schleifen. Colette hatte vorgeschlagen, die Päckchen im Schrank hinter den Kleidern der Mädchen zu verstecken. Am besten erledigte sie das, solange die Kinder tief und fest schliefen. Gesagt, getan – und keiner hatte sich auch nur gerührt. Auf dem Weg in die Bibliothek lief sie auf der Treppe Jane Faraday in die Arme.

»Brauchen Sie noch etwas, Miss Ryan?«, herrschte die Haushälterin sie unfreundlich an.

Charmaine beschloss, friedlich zu bleiben, da die Frau immer sehr barsch war. »Ich bin auf dem Weg in die Bibliothek.«

»Um diese Zeit?«

»Ich bin noch nicht müde, und dem kann ich am besten abhelfen, indem ich bei Lampenlicht lese.«

Misstrauisch sah die Haushälterin sie an. »Dann schlage ich vor, dass Sie sich rasch ein Buch holen und anschließend sofort in Ihr Zimmer zurückkehren.« Damit setzte sie ihren Weg nach oben fort.

Verwundert ging Charmaine in die Bibliothek und wählte einen Roman mit dem Titel *Stolz und Vorurteil* aus. Der große Raum war einladender als ihr Zimmer und das Licht ganz wunderbar. Also setzte sich Charmaine kurzerhand über Mrs. Faradays Anordnung hinweg und ließ sich in einem der hochlehnigen Sessel nieder. Ungefähr eine Stunde lang versank sie in der Geschichte, die so ganz anders war als alles, was sie bisher gelesen hatte. An Stelle von Mr. Darcey und Elizabeth Bennet stellte sie sich Paul und sich selbst als Held und Heldin der Geschichte vor. Oh, eine solche Romanze zu erleben!

Irgendwann unterbrach verstohlenes Gekicher ihren Traum. Mrs. Faraday glaubte vielleicht, dass alle in ihren Betten lagen. Aber dem war nicht so. Charmaine erkannte die Stimmen: Felicia und Anna eilten durchs Haus. Paul hatte nicht mit ihnen zu Abend gegessen. Ob er vielleicht gerade nach Hause gekommen war? Wo immer er sich aufhielt, waren Felicia und Anna nie weit entfernt. *Was tun sie nur?*

Charmaine zündete eine Kerze an und löschte die Lampe. Dann öffnete sie geräuschlos die Tür. Zu ihrer Überraschung war der Flur dunkel und verlassen, aber durch die französischen Türen des Speisesaals fiel ein Lichtschein. Sie ging hinüber und steckte den Kopf hinein, aber auch hier war niemand.

Anschließend trat Charmaine in den Hof hinaus, wo sie schwacher Blütenduft empfing. Die leichte Brise war kühl, fast kalt, aber sehr erfrischend. Die Luft schien den Duft der Gischt mit sich zu tragen, der sich zart auf ihr Gesicht legte und die Spuren des heißen Tages wegwischte. Charmaine wanderte den Weg entlang. Die Kerze war überflüssig, da hier und dort eine Laterne brannte und der

Vollmond das Allerheiligste des Hauses in fahles Licht tauchte. Sie blies die Kerze aus und legte sie zusammen mit dem Buch auf eine der Bänke.

Dann setzte sie sich und dachte mit geschlossenen Augen über ihr neues Leben und alles nach, was im letzten Monat geschehen war. So viele Veränderungen, doch alle zum Besseren, wie sie feststellte. War sie glücklich? Ja, das war sie. Mit der Reise nach Charmantes hatte sie die richtige Entscheidung getroffen. Genau wie Yvette und Jeannette hatte sie von Abenteuern geträumt – die sie nun wundersamerweise auch erlebte. Ihr Leben war nicht länger einförmig und langweilig.

Es wurde immer später, und es war längst Zeit, zu Bett zu gehen. Seufzend erhob sie sich.

»Gehen Sie schon?«

Erschrocken fuhr sie herum. »Es tut mir leid«, sagte Paul und trat unter dem Baum hervor, an dessen Stamm er gelehnt hatte. »Ich wollte Sie nicht erschrecken.«

»Wie lange stehen Sie denn schon dort?«

Er kam näher. »Lange genug, um Sie hier herumwandern zu sehen und um Ihr Gesicht zu beobachten, als Sie auf der Bank saßen. Ehrlich gesagt war ich neugierig. Ihr Gesicht hat so viele Gefühle widergespiegelt – unter anderem sahen Sie verärgert aus.«

Charmaine trat einen Schritt zurück, bis ihre Beine die Bank berührten, von der sie soeben aufgestanden war. »Verärgert war ich sicher nicht, das weiß ich genau.«

»Worum kann sich eine so junge Frau wie Sie nur so sorgen?«, überlegte er laut, ohne auf ihre gegenteilige Beteuerung zu achten. Er musste an sich halten, um ihre Wange nicht zu liebkosen. Ihr Erröten war berauschend. In der vergangenen Woche hatte er oft an sie denken müssen und seit Sonntag noch viel öfter.

»Aber ich war nicht verärgert, Sir, und ich habe mich um nichts gesorgt.«

»Sir? Ich dachte, wir hätten diese formelle Anrede begraben?«

»Paul.« Ihr Herz hämmerte.

»Sind Sie denn zufrieden?«

»Ich denke schon«, flüsterte sie. »Nein, besser gesagt – ich *bin* zufrieden. Genau das habe ich gedacht, bevor Sie mich erschreckt haben.«

»Wie können Sie nach knapp zwei Wochen schon sicher sein?«

»Das kann ich nicht, aber mein Herz sagt mir, dass ich zufrieden bin.«

Paul lachte leise, als ob ihre Schlussfolgerung ihn begeisterte. Dann trat er näher, sodass ihre Körper einander fast berührten. Charmaine schloss die Augen, weil sie den nächsten Schritt ahnte. Sie fürchtete sich, und gleichzeitig bebte sie vor Erregung. Aber er nahm sie nicht in die Arme. Und als sie die Augen öffnete, war sie erleichtert und wütend zugleich, dass er sich inzwischen auf die Bank gesetzt hatte.

»Bleiben Sie noch ein wenig.« Er zog sie neben sich auf die Bank. »Es gibt keinen Grund, uns in der Gegenwart des anderen nicht wohlzufühlen. In Ihren Augen bin ich nur Ihr Dienstherr. Aber sehr viel lieber wäre ich natürlich Ihr … *Ihr Freund*. Würde Ihnen das gefallen?«

»Ja, das würde mir sogar sehr gefallen.«

»Wunderbar … Vielleicht könnte ja aus dieser Freundschaft eines Tages auch mehr erblühen. Würden Sie sich das wünschen?«

Er rückte ein Stück näher, sodass sie die Wärme seines Körpers durch ihr Kleid am Schenkel fühlte und sich kaum noch konzentrieren konnte. »Ich denke schon«, flüsterte sie mit bebender Stimme.

Er legte seinen Arm auf die Rückenlehne der Bank und neigte sich ihr zu. »Das Leben kann so herrlich sein, Charmaine. Sie sind eine wunderschöne junge Frau, und ich kann Ihnen jeden Wunsch erfüllen.« Mit verwegenem Lächeln lehnte er sich zurück. Sie schien über seine Worte nachzudenken, was ihn wiederum über ihre Unschuld nachdenken ließ.

»Sie waren schon viel zu nett zu mir, Paul. Gerade am letzten Sonntag hätten Sie wütend auf mich sein können, weil ich Pierre in Ihr Zimmer laufen ließ, aber Sie haben mir stattdessen angeboten, Sie beim Vornamen zu nennen. Mehr kann ich wirklich nicht verlangen. Colette und Sie haben es mir leicht gemacht, mich hier wohlzufühlen.«

Demnach hielt sie ihn für einen Gentleman, dachte er, und zwar im strengsten Sinne. Bisher hatte er keinen Fehler gemacht. Sie wohnte seit zehn Tagen unter seinem Dach und hatte – ganz gleich, ob Gouvernante oder nicht – seine Aufmerksamkeit erregt. Er wusste, dass er sie verunsicherte. Wie oft war sie in seiner Gegenwart errötet? Er konnte die Male kaum zählen. Und sie verriet auch ihre Sehnsüchte. Im Moment sehnte sie sich danach, dass er sie küsste. Aber er wollte mehr als nur einen flüchtigen Kuss. Er hätte sich lieber mit einem Hausmädchen vergnügt als ausgerechnet mit der Gouvernante der Kinder. Doch als seine Bemühungen fehlgeschlagen waren, hatte er seine Taktik geändert. Bis heute Abend hatte er den Gentleman herausgekehrt, doch nun war seine Sehnsucht kaum noch zu beherrschen, und die Zeit zum Pflücken war gekommen.

»Ich rede nicht von Freundlichkeiten, Charmaine, sondern von Wohlgefühl.«

»Aber ich fühle mich doch wohl, Paul.« Sie hatte seine Absicht gänzlich missdeutet. »Mein Zimmer ist schöner als jedes, das ich bisher bewohnt habe. Und erst dies schöne Haus. Ich fühle mich wohl, weil ich überall herumlaufen und weil ich die Bibliothek und das Klavier benutzen darf, wann immer ich möchte. Ich habe mich vom ersten Moment an zu Hause gefühlt.«

Mit einem Anflug von Spott fuhr sich Paul durchs Haar. *Muss ich ihr wirklich haarklein sagen, was ich möchte? Hat sie wirklich keine Ahnung von Männern?* Das war kaum zu glauben. Ohne Zweifel hatte ihre Schönheit schon immer die Blicke der Männer auf sich gezogen, doch wie eine Southern Belle war sie sicherlich nicht tagtäglich von einer Anstandsdame begleitet worden. Nein, diese Charmaine Ryan hatte bereits ihre Erfahrungen mit Macht und Hingabe gemacht, und nun spielte sie ihr Spiel und versuchte, ihren Lohn zu mehren. Aber das sollte bald ein Ende haben.

»Miss Ryan«, begann er noch einmal unverdrossen, »ich halte Sie für nicht ganz so naiv, wie Sie mich glauben machen möchten. Ich freue mich, dass Ihnen mein Haus gefällt, doch eigentlich habe ich an ganz etwas anderes gedacht. Sagen wir, vielmehr hatte ich das Schlafen im Sinn … Ihres und meines.«

Ganz langsam dämmerte es Charmaine – und prompt erglühten ihre Wangen wie Feuer. Sie stand auf und entzog sich der Hand, die auf ihrem Schenkel lag. »Wie können Sie nur so etwas sagen«, empörte sie sich, als ihr Zorn über die Scham siegte. »Ich bin ein anständiges Mädchen und würde *niemals* tun, was Sie da vorschlagen. Ich bin hier, um mich um die Kinder zu kümmern – und nicht um Sie!« Tränen traten ihr in die Augen, und sie unterdrückte den Wunsch, aus dem Garten zu flüchten. Diesen Triumph wollte sie ihm nicht auch noch gönnen.

Paul stöhnte innerlich und verfluchte seine dumme Art. Dabei hatte er genau gewusst, dass Charmaine anders war. Bildete er sich etwa ein, dass jedes Mädchen auf der Insel bereitwillig mit ihm ins Bett stieg? Er hätte warten sollen. Aber nein, er hatte die Grenze überschreiten müssen! Nun würde sie den Garten als unschuldige Jungfrau verlassen, und auf seiner Brust würde von heute an das Wort Lüstling eingebrannt sein. In Zukunft würde sie vor ihm auf der Hut sein. Irgendwie musste er den Schaden reparieren und sie vor allzu finsteren Schlussfolgerungen bewahren.

»Was, um Himmels willen, ist denn in Sie gefahren?«, fragte er voll Sorge. »Habe ich etwas Falsches gesagt? Was hat denn diese Tränen verursacht?« Er stand auf, zog ein Taschentuch heraus und trat auf sie zu.

»Kommen Sie mir nicht zu nahe!«

Es war ihr Ton, der ihn innehalten ließ. Fünf Schritte von ihr entfernt versuchte er es noch einmal. »Bitte, was habe ich denn gesagt, dass Sie so außer sich sind?«

»Sie wissen genau, was Sie gesagt haben. Ich werde es Ihnen ganz bestimmt nicht noch erklären!«

»Ich fürchte, Sie tun mir Unrecht«, jammerte er. »Sie denken doch hoffentlich nicht, dass ich Ihnen … vorschlagen wollte …« Er ließ die Frage verhallen, als ob er wirklich entsetzt sei. »Sie haben meine Bemerkung völlig fehlgedeutet, Charmaine. Bitte glauben Sie mir, dass es mir beim ›Schlafen‹ – sehen Sie, nun habe ich es wieder gesagt! – nur um etwas Äußerliches ging.«

Voll Zweifel sah sie ihn an und wirkte verunsichert, weil er sich unbedingt reinwaschen wollte. Falls er den Vorschlag ernst gemeint hatte, wie sie annahm, weshalb zögerte er dann? Sie beruhigte sich ein wenig und griff nach dem Taschentuch, das er ihr hinhielt.

»Charmaine«, flüsterte er und trat einen Schritt näher. »Es tut mir ehrlich leid. Ich wollte Sie nicht beleidigen. Auf Charmantes sind wir oft so direkt. Aber wenn

Sie mich noch einen Augenblick länger ertragen, kann ich Ihnen das erklären. Ich habe überlegt, dass Ihr Zimmer im zweiten Stock nicht nah genug bei den Kindern liegt. Da es Colette manchmal nicht gut geht, wäre es doch sinnvoller, wenn Sie direkt neben dem Kinderzimmer wohnten. So könnten Sie vor allem den kleinen Pierre besser trösten, wenn er nachts aufwacht.«

Er machte Fortschritte. Er konnte es in ihren Augen lesen, und ihr Körper wirkte auch nicht mehr ganz so angespannt. Begeistert fuhr er fort: »Wenn Sie einverstanden wären, könnte ich sogar eine Tür in die Mauer brechen lassen, damit Sie direkten Zugang hätten.« Er trat noch einen Schritt näher und sah zu, wie sie ihre Augen trocken tupfte. »Können Sie sich das vorstellen?«

Sie flüchtete hinter die förmliche Anrede. »Ich weiß nicht recht, Sir.«

»Aber, Charmaine, Sie wollen doch nicht wieder ›Sir‹ zu mir sagen, oder?«

»In meinen Augen ist ›Sir‹ sehr viel passender. Mag sein, dass Sie mich für naiv halten. Vielleicht bin ich es ja auch, aber deswegen bin ich nicht dumm. Ich kann Recht von Unrecht unterscheiden. Und Anstand von Unschicklichkeit. Wenn ich auf Ihren Vorschlag eingehe, so nur den Kindern – und nicht Ihnen – zuliebe. Ich hoffe, dass Sie *meinen* Standpunkt respektieren.«

Er *hatte* sie unterschätzt. Als sie fertig war, kochte er innerlich. *Wer, dachte sie, war sie eigentlich, dass sie ihn wie einen Schuljungen abkanzelte? Warum hatte er überhaupt versucht, sie zu besänftigen? Er hätte sie leidenschaftlich küssen sollen und so weiter… zum Teufel mit ihrem Widerstand.* Aber der Augenblick war vorüber. Stattdessen sagte er: »Unsere Standpunkte sind dieselben, Mademoiselle. Wie lautet Ihre Antwort?«

Sie zögerte. »Ja, aber…«

»Aber was?«, fragte er höhnisch.

»Auf einer Seite des Kinderzimmers befindet sich das Spielzimmer und das Zimmer Ihres Bruders auf der anderen. Die beiden Räume kommen wohl kaum in Frage.«

»Johns Raum wird nicht benutzt. George soll ein Loch in die Wand brechen und in der Sägemühle eine Tür zuschneiden.«

»Und was soll werden, wenn Ihr Bruder zurückkommt? Er wird sicher nicht erfreut sein, wenn die Gouvernante in seinem Zimmer wohnt.«

»Das wird nicht passieren.«

»Was wird nicht passieren?«

»Dass er zurückkommt. John kommt nicht mehr nach Charmantes.« Das sagte er mit solcher Überzeugung, dass das Thema so schnell beendet war, wie es aufgekommen war. »Wenn wir uns so weit einig sind, dann wünsche ich Ihnen jetzt eine gute Nacht. Es ist schon spät, und morgen muss ich bei Sonnenaufgang aufstehen. Ich erwarte ein Schiff aus Europa.«

»Ja«, sagte sie, »dann gute Nacht und vielen Dank …«

Sie richtete die Worte bereits an seinen Rücken, da er sich schon abgewandt hatte.

Paul war froh, als er sein Zimmer erreichte und über die Szene nachdenken konnte, die er soeben geliefert hatte. Zum Glück hatte sein Bruder nicht miterlebt, wie er sich völlig zum Narren gemacht hatte. Das hätte er nie wiedergutmachen können. *Nun, Miss Ryan,* dachte er, als er sich auf seinem Bett ausstreckte, *von morgen an haben Sie Ihr feines Zimmer und Ihre feinen Manieren ganz für sich allein. Ich will mich nicht einmischen. Dazu reißen sich zu viele Frauen auf der Insel um mich. Ich brauche keine hübsche Gouvernante. Aber wenn Sie einsam sind, wenn Sie endlich eine wirkliche Frau sein wollen, dann kom-*

men Sie vielleicht zu mir gekrochen. Und wer weiß, vielleicht nehme ich Sie dann sogar mit in mein Bett. Zufrieden mit sich und seinen Gedanken schlief er ein.

5

Mittwoch, 28. September 1836

Die Arbeit an der neuen Tür begann früh am nächsten Morgen. Das Geräusch von splitterndem Holz hallte durchs Haus und alarmierte alle, die sich am Frühstückstisch versammelt hatten. Die Zwillinge ließen die Löffel fallen und rannten trotz der Ermahnungen ihrer Mutter einfach aus dem Zimmer. Charmaine und Colette folgten ihnen ins Kinderzimmer und starrten ebenfalls mit großen Augen auf das gähnende Loch in der Wand und den Schutt auf dem Fußboden.

»Was hat das zu bedeuten?«, fragte Colette, als Nana Rose und Pierre neben ihr standen.

George steckte den Kopf durch die Öffnung. »Das wird die neue Tür.«

»Die neue Tür?« Colette wurde immer ärgerlicher. »Welche Tür denn?«

»Die Tür, die ich in Pauls Auftrag hier einbauen soll.«

»Und warum sollte Paul dich um so etwas bitten?«

George sah Charmaine an. »Zum Wohl der Kinder. Paul ist der Meinung, dass Miss Ryan näher bei den Kindern schlafen soll, und hat ihr deshalb diesen Raum gegeben – und die Tür soll den Weg in der Nacht noch einfacher machen.«

»Aber dies ist Johns Zimmer!« Colette war wütend. »Das kannst du doch nicht einfach zerstören.«

»Ich denke nicht, dass ich es zerstört habe. Außerdem

war das Ganze nicht meine Idee. Ich führe nur aus, was man mir aufgetragen hat.«

»Und was soll werden, wenn John nach Hause kommt?«

»Er kommt nicht, Colette, und das weißt du.«

»Aber eines Tages vielleicht doch«, murmelte sie, als der erste Ärger verraucht war. »Es wird ihn kränken, wenn jemand anderer in seinem Zimmer wohnt.«

Jeannette ergriff die Hand ihrer Mutter. »Reg dich nicht auf, Mama. Wir haben so viele Zimmer. Johnny macht es bestimmt nichts aus, woanders zu wohnen. Ich finde es schön, wenn Mademoiselle Charmaine so nahe bei uns ist. Vielleicht ist das ja unsere Geburtstagsüberraschung von Paul.«

Colette lächelte auf ihre Tochter hinunter. »Mag sein, dass du recht hast. Ich bin allerdings gespannt, was dein Vater sagt, wenn er dieses Chaos sieht.«

»Laut Paul hat er die Sache genehmigt«, sagte George.

Colette rieb sich die Stirn. »Das kann ich mir sogar vorstellen.« Sie wandte sich an die Mädchen. »Geht ein bisschen zur Seite, Kinder. George braucht Platz zum Arbeiten.«

»O bitte, Mama, dürfen wir zuschauen?«, bettelten sie.

Colette war unter der Bedingung einverstanden, dass sie sich auf dem Bett am anderen Ende niederließen. Die nächste Stunde verging mit angeregtem Geplauder, während George, Travis und Joseph sägten, hämmerten und Holzreste und Mörtel beseitigten, die überall herumlagen. Als Pierre genug hatte, zogen sich Colette und Charmaine mit ihm ins benachbarte Spielzimmer zurück. Rose entschuldigte sich, weil ihre Hilfe nicht länger gebraucht wurde.

Charmaine holte tief Luft. »Es tut mir leid, Colette, dass Paul nicht zuerst mit Ihnen gesprochen hat. Ich hatte keine Ahnung, dass er die Arbeiten sofort in Auftrag geben wollte. Ich hätte darauf bestehen sollen, dass er zuerst Ihre Erlaubnis einholt.«

Colette war sichtlich betroffen. »Sie wussten davon?«

»Paul hat es gestern Abend kurz erwähnt. Er hat vorgeschlagen …«

»Gestern Abend? Er ist doch gestern Abend erst spät nach Hause gekommen.«

Charmaine war zu überrascht, um etwas zu sagen, und Colette zog ihre Schlüsse daraus.

»Charmaine«, begann sie und hob die gefalteten Hände an die Lippen. »Ich denke, dass ich Sie vor Paul warnen sollte. Vielleicht hätte ich das schon früher tun sollen. Paul ist ein Schürzenjäger.« Als Charmaine den Kopf sinken ließ, war Colette bemüht, ihre Worte ein wenig abzumildern. »Ich möchte nicht, dass Ihnen wehgetan wird.«

»Seien Sie unbesorgt, Colette. Ich werde keine Schande über Ihr Haus bringen.«

»Ich spreche nicht von Schande, Charmaine. Ich will nur verhindern, dass Sie Ihr Herz an jemanden hängen, der nicht beabsichtigt, Ihre Gefühle zu erwidern.«

Die Worte schmerzten, aber Charmaine wusste, dass es die Wahrheit war. Ihr erster Eindruck war richtig gewesen. Paul hatte ihr einen Antrag gemacht, doch als sie sich nicht überreden ließ, hatte er die ganze Sache als Missverständnis hingestellt. Ihre Mutter hatte sie oft vor dieser Art von Männer gewarnt, und nun tat Colette genau dasselbe. Paul wollte nur das eine – und »Freundschaft« war das nicht. Und Liebe erst recht nicht.

»Ich werde mich vorsehen«, versprach sie. Und dann: »Falls Sie nicht möchten, dass ich in diesem Zimmer …«

»Unsinn, Charmaine! Ich halte Ihren Umzug sogar für eine gute Idee. Und der Schaden an der Wand ist ohnehin schon geschehen.«

Charmaine dachte an den Sohn der Familie, den sie

noch nicht kannte, und an die seltsame Reaktion, die allein die Erwähnung seines Namens heute Morgen ausgelöst hatte. Dabei fiel ihr Yvettes Brief ein. Am besten brachte sie das Thema sofort zur Sprache, statt es noch länger hinauszuzögern. »Yvette möchte so gern ihrem Bruder in Richmond schreiben. Unter der Bedingung, dass sie sich gut benimmt und Sie die Erlaubnis geben, habe ich ihr versprochen, Joshua Harrington zu bitten, den Brief nach Virginia mitzunehmen.«

»Yvette soll ihren Brief schreiben«, antwortete Colette ohne das geringste Zögern. »John freut sich bestimmt über ein paar Neuigkeiten von zu Hause.«

Charmaine war sehr erleichtert. »Der Brief ist bereits fertig.«

Colette schien das nicht zu überraschen.

Einige Zeit später rief sie die Mädchen, um mit ihnen zu lesen, und gemeinsam beendeten sie eine Geschichte über Eleonore von Aquitanien. Im zwölften Jahrhundert hatte die französische Herzogin im Alter von achtzehn Jahren zuerst den König von Frankreich geheiratet und in zweiter Ehe dann den König von England. Die Mädchen bestürmten ihre Mutter mit Fragen, weil sie wussten, dass die Familie ihrer Mutter, die Familie Delacroix, ebenfalls aus Poitiers stammte, wo Eleonore aufgewachsen war. Als Colette erwähnte, dass Eleonores Mutter bereits im Alter von siebenundzwanzig Jahren gestorben war, jammerte Jeannette: »Das ist furchtbar traurig, Mama. Du wirst ja auch bald siebenundzwanzig.«

Colette drückte ihre Tochter an sich und versprach ihr, noch ganz lange zu leben. Dann schickte sie die Mädchen zu Charmaine, die eine Liste mit der richtigen Aussprache einzelner Wörter angefertigt hatte. Die Mädchen konnten zwar fließend lesen, aber diese Liste war ihnen neu.

Keine fünf Minuten später beschwerte sich Yvette. »Das stimmt doch nicht!«

Charmaine sah ihr über die Schulter. »Was genau meinst du denn?«

»Diese blöden Wörter«, brummte sie. »Oil, boil, soil, foil…«

»Und was ist damit?«

»Die spricht man alle mit *eu* aus, also müsste man Duvoisin auch Dü-*veu*-san aussprechen… und Mademoiselle wie Mad-*meu*-zel.«

Charmaine lachte in sich hinein. »Sehr gut, Yvette«, lobte sie. »Das zeigt, dass du aufpasst. Duvoisin und auch Mademoiselle werden zwar genauso geschrieben, aber anders ausgesprochen, da diese beiden Wörter aus dem Französischen kommen.«

Colette sah von dem Buch auf, das sie Pierre gerade vorlas. »Mademoiselle Charmaine hat recht, Yvette. Auf Französisch sagt man nicht *eu*, sondern *oa*. Es gibt außerdem noch andere französische Wörter in unserer Sprache. Zum Beispiel *armoire, reservoir* und *repertoire*. Auch die andere Insel *Espoir* wird mit *oa* ausgesprochen.«

»Ich finde das verwirrend«, brummte Yvette.

»Manche Leute sagen, dass Englisch eine besonders schwierige Sprache ist, weil es so viele Ausnahmen gibt.«

»Stimmt das, Mama?«, fragte Jeannette.

»Was, meine Süße?«

»Dass Englisch schwierig ist.«

»Ich denke schon. Als Kind habe ich nur einige Begriffe gelernt, besser kann ich es erst, seit… seit ich hierhergekommen bin.«

»Hat Papa dir Unterricht gegeben?«

Colette wurde einsilbig. »Ein wenig«, flüsterte sie. Als Jeannette weiterbohrte, meinte sie: »Wir sollten für heute Schluss machen. Es ist gleich Mittag.«

Nach dem Essen eilten die Mädchen zum täglichen Unterricht ans Klavier, und wiederum eine Stunde später versammelten sich alle in der ruhigen Abgeschiedenheit von Colettes Salon. Die Aussicht auf Geburtstagsgeschenke war eindeutig verlockender als die Baustelle im Kinderzimmer. Charmaine erbot sich, die Päckchen aus dem Versteck zu holen. Doch am Ende des Korridors lief sie prompt Agatha Ward in die Arme.

»Miss Ryan, hat man Sie engagiert, damit Sie den Flur verschönern, oder sollten Sie nicht vielmehr auf die Kinder aufpassen?«

Die Bösartigkeit dieser Bemerkung machte Charmaine sprachlos. Zum Glück hatte sie außer einem höflichen »Guten Tag« so gut wie keinen Kontakt zu dieser Person. Agatha mied die Kinder, wann immer es möglich war, und man sah sich höchstens bei den Mahlzeiten oder wenn sie zu Colette kam, um diese zu einer Ruhepause zu drängen. Colette blieb stets höflich, doch meistens ignorierte sie Agatha.

»Nun, Miss Ryan?«

»Ich… ich muss etwas erledigen«, stammelte Charmaine. »Für Miss Colette.«

»Etwas erledigen?«, äffte Agatha sie nach. »So so, und wo sind die Kinder?«

»Bei Miss Colette. Im Salon.«

»Aber Miss Colette fühlt sich nicht wohl«, schimpfte Agatha, »und es ist Ihre Aufgabe, sich um die Kinder zu kümmern. Sie ruinieren die Gesundheit ihrer Mutter.«

Da hatte Charmaine genug. »Miss Colette scheint es oft schlechter zu gehen, wenn Ihr Bruder den Nachmittag über bei ihr war, Mrs. Ward. Doch in Gesellschaft ihrer Kinder blüht Miss Colette regelrecht auf.«

Einen kurzen Moment lang riss Agatha die Augen auf,

bevor sich ihre Lider zu Schlitzen verengten. Charmaine begriff zu spät, dass sie sich in diesem Augenblick eine Feindin gemacht hatte. »Wollen Sie damit andeuten, dass mein Bruder unfähig ist, Miss Ryan? Hoffen wir nur, dass Sie nie einen Arzt benötigen, solange Sie auf Charmantes leben. Ich glaube nicht, dass Robert gern jemanden betreut, der seinen Namen so eifrig besudelt.«

»Ich sagte doch nicht …«

»Wirklich nicht?«, zischte die Witwe. »Machen Sie lieber, dass Sie …«

»Was geht hier vor?«

Der feindliche Gesichtsausdruck verschwand, und Agatha starrte entgeistert über Charmaines Schulter. »Frederic!« Sie erholte sich rasch. »Das nenne ich eine Überraschung!«

Charmaine fuhr herum und sah sich zu ihrer Verblüffung dem berühmten Frederic Duvoisin gegenüber. Er stützte sich schwer auf seinen schwarzen Stock, und dennoch strahlte seine Erscheinung Macht und Stärke aus. Er war etwas größer als Paul und trug bequeme, maßgefertigte Kleidung. Ein imposanter, gut aussehender Mann. Einige graue Strähnen belebten sein Haar, das nicht ganz so dunkel war wie das seines Sohnes. Sein Kinn war ausgeprägt und frisch rasiert, seine Nase war lang und gerade, und schmal waren seine Lippen.

»Sind Sie mit dem Anblick zufrieden, Miss Ryan?«, fragte er mit leicht undeutlicher Aussprache und kaum verhüllter Ironie. Er wusste, wer sie war! »Gefällt Ihnen der Krüppel, Mademoiselle?«

»Sie sind kein Krüppel, Sir«, entgegnete sie ruhig.

Ihre Reaktion überraschte ihn. Er schnaubte ein wenig und wandte sich dann an Agatha. »Hat Miss Ryan etwas getan, was dich empört?«

»Sie hat die Kinder unbeaufsichtigt gelassen.«

»Wo?«

Agatha reckte die Nase in die Luft. »In Colettes Salon.«

»Und wo ist meine Frau?«

»Bei ihnen.«

»Demnach sind sie nicht unbeaufsichtigt, nicht wahr? Colette ist immerhin ihre Mutter.«

»Das ist richtig, Frederic, aber sie ist nicht gesund. Deshalb wurde Miss Ryan ja eingestellt. Doch wozu braucht man eine Gouvernante, wenn sie sich nicht um ihre Schutzbefohlenen kümmert?«

»Nun, Miss Ryan?«, wandte sich Frederic an Charmaine.

»Ihre Frau hat mir aufgetragen, die Geschenke der Kinder zu holen.«

»Aha.« Er sah Agatha an.

»Wenn ich das gewusst hätte… Miss Ryan hat nichts von Geschenken gesagt.«

»Sie haben mir keine Gelegenheit dazu gegeben.«

Agatha knirschte mit den Zähnen. Die Debatte war nicht mehr zu gewinnen. Besser, sie schluckte ihren Stolz hinunter. Sie murmelte eine Entschuldigung und ging.

Charmaine sah ihr einen Augenblick lang nach, bevor ihr Blick zu Frederic Duvoisin zurückkehrte. Sie ahnte, weshalb sich Colette von diesem Mann angezogen gefühlt hatte, der im Grunde ihr Vater sein konnte. Im Vergleich zu Paul mit seiner jugendlichen Ausstrahlung war Frederic ein beeindruckender und vornehmer Mann. Früher hatten ihm sicher alle Frauen zu Füßen gelegen. Ob er um seine faszinierende Ausstrahlung wusste? Ja, ganz bestimmt sogar. Selbst in seinem Zustand wusste er darum.

»Miss Ryan«, unterbrach Frederic Duvoisin das Schweigen, »wenn ich mich recht erinnere, sollten Sie etwas für meine Frau holen?«

»Oh, ja.« Charmaine eilte ins Kinderzimmer und fühlte sich unbehaglich, als er ihr folgte und seine Behinderung bei jedem Schritt deutlich zu merken war. Mit Sicherheit verbot er sich jedes Mitleid, also beachtete sie ihn nicht und suchte im Schrank nach den Geschenken. Als sie sich umdrehte, stand Frederic an der Mauer und betrachtete das Loch. Im Moment wurde nicht gearbeitet. Vermutlich machten die Männer Pause. Nach Pauls Aussage hatte sein Vater den Umbau genehmigt. Was er wohl dachte?

»Ich wollte mir den Fortschritt der Arbeit ansehen, nachdem ich den ganzen Vormittag über das Gehämmer gehört habe«, sagte er, als ob er ihre Gedanken gelesen hätte. »Außerdem wollte ich ein wenig Zeit mit meinen Töchtern verbringen.« Er sah Charmaine an. »Sie gefallen meiner Frau, Miss Ryan.«

»Und ich bin froh, dass ich hier sein darf. Ich mag Ihre Kinder sehr, und Ihre Frau ist wirklich liebenswert.«

»Dem kann ich nur zustimmen«, erwiderte er mit einem Leuchten im Blick. »Und wenn Sie in Zukunft hier unten bei den Kindern wohnen, kann sie völlig beruhigt sein, weil Sie immer in der Nähe sind.«

»Ja, Sir.« Demnach *hatte* er seine Zustimmung gegeben. Auch wenn er seine Räume nur selten verließ, war er doch über alles unterrichtet, was im Haus vorging. Der Klatsch war also falsch.

»Wie ich sehe, haben Sie die Pakete gefunden. Sollen wir gehen?« Er nickte in Richtung des Korridors, und es war klar, dass er sie begleiten wollte.

»Aber natürlich. Die Mädchen fragen sich sicher schon, wo ich so lange bleibe.«

Wieder humpelte er hinter ihr her, und Charmaine ging langsamer, um es ihm leichter zu machen. Die Geste ärgerte ihn. »Laufen Sie zu, Miss Ryan. Wir haben nicht den ganzen Tag Zeit.« Errötend gehorchte sie.

Kurz vor Colettes Tür fragte er, ob sie vielleicht noch

ein paar Päckchen holen könnte. »In meinem Ankleidezimmer liegen noch einige Geschenke.«

Die Räume des Hausherrn waren genau spiegelverkehrt zu Colettes angeordnet und von gleicher Größe, aber damit waren die Ähnlichkeiten auch schon erschöpft. Frederic Duvoisins Räume strahlten eine eindeutig männliche Atmosphäre aus und waren mit dunklen Möbeln mit aufwändigen Schnitzereien ausgestattet.

Doch Charmaine blieb keine Zeit, sich lange umzusehen. Sie hastete ins Ankleidezimmer, holte die Geschenke und stand gleich darauf wieder draußen im Flur. Mühsam balancierte sie die Päckchen und war froh, als Frederic an die Tür zum Salon klopfte.

Yvette öffnete und war sichtlich überrascht, ihren Vater zu sehen. »Papa?«

Fragend zog er eine Braue in die Höhe. »Soll ich hier im Korridor Wurzeln schlagen, oder bittest du uns herein? Miss Ryan ist außerdem mit Geburtstagsgeschenken beladen.«

»Komm herein, Papa«, sagte Yvette und trat zur Seite. »Wir wussten ja nicht, dass du kommst. Mama hat uns nämlich versprochen, dass wir heute Abend nach dem Essen zu dir gehen.«

»Der Plan wird hiermit geändert«, sagte Frederic und hinkte in den Salon. »Ich habe den Lärm aus dem Kinderzimmer gehört und wollte mir die neue Tür ansehen. Aber ihr wart nicht dort. Stattdessen hatte ich die Freude, eure Gouvernante kennenzulernen.«

Yvette hörte längst nicht mehr zu. »Du lieber Himmel!«, rief sie, als sie die vielen Päckchen auf Charmaines Armen sah. »Wie viele sind das denn?«

»Lass Miss Ryan sie erst einmal ablegen, Yvette.« Frederic Duvoisin ließ sich mit einem erschöpften »Hmph« und schmerzverzerrtem Gesicht auf das Sofa fallen. Dann sah er sich um. »Wo ist eure Mutter?«

»Im Schlafzimmer. Pierre braucht eine neue Windel. Die Zahl der Päckchen ist aber komisch«, meinte sie, als sie das Größte in die Höhe hob.

»Eines davon ist für Pierre«, erklärte ihr Vater.

»Für Pierre? Warum bekommt er denn ein Geschenk? Er hat doch erst im März Geburtstag.«

»Du gönnst ihm doch sicher, dass er auch ein Päckchen aufreißen darf, oder? Ich weiß, dass er nicht Geburtstag hat, aber er wird sehr enttäuscht sein, wenn er euch beim Auspacken zusehen muss.«

Charmaine war vom Einfühlungsvermögen und der sanften Stimme des Mannes begeistert.

»Darf ich schon ein Päckchen aufmachen, Papa?«

»Sag erst deinem Bruder und deiner Schwester, dass ich da bin.«

Yvette sprang auf und rief durch die Tür: »Papa ist da.«

Sofort sauste Jeannette herein und fiel ihrem Vater um den Hals. »Papa!«

»Du siehst hübsch aus, Jeannette.«

»Ich freue mich, dass du uns besuchst, Papa! Heißt das, dass es dir jetzt besser geht?«

»Wenn das stimmt, dann nur wegen euch.« Mit leuchtenden Augen strich er seiner Tochter übers Haar.

Der innige Moment war vorbei, als Colette mit Pierre auf dem Arm hereinkam. Frederic sah auf, achtete aber nicht auf ihr Lächeln. »Hältst du das für klug?«, fragte er in scharfem Ton.

Das Lächeln erstarb. »Was denn?«

»Den Jungen zu tragen. Du sollst dich doch nicht anstrengen.«

Colette biss sich auf die Unterlippe und setzte den Kleinen ab. Der rannte sofort quer durch den Salon und brüllte begeistert: »Manie ist da!«

»Manie?«, fragten die Mädchen wie aus einem Mund.

Colette lachte. Sie schüttelte Frederics Tadel ab und stimmte in die Freude ihres Sohnes ein. »Ich glaube, Pierre hat einen neuen Namen für Sie gefunden, Charmaine.«

»Der gefällt mir.« Charmaine nahm den Kleinen hoch und liebkoste ihn.

»Manie«, rief Pierre und drückte ihr einen Kuss auf die Wange.

Charmaine erwiderte die Zärtlichkeit, was sofort einen zweiten Kuss zur Folge hatte. Dann ging sie zum Sofa. »Sieh mal, Pierre, dein Vater ist hier.« Sie setzte den Jungen auf Frederics Schoß.

Pierre sträubte und wand sich, und Frederic hatte Mühe, ihn festzuhalten. Doch bevor der Junge sich losmachen konnte, setzte sich Colette neben die beiden. Frederic sah Colette an und rutschte näher zu ihr hin, bis ihre Schenkel sich berührten. Dann lockerte er seinen Griff, und Pierre krabbelte überglücklich auf den Schoß seiner Mutter hinüber.

Die Minuten vergingen, ohne dass etwas gesagt wurde. Charmaine war verunsichert, weil auch ohne Worte viel gesagt wurde und die Spannung stieg. Selbst die Mädchen verstummten und warteten, dass etwas geschah. Nur Pierre schien völlig unbeeindruckt und spielte glücklich mit den Knöpfen von Colettes Kleid.

»Vielleicht sind Sie lieber ein wenig allein«, sagte Charmaine und wandte sich zum Gehen.

»Einen Augenblick, Miss Ryan«, meinte Frederic. »Würden Sie bitte meine Geschenke an die Kinder verteilen? Sie sind alle markiert.«

Charmaine gehorchte, und Yvette riss sofort das Papier auf. Jeannette hielt ihr Päckchen einen Augenblick länger in der Hand und sah stattdessen ihre Eltern an.

Frederic lächelte ihr zu. »Willst du denn dein Geschenk nicht auspacken?«

»Na los, beeil dich«, drängte Yvette. »Ich will sehen, ob du etwas Besseres als eine dumme Puppe bekommen hast. Vielleicht können wir ja tauschen.« Sie hielt eine hübsche Porzellanpuppe mit beweglichen Lidern in die Höhe.

Charmaine zuckte innerlich zusammen. Würde der Vater das Mädchen tadeln? Aber der lachte nur, ohne die Bemerkung vorlaut zu finden. »Was ist los, Yvette? Ich dachte, alle Mädchen spielen mit Puppen?«

»Nein, Sir. Ich hätte viel lieber ein Pferd!«

»Ein Pferd?«, fragte ihr Vater. »Aber wie hätte ich das denn in eine so kleine Schachtel verpacken sollen?«

»Das muss doch nicht verpackt werden«, erwiderte Yvette ernsthaft. »Du hättest es einfach im Stall verstecken können. Mit einer großen blauen Schleife um den Hals!«

»Ach, wirklich? Und was würdest du mit dem Pferd tun?«

»Reiten natürlich, was denn sonst?«

»Aber das ist nicht ladylike.«

Yvette rümpfte die Nase. »Ich will auch keine Lady sein, Papa. Ich wäre viel lieber ein Junge.«

»Wirklich? Warum denn das?«

»Eine Lady zu sein macht keinen Spaß. Man muss Kleider anziehen und immer aufpassen, dass sie nicht schmutzig werden. Jungen dürfen Hosen anziehen. Außerdem dürfen sie böse Wörter sagen und spucken und schwimmen und auf Bäume klettern. Ein Mädchen muss immer ordentlich sein. Das hasse ich! Ich will alles machen, was mein Bruder darf.«

Frederic war sprachlos. »Aber du darfst doch sehr viel mehr machen als Pierre.«

»Doch nicht Pierre, Papa. Ich rede von Johnny. Er macht lauter verrückte Sachen. Als er noch hier war, hatten wir viel Spaß zusammen! Jeden Tag haben wir uns etwas anderes einfallen lassen, und er hat nie gesagt, dass ich das nicht machen darf, weil ich …«

»Es ist genug, Yvette«, mahnte ihre Mutter.

»Es ist überhaupt nicht genug! Ich habe es satt, wenn ich nicht einmal seinen Namen sagen darf! Ich liebe Johnny!« Sie stützte die Hände in die Hüften und sah ihren Vater vorwurfsvoll an. »Wann kommt er denn endlich nach Hause? Wann bist du nicht mehr böse mit ihm? Wann?«

»Das dauert noch lange«, stieß ihr Vater erzürnt hervor und biss die Zähne aufeinander.

Sie stampfte wütend. »*Und warum?*«

»Für einige in diesem Haus ist er eine Bedrohung. Von jetzt ab wird nicht mehr von ihm gesprochen! Ist das klar, junge Lady?«

Yvettes Augen blitzten trotzig, und sie gab keine Antwort.

»*Hast du mich verstanden?*«

»Nein!«, schrie sie und warf die Puppe auf den Boden. Der Kopf zersprang in tausend Scherben, und das Mädchen rannte aus dem Zimmer, ohne auf den Befehl ihres Vaters zu hören. »Yvette, komm sofort zurück!«

Colette begegnete seinem vorwurfsvollen Blick mit Sanftheit und Entschiedenheit. »Es war nicht nötig, so mit ihr zu sprechen.«

»Glaubst du?«

»Sie liebt ihren Bruder und versteht es nicht …«

»Verdammt, Frau«, brüllte er, als ob ihr Wagemut ihn verblüffte. »Warum verteidigst du ihn? Du solltest den Kindern mehr Respekt vor ihrem Vater beibringen. Ich werde die Aufsässigkeit einer Achtjährigen nicht dulden! Meine Tochter hat nicht zu entscheiden, *ob* sie gehorcht. Sie *muss* gehorchen!«

Colette senkte den Kopf. Zu spät fiel Frederic ein, dass

die Gouvernante noch immer im Zimmer war. »Wo ist Pierres Geschenk?«, fragte er mürrisch.

Charmaine reichte ihm das Päckchen, an das sie sich geklammert hatte, und Frederic gab es an seinen Sohn weiter. »Sieh her, Pierre, hier ist ein Geschenk für dich. Komm zu mir, wir wollen es zusammen öffnen.«

Aber der Junge wollte nicht vom Schoß seiner Mutter aufstehen.

»Komm, setz dich auf meine Knie. Deine Mutter bleibt ja bei uns. Sie ist auch neugierig, was in dem Päckchen ist.«

Doch je mehr er drängte, desto weiter wich der Kleine zurück. Mit geballten Fäustchen klammerte er sich an das Kleid seiner Mutter. Er barg sein Gesicht an ihrer Brust, und in dem Durcheinander war sein Protest kaum zu verstehen. Das Päckchen und die hübschen Schleifen interessierten ihn nicht im Geringsten.

Colette versuchte es auf ihre Weise. »Komm, Pierre, ich helfe dir. *Voici, mon caillou,* dein Vater möchte …« Als Frederics Blick sich mit ihrem kreuzte, brach sie mitten im Satz ab.

In diesem Augenblick riss Frederic Duvoisin die Geduld. »Gib mir meinen Sohn«, herrschte er seine Frau an und packte Pierres Arm. »Und zwar sofort!«

Colette gab nach und ließ zu, dass er den Jungen auf seinen Schoß zog. Dann erhob sie sich und wandte rasch ihr Gesicht ab. Sie straffte ihre Schultern und verließ den Raum.

Die Tür war kaum zu, da rannte Colette los, als ob der Teufel ihr auf den Fersen sei. Sie rannte den Korridor entlang und die Treppe hinunter, rannte, bis ihre Seite stach, und erreichte das Foyer, als die Haustür aufschwang und Paul hereinkam. Sie schrak vor ihm zurück und rannte weiter bis in den hintersten Winkel des Hauses und hinaus in den Garten.

»*Colette?*«

Jeannette schluchzte noch immer leise, als ihr Vater das Wort an sie richtete. »Komm her, Prinzessin, hilf deinem Bruder, das Päckchen zu öffnen.«

Das Mädchen sah von ihrem Vater zu Charmaine, als ob sie ihn nicht gehört hätte. »Was ist mit Mama?«

»Ich weiß es nicht«, flüsterte Charmaine.

Um ihr Zittern zu bekämpfen, bückte sie sich und begann die Scherben aufzusammeln. Vielleicht konnte man die Puppe ja wieder kleben. Jeannette wollte ihr helfen und kauerte sich neben ihr hin.

»Lassen Sie das«, bellte Frederic.

Gehorsam legte Charmaine die Scherben auf den Boden. »Ich sehe nach Yvette«, erklärte sie, um den Raum endlich verlassen zu können. Doch anders als Colette, die bis zuletzt Haltung bewahrt hatte, floh sie wie ein aufgeschrecktes Kaninchen, die zerbrochene Puppe noch immer in der Hand.

Jeannette folgte ihr auf dem Fuß, bis ihr Vater sie zurückrief. »Jeannette, komm her! Hilf deinem Bruder.« Mit einem Seufzer machte das Mädchen kehrt.

Mit raschem Schritt eilte Paul in den Speisesaal, doch er war leer. Stimmenlärm zog ihn in die Küche, doch zu seiner Überraschung saßen nur Travis, Joseph und George um den roh behauenen Tisch. Fatima servierte den Männern gerade einen verspäteten Lunch, weswegen Paul eigentlich nach Hause gekommen war. »Hast du Colette gesehen?«, fragte er George.

»Nein. Warum?«

»Sie hat sich nicht über die neue Tür geärgert, oder doch?«

»Zu Anfang schon, aber das war schnell vorbei. Was ist los?«

»Sie hat geweint. Gerade eben jetzt – im Foyer.«

George schüttelte den Kopf. »So sehr hat sie sich aber nicht aufgeregt.«

Paul fuhr sich mit der Hand durchs Haar. Aber Colette *war* außer sich gewesen. Er musste sie finden. *Vielleicht im Garten… Bestimmt war sie in den Garten gelaufen.*

Yvette saß auf ihrem Bett und spielte mit dem Briefumschlag auf ihren Knien. Mit geröteten Augen sah sie zu Charmaine auf. »Genauso gut kann ich ihn verbrennen.« Demnach war es ihr Brief an John.

»Nein, Yvette. Der Brief wird an deinen Bruder geschickt, so wie ich es versprochen habe. Heute Morgen hat deine Mutter die Erlaubnis gegeben.«

Skeptisch runzelte Yvette die Stirn, dann wischte sie sich die letzten Tränen ab und lächelte. »Vielen Dank.« Doch gleich darauf war sie wieder ernst. »Ich weiß nicht, warum Papa so wütend auf Johnny ist. Sein Schlaganfall ist drei Jahre her! Johnny ist doch sein Sohn. Warum verzeiht er ihm nicht?«

»Ich glaube nicht, dass es dabei um Verzeihung geht, Yvette. Ich denke, dein Vater kann nicht ertragen, wie er jetzt aussieht. Sein Arm, sein Bein, die Art, wie er geht, der Stock. Er sieht sich als Krüppel, und damit lebt kein Mann leicht. Wenn ein Streit mit deinem Bruder die Ursache war, so kann ich seine Verbitterung verstehen. Der Schmerz und das Gefühl der Erniedrigung haben sich in Zorn verwandelt.«

»Er ist mehr als nur zornig, Mademoiselle Charmaine. Er hasst Johnny.«

Charmaine schüttelte den Kopf. »Aber nein, Yvette, das glaube ich nicht. Kein Mann hasst seinen eigenen Sohn.«

Kaum dass sie das gesagt hatte, überlegte sie, ob sie sich nicht irrte. Schließlich hasste sie ihren Vater. Wenn das möglich war, weshalb sollte Frederic John nicht hassen? Sie fror ein wenig, weil in diesen Konflikt so viele Personen verwickelt waren.

»Yvette«, begann sie vorsichtig, »ich möchte, dass du etwas tust, was nicht ganz einfach ist. Und zwar möchte ich, dass du zurück in den Salon gehst und dich bei deinem Vater entschuldigst.«

Yvette lief knallrot an. »*Mich entschuldigen?* Ich soll mich entschuldigen, obwohl er das gesagt hat? Er sollte sich lieber bei mir und bei Johnny entschuldigen! Das fällt mir nicht ein! Er kann froh sein, wenn ich überhaupt noch mit ihm spreche! Ich dachte, Sie hätten das kapiert!«

Charmaine wartete, bis Yvettes Zorn etwas abgeebbt war, bevor sie noch einmal von vorn anfing. »Möchtest du, dass dein Bruder wieder nach Hause kommt?«

»Aber natürlich will ich das!«

»Dann weiß ich nur einen Weg: Damit dein Vater seine Meinung ändert, solltest du ihm ein Beispiel geben, dem er dann folgen kann.«

Yvette überdachte den Vorschlag ihrer Gouvernante und verzog widerwillig das Gesicht. »*Aber entschuldigen?* Ich weiß nicht, was das nützen soll?«

»Dein Vater ist voller Groll, Yvette. Und um wie viel stärker wird dieser Groll erst werden, wenn er das Gefühl hat, dass er deine Liebe an John verloren hat?«

»Er wird ihn nur umso mehr hassen.« Sie begriff, dass sie die Lage nur schlimmer machte, wenn sie sich nicht mit ihrem Vater versöhnte. »Ich glaube, ich habe keine andere Wahl«, sagte sie und stöhnte. »Außerdem habe ich die dumme Puppe kaputt gemacht. Aber das kann ich nicht mehr ungeschehen machen.«

»Ich glaube nicht, dass sich dein Vater um die Puppe schert. Aber dich liebt er!«

»Das weiß ich«, räumte sie ein. »Kommen Sie mit?«

»Ich komme in einer Minute nach«, versprach Charmaine, als das Mädchen zur Tür ging. »Aber noch etwas. Den Brief erwähnst du besser nicht.«

Yvette verdrehte die Augen. »Keine Sorge! So dumm bin ich nicht.«

Nachdem sie fort war, machte sich Charmaine auf die Suche nach Colette.

Gab es denn keinen Ort, wohin sie sich wenden konnte? Keinen ruhigen Hafen, wohin die Vergangenheit ihr nicht folgte? Wie lange konnte sie diese schwere Schuld noch tragen? Colette lief durch den Garten, als das Kaleidoskop der ungelösten Fragen in einer einzigen Antwort mündete. In einer Antwort, die sie kaum akzeptieren konnte, so schrecklich war sie. *Bevor ich nicht tot bin, wird es keinen Frieden geben*. Weit hinten im Garten sank sie schwer auf eine Bank, barg ihr Gesicht in den Händen und weinte.

Wo steckt sie? Paul rannte über die Wege und hörte sie eher, als er sie sah. Er wusste, wer sie so außer Fassung gebracht hatte. Mit der neuen Tür hatte das nichts zu tun. Oder doch? Er betrachtete sie einige Augenblicke und war unsicher, wie er ihrem Elend begegnen sollte. Es war viele Jahre her, seit sie an seiner Schulter geweint hatte. Seine Brust schmerzte.

»Colette«, rief er mit erstickter Stimme.

Sie hob den Kopf. Ihr Gesicht schimmerte feucht, und ihre Augen waren gerötet. Verlegen sprang sie auf und wollte ihre Wangen trocknen, aber die Tränen quollen schneller aus ihren Augen, als sie sie wegwischen konnte.

»Colette«, hauchte er. Noch einen Schritt. Dann zog

er sie in die Arme und bot ihrem Kummer seine starke Schulter. Als sie ihn wegdrängen wollte, hielt er sie nur umso fester und flüsterte tröstend: »Sch… sch… ruhig… weine nur… weine nur, wenn dir dann besser wird.«

Es war unendlich lange her, seit jemand sie zuletzt im Arm gehalten hatte… viel zu lange. Colette gab ihren Widerstand auf, sank gegen seine Schulter und weinte, bis sie eine eigenartige Ruhe überkam.

»*C'est fini*«, murmelte er in ihr Haar.

Charmaine durchquerte den Ballsaal, um in den Garten zu gelangen, weil sie weder Mrs. Faraday oder, schlimmer noch, Agatha Ward in die Arme laufen wollte. Sie war sicher, dass sie Colette im Garten finden würde, denn nur dort boten sich stille Zufluchtsorte.

Kurz darauf drang französisches Geflüster an ihr Ohr. Colette sprach immer Französisch, wenn sie die Kinder unterrichtete, und Charmaine hatte bereits einige Wörter aufgeschnappt. Nun vernahm sie zum ersten Mal eine Unterhaltung. Sie spähte durch die Äste und sah, wie Paul Colette zu derselben Bank führte, auf der sie am Abend zuvor gesessen hatte. Genau wie gestern zog er auch heute ein Taschentuch hervor und drückte es Colette in die Hand. »*Tu vas mieux maintenant?*«

»*Me pardonnera-t-il jamais?*«, fragte sie verzweifelt.

Er schüttelte den Kopf und betrachtete die zarte Hand in der seinen. »*J'espère que je pourrais te donner la réponse que tu désires entendre.*«

Sie senkte den Blick. »*Comment est-ce-que je peux demander pardon quand je sais ce que j'ai fait? Je ne devrais pas te demander d'être compréhensif. Tu devrais me reprocher aussi…*«

Seine Stimme wurde energisch, und er ließ ihre Hand

los. »*Tu sais que cela n'est pas vrai! Je ne t'ai jamais rien reproché.*«

Sie knetete das Taschentuch. »*Je ne m'attends pas à ce qu'il me pardonne*«, flüsterte sie und sah zu ihm empor. »*Peut-être pourrais-je supporter sa douleur ainsi que la mienne.*«

»*Sa douleur?*« Er schnaubte.

»*Oui. Je lui ai fait plus de peine qu'à moi-même.*« Sie holte Luft und schauderte. »*Il m'a aimée. Le savais-tu? Il m'a aimée, mais j'étais trop aveugle pour le voir. Je croyais que ma vie était terminée, alors j'ai choisi de mener une nouvelle vie, plus désastreuse que la première … Mon Dieu … je me suis menti à moi-même pendant si longtemps, je ne sais pas où trouver le vrai bonheur.*«

»*Avec les enfants*«, antwortete Paul. »Du hast die Kinder.«

»Ja, ich habe die Kinder.«

Dies sagte sie fast träumerisch, als ob sie daraus Kraft zöge. Als die Unterhaltung ins Englische wechselte, schlich Charmaine auf Zehenspitzen davon, um nicht zu lauschen. Sie wusste Colette in guten Händen.

Sie kehrte in den Salon der Hausherrin zurück und war überrascht, glückliche Stimmen zu hören. Yvette saß dicht neben ihrem Vater, und er hatte den Arm um ihre Schultern gelegt. Jemand hatte gefegt, denn auf dem Boden war nichts mehr von dem Chaos zu entdecken.

Frederic stand mühsam auf, als er Charmaine bemerkte. Er sah auf die Kinder hinunter. »Ich danke Ihnen«, murmelte er leise. Sie wusste, dass er Yvette meinte, und nickte nur.

Samstag, 1. Oktober 1836

Als Charmaine erwachte, schien ihr die Sonne direkt in die Augen. Sie blinzelte und begriff, dass sie verschlafen hatte. Leise fluchend sprang sie aus dem Bett und spritzte sich Wasser ins Gesicht. Dann kleidete sie sich an und fuhr sich oberflächlich mit der Bürste durchs Haar. Zum Aufstecken blieb keine Zeit, also fasste sie die Strähnen nur mit einem Band zusammen und scherte sich nicht um die widerspenstigen Löckchen.

Das Schiff der Harringtons legte um sieben Uhr ab, und Paul hatte versprochen, sie mit in die Stadt zu nehmen, damit sie sich von ihnen verabschieden konnte. Eigentlich hatte sie bei Morgendämmerung fertig sein sollen, aber sie hatte schlecht geschlafen. Felicia hatte ihr erneut auf dem Korridor aufgelauert und hämische Bemerkungen über ihr zukünftiges Zimmer gemacht. »Näher bei Paul ging wohl nicht mehr.« Und nun hatte sie sich verspätet. Sie rannte über die Personaltreppe direkt hinunter in die Küche.

Fatima Henderson eilte geschäftig zwischen Tisch und Herd hin und her, und es duftete nach gebratenem Speck und Eiern. Sie summte vor sich hin, doch als sie Charmaine erblickte, schnalzte sie mit der Zunge. »Warum rennen Sie denn so?«

»Ich habe mich verspätet!« Sie war außer Atem. »Haben Sie Master Paul gesehen? Oder ist er etwa ohne mich losgefahren?«

»Immer mit der Ruhe. Master Paul sitzt im Speisezimmer und wartet auf sein Frühstück. Setzen Sie sich hin, ich mache Ihnen auch etwas.«

»Ich kann nichts hinunterbringen. Sind Sie sicher, dass er noch hier ist?«

»Sehen Sie doch selbst nach.«

Paul saß tatsächlich noch am Tisch. Als sie eintrat und er aufstand und sie von Kopf bis Fuß betrachtete, begann ihr Herz zu rasen.

Seit ihrer Begegnung im Garten hatte sie außer einem höflichen *Guten Morgen* und *Guten Abend* keine zwei Worte mit ihm gewechselt. Doch am gestrigen Abend hatte sich das geändert, als er ihr mitgeteilt hatte, dass die *Destiny* mit ihren geliebten Harringtons an Bord die Insel mit der ersten Flut verlassen würde. Es sei ihm eine Freude, hatte er gesagt, sie in aller Frühe zum Hafen mitzunehmen, damit sie ihnen Lebewohl sagen könne. Als sie einwandte, sich nicht aufdrängen zu wollen, und die Unschicklichkeit unerwähnt ließ, die eine Fahrt mit ihm allein bedeutete, hatte er ihren Einwand mit leichter Hand beiseitegewischt. Er müsse ohnehin zum Hafen, um die Ladung vor dem Ablegen zu kontrollieren. Alles sei längst arrangiert, er würde sie lediglich hinbringen.

Und nun starrte er sie an, und ein schiefes Grinsen begleitete den prüfenden Blick. Verwundert sah Charmaine an sich hinunter. »Ist etwas nicht in Ordnung?«, fragte sie.

»Ganz im Gegenteil.« Er kam um den Tisch herum und bestand darauf, dass sie ihm Gesellschaft leistete. »Sie sehen wunderschön aus.«

Charmaine errötete und fühlte sich sofort hübscher.

Er zog den Stuhl zu seiner Linken unter dem Tisch hervor. Als sie zögerte, meinte er: »Wir haben nicht den ganzen Tag Zeit, Charmaine. Ich verspreche, dass ich nicht beiße.«

Sie zuckte leicht zusammen und setzte sich. Dabei verfluchte sie ihr irisches Blut, das jedes ihrer Gefühle öffentlich zur Schau stellte. Es schien ihm zu gefallen, wenn sie errötete. Sie musste lernen, ihre Gefühle besser zu verbergen. *Bloß wie?*

»Es tut mir leid, dass ich Sie warten ließ«, sagte sie, als er sich wieder gesetzt hatte.

»Haben Sie nicht. Ich bin auch gerade erst gekommen.« Er trank einen Schluck Kaffee.

Fatima erschien und servierte ihm sein Frühstück. Als sie um den Tisch herumkam, lehnte Charmaine ab, obwohl es köstlich roch. »Ich habe keinen Hunger. Danke, wirklich nicht.«

Paul zog eine Braue in die Höhe. »Spätestens am Mittag werden Sie vor Hunger sterben.«

»Ich nehme nur Kaffee. Ich möchte das Auslaufen auf keinen Fall verpassen.«

»Der Kapitän setzt erst Segel, wenn ich den Befehl dazu gebe.«

Vor dem Haus wartete bereits der Wagen. »Während Sie geschlafen haben, war ich schon fleißig«, stichelte Paul und half ihr beim Einsteigen. Charmaine bemühte sich um einen gleichmütigen Gesichtsausdruck. Nachdem er ebenfalls eingestiegen war, ergriff er die Zügel und schnalzte mit der Zunge, um die Pferde anzutreiben.

Die Fahrt verlief äußerst harmonisch. Charmaine war überrascht, wie leicht Paul sie in eine Unterhaltung verwickelte, und als sie im Hafen ankamen, fühlte sie sich vertrauter mit ihm als je zuvor.

Die *Destiny* lag noch am Kai, wie Paul versprochen hatte. Schweren Herzens stieg Charmaine die Gangway empor. Als Loretta und Gwendolyn ihre Kabinen verließen, füllten sich ihre Augen sofort mit Tränen. Sie fiel in Lorettas Arme und drückte die mütterliche Frau fest an sich. Dann löste sie sich wieder und trocknete ihr Gesicht.

»Ich werde Sie sehr vermissen«, flüsterte sie heiser.

»Und ich dich erst, meine liebe Charmaine. Aber du beginnst hier ein neues Leben. Ich werde dir schreiben.« Loretta wandte sich an Paul, der ein Stück beiseitegetreten war, um ihren Abschied nicht zu stören. »Charmaine ist für mich wie eine Tochter, Mr. Duvoisin«, erklärte sie in aller Form. »Nun vertraue ich sie Ihrer Fürsorge an, und ich bete, dass ich das nicht bereue.«

»Ihre Ängste sind völlig unbegründet, Mrs. Harrington«, versicherte Paul in aller Form. »Unter unserem Dach lebt Miss Ryan stets wohlbehütet.«

»Sehr gut«, erwiderte Loretta.

Anschließend machte sich Charmaine auf die Suche nach Mr. Harrington, der sich wie so oft beim Kapitän aufhielt. Zum Glück hatte sie Yvettes Brief gestern Abend noch in ihre Tasche gesteckt. Nachdem sie sich von Joshua Harrington verabschiedet hatte, drückte sie ihm den Brief in die Hand und bat, ihn an der richtigen Adresse abzuliefern. Joshua nickte und schloss Charmaine erneut in die Arme. Dabei bemerkte sie, dass Paul die Szene beobachtet hatte.

Irgendwann wurde es Zeit für den endgültigen Abschied. Charmaine zwang sich zu einem Lächeln, als die Gangway eingezogen wurde und die *Destiny* vom Kai ablegte. Paul blieb an ihrer Seite und sah zu, wie sie den Freunden nachwinkte. Als das Schiff das Ende der Bucht erreichte und Charmaine Lorettas und Gwendolyns Gestalt nicht länger erkennen konnte, wandte sie sich ab.

Stirnrunzelnd sah sie Paul an. »Ich dachte, Sie hätten die Ladung überprüfen müssen.«

Paul rieb sein Kinn. »Es war alles in bester Ordnung, so wie ich das erhofft hatte.«

»Also war Ihre Anwesenheit nicht unbedingt vonnöten?«

»Sehen Sie, Charmaine, wenn Sie das gewusst hätten, wären Sie auf eigene Faust zum Hafen gefahren, und ich hätte die Freude Ihrer Gesellschaft nicht genießen können.«

»Soll das heißen, dass Sie einfach geschwindelt haben?«

»Ein ganz klein wenig.« Das übermütige Lächeln war unwiderstehlich.

»Aber im Ernst, Charmaine. Es gab noch einen anderen Grund, warum ich Sie heute in die Stadt begleitet habe.« Als sie ihn verwirrt ansah, ergriff er ihren Ellenbogen und wandte sich zum Gehen. »Colette hat mich gebeten, Ihnen die Bank zu zeigen und Sie mit Stephen Westphal bekannt zu machen. Er ist unser Finanzmann und wird jeden Monat Ihre Einnahmen direkt verbuchen. Im Vergleich zu den Gepflogenheiten der Banken in Richmond ist unser Verfahren einfach, aber für Charmantes sehr zweckdienlich. Ich möchte mich vergewissern, dass das Konto eingerichtet wurde und Sie jederzeit über Ihren Lohn verfügen können.«

Sie sprachen fast eine ganze Stunde mit Mr. Westphal, der Charmaine etwas eigenartig zu sein schien. Er war ein wenig jünger als Frederic Duvoisin, aber was das gute Aussehen anging, so konnte er mit seiner mittleren Größe und dem lichten Haupthaar nicht wirklich mithalten. Seine Augen waren zu klein, die Brauen zu weiblich und die Lippen viel zu dünn. Er sah eher aus wie ein europäischer Aristokrat, was er auch war, wie Paul gestand. In der entfernteren Verwandtschaft hatte seine Familie einen Herzog zu bieten, doch Mr. Westphal selbst war in Virginia zur Welt gekommen. Er hatte lange, gepflegte Finger und trug teure Kleidung, die seinen Bauch und damit seinen Erfolg und seinen Wohlstand zur Geltung brachte. Er wusste seit längerem, wer Charmaine war, denn die Gerüchte über die Gouvernante der Duvoisins hatten sich in Windeseile auf der Insel herumgesprochen.

»Warum leisten Sie uns nicht heute Abend beim Dinner Gesellschaft, Stephen?«, fragte Paul. »Ich schlage vor, Sie kommen so gegen sechs, dann können mein Vater und ich noch Verschiedenes mit Ihnen besprechen.«

Nur zu gern nahm der Mann Pauls Einladung an und verabschiedete sich mit einem Nicken von Charmaine.

Als sie die Bank verließen, lud Paul Charmaine zu einem kleinen Imbiss ein. Beim Überqueren der Straße hatte sie das Gefühl, als ob sie von allen beobachtet wurden. Dass die jungen Frauen der Insel sie beneideten, beflügelte sie ein wenig. Doch selbst das wunderbare Gefühl, Pauls Arm an ihrem Ellenbogen zu spüren, verpuffte, als ihr Begleiter auf das Dulcie's zusteuerte. Sie schnappte nach Luft. »Da gehe ich nicht hinein!«

»Aber das ist doch kein Bordell, Charmaine! Das Essen schmeckt sogar wirklich gut.«

»Das … das habe ich auch nicht unterstellt«, stammelte sie. »Außerdem muss ich nach Hause. Die Mädchen wollen mir helfen, meine Sachen in das neue Schlafzimmer zu bringen.«

»Ach ja, das neue Schlafzimmer.« Wieder lachte er, aber diesmal blieb der Kommentar aus.

Die Rückfahrt war aufwühlend. Im Gegensatz zur Hinfahrt verursachte Paul ihr damit heftiges Herzklopfen, dass er Themen anschnitt, die er besser nicht berührt hätte. Hatte er Spaß daran, sie zu verunsichern, jetzt, da die Harringtons die Insel verlassen hatten?

»Ich hoffe, das neue Bett ist nach Ihrem Geschmack«, begann er. »Für Sie allein dürfte es ein bisschen groß sein.«

Charmaines Wangen brannten. »Wenn Pierre nachts wach wird, hat er wenigstens Platz genug«, gab sie mutig zurück.

»Hm … solche Gewohnheiten sollte man gar nicht erst fördern. Er ist schon jetzt viel zu verwöhnt.«

»Das bezweifle ich. Er ist ein einfach nur ein netter kleiner Kerl.«

Zu ihrem Missfallen kam Paul wieder auf das neue Schlafzimmer zurück. »Da Sie nun im selben Stockwerk wie der Rest der Familie schlafen, haben Sie ja jede Menge Terrassentüren zur Auswahl.« Als sie nichts sagte, fuhr er fort: »Im Sommer stehen alle offen, um die angenehme Kühle einzufangen. Außerdem bieten sie noch andere Vorteile.«

Er hatte es darauf abgesehen, dass sie nach den anderen Vorteilen fragte. Aber Charmaine zögerte. Schließlich tat sie es doch: »Und welche?«

»Aus jedem der Zimmer gelangt man auf den Balkon, was außerdem die Möglichkeit bietet, um unauffällig von einem Zimmer ins andere zu gelangen …« Bisher war Pauls Blick auf die Straße gerichtet, doch nun sah er sie an. »Das ist nur einer der Vorteile.«

Diese Anspielungen riefen ihr Colettes Warnung ins Gedächtnis. *Paul ist ein Schürzenjäger … Ich möchte nicht, dass Ihnen wehgetan wird …* Machte Paul ihr etwa hier im Wagen, bei hellem Tageslicht, einen Antrag? »Was wollen Sie mir damit unterstellen, Sir?«, fuhr sie ihn an.

»Sir?«, fragte er. »Wann lassen Sie endlich diese formelle Anrede? Was muss ich denn tun, damit Sie endlich Paul zu mir sagen? Sie sind doch wohl nicht immer noch verärgert wegen der Sache, die *Ihrer* Meinung nach im Garten geschehen ist, oder etwa doch?«

Er wollte sie verwirren. »Ich sage nie wieder Paul zu Ihnen.«

»Wie wäre es denn mit einem Handel«, meinte er, während er nachdenklich eine Braue hochzog. »Wenn ich schwöre, nichts mehr zu sagen, was Sie in Verlegenheit bringt? Würden Sie den ›Sir‹ dann aufgeben?«

War es ihm ernst? Was soll ich nur sagen? In ihren Augen war es sicherer, nichts zu sagen.

»Nun, Charmaine?«, drängte er. »Wir sind fast zu Hause. Oder möchten Sie darüber nachdenken? Dann denken Sie aber auch an mein Versprechen gegenüber Mrs. Harrington. Ich habe jedes Wort ernst gemeint.«

Charmaine holte tief Luft, bevor sie Paul ansah. Als der Wagen hielt und ihre Blicke einander trafen, versuchte jeder, die Gedanken des anderen zu lesen. Aber die Ankunft eines anderen Wagens verdarb den Augenblick. Dr. Blackford erschien zu seinem wöchentlichen Besuch bei Mrs. Duvoisin. Leise fluchend sprang Paul aus dem Wagen, lief außen herum und half Charmaine herunter. Ein gehauchtes »Dankeschön« kam über ihre Lippen, bevor sie die Stufen hinauf und ins Haus eilte.

Mit breitem Lächeln sah Paul ihr nach, was genau seine Stimmung wiedergab. Er liebte es, sie anzusehen, so reizend war sie in ihrer Unschuld und ihrem Zorn. Ja, sie war unschuldig, dessen war er inzwischen sicher, und schon deswegen durfte er ihr nicht böse sein. Sie war einfach zu entzückend. Auf der Fahrt hatte es ihm Spaß gemacht, sie zu necken, aber ebenso wollte er erreichen, dass sie sich in seiner Gegenwart völlig unbefangen fühlte. Vielleicht war der »Handel«, den er vorgeschlagen hatte, ja der beste Weg. Außerdem musste und wollte er Colettes Wunsch erfüllen, den sie im Garten geäußert hatte. *Ich möchte nicht, dass du mit Charmaines Zuneigung spielst. Sie hat auf der Liste deiner Eroberungen nichts zu suchen. Die Kinder werden sie eines Tages brauchen, sollte mir etwas passieren. Versprich mir, dass du ihr nicht wehtust.* Aus Respekt vor Colette hatte er bestes Benehmen versprochen, und Charmaine zuliebe wollte er die Abmachung auch einhalten. Eines schönen Tages würde sie sich in seiner Gegenwart wohlfühlen, dessen war er sicher. Dann war es nur noch eine Frage der Zeit, bis sie ihre eigenen Wünsche entdeckte, und wenn sie bereit war, sie zu genießen, würde er zur Stelle sein. *Ja, Charmaine Ryan, ich kann warten.*

In diesem Moment unterbrach Robert Blackford Pauls Grübeleien, und die beiden Männer wechselten einige Worte, bevor sie ins Haus gingen. Der Arzt war ungewöhnlich früh gekommen, es war erst zwölf Uhr.

»Rasch, Jeannette«, flüsterte Yvette drängend. Sie hockte am oberen Ende der Treppe und spähte zwischen den Sprossen des Geländers hindurch ins Spielzimmer. »Wenn du dich nicht beeilst, versäumst du es!«

»Was?«, fragte Charmaine vom Treppenabsatz aus.

Yvette richtete sich kurz auf. »Oh, Mademoiselle«, sagte sie süßlich.

Vielleicht war es ihr Lächeln oder die Antwort, die sie nicht gab... Jedenfalls wusste Charmaine genau, dass etwas im Busch war.

»Was versäumt sie?«, fragte sie noch einmal.

Yvette war sehr geschickt und wusste, wie man ehrlich antwortete, ohne wirklich die Wahrheit zu sagen. Sie stöhnte vernehmlich. »In der Koppel ist ein Pferd, das ich Jeannette zeigen möchte.«

Das klang gut, aber Charmaine war trotzdem nicht zufrieden. »Wozu dann diese Heimlichkeiten?«

»Es gibt keine Heimlichkeiten. Ich wollte nur, dass sie sich beeilt.«

Jeannette kam, lächelte und war so unbefangen wie immer.

»Wo sind eure Mutter und Nana Rose?«, fragte Charmaine misstrauisch.

»Sie essen noch«, antwortete Jeannette.

»Und sie haben euch das erlaubt? Ist das Pferd denn nicht gefährlich?«

»Oh, nein«, versicherte Jeannette. »Chastity ist ziemlich zahm.«

»Chastity?«

»Mamas Pferd.« Yvette stampfte ungeduldig mit dem Fuß.

»Und warum ist das Pferd so interessant?«

»George will uns etwas zeigen«, erklärte Yvette vage.

»Was will ich euch zeigen?«

Yvette zog eine Grimasse. *Verdammtes Pech!*

Mit einem Keks in der Hand gesellte sich George zu ihnen. »Hat hier gerade jemand von mir gesprochen?«

Charmaine sah ihn misstrauisch an. »Sie haben keine Ahnung, was hier vorgeht?«

»Nein. Worum geht es denn?«

»Um das Pferd in der Koppel, das Sie den Kindern zeigen wollten.«

»Keine Ahnung.«

Jetzt war Yvette mehr als wütend. »Doch, das wolltest du, George«, schimpfte sie. »Letztes Mal hast du gesagt, dass wir beim nächsten Mal zusehen dürfen. Und nun ist nächstes Mal.«

George zuckte die Schultern. »Ich habe keine Ahnung, wovon ihr redet.«

»Also, heraus mit der Sprache, Yvette. Was ist los?«

Jeannette seufzte. »Sag es ihr, Yvette.«

»Na gut.« Yvette stöhnte ein zweites Mal. »Aber George hat es uns versprochen! Joseph sagt, dass Gerald und die anderen Stalljungen Phantom und Chastity heiraten lassen. Das will ich sehen.«

Charmaine fächelte sich mit den Händen Kühlung zu. Doch Georges Hustenanfall übertraf ihre Verlegenheit bei weitem. Der Keks schien in seiner Kehle festzustecken. »Ich glaube … ich verschwinde lieber … auf der Stelle …«, stotterte er und schlug sich mit der flachen Hand auf die Brust. »… Wenn Sie mich … entschuldigen wollen.«

Kaum dass er fort war, ließ Charmaine ihrer Empörung freien Lauf. »Welch ein abscheulicher Wunsch. Warum, in Gottes Namen, wollt ihr so etwas sehen?«

»Es interessiert mich eben.« Yvette zuckte die Schultern.

»Ich würde vorschlagen, dass du dich für etwas anderes interessierst. Auch wenn es dir nicht gefällt, Yvette, aber du bist eine junge Lady. Nicht einmal Gentlemen unterhalten sich über solche Sachen.«

»Welche Sachen?«

Charmaine stöhnte.

»Charmaine?«, fragte Paul, als er mit Dr. Blackford die Treppe heraufkam und von einem zum anderen sah. Yvette mied seinen Blick. »Worüber unterhalten sich Gentlemen nicht?«, bohrte er weiter, als ihm langsam der Zusammenhang dämmerte.

»Über Pferdehochzeiten«, klärte seine Schwester ihn ohne Zögern auf.

Charmaine hielt die Luft an, weil sie auf seinen Widerspruch gefasst war. Aber Paul überraschte sie. »Mademoiselle Charmaine hat recht. Gentlemen reden nicht über solche Sachen. Jedenfalls nicht öffentlich. Ich bin jedoch überrascht, dass du deiner Gouvernante Kummer machst. Das ist sicherlich nicht die richtige Art, seine Dankbarkeit auszudrücken. Wenn ich mich nicht irre, so hat sie doch heute einen Brief auf der *Destiny* abgeliefert, oder etwa nicht?«

Yvettes Augen verengten sich. Die Stille wurde immer unerträglicher. »Ich glaube, ich habe Hunger«, sagte Charmaine schließlich, um die Sache zu beenden.

Colette wischte Pierre gerade den Mund ab, als sie alle zusammen das Speisezimmer betraten. Agathas Augen leuchteten auf, als sie ihren Bruder erblickte. »Oh, Robert, du bist heute ja zeitig hier.« Er erwiderte ihren Gruß mit einem Lächeln, was nur selten vorkam.

Colette richtete sich auf. »Dr. Blackford«, sagte sie leise, »ich benötige Ihre Dienste heute nicht.«

Der Mann straffte die Schultern. »Madame, ich fürchte, diese Entscheidung liegt nicht in Ihrem Ermessen«, erwiderte er sichtlich gekränkt. »Ihr Mann erwartet, dass ich Ihre Gesundheit wiederherstelle, aber das kann ich nur, wenn ich Sie regelmäßig behandle. Ich war der Annahme, Sie hätten das verstanden, als wir uns auf die wöchentlichen Besuche verständigt haben.«

»Und ich sage jetzt, was ich verstanden habe, Robert«, entgegnete Colette heftig. »Bis zu Ihrer Ankunft am vergangenen Samstag habe ich mich wohlgefühlt, doch danach fühlte ich mich den Rest des Tages schrecklich elend. Dieser Zustand hat noch fast den ganzen Sonntag angedauert.«

Dr. Blackford war ehrlich gekränkt. Mit ernster Miene sah er Colette an. »Das muss die neue Dosierung sein. Die ist stark. Aber das muss so sein, da Sie sich ja weigern, das Mittel auch in meiner Abwesenheit zu nehmen.«

Colettes Blick schoss zu Agatha hinüber, und Dr. Blackford nickte bekräftigend. »Ja, es ist mir zu Ohren gekommen, wie widerspenstig Sie sein können. Wenn Sie vernünftig wären und das Elixier wie verschrieben einnehmen würden, könnten wir mit einer geringeren Dosis auskommen. Ich muss meine medizinischen Bücher und Zeitschriften zu Rate ziehen und sehen, was sich machen lässt.«

»Ziehen Sie zu Rate, wen oder was auch immer Sie wollen, lieber Doktor, aber heute werden Sie mich nicht behandeln.«

Agatha schnalzte mit der Zunge. »Die Gouvernante ist schuld daran.« Sie deutete auf Charmaine. »Die hat ihr den Kopf mit allerlei medizinischen Weisheiten vollgestopft.«

Colette runzelte die Stirn. »Ich weiß nicht, wovon du sprichst, Agatha. Aber ich weiß sehr genau, wie elend ich mich gefühlt habe.«

»Eben deswegen ist Robert ja hier. Denk an deine Kinder und daran, welche Auswirkungen es hat, sollte sich dein Zustand verschlimmern.«

Colette gab sich geschlagen, und Agatha nutzte das aus, um Charmaine erneut anzugehen. »Falls Miss Ryan der Meinung ist, dass mein Bruder unfähig ist, würde ich gern erfahren, womit sie das begründet.«

Jetzt ruhten aller Augen auf Charmaine. »Eine solche Behauptung habe ich niemals aufgestellt. Ich habe nur die Vermutung geäußert, dass die beste Medizin für Miss Colette vermutlich die Gesellschaft ihrer Kinder sei.«

Paul räusperte sich. »Warum verschieben wir den Besuch nicht einfach auf den kommenden Samstag, Robert? Inzwischen können Sie Ihre Bücher und Fachzeitschriften wälzen und die richtige Dosierung für Colette ermitteln. Und sie kann überprüfen, wie ihr die wöchentliche Pause bekommt.«

Dr. Blackford nickte kurz, packte seine Schwester am Arm und zog sie, bevor sie noch protestieren konnte, mit sich nach draußen.

Als Colette die Haustür ins Schloss fallen hörte, seufzte sie. »Ich danke dir, Paul.«

Er lächelte zuvorkommend und kam dann auf sein Anliegen zu sprechen. »Ich habe Stephen Westphal für heute Abend zum Dinner eingeladen. Vater ist mit dem Treffen einverstanden. Ich denke, du hattest recht. Es tut ihm gut, sich wieder mit den Angelegenheiten der Insel zu befassen.«

Colettes Augen leuchteten auf. »Hat Frederic gesagt, ob er auch mit uns essen wird?«

»Davon war nicht die Rede«, sagte Paul. »Bisher jedenfalls nicht.«

Charmaine und die Mädchen hatten ungefähr eine Stunde lang zu tun, um ihre Habseligkeiten in das neue Zimmer zu räumen. Da Charmaine das Ankleidezimmer nicht benutzen wollte, ließ sie den großen Schrank von George und Travis in ihr Schlafzimmer räumen, damit sie ihre Kleidung jederzeit griffbereit hatte. Nachdem die Mädchen auch das letzte Taschentuch eingeräumt hatten, traten sie einen Schritt zurück und betrachteten ihr Werk.

Den gestrigen Tag über hatte man den Raum gelüftet, und inzwischen waren alle männlichen Attribute verschwunden. Hauchzarte Vorhänge ersetzten die schweren Vorhänge an den französischen Fenstern, und der dunkle Quilt auf dem Bett hatte einer daunenweichen leichten Steppdecke weichen müssen. Außerdem hatte Colette auch Johnnys persönliche Sachen entfernt. Charmaine betete, dass Paul und George recht behielten und John wirklich nicht mehr nach Hause kam. Trotzdem fand sie Colettes Vermutung, dass er entsetzt wäre, wenn man seine Zimmer ausgerechnet an die Gouvernante vergeben hätte, überaus beunruhigend.

Als die Zeit des Dinners näher rückte, erklärte Colette ihren Töchtern, dass sie einen Gast erwarteten, und die Mädchen versprachen, sich gut zu benehmen. Als sie das Speisezimmer betraten, saßen Paul und Stephen bereits am Tisch. Sie hatten eine ganze Stunde in Frederics Räumen verbracht, doch wie Paul vorhergesagt hatte, kam sein Vater nicht zum Dinner herunter. Colette war verärgert, als sie sah, dass Agatha an Pauls linker Seite und gegenüber von Stephen Platz genommen hatte, sagte aber nichts. George war weniger zimperlich, als er verspätet zu Tisch kam. »Sie sitzen auf meinem Platz, Mr. Westphal«, bemerkte er taktlos.

»Aber, Mr. Richards«, entrüstete sich Agatha. »Stephen ist heute Abend Pauls Gast und hat Wichtiges mit ihm zu besprechen. Außerdem gibt es ja noch genügend andere Stühle.«

George errötete, schluckte den Protest aber hinunter. Stattdessen wählte er einen Platz in Charmaines Nähe und strafte das obere Ende der Tafel von da an mit Missachtung. Das aufwändige Mahl wurde aufgetragen, und obgleich George den Gerichten mit Wonne zusprach, brodelte der Hass auf Agatha in ihm.

Agatha Ward – wie sehr er diese Person hasste! Solange er zurückdenken konnte, waren John und er ihr ein Dorn im Auge. Wenn sie zu Besuch auf Charmantes gewesen war, waren sie ihr nach Möglichkeit aus dem Weg gegangen. Der höfliche Paul jedoch, der Augapfel seines Vaters, war vom ersten Moment an ihr Liebling. Agatha wollte sich bei Frederic einschmeicheln, und da Paul Frederics Favorit war, zog sie ihn ebenfalls den anderen vor. Aber heute schien sich etwas zusammenzubrauen! *Heute? Bah! Das ging schon seit Monaten so.* Vielleicht wegen Frederics Krankheit? Oder war Pauls gutes Aussehen der Grund? Verlagerte sich Agathas Aufmerksamkeit etwa vom Vater auf den Sohn? George schnaubte voller Abscheu. Sollte er den Freund warnen, bevor die Alte ihre Krallen zu tief in ihn eingrub? Wieder schnaubte er. *Heute Abend hat er mich nicht verteidigt, hat die Vogelscheuche nicht in ihre Schranken verwiesen, wie John das getan hätte. Nein, ich werde nicht mit ihm über Agatha Ward sprechen.*

Während das Mahl seinen Fortgang nahm, entwickelte sich eine lebhafte Unterhaltung. Die Geschäfte der Duvoisins interessierten nur am Rande, obwohl Agatha die Unterhaltung mehrfach in diese Richtung zu lenken suchte. Doch Paul mochte weder über den Ertrag der Zuckerrohrernten noch über den Schiffshandel sprechen. Irgendwann wurde klar, dass er entweder verhindern wollte, dass Agatha Genaueres über die Vorgänge auf der Insel erfuhr, oder dass er die wichtigen Einzelheiten bereits mit seinem Vater erörtert hatte.

Charmaine sah Colette an. Obwohl sie die perfekte Gastgeberin spielte, schien sie innerlich erregt zu sein. Zuerst dachte Charmaine, dass Pierre schuld sei, weil er nur mit seinem Essen spielte. Doch dann fiel ihr Blick auf George, und sie entdeckte denselben Ausdruck auch bei ihm. George tat ihr leid, weil er Agathas Tadel nicht verdient hatte.

Um ihn ein wenig aufzuheitern, unterhielt sie sich mit ihm und freute sich, als er irgendwann spitzbübisch grinste. Sie lachten gemeinsam über seine geflüsterten Bemerkungen. »Ich denke, dass Agatha und Stephen ein gutes Paar abgäben. Er sieht aus wie ein stolzer Gockel. Vielleicht würde er sich gern von einer Glucke zu Tode picken lassen.«

Die Fröhlichkeit am Ende der Tafel störte Paul. Er warf George einen ärgerlichen Blick zu, aber der neigte sich gerade zu Charmaine und bemerkte es nicht. Charmaine dagegen nahm seinen Blick wahr und richtete sich auf. Auf ihre Reaktion hin drehte auch George sich um und sah Pauls Blick.

Als die stumme Botschaft endlich angekommen war, wandte Paul sich wieder an Stephen Westphal. »Sagen Sie, Stephen, haben Sie Neuigkeiten von Anne?«

Der Mann schluckte, dann tupfte er seine Lippen mit der Serviette ab. »Ja, natürlich. Sie ist guter Stimmung und hat inzwischen die Witwenkleider abgelegt.«

»Anne London ist Stephens Tochter«, erläuterte Paul für alle, die es hören wollten. »Sie lebt in Richmond und ist vor kurzem verwitwet – im vergangenen Jahr, soviel ich weiß?«

Der Bankier blickte in die Runde und wurde zusehends redseliger. »Letztes Jahr im Mai. Anfangs war sie sehr verzweifelt, aber zum Glück hat ihr Charles, Gott schenke seiner Seele Frieden, ein kleines Vermögen hinterlassen, wofür sie ihm sehr dankbar ist. Inzwischen geht sie auch schon wieder unter Menschen. Ich habe ihr natürlich zur Vorsicht geraten, falls ihr jemand den Hof macht. Sie sollte darauf gefasst sein, dass es die meisten nur auf ihr Geld abgesehen haben.

»Wetten, dass«, murmelte George und entlockte Charmaine ein Kichern.

Paul warf ihnen erneut einen finsteren Blick zu.

Charmaine errötete, und Yvette fragte: »Was ist daran so lustig?« Sie war erleichtert, als Agatha sich einmischte.

»Und hat Ihre Tochter inzwischen einen Verehrer, Stephen?«

»Ich sollte es eigentlich nicht verraten.« Er lachte ein wenig, als er von einem zum anderen sah und sein Blick schließlich bei Paul hängenblieb. »Aber in ihrem letzten Brief schreibt sie, dass Ihr Bruder ihr den Hof macht.«

Paul war überrascht. »John? John macht Anne den Hof?«

»So schreibt sie.«

»Johnny?«, fragte Yvette. »Kennt Ihre Tochter meinen großen Bruder?«

Als Stephen antworten wollte, fiel ihm Agatha ins Wort. »Kinder soll man sehen, aber nicht hören. Dies ist eine Unterhaltung der Erwachsenen, junge Lady.«

Colette riss die Geduld. »Agatha, wie du weißt, bin ich Yvettes Mutter – und ich ermahne sie, wenn ich das für nötig halte.« Dann wandte sie sich an Stephen. »Mr. Westphal, bitte beantworten Sie die Frage meiner Tochter.«

»Ja.« Der Mann räusperte sich, da ihm die Situation zu peinlich war. »Meine Tochter kennt deinen großen Bruder. Sie schreibt sehr nett von ihm. Vielleicht wird sie ja eines Tages deine Schwägerin.«

Colettes Lächeln reichte nicht bis in ihre Augen. »Sagen Sie, Mr. Westphal, hatten Ihre Tochter und Ihr verstorbener Schwiegersohn Kinder?«

»Nein, Madame.« Mr. Westphal war überrascht. »Im Grunde wollte Anne keine Kinder, und ich denke, das war letzten Endes gut so. Warum fragen Sie?«

»Das ist mir nur so eingefallen.« Sie trank einen Schluck Wein. Dabei wanderte ihr Blick zu Paul, der sie kurz ansah, bevor er sich wieder seinem Teller zuwandte.

Die restliche Mahlzeit verlief ohne Zwischenfälle. Als Charmaine sich sehr viel später am Abend zurückzog, dachte sie nicht länger an Stephen Westphal, Anne London oder Agatha Ward, sondern an die Harringtons, an George und an Paul. In der ersten Nacht im neuen Bett würde sie wunderbar träumen, denn die Kissen waren weich, die Matratze war breit und die Decke in der kühlen Nachtluft angenehm warm. Sie überwand sich und ließ sogar die französischen Türen offen, bevor sie einschief.

Paul und Agatha begleiteten Stephen noch zu seinem Wagen und stiegen dann die Treppen zu ihren jeweiligen Räumen empor, während Colette und George noch im Wohnraum saßen. »Ich muss mit dir reden«, sagte Colette, als George sich ebenfalls zurückziehen wollte.

Er unterdrückte ein Gähnen. »Und worüber?«

»Hast du bemerkt, dass Agatha Paul schöne Augen macht?«

Er musste lachen. »Ist dir das auch aufgefallen? Ich wollte ihn eigentlich deswegen warnen. Ehrlich, ich habe darüber nachgedacht.« Angeekelt schüttelte er den Kopf. »Heute Abend hätte ich ihr den Hals umdrehen können! Was fällt dieser Frau ein, so mit mir zu reden!«

»Ich weiß, George. Ich war ebenfalls empört. Außerdem gefällt mir nicht, wie sie Paul ansieht. Seit Wochen versuche ich mir einzureden, dass ich mich täusche. Doch als sie heute Abend nebeneinander am Kopf der Tafel saßen und sie sich immer wieder zu ihm gebeugt und jedes seiner Worte förmlich aufgesaugt hat, war mir klar, dass ich mich nicht irre.«

»Mach dir keine Sorgen, Colette. Paul wird sich nicht in Agatha Ward verlieben. Und selbst wenn – was macht das schon?«

»*Was das macht?* Glaubst du, dass ich sie in alle Ewigkeiten hier im Haus ertrage? Sie ist mindestens zehn Jahre älter als er.«

»Eher zwanzig. Elizabeth war schließlich die jüngere der beiden Schwestern! Wenn ich mich nicht irre, war sie bei Johns Geburt achtzehn Jahre alt. Demnach müsste Agatha um die fünfzig sein.«

»Was man ihr nicht ansieht. Sie ist noch immer eine schöne Frau.«

George schnaubte verächtlich. »Das sind doch nur Äußerlichkeiten, Colette. Paul achtet auf mehr als nur auf Schönheit.«

Colette rieb sich die Stirn. »Bisher hat er sich noch nie für sie interessiert.«

»Quäl dich doch nicht so, Colette«, tröstete er sie, als er merkte, wie durcheinander sie war. »Ich verstehe nicht, wie sich ein Mann überhaupt für sie interessieren kann. Sie ist schlicht grausam. Und Paul gefällt eure Gouvernante sowieso besser. Hast du bemerkt, wie finster er mich heute angesehen hat. Das ist seine Art, mir zu zeigen, dass sie ihm ›gehört‹. Das geht jetzt schon seit zwei Wochen so. Wenn du also etwas Abstand zwischen Paul und Agatha schaffen willst, dann sorge dafür, dass Charmaine bei Tisch neben ihm sitzt. Er wird dann keine andere mehr anschauen. Das garantiere ich.«

Colette zwang sich zu einem Lächeln, und George wusste, dass er sie nicht überzeugt hatte.

»Ich werde mit ihm darüber sprechen. Ist es das, was du möchtest?«

»Ich weiß nicht recht, George… Jedenfalls weiß ich, dass Agatha Ward aus meinem Leben verschwinden soll.«

George nickte verständnisvoll.

Viel später im Bett sann Colette über ihre Zwangslage nach. Wenn sie doch nur noch wie im ersten Jahr ihrer Ehe mit ihrem Mann reden könnte. Damals waren sie glücklich gewesen und gut miteinander ausgekommen, nachdem die ersten stürmischen Monate vorüber waren. Was war geschehen? Die Zwillinge… Ja, die Zwillinge waren zur Welt gekommen, und man hatte ihr verboten, weitere Kinder zu bekommen. Frederic war ein leidenschaftlicher Mann, und das Verbot hatte ihre Beziehung belastet. Wie oft hatte sie damals seinen Blick bemerkt, obwohl er sie kein einziges Mal geliebt hatte. Aber das war nicht alles. Bei weitem nicht. Frederic hatte sich immer nach den drei schlichten Worten aus ihrem Mund gesehnt, die er so oft hervorgestoßen hatte, wenn er in ihren Armen zum Höhepunkt gelangt war. Warum hatte sie ihm die Liebe vorenthalten, nach der er sich so sehr sehnte? Die Liebe, die sie längst für ihn empfand? Warum hatte sie ihm nie gesagt, dass sie ihn liebte? *Weil ich Angst hatte, weil ich befürchtete, dass er noch mehr Macht über mich gewinnen könnte!* Also hatte sie geschwiegen und ihn das Schlimmste glauben lassen. Dass sie noch immer böse auf ihn sei, dass sie ihn hasse. Und dann war etwas geschehen… Agatha Ward war zu Besuch gekommen, und Agatha Ward hatte den Weg in Frederics Bett gefunden. Und Colette war verzweifelt und allein geblieben.

Und nun waren ihre Sorgen wieder aufgeflammt. Sie hatte angenommen, dass Agatha noch immer Frederics Umarmungen suchte, doch sie hatte sich getäuscht. Offenbar hatte Frederics Behinderung sie gestört. War Paul jetzt ihr neues Ziel? Allein bei dem Gedanken schüttelte sich Colette. Nicht dass Pauls sexuelle Neigungen sie interessierten. Doch sie fürchtete ein längeres Verhältnis zwischen den beiden. Die Frau war verschlagen und durchaus fähig, einen jungen Mann nach ihrer Vorstellung zu manipulieren. Heute war Colette noch stark genug, um Agatha entgegenzutreten. Doch was würde morgen sein? Was sollte aus ihren Kindern werden, wenn sie schwächer wurde oder, noch schlimmer, womöglich nicht mehr da war, um sie zu beschützen? Wenn Agatha eine mächtigere Position im Haus der Duvoisins erreichte, würden ihre Kinder darunter leiden. Colette betete zu Gott, dass sie sich irrte, aber die Antwort wollte sie nicht abwarten. Um Charmaine nicht den Wölfen zum Fraß vorzuwerfen, hatte sie Paul das Versprechen abgenommen, die junge Gouvernante zu respektieren. Vielleicht würde er ja eines Tages ihr wunderbares Wesen entdecken. Nun gut! Colette seufzte und schloss endlich ihre Augen. *Bevor Agatha sich daran gewöhnen konnte, neben Paul zu sitzen, gab es von morgen an eine neue Sitzordnung an Colettes Tisch. Sollte Agatha ruhig wütend werden.*

6

Freitag, 16. Dezember 1836

An diesem Freitag wurde Charmaine neunzehn Jahre alt, aber niemand im Haus wusste davon.

Sobald sie angekleidet war, ging sie ins Schlafzimmer der Kinder. Die Mädchen schliefen noch, doch Pierre schien ihr Kommen gespürt zu haben. Er setzte sich auf, rieb sich die Augen und streckte die Ärmchen nach ihr aus. Und sie liebkoste ihn, wie sie das jeden Morgen tat. Inzwischen war ihr Pierre wie ein eigenes Kind ans Herz gewachsen, und er erwiderte ihre Gefühle und ertrug durch dieses feste Band die häufige Abwesenheit seiner Mutter ein wenig besser.

Mit Colettes Gesundheit ging es bergab. Robert Blackford hatte seine Bücher und Fachzeitschriften zu Rate gezogen und Colette eine stärkere Arznei verschrieben. Im Lauf des Oktober hatte sich das Befinden seiner Patientin ständig gebessert, und nach Dr. Blackfords samstäglichen Besuchen hatte sie sich sehr stark gefühlt. Im letzten Monat hatte sich jedoch die Müdigkeit des letzten Sommers wieder eingestellt. Charmaine beobachtete, dass Colettes Wangen gegen das Wochenende hin immer bleicher wurden und ihre Kräfte merklich nachließen. Außerdem klagte sie häufig über Kopfschmerzen und Schwindel, sodass sie den Samstag und eine weitere Dosis ihrer Arznei kaum erwarten konnte. Oft musste sie sogar die Freitage mit den Kindern ausfallen lassen, weil sie zu krank war.

Umso überraschter war Charmaine, als Colette an diesem Freitagmorgen ins Kinderzimmer kam und versicherte, dass sie sich stark wie ein Baum fühle. »Ich denke, dass mir der gestrige Besuch des Arztes gutgetan hat. So ungern ich es zugebe, aber vielleicht sollte ich wirklich einem zweiten Besuch pro Woche zustimmen.«

Wenn die Erfolge doch nur anhielten, dachte Charmaine und lächelte der Freundin aufmunternd zu. Während der letzten beiden Monte waren sie einander so nahe gekommen, dass sie sich ein Leben ohne Colette gar nicht mehr vorstellen konnte. Das ähnliche Alter hatte sicher großen Anteil daran, aber darüber hinaus verband die beiden Frauen eine unausgesprochene tiefe Sympathie.

»Guten Morgen, mein kleiner Pierre.«

Der Kleine streckte seiner Mutter die Ärmchen entgegen, und als sie sich auf dem Bett niedergelassen hatte, setzte Charmaine ihr den Jungen auf den Schoß. »Mama, ich hatte Sehnsucht nach dir!«

Colette lachte leise. »Aber wann denn? Du hast doch geschlafen, *mon caillou.*«

»Ich habe geträumt. Du warst weit weg, und ich habe gerufen«, antwortete er ernst. »Ich hatte Angst.«

»Du lieber Himmel«, sagte Colette und tat besorgt. »Was ist dann passiert?«

»Ich konnte dich zwischen den vielen Leuten nicht finden. Jemand hat mich gerufen, aber ich hatte Angst und bin weggerannt.« Plötzlich glättete sich seine sorgenvolle Miene, und er strahlte. »Aber ich habe dich gefunden.«

»Und wo war ich?«

»Im Himmel«, verkündete er glücklich. »Dort war es schön.«

Charmaine überlief eine Gänsehaut, aber Colette ließ das unberührt. Sie drückte den Kleinen an sich und lachte.

»Oh, Pierre! Irgendwann sind wir alle im Himmel. Zusammen mit all denen, die wir lieben. Der Himmel ist ein wunderbarer Ort.«

Als die Kinder angezogen waren, gingen sie zum Frühstück hinunter. Paul saß noch am Tisch, was sehr ungewöhnlich war. Normalerweise war er längst unterwegs, bevor sie die Augen öffneten, und er kam für gewöhnlich nicht vor dem Abend zurück.

Auf Colettes Bitte hin setzte sich Charmaine direkt neben Paul. Vor zwei Monaten hatte sie sich zum ersten Mal zögernd auf den neuen Platz gesetzt. Doch sie hatte den ersten Tag heil überstanden und ebenso den nächsten. Heute konnte sie sagen, dass es eine Freude war, neben Paul zu sitzen. Seit ihrer gemeinsamen Fahrt in die Stadt benahm er sich wie ein Gentleman. Und auch wenn sie ab und zu seinen abschätzenden Blick bemerkte, so hatte er sie doch kein einziges Mal mehr in Verlegenheit gebracht. Sie fühlte sich so geborgen, wie er es versprochen hatte. Seine Annäherungsversuche waren Vergangenheit, und inzwischen konnte Charmaine sogar, ohne zu erröten, einen ganzen Abend in Pauls Gesellschaft verbringen. Colette freute sich über die wachsende »Freundschaft« zwischen den beiden, und Charmaine fragte sich zuweilen, ob ihre Freundin die Kupplerin spielen wollte.

»Was hat dich denn so lange aufgehalten?«, fragte Colette, während sie Pierre in sein Stühlchen half.

»Ich war zeitig in der Stadt und bin schon wieder zurück. Ich muss etwas Wichtiges mit Vater besprechen.«

Seine Stimme klang hart. Er schien wütend zu sein. Seine Finger trommelten auf einen Stapel Briefe, die neben seinem Teller lagen. Charmaine fragte sich, ob diese für seinen Ärger verantwortlich waren.

»Ist etwas passiert?«, fragte Colette besorgt.

»Es geht um meinen Bruder.«

Yvette spitzte die Ohren. »Um Johnny? Hat er dir geschrieben?«

»Das kann man wohl sagen.« Paul blätterte durch den Stapel und zog zwei Umschläge hervor. »Hier, für Yvette und für Jeannette. Wenigstens ihr sollt heute eure Freude haben.«

»Von Johnny?«, fragte Jeannette und strahlte von einem Ohr zum anderen, als sie die Post entgegennahm.

»Weshalb bekommt sie auch einen Brief?«, schmollte Yvette. »Schließlich habe ich ihm geschrieben!«

»Aber, aber, Yvette. Nur kein Neid«, mahnte Colette. »Das ist nicht gut. Außerdem hast du ja auch einen Brief bekommen. Liest du ihn uns vor?«

Das Mädchen rümpfte die Nase. »Ein Brief ist Privatsache. Deshalb wollte ich ja lesen und schreiben lernen. Erinnerst du dich? Damit Johnny mir schreiben kann.«

»Also gut«, erwiderte Colette. »Vielleicht ist Jeannette ja so nett?«

Die Kleine überlegte eine ganze Weile. »Nein, Mama«, flüsterte sie, »mein Brief ist auch geheim.«

Da Colette bei den Zwillingen nicht weiterkam, wandte sie sich an Paul. »Was hat John dieses Mal angestellt?«

Paul schwieg. Wenn Charmaine es nicht besser gewusst hätte, hätte sie annehmen können, dass das Thema damit ausgestanden sei. Doch sie hatte gelernt, in seiner Miene zu lesen. Er war noch genauso wütend wie zuvor und sah so finster drein wie damals, als er mit Jessie Rowlan, dem Hafenarbeiter, gestritten hatte.

Colette butterte einen Toast und gab ihn ihrem Sohn. »Langsam, langsam, *mon caillou*«, flüsterte sie, als er ihn gierig verschlang. »Mach nicht so große Bissen, damit du dich nicht verschluckst.« Pierre wollte etwas sagen, aber sein Mund war so voll, dass man ihn nicht verstehen konnte. Lächelnd schüttelte Colette den Kopf.

Dann sah sie wieder zu Paul hinüber. Offenbar konnte sie das Thema nicht auf sich beruhen lassen. »Nun?«

»John hat die Schiffsrouten geändert«, antwortete er knapp. Mit diesen Worten schob er den Stapel wieder auseinander und zog einen Brief hervor, der an Charmaine adressiert war. »Deswegen ist so lange keine Post gekommen.« Er klopfte auf den Umschlag, bevor er ihn ihr hinschob. »Früher kamen die Schiffe aus Virginia auf direktem Weg nach Charmantes. Doch nach Johns Plänen segeln sie in Zukunft zuerst nach Europa und kommen erst auf dem langen Rückweg nach Virginia hier vorbei. In Zukunft müssen wir also entsprechend lange auf Post und Versorgungsgüter warten.«

»Und warum?«, fragte Charmaine.

»John stiftet gern Unruhe.«

»Das ist nicht wahr«, widersprach Colette.

»Ach ja?«, fuhr Paul sie unbeherrscht an.

Charmaine war verblüfft. So hatte Paul noch nie mit Colette gesprochen.

Aber Colette blieb ruhig. »Wenn John diese Änderungen vorgenommen hat, so hatte er sicher Gründe.«

»Warum verteidigst du ihn immer?«, brummte Paul, was Charmaine verblüffend an Frederics Frage beim Geburtstag der Mädchen erinnerte.

»Ich verteidige ihn nicht«, wandte Colette diplomatisch ein. »Ich stelle nur etwas fest. John ist der Erbe des Familienvermögens. Warum sollte er genau das aufs Spiel setzen und Routen einführen, die den Unternehmungen der Duvoisins schaden?«

Ihre Logik ärgerte Paul. »Für seine Winkelzüge bist du offenbar blind. Damit erübrigt sich jede weitere Diskussion.«

»Aber Paul. John und du – ihr wart euch immer so nah.« Sie ließ sich auch durch seine wütenden Blicke nicht einschüchtern. »Warum entzweit ihr euch wegen organisatorischer Probleme? Wenn ich an euch drei, George eingeschlossen, denke, dann kann ich nicht glauben, was ich sehe und höre.«

»Ich sagte bereits, dass ich das nicht diskutieren möchte!«

Colette seufzte, verfolgte die Sache aber nicht weiter.

Yvette beeilte sich mit dem Frühstück und lief los, um sofort einen neuen Brief zu schreiben.

»Aber du hast Unterricht«, rief ihre Mutter ihr nach.

Im Lauf der Zeit hatte sich eine gewisse Routine eingestellt. Nach dem Frühstück kehrten die Kinder ins Spielzimmer zurück, wo zwei Stunden lang gelesen und gerechnet wurde. Oder sie beschäftigten sich mit Erdkunde oder der Weltgeschichte. Wenn Paul oder Frederic da waren, wurden sie über die neuesten Schiffe, die im Hafen ankerten, und ihre Routen befragt. Nach dem Mittagessen hatten die Mädchen Klavierstunden, während Pierre sein Schläfchen hielt. Meistens hörte Colette ihren Töchtern zu und freute sich über ihre Fortschritte, oder sie zog sich in ihre Räume zurück, um ein wenig zu ruhen. Der späte Nachmittag wurde für gewöhnlich im Freien verbracht. Inzwischen war der regnerische Herbst vorüber und das Wetter wunderschön. Die Luft war zwar kühler als im Sommer, doch mit den Wintern in Virginia ließ sich dieser Winter nicht vergleichen. Da die Kinder in der Obhut ihrer Gouvernante bestens aufgehoben waren, hatte Nana Rose mehr Zeit für sich selbst. Auch wenn Charmaine mit den Mädchen in die Stadt fuhr oder ein Picknick plante und Pierre zu Hause blieb, war auf die alte Kinderfrau Verlass. Und das erst recht, wenn Colette einmal unpässlich war.

Charmaine erhob sich. Paul hatte kein Wort mehr gesagt und blätterte in einer Zeitschrift, die zusammen mit den Briefen gekommen war. »Vielen Dank«, sagte sie leise.

Es dauerte einen Moment, bevor er den Kopf hob und

begriff, dass sie etwas gesagt hatte. »Verzeihung?« Er war ernst, aber die Wut schien verraucht.

»Ich habe mich für den Brief meiner Freunde bedankt.«

»Gern geschehen, Charmaine. Ich hoffe, es geht allen gut?«

»Das werde ich in wenigen Minuten wissen. Wie viel schulde ich Ihnen für das Porto?«

»Nichts.« Er lächelte. »Das wird vom Inselkonto bezahlt.«

»Sicher?«

»Aber ja.«

Sie bekräftigte ihren Dank mit einem Nicken und rief mit klopfendem Herzen nach Jeannette. »Komm, meine Süße, es ist Zeit für den Unterricht.«

Jeannette nahm ihren Brief und folgte Charmaine. Hinter Colettes Stuhl blieb sie stehen, als ob sie etwas vergessen hätte. Dann schlang sie ihrer Mutter die Arme um den Hals und krönte die Geste mit einem Kuss.

Überrascht lachte Colette. »Und womit habe ich das verdient.«

»Das ist auch ein Geheimnis«, flüsterte Jeannette und stürzte auf ihren kleinen Bruder.

Der wehrte sich, bis Colette ihn mit tränenerstickter Stimme ermahnte: »Deine Schwester will dir doch nur einen Kuss geben.« Als sie Pierre aus dem Stühlchen half, war der Moment schnell vorüber. »Bitte, sprich mit deinem Vater nicht über John. Es regt ihn zu sehr auf.«

Paul runzelte die Stirn. »Aber das alles hängt mit ihm zusammen! Ich kann doch nicht so tun, als ob er nicht existiert – jedenfalls nicht, solange er von Richmond aus unsere Geschäfte kontrolliert.«

Jedes weitere Wort war umsonst. Colette nahm Pierre an der Hand und folgte Charmaine und Jeannette.

Später, als die Mädchen arbeiteten und Pierre mit den

Klötzchen spielte, fand Charmaine Zeit zum Nachdenken. *John Duvoisin.* Sobald sein Name fiel, gerieten die Gefühle in Wallung. Die Männer der Familie sprachen von ihm wie von einem Gegner, aber die Frauen schienen in ihm nur den Erben des Hauses zu sehen. Ob sie ihn wohl einmal kennenlernen würde, um sich eine eigene Meinung bilden zu können?

»Mademoiselle Charmaine?«, fragte Jeannette mitten in ihre Gedanken hinein. »Sie haben Ihren Brief noch gar nicht gelesen. Sehen Sie, er liegt hier unter meinen Sachen.«

Charmaine war beschämt. Fast einen Monat lang hatte sie sich über die verspätete Post beklagt – doch nun, da sie den Brief in Händen hielt, träumte sie von jemandem, den sie nicht einmal kannte! Leise lachend öffnete sie das Siegel, und dann erfuhr sie zu ihrer Freude, dass es dem Clan der Harringtons bestens ging. Der Brief war ein Geschenk zu ihrem Geburtstag, und sie nahm sich vor, ihn gleich heute Abend zu beantworten.

Als Paul die Räume seines Vaters betrat, nickte er Travis zu, damit er sie allein ließ. Frederic Duvoisin saß in dem Sessel und starrte durch die französischen Türen über die Wiese hinweg bis zu dem kleinen Kiefernwald, der den Privatsee der Familie umgab. Dahinter folgte der Ozean und noch weiter entfernt lagen die Vereinigten Staaten – und Virgina. »Du musst mit mir sprechen?«, sagte er, ohne seinen Blick abzuwenden.

»Ja, Sir«, antwortete Paul und setzte sich zwischen Frederic und die Terrassentür. Als sein Vater aufsah, reichte er ihm die Schriftstücke, die er mitgebracht hatte. »John hat den größten Teil unserer Schiffsrouten geändert.«

»Und weshalb?«

Seltsame Frage … Eigentlich hatte Paul eine wütende

Reaktion erwartet. »Seinem Brief zufolge wegen veränderter Handelsgewohnheiten. Bisher war das niemals Grund genug gewesen – vor allem wegen unseres Güterbedarfs nicht.«

Frederic sah die Schriftstücke gar nicht an. »Und worin bestehen die Veränderungen?«

»Er hat zwei neue Routen eingerichtet: Die erste von Richmond über Europa und Charmantes zurück nach Virginia, und eine zweite von Richmond über New York und Europa direkt nach Virginia. In Zukunft wird also nur noch die Hälfte unserer Flotte Charmantes anlaufen, und auch das erst auf dem Rückweg von Europa nach Virginia. Die wichtigen Güter für die Inseln werden also immer zuerst nach Europa transportiert. Das ist lächerlich. Obendrein muss jede Zuckerlieferung, die nach New York gehen soll, in Richmond umgeladen werden.«

»Ist die Entscheidung in jedem Fall unklug?«

»Auf jeden Fall ist sie ärgerlich, Vater«, schimpfte Paul. »John sucht nur nach einer Ausrede, um den Karren in den Dreck zu fahren. Das ist seine Art, sich zu rächen.«

Frederic rieb sich die Brauen. »Das sind harte Worte.«

»Jetzt fehlt nur noch, dass ausgerechnet *du* ihn verteidigst!« Als Frederic unwillig die Brauen runzelte, lenkte Paul ein. »Es ist nicht meine Absicht, Unfrieden zu stiften, Vater. Aber ich habe es satt, dass John *alles* bestimmt – und zwar allein nach seinem Gutdünken, möchte ich noch hinzufügen.«

Die Stille dehnte sich, und Paul konnte beobachten, wie es hinter Frederics Stirn arbeitete. Seinem Intellekt hatte der Schlaganfall nichts anhaben können, auch wenn er seinen Körper zerstört hatte. In Gedanken an Colettes Bitte bemühte sich Paul um Aufrichtigkeit. »Um ehrlich zu sein, könnte John die Routen auch aus einem anderen Grund geändert haben.«

Frederic war überrascht. »Ach ja? Und aus welchem?«

»In den beiden letzten Jahren war der Ertrag der Zuckerernte jammervoll gering. Oft genug musste ich die Schiffe halbleer nach Richmond zurückschicken. Um der wachsenden Nachfrage gerecht zu werden, haben wir Felder bepflanzt, die eigentlich hätten brachliegen sollen. Trotzdem hatten wir in diesem Jahr nur zwei Drittel des Ernteertrags von vor drei Jahren. Und das trotz vergrößerter Anbaufläche. Das Land ist fruchtbar, doch es verlangt eine weniger intensive Bewirtschaftung, damit es sich erholen kann. Entweder setzen wir ein oder zwei Jahre lang aus, oder wir stellen mehr Flächen auf Tabak um.«

Frederic protestierte unwillig. »Tabak laugt das Land genauso aus. Außerdem zieht das größere Umstellungen nach sich, was Arbeitskräfte, Gerätschaften und Lagerräume angeht. Selbst wenn wir damit Erfolg hätten, würden wir das Vermögen der Duvoisins auf eine einzige Karte setzen. Ich will mich nicht von einer einzigen Ernte abhängig machen. Virginia behält seinen Tabak, und Charmantes produziert weiterhin hauptsächlich Zucker.«

Verzweifelt hob Paul die Hände. »Der Tabak war doch nur ein Vorschlag, weil wir auf diesem Gebiet Erfahrung besitzen. Ohne tiefgreifende Änderungen stehen Charmantes große Schwierigkeiten bevor. Im Augenblick gehen die Ernteerträge jedenfalls zurück.«

»Ich sehe genau, dass du noch an anderes denkst. Was ist es?«

Paul musste tief durchatmen. »Du solltest auf die kleinere Insel zurückkehren und vollenden, was du vor vier Jahren dort begonnen hast.«

Frederics Miene verfinsterte sich. »Dieses Land ist verflucht.«

»Das ist doch lächerlich, Vater. Was auf Charmantes geschehen ist, hat doch nichts mit Espoir zu tun.«

»Wenn ich hier gewesen wäre …«

Paul wurde wütend. »Wir werden das nicht noch einmal diskutieren, Vater! Was vergangen ist, ist vorbei! Aber dieses Land ist da. Und es ist fruchtbar und zum Teil schon gerodet. Du hast bereits eine Unterkunft für die Arbeiter errichtet – und einen Anleger. Das Land wartet nur darauf, endlich genutzt zu werden!«

»Dann mach du es«, unterbrach Frederic seinen Sohn.

»Wie bitte?«

»Du hast mich genau verstanden. Ich schenke dir die Insel. Sie gehört dir, Paul. Mach damit, was immer du möchtest.«

Ungläubig runzelte Paul die Stirn. »Ist das dein Ernst, Vater? Du lässt mir wirklich freie Hand?«

»Ich tue noch mehr als das. Ich gebe dir außerdem genügend Geld, um drei Schiffe in Auftrag zu geben – deine eigenen Schiffe, die deinen Zucker transportieren. Für die Fahrten zwischen Espoir und Charmantes wirst du noch ein viertes Schiff brauchen. Eventuell kannst du ja ein kleineres Lastboot kaufen. Vielleicht ein altes. Außerdem stelle ich dir Mittel zur Verfügung, um eine erfahrene Mannschaft anzuwerben. Wie viele Männer wirst du brauchen? Zwanzig, dreißig?«

»Zwanzig sind mehr als genug«, stieß Paul hervor, dem vor Staunen der Mund offen stand.

»Also gut, dann zehn«, fuhr Frederic fort. »Sorge für ein Treffen mit Stephen Westphal. Wir müssen Vermögenswerte auflösen und Papiere verkaufen. Unser Banksiegel und der Name Duvoisin haben in den Staaten und auch in Europa einiges Gewicht, also schlage ich vor, die Schiffe in Newport's News oder in Baltimore in Auftrag zu geben. Du solltest auch mit Werften in New York sprechen. Wenn die Kosten im Süden zu hoch ausfallen, kannst du ihnen die New Yorker Schätzungen vorlegen.«

»Amerikanische Schiffe? Aber die britischen Tarife …«

»Die Baukosten in den Staaten liegen auf jeden Fall zwanzig Prozent unter den britischen. Nach allem, was ich gelesen habe, können die europäischen Werften nicht mit dem amerikanischen Holzreichtum mithalten. Außerdem kannst du einen beträchtlichen Nachlass aushandeln, wenn du gleich drei Schiffe in Auftrag gibst. Das allein dürfte bereits die britischen Zölle aufwiegen. Die neuesten Schnellsegler haben ihre Bewährungsprobe längst bestanden, und die Werften in den Staaten arbeiten ständig an ihrer Weiterentwicklung. In Zukunft wird allein die Schnelligkeit der entscheidende Faktor sein.«

»Was hältst du vom Dampfantrieb im Vergleich zur vollen Takelage?«, fragte Paul, der immer aufgeregter wurde. »Er vermindert die Überfahrtszeiten um die Hälfte. Ich hätte gern deine Erlaubnis, mich auch auf diesem Gebiet umzusehen.«

Frederic nickte. »Auf jeden Fall. Du musst ja wegen der Arbeitskräfte ohnehin nach England. In der Zeit könntest du mit der Harrison-Werft sprechen. Sie sind Vorreiter, was den Schaufelradantrieb angeht. Vielleicht kannst du von ihnen Informationen über ihre Erfahrungen mit ihrer Dampferflotte erhalten. Wenn du so begeistert bist, wie es mir scheint, solltest du die Sache nicht auf die lange Bank schieben. Ich schlage vor, dass du aufbrichst, sobald Stephen die Gelder bereitgestellt hat.«

Pauls Gedanken überschlugen sich. Das alles war nicht zu fassen! Wie viele Jahre hatte er davon geträumt, ein kleines Stück des Duvoisin-Vermögens zu besitzen. Für John war dieser Wunsch bedeutungslos. Er war der legitime Erbe, und sein Leben war vorgezeichnet. Doch Paul hatte lange Jahre hart für seinen Vater gearbeitet und war jetzt, nach zehn Jahren, noch immer nicht mehr als der getreue Sohn. Heute endlich war dieser Weg zu Ende. Irgendwann musste er sich bewährt haben, denn heute wurde sein größter Wunsch erfüllt, da sein Vater ihm einen Teil des Familienvermögens übereignete. Er strahlte über das ganze Gesicht – und Frederic Duvoisin war froh, heute wenigstens einen seiner Söhne glücklich gemacht zu haben.

»Und das soll mir alles ganz allein gehören? Ich muss es nicht mit John teilen?«

»Dieser Anteil gehört dir ganz allein, Paul«, sagte sein Vater. »Dir ganz allein. Es gibt keine Einmischung von John, keine Abstimmung mit ihm und keine Abhängigkeit von ihm. Ich hätte das schon vor langer Zeit machen sollen. Du warst mir immer ein guter Sohn, Paul, und verdienst sehr viel mehr als nur Anerkennung.«

»Ich danke dir, Sir«, sagte Paul mit größtem Respekt. »Ich werde mich umgehend mit Stephen Westphal in Verbindung setzen.«

Beim Abendessen war Paul wie ausgewechselt. Auch die Kinder waren fröhlich und ausgelassen, und George, Colette und Rose schienen ebenfalls Teil dieser übermütigen Verschwörung zu sein. Zutiefst verunsichert bat Charmaine schließlich Jeannette um Aufklärung. »Warum sind denn alle so fröhlich?«

»Das werden Sie gleich sehen.« Mehr sagte sie nicht. Charmaine sah, wie Colette ihr zuzwinkerte, aber der kleine Pierre konnte den Mund nicht halten. »Mainie hat …«

»Ruhig, Pierre«, schimpfte Yvette. »Du sollst die Überraschung doch nicht verderben!«

»Welche Überraschung?« Charmaines Blick wanderte von einem zum anderen, bis er schließlich bei Paul hängenblieb. Doch der zog nur in gespielter Überraschung die Brauen in die Höhe.

Als der kleine Pierre wieder losplappern wollte, flog

plötzlich die Küchentür auf, und Fatima stürzte mit einem großen Kuchen herein. »Happy Birthday!«, brüllten die Kinder.

Überrascht schlug Charmaine die Hand vor den Mund. »Und woher wisst ihr das?« Dabei entging ihr Agathas verächtlich gerunzelte Stirn.

Colette lächelte. »Beim ersten Picknick haben Sie Ihr Geburtstagsdatum erwähnt, und Jeannette hat es mir sofort berichtet. Ich habe gehofft, dass sie sich nicht verhört hat, denn ich konnte Sie ja schlecht fragen, ohne Verdacht zu erregen.«

»Ich weiß gar nicht, was ich sagen soll«, murmelte Charmaine und spürte mit einem Mal, wie sehr ihr die Familie inzwischen ans Herz gewachsen war.

»Sie müssen nichts sagen«, piepste Jeannette.

»Oh, doch«, widersprach Yvette. »Sie muss sagen, wie alt sie ist.«

»Ich bin neunzehn, und ich hoffe, dass ich noch viele Geburtstage mit euch feiern darf.«

Zufrieden verlangten die Kinder, dass sie den Kuchen anschnitt.

Colette half Pierre aus dem Stühlchen, und er rannte mit einem Päckchen zu Charmaine hinüber. »Happy Birthday«, sagte er und gab ihr einen Kuss.

»Was ist denn das?«

»Ein Geschenk.«

Charmaine öffnete das Kästchen und erblickte zwei wunderschöne, kunstvoll geschnitzte und sicher sündteure Kämme aus Elfenbein. Begeistert sah sie Colette an. »Wo haben Sie denn nur solche Kostbarkeiten aufgetrieben?«

»In Maddys Laden.« Colette deutete auf ihren Komplizen. »Ich habe Paul gebeten, sie auszusuchen.«

»Sie müssen sie jetzt öfter tragen«, drohte er ihr im

Spaß. »Es hat mich fast einen ganzen Vormittag gekostet, um sie auszusuchen.«

»Vielen Dank«, sagte Charmaine und wusste nicht recht, wie sie solche Großzügigkeit jemals entgelten sollte. »Jetzt will ich aber auch alle anderen Geburtstage wissen. Colette?«

»Mama und Pierre haben am selben Tag, am einunddreißigsten März«, verriet Yvette.

»Ist das wahr?«

Colette nickte, und Charmaine sah Paul an.

»Schluss damit, Charmaine.« Er durchschaute ihre Beweggründe genau. »Fatima kennt unsere Geburtstage alle auswendig.«

In ihrem Glück blieb Charmaine nichts anderes übrig, als endlich den Kuchen zu verteilen.

Mittwoch, 21. Dezember 1836

Paul traf seine letzten Reisevorbereitungen. Am Tag nach Weihnachten würde er Charmantes verlassen, und zwar an Bord der *Black Star*, die gestern im Hafen festgemacht hatte. Das erste Ziel waren verschiedene Häfen im Süden wie Newport's News, Richmond und Baltimore, dann war New York an der Reihe und schließlich England. Er hatte insgesamt drei Monate vorgesehen, um den Bau von drei Schiffen in Auftrag zu geben, ein viertes Schiff zu kaufen und eine erfahrene Crew anzuwerben, um die Insel Sacré Espoir, was Heilige Hoffnung bedeutete, zu roden und die Pflanzungen anzulegen und zu kultivieren. Anschließend wollte er nach Hause zurückkehren und sofort mit der Arbeit beginnen. Er war sehr glücklich.

Charmaine dagegen war etwas melancholisch. Paul hatte zwar versprochen, vor Ostern zurückzukommen, doch die

Wochen bis dahin würden lange und einsam sein. Sie war auf dem besten Weg, sich in ihn zu verlieben – und das, obwohl er sich ihr seit drei Monaten höchstens auf Armeslänge näherte. Sie würde ihn sehr vermissen. Allein schon seine Anwesenheit im Haus, seine fröhliche Art, die kleinen Höflichkeiten, wenn er den Stuhl für sie zurechtrückte oder ihr die Tür aufhielt, und nicht zuletzt sein mitreißendes Lächeln, das ihr Herz immer heftig schlagen ließ. Wenn er sie doch wenigstens ein einziges Mal geküsst hätte.

An diesem Tag wurde Mr. Westphal zu seinem zweiten Besuch erwartet, um mit Paul und Frederic die letzten Vorbereitungen zu besprechen. Frederic Duvoisin musste noch Belege unterzeichnen, damit sein Sohn mit den nötigen Mitteln für die Reise ausgestattet werden konnte, und im Anschluss daran würde er zum Dinner bleiben.

Agatha Ward schlenderte den ganzen Tag über so vergnügt im Haus umher, dass Colette und Charmaine sich bereits über ihr ungewohntes Benehmen wunderten. Kurz nach Ankunft des Bankiers saßen sie am Nachmittag draußen unter den Säulen und tranken ein Glas Eistee. Das Wetter war wunderschön, und die Kinder tobten auf der großen Wiese vor dem Haus herum. Yvette kümmerte sich um ihren kleinen Bruder, und alle amüsierten sich über ihr Spiel.

In einem geeigneten Moment zog Charmaine zwei Briefe aus ihrer Schürzentasche, die Yvette und Jeannette an ihren Bruder geschrieben hatten. »Glauben Sie, dass Paul es als Zumutung empfinden würde, seinem Bruder diese Briefe zu überbringen? Er hat erwähnt, dass er in Richmond Station macht.«

»Aber nein«, antwortete Colette in entschiedenem Ton, um Charmaine alle Zweifel zu nehmen. »Bei aller Gegnerschaft sind die beiden doch Brüder und stehen einander auch nahe.«

»Für mich sieht das aber nicht so aus.«

»Sie sind Brüder«, beharrte Colette, »und Brüder streiten hin und wieder. Ich habe das mit Pierre nicht anders gemacht.«

»Mit Pierre?«

Colette lachte. »Mein Bruder hieß ebenfalls Pierre. Er und meine Mutter sind kurz nach der Geburt der Zwillinge gestorben.«

»Oh, das tut mir leid«, hauchte Charmaine.

Colette drängte die schmerzliche Erinnerung zurück. »Er wurde verkrüppelt geboren und konnte nicht laufen. Jetzt hat er seinen Frieden … im Himmel.«

»Und Ihr Vater?«, fragte Charmaine vorsichtig.

»Er starb, als ich noch sehr jung war.« Diesmal antwortete sie ohne Traurigkeit. »Ich erinnere mich kaum an ihn. Meiner Mutter ist es nicht leichtgefallen, uns großzuziehen. Unsere Familie gehörte zum Adel, doch als Folge der französischen Revolution hat mein Vater einen Großteil seines Vermögens verloren. Da ich eine Schule für junge Damen in Paris besuchte, waren die Mittel meiner Mutter fast völlig erschöpft.«

»Warum gingen Sie denn in Paris zur Schule?«

Mit einem Mal wirkte Colette etwas abweisend. »Die Schule lag in der Nähe der Universität und bot Gelegenheit, einen reichen Gentleman kennenzulernen … oder wenigsten den Sohn eines reichen Gentleman. Mein Bruder war ständig krank, und die ärztliche Behandlung kostete ein Vermögen. Ein reicher Ehemann wäre in der Lage, die finanziellen Verpflichtungen meiner Mutter zu erleichtern und vielleicht sogar für meinen Bruder zu sorgen oder seine Heilung zu erwirken. So jedenfalls hat man es mir erklärt.«

»Und deshalb haben Sie Mr. Duvoisin geheiratet?«

Colette wusste, dass diese Frage kommen würde. Sie

hatte sie ja förmlich herbeigeredet. »Das war nur einer der Gründe, aber es gab auch andere. Die Situation wurde immer schwieriger.«

»Mr. Duvoisin muss damals sehr gut ausgesehen haben«, meinte Charmaine.

»So wie heute.« Colette lächelte. »Ich war vom ersten Augenblick an fasziniert. Aber er hat mir auch Angst gemacht.«

Die Minuten verstrichen. »Frederic ist ein guter Mann, Charmaine. Er hat seinen Söhnen Tugenden vererbt, für die sie ihm nicht einmal dankbar sind. Und er ist mir ein guter Ehemann. Manchmal wirkt er sehr schroff, und dieser Anfall hat ihn gezeichnet.«

»Das ist mir bewusst.«

»Nach unserer Hochzeit hat Frederic meiner Mutter ermöglicht, ihren Lebensstil wieder aufzunehmen. Außerdem hat er sich rührend um meinen Bruder gekümmert und ihm die beste Pflege und Behandlung angedeihen lassen, die für das Geld der Duvoisins zu haben war. Und natürlich hat er mir meine beiden wunderbaren Töchter geschenkt… und meinen hübschen kleinen Sohn.«

Charmaine seufzte. »Haben Sie Ihren Mann jemals geliebt?« Sie fand es überaus traurig, wie diese Frau sich für das Wohlergehen ihrer Familie geopfert hatte.

»Ich liebe ihn noch immer.« Ihre Stimme versagte. Nach einer Weile fuhr sie fort: »Nach der Geburt der Mädchen war es für Frederic nicht immer leicht, weil ich keine weiteren Kinder mehr bekommen durfte.«

»Genauso schwierig war es doch auch für Sie«, gab Charmaine zu bedenken.

»Ja und nein«, antwortete sie und wandte sich ab. »Wie ich schon sagte, es wurde immer komplizierter.« Damit war das Thema beendet, und sie schwiegen eine ganze Weile.

Nachdenklich fragte sich Colette, wann Charmaine einmal über ihre Vergangenheit sprechen würde. Sie spürte, dass Charmaine ebenfalls schmerzliche Erinnerungen mit sich herumtrug. *Vielleicht nicht heute, aber bald.* Ihre Überlegungen wurden abrupt unterbrochen.

»Was für ein Mensch ist John eigentlich?«

Colette überlegte lange, um möglichst unparteiisch zu antworten. »Er ist ein Rätsel – so kann man es wohl am besten ausdrücken.«

»Von der guten oder der schlechten Sorte?«

Colette lächelte. »Das hängt ganz von demjenigen ab, der ihn beschreibt. Einige verabscheuen ihn zutiefst, und andere lieben ihn, bis es wehtut. Bei John gibt es keinen Mittelweg. Entweder hasst man ihn, oder man liebt ihn. Für gewöhnlich in dieser Reihenfolge.«

»Die Männer dieser Familie lieben ihn ganz bestimmt nicht.«

Wieder zögerte Colette, als ob sie nach den richtigen Worten suchte, um das Dilemma zu beschreiben. »Seit dem Schlaganfall meines Mannes *glauben* Paul und Frederic, dass sie John hassen. Und er wiederum *denkt*, dass er *sie* hasst. Sicher sind Ihnen inzwischen allerlei Gerüchte zu Ohren gekommen. Die meisten sind wahr. John und sein Vater hatten einen entsetzlichen Streit, und danach war Frederic so, wie er noch heute ist! Paul war dabei, und er macht John für das Geschehene verantwortlich. Leider ist diese Wunde noch immer nicht verheilt.«

»Und warum machen Sie John keinen Vorwurf?«

Colette seufzte. »Dazu gibt es keinen wirklichen Grund, außerdem ist er selbst genauso betroffen. Alle waren auf Frederics Seite, ich eingeschlossen, und ich kann mir denken, dass John mich deswegen hasst. John ist genauso stur wie sein Vater. Die beiden sind sich sehr ähnlich, obwohl natürlich beide jede Ähnlichkeit abstreiten würden.«

»Ähnlichkeit?«, fragte Charmaine. »In welcher Beziehung?«

»Ihre Ausstrahlung, die Selbstsicherheit, die Art, wie sie mit Menschen umgehen. Wenn John sich ein Urteil bildet, muss er es nur selten revidieren. Meistens hat er recht. Der Himmel stehe demjenigen bei, von dem er keine gute Meinung hat. John ist berühmt für seine scharfe Zunge, und die kann vernichtende Folgen haben. Frederic ist ebenso kompromisslos – auch er verzeiht Fehler nicht.«

»Mögen *Sie* ihn denn?«

»Wen? John?« Colette lachte. »Sehen Sie sich meine Töchter an. Sie würden meinen Kopf fordern, wenn ich etwas anderes sagte. Als ich John kennenlernte, habe ich ihn anfangs verachtet.« Nachdenklich sah sie in die Ferne, als ob sie über die Zeit hinwegblicken könnte. »Irgendwann«, sagte sie leise, »werden Sie ihn kennenlernen, und dann werden Sie verstehen, was ich meine … Aber denken Sie daran, Charmaine, zu Anfang werden Sie ihn hassen.«

In diesem Moment öffnete sich die Haustür, und Stephen und Paul erschienen, Agatha zwischen sich, unter den Säulen. Angesichts des Trios runzelte Colette die Stirn, doch im selben Augenblick wurde sie abgelenkt, weil die Kinder quer über die Wiese zur Veranda gerannt kamen. Yvette schrie schon von weitem vor Begeisterung und erreichte als Erste ihr Ziel. »Mama«, keuchte sie völlig außer Atem, »Chastity bekommt ein Fohlen!«

Jeannette und Pierre holten ihre Schwester ein. Sie waren bei der Koppel gewesen und hatten zugesehen, wie der Stallmeister die braune Stute in den Hof gebracht hatte. »Das stimmt, Mama«, sagte Jeannette. »Gerald hat gesagt, dass es irgendwann im August auf die Welt kommt. Ist das nicht wunderbar?«

»Das ist es, fürwahr!« Colette lächelte. »Ich weiß schon jetzt, was passiert, wenn das Fohlen geboren ist! Mademoiselle Charmaine und ich werden euch nicht mehr aus dem Stall herausbekommen.«

Yvette nickte begeistert. »Muss Martin zur Geburt kommen?«

»Das werden wir sehen … wenn es Schwierigkeiten gibt, auf jeden Fall«, antwortete Colette. »Warum fragst du?«

»Beim letzten Mal hat er mir das Spucken beigebracht«, verkündete Yvette mit gewissem Stolz. »Aber so gut kann ich es noch nicht.«

»Yvette«, rief ihre Mutter tadelnd und murmelte, dass Martin ein abscheulicher Mensch sei.

Das Dinner wurde um sieben Uhr serviert. Charmaine bürstete ihr Haar, bis es glänzte, und entschied sich, es an diesem Abend lang zu tragen. Sie strich es aus dem Gesicht zurück und steckte es mit den Kämmen, die sie zum Geburtstag bekommen hatte, so an den Schläfen fest, dass sich die Lockenpracht über ihren Rücken ergoss. Sie sah hinreißend aus, als sie ins Speisezimmer kam, sodass Paul unwillkürlich nach Luft schnappte. Die Freude über sein Geschenk war ihm deutlich anzusehen.

Stephen Westphal staunte nicht schlecht, als Paul der Gouvernante den Stuhl anbot, auf dem Agatha bei seinem letzten Besuch gesessen hatte. *Offenbar hatte die hübsche Gouvernante Pauls Aufmerksamkeit errungen. Demnach waren Agathas Befürchtungen nicht aus der Luft gegriffen.*

Das fünfgängige Menü begann mit einer köstlichen Erbsensuppe. Im Gegensatz zu den trägen Bewegungen der beiden Hausmädchen lief Fatima Henderson mit schwingenden Hüften zwischen Küche und Speisezimmer hin und her. Seit Felicia von Colette ermahnt worden war und nicht mehr mit Paul flirten durfte, reizte sie die Arbeit an der Tafel sehr viel weniger. Warum man sie trotz allem noch beschäftigte, war Charmaine ein Rätsel.

Einige Minuten später erschien auch George. Offenbar war er über den Besuch des Bankiers unterrichtet, denn er begrüßte den Mann ausgesprochen herzlich und setzte sich nicht weit von Charmaine an den Tisch. Da nur Jeannette zwischen ihnen saß, beugte er sich zu beiden hinüber, und es dauerte nicht lange, bis Jeannette und Charmaine das erste Mal kicherten.

Paul hätte es lieber gesehen, wenn George einen Platz gegenüber der Gouvernante ausgesucht hätte, um die Vorgänge zwischen den beiden besser kontrollieren zu können. Doch nun, da die drei bereits die Köpfe zusammensteckten, war es zu spät. Plötzlich wurde er von heftiger Eifersucht gepackt. *Es wird Zeit, dass ich ein Wörtchen mit George rede,* dachte er.

Dann wandte er seine Aufmerksamkeit wieder seinem Gast zu. »Ich will sofort Kontakt zu Thomas und James Harrison aufnehmen, sobald ich in Liverpool eintreffe. Beim Bau der *Vagabond* hatte Vater häufig mit der Werft zu tun. Zwar habe ich die Absicht, die Schiffe in den Staaten bauen zu lassen, doch die Harrisons sind erfahrene Schiffsbauer, die mir in Bezug auf den Dampfantrieb sicher Ratschläge und Empfehlungen geben können.«

»Sehr gut«, antwortete Stephen Westphal, und in diesem Stil ging es fast das ganze Essen über weiter.

Agatha haderte mit der neuen Sitzordnung, weil sie von ihrem entfernten Platz an der Tafel aus kaum Einfluss auf die geschäftlichen Themen nehmen konnte und sie der Diskussion wegen der Unruhe am Tisch leider auch nicht in der gewünschten Weise folgen konnte.

Beim Dessert wandte sich die Unterhaltung persönlichen Dingen zu. »Ich brauche eine von der Bank unterzeichnete Bestätigung für die Bank von Virginia«, sagte Paul. »Ich will dort Vermögenswerte hinterlegen, die Hälfte zu Bargeld machen und alle Zahlungen aus einer

Quelle verfügen.« Er hielt einen Augenblick lang inne und fuhr dann umso energischer fort: »John hat mit dieser Sache nichts zu schaffen, Stephen. Ich würde es also begrüßen, wenn Sie mit Ihrer Tochter nicht darüber sprechen würden.«

Mr. Westphal war überrascht. »Mit Anne?«

»Sie haben vor einiger Zeit angedeutet, dass John ihr den Hof macht.«

»Ja, das stimmt. Was das angeht, so habe ich gerade einen Brief von ihr erhalten. Darin deutet sie an, dass in Kürze eine Verlobung bevorstehen könnte. Eine großartige Verbindung, finden Sie nicht auch?«

»Wahrlich großartig«, murmelte Paul und dachte an das viele Geld, das seinem Bruder mit einer solchen Heirat in den Schoß fallen würde. John waren solche Dinge nie wichtig gewesen, doch wie sonst hatte die Witwe seine Zuneigung gewonnen? Anne war zwar hübsch, was mit Ende zwanzig nicht verwunderlich war, aber Paul hatte nicht den Eindruck, dass sie Johns Typ sei.

Als ob Yvette seine Gedanken gelesen hätte, fügte sie hinzu: »Ich glaube nicht, dass Johnny sie heiratet.«

George lachte leise. »Und warum nicht, Yvette?«

»Er hat mir gesagt, dass die Frau, die er liebt, schon verheiratet ist und dass er nie eine andere heiraten wird.«

»Da haben Sie es«, rief der Bankier. »Seit Jahren hat er die Hoffnung gehegt, dass Anne eines Tages frei sein würde! Als ich vor ein paar Jahren zu Besuch in Richmond war, wusste ich bereits, dass er in sie verliebt war.«

Paul schnaubte nur.

»Sie glauben mir nicht?«, fragte der Banker und machte eine beleidigte Miene. »Nun gut, die Zeit wird es zeigen.«

Pauls Blick schweifte zu Colette hinüber, doch die flüsterte gerade mit Pierre. »Sie haben völlig recht, Stephen«, sagte er. »Doch noch einmal zu unserer Sache: Anne hat

Kontakt zu meinem Bruder, deshalb bitte ich Sie um Stillschweigen. Ich möchte verhindern, dass diese Unternehmung vorzeitig bekannt wird.«

Westphal stieß ein höhnisches Lachen aus. »Und wie wollen Sie die Sache auf Dauer geheim halten, wenn Sie die Bank von Virginia für Ihre Transaktionen benötigen?«

»Das ist nicht meine Absicht«, antwortete Paul elegant. Der Gedanke, dass John ein einziges Mal nicht über alles informiert war, behagte ihm sichtlich. »Bis mein Bruder alles herausgefunden hat, werden die Verträge ausgehandelt und unterschrieben und die Gelder abgezogen sein, sodass ich keine Unannehmlichkeiten mehr befürchten muss.«

»Unannehmlichkeiten?«

»Aber, aber, Stephen, Sie kennen doch meinen Bruder. Muss ich Ihnen das wirklich noch erklären?«

»Und was ist mit der rechtlichen Seite? Richecourt und Larabee werden sicherlich Kontakt zu John aufnehmen.«

»Der Besuch ihrer Kanzlei steht ganz oben auf meiner Liste, sobald ich in Richmond ankomme. John hat sich Edward Richecourt zum Feind gemacht. Also dürfte Mr. Richecourt mit dieser Sache geschickt und vertrauensvoll umgehen. Und das umso mehr, als die Geschäfte meines Vaters seine Kanzlei am Leben erhalten. Ich gehe davon aus, dass er Stillschweigen über Espoir bewahren wird.«

Colette hielt nichts von derartigen Heimlichkeiten. Nicht dass sie Paul Vorwürfe machte, denn Johns Nadelstiche waren unerbittlich. Aber das waren genau die Unannehmlichkeiten, die Paul eigentlich vermeiden wollte. Mit Sicherheit würde die Heimlichtuerei auf ihn zurückfallen. John erfuhr alles, und sei es, weil er skrupelloser war als sein Bruder. Er war dafür bekannt, alle Regeln zu brechen.

»Nachdem das geklärt ist, wüsste ich gern, ob ich mit Ihrem Stillschweigen rechnen kann, Stephen?«

»Wenn Sie darauf bestehen, wird Anne nichts davon erfahren.«

Paul lehnte sich zufrieden zurück. »Und was schreibt Ihre Tochter sonst noch? Irgendwelche Begebenheiten in Richmond, die ich wissen sollte, bevor ich dorthin fahre?«

»Nun …« Der Banker räusperte sich, während sein Blick über den Tisch irrte und schließlich bei Agatha innehielt. »Sie erwähnt auch Ihre Gouvernante.«

Überrascht über die unerwartete Wendung beugte sich Paul nach vorn und fixierte Mr. Westphal. »Ach wirklich? Und was schreibt sie?«

»Nun …« Wieder räusperte sich der Bankier und rutschte unbehaglich auf seinem Stuhl hin und her, weil aller Augen auf ihn gerichtet waren. »Ich weiß nicht recht, ob ich das sagen kann … Zumindest nicht in Gegenwart der Kinder.«

Charmaines Herz schlug schneller. Das Verhängnis nahm seinen Lauf, und sie konnte es nicht aufhalten.

Paul kratzte sich am Kopf. Ganz offensichtlich hatte der Mann etwas Verfängliches herausgefunden, das nicht für Kinderohren bestimmt war. »Woher weiß Ihre Tochter von unserer Gouvernante? Ist ihr etwa zufällig eine Information in den Schoß gefallen?«

»Streng genommen hat Mrs. Ward vor einigen Monaten ihre Bedenken geäußert«, antwortete er. »Aus Sorge um Miss Ryans Herkunft kam sie in die Bank und fragte, ob Anne in dieser Sache vielleicht nähere Erkundigungen einziehen könne.«

»Agatha?«, fragte Paul verärgert. Er sah die Genannte direkt an. »Und in wessen Auftrag, wenn ich fragen darf?«

»In meinem eigenen Auftrag«, antwortete Agatha hochfahrend. »Ich habe es auf meine Kappe genommen, mich an Stephen Westphal zu wenden. Ich hatte berechtigte Einwände gegen Miss Ryan, die niemand hören wollte. Und da es außer Mrs. Harringtons Versicherungen keinerlei Referenzen gab, fühlte ich mich aus Sorge um die Kinder verpflichtet, eigene Nachforschungen anzustellen.« Sie holte tief Luft. »Ich danke Gott, dass Stephens Tochter mir behilflich war. Meiner Ansicht nach sind die Kinder in ernster Gefahr. Nicht einmal in meinen kühnsten Träumen habe ich mir ausgemalt, was sie aufdecken würde. Es ist noch weit schlimmer, als wir uns das vorstellen können.«

Colette beherrschte ihre Empörung nur mühsam. »Ich bin der Meinung, dass Mr. Westphal einen geeigneteren Augenblick für seine Mitteilungen hätte wählen können, ohne auch noch meine Kinder in die Sache hineinzuziehen.«

»Colette hat recht«, kam ihr Paul zu Hilfe. »Rose, wären Sie bitte so freundlich, die Kinder in ihr Zimmer zu bringen?«

Charmaines Erleichterung dauerte nur einen kurzen Augenblick, bis Rose aufsprang und die Kinder ohne Rücksicht auf Yvettes Proteste aus dem Speisezimmer scheuchte.

Nervös sah Colette Paul und George an. Nur Paul behielt die Nerven. »Also gut, Stephen«, sagte er schließlich. »Sie haben das Wort. Was genau hat Ihre Tochter herausgefunden?«

Gekränkt wollte Charmaine ihren Stuhl zurückschieben, doch Paul verhinderte die Flucht, indem er ihren Arm packte und sie festhielt. Sie war gezwungen, sich die makabre Geschichte anzuhören, während alle Menschen, die sie liebte, über die Wahrheiten zu Gericht saßen, die sie ihnen verschwiegen hatte. Von nun an war sie als Tochter eines Wahnsinnigen, eines Mörders, gebrandmarkt, und sie hatte keine Möglichkeit, sich gegen diese schreckliche

Wahrheit zu verteidigen. Scham bemächtigte sich ihrer, und sie ließ den Kopf sinken.

Paul verstärkte seinen Griff, und der Schmerz steigerte ihren Zorn. Wütend starrte sie ihn an. Doch er schien sie gar nicht wahrzunehmen, sondern fixierte den Bankier mit eisernem Blick. »Heraus damit, Mann«, schnarrte er, als Mr. Westphal noch immer zögerte.

»Wenn ich das früher erfahren hätte…« Westphal wusste nicht recht, ob Paul wirklich die Wahrheit erfahren wollte. »…wäre ich natürlich eher zu Ihnen gekommen. Aber wie Sie ja wissen, hatten die Schiffe große Verspätung. Anne hat den Brief schon vor Wochen geschrieben.«

»Ja, ja, und weiter?«

Kleine Schweißtropfen bildeten sich auf Westphals Oberlippe. »Ich bedauere, dass es ausgerechnet mir zufällt, Sie über die Fakten aufzuklären.« Er blickte auf. Colette schien ebenso wütend zu sein wie Paul. Nur Agatha lächelte selbstgefällig.

»Na los, Stephen, sagen Sie endlich, was Sie wissen«, sagte Mrs. Ward aufmunternd, während ihr Blick auf Charmaine ruhte. »Colette soll endlich erfahren, welche Person sie da eingestellt hat und in ihrem Heim beherbergt.«

»Na los, Stephen«, sagte Paul. »Sie haben uns neugierig gemacht. Also heraus mit der Sprache! Was hat Miss Ryan verbrochen, das unseren Kindern schaden könnte?«

»Es geht nicht darum, was *sie* getan hat. Es geht um ihren Vater.«

»Und?«

»Ihr Vater ist… ein Mörder.«

Tödliche Stille breitete sich aus, und Charmaines größte Ängste wurden wahr. Selbst die Geräusche in der Küche waren verstummt, als ob jeder das Ohr an die Tür presste. Die Wahrheit war heraus. Jetzt konnte Paul triumphieren, dass er von Beginn an recht gehabt hätte.

Sie weigerte sich, in seine Richtung zu schauen, und versuchte, sich der eisenharten Faust zu entwinden. »Bitte«, wimmerte sie, doch ohne Erfolg.

»Was genau wollen Sie damit sagen, Stephen?«

»Miss Ryans Vater ist ein Mörder«, wiederholte der Bankier. »Er hat ihre Mutter ermordet.«

»Haben Sie dafür Beweise?«

»Aber sicher«, bekräftigte Mr. Westphal und schöpfte neuen Mut, da Paul sehr interessiert schien. »Anne hat mit einem Hausmädchen der Harringtons gesprochen. Demnach hat sich John Ryan eines Abends Zugang zum Haus der Harringtons verschafft. Als Joshua Harrington ihm die Tür wies, kehrte er nach Hause zurück und ließ seine Wut an seiner Frau aus. Um Gewissheit zu erlangen, dass die Geschichte nicht erfunden war, wandte sich Anne an den Sheriff und erfuhr zu ihrem Entsetzen, dass John Ryan nicht nur ein Mörder war, sondern sich auch seit Wochen auf der Flucht befindet. Da die Ryans zum weißen Abschaum der Stadt zählten, war der Sheriff erleichtert, dass er die Sache nach der ersten Aufregung auf sich beruhen lassen konnte.«

»Und wie hat Mr. Ryan seine Frau getötet?«

»Er hat sie zu Tode geprügelt. Nach Angaben des Sheriffs waren solche Misshandlungen an der Tagesordnung. Diesmal jedoch war die Sache aus dem Ruder gelaufen. Miss Ryan« – er deutete quer über den Tisch auf Charmaine – »hat das Opfer im Todeskampf gefunden. Als die Leiche kalt war, hat sie sich bei den Harringtons ausgeweint, und diese haben den Sheriff verständigt. Sheriff Biggs hat Anne gegenüber ausdrücklich bedauert, dass er mit dieser traurigen Geschichte befasst wurde.«

In diesem Augenblick hatte Charmaine endgültig genug. Sie hatte sich von diesem Mann erniedrigen lassen, doch ihre Mutter durfte er nicht in den Schmutz ziehen.

Mit blitzenden Augen sprang sie auf. »Diese ›Leiche‹, wie Sie sie bezeichnen, war *meine Mutter*! Sie war eine gütige, liebevolle Frau, die ich geliebt und durch die Hand meines verfluchten Vaters verloren habe!« Trotz der Wut stiegen ihr die Tränen in die Augen, und ihr Schmerz war so übermächtig, dass sie die Worte nur mit Mühe herausbrachte. »Und ja«, zischte sie, »er hat sie geprügelt, hat sie immer wieder geprügelt. Und es war keiner da, der eingegriffen, der sich ihrer erbarmt und den Wahnsinnigen aufgehalten hätte! Nicht einmal, als sie sterbend am Boden lag! Wenn Joshua und Loretta Harrington nicht gewesen wären, hätte sich niemand darum geschert! Mr. Harrington musste den Sheriff förmlich anflehen, aber nichts ist geschehen! Inzwischen ist fast ein Jahr vergangen, und mein Vater läuft noch immer frei herum. Er wird niemals für seine heimtückische Tat bezahlen müssen. Verachten Sie mich, solange Sie wollen, ich sage Ihnen nur eines: Keiner hasst John Ryan mehr als ich, und keiner sehnt sich mehr nach Gerechtigkeit als ich. Aber Gerechtigkeit wird es niemals geben, nicht wahr?« Die rhetorische Frage hallte durch den Raum.

Paul empfand große Sympathie für Charmaine. *Deshalb also war sie stets auf der Hut*. Ihr Vater hatte ihr nie einen Grund gegeben, Männer zu lieben. Paul hätte sie am liebsten in den Arm genommen und getröstet. Und sie vor dem bewahrt, was sie erlitten hatte.

»Nein, Gerechtigkeit gibt es nicht«, beantwortete sie ihre eigene Frage. »Aber es gibt einen Grund dafür, dass mein Vater noch immer frei herumläuft. Und das sind Menschen wie Sie, Mr. Westphal, die lieber Unschuldige verleumden, als die Schuldigen zu verfolgen.« Sie wandte sich an Paul. »Na los, bestrafen Sie das arme Opfer. Ich bin hier. Worauf warten Sie?«, fuhr sie ihn an und versuchte, ihre Hand aus seinem Griff zu befreien. »Wenn Sie mich losließen, könnte ich endlich gehen. Ich lasse mich nicht weiter demütigen!«

Wütend stand George auf, weil die Inquisition lange genug gedauert hatte. »Sie sind viel zu höflich, Charmaine«, rief er mit Blick auf ihr Handgelenk. »Hier stinkt es so gewaltig, dass mir der Appetit vergangen ist.« Er schob seinen Stuhl zurück, legte den Arm tröstend um Charmaines Schultern und sah Paul finster an, falls er sie auch noch einen Augenblick länger festhalten wollte.

Paul gab nach und löste seinen Griff. Charmaine ließ sich von George aus dem Zimmer führen, doch als sie das Foyer erreichten, brach sie zusammen und weinte. »Sie sollten wieder hineingehen«, schluchzte sie. »Sonst sind die anderen genauso wütend auf Sie wie auf mich.«

George schnaubte verächtlich. »Das ist mir völlig gleichgültig.«

»Ich war so glücklich in diesem Haus. Jetzt weiß ich nicht, wohin ich gehen soll.«

»Was soll denn das heißen? Sie glauben doch wohl nicht, dass Colette Sie auf solchen Tratsch hin entlässt! Da verkennen Sie ihre Aufrichtigkeit aber gewaltig.«

Charmaine sah ihn an, und allmählich versiegten ihre Tränen.

»Colette liebt Sie, Charmaine. Und die Kinder lieben Sie auch! Selbst Paul... Wetten, dass er denen gerade sagt, wohin sie sich verziehen sollen, wenn Sie wissen, was ich meine?«

»Aber warum hat er mich dann gezwungen, mir das alles anzuhören? Wie ein Tier in der Falle?«

»Er wollte, dass Sie den Leuten gegenübertreten, und zwar mit hoch erhobenem Kopf! Paul hat sich Zeit seines Lebens auf Grund seiner illegitimen Geburt solches Gerede anhören müssen. Dabei hat er gelernt, dass man dem Gegner nie den Rücken zudrehen darf. Weglaufen bekräftigt jedes Gerücht – ganz gleich, ob es wahr ist oder nicht.«

Charmaine begriff, dass George damit recht hatte. So gesehen, hatte sie Paul Unrecht getan.

»Wir alle haben unsere kleinen Geheimnisse, die wir am liebsten verstecken. Dinge, auf die wir nicht unbedingt stolz sind. Meine Mutter ist zum Beispiel mit einem Matrosen durchgebrannt, als ich ein Jahr alt war, und hat meinem Vater das Herz gebrochen. Zum Glück hatte ich meine Großmutter Rose.«

Mit zärtlichem Blick sah Charmaine den Mann an, der ihr zum Trost sogar die eigene schmerzvolle Vergangenheit offenbarte. »Vielen Dank, George«, flüsterte sie.

»Verraten Sie mich bloß nicht.« Er lächelte und dachte, wie hübsch sie doch aussah. Wenn Paul nicht so verdammt besitzergreifend wäre, würde er Charmaine sofort den Hof machen.

Sie seufzte tief. »Ich muss unbedingt nach den Kindern sehen.«

George nickte, und sie lief zur Treppe und hinauf ins Kinderzimmer.

Die Unterstellungen wurden immer abenteuerlicher – bis hin zu John Ryans Blut, das auch in Charmaines Adern kreiste und sich eines Tages mit tödlicher Konsequenz in Erinnerung bringen würde.

»Ich habe genug gehört«, zischte Paul drohend.

»Ich auch.« Colette warf ihre Serviette auf den Tisch und stand auf. »Ich möchte meinen Kindern wenigstens noch einen Gutenachtkuss geben, bevor sie einschlafen.« Sie wandte sich ab, aber gleich darauf hielt sie noch einmal inne. »Außerdem muss ich mit Miss Ryan sprechen. Trotz aller Unterstellungen bleibt sie auch weiterhin die Gouvernante meiner Kinder.«

Stephen Westphal, der sich gleichzeitig mit Colette erhoben hatte, setzte zu einer Entschuldigung an. »Ich hatte doch nur das Wohl der Kinder im Auge, Madame …«

»Mr. Westphal«, begann Colette, die diese Ausrede nicht mehr hören konnte, »wenn Sie irgendjemandes Interesse im Auge gehabt hätten, so hätten Sie die Sache unter vier Augen mit mir besprochen und sie nicht während des Essens breitgetreten. Was Sie Miss Ryan zugemutet haben, war mehr als abstoßend.« Ohne sich noch einmal umzusehen, verließ sie den Raum.

Hilfesuchend sah Stephen zu Paul hinüber, doch der zuckte nur die Schultern. »Ich fürchte, in diesem Punkt sind Colette und ich einer Meinung. Charmaine Ryan ist ein Teil unserer Familie und wird im Dienst meines Vaters verbleiben, solange seine Frau das für richtig hält. Ich halte nichts von der Ansicht, dass die Sünden der Väter auf die Kinder übergehen. Wenn das so wäre, wären die meisten von uns verdammt. Solche Ansichten sind ein Relikt der europäischen Aristokratie.« Er hielt einen Augenblick inne, um seine Worte gegen das Klassen- und Etikettedenken der Blaublüter und ihrer zahllosen Imitatoren wirken zu lassen. »Ich habe morgen viel zu tun«, schloss er. »Ich will kein schlechter Gastgeber sein, Stephen, aber es scheint mir an der Zeit, Ihren Wagen zu rufen.« Ohne die Antwort abzuwarten, ging er ins Foyer hinaus und war sehr zufrieden, als der Bankier ihm nachgelaufen kam.

Charmaine betupfte ihre Wangen und betrat das Kinderzimmer.

»Mademoiselle!« Jeannette stürmte auf sie zu. »Ist alles in Ordnung?«

Yvette kam ihr nach, und zusammen zogen sie Charmaine ins Zimmer. »Sie haben geweint«, sagte Yvette zaghaft.

»Das ist vorbei«, versicherte Charmaine und setzte sich auf das Bett der Mädchen. Dann sah sie Rose an, die ebenfalls beunruhigt schien.

»Sie sind aber noch unsere Gouvernante, oder?«, fragte Jeannette.

Wieder stiegen Charmaine die Tränen in die Augen. »Ich weiß es nicht«, flüsterte sie.

»Wir erlauben nicht, dass man sie fortschickt!«, rief Yvette und umschlang sie. »Wir lieben Sie doch.«

Gerührt erwiderte Charmaine die Geste.

Jeannette entdeckte Colette, als sie unter der Tür stand. »Mama! Du schickst Mademoiselle Charmaine nicht weg, oder?«

»Aber ganz bestimmt nicht.« Ihre ernste Miene wandelte sich zu einem Lächeln, und kurz darauf kicherten und lachten sie alle zusammen.

Einige Zeit später schlenderten Colette und Charmaine in der abendlichen Brise über den Balkon bis zu Colettes Salon, wo Charmaine der Freundin weitere Einzelheiten aus ihrer traurigen Vergangenheit offenbarte. Colette war eine mitfühlende Zuhörerin, und als Charmaine schließlich in ihr Zimmer zurückkehrte, war ihr eine schwere Last von den Schultern genommen.

Paul wollte mit Charmaine sprechen, doch er fand sie weder bei den Kindern noch in ihrem eigenen Zimmer. Nun gut, dann eben morgen, dachte er… Gleich morgen wollte er mit ihr sprechen.

Samstag, 24. Dezember 1836

Fatima summte leise vor sich hin, während sie in der Küche arbeitete und auf Colettes Geheiß hin letzte Hand an zwölf Körbe mit Lebensmitteln legte. Zwei Tage lang hatte sie gekocht, und nun trat sie einen Schritt zurück und betrachtete zufrieden lächelnd die weihnachtlichen Köstlichkeiten, die am Nachmittag in das Lager der Arbeiter gebracht werden würden. Colette hatte diese Tradition vor neun Jahren begründet. Fatima war von der Großherzigkeit ihrer Herrin begeistert, aber sie war besorgt, als die Herrin des Hauses lange vor Mittag die Küche betrat.

»Miss Colette, was haben Sie denn vor?«

»Sie wissen sehr genau, was ich vorhabe.«

»Aber Master Paul hat doch gesagt, dass er in diesem Jahr die Körbe verteilen wird.«

»Das hat *er* gesagt, nicht ich«, erwiderte Colette und rückte einige Laibe Brot in einem Korb zurecht. »Ich bin sehr wohl in der Lage, eine Fahrt im Wagen zu überstehen.«

Fatima saugte an ihren Wangen. »Das halte ich nicht für eine gute Idee.«

»Und warum nicht? Warum sollte es in diesem Jahr anders sein?«

»Weil Sie sich nicht wohlfühlen. Nur deshalb«, sagte Fatima mit ernster Miene, und als sie merkte, dass Colette ihr nicht zuhörte, fügte sie hinzu. »Master Frederic wird das nicht gutheißen.«

Colette lachte. »Das war schon beim ersten Mal so.«

»Das stimmt nicht. Er …«

»Er hat sich angepasst, nicht wahr?«, fiel ihr Colette ins Wort.

»Damals war damals, aber heute ist heute. Er sorgt sich mehr um Ihre Gesundheit als darum, ob die Männer etwas zu beißen haben.«

»Er wird nicht einmal merken, dass ich fort bin. Außer Sie verraten mich.«

Fatima schüttelte nur den Kopf. Ihr war klar, dass jedes weitere Wort umsonst war. Wenn Colette sich in Zorn redete, konnte nichts sie aufhalten. Es war lange her, seit Fatima zuletzt eine Spur dieses Zorns, ein Stück der alten Colette, gesehen hatte. Beim Dinner mit dem Bankier war wieder ein erster Funke aufgeflammt, und Fatima hegte die leise Hoffnung, das Feuer bald wieder mit großer Flamme brennen zu sehen. »Aber die Körbe tragen Sie nicht. Joseph wird Sie begleiten und Ihnen helfen.«

»Einverstanden, aber ich nehme auch die Mädchen mit, damit sie mir beim Verteilen helfen.«

Fatima hielt mitten in der Bewegung inne. »Und warum das?«

»Es ist wird Zeit, dass meine Kinder lernen, dass Vermögen auch Verpflichtung bedeutet. Ich möchte nicht, dass sie zu Schönheiten mit warmem Lächeln, aber kaltem Herzen heranwachsen.«

Selbst nach neun Jahren war Fatima noch von Colettes Großherzigkeit beeindruckt. Mit einem Nicken wandte sie sich wieder ihrer Arbeit zu.

Nachdem alle Vorbereitungen beendet und die Körbe auf dem Boden des Landauers verstaut waren, setzte sich der Wagen mit Colette, den beiden Mädchen und Joseph Thornfield in Bewegung. Charmaine und Pierre standen auf der obersten Stufe vor den Säulen und winkten ihnen nach. Aber keiner bemerkte, dass Frederic mit gerunzelter Stirn im Stockwerk darüber auf dem Balkon stand.

Später am Abend, als Colette sich bereits zurückgezogen hatte und Charmaine die Mädchen zu Bett brachte, sprachen die Zwillinge noch lange im Flüsterton über das große Gebäude und die komischen Männer, die sie besucht hatten. Jeannette schien der Besuch Spaß gemacht zu haben, doch Yvette rümpfte die Nase. »Ich verstehe nicht, warum wir dort hingehen mussten. Es war schrecklich. Es hat gestunken, und alles war schmutzig.«

»Mama sagt, dass wir nicht halb so reich wären, wenn

diese Männer nicht für Papa arbeiteten«, erklärte Jeannette. »Sie sagt, wir müssten ihnen dankbar sein. Wenn wir den Männern ein Weihnachtsessen bringen, bedanken wir uns wenigstens ein bisschen.«

»Ich weiß, was sie gesagt hat«, erwiderte Yvette.

Jeannette zuckte die Schultern und kuschelte sich unter ihre Decke.

Charmaine gab den Mädchen einen Kuss, zog die Decke über Pierre zurecht, der tief und fest schlief, und schlich auf Zehenspitzen aus dem Zimmer. Ihr war klar, was Colette mit diesem Besuch bezweckt hatte, aber offenbar hatte nur Jeannette die Botschaft verstanden.

Colette bürstete gerade ihr Haar, als Frederic das Ankleidezimmer betrat. Er hatte zwar geklopft, aber ihre Antwort nicht abgewartet. Sie sah ihm im Spiegel entgegen und fühlte sich, als er immer näher kam, unwohl, da sie bereits entkleidet war.

»Du bist heute im Lager gewesen«, sagte er.

»Morgen ist Weihnachten.«

»Zusammen mit den Zwillingen.«

»Ja.« Sie erhob sich und drehte sich zu ihm um. Dabei bewahrte sie nur mit Mühe ihre Fassung. »Sollte ich ihnen nicht zeigen, dass man auch für die weniger Glücklichen sorgen muss? Darum geht es doch an Weihnachten, oder etwa nicht? Das Christuskind lag auch nur in einer einfachen Futterkrippe.«

Seine Blicke musterten sie so eindringlich von Kopf bis Fuß, dass es ihr den Atem verschlug. »Aber diese Männer sind Verbrecher, Colette«, sagte er mit rauer Stimme. »Ich war um die Sicherheit der Mädchen besorgt – und um deine. Außerdem bist du noch nicht gesund. Ich möchte nicht, dass du unseren Besitz noch einmal verlässt, ohne es mir vorher zu sagen.«

Colette richtete sich auf. »Ich bin also eine Gefangene in meinem eigenen Haus? Das hast du schon einmal versucht. Aber ich sage dir hier und heute, dass ich das nicht akzeptieren werde. Ich werde weiterhin kommen und gehen, wie es mir beliebt!«

Frederic biss die Zähne aufeinander. »Und ich sagte dir, dass es mir gleichgültig sei, wenn du gehst. Doch meine Töchter sind allein meine Sache!«

Colette fühlte, wie ihr die Tränen in die Augen stiegen. Aber sie wollte ihm nicht zeigen, wie leicht er sie verletzen konnte. Hastig knotete sie den Gürtel ihres Morgenmantels zusammen. Dann drängte sie sich an ihm vorbei in ihr Schlafzimmer und warf die Tür hinter sich ins Schloss.

Lange stand Frederic bewegungslos da und starrte auf die Tür, plötzlich trat er einen Schritt nach vorn. Doch sein lahmes Bein verfing sich am Eck des Teppichs, und er stolperte. Seine rechte Hand schoss nach vorn, und er klammerte sich an einen Stuhl. Als sein Stock auf den Boden knallte, fluchte er leise. Sein Herz klopfte, und er zitterte am ganzen Leib. Als sein Atem wieder ruhiger ging, ließ er den Stuhl los, dann wischte er sich mit dem Ärmel die Schweißperlen von der Stirn. Als er sich bückte, um seinen Stock aufzuheben, begriff er wieder einmal, was aus ihm geworden war. Abgestoßen von sich selbst, kehrte er in seine Räume zurück.

Sonntag, 25. Dezember 1836

Der Weihnachtstag wurde mit einer Messe im Morgengrauen und einem ausgiebigen Frühstück begrüßt. Anschließend ging Colette mit den Kindern in die Räume von Frederic hinüber. Normalerweise fanden die Besuche einmal in der Woche in umgekehrter Richtung statt.

Wofür Charmaine dankbar war, weil sie das Kinderzimmer als sicheres Terrain empfand. Gewissermaßen als eine neutrale Zone der Höflichkeit.

Die Zeit bis zur Rückkehr der Kinder wollte Charmaine im Wohnraum warten, wo Paul bereits saß. Seit Stephen Westphals Besuch hatten sie nicht mehr miteinander gesprochen. Seine Reisevorbereitungen hatten ihn sehr in Anspruch genommen, und er hatte lange über Dokumenten und Vertragsentwürfen gebrütet. Morgen sollte die Reise beginnen. Als sie eintrat, erhob er sich.

»Es tut mir leid«, entschuldigte sie sich hastig. »Ich wollte nicht stören.«

»Sie stören mich nicht. Ich wollte sowieso mit Ihnen sprechen. Wo sind die Kinder?«

»Bei Ihrem Vater.«

»Kommen Sie, setzen Sie sich.« Er deutete auf den Sessel ihm gegenüber.

Nachdem sie sich gesetzt hatten, schob er die Papiere zur Seite, dann sah er sie lange an. »Erst einmal möchte ich mich entschuldigen.«

»Wofür?«

»Dafür, dass Sie glauben mussten, dass ich nicht auf Ihrer Seite stünde. Als ich merkte, dass Sie weglaufen wollten, musste ich Sie einfach aufhalten. Man darf dem Feind nie den Rücken zudrehen.«

Charmaine war erstaunt. Genauso hatte George das erklärt.

»Wenn Sie mich nur angesehen hätten, hätte ich Ihnen meine Haltung erklären können. Aber Sie waren ja wild entschlossen, Mr. Westphal in die Schranken zu weisen. Es tut mir leid, dass ich Ihnen wehgetan habe.«

Unbewusst hatte sie ihr Handgelenk gerieben. »Das war nicht weiter schlimm«, flüsterte sie. »Vielen Dank, dass Sie mich verteidigt haben – und das bei dieser Wahrheit.

Ich weiß, dass Sie zu Beginn nicht viel von mir gehalten haben.«

»Ich habe mich geirrt«, entgegnete er. »Die Kinder sind glücklich mit Ihnen.«

»Sie hätten mich auch an den Taten meines Vaters messen können.«

Lächelnd sah er sie an und beugte sich ihr entgegen. »Aber nein, das hätte ich niemals getan.«

Sie sah so reizend aus. Während der langen Reise würde er sie sehr vermissen. Und dann begriff er, dass auch Charmaine ihn vermissen würde. Vielleicht sogar noch mehr als er sie. Während der letzten Monate hatte er sich wie ein Gentleman betragen. Ganz wie versprochen. Und die Zeit hatte für ihn gearbeitet. Er wusste, dass Charmaine sich zu ihm hingezogen fühlte. Im Augenblick sehnte sie sich nach seinem Kuss. Inzwischen fühlte sie sich in seiner Gegenwart völlig sicher, und doch war sie beunruhigt, weil er keine weiteren Annäherungsversuche mehr unternahm. Arme Charmaine Ryan, sie war wirklich völlig durcheinander! Die Frau in ihr forderte Leidenschaft, das kleine Mädchen Sicherheit, und dann gab es noch das von seinem Vater gequälte Geschöpf, das *Jeder Mann muss unbedingt gemieden werden!* schrie. Wie gern hätte er ihre Ängste weggewischt und ihr die Wonnen der Weiblichkeit gezeigt.

Abwesenheit … Seine dreimonatige Abwesenheit würde ihr Herz weicher stimmen. Und wenn er zurückkam, würde er den Hunger in ihren Augen lesen. Sollte sie ruhig von ihm träumen, solange er fort war. Das würde seine Heimkehr nur versüßen. Er musste ihr nur etwas dalassen, das sie an ihn erinnerte.

»In der Morgendämmerung werden wir mit der Flut den Anker lichten«, murmelte er. »Sie werden mir fehlen.«

Mit einem Mal wurde es Charmaine schwindlig. Paul

wollte sie küssen. Seine Hände hielten die Lehnen des Sessels, in dem sie saß, umfasst, und sie war gefangen. Sie schloss die Augen, blieb aber aufrecht sitzen. Seine Wange brannte heiß an der ihren, als er sich zu ihr vorbeugte und ihr etwas ins Ohr flüsterte. Ihr Herz hämmerte so laut, dass sie seine Worte nicht verstand. Um ihren wirbelnden Sinnen Einhalt zu gebieten, klammerte sie sich an seine Arme.

»Hier steckst du also!«

Der Augenblick war vorüber, als Agatha Ward den Wohnraum betrat. Paul richtete sich auf und erhob sich, und Charmaine drehte ihr gerötetes Gesicht zur Seite. Nachdem sie sich gefasst hatte, erhob sie sich und ging ohne einen Blick in Pauls Richtung ins Foyer hinaus.

7

Dienstag, 7. März 1837

»Robert, rasch«, rief Agatha. »Sie bekommt keine Luft!«

Charmaine drückte sich in den Türrahmen zum Wohnraum, hielt die Zwillinge umfasst und presste den kleinen Pierre an ihre Brust. Als der Arzt die Treppe nach oben rannte, fing Jeannette an zu weinen. »Wird Mama wieder gesund, Mademoiselle?«

»Aber natürlich«, antwortete sie, ohne ihre Ängste zu zeigen. »Wenn Dr. Blackford da ist, wird es ihr bald besser gehen.« Sie trug Pierre ins Wohnzimmer und setzte ihn auf die Bank vor das Klavier. »Ich schlage vor, dass wir ein bisschen singen. Dann fühlen wir uns sofort besser.«

Die Kinder strahlten, aber Charmaines Unruhe wollte nicht weichen. *Warum habe ich Colette nur ermutigt, die Kinder auf dem Sonntagsausflug zu begleiten?* Natürlich hatte niemand das Unwetter vorhersehen können, nachdem der Tag so strahlend schön begonnen hatte. Doch als sie zu Hause ankamen, waren sie bis auf die Haut durchnässt und froren jämmerlich. Colette bekam fast augenblicklich hohes Fieber. Eine Lungenentzündung, wie Dr. Blackford sagte. Der Schleim saß in den Lungenflügeln fest und erschwerte das Atmen. Zu Charmaines Selbstvorwürfen kam noch Agathas besorgte Miene. Offenbar handelte es sich um etwas Ernstes.

Trotz allem verlief der Tag wie gewohnt. Als Dr. Blackford irgendwann das Krankenzimmer verließ und sich an der offen stehenden Tür zum Kinderzimmer räusperte, schraken alle zusammen.

»Wie geht es meiner Mutter?«, fragte Yvette.

»Ein klein wenig besser«, bemerkte der Arzt mit säuerlicher Miene.

So groß und schlank und mit dunklen, aristokratischen Gesichtszügen hätte Dr. Blackford eigentlich ein gut aussehender Mann sein können. Aber er lächelte nie, und seine verschlossene Miene ließ ihn eher griesgrämig wirken.

»Wenn sie sich weiter erholen soll«, fuhr er fort, »so sollte sie nicht gestört werden, bevor ich es erlaube. Dank dieses kleinen Ausflugs hat sie sich immerhin eine Lungenentzündung zugezogen.«

An diesem Abend hatte Charmaine alle Hände voll zu tun, um die Mädchen zur Ruhe zu bringen. Eigentlich hatte sie Schwierigkeiten vonseiten Pierres erwartet, weil er am Abend zuvor fast eine ganze Stunde lang geweint hatte. Ohne Nana Roses Hilfe – die Arme lag schon den größten Teil der Woche mit Rheumatismus im Bett – fürchtete Charmaine, dass sie einem neuen Weinanfall nicht gewachsen wäre. Aber das Gegenteil war der Fall. Pierre schlief fast augenblicklich ein, doch heute quälten sich die Mädchen mit Schuldgefühlen und sorgten sich um ihre Mutter. Erst als Charmaine ihnen vorlas, wurden ihre Lider schwer, und schließlich forderte die Müdigkeit ihren Tribut.

Danach war sie allein und hatte Zeit genug, um sich selbst Vorwürfe zumachen. Während der letzten beiden Monate hatte Colette sich fast immer schlecht gefühlt. Seit Weihnachten war es mit ihrer Gesundheit rapide bergab gegangen. Umso mehr hatte Charmaine gehofft, dass ein Tag in der Sonne und der frischen Luft Wunder wirken würde. Aber Agatha sollte recht behalten. Sie war kein Arzt und hätte Colette in Ruhe lassen sollen. Jetzt ging es ihr schlechter denn je. Bisher hatte Robert Blackford seine Patientin jeden zweiten Tag besucht, doch von nun an musste er wohl täglich kommen.

Charmaine ging hinunter in die Küche, um ein wenig mit Fatima zu plaudern. »Das Haus ist einfach zu leer«, klagte diese. Und genauso war es. Während Pauls Abwesenheit war George überlastet. In den letzten Wochen hatten sie ihn so gut wie gar nicht zu Gesicht bekommen. Charmaine war bedrückt. In Pauls Gegenwart hatte sie sich geborgen gefühlt, doch seit er fort war, war alles anders, und die Nächte dehnten sich unendlich lang. Sobald die Kinder im Bett waren, konnte sie nur ungeduldig die Stunden zählen.

Um etwas zu tun, ging sie nach unten zum Klavier. Vielleicht lenkte es sie ja ab, wenn sie sich einmal an einem wirklich schwierigen Stück versuchte. Sie suchte nach passenden Noten und fand schließlich in einer Schublade ein abgegriffenes Heft mit zahllosen Eselsohren. Sie lehnte die Noten auf den Ständer, strich ihre Röcke glatt und legte die Finger auf die Tasten.

Sie spielte die ersten sechzehn Takte, deren vier letzte als Sequenz das zweite Thema einleiteten. Sie seufzte. Die Komposition war wunderschön und gleichzeitig sehr traurig. Wieder und wieder begann sie von vorn und lauschte mit träumerischer Miene dem wunderbaren Klang des Instruments. Auf Loretta Harringtons Piano hätte das Stück niemals so weich geklungen. Es war ein Meisterstück, komponiert für ein meisterliches Instrument, und die Klänge erfüllten den weiten Raum.

Wieder bewegten sich Charmaines Finger über die elfenbeinernen Tasten. Langsam wurde ihr das Stück vertraut. Sie lächelte. Beim letzten Mal hatte sie nur einen einzigen Fehler gemacht, und nun erblühte die Rhapsodie unter ihren Fingern in all der Schönheit und Fülle einer Knospe, die sich der Sonne öffnet.

Obgleich die dissonanten Töne des zweiten Themas der perfekten Harmonie des ersten Teils zuwiderliefen, waren beide Tonfolgen eng ineinander verwoben: Wie ein Liebespaar, das gemeinsam dem Höhepunkt entgegenstrebt, sich entlang einer Tonleiter aufbaute, bis es in einem furiosen Arpeggio explodierte, bevor es in sich zusammensank. Nach drei Takten der Stille antwortete eine einsame Folge von Tönen dem wilden Chaos und brachte das Stück zu seinem Ende – einem verzweifelten, verlorenen und hoffnungslosen Ende …

Der Abend war viel zu warm, und die Luft drohte, sie zu ersticken. Colette fürchtete nichts mehr als dieses Erstickungsgefühl. Sie verließ das Bett und ging barfuß zu den französischen Türen hinüber und öffnete sie. Mit geschlossenen Augen stand sie da und spürte, wie der frische Märzwind über ihr Gesicht strich, ihr das goldene Haar von den Schultern wehte … und hoffentlich auch ihren Kopf von allen belastenden Gedanken befreite.

Dies ist nur ein kleiner Rückfall, sagte sie sich. Es stimmte, ihr Kopf pochte, ihre Kehle wurde von Nadelstichen malträtiert, und ihre Brust war eng. *Aber gleich eine ernste Entzündung der Lunge?* Nein, widersprach sie. Sie war nicht krank, obgleich Agatha Ward und Robert Blackford das jeden glauben machen wollten. Und dennoch … Nach zwei Tagen mit Husten und Fieber hatte sie heute am Nachmittag ihren Willen zum Widerstand eingebüßt und sich Roberts heimtückischem Serum und Agathas ständiger Mahnung nach Bettruhe ergeben.

Das lag jetzt einige Stunden zurück. Heute Nacht war das Haus ungewöhnlich still. Tief atmete sie die belebende Nachtluft ein, bis ein heftiger Windstoß sie mit voller

Wucht traf und erschauern ließ. Rasch wickelte sie sich fester in ihre Samtrobe und schloss die Balkontüren, doch sofort war das erstickende Gefühl wieder da.

Eigentlich sollte sie sich hinlegen. *Nein!* Nicht wieder in dieses zerwühlte Bett, wo sie drei Tage lang gelegen hatte. Stattdessen tasteten ihre Füße nach den Schuhen. Sie wollte nach den Kindern sehen.

Sie befand sich gerade gegenüber der Treppe, als sie es zum ersten Mal hörte – Töne aus lang vergangenen Tagen, dennoch so frisch im Gedächtnis… Gleich darauf waren sie verstummt, und ein Gefühl der Enttäuschung blieb zurück. Sie hatte sie nicht wirklich gehört, dachte sie. Ihr benebelter Kopf hatte sie genarrt. Sie hätte sich nicht der Nachtluft aussetzen sollen. Die Erschöpfung forderte ihren Tribut. Sollte sie lieber in ihre Räume zurückkehren? Nein, das war unsinnig. Nachdem sie schon so weit gekommen war, wollte sie ihre Kinder auch sehen. Wenn sie sich nur einen Augenblick der Ruhe gönnte, würde es schon gehen. Na also, sie fühlte sich schon besser.

Die Kinder schliefen tief und fest. Dank Charmaine wurden sie auch in ihrer Abwesenheit bestens betreut. Sie küsste jedes der Kinder auf die Stirn und zog die Decken zurecht. Zufrieden schlich sie schließlich auf Zehenspitzen hinaus.

Das gesamte Haus war in Schweigen versunken, doch als sie den Korridor überquerte, waren die vertrauten Töne mit einem Mal wieder da. Sie trafen sie genau oben an der Treppe, lockten sie und zerrten an ihrer Seele. Ja, jetzt waren sie lauter. Kein bitterer Nachgeschmack der Enttäuschung. Sie hörte sie wirklich! Sie musste es nur bis hinunter in den Wohnraum schaffen. Ihr Herz klopfte voller Sehnsucht, die Rhapsodie umfing sie, spottete ihrer Unruhe und verlangte nur eines: Komm!

Charmaine spielte und spielte und ergab sich der Macht der Töne. Kein Poet konnte bessere Worte für den tiefen Kummer finden, der diesem Meisterstück innewohnte. Sie war nur das Medium, das den Schmerz lebendig werden ließ und als Gefangene dieser Töne erst jetzt begriff, dass viel mehr darin lag als nur die Musik. Sehr viel mehr. Fehlerfrei glitten ihre Hände über die Tasten, und ihre Finger belebten das unbekannte Land. Die Komposition verschlang sie, um ihre bedauernswerte Lage aufzuzeigen: Scharaden, die Wahrheiten verbargen, Ungerechtigkeiten, die die Lebenden heimsuchten, und Entscheidungen, die noch längst nicht getroffen waren … Charmaine hatte all das am eigenen Leib erlebt und wollte nur weinen.

Als die Tür aufflog, schrak sie zusammen, und ihre Hände misshandelten die Tasten. Erleichterung überkam sie, als sie den Geist erkannte. »*Colette?*«

Die Hausherrin schien benommen zu sein. Ihre Augen glänzten, und ihre Pupillen waren geweitet. Ihr Gesicht war gerötet, und ihr Atem ging schwer. Als sie keine Antwort bekam, ging Charmaine zu ihr hinüber und legte den Arm um die zarten Schultern. Colette schwankte ein wenig und begann zu husten. Als der Anfall vorüber war, schob Charmaine sie in den nächstbesten Sessel. »Geht es wieder? Soll ich Ihnen etwas holen? Vielleicht ein Glas Wasser? Oder soll Travis den Arzt rufen?«

Die letzte Frage drang in Colettes Bewusstsein. »Nein«, flüsterte sie. »Es geht gleich vorbei … nur eine Minute. Geben Sie mir nur eine Minute.« Ihr Blick irrte durch den Raum, als ob sie jemanden suchte. Schließlich sah sie zu Charmaine empor. »Sie … Haben Sie gerade Klavier gespielt?«

»Ja.«

Colette runzelte dir Stirn. »Ich wusste gar nicht, dass Sie so gut spielen …« Die Worte hingen in der Luft, während ihre Augen wieder die Dunkelheit zu durchdringen suchten. *Stand er vielleicht irgendwo im Schatten?*

»Ich hätte es selbst nicht gedacht. Es ist eher so, als ob mich die Komposition beherrscht hätte.«

Colettes Blick wurde eindringlich.

»Sie gehören ins Bett«, sagte Charmaine beunruhigt.

»Nein, es geht mir gut. Ich habe nach den Kindern gesehen, als ich plötzlich die Musik gehört habe. Sie haben so wunderschön gespielt, als ob … als ob Sie das Stück komponiert hätten …«

Charmaine lachte ungläubig. »Das könnte ich nie.«

»… als ob Sie Teil dieser Töne wären«, fuhr Colette, ohne auf die Bemerkung zu achten, fort.

Dem konnte Charmaine nicht widersprechen. »Es ist eine wunderbare Komposition. Ich wünschte, ich könnte sie fehlerfrei spielen.«

»Das werden Sie«, ermutigte sie Colette. »Mit etwas Geduld und Übung werden Sie es schaffen.«

»Ich fürchte, da wird sehr viel Übung nötig sein.« Sie nahm die Noten in die Hand und studierte sie genauer. »Es gibt einige Tonfolgen, die einander zu widersprechen scheinen. Ich muss mir das genauer ansehen, bevor ich dem gerecht werden kann. Meine Finger sind immer versucht, die Dissonanzen auszugleichen. Sie klingen einfach zu trostlos.«

Tränen schimmerten in Colettes Augen. »Die Beobachtung ist völlig richtig. Die Komposition braucht das Spiel Ihrer Finger, um sich zu verändern.«

»Zu verändern?«, fragte Charmaine entsetzt. »Es käme mir nie in den Sinn, etwas so Perfektes zu zerstören.«

»Nein, nein, nicht zerstören, sondern weiterentwickeln. Die Musik verlangt danach, verstanden zu werden. Eine sanfte Hand, die Hingabe an jeden Takt, wird die Komposition bereichern. Einige Noten, die in eine andere Richtung weisen, können die Traurigkeit durch Glück und Freude ersetzen. Sie sind stark genug, Charmaine, um ein solches Stück zu zähmen. Nicht zu brechen, aber es ebenso in Besitz zu nehmen, wie es Sie in Besitz genommen hat. Wenn Ihre Liebe zu Musik wird, dann wird die Harmonie perfekt sein.«

Eigentümliche Gedanken, dachte Charmaine. »Wer hat das Stück komponiert?«

»Offensichtlich ein Mensch, der Schweres erduldet hat.«

»Ja«, sagte Charmaine, »der Schmerz muss ihn inspiriert haben.«

Colette nickte und fühlte sich zum zweiten Mal in dieser Nacht völlig zufrieden. »Würden Sie das Stück noch einmal spielen? Es ist so lange her. Aber ich würde es zu gern noch ein letztes Mal hören.«

Charmaine legte die Finger auf die Tasten und ließ die Rhapsodie erneut entstehen.

Mittwoch, 8. März 1837

Colette saß an ihrem Schreibtisch und atmete so tief, wie ihre entzündeten Lungen das erlaubten. Agatha und Robert waren endlich gegangen, und sie hatte einen Moment ganz für sich allein. Sie hatte sich geweigert, im Bett zu bleiben, und war sicher, dass sie mehr Kraft bei der Diskussion mit dem Arzt und seiner Schwester verschwendet hatte, als es sie gekostet hatte, das kurze Stück vom Bett zum Schreibtisch zu gehen. Zugegeben, Roberts Arzneien hatten einen positiven Einfluss gehabt. Obwohl sie noch hin und wieder husten musste, so hatte doch das Senfpflaster den beißenden Schmerz von gestern gelindert, als sie die Anfälle kaum noch hatte kontrollieren können.

Außerdem hatte die intensive Zuwendung sie vom Fieber und dem ständigen Frösteln kuriert.

In der letzten Nacht hatte sie nur wenig geschlafen, und doch fühlte sie sich an diesem Morgen geradezu munter und erfrischt. Charmaine Ryan hatte ihr den Weg gewiesen. Jetzt wusste sie, was zu tun war.

Sie nahm die Feder zur Hand und begann zu schreiben, was ihr Herz ihr diktierte. Mehr als nur einmal tropften Tränen auf das Papier, die sie mit der Hand wegwischte. Die Tränen gehörten der Vergangenheit an, und das Lächeln war die Zukunft. Sie dachte nur noch an das Lächeln.

Sie war so tief in Gedanken versunken, dass sie gar nicht hörte, wie die Tür geöffnet wurde.

»Warum bist du nicht im Bett, Colette?«

Sie zuckte zusammen und hätte beinahe die Tinte umgeworfen, als ihre Hand zum Mund fuhr. »Frederic«, keuchte sie, »was tust du hier?« *Hat er über meine Schulter lesen können, was ich geschrieben habe?* Nein, in seinen Augen spiegelte sich allein seine Sorge.

»Ich wollte nur sehen, wie es dir geht«, sagte er mit sanfter Stimme.

Sie seufzte vor Erleichterung, doch der Seufzer endete in einem Hustenanfall. Als sie zu ihm aufsah, hatte sich seine Miene verfinstert.

»Robert sagt, dass du seinen Rat abgelehnt hast. Muss ich etwa Gladys befehlen, an deinem Bett Wache zu halten?«

»Tu, was du für richtig hältst, Frederic. Ich lasse mich nicht drangsalieren!«

Sie konnte sich an Zeiten erinnern, wo ihn derartiger Widerspruch erzürnt hätte. Doch heute sah er eher traurig drein. »Ich will dich nicht drangsalieren, Colette. Ich möchte nur, dass du wieder gesund wirst.«

»Und warum?« Plötzlich war sie den Tränen nahe. »Welchen Unterschied macht das schon?«

»Die Kinder brauchen dich.«

»Die Kinder… *Nur* die Kinder?« Sie biss sich auf die Lippe und wartete einen atemlosen Moment lang, dass er die heiß ersehnten Worte endlich aussprach.

»Wo warst du letzte Nacht?«, fragte er stattdessen.

Einen Augenblick lang war Colette verwirrt. Die Gedanken stürmten durch ihren Kopf: das stickige Zimmer, der Wunsch, die Kinder zu sehen, die Musik… und dann diese Frage, diese ganz besondere Frage. »Du warst hier?« Ein vorwurfsvoller Schimmer lag in ihrem Blick. *Guter Gott, er misstraut mir noch immer!*

»Robert hat ein so schreckliches Bild gezeichnet. Ich war besorgt und konnte nicht schlafen.«

»Ich auch nicht. Ich habe nach den Kindern gesehen.«

»Seltsam«, schnaubte er. »Ich auch. Aber dort warst du nicht.«

»Doch, ich *war* dort. Anschließend war ich unten im Wohnzimmer. Aber wenn du immer nur das Schlimmste glauben willst, damit dein Schmerz leichter…«

Sie hustete wieder, und diesmal heftiger, sodass sie sich nach vorn krümmte und seinen verzweifelten Blick nicht sah. »Colette«, drängte er und zog sie mit seinem gesunden Arm in die Höhe, »du musst unbedingt zurück ins Bett. Ich werde dich auch bestimmt nicht mehr stören, wenn du nur im Bett bleibst.«

Freitag, 31. März 1837

Nach diesem Anflug einer Lungenentzündung verschlechterte sich Colettes Gesundheitszustand ständig weiter, sodass sie so gut wie gar nicht mehr zu den Kindern kam.

Dieser Freitag war jedoch eine Ausnahme. Wenn Colette nicht zu den Kindern kommen konnte, wollten die Kinder sie besuchen. Schließlich hatte sie heute Geburtstag. Charmaine hatte alles geplant: zuerst einen Ausflug mit den Kindern, und nach dem Mittagessen dann den Besuch bei ihrer Mutter. Als Geschenk hatten sie vor ein paar Tagen einen hübschen Kasten in der Stadt erstanden.

Charmaine hatte gerade Pierres Schnürsenkel zugebunden, als Frederic unter der Tür stand. »Gehen Sie fort?«

»Ja, Sir.« Sie richtete sich auf. In Gegenwart des Hausherrn war sie noch immer befangen, weil sie jedes Mal an ihre erste Begegnung zurückdachte. Inzwischen sahen sie einander täglich. Im vergangenen Monat war Frederic Duvoisin sogar, wie zuvor seine Frau, jeden Tag zu genau derselben Zeit im Kinderzimmer erschienen. Ganz so, als ob er seinen Kindern die kostbare Zeit mit ihrer Mutter ersetzen wollte.

»Mademoiselle Charmaine macht ein Picknick mit uns«, sagte Jeannette. »Möchtest du mitkommen, Papa?«

»Ich glaube nicht. Aber ich habe ein Päckchen für Pierre. Wenn ich richtig informiert bin, wird er heute drei Jahre alt.«

Der kleine Kerl strahlte vor Freude. »Genau! Und wo ist mein Geschenk?«

Frederic zog das Paket hinter dem Rücken hervor, und sofort stürzte sich Pierre darauf und zerrte das Papier herunter. Er fand ein hölzernes Schiff, eine Nachbildung der Segler, die für die Duvoisins über den Atlantik fuhren. Er umschlang seinen Vater. »Vielen Dank, Papa!«

Charmaine freute sich über das Glück des Jungen und war stolz auf sein gutes Benehmen. Doch Pierre rutschte bereits auf Händen und Knien über den Boden und tat so, als ob er über den Ozean segelte.

Yvette war sichtlich enttäuscht. »An unserem Geburtstag hat Pierre auch ein Geschenk bekommen. Und was ist mit uns? Bekommen wir etwa nichts?«

»Wäre ein Besuch bei eurer Mutter vielleicht eine kleine Entschädigung?«, fragte Frederic. »Sie würde sich jedenfalls sehr freuen. Es geht ihr nämlich schon ein bisschen besser.«

Die Einladung hatte durchschlagenden Erfolg. Das Picknick war vergessen, und die Kinder stürmten davon. »Aber nicht auf dem Bett herumhüpfen«, rief Frederic ihnen nach. »Und das Gratulieren nicht vergessen.«

»Das vergessen wir sicher nicht«, rief Yvette.

Eine Sekunde später waren sie weg, und Charmaine war mit dem schweigsamen Mann allein. Frederic trat zur Seite und bedeutete ihr mit einem Wink, dass sie vorausgehen sollte. Charmaine gehorchte und fragte sich, ob sie sich an seine schweren Schritte gewöhnt hatte. Oder hatte sich sein Gang in den Monaten, seit sie ihn kannte, gebessert? Er schien sich nicht mehr so quälen zu müssen.

Obgleich die Sonnenstrahlen durch die weit geöffneten Fenstertüren hereinfielen, wirkte Colettes Schlafzimmer bedrückend. Sie saß, von Kissen gestützt, im Bett. Dunkle Ringe umgaben die eingesunkenen Augen, und ihr Lächeln wirkte eher bedrückt als froh.

Den Kindern schien der Ernst ihrer Erkrankung nicht bewusst zu sein. Pierre kuschelte an ihrer Seite, Jeannette saß dicht neben ihrem Bruder, und Yvette stand am Kopfende und hielt ihrer Mutter die Hand. Sie waren einfach nur glücklich, bei ihr zu sein.

»Wir machen heute ein Picknick«, erzählte Yvette. »Wir können ja nicht warten, bis du gesund genug bist und mitkommen kannst.«

»Eine gute Idee für Pierres Geburtstag«, sagte Colette. »Nächstes Jahr, wenn es mir besser geht, machen wir zusammen Pläne.«

»Ich bin drei!«, erklärte Pierre voller Stolz.

»Das weiß ich doch, *mon caillou*, und du wirst immer hübscher. Bald siehst du genauso aus wie dein Vater.« Sie strich ihm das Haar aus der Stirn und zog ihn für einen zärtlichen Kuss an sich. »Ich habe dich vermisst.«

»Wann geht es dir wieder besser, Mama?«

»Bald, hoffe ich ... sehr bald.«

Frederic räusperte sich. »Ich habe noch gar keinen Glückwunsch gehört ...«

»Oh, ja«, riefen alle wie aus einem Mund. »Happy Birthday, Mama!«

»Ich bin froh, dass wir dich endlich besuchen dürfen«, sagte Jeannette. »Mademoiselle dachte, dass wir noch bis zum Nachmittag warten müssten, aber Papa wusste, dass wir lieber gleich am Morgen kommen wollen!«

Mit Tränen in den Augen sah Colette ihre Kinder an, und dann blickte sie zu ihrem Mann hinüber. »Ich danke dir«, flüsterte sie, und ihr leises Erstaunen war nicht zu übersehen.

Früh am Morgen hatte Colette bereits mit dem Arzt diskutiert und nichts weiter erreicht als seine Drohung, dass er ihren Mann rufen würde, sollte sie das Bett verlassen. Als Agatha eifrig davongeeilt war, um genau das zu tun, war sie sicher gewesen, dass man ihr das Zusammensein mit den Kindern verwehren würde. Aber Frederic war ihnen entgegengetreten.

Bevor die Kinder gingen, überreichten sie ihrer Mutter zum Abschied noch schnell das Geschenk. Colette küsste sie der Reihe nach und genoss ihre Zärtlichkeiten. Als sie fort waren, sah sie nachdenklich vor sich hin.

Frederic setzte sich zu ihr auf die Bettkante und ergriff ihre Hand. Trotz ihrer Schwäche schlug ihr Herz schneller. *Weiß er eigentlich, welche Gefühle er in mir erweckt?* Sie las in seinen Augen. *Nein.*

»Ich danke dir«, flüsterte sie noch einmal. »Die Kinder machen mich schneller gesund als alle Tinkturen.«

Frederic schwieg und sah sie unverwandt an. »Wenn du mir versprichst, Roberts Ratschläge zu befolgen«, sagte er, »werde ich die Kinder so oft zu dir bringen, wie du willst. Wie würde dir das gefallen?«

Matt drückte sie seine Hand. »Das wäre wunderbar.«

Er tätschelte ihre Hand, bevor er sie unter die Decke schob. Mit einiger Mühe stand er auf und wandte sich zum Gehen. »Ich brauche dich auch«, murmelte er.

Sie sah ihm nach, wie er davonhinkte, und musste mit den Tränen kämpfen. In dem Maß, wie ihre Kräfte schwanden, nahm seine Lebenskraft zu. Doch für sie beide war es zu spät. Resigniert fand sie sich damit ab, weil es für alle Beteiligten das Beste war.

Sonntag, 2. April 1837

Wade Remmen stieg die Stufen zum Herrenhaus empor. Er klopfte an die mächtige Eichentür, und während er wartete, drehte er sich um und blickte von der Höhe der Veranda aus über die weiten Wiesen. Kaum zwei Jahre zuvor war er noch ein armer Kerl gewesen, aber er hatte sich nach oben gekämpft. Und er wollte mehr. Irgendwann würde er sein Glück machen und sich auch ein solch prachtvolles Haus bauen. *Meiner Schwester würde es hier gefallen. Eines Tages …* In diesem Augenblick öffnete sich die Tür, und der Butler bat ihn herein.

George saß vor seinem Teller und aß. Er bedeutete Wade, sich ihm gegenüber an den Tisch zu setzen, und bat Fatima um eine weitere Portion. Während sie aßen, rätselte Wade noch immer, was genau ihm diese zweite Einladung verschafft hatte. Zum ersten Mal war er vor ein paar Monaten hier gewesen – und zwar war er als Dank für sein beherztes Eingreifen in der Sägemühle zum Lunch ins Herrenhaus eingeladen worden.

In den neunzehn Jahren seines Lebens war Wade noch nie bei einem Notfall in Panik geraten. Ebenso wenig fürchtete er sich, seinen Mund aufzumachen. Diese Eigenschaften und seine Entschlossenheit, hart zu arbeiten, hatten ihm Paul Duvoisins Hochachtung eingetragen. Als sich der Vormann der Sägemühle Anfang November den Arm bis auf den Knochen aufgeschlitzt hatte und fast verblutet wäre, hatte Wade ihm eine Aderpresse angelegt und einen Mann nach dem Doktor geschickt. Nachdem er einen weiteren Mann beauftragt hatte, Paul oder George zu verständigen, kehrte er an die Arbeit zurück. Als die Mannschaft murrte, sagte er nur, dass ein bisschen Blut kein Grund sei, die Produktion stillzulegen, und machte unbeirrt weiter. Keine fünf Minuten später waren auch die anderen wieder an der Arbeit. Alles in allem war nicht nur ein Menschenleben, sondern obendrein auch noch die Produktion des Sägewerks gerettet worden. Und Paul war sehr zufrieden gewesen.

Doch im Augenblick war Wade verunsichert, weil er nicht wusste, was ihn erwartete. Er wusste nur, dass Paul die Insel verlassen hatte und George alle Verantwortung auf seinen Schultern trug. Seine Unsicherheit steigerte sich noch, als kurz darauf Harold Browning eintrat und man ihm ebenfalls einen Teller vorsetzte.

»Ich habe ein Problem«, sagte George nach einer Weile. »Ich muss für ein paar Wochen verreisen. Aber das geht nur, wenn ich auf Sie beide bauen kann, dass Sie mich bis zu meiner Rückkehr vertreten. Oder bis zu Pauls Rückkehr, mit der ich schon in den nächsten Tagen rechne.«

Harold war ein wenig verwirrt. »Darf ich fragen, wohin die Reise geht?«

»Nach Virginia«, antwortete George einsilbig, um keine weiteren Fragen aufkommen zu lassen. »Kann ich mich darauf verlassen, dass in der Sägemühle alles nach Plan läuft, Wade? Sie haben mich auch schon früher vertreten, doch dieses Mal müssen Sie die Verantwortung für vierzehn Tage oder vielleicht sogar für länger übernehmen.«

»Solange die Männer wissen, wer der Boss ist, sehe ich darin kein Problem.«

»Ich werde gleich morgen früh mit ihnen reden.« Dann wandte sich George an Harold. »Auf Sie wartet die größere Aufgabe, weil Sie sowohl die Zucker- als auch die Tabakarbeiter beaufsichtigen müssen. Jake und Buck können sich um den Hafen kümmern, die Ernte einlagern und die Schiffe be- und entladen, die den Hafen anlaufen. Mit etwas Glück wird Paul mit einem der ersten Schiffe aus Europa hier ankommen und kann dann wieder übernehmen.«

»Weiß Frederic, dass Sie die Insel verlassen?«, fragte Harold.

George lehnte sich zurück. »Er wird rechtzeitig davon erfahren«, antwortete er vage und war froh, als Charmaine und die Kinder den Raum betraten.

»Hallo, George«, begrüßte sie ihn mit strahlendem Lächeln. Sie konnte an den Fingern abzählen, wie oft sie ihn seit Pauls Abreise vor drei Monaten gesehen hatte, und war sichtlich erfreut. »Das ist ja eine Überraschung.«

Bevor George etwas erwidern konnte, bemerkte sie die anderen Männer, die bei ihrem Eintritt aufgesprungen waren. Sie begrüßte Harold Browning mit einem Nicken. An den Namen des jüngeren Mannes neben ihm konnte sie sich nicht mehr erinnern, aber sie wusste noch, dass er im Herbst einmal mit ihnen gespeist hatte. Die Andeutung eines Lächelns spielte um seine Mundwinkel, und sein gutes Aussehen rief ihr sofort wieder Colettes bewundernde Worte ins Gedächtnis, als der junge Mann damals das Haus verlassen hatte. Groß und schlank und ein glatt rasiertes Gesicht, dazu eine breite Nase, volle Lippen und ein Lächeln in den dunklen Augen, die genau dieselbe Farbe wie sein kurz geschorenes Haar hatten. Seine muskulösen Arme und die dunkle Haut belegten, dass er lange Stunden unter tropischer Sonne arbeitete. Er war ungefähr so jung wie sie… und dennoch so selbstbewusst wie ein sehr viel älterer Mann.

»Ich erinnere mich an Miss Ryan«, sagte er, als George sie einander vorstellte.

George verlor keine Zeit. »Ich habe noch eine Menge zu tun.«

Charmaine sah den Männern nach, als sie zusammen den Raum verließen. Sie hätte gern länger mit George geredet, doch so blieben ihr nur die Kinder. In Jeannettes traurigem Blick spiegelte sich Charmaines Stimmung.

»Hast du etwas, meine Süße?«, fragte sie.

»Ich wünschte, Mr. Remmen wäre ein bisschen länger geblieben. Mehr nicht.«

Mr. Remmen und Mr. Richards, dachte Charmaine.

Donnerstag, 6. April 1837

Dunkle Wolken ballten sich zusammen, bis sie die Sonne verdeckten, und der Donner grollte, aber all das reichte bei weitem nicht an das Wehklagen heran, das das Herrenhaus in seinen Grundfesten erschütterte. Alle Angestellten beteten für ihre zarte Herrin, die dem Tode nahe war. Die Lungenentzündung hatte sich verfestigt. Jede noch so kleine Besserung hatte sich als Täuschung erwiesen, und inzwischen kämpfte Colette um ihr Leben.

Frederic war der Verzweiflung nahe. In seiner Qual lief

er ständig in seinen Räumen auf und ab. So verkrüppelt und machtlos wie er war, konnte er weder die Schwäche seiner Frau besiegen, noch konnte er sich selbst heilen. Man hörte nur das schwere Dröhnen seines Stiefels und das Klicken der Stockspitze. Wieder und wieder und wieder. Er hatte Colette erst vor kurzem verlassen, aber Roberts düstere Worte verfolgten ihn. »Ich fürchte, sie wird sterben, Frederic. Wir können nichts anderes tun als beten.«

Guter Gott, das durfte nicht sein! Colette war viel zu jung, zu schön und so voller Leben. *Nein*, korrigierte er sich verächtlich, *so voller Leben war sie schon lange nicht mehr*. Nicht mehr, seit er sie mit den Fesseln der Schuld an sich gekettet hatte. Aus dem lebensfrohen Mädchen war eine reservierte Lady geworden. Der Kummer und die Niederlage hatten ihr Lachen und ihr Feuer erstickt, und die einst leuchtend blauen Augen waren nur noch rauchgrau. Er verlor sie ebenso gewiss, wie er sie schon vor Jahren verloren hatte … und das alles aus eigener Schuld. Sie wollte nicht mehr leben. Er hatte dafür gesorgt, dass ihr Leben nicht mehr lebenswert war. Es war furchtbar, dass ihm nichts mehr zu tun blieb, als auf und ab zu laufen und zu beten.

Das Haus wurde von einem heftigen Sturm erschüttert. Die Türen knallten heftig auf und zu, als ob sie den Sturm verspotten wollten. Paul schob sich das nasse Haar aus der Stirn, streifte sein durchweichtes Cape von den Schultern und reichte es Travis.

»Wie war Ihre Reise?«, fragte der Diener höflich.

»Sehr gut … sehr gut«, entgegnete Paul nervös. »Aber was, zum Teufel, ist in Charmantes vorgefallen? Ich komme nach dreieinhalb Monaten zurück und finde nur Chaos vor. George ist nirgends zu finden, und Jake Watson und Harold Browning scheinen die Sprache verloren zu haben. Nicht einmal Wade Remmen ist mutig genug, um mir zu verraten, dass George der Insel den Rücken gekehrt hat. Das darf doch nicht wahr sein! Um die Sache noch schlimmer zu machen, befinden wir uns mitten in einem Sturm, ohne dass auf der Insel etwas gesichert wurde!«

»Das ist im Augenblick nicht der Rede wert«, versuchte Travis die Wogen zu glätten. »Noch ist die Zeit für Hurrikans nicht angebrochen.«

Paul schnaubte nur. »Wie konnte ich nur erwarten, dass in meiner Abwesenheit alles glattläuft?«

»Seit zwei Tagen ist das ganze Haus in heller Aufregung«, erklärte Travis mit angespannter Stimme. »Miss Colette ist sehr krank. Dr. Blackford ist ständig im Haus und lässt niemanden zu ihr. Selbst Mrs. Ward ist außer sich vor Angst.«

Pauls Ärger war wie weggeblasen. Die Haltung des Butlers ließ keinen Zweifel am Ernst der Lage. »Und mein Vater… weiß er davon?«

»Jedermann weiß es, Sir, und alle beten. Besonders die Kinder.«

Die Kinder, dachte Paul. *Sie werden außer sich sein, wenn ihrer Mutter etwas geschieht*. Unwillkürlich erstand Charmaines Bild vor seinem inneren Auge, doch er schüttelte solch profane Regungen ab. »Ich brauche ein Bad und muss mich umziehen und etwas essen. Und dann möchte ich meinen Vater sprechen.«

»Ja, Sir.« Travis nickte, sichtlich erleichtert, dass er etwas tun konnte. »Joseph wird sich um das Bad kümmern, Fatima richtet Ihnen etwas zu essen her, und ich sage Ihrem Vater Bescheid, dass Sie zurück sind.«

Paul war schon auf der Treppe, als ihm das Gerücht einfiel, das er sogleich bei seiner Ankunft auf Charmantes gehört hatte. »Travis, wo *ist* George?«

»Er hat die Insel vor drei Tagen an Bord der *Rogue* verlassen, Sir.«

»Wie bitte? Und warum?«

Travis erinnerte sich an Georges Anweisung: *Sagen Sie das Paul oder Frederic nur, wenn sie ausdrücklich danach fragen.* »Miss Colette hat ihn gebeten, einen Brief nach Virginia zu bringen.«

»Gütiger Gott im Himmel! Ist er denn übergeschnappt? Weiß mein Vater davon?«

»Nein, Sir. Er hat mich nicht danach gefragt.«

»Guter Gott«, fluchte Paul erneut, als ihm der ganze Umfang der Misere klar wurde. Georges Abwesenheit warf alle seine Pläne über den Haufen. Besonders der Fortschritt auf Espoir war gefährdet. Aber diese Gedanken waren rein gar nichts im Vergleich zu dem Unglück, das sie alle erwartete. Er rieb sich die Stirn, doch die Schmerzen wurden nur schlimmer.

Seine Gedanken waren bei Colette. Sie musste ihren Tod befürchtet haben, wenn sie George diesen Auftrag gegeben hatte. Aber warum? Welchen Nutzen erwartete sie außer Schmerz und Zerstörung für alle Beteiligten? Letzten Endes konnte es sogar den Zusammenbruch dieser wankenden Festung bedeuten … Paul schauderte.

So gut es ging, versuchte Charmaine, die Kinder abzulenken, doch sie waren nicht zu einem Versteckspiel zu bewegen. »Komm von der Tür weg, Jeannette. Dein Vater ruft uns schon, wenn deine Mutter aufwacht.«

»Das hat er gestern auch gesagt, aber wir durften sie trotzdem nicht sehen.«

»Und am Tag davor nur zehn Minuten«, maulte Yvette.

Charmaine seufzte, weil ihr keine aufmunternden Worte mehr einfallen wollten. »Ich weiß, aber trotzdem müssen wir warten. Da eure Mutter Ruhe braucht, sollten wir sie ihr auch gönnen. Ihr wollt doch auch, dass sie wieder gesund wird, nicht wahr?«

Jeannette nickte, doch Yvette gab nicht so rasch auf. »Das hat man uns jetzt oft genug gesagt! Ich wette, Papa kommt auch heute nicht. Vor lauter Sorge um Mama hat er uns vergessen.«

Jeannette standen die Tränen in den Augen. »Glauben Sie das auch, Mademoiselle Charmaine? Er hat doch versprochen, dass wir Mama heute sehen dürfen.«

»Ich will sie auch sehen«, krähte Pierre und kroch unter dem Bett hervor, wo er sich bereits versteckt hatte. »Ich habe Sehnsucht nach Mama. Wann dürfen wir zu ihr?«

Charmaine hob ihn hoch und setzte ihn aufs Bett. »Jetzt hört mir einmal zu: Ich bin sicher, dass Dr. Blackford und auch euer Vater alles tun, um eure Mutter gesund zu machen. Aus diesem Grund müssen wir uns an das halten, was sie sagen. Und wenn eure Mutter euch sehen möchte, was sie ganz sicher will, dann seid ihr doch nicht vergessen, oder?« Als die Kinder die Köpfe schüttelten und die Tränen langsam versiegten, bat Charmaine die Kinder noch einmal um Geduld, woraufhin alle drei nickten.

Colettes Brust hob und senkte sich unter Schmerzen, und ihr Atem ging so flach, als ob die Last der ganzen Welt sie niederdrückte. In einem Moment war ihr glühend heiß, und im nächsten schlotterte sie unter den feuchten Laken, die man gerade vor einer Stunde gewechselt hatte. Sie kämpfte wie eine Löwin und riss die Augen auf, als ihr eine kühle Kompresse auf die brennend heiße Stirn gedrückt wurde.

»Sch …«, flüsterte Rose Richards, »liegen Sie ganz still, Colette … versuchen Sie, nicht zu sprechen …«

Colette seufzte. Die alte Frau war wie eine Mutter zu ihr. Besser jedenfalls, als ihre Mutter jemals gewesen war.

In ihrer Gegenwart fühlte sie sich geborgen. Die Zeit verging, und Rose wechselte immer wieder die Kompressen.

»Versuchen Sie zu schlafen, Colette«, redete Rose ihr gut zu. »Ein erholsamer ruhiger Schlaf …«

Doch die Worte bewirkten genau das Gegenteil. Colette öffnete die Augen. »Nana …«

»Sch … Sparen Sie Ihre Kräfte. Sie müssen nicht sprechen.«

Colette fuhr mit der Zunge über ihre aufgesprungenen Lippen. »Nan«, presste sie kaum hörbar hervor. »Ich muss es aber wissen … hat George …«

»Ja, Kind«, beruhigte sie die alte Kinderfrau. »George hat Charmantes vor ein paar Tagen verlassen und wird den Brief sicher ans Ziel bringen. Legen Sie sich zurück und schließen Sie die Augen. Sie müssen sich ausruhen.«

»Aber es ist wichtig … sehr wichtig …«

»Ja, ja, ich weiß!«

»Nein«, rief Colette, die einen beruhigenden Unterton gehört zu haben glaubte, und wollte sich aufrichten. »Ich will nicht noch mehr Schwierigkeiten machen.«

»Das haben Sie noch nie getan, Colette. Der Brief ist bei George in guten Händen und wird seinen Empfänger erreichen. Legen Sie sich wieder hin und schlafen Sie endlich.«

Erschöpft und sehr viel ruhiger sank Colette aufs Kissen zurück und schloss die Augen.

»Was, zum Teufel …«

Angesichts der weit geöffneten Terrassentüren und der kalten Kompressen, die Rose seiner Patientin auf die Stirn legte, geriet Robert Blackford außer sich. »Ich dachte, ich hätte klar genug gesagt, dass Miss Colette *meine* Patientin ist!«

Aber Rose Richards gab nicht klein bei. »Meine Mittel mögen Ihnen altmodisch erscheinen, Robert, aber Colette fühlt sich sehr viel wohler, als wenn sie in einem stickigen Raum eingeschlossen wäre.«

»Sie sind ja übergeschnappt. Außerdem habe ich alles versucht, wie Sie wissen. Sogar Schröpfköpfe.«

Roses Gedanken rasten. »Aber zur Ader gelassen haben Sie Mrs. Duvoisin noch nicht!«

»Natürlich nicht! Miss Colette ist viel zu schwach, um eine solch absurde Prozedur zu überstehen. Ihre Mittelchen helfen ebenfalls nicht. Wenn Sie mit dem Rosenkranz in die Kapelle gehen und beten, tun Sie ihr den größten Gefallen.«

Angesichts dieser ketzerischen Worte erbleichte Rose, und Roberts Wut schwand. »Es tut mir leid«, stotterte er. »Aber ich bin mit meinem Latein am Ende.«

So hatte Rose ihn bisher nur einmal erlebt … und zwar in der Nacht, als seine Schwester gestorben war. Der Gedanke erfüllte sie mit großem Kummer. »Colette erholt sich ganz bestimmt.«

»Aber die Blockade der Lunge ist es nicht allein, die ihr Leben bedroht. Der Rest ist eine Sache zwischen Colette und Frederic … und dem Priester.«

»Father Benito?«, fragte Rose beunruhigt.

Robert nickte mit ernster Miene. »Ja, Mrs. Duvoisin hat heute Morgen nach ihm verlangt. Er kam und ist erst vor ungefähr einer Stunde wieder gegangen. Vielleicht hat ihr sein Besuch neuen Frieden geschenkt.«

Frieden? Colettes verzerrtes Gesicht spiegelte keinen Frieden wider. Das mitreißende Lächeln war verschwunden, und ihr Gesicht war von tiefen Augenhöhlen und spitzen Wangenknochen gezeichnet.

»Lassen Sie es gut sein, Rose«, drängte der Arzt. »Sie schläft jetzt. Im Augenblick können Sie nichts für Colette tun. Gehen Sie lieber und beten Sie. Die Familie kann Ihren Beistand brauchen.«

Rose verließ den Raum und nickte Agatha bekümmert zu, als sie einander auf der Schwelle begegneten.

»Papa, dürfen wir Mama jetzt besuchen?«, fragte Jeannette sofort.

Frederic hinkte ins Kinderzimmer. »Im Moment schläft sie, Prinzessin, doch ich bringe dich hin, sobald sie aufwacht. Dr. Blackford weiß, dass ich hier bei euch bin«, fügte er schnell hinzu, weil er Yvettes Entgegnung bereits ahnte. »Sobald er mich ruft, gehen wir zu ihr.«

Die Kinder nickten.

»Was habt ihr denn heute gelernt?«, fragte er, um das Thema zu wechseln. »Womöglich kann ich Miss Ryan ja ein bisschen unterstützen?«

Zum ersten Mal freute sich Charmaine wirklich über seinen Besuch.

Er ist sicher bei Colette, dachte Paul, als er in den Räumen seines Vaters niemanden antraf. Er klopfte an die Tür zum Nebenzimmer. Agatha öffnete.

»Paul«, rief sie erfreut und schloss ihn in die Arme. »Du bist wieder zu Hause!«

Er ließ die ungewohnte Begrüßung über sich ergehen und gab nach, als sie ihn ins Zimmer zog. »Wo ist mein Vater?«

»Ich weiß es nicht. Ich dachte eigentlich, er sei in seinen Räumen.«

»Wie geht es Colette?«

Bekümmert sah sie ihn an. »Nicht gut, fürchte ich. Überhaupt nicht gut.«

»Kann ich sie sehen?«

»Ich halte das nicht für klug. Robert ist im Augenblick bei ihr …«

»Aber ich will sie sehen.«

Paul durchquerte den Salon und öffnete die Tür zum Schlafzimmer, ohne auf Agathas Protest zu achten. Er stand schon am Fuß des Betts, als Robert sich umsah. »Ich muss Sie bitten zu gehen«, befahl dieser in scharfem Ton. »Mrs. Duvoisin ist nicht in der Lage, Besucher zu empfangen.«

Paul achtete nicht auf ihn. Das Entsetzen war ihm ins Gesicht geschrieben, als er auf Colette hinuntersah. Zum Glück hatte sie die Augen geschlossen und musste sein Gesicht nicht sehen. Dann schlug sie die Augen auf, und er weinte fast, als sie ein Lächeln versuchte. »Guter Gott, Colette«, murmelte er erschüttert.

»Sehe ich wirklich so schrecklich aus?« Dem leisen Lachen folgte ein krampfhafter Hustenanfall.

»Raus«, kommandierte Robert. »Sie regen sie nur unnötig auf!«

»Nein«, bat Colette. »Bitte …« Der Rest ging in einem Hustenanfall unter.

»Ich sagte, Sie regen sie unnötig auf!«

Paul hörte nicht hin. Er ging um das Bett herum und zog Colette ein wenig hoch, damit sie besser atmen konnte. Ihre Haut glühte.

»Es geht mir schon besser«, flüsterte sie. »Ich würde gern etwas trinken.«

»Bitte, Paul, Sie müssen gehen!«

»Verdammt, geben Sie ihr lieber was zu trinken«, bellte Paul.

Agatha goss eilig ein Glas Wasser ein. Colette trank nur einen winzigen Schluck, bevor sie wieder in die Kissen sank. Kleine Schweißperlen erschienen auf ihrer Stirn. Paul wischte sie ab.

»Danke«, hauchte Colette und räusperte sich.

»Möchtest du sonst noch etwas?«

»Die Kinder … Robert weigert sich … aber ich möchte meine Kinder sehen …«

Paul nickte. »Ich hole sie.«

Als er in den Salon hinausging, folgte ihm Robert auf dem Fuß und schloss die Tür zwischen beiden Räumen. »Sie können das nicht tun. Sie ist nicht kräftig genug…«

»Was für ein Arzt sind Sie eigentlich, Robert?«, fuhr Paul ihn an. »Colette ist seit fast einem Jahr Ihre Patientin – und sehen Sie sie an!« Als Robert schwieg, schnaubte er verächtlich. »Gehen Sie mir aus dem Weg!«

»Das ist nicht meine Schuld«, brüllte Dr. Blackford ihm nach. »Colette hat eine Lungenentzündung! Ihre kleine Gouvernante hat sie in strömendem Regen zu einem Picknick mitgenommen. Sie hat sich erkältet, und ihre Lunge ist völlig verschleimt. Dagegen kämpft sie inzwischen seit einem ganzen Monat an.«

Wütend fuhr Paul herum, doch gleich darauf erstarb sein Zorn so rasch, wie er aufgeflammt war. Kopfschüttelnd verließ er das Zimmer.

»Warte einen Augenblick, Yvette«, sagte Charmaine, als sie zur Tür ging und öffnete.

»Miss Ryan«, begrüßte Paul die Gouvernante, die im Vergleich zu Colette wie das blühende Leben aussah.

»Paul«, rief Charmaine, aber dann fehlten ihr vor Überraschung die Worte.

Die anderen spitzten die Ohren, als sie ihren Aufschrei hörten. Selbst Frederic strahlte und ließ Pierre von seinem Schoß herunter. »Bitte, kommen Sie herein«, sagte Charmaine. »Wann sind Sie denn angekommen?«

»Vor etwa einer Stunde.« Er zauste Pierres Haar und umarmte Jeannette, die zu ihm herübergelaufen war.

Yvette blieb neben ihrem Vater stehen, der an ihrem Schreibtisch saß. »Mama ist sehr krank«, informierte sie Paul mit ernstem Gesicht, als ob es das Wichtigste sei, was im Augenblick zählte.

»Ich weiß, meine Süße. Sie hat nach euch gefragt. Möchtet ihr sie sehen?«

»Oh, ja«, riefen die Kinder im Chor.

»Aber sie hat hohes Fieber«, mahnte Paul. »Sie darf nicht viel sprechen, damit sie nicht hustet. Und wir dürfen nicht lange bleiben. Habt ihr das verstanden?«

Sie nickten eifrig.

Er hatte gerade Pierre auf den Arm gehoben, als Agatha mit aschfahlem Gesicht unter der Tür stand. »Es ist so weit. Robert fürchtet, dass es so weit ist.«

Tod… Das Wort hing in der Luft. Die versammelte Familie konnte es spüren, konnte es riechen und fühlen… und verinnerlichen. Doch vor den Geräuschen gab es kein Entkommen: Nicht vor Colettes gequältem Atem und dem hartnäckigen Husten und nun auch nicht vor der Trauer ihrer Liebsten. Vor der Endgültigkeit dieser Stunde schloss Charmaine die Augen. *Warum, in Gottes Namen, haben wir die Kinder hergebracht?*

Nach dem harten Kampf war Colettes Schönheit nur noch Erinnerung. Eingesunkene Augen, raue Lippen, fahle Haut über abgemagerten Wangen und mattes Haar.

Yvette war die Erste, die der Wirklichkeit ins Gesicht sah. Mit kleinen Schritten ging sie zum Bett, während ihr die Tränen über die Wangen liefen. »Ich bin hier, Mama«, sagte sie und nahm Colettes Hand.

Colette versuchte ein Lächeln.

Jeannette lief ihrer Schwester nach und fiel neben ihrer Mutter auf die Knie. Als Colette die Augen schloss, barg sie ihr Gesichtchen auf dem Laken und weinte.

»Weine nicht«, tröstete Colette sie und fand sogar die Kraft, um über Jeannettes Haar zu streicheln. »Ich bin glücklich…« Der Satz hing noch in der Luft, als sie erneut von einem Hustenanfall geplagt wurde.

Blackford drängte sich an Paul vorbei, der wie ein Posten auf Wache stand. »Die Kinder hatten Zeit genug«, drängte er. »Dieser Besuch bringt alle durcheinander. Vor allem Colette. Das ist nicht zu verantworten.«

Dieser Einwand war berechtigt, dachte Paul. Trotzdem konnte er Colettes gequälten Aufschrei nicht ignorieren: »Nein! Bitte! Noch einen Augenblick …« Er übergab Pierre an Charmaine und zog Robert beiseite. »Ich möchte, dass sie hierbleiben«, rief Colette heiser.

»Wir bleiben bei dir, Mama«, flüsterte Yvette, obwohl ihr die Tränen in der Kehle brannten. »Wir bleiben, solange du willst.«

Colette sah auf die haltlos schluchzende Jeannette hinunter. »Du sollst nicht weinen, meine Süße …«

»Ich … ich kann nicht anders«, heulte Jeannette. »Du darfst nicht sterben, Mama! Ich … ich erlaube das nicht! Ich liebe dich viel zu sehr!« Sie stand auf und umschlang ihre Mutter so fest, als ob sie das Gespenst des Todes erdrücken könnte.

Charmaine hielt den wimmernden Pierre umschlungen und war froh, sich an jemandem festhalten zu können. Sie drückte sein Köpfchen gegen ihre Brust und versuchte, ihn nach Möglichkeit vor dieser Lawine des Kummers zu schützen.

Rose trat aus dem Schatten hervor und beugte sich über Jeannette. »Komm, mein Liebling.« Mit tröstenden Worten löste sie die Arme des Mädchens. »Verabschiede dich jetzt von deiner Mutter.«

»Nein«, rief Jeannette und wehrte sich. »Ich lasse sie nicht allein!«

Colette wurde von einem heftigen Hustenanfall gepackt und kam überhaupt nicht mehr zu Atem.

Robert eilte an ihre Seite, zog sie in die Höhe und klopfte auf ihren Rücken, bis der Krampf endlich nachließ.

»Sie kann die Qual nicht länger ertragen«, sagte er scharf und sah Jeannette vorwurfsvoll an, die vor Angst bis ans Ende des Betts zurückgewichen war.

»Es geht schon wieder«, keuchte Colette und rang nach Luft.

»Komm, Jeannette«, sagte Rose ruhig. »Du siehst, deine Mutter muss ausruhen. Gib ihr jetzt einen Kuss.«

Jeannettes Lippen ruhten lange auf Colettes Wange. »Mama? Ich liebe dich, Mama.«

Colette ergriff ihre Hand. »Und ich liebe dich«, murmelte sie und drückte die kleinen Finger.

Rasch wandte Jeannette sich ab und floh fast aus dem Raum.

Paul ging ihr nach.

Während Rose bereits auf sie zusteuerte, sah Yvette ihre Mutter unverwandt an. »Mama? Ist es dir recht, wenn ich jetzt gehe?«

Colette nickte. »Ich bin ja nicht allein … mein Kind. Ich bin immer hier … und auch bei dir.« Sie räusperte sich. »Yvette … passt du … passt du für mich … auf deinen Bruder und auf deine Schwester auf? Du bist ein starkes Mädchen. Versprich mir … versprich mir, dass ihr drei immer zusammenbleibt.«

»Das verspreche ich, Mama. Mach dir keine Sorgen.«

Mit Mühe zog Colette ihre Tochter in die Arme.

»Auf Wiedersehen, Mama«, stieß Yvette erstickt hervor. »Ich liebe dich!« Mit einem hastigen Kuss machte sie sich los und lief davon.

Colette wandte den Kopf zur Seite und schluchzte, ohne auf die Mahnungen ihres Arztes zu hören. Doch ihre Panik steigerte sich noch, als sie sah, dass Rose und Charmaine sich ebenfalls zum Gehen wandten. »Bitte!«, stöhnte sie fast unhörbar. »Bitte … meinen Sohn … ich möchte meinen Sohn halten.«

Keiner schien sie zu hören. Robert betupfte ihre Stirn, und Agatha flüsterte ihm etwas ins Ohr. Charmaine war schon fast aus dem Zimmer – und sie hatte ihren Sohn noch nicht geküsst. »Bitte!«, rief Colette verzweifelt.

An der Tür hielt Frederic Charmaine auf und ließ nur Rose hinausgehen. »Meine Frau möchte Pierre noch umarmen«, sagte er und nickte zum Bett hinüber.

Charmaine machte kehrt.

»Pierre!« Seufzend streckte Colette die Arme aus. »Pierre.« Sie lächelte, als Charmaine ihn aufs Bett setzte.

Doch ihre Freude erlosch, als der Kleine Angst bekam und lauthals gegen ihr zärtliches Streicheln protestierte. Er kletterte zum Rand der Matratze hinüber und streckte die Ärmchen nach Charmaine aus.

Diese Frau auf dem Bett kannte er nicht. Seine Mama war sanft und hübsch. Er kniete auf der Matratze und barg sein Gesichtchen in Charmaines Rockfalten.

Bekümmert schloss Colette die Lider, doch als sie die Augen wieder öffnete, waren Verzicht und Abschied darin zu lesen. »Charmaine«, hauchte sie und streckte die Hand aus.

Charmaine umschloss die zerbrechlichen Finger und drückte sie sanft.

»Sie werden … Sie werden für ihn sorgen?«

»Keine Sorge, Colette. Ich werde immer für Pierre und für die Mädchen da sein.«

»Und … Sie geben ihm … alle Liebe … die er braucht?«

»Aber ja, Colette. Ich liebe ihn wie meinen eigenen Sohn. Bitte, sagen Sie jetzt nichts mehr. Sie müssen unbedingt schlafen und ausruhen.«

»Aber er …!«, rief Colette, als ob Charmaine sie nicht richtig verstanden hätte. Wie besessen griff sie nach dem Jungen, weil sie Charmaine aufhalten wollte. »Er braucht

Sie so sehr … er ist am verletzlichsten … Ich konnte ihm nie geben, was er …«

»Keine Sorge. Es wird ihm an nichts mangeln«, versprach Charmaine, während sie den Jungen hochnahm und mit der anderen Hand ihre Tränen abwischte.

Colette nickte und schloss erschöpft ihre Augen.

»Auf Wiedersehen, Colette«, sagte Charmaine leise, während sie die Umarmung des Jungen erwiderte. »Ich danke Ihnen für alles, was Sie mir gegeben haben, und am meisten danke ich Ihnen für Ihre Freundschaft.«

Colette ließ diese Erklärung in ihr Herz sinken. *Lieben sie ihn*, bat sie stumm.

Als sich die Tür hinter Charmaine geschlossen hatte, blieben drei Menschen zur Nachtwache im Raum zurück. Nach einer Weile durchbrach Frederics tiefe Stimme die Stille. »Lassen Sie uns allein.«

Robert starrte ihn an. »Aber, Frederic, dafür ist keine Zeit mehr.«

»Lassen Sie uns allein, Mann. Und zwar sofort. Ich sorge schon für meine Frau. Und jetzt hinaus mit Ihnen!«

Der Mund des Arztes klappte zu, und in weniger als einer Minute hatten er und seine Schwester das Schlafzimmer verlassen, das mit einem Mal sehr leer war. Leer … diese grausame Ironie. Würde sein Herz jedes Mal vor Schmerz überquellen, wenn er sich am leersten fühlte? Er hatte es nicht anders gewollt.

Es dauerte eine ganze Zeit, bis die Kinder endlich eingeschlafen waren. Paul, Rose und Charmaine bemühten sich nach Kräften. Pierre fielen zuerst die Augen zu, und irgendwann trocknete Charmaines zärtlicher Trost auch die Tränen der Mädchen. Nachdem Paul und Rose gegangen waren, sprachen sie noch eine ganze Zeit lang leise miteinander. Charmaine hatte zwar ihre Mutter verloren, aber vom Sterben wollte sie trotzdem nichts hören. »Eure Mutter schläft dort hinten in ihrem Zimmer«, sagte sie mehrmals. »Und wir geben die Hoffnung nicht auf. Es gibt schließlich auch Wunder. Wir sprechen jetzt unsere Gebete, und wir beten besonders zu St. Jude.«

Als die Mädchen endlich eingeschlafen waren, ging Charmaine nach unten in den Wohnraum, was lange nicht mehr vorgekommen war. Es stimmte sie froh, als sie Paul dort vorfand, auch wenn er offenbar mit Agatha, ihrem Bruder und Rose über Colettes Gesundheitszustand sprach. Agatha warf ihr einen verächtlichen Blick zu, doch Paul hieß sie in ihrer Runde willkommen.

»Wie ich soeben gesagt habe«, fuhr Dr. Blackford fort, »hatte Colette ihre Kräfte bereits eingebüßt, bevor sie sich die Lungenentzündung zuzog. Im Grunde konnte sie schon immer und kann sie auch heute noch diese Krankheit abwehren. Die nächsten vierundzwanzig Stunden werden es zeigen.«

»Und das heißt?«, fragte Paul scharf.

»Wenn sie durchhält, bis das Fieber nachlässt, hat sie vielleicht eine Chance.«

»Gibt es denn nichts, was Sie ihr noch verabreichen könnten?«

»Unglücklicherweise hat sie nur wenig gegessen, und das meiste auch wieder erbrochen. Darunter auch mein stärkstes Mittel.« Robert schüttelte den Kopf. »Nein. In diesem Kampf ist sie ganz allein auf sich gestellt. Wenn Sie mich jetzt entschuldigen wollen. Ich muss nach ihr …«

Aber Paul hielt ihn am Arm zurück. »Mein Vater ist im Augenblick bei ihr, Robert. Gönnen Sie den beiden einige Zeit unter vier Augen.«

Der Arzt sah auf Pauls Hand hinunter und machte sich ruckartig los. »Eine Stunde … Ich gebe ihm eine Stunde.« Mit diesen Worten ging er hinaus.

»Paul«, setzte Agatha an, »Robert hat alles versucht. Wirklich alles. Ich kann bezeugen, wie viele Stunden er an Colettes Bett verbracht hat. Er hat sogar seine anderen Patienten vernachlässigt, um rund um die Uhr hier sein zu können.«

Paul rieb seinen Nacken. »Davon bin ich überzeugt.«

»Agatha hat recht«, bestätigte Rose. »Robert hat getan, was in seiner Macht stand.«

»Dabei ist alles nur meine Schuld«, erklärte Charmaine bekümmert. »Vor einem Monat hat sich Colette so gut gefühlt, dass ich ein Picknick vorgeschlagen habe. Wenn wir vor dem Gewitter nach Hause gekommen wären, hätte sie sich nicht erkältet.«

»Ganz genau«, stieß Agatha voller Verachtung hervor. »Dass eine ausgebildete Kraft wie Sie eine so schwache Patientin zu einem so weiten Ausflug überredet, übersteigt meine Vorstellungskraft.«

»Überredet?«, wandte Paul ein. »Wenn Colette sich nicht wohl genug gefühlt hätte, hätte sie so viel Verstand gehabt, um zu Hause zu bleiben. Und was Charmaine angeht: Wie hätte sie ein solches Unwetter vorhersehen können? Nein, hier ist niemandem ein Vorwurf zu machen. Ich überlege nur, ob wir wirklich nicht mehr tun können. Colette ist eine junge Frau mit drei Kindern, die am Boden zerstört wären, sollte sie …« Er mochte den Gedanken gar nicht zu Ende denken.

Mit beleidigter Miene verließ auch Agatha den Raum.

Paul sah Rose an. »Ich habe sehr viel mehr Zutrauen in Ihre bewährten Hausmittel als in alle Medizin, die Robert Blackford ihr verabreicht. Wenn Sie bereit sind, die Nacht über an Colettes Bett zu wachen, werde ich ihm verbieten, auch nur einen Fuß in ihr Zimmer zu setzen – außer man ruft ihn.«

»Ob ich helfen kann, weiß ich zwar nicht, aber ich wäre

natürlich froh, wenn ich bei ihr wachen dürfte«, sagte Rose und erhob sich.

Paul nickte und sah ihr nach.

Wehmütig ruhte Charmaines Blick auf ihm. Sie hatte so sehr auf seine Rückkehr gewartet, aber natürlich hatte niemand geahnt, welche Situation er anträfe. »Ohne Sie war es hier einfach schrecklich.«

Trotz aller Sorgen lächelte er. »Also haben Sie mich vermisst?«

»Ich habe das Gefühl, als ob mit Ihrer Abreise das Elend über Colette hereingebrochen wäre.«

»Aber damals war sie doch noch nicht krank, oder?«

»Aber auch nicht wirklich gesund«, erwiderte sie. »Von Weihnachten an ging es mit ihrer Gesundheit ständig bergab. Zu Anfang kam Dr. Blackford zweimal in der Woche, doch von da an besuchte er Colette jeden zweiten Tag. Manchmal ging es ihr besser, und alle schöpften Hoffnung, aber dann erlitt sie doch wieder einen Rückfall. Schließlich zog sie sich diese ›Lungenentzündung‹ zu. Von da an kam Dr. Blackford fast täglich. Es war eine entsetzliche Quälerei – nicht zuletzt auch für die Kinder.«

»Wenigstens haben die Kinder Sie. Colette ist eine kluge Frau. Sie hatte damals genau den richtigen Blick.«

Verlegen senkte Charmaine die Augen, doch Paul sprach einfach weiter. »Sie dürfen sich keine Vorwürfe machen. Colette war schon längere Zeit geschwächt. Sie hätte Pierre niemals bekommen dürfen …«

Seine Worte blieben in der Luft hängen, während er ins Leere starrte …

»Ich muss nach den Kindern sehen«, sagte Charmaine. »Sie schlafen heute Nacht sicher sehr unruhig.«

Ihre Stimme riss ihn aus seinen Gedanken. »Genau, und ich knöpfe mir Robert vor. Zumindest heute Nacht muss er Colette mit *seiner* Medizin verschonen.«

Frederic betupfte Colettes Stirn mit einem feuchten Tuch.

Ihre Lider flatterten. »Du musst nicht hierbleiben …«

»Ich möchte es aber«, fiel er ihr ins Wort. »Schließ die Augen, Colette, und ruh dich aus.«

Aber sie hielt den Blick auf ihn gerichtet. Als er sich zu der Waschschüssel umdrehte, bebten ihre trockenen Lippen. »Bitte … versprich mir, dass du Charmaine nicht wegschickst, wenn ich …«

Frederic fuhr herum, und sein tadelnder Blick erstickte die schrecklichen Worte.

»Bitte, Frederic … versprich es mir«, fuhr sie stattdessen fort.

»Wenn du die Augen schließt, verspreche ich dir alles. Charmaine war und ist in diesem Haus stets willkommen. Um sie musst du dir keine Sorgen machen.«

Beruhigt schloss Colette die Augen.

Mit großer Mühe zerrte Frederic den schweren Lehnstuhl ans Kopfende des Betts. Dort saß er lange, wechselte hin und wieder die Kompressen, sobald sie zu warm wurden, und dankte Gott für jeden Augenblick der Ungestörtheit.

Nach langer Zeit wich die Hitze allmählich, und als Frederic glaubte, dass Colette eingeschlafen sei, riss sie plötzlich die Augen auf und zitterte am ganzen Leib. Frederic war ratlos. In seiner Hilflosigkeit stand er auf, ging um das Bett herum und legte sich auf die Matratze. Dann zog er Colette in seine Arme und steckte die Decke rund um ihren Körper fest. Kurz darauf ließ das Zittern nach. Ihr rechter Arm ruhte auf seiner Brust, und irgendwann fühlte er, wie sich der andere um seinen Körper schlang. Er rutschte näher und zog sie noch enger an sich. Während er ihr übers Haar strich, atmete sie zusehends leichter und ruhiger, und er spürte, dass sie endlich einschlief.

Während die Minuten verrannen, dachte er an all das zurück, was sie von Beginn an gemeinsam erlebt und was sie an genau diesen Punkt in ihrem Leben geführt hatte. Die Hitze, die von ihren Wangen, ihren Brüsten, ihrem Bauch und ihren Beinen ausstrahlte, wärmte ihn durch die Kleidung hindurch und erfüllte seinen Körper mit einem Gefühl der Freude.

Die Tür quietschte ein wenig, als Rose auf Zehenspitzen ins Zimmer geschlichen kam. Mit einem Blick umfasste sie das Paar auf dem Bett, und als Frederic warnend den Finger auf die Lippen legte, nickte sie nur und zog sich geräuschlos auf das Sofa im Salon zurück. Ein sanfter Friede überkam sie, und sie fragte sich, ob Gott dieses ungeheuerliche Leid nur geschickt hatte, um den Schmerz zu beenden, mit dem sich die Familie während der letzten Jahre gequält hatte. Zum ersten Mal seit Jahren schöpfte Rose wieder Hoffnung.

Auch Frederic überkam große Zufriedenheit. Er küsste seine Frau aufs Haar, legte seinen Kopf neben ihren auf das Kissen und schlief ein.

Freitag, 7. April 1837

Der Morgen dämmerte strahlend schön herauf. Der Sturm hatte Charmantes blank gefegt, und derselbe Glanz herrschte auch in den Räumen der Hausherrin. Colette ging es deutlich besser.

Als sie aufwachte, lag ihr Kopf auf Frederics Brust, und seine Arme hielten sie umfangen, während er leise schnarchte. Das Nachthemd klebte ihr am Körper, aber sie fühlte sich in der Wärme der Umarmung geborgen und schmiegte sich noch ein wenig näher an ihn. Diese Bewegung und ihr leiser Husten weckten ihn, doch bevor er noch etwas sagen konnte, drückte sie ihn an sich. Zärtlich strich er ihr über die Brauen und streichelte ihre Wangen.

Ihre Haut fühlte sich kühl an. In stummem Gebet schloss Frederic die Augen und dankte Gott, dass er sein Versprechen erhört hatte. In Zukunft wollte er keine einzige Sekunde seiner Zeit mit dieser Frau mehr verschwenden.

Es klopfte, doch als er sich bewegen wollte, hielt Colette ihn fest. Er lächelte auf sie hinunter.

»Sag allen, sie sollen gehen«, flüsterte sie.

Seine Finger umfassten ihr Kinn und drückten ihren Kopf tiefer in seine Armbeuge. Dann beugte er sich über sie und küsste ihre aufgesprungenen Lippen. Als er sich von ihr löste, verzog sie das Gesicht.

»Ich werde dich keine Sekunde mehr allein lassen, *ma précieuse*«, versprach er. »Nie mehr.«

Die vertraute zärtliche Anrede, die sie so lange Jahre nicht mehr gehört hatte, trieb ihr die Tränen in die Augen.

Rose und Paul schauten durch die Tür. »Wie geht es ihr?«

»Besser«, antwortete Frederic. »Das Fieber hat während der Nacht den Höhepunkt überschritten.«

»Gott sei Dank.«

Frederic nickte. »Rose, könnte Fatima vielleicht eine Brühe zubereiten? Etwas Leichtes? Colette hat seit Tagen nichts mehr gegessen. Und du, Paul, kannst den Kindern ausrichten, dass sie ihre Mama später am Vormittag besuchen dürfen. Der gestrige Abend war schrecklich für sie.«

»Und was ist mit dir?«, fragte Paul. »Wie geht es dir? Möchtest du nicht auch etwas essen? Oder dich ein bisschen ausruhen?«

Frederic schüttelte den Kopf. »Ich fühle mich ganz wunderbar. Ich bleibe genau hier, wo ich bin.«

Verwirrt runzelte Paul die Stirn. Eigentlich müsste sein Vater müde sein, aber stattdessen strotzte er vor Energie und schien sichtlich erleichtert zu sein. Rose schien es ebenfalls bemerkt zu haben, denn als sie sich zurückzogen, summte sie leise vor sich hin.

Schon auf dem Gang kehrten Pauls Gedanken wieder zu seinen Pflichten zurück. Womöglich konnte er sogar die angeworbenen Männer gleich heute, wie verabredet, auf die Insel Espoir bringen und musste die Sache nicht aufschieben, wie er anfangs befürchtet hatte.

Charmaine und die Kinder saßen gerade beim Frühstück, als er ihnen die wunderbare Nachricht überbrachte. Die Zwillinge waren sofort wie ausgewechselt und schmiedeten bereits Pläne. Doch Charmaines Freude ebbte ein wenig ab, als Paul crwähnte, dass er den restlichen Tag und die kommende Nacht auf Espoir verbringen würde. Da es Colette besser ging, wollte er wenigstens seine Männer auf die Insel übersetzen, damit sie sich häuslich einrichten konnten. Doch nach dem Alptraum seiner dreimonatigen Abwesenheit fürchtete Charmaine, dass es vielleicht Folgen nach sich zog, wenn Paul die Familie so schnell wieder verließ.

Als Agatha und Robert das Speisezimmer betraten, wuchs ihre Angst noch, denn ihre ernsten Mienen überschatteten die Freude der Kinder.

Paul lehnte sich zurück und sah Robert entgegen. »Das Fieber ist gesunken.«

Überrascht schossen Blackfords Brauen in die Höhe. »Muss ich mich vielleicht bei Rose Richards für ihre pflegerischen Fähigkeiten bedanken?«

»Das ist unnötig, da sich mein Vater um Colette gekümmert hat. Wie man sieht, hat sie nur ihn gebraucht.«

»Ich möchte ausdrücklich vor übereilter Freude warnen«, bemerkte Robert. »Wir haben immer wieder Besserungen erlebt, doch unsere Hoffnungen wurden regelmäßig enttäuscht.«

Paul merkte, dass die Kinder aufmerksam lauschten. »Diesmal wird sie sich vollkommen erholen, Robert«, erklärte er beinahe drohend.

Doch der Arzt schnaubte nur. »Was ist für heute Morgen vorgesehen?«

»Als ich ging, bereiteten Gladys und Millie gerade das Bad vor, und Fatima kümmert sich um ein leichtes Essen.«

»*Ein Bad?* Sind Sie verrückt geworden? Selbst wenn das Fieber gesunken ist, könnte Colette sich erneut erkälten und schlimmer erkranken als je zuvor.«

Paul zuckte die Schultern. »Sie möchte aber baden.«

Robert rieb seine Stirn. Dann warf er seiner Schwester einen flehentlichen Blick zu, weil ihn niemand unterstützte. »Und das Essen? Hoffentlich eine Suppe oder eine Brühe?«

»Genau das, denke ich, aber diese Frage kann Fatima sicher besser beantworten.«

Die Köchin eilte geschäftig hin und her und bereitete gleichzeitig zwei Tabletts vor. Wenn ihre Herrin Hunger hatte, galt dasselbe auch für ihren Herrn, wie sie Rose erläuterte.

Rose konnte dem nur zustimmen und legte Servietten und Besteck auf das Tablett. »Es geht ihr sehr viel besser, Robert«, sagte sie, als der Arzt und seine Schwester in die Küche kamen. »Sie will sogar etwas essen.«

»Das habe ich gehört.« Dr. Blackford verfolgte, wie die Brühe in die Tasse geschöpft, der Toast gebuttert und der Kaffee eingeschenkt wurde. »Ich nehme es«, sagte er und griff nach Colettes Tablett. Fatima nickte und wollte nach Felicia oder Anna läuten. »Das ist nicht nötig. Agatha begleitet mich. Sie kann Frederics Tablett tragen.«

Fatima hielt die Tür auf, damit Bruder und Schwester unbeschadet hinausgelangten.

Frederic aß fast alles auf, was ihm vorgesetzt wurde, doch Colettes Essen musste noch ein wenig warten. Seine Frau befände sich noch in der Wanne, erklärte er Robert und Agatha. Anschließend wolle er dafür sorgen, dass sie etwas aß. Später wolle Colette dann ungestört ausruhen.

Agatha eilte ungehalten zur Tür, und Robert warnte Frederic noch einmal eindringlich, den Leichtsinn nicht noch zu unterstützen. »Ihre Konstitution ist überaus empfindlich, Frederic. Wir wissen beide, dass sie auch früher schon Rückfälle erlitten hat. Ein Bad in diesem Zustand ist nicht zu verantworten. Sie werden noch an mich denken: Noch bevor es Abend wird, wird das Fieber wiederkehren. Wenn Sie klug sind, bestehen Sie darauf, dass sie ein wenig isst und sich dann ausruht.«

Frederic nickte nur, sagte aber nichts.

»Ich bleibe auf jeden Fall im Haus, falls ich gebraucht werde«, fügte Blackford noch hinzu.

Gladys und Millie stützten Colette, als sie aus dem Wasser stieg und die wenigen Schritte bis zum Lehnsessel ging, wo die beiden ihr beim Ankleiden behilflich waren. Obwohl sie zitterte, war sie froh, endlich von Kopf bis Fuß sauber zu sein.

Millie löste und bürstete die verklebten Haarsträhnen. »Das Fieber hat Ihrem Haar übel mitgespielt, Miss Colette«, sagte die Kleine – und fing sich einen tadelnden Blick und ein Kopfschütteln ihrer Mutter ein. Unter allen Umständen wollte Gladys verhindern, dass Colette nach einem Spiegel verlangte, um ihr elendes Aussehen zu betrachten. Im Moment waren aufmunternde Worte sehr viel wichtiger.

Sie hatten gerade das Bett frisch bezogen, als Frederic wieder hereinkam. Millie sah nervös zu Boden, aber Gladys knickste und lächelte. »Ich werde Joseph heraufschicken, um die Wanne zu holen, Sir.« Damit schob sie ihre Tochter aus dem Zimmer. »Brauchen Sie sonst noch etwas, Sir?«

»Würden Sie uns bitte das Tablett hereinbringen?«

Gladys gehorchte und entfernte sich dann rasch.

Mit liebendem Blick sah Frederic seine Frau an. »Fatima hat dir etwas zu essen hergerichtet. Denkst du, dass du ein wenig Brühe verträgst?«

Lächelnd nickte sie. Ihre Züge wirkten angestrengt, doch heute nahm Frederic zum ersten Mal wieder das Leuchten wahr, das er so lange Jahre vermisst hatte. In seinen Augen war Colette wunderschön.

Sie biss ein winziges Stückchen Toast ab und kaute mit großer Mühe. Doch als sie nach dem Löffel greifen wollte, gehorchten ihre Finger nicht. »Meine Hände fühlen sich taub an.«

Frederic zog seinen Sessel näher ans Bett und nahm ihr den Löffel aus der Hand. »Ich hätte nie gedacht, dass ich das noch erleben würde«, scherzte er. »Oder lässt du mich nur glauben, dass ich der Stärkere bin?«

»Wir sind vielleicht ein Paar.« Sie lachte leise, was augenblicklich einen Hustenanfall nach sich zog, den sie vergeblich zu unterdrücken suchte. Als es vorbei war, war sie völlig erschöpft. »Ich fürchte, es dauert noch ein wenig, bis es mir wieder besser geht.«

»Das ist nicht wahr. Du hast dich schon gebessert. Und von heute an pflegen wir uns gegenseitig, bis wir wieder stark sind.«

Frederic führte den Löffel an ihre Lippen, doch die Brühe war inzwischen kalt geworden. Joseph musste das Tablett in die Küche bringen, um Brühe und Kaffee noch einmal aufzuwärmen. In der Zwischenzeit ermunterte Frederic seine Frau, die frische Luft auf der Veranda zu genießen, und ließ ihren Sessel in die warme Morgensonne rücken. Dort trafen die Kinder ihre Mutter, als sie zu Besuch kamen.

»Mademoiselle hat recht behalten«, rief Jeannette und lachte. »Es gibt wirklich Wunder! Heute Abend müssen wir uns bei Jesus und Maria bedanken. Aber vor allem bei St. Jude.«

Lächelnd sah Frederic seine Töchter an und freute sich an ihrem Glück. Dann fiel sein Blick auf Pierre, der still neben seiner Mutter saß und sich über das Haar streicheln ließ. Heute ohne Geschrei und ohne Protest. Ja, der Junge schien die Frau sogar zu erkennen, die sich über ihn beugte und ihn aufs Haar küsste. Frederic hatte ebenfalls Grund genug, um Gott für alles danken.

Als man Colettes Tablett brachte, erinnerte Charmaine ihre Schutzbefohlenen an den Unterricht. »Kommt jetzt, Kinder, wir müssen lernen. Außerdem ist es wichtig, dass eure Mutter in Ruhe isst und sich dann ausruhen und erholen kann.«

»Ihr könnt ja morgen wiederkommen«, fügte ihr Vater noch ermunternd hinzu.

Gehorsam gaben die Kinder ihrer Mutter einen Kuss zum Abschied und liefen dann glücklich über die Veranda zurück ins Kinderzimmer. Dieses Mal war die Brühe heiß, und der Kaffee duftete himmlisch.

»Sehr gut«, flüsterte Frederic, als Colette die letzten Tropfen schlürfte und sich wunderte, wie viel sie gegessen hatte. »Jetzt wird es Zeit, dass du ins Bett kommst und ein Nickerchen hältst. Ich werde Rose bitten, bei dir zu wachen, und ruhe mich ebenfalls ein bisschen aus.« Als er sah, wie sich ihre Augen weiteten, fügte er hinzu: »In spätestens einer halben Stunde bin ich wieder da. Agatha und

Robert werden dich heute nicht drangsalieren, weil ich es ihnen ausdrücklich verboten habe.«

»Ich danke dir.«

Sanft zog er sie aus dem Sessel hoch und in seine Arme. Ihr Körper fühlte sich weich und anschmiegsam an und weckte zarte Gefühle. Zum ersten Mal seit Jahren küsste er sie, wie ein Mann seine Frau küsst, und die sachte Umarmung erblühte zu ungeahnter Leidenschaft, als seine Lippen die ihren öffneten.

Sie klammerte sich an ihn, weil ihr vor Aufregung schwindelte, wegen seines Geruchs, seiner Berührungen und seines ganzen Seins. Langsam wanderten seine Lippen über ihre Wange und weiter bis zu ihrem Hals, wo er das Gesicht in ihrem Haar vergrub und dicht an ihrem Ohr Zärtlichkeiten flüsterte.

»Ich liebe dich, Colette. Ich habe dich immer geliebt.«

Sie dachte an das letzte Mal, als sie die Worte gehört hatte, und vergrub vor Freude wimmernd ihr Gesicht in seinem Hemd.

Im Bett dachte sie an den Brief, den sie geschrieben hatte, und überlegte, ob sie das Richtige getan hatte. Aber eine Stimme in ihrem Inneren bestätigte, dass sie recht getan hatte. Erleichtert schloss sie die Augen und sank in friedvollen Schlaf.

Frederic hatte sich kaum angezogen, als wie wild an der Tür seines Ankleidezimmers geklopft wurde. Travis öffnete. Draußen stand Gladys mit aschfahlem Gesicht. »Schnell – Miss Colette geht es wieder schlecht!«

Frederic war überaus dankbar, dass Robert Blackford im Haus geblieben war, und ließ ihn augenblicklich rufen. Gleichzeitig verfluchte er sich dafür, dass er den Rat des Arztes missachtet hatte. Das Fieber war wieder aufgeflammt, und Colette musste sich unter Krämpfen erbrechen. Was war geschehen? Frederic wusste es: das Bad, die Brühe auf leeren Magen und der Ausflug auf die Veranda.

Dr. Blackford versuchte, Colette einen Löffel seiner Medizin einzuflößen, doch sie gab das Elixier sofort wieder von sich und krümmte sich vor Schmerzen. Beklommen schüttelte der Arzt den Kopf und musterte Frederic voller Verachtung. Und dieser war froh, dass er Roberts »Ich habe Sie ja gewarnt« nicht hören musste.

Rose nahm erneut ihren Platz am Kopfende ein und kühlte Colettes glühende Stirn mit feuchten Tüchern. Agatha ließ Gladys den Nachttopf leeren und weitere Laken und frisches Wasser holen.

Frederic sank auf den nächstbesten Lehnstuhl und barg den Kopf in den Händen. Ein Rückfall … Wie oft hatte Colette das im letzten Jahr erleben müssen? Sehr oft, aber nie so heftig wie dieses Mal. Die Rückfälle schienen unausweichlich zu sein. *Warum also habe ich das Schicksal versucht?*

Der Tag verging, aber Colettes Zustand besserte sich nicht. Sie hustete häufig und bekam kaum Luft. Sie hatte nicht genug Kraft, um sich aufzurichten. Ja, man musste sie sogar stützen, wenn ihr übel wurde. Ihr schwindelte, sie beschmutzte das Bett und verfiel immer wieder in unruhigen Schlummer, in dem sie seltsame Worte und Namen hervorstieß …

Frederic untersagte allen, die Kinder zu verständigen und ihnen den glücklichen Nachmittag zu verderben. Doch als niemand zum Abendessen erschien, wurde Charmaine unruhig. Keine Rose, keine Agatha und auch kein Robert Blackford, obwohl sich alle im Haus befanden. Wenn doch nur Paul endlich nach Hause käme …

Als der Abend dämmerte, senkte sich eine friedliche Stille über das Krankenzimmer. Das Erbrechen ließ nach, aber das Fieber blieb. Die beiden Frauen und Männer wichen nicht von Colettes Seite und wachten gemeinsam. Als die Uhr im Foyer neun schlug, unterbrach Frederics Stimme die Stille. »Ich möchte, dass Sie jetzt gehen, etwas essen und Sie sich dann ausruhen. Colette schläft ruhig, Robert. Falls ich Sie brauche, werde ich unverzüglich Travis schicken.«

Die drei nickten, weil sie wussten, dass sie im Moment nichts tun konnten. Womöglich würde diese Nacht ja genauso friedlich verlaufen wie die letzte.

»Bei der geringsten Änderung, ganz gleich, in welche Richtung sie geht, will ich sofort gerufen werden. Und keine altmodischen Methoden mehr! Colette ist *meine* Patientin, und ich werde sie, so Gott will, auch wieder gesund machen.«

Schweren Herzens nickte Frederic. »Alles, was Sie sagen, Robert.«

Als er allein war, hinkte er zum Bett hinüber. Heute Morgen hatte er sich jung und kräftig gefühlt, doch heute Abend war er wieder der alte Krüppel. »Colette?«, sagte er vorsichtig, als die Matratze unter seinem Gewicht nachgab. Er ergriff ihre fieberheiße Hand. »Colette?«

Mit glasigen Augen sah sie ihn an, und er verriet, dass sie jedes Wort gehört hatte. Ihr prüfender Blick erschreckte ihn. Als ob sie ihm bis ins Herz sehen und sich vergewissern wollte, ob die Stunden mit ihm Wirklichkeit gewesen waren. Die Tränen quollen ihm aus den Augen.

»Ich liebe dich auch«, flüsterte sie.

Er war verblüfft … und der Schmerz zerriss schier seine Brust. »Himmel, Colette! So viele Jahre lang habe ich auf diese Worte gewartet. Warum sagst du sie erst jetzt?«

»Ich dachte immer, dass ich dich hasse«, stieß sie hervor. »Meinem verletzten Stolz zuliebe wollte ich dich hassen... Ich war eine Närrin, Frederic. Später dann, als es mir klar wurde, als ich es dir sagen wollte, dachte ich, dass es zu spät sei... Ich dachte, dass du mich verachtest.« Sie weinte ebenfalls, und ihre Augen schwammen in Tränen. »Es tut mir leid, Frederic. Kannst du mir verzeihen?«

Sie mühte sich, seinen Arm zu fassen, presste die Hand auf den Mund, aber dann sank ihre Hand herab. Er fing sie auf und drückte ihre Finger an seine Lippen. »Nur wenn du mir verzeihst«, bat er mit heiserer Stimme.

»Das habe ich schon vor langer Zeit getan.«

Sie sehnte sich danach, dass er sie wieder in die Arme nahm. Und doch wusste sie, dass sie ihm etwas sagen musste, was ihn für immer von ihr entfernen würde. »John«, hauchte sie mit all ihrem Mut, »er braucht deine Liebe sehr viel mehr als ich... Ich sorge mich so sehr um euch, Frederic, dass ich nicht gesund werden kann. Bitte, versprich mir...«

»Sch... sch...«, zischte er nur leise und legte den Finger auf die Lippen. »Ich liebe ihn ebenso sehr, wie ich dich liebe, Colette. Die Vergangenheit ist vorüber. Lass uns in die Zukunft schauen... und zwar zusammen.«

Der Hass von gestern war vergangen. Heute herrschte die Liebe, und zum ersten Mal in ihrem Leben fürchtete sich Colette nicht vor dem kommenden Tag. Sie schloss die Augen und spürte, wie tiefe Ruhe sie überkam. »Halt mich so fest, wie du mich letzte Nacht umarmt hast«, bat sie. »Ich möchte deine Arme um mich spüren.«

Frederic streifte die Kleider ab und legte sich neben seine Frau aufs Bett. Und wie in der Nacht zuvor brannte sie fieberheiß in seinen Armen und zitterte, sobald kühle Luft unter die Decke geriet. Sie klammerte sich an ihn und liebkoste seine Brust. Sie genoss die Wärme seines Körpers, der neben ihr augestreckt lag, und seine starken

Arme, die sie umfasst hielten. Während er sie aufs Haar küsste, glitt seine Hand über ihren Kopf, ihre Schultern und ihren Rücken. Glücklich schloss sie die Augen. *Gibt es eine bessere Art, diese Welt zu verlassen?*, fragte sie sich, ein Dankgebet auf den Lippen. Und dann sanken sie in friedvollen Schlummer, aus dem Colette nicht mehr erwachte.

8

Sonntag, 9. April 1837

An einem strahlend hellen Frühlingstag bettete man Colette Duvoisin unter einem kristallblauen Himmel zur letzten Ruhe. Als die Sonne im Zenith stand, verließ eine lange Reihe trauernder Menschen die Kapelle und begab sich in nördlicher Richtung zum privaten Friedhof des Besitzes, der nur aus einem wilden Stück Land voller Brombeerranken, wilder Blumen und aufrecht stehender, himmelwärts weisender Grabsteine bestand. Dort hielt die Prozession inne und machte den Sargträgern Platz, die ihre federleichte Last auf dem Gestrüpp aus wilden Rosen absetzten. Anschließend schloss sich der Kreis um den Sarg, sodass die Trauernden aus der Anwesenheit der anderen Trost schöpfen konnten, während sie auf die Grabrede warteten.

Angesichts des überwältigenden Verlusts verspürten die Trauernden den Hauch der Unendlichkeit, die größer war als der Tod. Den gestrigen Tag hatten alle in einem Zustand der Benommenheit verbracht, doch heute führte ihnen der Himmel die unfassbare Wahrheit in strahlend hellem Licht vor Augen: Colette Duvoisin war tot, und nichts und niemand, keine Gebete und keine Träume, würden sie jemals wieder ins Leben zurückbringen. Sie war für immer fortgegangen, und es würden noch viele Wochen ins Land gehen, bevor der Schmerz ein wenig nachließ.

Die Zwillinge waren ungewöhnlich still. Ihre blauen

Augen waren trocken. Doch Charmaine wusste genau, dass die stoische Ruhe der Mädchen über die Qualen hinwegtäuschte, die insgeheim an ihren Herzen nagten. Gestern noch waren sie ständig in Tränen ausgebrochen, und der arme Pierre, der viel zu klein war, um die Tragweite des Geschehens zu erfassen, hatte mitgeweint, weil seine Schwestern so traurig waren. Heute war Rose mit ihm zu Hause geblieben, denn ein Friedhof war nicht der richtige Ort für einen Dreijährigen. Aber Colettes Töchter hatte nichts davon abhalten können, ihrer geliebten Mutter das letzte Geleit zu geben. Kerzengerade hatten sie während der Messe auf ihren Plätzen ausgeharrt, und nun folgten sie dem Trauerzug zum Friedhof. Sie sahen weder nach rechts oder links und hielten den Blick starr auf den Sarg ihrer Mutter gerichtet. Angesichts des ungeheuerlichen Verlusts ächzte Charmaines Herz vor Mitgefühl, und das umso mehr, als sie die beiden nicht wirklich trösten konnte.

Sie dachte wieder an Jeannettes unschuldige Frage, als man ihnen die schreckliche Nachricht überbracht hatte. »Was ist bloß aus unserem Wunder geworden, Mademoiselle?«

»Ich weiß, was geschehen ist«, hatte sich Yvette empört. »Gott hat nur so getan, als ob er unsere Gebete erhört hätte. Ich werde nie wieder zu ihm beten. Und zu St. Jude auch nicht.«

»Das meinst du doch nicht wirklich.« Charmaine hatte das Mädchen trösten wollen. »Es ist nur der Schmerz, der dich so sprechen lässt.«

»Nein! Ich meine es ganz genau so!« Voller Wut war Yvette in Tränen ausgebrochen.

Vergeblich hatte Charmaine nach tröstenden Worten gesucht und sogar versucht, sich an Father Michael Andrews Trauerrede bei der Beerdigung ihrer Mutter zu erinnern. Aber umsonst. Entweder war ihr Kummer damals zu groß gewesen, um den Trost zu erfassen, oder aber Father Michael Andrews Gewissensbisse waren zu groß gewesen, um diesen Trost den Anwesenden mitzuteilen. Sie hatte Yvette in die Arme genommen, ihr übers Haar gestreichelt und gewartet, bis sie sich ausgeweint hatte und völlig erschöpft war. Anschließend war Jeannette in Tränen ausgebrochen, und so hatten sie den Tag in wechselnder Verzweiflung hinter sich gebracht.

Und heute nun, am Rand des Grabes, spürte Charmaine wieder die Hoffnungslosigkeit, die sie nach dem Tod ihrer Mutter erfasst hatte. Sie war damals älter gewesen als die Zwillinge. Fast schon erwachsen. Im Vergleich zu ihr waren Yvette und Jeannette noch entsetzlich jung. Wie sollten sie nur mit diesem Verlust zurechtkommen? Und dann dachte Charmaine an Colette, die nun in der Sicherheit des Himmels angekommen war. Von diesem Moment an schloss sie auch die Zwillinge in ihre Gebete ein, damit die kommenden Wochen ihre Herzen heilten. Letzte Nacht hatten sie im Schlaf nach ihr gerufen – das war ein gutes Zeichen. Sie würde immer für die Kinder da sein, so wie sie es Colette versprochen hatte.

Als Father Benito St. Giovanni nach vorn trat, stellte Charmaine fest, dass die Schar der Trauernden inzwischen auf beinahe hundert Personen angewachsen war. Offenbar war die gesamte Stadt gekommen. Zumindest hatten alle Arbeiter der Duvoisins den neun Meilen langen Weg zurückgelegt, um Miss Colette die letzte Ehre zu erweisen. Von denen, die im Herrenhaus beschäftigt waren, fehlten nur George und seine Großmutter.

Als sie an George dachte, fielen ihr wieder Roses Worte ein. »Er muss etwas für Colette erledigen.« *Was hatte das zu bedeuten?* Charmaine hatte es für klüger erachtet, nicht zu fragen. Doch gestern hatte sie zufällig ein paar geflüsterte Worte zwischen Felicia und Anna mitbekommen. »Er ist nach Virginia gefahren.« *Aber warum?* Wohl oder übel musste die Antwort bis zu seiner Rückkehr warten.

Charmaines Blick glitt über die Menschenmenge, aber bis auf Harold Browning und Wade Remmen erkannte sie niemanden. Dann wanderte ihr Blick weiter und blieb schließlich einen Moment lang auf den beiden Männern haften, die sich etwas abseits hielten.

Frederic Duvoisin mied den großen Kreis der Trauernden. Er stand da, schwer auf seinen schwarzen Stock gestützt, und verschmähte den starken Arm seines Sohnes zu seiner Linken. Sein Herz schien ebenso verschlossen zu sein wie das seiner Töchter. Seit er sich von Colettes Totenbett erhoben hatte, hatte er seine Räume nicht verlassen, und vermutlich würde er nach der Beerdigung auch sofort wieder in sein Gefängnis zurückkehren. Eigentlich hatte Charmaine erwartet, dass er gestern oder wenigstens heute am Morgen zu seinen Kindern kommen würde, um sie zu trösten. Aber sie hatte sich getäuscht. Er sah nicht einmal in ihre Richtung und hielt die Augen unverwandt auf den Sarg seiner Frau gerichtet. Sie war entsetzt, wie schnell er die Kinder aus seinem Kopf verbannt hatte. Das war nicht nur eine schlimme Erfahrung für die Kinder, sondern es würde eines Tages vielleicht sogar auf ihn selbst zurückfallen. Gemeinsames Leid und gemeinsame Trauer konnten heilend wirken. Doch in diesem Fall würde es vermutlich anders kommen. Warum hatte er sich eigentlich von der Kapelle bis hierher auf den Friedhof gequält, wenn er doch am liebsten allein vor sich hinbrütete, dieser entkräftete Mann, dessen Liebe zu seiner Frau Charmaine mehr als nur einmal bezweifelt hatte. Warum hatte er an diesem Morgen seinen Patz neben Colettes Sarg eingenommen? *Weil er sie liebte … so wie Colette ihn geliebt hatte.*

Als die Menge nach vorn drängte, um Father Benito besser verstehen zu können, verharrte Frederic mit trockenen Augen weiterhin starr auf seinem Platz. Ganz im Gegensatz zum vergangenen Freitag, als sie Colette besucht und die beiden auf dem Balkon angetroffen hatten. In diesem Moment kam Charmaine ein schrecklicher Gedanke: Colettes Krankheit hatte die beiden wieder zusammengeführt und ihre Entfremdung beendet. Umso tragischer, dass diese Liebe zu spät gekommen war ... dass sie in der elften Stunde aufgeflammt war, um schon in der zwölften vernichtet zu werden. Kein Wunder, dass Frederic allein trauern wollte. Vermutlich verfluchte er die ganze Welt, und sich selbst nicht minder. Trotz des warmen Sonnenscheins schauderte Charmaine und fragte sich voll Sorge, wohin dieser Tod den verbitterten Mann noch führen würde. So sehr, wie sie sich vor diesem schweren Tag gefürchtet hatte, so sicher wusste sie, dass ihnen noch viele trostlose Wochen bevorstanden.

Am nächsten Abend klopfte Paul noch spät an die Tür des Kinderzimmers. Charmaine freute sich, ihn einen Augenblick allein für sich zu haben, und schlüpfte auf den Korridor hinaus.

»Wie geht es den Kindern?«, flüsterte er.

»Im Augenblick schlafen sie, aber ich weiß nicht, wie lange.«

Voller Mitgefühl sah er sie an. »Und wie geht es Ihnen?«

»Besser jedenfalls als den Mädchen«, murmelte sie.

»Aber Sie haben geweint.«

»Um die Kinder. Sie sind am Boden zerstört. Ich weiß nicht, wer mehr durcheinander ist – die Mädchen oder Pierre.« Sie schluckte, und ihre Stimme klang rau. »Er versteht nicht, warum er seine Mutter nicht besuchen kann ...«

Gegen Tränen war Paul auch nicht immun, doch er verdeckte seine feuchten Augen, indem er sich die Stirn rieb.

»Außerdem wollen sie nichts essen, und ich weiß nicht recht, was ich machen soll.«

»Gar nichts, Charmaine. Lassen Sie ihnen Zeit. Sie müssen einfach eine Weile traurig sein dürfen.«

»Glauben Sie, dass Ihr Vater einen Besuch in seinen Räumen erlauben würde? Für die Kinder wäre es tröstlich, und für ihn vermutlich auch.«

Der Vorschlag verwirrte Paul. »Ich glaube nicht. Seine Trauer ist einfach noch zu groß.«

Charmaine war mit der Antwort nicht zufrieden, aber sie drängte ihn auch nicht weiter. Sie war froh, dass sie überhaupt mit jemandem sprechen konnte. »Wenigstens sind Sie für die Kinder da.«

Er holte Luft. »Im Augenblick muss ich Sie allerdings enttäuschen … ich segle in der Morgendämmerung nach Espoir. Heute habe ich auf Charmantes für Ordnung gesorgt, aber nun werde ich dringend auf der anderen Insel gebraucht. Bis George zurückkommt, stehe ich furchtbar unter Druck. Das verstehen Sie doch, oder?«

»Ich verstehe nur, dass Sie uns wieder allein lassen«, platzte es aus ihr heraus.

»Das ist ein harter Satz«, sagte er und verzog innerlich das Gesicht. »Das Holz wurde geliefert und der Grundstein gelegt, und nun müssen wir das neue Haus noch fertig bekommen, bevor der Regen einsetzt. Ich habe einen Architekten und Zimmerleute engagiert, die nur einen Monat lang in der Karibik bleiben können. Außerdem bin ich dafür verantwortlich, dass die Männer endlich Arbeit bekommen.«

»Sie haben ja recht«, sagte Charmaine. »Es lenkt Sie auch ab, wenn Sie viel um die Ohren haben.«

Die mitfühlenden Worte berührten ihn tiefer als jeder

Vorwurf. Er war hin- und hergerissen. »Ich verspreche, zum Wochenende zurückzukommen. Wir könnten dann einen Ausflug mit den Kindern machen und sie ein wenig ablenken.«

Charmaine rang sich ein Lächeln ab. »Das gefällt ihnen bestimmt.«

»Also gut, dann ist das hiermit verabredet.«

Das Wochenende kam, aber wer nicht kam, war Paul. Er schickte eine Nachricht, dass ihn eine »Katastrophe« auf Espoir festhielte und er im Lauf der nächsten Woche käme. Aber in der nächsten Woche war es dasselbe. Die Mädchen trauerten noch immer sehr und wären vermutlich sowieso nirgendwohin gegangen.

Sonntag, 30. April 1837

Inzwischen war Colette bereits drei Wochen tot, und die Stimmung im Haus hatte sich nicht gebessert. Jedenfalls nicht, was die Kinder betraf. Die »Verabredung« mit Paul, die seit Wochen geplant war, kam irgendwann zustande. Aber die Mädchen mochten keinen Ausflug machen und hatten nur verächtliche Bemerkungen dafür übrig.

»Wenn sie nicht wollen, sollten Sie die Mädchen auch nicht zwingen«, bemerkte Paul. Doch war er verärgert, weil er seine Pläne nur deshalb geändert hatte, um Zeit für die Kinder zu haben. Außerdem hatte ihm ein Streit mit seinem Vater schon früh am Morgen die Laune verdorben, sodass er inzwischen wünschte, er wäre nicht gekommen.

Am Ende ihrer Kräfte angekommen, beschloss Charmaine, den Mädchen ihren Willen zu lassen und zusammen mit Pierre Paul auf seiner Fahrt in die Stadt zu begleiten. Bis zur Abfahrt konnten die Mädchen ihren Entschluss noch ändern. Aber sie taten es nicht, und so winkte Rose dem Landauer nach, bevor sie die Mädchen den Nachmittag über unter ihre Fittiche nahm.

Im Gegensatz zu seinen Schwestern war Pierre glücklich. Da er nicht verstand, welches Unglück das Haus heimgesucht hatte, überschüttete er Charmaine mit all seiner Liebe, blies Nana Rose Küsschen zu und lehnte sich viel zu weit aus dem Fenster, um zu winken und lauthals »Bye-bye« zu rufen.

Während der geschlossene Wagen über die Straße rollte, herrschte in seinem Inneren keineswegs eine entspannte Atmosphäre. Mit mürrischem Gesicht starrte Paul aus dem Fenster und grübelte vor sich hin.

»Wie geht es Ihrem Vater?«, fragte Charmaine in die Stille hinein.

Paul schnaubte nur und massierte seinen Nacken. »Nicht gerade gut, fürchte ich. Er ist noch verzagter als meine Schwestern. Und heute habe ich alles vermutlich noch schlimmer gemacht.«

»Ich wüsste nicht, wie das möglich wäre. Die Kinder haben ihn seit der Beerdigung nicht mehr zu Gesicht bekommen. Sie haben also nicht nur die Mutter verloren, sondern auch noch ihren Vater.«

»Ich fürchte, das ist ein Irrtum, Charmaine. Es kann immer noch schlimmer kommen. Sehr viel schlimmer sogar. Mein Vater hat geschworen, seiner Frau ins Grab zu folgen«, flüsterte er so leise, dass Pierre ihn unmöglich verstehen konnte. »Ich bin im Moment sehr verzweifelt, weil ich nicht weiß, was ich tun soll.«

Charmaine schauderte bei dem Gedanken. »Vielleicht sollte er die Kinder häufiger sehen, damit er begreift, was er aufgibt.«

»Wollen Sie die Kinder dem wirklich aussetzen?«

Der Rest der Fahrt verging in nachdenklichem Schweigen.

Charmaine wusste nicht recht, ob es am allgemeinen Trubel in der Stadt oder an Pierres Übermut lag, dass sich ihre Stimmung hob. Auf jeden Fall verlief der Nachmittag überaus angenehm, während sie über die Holzstege vor den Häusern schlenderten und immer wieder andere Leute begrüßten. Meistens waren es Bekannte von Paul. Zu guter Letzt führte sie ihr Weg auch in den großen Laden, wo Madeline Thompson sie begeistert begrüßte. »Mein Gott, Pierre, wie bist du in nur einem Monat gewachsen!«

Der kleine Junge kicherte und nahm strahlend einen Pfefferminzlutscher in Empfang.

»Und wo sind die Mädchen?«

»Wenn Sie mich fragen, so trauern sie noch immer«, sagte Paul.

Sofort füllten sich Maddys Augen mit Tränen. »Magst du deinen Schwestern vielleicht auch einen Lutscher mitbringen?«, fragte sie und reichte Pierre das Glas, damit er die Süßigkeiten aussuchen konnte.

Anschließend sahen sie sich noch ein bisschen im Laden um. Charmaine schlich mehrmals um einen Stoffballen herum und beschloss irgendwann, genügend Stoff für ein Kleid zu kaufen. »Jeannette zeigt in letzter Zeit großes Interesse am Nähen. Vielleicht bekommt Yvette ja auch Lust, wenn ich sie bitte, ein Kleid zu entwerfen.«

Paul war erleichtert, dass Charmaine sich so aufopfernd um seine Geschwister kümmerte. Er untersagte ihr, den Stoff zu bezahlen, und bat Maddy, die Summe auf die monatliche Rechnung des Herrenhauses zu setzen. Zum Schluss bestand Paul darauf, dass Charmaine noch etwas für sich selbst wählte, aber sie wies das Ansinnen zurück und ermunterte stattdessen Pierre, sich ein Spielzeug auszusuchen. Anschließend verließen sie das Geschäft.

Sie waren erst etwa zwei Stunden von zu Hause fort, doch als Paul »Wohin jetzt?« fragte, ahnte er die Antwort bereits im Voraus.

»Am liebsten möchte ich nach Hause und sehen, was die Mädchen treiben.«

»Für mich sind Sie ein wahres Wunder, Miss Ryan«, sagte er und grinste zum ersten Mal an diesem Tag, dass seine Zähne nur so blitzten. Als sie unschuldig zu ihm aufsah, hätte er nicht übel Lust gehabt, sie mitten im größten Trubel auf den Mund zu küssen. Aber das hätte die zarte Vertrautheit zwischen ihnen gestört, wie er sie in gleichem Maß nur mit Colette geteilt hatte. In der nächsten Sekunde war der leidenschaftliche Augenblick schon wieder verflogen. Paul nahm seinen kleinen Bruder auf den Arm, und zusammen überquerten sie die Straße.

Sie hatten gerade den Mietstall erreicht, als Buck Mathers sie keuchend einholte. »Sie werden dringend im Hafen gebraucht, Mr. Paul. Es gibt ein großes Problem.«

Mürrisch schüttelte Paul den Kopf, doch Charmaine rettete die Situation. »Gehen Sie nur, Paul. Mit Kutscher und Wagen werden wir schon nach Hause finden.«

»Ich bin spätestens zum Abendessen zu Hause«, versprach er und stellte Pierre auf den Boden.

Charmaine nickte nur und ermunterte ihren Schützling, den beiden Männern nachzuwinken, als sie davoneilten.

Donnerstag, 11. Mai 1837

Charmaine rieb sich die schmerzenden Schläfen und ließ sich in den Sessel sinken. Die abendliche Luft war ruhig, kein Geräusch störte die leichte Brise, obgleich die französischen Türen zum benachbarten Raum weit offen standen. Ein Fremder hätte denken können, dass die Mädchen schliefen, doch Charmaine wusste genau, dass zwei Augenpaare in die Dunkelheit starrten.

Sie hatte nicht so hart mit ihnen umspringen und auch den kleinen Pierre nicht erschrecken wollen, aber die trübe Stimmung der Mädchen und ihre langen Gesichter durfte sie ihnen nicht länger durchgehen lassen. Sie nahmen so gut wie überhaupt nichts zu sich, und das Ergebnis war erschreckend. Inzwischen waren sie so mager wie Colette kurz vor ihrem Tod, und nach allem, was Charmaine an Geflüster aufgeschnappt hatte, eiferten sie dem Beispiel ihres Vaters nach. Man sagte, dass die Zeit alle Wunden heilte, doch bisher hatten weder die Zeit noch unendliche Liebe und Geduld allzu viel bewirkt. Selbst Rose war gegen solch tiefen Kummer machtlos.

Auch die Liebe unter den Schwestern war in dieser Zeit eher eine Belastung, und die Trostlosigkeit, die aus den Gesichtern der Mädchen sprach, wirkte sich inzwischen sogar auf Pierre aus, dem die Erinnerung an seine Mutter sehr viel bedeutete. Erst an diesem Abend hatten die Schwestern ihn grausam verspottet, als er aus Versehen »Mama« statt »Manie« gesagt hatte. Mit zitternder Unterlippe war er zu Charmaine gerannt und hatte heulend seinen Kopf in ihren Röcken versteckt.

Dies hatte das Fass endgültig zum Überlaufen gebracht. »Dieses Getue hat jetzt lange genug gedauert«, hatte Charmaine geschimpft. »Seht nur, was ihr angerichtet habt. Ihr habt es geschafft, dass sich der kleine Kerl schuldig fühlt, nur weil er glücklich ist. *Warum, um Himmels willen?* Wie viel Leid wollt ihr eurer Mutter noch zufügen?«

»Mama leidet nicht mehr«, widersprach Yvette energisch, »aber wir schon.«

»Glaubst du das wirklich?«, fragte Charmaine. »Glaubst du wirklich, dass sie Ruhe und Frieden findet, wenn sie weiß, dass ihre Kinder ohne sie nicht glücklich sind? Wie kann sie überhaupt an den Himmel denken, solange ihr zwei sie hier auf der Erde festhaltet und euch in Selbstmitleid ergeht?«

Prompt begann Jeannette zu weinen. »Dürfen… wir sie denn gar nicht vermissen… und… gar nicht um sie weinen?«

Charmaines Gesicht wurde weich, doch ihre Stimme klang unverändert energisch. »Ihr weint nicht um eure Mutter. Ihr weint nur um euch selbst.«

»Was ist daran falsch?«, fragte Yvette.

»Gar nichts. Vor einem Monat hätte das auch jeder verstanden. Aber ihr heult schon viel zu lange. Und das viele Stunden am Tag. Ihr versucht nicht zu verstehen, dass der liebe Gott eure Mama zu sich ins Paradies geholt hat. Eigentlich sollte sie ihren Frieden finden und sich keine Sorgen mehr machen müssen. Aber ihr denkt nur an euch – nicht einmal an euren Bruder, euren Vater oder alle anderen hier im Haus. Die arme Mrs. Henderson ist so verzweifelt, dass ihr die Leckereien ablehnt, die sie nur für euch gekocht hat. Und erst Nana Rose! Sie kennt eure Mama länger, als ihr beide sie kennt. Habt ihr sie schon jemals in den Arm genommen? Oder euren Bruder Paul? Er hat seine Pläne verschoben, um einen Tag mit euch zu verbringen und euch zu trösten, aber ihr weist ihn zurück. Ich schäme mich für euch! Von mir will ich gar nicht reden. Aber habt ihr euch schon ein einziges Mal überlegt, wie schwer das ist, euch bei diesem Theater zuzuschauen?«

Sie seufzte. »Ich verstehe eure Trauer. Und ich weiß auch, dass ihr in den kommenden Wochen noch manchmal weinen werdet. *Aber doch nicht so!* Im Augenblick sind eure Tränen eine Last für uns alle. Wenn ihr eure Mutter glücklich machen wollt, dann trocknet eure Tränen und fangt endlich an zu leben! Ich bin sicher, dass sie – ganz gleich, wo ihr seid und wo ihr euch auch herumtreibt – euch vom Himmel aus zusieht, und ich bin überzeugt, dass sie euch lieber lächeln als weinen sieht.«

Stille. Zu Charmaines Überraschung erfolgte auch keine Widerrede.

Sie trat an Pierres Bettchen und freute sich, weil ihre Predigt wenigstens ihn in Schlaf gewiegt hatte. An der Tür blieb sie noch einmal stehen. »Mit Tränen bringt ihr eure Mutter nicht zurück«, sagte sie abschließend. »Ich wünschte, es wäre möglich, aber es geht nicht. Eure Mutter ist jetzt länger als einen Monat tot, und in dieser Zeit habt ihr ihre Seele gequält, wie die Krankheit zuvor ihren Körper gequält hat. Es ist an der Zeit, dass ihr beweist, wie sehr ihr sie wirklich liebt.«

Als sie einen Augenblick später allein in ihrem Zimmer saß, fragte sie sich, ob die beiden ihr überhaupt zugehört hatten. War sie zu hart gewesen? Hatte sie die Mädchen womöglich verletzt? Mit einem Mal bekam sie Gewissensbisse. Doch als sie ins Kinderzimmer schlich, um nachzusehen, war sie überrascht, dass beide bereits eingeschlafen waren. Vielleicht hatten sie ihr ja wirklich zugehört. Vielleicht hatte Gott ihre Gebete erhört.

Mittwoch, 17. Mai 1837

Voller Abscheu ergriff Agatha das unberührte Tablett und verließ Frederics Räume. Seit zwei Wochen weigerte sich ihr Schwager nun schon, etwas zu sich zu nehmen, weil dies für ihn der einfachste Weg war, um seiner Frau in den Tod zu folgen. Seit er den unseligen Entschluss gefasst hatte, hatte er noch keinen Augenblick daran gezweifelt. Und er hatte sich auch nicht aus dem Sessel wegbewegt, als ob Colette noch immer auf der anderen Seite der Verbindungstür im Bett läge.

Verhungern war ein schrecklicher Tod. Doch Agatha hatte nicht die Absicht, Frederic diesen letzten Triumph zu gönnen. Sie war entschlossen, der Sache ein Ende zu machen, bevor es zu spät war. Deshalb war sie auch für Travis Thornfield eingesprungen und hatte zu ihrem Entsetzen entdecken müssen, dass bereits zehn Tage vergeudet worden waren. Der Diener war außer sich vor Sorge und hatte ihr liebend gern die Verantwortung überlassen.

Das Ganze war jetzt drei Tage her. Seitdem waren drei Tage mit Ermutigungen, Lockungen, Erklärungen, Begründungen und letztlich Beschimpfungen ins Land gegangen. Agathas Gedanken rasten, klammerten sich an Paul und wünschten, dass er zu Hause wäre. Doch was konnte er schon ausrichten, was sie nicht bereits versucht hätte? Gar nichts.

Frederic lehnte das Essen ab und nahm ausschließlich Wasser zu sich. Mit seinem vierzehn Tage alten Bart, dem verfilzten Haar, den hohlen Wangen und seinen fiebrigen Augen bot er ein schreckliches Bild. Seine Kleidung schlotterte um seinen ausgemergelten Körper. Aber diese Schwäche war Täuschung: Auf seinem selbstmörderischen Kreuzzug hatte er eine Grenze überschritten, seine Verzweiflung war wie ein Wassertropfen in der dürstenden Wüste verdampft und durch eine blindwütige Wut ersetzt worden, die sogar seine Schwägerin das Fürchten lehrte.

Doch heute wollte sich Agatha weder verjagen noch abschrecken lassen. Heute würde sie diesen unheiligen Krieg gewinnen. Sie sah auf das Tablett hinunter und wieder auf die geschlossene Tür. Wenn Frederic seine Frau betrauern wollte, so musste sie ihn eines Besseren belehren. Es war an der Zeit, dass sie ihm vor Augen führte, was für eine Frau Colette in Wirklichkeit gewesen war – womöglich eine drastische Maßnahme, aber gewisse Umstände erforderten zuweilen gnadenlose Methoden.

In großer Eile begab sich Robert Blackford zum Haus der Duvoisins und wartete geduldig im Wohnraum, während Travis Agatha seinen Besuch ankündigte. Man musste ihm nicht lange erklären, warum man ihn so spät noch hergerufen hatte, denn Agathas kurze Notiz hatte ein schlimmes Bild der Lage gezeichnet. Während der Woche hatten ihm außerdem schon mehrere seiner Patienten von Frederic Duvoisins »Trauer« berichtet. Auf der Insel wurde viel getratscht, und über die Duvoisins natürlich am liebsten. Wie es aussah, kam Frederic Duvoisin nicht über den Tod seiner Frau hinweg.

Wenn sich die Gerüchte bewahrheiteten, so drohten die derzeitigen Zustände die Dramen der Vergangenheit in den Schatten zu stellen. Angesichts der Ironie musste Robert schmunzeln. Sogar die handelnden Personen waren dieselben. Bis auf die Frauen. Vor etwas mehr als acht Jahren hatte seine jüngere Schwester Elizabeth die Rolle der Ehefrau gespielt. Ihr Tod hatte damals den Verstand des großen Frederic Duvoisin ebenso in den Grundfesten erschüttert, wie Colettes Tod das heute tat. Auch damals war ein Kind im Spiel gewesen, ein neugeborener Junge – John. Robert schauderte bei der Erinnerung, und sogar heute fragte er sich noch hin und wieder, wie Frederic dieses Erlebnis überstanden hatte. Er hatte öfter um sein Leben gefürchtet, weil Frederic ihn für Elizabeths Tod verantwortlich gemacht hatte. Dabei hatte er sich selbst die größten Vorwürfe gemacht. Nun gut, das Kind war eine Steißgeburt gewesen, was von vornherein gefährlich war. Aber er hatte alles darangesetzt, damit Elizabeth überlebte. Dennoch war sie irgendwann ohnmächtig geworden und nicht mehr aufgewacht. Frederic hatte ihm das nie verziehen.

Aber in dieser Nacht hieß das Problem nicht Elizabeth, sondern Colette: Eine neue Zeit, eine neue Situation – und trotz ähnlicher Umstände ein neuer Schmerz. Und Frederic war keine dreiunddreißig Jahre alt und stand nicht mehr am Beginn seines Lebens. Inzwischen war er über sechzig und hatte Schlimmes durchgemacht. Er war bereit aufzugeben und tat alles, um damit Erfolg zu haben. Im Grunde hätte sich Robert auf das Ergebnis freuen können, beendete es doch ihre lange und wechselhafte Beziehung. Aber ihm war klar, dass Frederics Tod seine Zwillingsschwester vernichten würde. Nur das trieb ihn zum Handeln. Nur aus Liebe zu Agatha wollte er diesen selbstmörderischen Absichten ein Ende machen.

Als sich die Tür öffnete, fuhr Robert herum und verschloss die Entscheidung, die er soeben getroffen hatte, tief in seinem Herzen. »Miss Ryan.« Er war überrascht, weil er einen der Dienstboten oder seine Schwester erwartet hatte.

»Dr. Blackford.« Charmaine war ebenso überrascht. Seit Colettes Tod hatte sie den Arzt nicht mehr gesehen und fragte sich, was er im Haus zu suchen hatte.

»Ich nehme an, die Kinder sind schon im Bett?«

»Aber natürlich, schon länger als eine Stunde«, antwortete sie. »Es ist ja bereits spät.«

»Stimmt.« Er kramte nach seiner Taschenuhr, warf einen Blick darauf und ließ den Deckel zuschnappen. Dann sah er Charmaine abschätzend an. Agatha hielt die junge Frau für ungeeignet und obendrein für keck, doch Robert fragte sich, was er ihr wohl alles entlocken konnte. »Wie geht es denn den Kindern?«

Charmaine war verblüfft, weil er noch nie zuvor das Wort an sie gerichtet hatte. »Besser«, antwortete sie vorsichtig. »Sie haben den Tod ihrer Mutter akzeptiert, aber sie trauern noch und haben sie nicht vergessen.«

»Das sollen sie auch nicht. Sie verdienen großes Lob dafür, wie gut Sie die Kinder in dieser schweren Zeit betreut haben. Agatha sagte, Sie hätten wahre Wunder bewirkt. Wenn ich doch nur bei ihrem Vater denselben Erfolg hätte.«

Mehr musste Charmaine nicht wissen. Seit Colettes Tod hatte Frederic Duvoisin seine Räume nicht mehr verlassen. Außerdem hatte sich herumgesprochen, dass er sich zu Tode hungerte. Zum Glück fragte Jeannette nicht mehr, wann sie ihren Vater besuchen könne, denn diesem Alptraum wollte Charmaine die Kinder nicht aussetzen.

In diesem Moment erschien Agatha und zog ihren Bruder mit sich fort. Charmaine ging zum Piano und suchte, bis sie das richtige Notenheft gefunden hatte. Das Stück war wie für diese Nacht geschaffen: Ob eine quälende Melodie die Geister vertreiben konnte, die ihre Seele heimsuchten? Sie stellte die Notenblätter auf den Ständer, strich ihre Röcke glatt und begann zu spielen.

Mit geschlossenen Augen hockte Frederic Duvoisin in seinem hochlehnigen Sessel und dachte über den Tod nach und über die Leichtigkeit, mit der das Leben ihm entglitt. Ein Klopfen an der Tür – und sofort verwandelte sich die Apathie in Wut. Verdammt! Wann würden sie seine Entscheidung endlich respektieren? War er denn nicht der Herr dieses Hauses? Warum wollten sie ihn denn unbedingt zurückhalten? Er wollte seiner Frau in die nächste Welt folgen – und die Bewohner dieser Welt sollten allesamt verdammt sein, wenn ihnen das nicht gefiel.

Er überhörte auch das zweite Klopfen, das dritte und

das vierte. Aber die Eindringlinge waren hartnäckig. Nach dem fünften Klopfen kamen sie ohne Erlaubnis herein. Und dann betrachteten ihn Bruder und Schwester so abschätzend, als ob er nicht mehr zurechnungsfähig wäre. Robert trat noch einen Schritt näher, beugte sich vor und sah ihm aus nächster Nähe ins Gesicht, damit er endlich seine Lider hob. »Frederic?«, fragte er.

Aber Frederic verharrte bewegungslos und ließ nicht erkennen, dass er seine »Besucher« überhaupt bemerkt hatte.

Blackford richtete sich auf, stemmte die Hände in die Hüften und sah seine Schwester an.

»Habe ich es dir nicht gesagt?«, flüsterte Agatha, aber nicht so leise, dass man es nicht gehört hätte. »So geht das schon seit beinahe zwei Wochen… Seit Paul nach Espoir gesegelt ist.«

»Damit ist jetzt Schluss«, rief Robert. »Frederic, sehen Sie mich an!«

Schwungvoll warf Frederic den Kopf in den Nacken und starrte den Doktor mit nackter Verachtung an.

Robert schrak zurück. »Schon besser«, murmelte er und zerrte unsicher an seiner Jacke. Dann zog er einen Stuhl heran, damit er Frederics Blick auf Augenhöhe begegnete. Mit Agatha als Verstärkung war er mutig genug. »Es wird Zeit, dass wir uns einmal unterhalten. Colette ist tot, und nichts und niemand kann das ändern. Sie dagegen sind noch äußerst lebendig. Dieser Irrsinn muss sofort aufhören!«

Als keine Antwort kam und ihn Frederic nur weiterhin zornig anfunkelte, kamen Robert erste Zweifel an dessen Geisteszustand. »Frederic? Hören Sie mich? Verstehen Sie, was ich sage? So geht das nicht weiter! Sie wollen doch nicht so enden?« Wieder keine Antwort, nur diese starrenden Augen. »Ich sage Ihnen nur so viel: Ich lasse das nicht zu! Und wenn ich Sie festhalten und füttern muss«, drohte er. »*Haben Sie mich verstanden*?«

»Der gute Doktor will mein Leben retten«, sagte Frederic. Seine dunkle Stimme klang rau, als ob ihm das Sprechen schwer fiele. Aber der zynische Ton ließ Bruder und Schwester zusammenzucken.

»Ja«, versprach Blackford, während er auf seinem Stuhl herumrutschte, »falls das nötig ist.«

Frederic brummte. »Ich sehne den Tod herbei, und ausgerechnet Sie, *mein lieber Freund*, wollen mich daran hindern?«

Die Frage war ein Schlag ins Gesicht. »Sie wissen ja nicht, was Sie da sagen!« Verärgert dachte Robert an die vielen Male in den mehr als dreißig Jahren, die er diesem Mann zu Diensten gewesen war. »Sie irren sich, wenn Sie glauben, dass das Jenseits Ihnen Ihre Wünsche erfüllt!«

»*Welche Wünsche denn*?«, fuhr Frederic den Arzt an. »Ich sage Ihnen, was ich mir wünsche! Ich wünsche mir das, was Sie mir genommen haben! Und das nicht nur einmal, sondern zweimal.«

Blackford nahm eine drohende Haltung an. Dieser Mann beleidigte ihn! »Ich habe Ihnen gar nichts genommen.«

»Ach nein?«, stieß Frederic zwischen seinen aufgesprungenen Lippen hervor. »Elizabeth war wohl nicht genug...«

»Ich diesem Fall war ich machtlos«, erwiderte der Arzt. »John war eine Steißgeburt! Er... nur er ganz allein hat Elizabeth das Leben gekostet! Ich dachte, Sie hätten inzwischen eingesehen, wie schwer diese Geburt war!«

Wütend sah Frederic ihn an. »Lassen Sie mich allein. Ich kann die ewigen Entschuldigungen nicht mehr hören! Ich habe sie einmal akzeptiert, aber das passiert mir nie wieder.« Er ließ den Kopf sinken. »Colettes Tod dagegen können Sie nicht so einfach erklären.«

»Ich lasse mich nicht für eine Situation verantwortlich machen, die ich nicht beeinflussen konnte!«

Frederics Kopf schoss in die Höhe. »*Die Sie nicht beeinflussen konnten?* Meine Frau war fast ein Jahr lang Ihre Patientin. Wie konnte Ihnen die Situation da entgleiten? Und kommen Sie mir nicht wieder mit dieser ›Lungenentzündung‹! Wenn sie so tödlich war, wie Sie behaupten, so hätten Sie die Krankheit von Beginn an mit allen Mitteln bekämpft! Sie haben viele Wochen an Colettes Bett gesessen, *Doktor*! Wie können Sie da behaupten, dass Sie die Situation nicht beeinflussen konnten?«

»Weil es genau so war«, zischte Robert. »Colette ist nicht an der Lungenentzündung gestorben. Die Krankheit hat ihre Schwäche nur verstärkt. Sie wussten es seit Jahren: Keine weiteren Kinder. Die Geburt der Zwillinge war zu viel für Colette. Aber haben Sie auf mich gehört? Nein, Sie konnten sich nicht beherrschen. Und kurz darauf hat sie dann Pierre erwartet.«

Frederic presste die Kiefer zusammen, aber Robert sprach ungerührt weiter. »Wieder hatten Sie Glück, und Ihre Frau hat es überlebt. Aber sie hat es nicht unbeschadet überstanden. Im vergangenen Frühjahr haben Sie Ihre Frau beinahe verloren, denn in einem geschwächten Körper breitet sich die geringste Krankheit viel schneller aus. So war es auch mit der Lungenentzündung. Aber es ist noch mehr passiert, Frederic. Keine Woche, nachdem Colette so schwach geworden war, hat sie eine Fehlgeburt erlitten.«

Frederic sog geräuschvoll die Luft ein, und Roberts Mut wuchs angesichts seines Triumphes ins Grenzenlose. »Ja, Sie haben richtig gehört… eine Fehlgeburt. Colettes geschwächter Körper konnte das Kind nicht halten. Es hat Tage gedauert, bis ich die Blutung stillen konnte. Das Bad war das Schlimmste, was sie sich antun konnte. Ich hatte sie gewarnt, und sie wusste um das Risiko.«

In diesem Augenblick war der erste Schreck vorüber. Von Hass getrieben, sprang Frederic wie ein Besessener auf.

Robert zuckte weder zusammen, noch weidete er sich an Frederics Erregung. Er sah ihn nur mitleidig an.

Doch dieser Blick ärgerte Frederic. »Ist Ihnen klar, was Sie damit andeuten?«

»Ich teile Ihnen lediglich mit, was ich Ihnen bisher verschwiegen habe«, antwortete Blackford.

»Guter Gott! Und warum?«, explodierte Frederic. In einem Wutanfall fegte er mit dem Stock alle Gegenstände vom Tisch. Aber dieser kindliche Trotz ärgerte ihn noch mehr. »Warum wurde mir diese Tatsache vorenthalten? *Warum?*«

Robert stand auf, da er sich diesem tobenden Riesen gegenüber unterlegen fühlte. »Ich wusste, dass das Kind nicht von Ihnen sein konnte«, gestand er freimütig, »also habe ich in Colettes Interesse geschwiegen, worum sie mich übrigens ausdrücklich gebeten hatte.«

Frederic hatte das Gefühl, als ob ihm übel würde. Er schluckte und konzentrierte sich auf die Fragen, die er unbedingt stellen wollte. »Und nach ihrem Tod? Warum haben Sie dann immer noch geschwiegen?«

»Damals fürchtete ich um *Ihre* Gesundheit. Wem hätte es genützt, Sie in diesen Zwiespalt zu stürzen, in dem Sie jetzt stecken? Das hätte ich Ihnen gern erspart.«

»Und wann … Wann hat sie das Kind empfangen?«

»Irgendwann vor Weihnachten … vermutlich im November«, antwortete Robert ruhig. »Nach der Größe des Kindes zu urteilen …«

Frederic funkelte den Mann an … dann Agatha, doch in ihren Gesichtern war nichts zu entdecken, was diesen Vorwurf widerlegt hätte. »Hinaus!«, schnarrte er.

Besorgt sah Robert Frederic an.

»Sie haben mich gehört, Mann! Alle beide – hinaus! Ich lasse mich doch nicht von einer Lüge ins Bockshorn jagen!«

Mit flehender Miene trat Agatha auf ihn zu. »Frederic, du quälst dich doch nur selbst. Lass das sein. Du hast drei kleine Kinder, auf die du Rücksicht nehmen musst. Sie brauchen dich. Colette ...« Sie hielt inne und wog ihre Worte sorgfältig ab. »Colette war nicht Elizabeth. Ich weiß genau, was dir an ihr gefallen hat. Diese Ähnlichkeit. Ich habe sie doch auch gesehen!« Sie holte tief Luft und stellte zu ihrer Freude fest, dass die Worte Frederic nicht verfehlten. »Natürlich hast du dich zu ihr hingezogen gefühlt. Du hast eine zweite Chance für dich gesehen. Aber sie war nicht Elizabeth! Elizabeth war ein guter Mensch, eine anständige und treue Frau. *Elizabeth* hat dich geliebt. Aber Colette hat dich niemals geliebt ...«

»Ich habe genug gehört! Ich habe mich entschieden und gehe den Weg zu Ende.«

Robert schüttelte den Kopf. »Nun gut, Frederic. Tun Sie, was Sie wollen. Halten Sie uns ruhig für verlogene Schurken. Aber wenn Sie in Ihrem Sessel sitzen, dann lassen Sie sich meine Worte durch den Kopf gehen. Und denken Sie daran: Wenn Sie mir nicht glauben, tanzen Sie nach Colettes Pfeife. Wie viele Männer würden wohl um eine Frau trauern, die ihnen in ihrem eigenen Haus einen Kuckuck ins Nest setzt?«

»Hinaus!«, zischte Frederic außer sich vor Empörung. Der Mann war zu weit gegangen. »Hinaus mit Ihnen, oder ich lasse Sie vor die Tür setzen.«

Robert Blackford verließ mit seiner Schwester Frederic, damit er sich in aller Ruhe eine eigene Meinung bilden konnte.

Frederic war ganze fünf Minuten allein, aber diese kurze Zeitspanne dünkte ihm wie eine halbe Ewigkeit. Eine halbe Ewigkeit, die nur ein Wort kannte: Betrug. Er war betrogen worden – und nicht nur einmal, sondern wieder und wieder! Und zuletzt am schlimmsten! Wie hatte sie nur in den beiden letzten Nächten ihres Lebens in seinen Armen liegen, ihrer Liebe Ausdruck geben und Worte murmeln können, die wieder eine Lüge waren? Wie gern würde er sie noch einmal in den Armen halten – und ihr voller Wonne mit den eigenen Händen das Leben herauspressen! Ja, er wollte sie umbringen und das bittersüße Gefühl genießen!

Zwei Wochen lang hatte er um sie getrauert, hatte sich selbst für die Hölle verflucht, die er ihnen bereitet hatte. Doch heute konnte er über diesen Irrsinn nur lachen! Er hatte als Einziger gelitten, während sie mitten in der Nacht in den Armen eines anderen gelegen hatte! Er war ein armseliger Narr gewesen… sogar im letzten Monat, als er außer sich vor Sorge gewesen war. Er dachte an die Nacht, als er nach ihr sehen wollte. Sie hatte sich nicht ausgeruht, wie Dr. Blackford angeordnet hatte, und sie war auch nicht bei den Kindern gewesen! Wieder knallte er den Stock mit voller Wucht auf den Tisch. *Wer war dieser Liebhaber?*

Wie musste sie gelacht haben! Geschickt hatte sie erreicht, dass er sich schuldig fühlte. Aber damit war jetzt Schluss! Beinahe zehn Jahre lang war sie die Quelle seines Unglücks gewesen – eine Hure seit dem Tag, als er sie kennengelernt hatte! Agatha hatte recht: Er wollte Elizabeth durch ein Mädchen ersetzen, das süße Erinnerungen in ihm geweckt hatte. Aber sie war nicht seine Elizabeth! Sie war nichts weiter als eine intrigante, hochwohlgeborene Hure, die fast seine Familie zerstört hätte.

Gallenflüssigkeit stieg in seiner Kehle hoch, und als er

die bittere Flüssigkeit in den Nachttopf spuckte, empfand er einen größeren Hass als je zuvor.

Als keiner auf sein Klingeln reagierte, humpelte er zur Tür seines Gefängnisses und riss sie auf. Er hinkte den Korridor entlang und war überrascht, als die Uhr im Foyer zehnmal schlug. Aber die späte Stunde konnte ihn nicht aufhalten. An der Treppe wäre er beinahe über Millie Thornfield gestolpert.

Die Hand des Mädchens flog zum Mund, und sie unterdrückte einen Schrei. »Kann ich Ihnen helfen, Sir?«

Er stützte sich schwer auf seinen Stock. »Wo ist dein Vater?«

Millie zögerte. Frederics wilder Blick ließ sie zittern, außerdem hatte sie keine Ahnung, wo ihr Vater war, aber das konnte sie nicht sagen. »Ich … ich werde ihn suchen, Sir.«

»Richte ihm aus, dass er Benito St. Giovanni rufen soll. Und zwar sofort!«

»Father Benito?«

»Du hast mich genau verstanden, Mädchen! Fort mit dir! Und dass du mir nicht trödelst!«

Sie knickste hastig und lief die Treppe hinunter. Als sie sich schon in Sicherheit glaubte, hielt seine Stimme sie noch einmal auf. In Erwartung eines weiteren Auftrags sah sie nach oben, doch Frederic Duvoisin stand wie versteinert da und starrte vor sich hin, als eine Melodie aus dem Wohnraum an sein Ohr drang. »Sir?«, fragte sie unvorsichtigerweise. »Gibt es noch etwas?«

»Woher kommt diese Musik?«

»Aus dem Wohnraum, Sir. Miss Ryan übt das Stück schon den ganzen Abend über, Sir.«

»Sag ihr, dass sie aufhören soll! Sie soll die Noten verbrennen!«

Millie war verwirrt. »Sir?«

»Ich verbiete ihr, dieses Stück zu spielen. Wenn ich

noch einen einzigen Ton höre, ist sie entlassen! Na los, sag es ihr endlich!«

Er ist verrückt! Millie riskierte noch einen kurzen Blick, bevor sie mit fliegenden Röcken die restlichen Stufen hinunterrannte und ins Foyer flüchtete. Wenige Augenblicke später verstummte die Melodie, und Stille legte sich über das große Haus.

Father Benito St. Giovanni wurde zur Unzeit rüde aus dem Schlaf gerissen. Um elf Uhr nachts ließ ihn unablässiges Hämmern an seiner Tür hochfahren, und kaum eine Stunde später stand der Priester, der sein Dasein John und Paul Duvoisin verdankte, vor deren Vater. Natürlich hatte er von Frederics selbstmörderischem Fasten gehört und erwartet, ihn dem Tode nahe vorzufinden. Aber dem war nicht so. Nun gut, aber wozu dann die Eile? Frederics wilde Blicke verhießen nichts Gutes. Erwartungsvoll neigte er den Kopf und wartete.

»Also gut, Father«, setzte der Herr von Charmantes an und nahm einen großen Schluck Brandy, der allerdings nicht beruhigend wirkte, sondern seinen Zorn und seine Wachsamkeit schärfte. »Ich möchte einen Namen von Ihnen erfahren, und zwar sofort.«

Benito runzelte die Stirn und hielt sich erst einmal zurück, damit sich der gequälte Mann näher erklären konnte.

Frederic lehnte sich zurück und wunderte sich über die vorgetäuschte Unwissenheit. Er hatte die Frage in ruhigem Ton gestellt, und ganz offensichtlich war Father Benito der Meinung, dass er nichts zu befürchten hätte. Er würde allerdings bald genug merken, dass er sich irrte. Falls er weitere Erklärungen brauchte, so sollte er sie haben. »Aber, aber, Father, Sie müssen nicht so tun, als wüssten Sie nicht, weshalb Sie gerufen wurden. Sie wissen doch, dass ich es auf jeden Fall herausfinden werde?« Er schmunzelte spöttisch.

Der Priester starrte zu Boden, und Frederic weidete sich an seiner Verlegenheit. »Nun …« Wegen des Effekts legte er eine kleine Pause ein und trank noch einen Schluck. »Ich weiß, dass Sie meiner Frau die Letzte Ölung gespendet haben. Also wissen Sie genau das, wonach ich suche.« Seine Stimme klang beißend scharf. »Ich fordere den Namen des Mannes, der den Bastard im Leib meiner Frau gezeugt hat!«

Benito schloss die Augen. *Woher hatte Frederic Duvoisin diese Information? Was soll ich ihm sagen?* Er mühte sich, sein pochendes Herz zu beruhigen und seine panischen Gedanken zu sammeln.

»*Nun?*«, fragte Frederic. Es wurde Zeit, dem Spiel ein Ende zu machen! »Leugnen Sie nicht, dass Sie den Namen wissen. Dazu kenne ich meine Frau zu gut. Was ihren Ehebruch angeht, so weiß ich, dass sie angesichts des Todes jede Sünde gebeichtet hat. Und sie wusste, dass sie sterben würde. Ich war hier, als Sie an ihr Bett gerufen wurden, und weiß, dass Sie sie von allen Sünden freigesprochen haben – von allen! Noch einmal: Ich verlange den Namen ihres Liebhabers. Wenn Sie wissen, was für Sie gut ist, dann antworten Sie rasch! Er wird wünschen, dass er nie geboren wäre – und weder Sie noch sonst jemand auf dieser verdammten Insel werden mich an meiner Genugtuung hindern!«

Der Priester wurde blass. Ganz gleich, was er sagte – seine Stellung auf Charmantes stand auf jeden Fall auf dem Spiel. Irgendwie musste er diesen Mann beruhigen. Er hob den Kopf und versuchte es mit Mitgefühl. »Es ist wirklich betrüblich, dass Sie das Schlimmste von ihrer verstorbenen Frau glauben müssen. Doch was sie mir unter dem Sakrament der Beichte anvertraut hat oder auch nicht, wird niemals über meine Lippen kommen. Sie wissen, dass ich für immer Stillschweigen geschworen habe und mein Gelübde nicht brechen darf. Das können Sie nicht von mir verlangen.«

»Verdammt, Mann, ich will nur den Namen wissen. Der Kerl soll mir dafür bezahlen!«

»Nein, Frederic«, entgegnete der Priester mit sanfter Stimme, »selbst wenn Ihre Frau eine solche Sünde gebeichtet hätte, so musste sie keine Namen nennen, um die Absolution zu erhalten.«

Frederic Duvoisin war verblüfft. Entweder war dieser Priester klüger als gedacht, oder er sagte die Wahrheit. »Sie lügen. Sie hat ihren Liebhaber genannt. Ich sehe es Ihren Augen an.«

»Gott vergibt ihm, wer auch immer es ist«, sagte Father Benito und bemerkte, dass Frederics Zorn abflaute. »Lassen Sie die Vergangenheit ruhen, Frederic. Mord ist eine sehr viel schwerere Sünde als Ehebruch. Ihre Frau ist tot, und ihre Sünden wurden vergeben. Warum also wollen Sie Ihre Seele mit Rachegedanken belasten?«

»Hinaus mit Ihnen«, befahl Frederic. »Sie sind um kein Haar besser als Robert Blackford und Agatha Ward, die alle Sünde auf Colette schieben. Ja, ich würde sie liebend gern von Angesicht zu Angesicht mit ihrer Untreue konfrontieren und sie dafür bestrafen, aber sie ist tot. Dennoch gibt es hier auf Charmantes jemanden, der noch am Leben ist und dem es gutgeht. Ich sage Ihnen nur so viel: Er wird für seine Fleischeslust büßen. Bevor ich diese Welt verlasse – wird er leiden!«

Sonntag, 21. Mai 1837

Frederic Duvoisin saß auf Pierres Bett und wartete, dass die Kinder mit der Gouvernante von der Messe zurückkehrten. Er sah sehr viel besser aus als noch vor einer Woche, auch wenn er noch extrem dünn war und seinen früheren Appetit noch nicht wiedererlangt hatte.

Charmaine summte leise, als sie hinter Pierre das Kinderzimmer betrat. Sie hatte gehofft, dass Paul auf sie wartete. Doch nun riss sie die Augen auf, als Pierre begeistert »Papa!« rief und Jeannette sie rasch zur Seite drängte. »Wie schön, dass du endlich da bist!« Sie schlang ihrem Vater die Arme um den Hals. »Ich habe dich vermisst!«

»Ich auch!«, echote der Junge und kicherte. »Wo warst du so lange?«

Frederic schluckte und begriff plötzlich, wie dumm er gewesen war. Wie hatte er nur daran denken können, diese Welt zu verlassen, und glauben können, dass sein Sohn alles besser machen würde als er? Er betrachtete Yvette, die kerzengerade vor ihm stand und ihrer Mutter so ähnlich war. »Ich habe sehr um eure Mutter getrauert«, sagte er leise. »Aber jetzt will ich nur noch an die Zukunft denken.«

»Genau das hat Mademoiselle Charmaine auch gesagt«, sagte Yvette und umarmte ihren Vater. »Du hast Mama geliebt, nicht wahr?«

»Ja«, flüsterte Frederic.

Charmaine war nicht bereit, ihm so rasch zu verzeihen. Frederic Duvoisin hatte vielleicht gelitten, aber durch sein selbstsüchtiges Verhalten hatte er den Kindern unnötige Sorgen bereitet. Sie konnte nicht über ihren Schatten springen und wollte sich in ihr Zimmer zurückziehen. »Ich lasse Sie allein.«

Frederic schien ihre Gedanken gelesen zu haben. »Bleiben Sie hier, Miss Ryan«, bat er. »Ich möchte mich bei Ihnen entschuldigen und auch bei meinen Kindern. Es tut mir leid, dass ich während der letzten Wochen nicht für sie da war und Sie die Kinder allein trösten mussten.«

Was konnte sie sagen? Es gab keinen Grund, ihm weiterhin zu zürnen. »Ich bin froh, dass Sie sich wieder erholt haben, Sir. Die Kinder haben sich sehr um Sie gesorgt und ich ebenfalls.«

»Gesorgt? So so.«

Plötzlich stand Agatha unter der Tür, und ihre Frage hing noch in der Luft.

Charmaine zog eine Grimasse. Während der letzten sechs Wochen hatte sich Mrs. Ward einen Spaß daraus gemacht, sie ständig zu schelten. Seit Colettes Tod und Pauls Abreise nach Espoir war niemand da, der sie verteidigte.

»Ich wollte nur die große Freude der Kinder zum Ausdruck bringen«, versuchte Charmaine zu erklären.

»Ach, wirklich? Mir schien, es ging eher um Ihre ganz persönliche Freude.«

»Agatha«, unterbrach Frederic seine Schwägerin, »ich verbringe gerade Zeit mit meinen Kindern. Dagegen hast du wohl nichts einzuwenden, oder?«

»Aber natürlich nicht, Frederic«, erwiderte sie mit strahlendem Lächeln und verschwand so lautlos, wie sie gekommen war.

Später am Abend besuchte sie Frederic in seinen Räumen. Es war an der Zeit, ihren brennenden Traum wahr werden zu lassen – und zwar jetzt, bevor ihr eine junge Frau oder womöglich sogar die Gouvernante in die Quere kam. Nach der schlimmen Zeit war Frederic sehr trostbedürftig, und mit Sicherheit hungerte er nach der Liebe einer Frau. Heute Nacht würde er dic beiden anderen vergessen, die ihm Liebe vorspiegelten und es doch nur auf sein Vermögen abgesehen hatten.

Mittwoch, 14. Juni 1837

»Bist du verrückt geworden?«, rief Paul ungläubig. »Du *bist* verrückt – eine andere Erklärung für diesen Wahnsinn gibt es nicht!«

Der Tag war alles andere als erfreulich verlaufen. Als Erstes hatte man ihn mitten in der Woche nach Charmantes zurückgerufen, weil es Probleme im Hafen gab, die womöglich die weitere Entwicklung auf Espoir gefährdeten. Bei seiner Ankunft waren nacheinander noch andere Probleme aufgetaucht, eines dringender als das andere. In Georges Abwesenheit vervielfältigten sich diese Probleme, sodass er sie kaum abarbeiten konnte. Als er die Wochen zählte, die sein *Freund* nun schon fort war, kam er auf mehr als zehn, was ihn maßlos ärgerte. Wie lange dauerte denn eine Reise nach Richmond und zurück? Machte George etwa Ferien? Wie dem auch sei, ihm waren leider die Hände gebunden. Das Letzte, was er zum Abschluss eines solch schweren Tages brauchen konnte und auch gar nicht erwartet hatte, war dieses absurde Gespräch mit seinem Vater. Man hätte sein Schweigen für Nachdenklichkeit halten können, wenn er nicht so aggressiv geschaut und nicht mit den Zähnen geknirscht hätte. Verzweifelt lief Paul im Zimmer auf und ab, aber deswegen verstand er die Gedanken seines Vaters und seine völlig Illoyalität nicht besser.

In den Monaten vor Weihnachten hätte Paul geschworen, dass es zwischen Colette und seinem Vater nur Misstrauen und Wut gegeben hätte. Doch später, nach seiner Rückkehr aus Europa, hatte er eine Menge erstaunlicher Gefühle miterlebt: offensichtliche Verzweiflung, als Colette dem Tode nahe war, dann Erleichterung und Glück, als sie auf dem Weg der Besserung zu sein schien, und schließlich der unfassbare Kummer nach dem tragischen Ende. Seit Wochen schon verfolgten ihn Colettes Worte: »Er hat mich einmal geliebt … wusstest du das? Er hat mich einmal geliebt.« War diese Liebe vielleicht nie gestorben? Möglich. Wie dem auch sei, Paul konnte die Vergangenheit nicht vergessen und war nach wie vor unsicher. Und heute hatte er auf den Straßen von Charmantes die neuesten Gerüchte vernommen: *Ja, er ist auf dem Weg der Besserung … hat das Fasten aufgegeben … natürlich liebt er sie noch, aber er denkt jetzt an die Kinder …*

Paul erinnerte sich, dass das selbstmörderische Fasten seines Vaters Anfang Mai begonnen hatte. Nach seiner Rückkehr von Espoir hatte Rose bestätigt, dass sein Vater den Versuch beendet hatte. Paul war zwar erleichtert, dass die Sache ausgestanden war, und doch hatte er sich geschämt, dass er nicht zu Hause gewesen war und ihm niemand eine Nachricht nach Espoir geschickt hatte. Heute war er überzeugt, dass sein Vater Colette geliebt hatte, sie sogar bis ins Grab geliebt hatte, und zum ersten Mal verstand er Frederics Verbitterung. Das war nicht nur Hass, sondern der Ausdruck eines gebrochenen Herzens.

Von wegen. Vor wenigen Augenblicken hatte sein Vater erneut eine Kehrtwendung vollzogen und alle diese Überlegungen ad absurdum geführt. Jetzt wollte er Colette nur noch »vergessen«. Genau dieses Wort hatte er gebraucht. Außer den Kindern durfte niemand in seiner Gegenwart ihren Namen aussprechen. Keine Erinnerungen an sie in seinen Räumen und auch keine Gegenstände, die ihr viel bedeutet hatten und die seine Umgebung verunreinigt hätten.

Nun gut! Das könnte er sogar verstehen. Er könnte auch

seinem Vater zuliebe so tun, als hätte es Colette nie gegeben. Aber diese Sache? Niemals! Diesem Unsinn würde er niemals zustimmen! Statt eine so abstoßende Idee zu fördern, wollte er sie lieber auslöschen, bevor sie außer Kontrolle geriet.

»Ich sage noch einmal, dass du verrückt bist«, stieß Paul hervor. »Ich werde das nicht zulassen.«

»Zulassen?«, entgegnete Frederic. »Ich bin dein Vater, oder hast du das vergessen?«

Paul ließ sich in einen Sessel sinken. »Nein, das habe ich nicht vergessen«, murmelte er.

»Nun gut. Dann kann ich also auf dich zählen, dass du alles Nötige in die Wege leitest?«

»Nein«, antwortete Paul direkt und wirkte mindestens so unsicher wie sein Vater. »Ich spiele dabei nicht mit.«

Frederic neigte den Kopf und versuchte in der Miene seines Sohnes zu lesen. Pauls Reaktion hatte ihn überrascht. »Warum stehst du meinem Plan so ablehnend gegenüber? Was stört dich denn daran?«

»Ich halte das Ganze für einen Fehler, den du eines Tages bereuen wirst. Hast du denn gar keinen Respekt vor Colette? Ja!«, ereiferte er sich, »ich wage es, ihren Namen laut auszusprechen! Sie ist seit zwei Monaten tot. Zwei Monate! Nicht einmal die schrecklichste Frau lässt man so schnell fallen. Aber Colette war ganz und gar nicht schrecklich. Sie war wunderbar, überaus liebevoll und in jeder Beziehung ein fairer Mensch. Wage ja nicht, das zu bestreiten.« Er hob die Hand. »Trotz deiner Schmähungen und deiner Anklagen weißt du genau, dass ich die Wahrheit sage.«

»Nicht dass ich wüsste.«

»Jetzt ist es aber gut!« Paul explodierte. »Colette hat einen schrecklichen Fehler gemacht. Einen wirklich schrecklichen Fehler, für den du sie wieder und wieder gekreuzigt hast! Kannst du vor lauter Bäumen den Wald nicht mehr sehen? Wie kannst du Colette nur so hart verurteilen und Agatha nicht als das erkennen, was *sie* in Wirklichkeit ist? Die beiden Frauen in einem Atemzug zu nennen, ist verabscheuungswürdig!«

»Sprich nicht so von Agatha! Sie wird immerhin meine Frau.«

»Hast du eigentlich nichts von dem verstanden, was ich soeben gesagt habe?«, brüllte Paul. »Du kannst die Frau nicht heiraten! Du kannst das unmöglich tun!«

»Sie wird mich die ganze Sache vergessen lassen«, antwortete Frederic. »Und ich will endlich vergessen.«

»Sie weckt diesen Wunsch in dir. Mehr nicht. Wenn du schon glaubst, dass die Ehe mit Colette die Hölle war und du jetzt weißt, was das bedeutet – dann warte nur ab!«

»Es reicht!«, rief Frederic. Pauls heftiger Ausbruch überraschte ihn. Doch er bekräftigte nur seinen Wunsch, Agatha Blackford Ward zu seiner dritten Frau zu machen. »Ich erwarte ja nicht, dass du die Dinge genauso siehst wie ich. Zumindest jetzt noch nicht. Ich tue es aus gutem Grund, und zumindest den solltest du respektieren.«

»Aus gutem Grund?« Paul erstickte beinahe. »Welchen Grund könntest du denn haben? Du hast nichts gesagt, was man auch nur annähernd als Grund bezeichnen könnte.«

»Reicht es denn nicht, wenn ich sage, dass es einen Grund gibt? Willst du meinen Stolz völlig vernichten, indem du mir unterstellst, dass ich keine eigenen Entscheidungen mehr treffen kann?«

An diesem Punkt gab Paul auf. Er hatte seine Grenzen überschritten. »Wie du ganz richtig sagst – es ist deine Entscheidung. Aber ich warne dich, Vater! Meine Gefühle werden sich nicht ändern, und ich werde Agatha Blackford Ward niemals als Stiefmutter akzeptieren.«

»Das erwarte ich auch gar nicht von dir«, brummte Frederic, der mit einem Mal sehr viel zugänglicher war.

Samstag, 1. Juli 1837

Keine drei Monate nach Colettes Tod wurden Frederic Duvoisin und Agatha Blackford Ward getraut. Am Samstagmorgen begab sich das Paar ohne Familie und Freunde in die Kapelle des Herrenhauses und wurde dort in Anwesenheit von Paul Duvoisin und dem Arzt von Father Benito St. Giovanni miteinander verheiratet. Damit wurde Dr. Robert Blackford zum zweiten Mal Frederics Schwager.

Wenn Frederic gehofft hatte, dass seine jüngeren Kinder die Sache freundlicher aufnehmen würden, so wurde er enttäuscht. Als er ins Kinderzimmer trat, um ihnen die Neuigkeit mitzuteilen, empfing ihn Yvette mit zornigem Gesicht. »Ist das wahr?« Sie drängelte sich an Charmaine vorbei. »Sag, dass es nicht wahr ist.«

Frederic tat überrascht. »Ob was wahr ist?«

»Joseph hat von seinem Vater erfahren, dass du heute Mrs. Ward heiratest. Das ist gelogen, oder nicht?«

Frederic überkam tiefes Bedauern. »Nein, es ist wahr. Agatha und ich haben heute geheiratet.«

Charmaines Magen revoltierte. Erschrocken musste sie sich am Bettpfosten festhalten und merkte kaum, dass Pierre ihre Beine umklammerte.

Yvettes aufgebrachter Aufschrei »Sehen Sie, Mademoiselle!« hallte von den Wänden wider. »Habe ich es Ihnen nicht gesagt! Joseph hat mich noch nie angelogen.«

Jeannette brach in Tränen aus. »Aber warum, Papa? Warum hast du ausgerechnet *sie* geheiratet?«

Als er nicht antwortete, starrte Yvette ihn wütend an.

»Wenn du so schnell wieder heiraten musstest, warum hast du dann nicht Mademoiselle Charmaine genommen?«

Charmaine war sprachlos. An Frederics abschätzendem Blick merkte sie, dass er sie mit dieser Frage in Verbindung brachte. *Wie war Yvette nur auf diese Idee verfallen?*

Er nahm den Vorschlag mit einem schiefen Lächeln zur Kenntnis. »Bist du deshalb so wütend? Hättest du lieber Mademoiselle Charmaine als Ersatz für deine Mama gehabt?«

»Das habe ich nicht gesagt!« Yvette war wütend, weil ihr Vater sie nicht richtig verstanden hatte. »Niemand kann meine Mama ersetzen. Das weißt du doch, oder? Dabei hast du gesagt, dass du sie liebst. Oder hast du gelogen? Mama war so lieb und so hübsch, aber du hast Mrs. Ward geheiratet, die nur gemein und hässlich ist. Sie ist ja noch schlimmer als alle Stiefmütter in den Märchenbüchern.«

Frederic runzelte die Stirn. »Es reicht, kleine Lady! Von heute an *ist* Agatha eure Stiefmutter, und als solche werdet ihr sie respektieren.« Er deutete auf Charmaine. »Und eure Gouvernante ist mir dafür verantwortlich.«

Charmaine musste sich auf die Lippen beißen, um dem Mädchen nicht beizupflichten. »Sir«, sagte sie stattdessen, »aus Yvette spricht nur der Kummer. Sie vermist ihre Mutter eben sehr. Das verstehen Sie doch sicher.«

»Aber das gibt ihr nicht das Recht, sich schlecht zu benehmen«, entgegnete Frederic Duvoisin steif. »Ich dulde keine Beleidigung meiner neuen Frau. Ist das klar?«

»Ja, Sir«, antwortete Charmaine beklommen, die ihre Position bereits in Gefahr sah.

Offenbar spürten die Kinder ihren Zwiespalt, denn sie verstummten ebenfalls.

Yvettes Augen schwammen in Tränen, aber sie wischte sie nicht weg. Diese Reaktion erschütterte Frederic mehr als ihr Wutanfall, aber der Rückweg war verbaut. Härte zu zeigen, das war jetzt das Beste, dachte er und verabschiedete sich rasch.

»Ihr solltet euren Vater nicht gegen euch aufbringen«, sagte Charmaine, als sie wieder allein waren. »Ihr könnt die Situation nicht ändern, und eure Stiefmutter zu beleidigen, das macht die Sache nur schlimmer.«

Yvette und Jeannette nickten einträchtig.

»Und denkt daran«, fuhr sie mit einem Lächeln fort, »ich werde euch immer lieben!« Sie umarmte die beiden und war entschlossen, auch diesen Anschlag auf ihre seelische Gesundung abzuwehren.

Später dachte sie, wie Frederic Duvoisin so kurz nach dem Tod seiner zweiten Frau überhaupt wieder hatte heiraten können. Wie hatte er sich Colette so schnell aus dem Herzen reißen können? Warum hatte er den Tod gesucht, wenn seine Liebe gar nicht so allumfassend war? Was hatte das alles zu bedeuten? Womöglich hatte Agatha ihm in seiner tiefsten Trauer schöne Augen gemacht. Selbst wenn sie sonst nichts getan hatte … immerhin hatte sie dazu beigetragen, sein Leben zu retten. Charmaine war überzeugt, dass der Mann Agathas berechnende Seite noch gar nicht entdeckt und keine Ahnung hatte, wie sehr er das Leben seiner Kinder mit dieser Ehe erschwert hatte.

Agatha atmete tief die salzige Meerluft ein, bevor sie mit einem kleinen Seufzer in den Salon zurückkehrte. »Das ist vorläufig alles, Gladys.«

Gladys war gerade mit dem Ausräumen von Colettes Kleiderschrank fertig geworden. Sie knickste folgsam und verließ den Raum.

Agatha ging zum Frisiertisch hinüber und öffnete die Schatulle. Lächelnd sah sie auf die funkelnden Schmuckstücke auf dem Samtbett hinunter. Sie hatte gerade noch verhindern können, dass Gladys auch diese Schatulle weggeräumt hatte, um sie aufzubewahren, bis die Mädchen alt genug waren, um den Schmuck ihrer Mutter zu tragen. Zu ihrer Freude stellte sie fest, dass zwischen Colettes Pretiosen auch noch die Schmuckstücke ihrer Schwester lagen. Wenn sich die zweite Frau mit den Juwelen der ersten schmücken durfte, so stand dieses Recht auch der dritten zu. Dass Frederic Colette gestattet hatte, den Schmuck seiner geliebten Elizabeth zu berühren, konnte nur heißen, dass er die beiden Frauen als eine Person betrachtet hatte. Rasch schob Agatha diesen beunruhigenden Gedanken von sich. Der heutige Tag war einfach zu schön, um an die Vergangenheit zu denken. Ihr Weg war schwer gewesen, doch die Zukunft gehörte ihr. Sie schloss den Deckel und ordnete dann die Gegenstände in den Räumen mehr nach ihrem Geschmack.

Als Frederic den Salon betrat, schaute sie ihm mit hinreißendem Lächeln entgegen. Trotz des Humpelns sah er noch genauso großartig aus wie am Morgen, so großartig wie immer.

Er streichelte ihre Wange. »Glücklich?«, fragte er leise.

Ihre Augen füllten sich mit Tränen. »Sehr glücklich«, hauchte sie. »Ich liebe dich, Frederic … schon so lange.«

»Ich weiß«, sagte er ernst. »Vielleicht waren wir ja füreinander bestimmt.«

»Vielleicht? Aber nicht doch, Frederic. An einem so herrlichen Tag wie diesem gibt es kein ›Vielleicht‹. Ich werde dich glücklich machen, und die traurigen Erinnerungen gehören der Vergangenheit an.«

»Um meiner Kinder willen hoffe ich, dass du recht behältst. Ich habe es so satt, dass mich alle für einen bösen Patriarchen halten.«

Agatha lachte. »Du und böse? Niemals, Frederic! Aber es sollte dich nicht wundern, denn niemand versteht dich so gut wie ich.« Sie strich über seine Brust, und ihr Blick war von Leidenschaft umwölkt. »Komm«, flüsterte sie und zog ihn in seine Räume hinüber, wo sein Bett auf sie wartete.

Sonntag, 2. Juli 1837

Am Sonntag begleitete Paul die Gouvernante und die Kinder zur Messe. Als Charmaine zu ihm aufsah, wurde sie mit einem Zwinkern belohnt, das ihr Herz heftiger klopfen ließ. Sie überlegte, wie lange er dieses Mal wohl auf Charmantes bleiben konnte, aber sie wagte nicht zu fragen, um den wunderbaren Augenblick nicht zu trüben.

Doch der Augenblick hielt ohnehin nicht lange. Nach der Messe verabschiedete sich Paul eilig, während Agatha die Angestellten an der Tür der Kapelle abfing und zu einer Unterredung in einer Stunde in die große Halle bestellte.

»Ich muss einige Aufgaben neu verteilen«, sagte sie nur, aber die unterschwellige Botschaft war deutlich genug, sodass Charmaine sich augenblicklich sorgte. »Das ist für den Augenblick alles«, bemerkte Agatha abschließend, bevor sie sich Father Benito zuwandte, der sie um eine Minute ihrer Zeit gebeten hatte.

Charmaine rief die Kinder zusammen und musste ein kleines Grinsen unterdrücken, als sie hörte, wie sich Agatha über den Priester entrüstete.

»Ich sehe nicht ein, dass ich überhaupt etwas spenden soll«, schimpfte sie.

»Aber, Mrs. Duvoisin.« Father Benito war pikiert. »Mit Ihrer Hochzeit haben Sie die Bande mit der Church of England gelöst und sind zum Katholizismus übergetreten. Als Herrin dieses Hauses reichen Ihre Pflichten weit über diesen Besitz hinaus. Ganz Charmantes baut auf Sie. Als Ehefrau unseres Wohltäters fallen Ihnen die unterschiedlichsten Pflichten zu, was Ihnen bekannt sein dürfte.« Agatha sah Father Benito finster an, doch der Priester lächelte nur milde. »Miss Colette war unsere größte Gönnerin, bis sie so furchtbar krank wurde.«

Charmaine folgte den Kindern durch den Ballsaal, während Agathas Stimme hinter ihr verklang. *Jetzt entdeckt die neue Mrs. Duvoisin, dass ein Leben in Luxus auch seinen Preis hat.* Sie konnte nur hoffen, dass die wohltätige Arbeit für Agatha möglichst zeitraubend ausfiel.

Eine Stunde später kehrte Charmaine zusammen mit den anderen Angestellten in den Ballsaal zurück und lauschte Agatha Duvoisins diktatorischer Rede. Es dauerte keine fünf Minuten, bis die neue Herrin auch die kleinste Freizügigkeit widerrufen hatte, derer sich die Dienerschaft bis dahin erfreut hatte. Charmaine sah, wie Mrs. Faraday empört den Raum verließ, gefolgt von der erzürnten Fatima Henderson und der am Boden zerstörten Gladys Thornfield. Als Felicia und Anna schmollend davonschlichen, frohlockte sie jedoch ein wenig, weil die beiden von nun an für ihren Lohn auch etwas tun mussten. Mit einem kleinen Lächeln machte sie sich auf den Rückweg ins Foyer, wo Rose sicher schon auf sie wartete.

»Sie scheinen Ihren Spaß zu haben, Miss Ryan.«

Charmaine erwachte aus ihren Gedanken. »Wie bitte?«

»Ich fragte mich gerade, ob Sie meine Anweisungen wohl amüsant finden?«

Charmaines Lächeln erstarb. »Aber nein, Ma'am.«

»Nun gut. Mit Ihnen möchte ich nachher unter vier Augen im Arbeitszimmer sprechen. Ihre Position in diesem Haus muss ebenfalls verändert werden.«

»Verändert?«, fragte Charmaine mit wachsender Panik.

»Wir reden später darüber. Um vier Uhr. Und bitte, Miss Ryan, seien Sie pünktlich.«

Charmaine war ganz und gar nicht wohl in ihrer Haut. Eine private Unterredung versprach Ärger. Selbst Rose konnte ihr das nicht ausreden. Zu gut erinnerte sie sich noch an Frederic Duvoisins Bemerkung vom Tag zuvor. Wenn sie nicht vorsichtig war, musste sie womöglich ihre Sachen packen. Und das würde ihr mindestens ebenso schwerfallen wie den Kindern. Dazu liebte sie die Kleinen einfach zu sehr.

Um halb vier ließ sie ihre Schutzbefohlenen erneut in der Obhut von Rose zurück. Sie wollte überpünktlich sein, um Mrs. Ward erst gar keine Angriffsfläche zu liefern.

In letzter Zeit lief nichts so, wie Paul es geplant hatte. Eilig überquerte er die große Wiese und stürmte mit großen Schritten über die Veranda und ins Haus. Er presste einen großen braunen Umschlag an sich, der bei jedem Schritt gegen seine linke Hüfte schlug und seine Gedanken antrieb, die sich wie üblich im Kreis drehten: von der verfehlten Hochzeit seines Vaters, über seinen engen Zeitplan, den er auch noch zwischen Charmantes und Espoir aufteilen musste, das endlos lange Fernbleiben von George und den unterbrochenen Bau des neuen Hauses bis hin zum letzten und schlimmsten Punkt – zu seinem Bruder John und den fehlenden Frachtpapieren, die sich eigentlich bei den anderen Unterlagen im Umschlag befinden müssten.

»Warum tut er mir das an?«, schimpfte er lauthals. Wenn John ihn ärgerte, führte er in letzter Zeit mit Vorliebe Selbstgespräche. »Ich weiß, warum«, stieß er hervor, als er ins Arbeitszimmer stürmte und die Tür so heftig ins Schloss warf, dass die Glasfüllungen der Terrassentüren klirrten. »Er weiß genau, dass er damit auf Charmantes ein heilloses Durcheinander anrichtet und ich mich damit herumschlagen muss! Wetten, dass er sich schon seit Monaten amüsiert hat, wenn er daran dachte?«

Mit wenigen Schritten stand er am Schreibtisch und warf den Umschlag so schwungvoll zu den übrigen Papieren, dass die Seiten herausrutschten, was ihm für den Augenblick so etwas wie kindische Erleichterung verschaffte. Dann fuhr er herum und schrak zusammen, als er Charmaine mit großen Augen auf einem der hochlehnigen Stühle sitzen sah. »Wie lange sind Sie schon da?«, herrschte er sie an und wurde immer gereizter, als er überlegte, was sie alles gehört hatte. »Heraus mit der Sprache.«

»Schon eine ganze Weile, Sir«, antwortete Charmaine so verschüchtert, dass ihm sein Zorn mit einem Mal lächerlich vorkam.

Er schloss die Augen und rieb seine Stirn. *Sir… sie hat wieder »Sir« gesagt.* »Es tut mir leid, Charmaine. Ich wollte Sie nicht so anfahren, aber ich habe eine Menge Sorgen und bin am Ende meines Lateins.«

»Dann befinden wir uns ja beide in derselben Lage«, gab sie zurück.

Er hörte die Sorge, die in ihrer Stimme mitschwang. »Ist etwas geschehen?«

Ist etwas geschehen?, dachte sie. *Das soll wohl ein Witz sein!* Doch woher sollte er von den Schwierigkeiten wissen, mit denen sich die Angestellten des Herrenhauses konfrontiert sahen? »Im Lauf der nächsten Tage wird es einige Veränderungen im Haus geben«, sagte sie und sah auf die Hände in ihrem Schoß hinunter. »Einige davon machen mir Angst.«

»Welche Veränderungen könnten Ihnen schon Angst machen?«

»In einigen Minuten habe ich eine Unterredung mit Mrs. Duvoisin.«

Agatha… seine Stiefmutter… die neue Mrs. Duvoisin… Ihn ärgerte sehr viel mehr als nur dieser Titel. Er benötigte keine weiteren Erklärungen, um die Absichten dieser Frau zu durchschauen, und erst recht wollte er nichts über ihre verabscheuungswürdigen Taten hören.

Er ließ Travis Thornfield kommen und beauftragte ihn, die neue Herrin des Hauses davon zu unterrichten, dass ihre Unterredung mit der Gouvernante abgesagt sei. »Und falls sie sich beschwert«, fuhr Paul fort, »so verweisen Sie sie an mich. Miss Ryan ist für die Kinder verantwortlich, und es gibt keinen Grund, ihre Pflichten oder ihren Dienstplan zu ändern. Das ist alles, Travis.«

Der Butler entfernte sich mit einem höchst unüblichen Lächeln.

Charmaine war beeindruckt. Erneut hatte sich Paul auf ihre Seite gestellt. Wann glaubte sie denn endlich, dass sie nichts von ihm zu befürchten hatte? *Vielleicht heute*, flüsterte ihr Herz und ließ ihre Knie weich werden. *War es möglich, dass er mit einem Mal noch besser aussah als gewöhnlich?* Als er den Raum durchquerte und von oben auf sie heruntersah, klopfte ihr Herz wie wild.

»Wunderbar.« Er grinste, dass die Zähne unter seinem Schnurrbart nur so blitzten. »Das wird ihr ganz und gar nicht passen, aber in Zukunft wird sie es sich vielleicht zweimal überlegen, bevor sie Ihre Position noch einmal in Frage stellt.«

Charmaine war sich dessen zwar nicht so sicher, aber sie war Paul natürlich dankbar. »Ich ...«

»Aber, aber, Charmaine ...«, tadelte er sie leise und setzte sich zu ihr. Dann beugte er sich vor und ergriff ihre Hand. »Vor Agatha müssen Sie wirklich keine Angst haben. Sie spielt sich gern als Herrin des Hauses auf, aber was Ihre Position angeht, so habe ich die Unterstützung meines Vaters. Ganz gleich, was Agatha sich auch einfallen lässt – er wird Sie niemals entlassen.«

»Ich bin Ihnen sehr dankbar, Paul«, sagte sie leise. Seine Nähe erschwerte ihr das Atmen. Sie konnte kaum einen klaren Gedanken fassen. »Sie haben mir eine große Last von der Seele genommen. Ich hätte nicht gewusst, was ich den Kindern sagen soll, wenn man mich entlassen hätte. Ich fühle mich so tief mit ihnen verbunden.«

Er erwiderte ihr Lächeln. »Das weiß ich doch, Charmaine. Den Kindern geht es auch nicht anders. Und das weiß mein Vater ebenfalls.«

»Das hoffe ich sehr, aber seit gestern bin ich mir da nicht mehr so sicher.«

Paul runzelte die Stirn. »Seit gestern?«

Sie berichtete ihm von der Reaktion der Mädchen auf die unerwartete Hochzeit, und Paul lächelte. »Yvette hat meine ganze Hochachtung. Ich habe meinem Vater in etwa dasselbe gesagt. Wie gut, dass er es noch von anderer Seite zu hören bekommt! Vermutlich war er beeindruckt?«

»Das schon, aber es macht wohl keinen Unterschied mehr, nicht wahr? Was geschehen ist, ist geschehen.«

»Da haben Sie leider recht. Trotzdem ist dieses Problem nur eines von vielen, die mir in dieser schrecklichen Woche widerfahren sind.«

»Ich wünschte, ich könnte Ihre Probleme genauso schnell lösen wie Sie die meinen. Aber leider kann ich Ihnen nur mein tiefstes Mitgefühl anbieten.«

Sofort war Paul wie verwandelt. Seine Augen blitzten, und er grinste übermütig. »Passen Sie nur auf, ich nehme Sie beim Wort! Wie gern würde ich jetzt in Ihrem Mitgefühl baden und meine Probleme für eine Weile vergessen.«

Sie wusste sehr genau, wohin solche Worte führten. Und erst recht seine Einladung, wenn sie ihr nachgab. Wenn sie seiner Einladung nachgab. Das war der Schlüssel. So ging das nun fast schon ein ganzes Jahr. Zu Beginn hatten ihr seine Annäherungsversuche Angst eingejagt, aber inzwischen war sie eher aufgeregt. Plötzlich wollte sie mehr, wollte wissen, dass er sich ehrlich zu ihr hingezogen fühlte, wollte wissen, wie sich sein Mund auf ihren Lippen anfühlte. Instinktiv ahnte sie, dass das kleine Lustgefühl, das bei ihrer ersten Begegnung im Garten aufgeflammt war, inzwischen zu etwas Neuem erblüht war. Und doch hatte er sie noch nicht geküsst. Und warum nicht? Als er es am Weihnachtstag tun wollte, hatte man sie gestört. Und als er aus Europa zurückgekehrt war, hatte die Unruhe wegen Colettes Siechtum ihr Leben bestimmt. Außerdem gab es da noch Espoir, seine zahllosen Verpflichtungen und seine ständigen Abwesenheiten. Heute waren sie seit ewigen Zeiten zum ersten Mal allein. Sie erwiderte sein betörendes Lächeln. Sollte er doch glauben, was er wollte. Sie wollte, dass er sie küsste, und zwar genau hier und jetzt. Als ob er ihre Gedanken gelesen hätte, wanderte sein Blick zu ihren Lippen.

Paul hatte inzwischen so vielerlei Gefühle auf ihrem hübschen Gesicht gesehen – und doch konnte er nicht darin lesen. Seine Einladung schien sie nicht erschreckt zu haben, aber sie sagte nichts. Sie war so wunderschön, und er sehnte sich danach, sie zu lieben, sie langsam und süß zu lieben. Sein Katz-und-Maus-Spiel missfiel ihm, und er ärgerte sich über sich selbst. »Charmaine? Haben Sie gehört, was ich gesagt habe?«

Ihre Schüchternheit verschwand. »Ja, ich habe es gehört«, antwortete sie ruhig.

»Und?«

Er ließ ihre Hand los und umfasste ihre Wange. Dabei strich sein Daumen zart über ihre Lippen. Sie schloss die Augen. Als ihr der Atem versagte, stand sie auf und wandte ihm den Rücken zu.

»Und?«, stieß er hervor und trat hinter sie.

»Und…« Sie zauderte. »Ich weiß beim besten Willen nicht, wie ich Ihnen helfen könnte.«

Aha, dachte er, *sie spielt nach neuen Regeln: Sei nicht*

beleidigt, aber gib auch nicht nach. Wieder einmal hatte er zu lange gezögert, und der träumerische Augenblick löste sich in nichts auf. Er fühlte sich getäuscht und lachte bedauernd. Dabei verfing sich sein Atem in ihrem Haar.

Verlegen trat sie einen Schritt von ihm weg. Dann sammelte sie sich und sah ihm ins Gesicht. »Nun gut. Vielleicht könnten Sie mir ja einige Ihrer Probleme schildern …«

»Einige?«, spottete er. »Und womit sollte ich Ihrer Meinung nach beginnen? Mit Agatha? Oder mit George? Oder doch mit John, dem größten Problem von allen? Ich fürchte, diese Kopfschmerzen können auch Sie mir nicht nehmen.«

»Lassen Sie es mich doch zumindest versuchen.«

Er prustete los. Doch als sie weiterhin mit verschränkten Armen vor ihm stand und ihn mit ernstem Blick ansah, trat er tatsächlich an den Schreibtisch und nahm die Papiere. »Nun gut, dies hier sind Rechnungen. Sie …«

»Ich weiß, was Rechnungen sind.«

Er nickte und erklärte dann, was an den Frachtpapieren in seiner Hand so anders war. Offenbar hatte ein Schiff im Hafen von Charmantes festgemacht und lag bereits fünf Tage vor Anker, ohne dass man die Ladung gelöscht hätte. Der Kapitän und Jake Watson hatten sich nicht darüber einigen können, welche Güter für Charmantes bestimmt waren und welche nach Virginia geliefert werden mussten.

»Der Kapitän bestand darauf, dass die Versorgungsgüter für die Inseln achtern im Lagerraum verstaut seien«, erklärte Paul. »Jake hat sich keinen Vers darauf machen können und verlangt, sowohl die europäischen als auch die Rechnungen aus Virginia einzusehen. Er mochte nicht glauben, dass ein Kapitän so dämlich war, die Güter für

Charmantes hinter denen zu verstauen, die erst zu einem späteren Zeitpunkt entladen wurden. Der Kapitän seinerseits war durch Jakes Unterstellungen außer sich vor Wut, weil sie vermutlich korrekt waren. Jake Watson bestand darauf, Johns Rechnungen einzusehen, und teilte dem Kapitän mit, dass bis dahin kein einziges Fass entladen würde. Der Kapitän druckste herum und zierte sich und räumte letztlich ein – und das, obwohl er *glaubte*, dass John ihm korrekte Papiere ausgehändigt hatte –, dass die Rechnungen womöglich ungültig oder unvollständig wären. Als Jake dann diese Papiere sah, hatte er endgültig genug.«

»Genug wovon?«, fragte Charmaine.

»Genug von Johns Mätzchen! Ich habe im vergangenen Jahr keinen Einspruch erhoben, als er eigenmächtig die Routen unserer Flotte geändert hat. Also musste er sich ein neues Spiel ausdenken, um die Arbeit auf Charmantes zu erschweren. Nachdem die Waren für Charmantes in Richmond geladen waren, hat er vermutlich die regulären Frachtpapiere entfernt und dem Kapitän stattdessen diese ausgehändigt.«

Erregt wedelte Paul mit den Papieren unter Charmaines Nase herum. Als er die Hand endlich einmal ruhig hielt, konnte sie flüchtig einige grobe Zeichnungen und beigefügte Notizen erkennen, bevor er die Papiere schnell wieder in den Umschlag schob.

»Damit der Plan gelang und ich seine Absicht auf jeden Fall erkennen musste, hat er Rechnungsformulare für seine Kunstwerke benutzt.« Wütend schlug Paul die Mappe gegen seinen Schenkel. »Als Jake die Zeichnungen sah, geriet er außer sich vor Zorn, hat den Kapitän beschimpft und gedroht, dass er, sollte die Mannschaft die Ladung löschen, jedes Fass und jede Kiste, auch alle, die für Richmond bestimmt waren, in unseren Lagerhäusern unter Verschluss halten würde, bis ich aus Espoir zurückkäme und darüber entscheiden könne. Seitdem lässt der Kapitän sein Schiff bewachen. Fünf Tage lang geht das nun schon so! *Fünf ganze Tage!*«, rief er verzweifelt. »Die europäische Ladung hat inzwischen viele hundert Dollar an Wert eingebüßt.«

»Aber warum hat Mr. Watson nicht gleich am Freitag bei Ihrer Rückkehr aus Espoir mit Ihnen gesprochen?«

»Am Freitagabend, Charmaine, oder besser gesagt in der Nacht war es schon spät, und alle saßen bei Dulcie's. Ich nahm an, dass das Schiff längst entladen sei und mit dem zusätzlich geladenen Zucker auf das Auslaufen nach Richmond wartete. Ich hätte es wissen müssen! Stattdessen durften wir mehr als zwei Stunden lang über die Fässer klettern, um zu prüfen, ob die Ladung im Heck auch wirklich Versorgungsgüter für Charmantes enthielt. Aber ohne Rechnungen konnte ich das nicht entscheiden. Es wird John sicherlich diebisch freuen, wenn er erfährt, dass ich einen geschlagenen Tag lang Fässer hin und her geräumt habe, um letztlich herauszufinden, dass keine der achtern gestapelten Waren für Charmantes bestimmt waren!«

Charmaine merkte, dass Paul sich im Kreis drehte, und hatte Mitleid mit ihm. »Aber weshalb sollte Ihr Bruder denn solche Spielchen mit Ihnen treiben? Er hat doch genauso viel zu verlieren wie Ihr Vater und Sie, oder nicht? Das hat Colette jedenfalls immer gesagt.«

»John zahlt jeden Preis, Charmaine, und zwar wirklich *jeden*, solange er mich an der Nase herumführen oder, besser noch, meinen ohnehin schweren Tag noch ein wenig schwerer machen kann.«

Charmaine war entsetzt. »Wenn das stimmt, dann müssen Sie den Spieß umdrehen!«

»Und wie soll ich das anstellen?«

»Schicken Sie ihm das Schiff so, wie es ist, zurück. Oder, besser noch, behalten Sie die gesamte Ladung.«

Damit war Paul nicht einverstanden. »Das Schiff zurückzuschicken hieße, uns aller Vorräte zu berauben. Vor allem der Getreidevorräte. Außerdem würde die Aktion meinen Vater ein Vermögen kosten. Auch die Händler in Virginia wären nicht begeistert. All das weiß John ganz genau.«

Charmaine nickte zwar, doch ganz mochte sie ihren Gedanken noch nicht aufgeben. »Sind Sie sicher, dass Charmantes nicht auch ohne das Getreide überleben könnte?«

»Natürlich könnten wir überleben, aber wir hätten keinen Vorteil davon.«

»Bis auf den, dass Ihr Bruder das Problem am Hals hat. Vielleicht könnten Sie ja noch ein paar Zeichnungen beilegen und ihm ein oder zwei Dinge klarmachen!«

Paul lachte leise vor sich hin. Nur zu gern würde er das Gesicht seines Bruders sehen, wenn er das Schiff entlud und merkte, dass sein »Scherz« auf ihn zurückgefallen war – und er nun den arbeitsreichen Tag im Hafen vor sich hatte. Sollte sich der Kapitän nur herausreden – auf jeden Fall musste sich John mit dem Dummkopf herumschlagen, den er angeheuert hatte. Keine schlechte Idee … Aber dann kam Paul plötzlich ein völlig neuer Gedanke. Vielleicht hatte John ja von Espoir erfahren und hoffte, die Sache zum Scheitern zu bringen, indem er auf Charmantes für Chaos sorgte. Aber nein, Stephen Westphal und Edward Richecourt hatten Stillschweigen geschworen, also konnte John nichts wissen – außer George hatte geplaudert. Aber auch das war im Grunde unmöglich, da die *Heir* Richmond bereits verlassen hatte, bevor George überhaupt dort ankam.

»Paul?«

Als Charmaine zum zweiten Mal seinen Namen sagte,

riss er sich zusammen. »Es tut mir leid, Charmaine. Machen Sie sich keine Gedanken. Ich werde schon eine Lösung finden.«

»Nun gut, aber an Ihrer Stelle würde ich diesen Unsinn nicht ernst nehmen.«

Ihre Augen blitzten – und sofort waren die Gedanken an John verschwunden. Verdammt, war sie begehrenswert! Er sehnte sich danach, sie im Arm zu halten, die festgesteckten Locken zu lösen, ihre Haare über den Rücken fallen zu lassen und die vollen Lippen endlich zu besitzen. Er trat einen Schritt auf sie zu, doch ihre Augen blieben unverwandt auf ihn gerichtet, und sie merkte gar nicht, welches Feuer sie entfacht hatten. Er hielt inne. *Dies ist nicht der richtige Augenblick*, dachte er und unterdrückte seine Lust. *Wir würden nur wieder gestört werden. Aber bald, sehr bald würde sich eine bessere Gelegenheit bieten … Vielleicht in der Nacht, wenn alle zu Bett gegangen waren …* Ja, dieser Gedanke gefiel ihm sehr. Dann wollte er sie erobern.

»Verzeihen Sie, Sir.«

Paul schmunzelte über die Störung. »Ja, Travis?«

»Ich fürchte, Mrs. Duvoisin will unverzüglich mit Ihnen sprechen, Sir. Ich wollte erklären, dass Sie beschäftigt seien, aber …«

Bevor er noch aussprechen konnte, drängte sich Agatha an ihm vorbei in die Bibliothek. »So so, die Gouvernante ist also zu beschäftigt und hat keine Zeit für ein Gespräch mit mir. Und ich dachte eigentlich, dass eine Gouvernante sich um die Kinder kümmert.«

»Im Augenblick hilft Miss Ryan mir«, entgegnete Paul steif.

Agathas Blicke musterten Charmaine von Kopf bis Fuß, um etwaige Beweise für ihre wilden Spekulationen zu entdecken. »Sie hilft dir? Ich kann mir schon denken, wie sie dir hilft.«

»Sie hilft mir wirklich, Agatha«, widersprach Paul. »Wie Sie sehen, kontrollieren wir gerade die Rechnungen, die die Ladung der *Heir* betreffen.« Zur Bekräftigung wies er auf die Mappe in seiner Hand. »John macht mir wieder einmal Kopfschmerzen, weil er die wichtigsten Papiere verschlampt hat. Charmaine hat nur …«

Agatha wirkte verärgert. »John, ich höre immer nur John! Wie hältst du das nur aus? Warum zwingt dein Vater dich, ihn zu ertragen?«

»Keine Ahnung«, meinte er. »Aber wollten Sie nicht mit mir über Miss Ryan sprechen?«

»Das ist richtig«, erklärte Agatha widerstrebend. »Als Stiefmutter der Kinder habe ich meiner Ansicht nach ein Recht zu bestimmen, wer sie versorgt und erzieht.«

»Nein, Agatha, dieses Recht haben Sie nicht«, erklärte Paul ungerührt. »Auch Ihre Ehe mit meinem Vater ändert daran nichts. Wenn wir uns allerdings nicht einigen können, so schlage ich vor, dass wir ihm die Sache vortragen und *ihn* entscheiden lassen.«

Agatha zögerte. »Nun gut.«

»In Ordnung, also gehen wir.«

Charmaine zitterte, als sie vor Paul durch die Tür gehen musste, und war umso besorgter, als er sich vor dem Kinderzimmer von ihr verabschiedete. »Sie müssen uns nicht begleiten, Charmaine. Ich sage Ihnen Bescheid, wie die Sache ausgegangen ist.« Damit nahm er Agathas Arm und führte sie zu den Räumen seines Vaters.

Charmaine betrat das Kinderzimmer. Rose hatte den Kindern vorgelesen, doch nun hob sie den Kopf und zog fragend eine Braue hoch. Charmaine zuckte nur die Schultern. »Nun?«, fragte das mutigere der beiden Mädchen. »Glauben Sie nicht, dass wir es erfahren sollten?«

»Ja, Mademoiselle«, rief Jeannette. »Wir machen uns Sorgen. Wir wollen Sie nicht verlieren.«

»Ich glaube nicht, dass es so weit kommt. Paul ist entschlossen, eurer Stiefmutter Grenzen zu setzen.«

»Und was heißt das?«, fragte Jeannette.

»Das heißt, genau das tut er, was Johnny tun würde, wenn er hier wäre«, erklärte Yvette. »Ich bin sehr stolz auf ihn.«

Charmaine lachte leise und dachte an Pauls anerkennende Worte über seine kleine Schwester. »Paul spricht gerade mit eurem Vater. Er hat sich Agathas Beschwerden gar nicht angehört.«

»Und warum nicht?«, fragte Yvette.

Charmaine wusste nicht recht, ob sie einer Achtjährigen alles erzählen sollte, was sie soeben von Paul erfahren hatte. »Paul hat sich wegen fehlender Rechnungen über deinen Bruder geärgert.«

»Über Johnny? Glauben Sie, dass Paul mit Papa auch über ihn redet?«

»Ich weiß es nicht … Vielleicht … Warum?«

»Aus keinem besonderen Grund«, sagte Yvette. »Ich will nur nicht, dass Johnny noch mehr Schwierigkeiten bekommt.«

Kurz darauf verließ das Mädchen das Kinderzimmer, um zur Toilette zu gehen.

Agatha führte zahlreiche Punkte gegen Charmaine an, aber den schwerwiegendsten sparte sie bis zuletzt auf: Charmaine Ryans Herkunft.

Frederic lehnte sich zurück, verschränkte die Arme vor der Brust und sah seiner Frau ins Gesicht. Dank Paul war er über die letzten Monate bestens im Bilde. »Charmaine Ryan wurde von Colette ausgewählt, um für ihre Kinder zu sorgen. Es sind und bleiben ihre Kinder und nicht deine, Agatha. Miss Ryan wird also ihre Position in diesem Haus behalten, und sei es auch nur, um Colettes Wunsch zu erfüllen.«

»Aber, Frederic…«

»Kein ›Aber‹. Ende der Diskussion! Ich bin mit Miss Ryan sehr zufrieden. Sie zeigt große Liebe und Zuneigung, was die Kinder angeht, und genau das brauchen sie im Augenblick. Eine Mutter. Ich sehe außerdem nicht, dass du dich in gleicher Weise für sie aufopfern würdest.«

Kleinlaut wandte Agatha sich ab. »Ich werde die Sache nicht wieder erwähnen.«

»Gut.«

Doch als ihr ein neuer Gedanke durch den Kopf schoss, fuhr sie fort: »Im Grunde ist alles ein wenig aus dem Ruder gelaufen. Eigentlich wollte ich mich nur mit Miss Ryan unterhalten. Ich wollte sie nicht entlassen, wie Paul das jetzt darstellt. Aber er war wegen anderer Vorfälle gereizt und hat mich missverstanden.«

»Andere Vorfälle?«, fragte Frederic und sah zu Paul hinüber.

Der hielt noch immer den Umschlag mit den Rechnungen der *Heir* in der Hand. »Es geht wie immer um John.« Mit diesen Worten warf er seinem Vater die Mappe auf den Schoß.

»Was hat er dieses Mal ausgefressen?«

Während Paul die ärgerliche Sache schilderte, steigerte er sich in seinen Zorn hinein und vergaß, dass Agatha noch immer anwesend war. Sein Vater hörte ihm geduldig zu und schüttelte nur hin und wieder den Kopf. Aber als Frederic die obszönen Zeichnungen und Bemerkungen betrachtete, wurde sein Blick hart. »Es ist ein Elend mit ihm. Als wenn er nichts Besseres mit seiner Zeit anfangen könnte«, stieß er verärgert hervor.

»Darf ich die Zeichnungen sehen?«, fragte Agatha und streckte die Hand aus.

»Nein.« Frederic schob die Papiere wieder in die Mappe und warf sie in den Papierkorb.

»Aus welchem Grund muss sich Paul eigentlich alle diese Schikanen gefallen lassen?«, fragte Agatha widerborstig.

»Sie hat recht, Vater.« Sogleich machte er sich Agathas Vorstoß zunutze. »Warum muss ich ständig seine Streiche ertragen? Wir sind doch keine kleinen Kinder mehr! John will sich einfach nicht wie ein Erwachsener benehmen, und doch kann er über alles Geschäftliche bestimmen.«

Frederic lächelte zynisch. »Vergiss nicht: Du trägst hier in Charmantes die Verantwortung, und John hat in Virginia das Sagen.«

»Das ist nicht ganz richtig. John trifft außerdem alle übergeordneten Entscheidungen, auch wenn sie nichts mit Virginia zu tun haben. Zum Beispiel ändert er eigenmächtig die Schiffsrouten und verursacht damit ein Durcheinander, wie wir es noch nie hatten. Postschiffe müssen die Güter auf die Insel transportieren.«

Frederic nickte nur und schwieg.

Aber so schnell konnte Paul sich nicht beruhigen. »Außerdem wissen wir beide, dass er die finanziellen Mittel kontrolliert, die Auswirkungen auf deinen gesamten Besitz haben.«

»Das liegt allein daran, dass er in Virginia lebt.« Frederic faltete die Hände und legte sie an die Lippen. »Was soll ich deiner Meinung nach tun?«

»Streiche ihn aus deinem Testament«, mischte sich Agatha in das Gespräch. »Damit er erkennt, wohin seine Spielchen führen.«

»Wirklich? Glaubst du wirklich, dass wir Probleme haben?« Frederic legte eine kleine Pause ein, um die Frage wirken zu lassen. »Wir brauchen John in Virginia. Trotz seiner Fehler erledigt niemand die Aufgaben unseres Unternehmens dort so gut, wie John das tut. Und was das

Streichen seines Namens aus dem Testament angeht – John hat Spaß an seinen Scherzen und außerdem ein monopolistisches Interesse an den Geschäften der Duvoisins. Kannst du dir vorstellen, welche Spielchen er sich erst ausdenken würde, wenn er auch nur ahnte, dass Paul der Einzige ist, den er damit trifft? Das kann man sich kaum vorstellen. Das wäre ein gefundenes Fressen für ihn.«

So hatte Paul die Sache noch nie betrachtet. Sein Vater war ein kluger Mann. Er sah, wie Agatha nach einer vernünftigen Entgegnung suchte. Zwischen Tante und Neffe gab es keine Liebe. Agatha mochte John nicht, und ihr war sehr recht, dass er in Virginia lebte. Seit ihrer Hochzeit mit Frederic sorgte sie sich vermutlich um ihre Zukunft, wenn John eines Tages das Erbe seines Vaters antreten würde. Insgeheim grinste Paul, als er sich vorstellte, wie John die Gute aus dem Haus oder sogar von der Insel verbannte. Agatha befand sich auf der Suche nach einem Verbündeten, und dazu hatte sie sich Paul erkoren. Aber das Imperium der Duvoisins konnte nicht auf John verzichten, und solange er in Virginia lebte, war er auch der offizielle Erbe.

Da Yvette lange nicht zurückkam, verließ Charmaine das Kinderzimmer, um nach ihr zu sehen. Sie klopfte an der Tür zur Toilette. »Yvette? Geht es dir gut?«

»Ich hatte Magenschmerzen, aber es geht schon besser. Ich komme in einer Minute.«

Kurz darauf kam sie, und Paul folgte ihr auf dem Fuße. Er brachte gute Neuigkeiten: Charmaine hatte die Zustimmung seines Vaters, und Agatha verzichtete darauf, die Position der Gouvernante infrage zu stellen.

Sofort meldete sich Yvette zu Wort. »Mademoiselle hat gesagt, dass ein Schiff angekommen ist. Hat es auch Briefe von Johnny mitgebracht?«

»Nein, von Johnny nicht«, antwortete Paul knapp. »Aber ich habe einen Brief für Miss Ryan. Es tut mir leid, ich habe ihn völlig vergessen.« Er griff in seine Hemdtasche.

Hastig nahm Charmaine den Umschlag in Empfang, der Lorettas Handschrift trug. Sie hatte seit Monaten nichts mehr von den Harringtons gehört und überflog den Inhalt.

»Was schreibt Mrs. Harrington denn?«, fragte Jeannette.

»Oh, sie berichtet von einer Eisenbahn.«

»Einer Eisenbahn?«

»Im letzten Jahr wurde viel darüber geredet. Aber ich habe die Stadt verlassen, bevor der Bahnhof fertig war. Mrs. Harrington ist zusammen mit ihrem Mann und Gwendolyn nach Fredericksburg gefahren, wo ihre beiden Söhne leben. Dabei haben sie direkt hinter der großen Lokomotive gesessen.«

Charmaine blickte von einem Gesicht zum nächsten, sogar Pierre schien sich für die Eisenbahn zu interessieren. In einem der Hefte, die Paul aus Europa mitgebracht hatte, hatten die Mädchen etwas über Dampflokomotiven gelesen. »Die Fahrt hat nur eine Stunde gedauert, obwohl Fredericksburg fünfzig Meilen entfernt liegt, und sie sind ohne Verspätung angekommen.«

»Wurde die Stadt nach Papa benannt?«, fragte Jeannette ganz unschuldig.

»Aber nein, mein Liebling«, antwortete Charmaine und half Pierre, der auf ihren Schoß klettern wollte.

»Ich möchte Johnny besuchen und auch einmal mit der Eisenbahn fahren«, sagte Yvette.

»Ich auch, ich auch«, rief Pierre begeistert.

Charmaine drückte den Jungen an sich. »Vielleicht fahren wir ja wirklich eines Tages hin«, sagte sie, doch als sie lächelnd zu Paul aufsah, bemerkte sie seine gerunzelte Stirn.

Samstag, 16. Juli 1837

Agatha ordnete die Papiere, die auf dem Schreibtisch ihres Mannes verstreut lagen. Frederic war bei den Kindern, sodass ihr ungefähr eine Stunde Zeit blieb, um Ordnung zu schaffen. Sie war überrascht, als sie plötzlich sein Testament in der Hand hielt. Hatte er es aus dem Safe genommen, weil er etwas daran ändern wollte? Hatten ihre Bemerkungen über John ihm etwa zu denken gegeben?

Sie hatte gerade fertig gelesen, als Frederic eintrat. Er überblickte die Situation sofort und war sehr verärgert. »Wie kannst du es wagen, in meinen persönlichen Sachen zu stöbern?«

Sie legte das Dokument mit dramatischer Geste zurück. »Ich habe nicht gestöbert, Frederic, sondern lediglich Ordnung gemacht. Das Testament lag mitten zwischen den Papieren. Als deine Frau hielt ich das nicht für ein Geheimnis. Aber offenbar habe ich mich geirrt.«

Frederics Zorn legte sich rasch. »Wenn du etwas wissen möchtest, dann frag mich einfach.«

In ihren Augen schimmerten Tränen. »Paul wird am Boden zerstört sein, wenn er das erfährt. Das ist dir doch klar, oder?«

»Wenn er was erfährt?«

Frederic verzog das Gesicht, als Paul plötzlich unter der Tür stand. »Agatha hat mein Testament gelesen«, sagte er zögerlich. »Darin ist Pierre als zweiter Erbe aufgeführt – nach John.«

Der Raum versank in beklommenem Schweigen. Ein Hauch von Verrat hing in der Luft, bis Paul sich räusperte und sich leicht stotternd von der Treulosigkeit seines Vaters distanzierte. »Aha … Nun ja, so gesehen macht es Sinn … Schließlich … ist er ein legitimer Sohn.«

»Paul…«, begann Frederic, doch sein bekümmerter Blick verhärtete sich, um Agatha am Reden zu hindern. »Du weißt genau, dass diese Ergänzung nichts mit legitimer oder illegitimer Geburt zu tun hat. Ich will nur euch dreien gerecht werden. Aus demselben Grund habe ich dir Espoir übereignet. Mein Testament ist nur eine Formalität. Ich bin außerdem dabei, ein neues Dokument…«

»Vater, du musst mir wirklich nichts erklären.« Paul ärgerte sich über seine Reaktion… und die Eifersucht, die ihn zu dieser bitteren Bemerkung hingerissen hatte. »Wie du schon gesagt hast, du hast mir Espoir übereignet, und obendrein hast du die ganze Unternehmung samt der Schiffe finanziert. Ich habe wahrlich kein Recht, mehr zu verlangen oder gar auf Pierre oder John eifersüchtig zu sein.«

»Trotzdem hätte ich dir sagen sollen, dass ich Pierre in das Testament aufgenommen habe. Es tut mir leid, dass du es auf diese Weise erfahren musstest.«

»Nein, Vater«, widersprach Paul, »du musst dich nicht entschuldigen, da du mir doch schon so viel gegeben hast.«

Sonntag, 30. Juli 1837

Frederic studierte die Dokumente, die er in der Hand hielt, und überschlug geübt die Zahlen. Schließlich legte er die Papiere zur Seite und bedachte seinen Sohn, der gespannt auf seine Meinung wartete, mit einem zufriedenen Lächeln. »Wie mir scheint, ist alles in bester Ordnung.«

Dem konnte Paul nur zustimmen. »Ich bin auch sehr zufrieden. Und ich bin überrascht, dass wir trotz der Übernahme der geplatzten Verträge im Januar keine Verzögerungen in Kauf nehmen mussten. Die Schiffsbauer halten sich genau an unseren Zeitplan. Sie waren sehr erleichtert, als ihnen jemand das benötigte Kapital zur Fertigstellung vorstrecken konnte. Damit haben wir ihre Leute in die Lage versetzt, wieder zu arbeiten, und gleichzeitig dafür gesorgt, dass sie solvent bleiben.«

Paul deutete auf die Unterlagen auf dem Schreibtisch. »Sobald du die restlichen Anweisungen unterschrieben hast, werde ich sie Mr. Larabee mit dem nächsten Schiff zukommen lassen. Dann kann er die letzten Anlagen auflösen und Edward Richecourt mit der weiteren Abwicklung beauftragen. Es war klug, mit den New Yorkern zusammenzuarbeiten. Obendrein hat es uns Glück gebracht. Die Angebote aus Newport's News und Baltimore waren zwar vielversprechend, aber ich bin froh, dass ich doch noch in den Norden gefahren bin. Da der Bau der Schiffe zügig fortschreitet, werden sie in einem Drittel der Zeit fertig. Außerdem bekommen wir unsere drei Schiffe für hundertfünfzigtausend Dollar, obwohl die erste Berechnung auf einhundertachtzigtausend gelautet hat.«

»Und du bist nicht unzufrieden, dass du doch wieder Segelschiffe bestellt hast?«

»Nach dem, was Thomas Harrison berichtet hat, wird es noch Jahre dauern, bis die Vorteile des Dampfantriebs die Windkraft übertreffen. Schiffe mit Schaufelradantrieb sind zwar häufig schneller, aber dafür ist das Problem mit dem Treibstoff noch nicht zufriedenstellend gelöst. Nein, ich bin mit den Dreimastern sehr zufrieden. Der Rumpf sitzt hoch über dem Wasser, sodass sich die Fahrtzeiten auf See durch die ausgereifte Ingenieurskunst deutlich verringern lassen.«

Frederic nickte. »Und wie steht es mit dem diesseitigen Ende unserer Unternehmungen? Werden die Anlagen in Espoir pünktlich fertig werden?«

»Ich habe den Hafen erweitert, sodass zwei Schiffe gleichzeitig anlegen und laden oder löschen können. Außerdem ist das Haus so gut wie fertig. Der Architekt hat sich als fähiger Mann entpuppt. Vor zwei Monaten ist er mit einer Liste nach Europa gereist, um in meinem Auftrag Möbel und andere Einrichtungsgegenstände zu besorgen. Die werden später auf der Jungfernfahrt der Schiffe nach Espoir gebracht. Was die Insel selbst angeht, so ist sie zur Hälfte gerodet, und drei Felder wurden bereits angelegt. Im nächsten Jahr können wir dann im monatlichen Rhythmus ein Feld nach dem anderen bearbeiten.«

»Womöglich müssen wir die Flotte auch noch einmal aufstocken«, meinte Frederic lächelnd.

»Wir sollten erst einmal abwarten, was die ersten Fahrten einbringen«, riet Paul.

Frederics Lächeln wurde immer breiter. Dieser Sohn hatte einen klugen Kopf. »Ich bin stolz auf dich, Paul. Sehr stolz sogar. Trotz der schlimmen Ereignisse der letzten vier Monate hast du ein gewaltiges Arbeitspensum geschafft und neben der Entwicklungsarbeit auf Espoir auch noch auf Charmantes für Ordnung gesorgt. Das war sicher nicht einfach, aber du bist vor keiner Verantwortlichkeit zurückgeschreckt. Und das, obgleich du auf George Richards' hilfreiche Hand verzichten musstest.«

Paul runzelte die Stirn. Er hatte Georges Abwesenheit mit keinem Wort erwähnt und fragte sich, woher sein Vater davon erfahren hatte. Dass Travis etwas gesagt hatte, bezweifelte er.

»Ich weiß davon«, sagte Frederic nur. »Wann erwartest du ihn zurück?«

»Ich habe nicht die leiseste Ahnung. Weißt du, dass er nach Virginia gefahren ist?«

»Das habe ich gehört.«

»Was glaubst du, was geschehen wird?«

»Ich weiß es nicht.« Sein Vater rieb sich nachdenklich das Kinn. »Ich weiß es einfach nicht.«

»Wenn bis jetzt nichts passiert ist, kommt George vielleicht doch allein zurück.«

Frederic schwieg und starrte gedankenvoll in die Ferne. Dann nahm er die Papiere noch einmal in die Hand und blickte darauf. »Ich weiß, dass du wegen meines Testaments und der Einsetzung deines kleinen Bruders verletzt warst«, sagte er. »Doch ich möchte, dass du etwas weißt: Mir ist sehr wohl bewusst, welcher Sohn mir hier zur Seite steht und wem ich den enormen Ernteertrag auf Charmantes trotz der brachliegenden Zuckerfelder verdanke. Aus diesem Grund habe ich dir auch Espoir anvertraut und in die Zukunft der Insel investiert. Es ist mir wichtig, dass du, wenn ich eines Tages sterbe, deinen festen Teil an dem Vermögen besitzt, das du mitaufgebaut hast.«

Paul war wegen des Lobs verlegen. »Ich danke dir, Vater.«

Ein Klopfen an der Tür unterbrach ihre Unterhaltung. »Komm herein, Agatha«, rief Frederic. »Ich muss ohnehin etwas mit dir besprechen.«

Obwohl Agatha angesichts der fröhlichen Begrüßung nichts Böses vermutete, blieb sie skeptisch. Frederic schmunzelte. »Ich denke schon seit einiger Zeit über einen Plan nach. Doch was die Einzelheiten angeht, so könnte ich etwas Unterstützung gebrauchen. Ich bin sicher, dass mein Plan deine Zustimmung findet.« Er atmete tief ein und setzte sich dann in seinem Sessel zurecht. »Paul hat soeben angekündigt, dass seine Schiffe noch vor Weihnachten ihre Jungfernfahrt absolvieren. Richtig?«

Paul erwiderte: »So ist es.«

»Also, hier ist nun mein Vorschlag: Über die Weihnachtstage plane ich hier auf Charmantes ein großes Fest.«

»Ein Fest?« Paul und Agatha waren erstaunt.

»Genau.« Frederic sah seinen Sohn an. »Deinen Angaben zufolge dauert es noch ungefähr ein Jahr, bis die Produktion auf Espoir voll angelaufen ist. Da wäre es doch dumm, die Schiffe in der Zwischenzeit halb leer über den Atlantik fahren zu lassen. Aus diesem Grund will ich Paul Duvoisin und sein Handelsunternehmen der Öffentlichkeit vorstellen und den Tabak-, Mais- und Kakaofarmern und ihren Agenten in Virginia und in der Karibik unsere Transportmöglichkeiten bekannt machen.«

Er legte eine kleine Pause ein und freute sich an den Reaktionen. Agatha zwinkerte wie immer, wenn sie aufgeregt war, und Paul schien wie vom Donner gerührt.

»Warum unsere finanziellen Mittel auf eine Karte setzen? In den kommenden Jahren wird Espoir sicher gute Ernten einbringen, aber ebenso gut könnten auf Dauer die Schiffe profitabler sein, und bei Bedarf könnten jederzeit neue in Auftrag gegeben werden. Je mehr Bedarf, desto besser.«

Agatha war begeistert. »Das ist eine wunderbare Idee, Frederic. Einfach wunderbar! Wenn Paul in dieses Geschäft einsteigt, sollten alle einflussreichen Leute es erfahren. Und was ist da besser, als sie alle zu einem unvergesslichen Ereignis nach Charmantes einzuladen?«

»Sehr richtig«, bekräftigte Frederic. »Und zwar denke ich an eine ganze Woche, um unsere Aktivitäten auf Espoir zu enthüllen, Pauls Schiffe zu taufen und die ersten Verträge zu unterzeichnen. Wir werden alle bekannten Geschäftsleute, Agenten und erfolgreichen Farmer aus Virginia und den Westindischen Inseln einladen. Sollen sie nur sehen, was die Duvoisins geschaffen haben, und unseren Erfolg bewundern. Wir laden sie ein, sich an unseren Transportgesellschaften zu beteiligen oder, besser noch, gleich in neue Schiffe zu investieren.«

»Sie werden sich die Finger danach lecken«, bemerkte Agatha dramatisch.

Frederic nickte. »Wenn alle Verbindungen geknüpft sind, werden wir die Woche mit einem großen Dinner und einem Ball ausklingen lassen.«

Paul stöhnte. »Was soll ich dazu sagen, Vater?«

»Ich nehme an, du stimmst mir zu?«

»Das tue ich von ganzem Herzen, aber…« Er verstummte, weil er an Frederics Gesundheit gedacht hatte.

»Ja?«, fragte Frederic.

»Fühlst du dich denn stark genug, um alle diese Anstrengungen auf dich zu nehmen?«

»Und wie stark ich mich fühle, mein Sohn«, versicherte Frederic. »Für dich ist mir nichts zu viel. Als Erstes werde ich an Larabee und Richecourt schreiben, dass sie mir die Namen von Leuten nennen. Und wenn die Einladungen verschickt sind und erste Zusagen eintreffen, verlasse ich mich auf dich, liebe Agatha, dass du die weiteren Planungen in die Hand nimmst. Das kannst du doch, nicht wahr?«

»Absolut«, schnurrte sie.

»Dann wäre das also ausgemacht. Ich habe nur Hemmungen, dass ich dir damit noch mehr Arbeit aufbürde, mein Sohn.«

»Ganz im Gegenteil, Vater«, entgegnete Paul. »Auf Espoir hat sich inzwischen eine gewisse Routine eingestellt, und die Aufseher arbeiten gewissenhaft. In ein paar Wochen sollte ich in der Lage sein, die Produktion von Charmantes aus zu überwachen und nur noch einen Tag in der Woche hinzufahren. Was das Fest angeht…« Wieder schüttelte er verwundert den Kopf. »…so werden Agatha und du damit sehr viel mehr Arbeit haben als ich. Ich bin noch immer sprachlos vor Überraschung! Eine wirklich wunderbare Idee!«

Als Frederic später allein war, seufzte er und war seit Monaten zum ersten Mal wieder glücklich.

Charmaine betrat den großen Wohnraum. Pierre war endlich eingeschlafen, und nun wollte sie die Mädchen holen. Doch die beiden bettelten, dass sie noch aufbleiben und ein Duett auf dem Piano spielen wollten. Als Paul lächelte, gab sie nach. An diesem Abend war er zum ersten Mal seit Wochen nach dem Essen nicht sofort wieder an die Arbeit geeilt, und für seine Verhältnisse war er sowohl beim Essen als auch jetzt liebenswürdiger als sonst. Wenn sie darauf bestünde, die Mädchen zu Bett zu bringen, hätte sie nachher keine Ausrede mehr, um noch einmal herunterzukommen. Also wollte sie aus den nächsten Minuten das Beste machen!

Zu ihrem Leidwesen waren sie allerdings nicht allein. Agatha saß über eine Stickerei gebeugt, und Rose strickte. Kurz entschlossen ging Charmaine zum Sofa hinüber und setzte sich neben Paul, der vor Staunen große Augen machte.

Im nächsten Moment lehnte er sich jedoch entspannt zurück und legte seinen Arm auf die Lehne. »Ist das nicht ein netter Abend?«, flüsterte er.

Sie errötete.

»Ich wünschte, ich wäre öfter zu Hause«, sagte er.

»Müssen Sie morgen wieder nach Espoir zurück?«

»Leider ja. Aber die Arbeit geht gut voran, und das Haus ist auch schon fast fertig. Es dauert nicht mehr lange, bis ich mich weitgehend auf meine Aufseher verlassen kann. Dann werden Sie wieder mehr von mir zu sehen bekommen.« Er rutschte ein Stückchen näher. »Würde Ihnen das denn gefallen?«

Sie errötete. Das war Antwort genug. Ihre Unschuld und ihre Verlegenheit weckten lustvolle Gefühle in ihm, und genau das gefiel ihm an ihr.

Wenig später stand Rose auf und wünschte allen eine gute Nacht. Charmaine und die Mädchen folgten ihr. Paul sah ihnen einen Augenblick lang nach, bevor er sich wieder seiner Zeitschrift zuwandte.

Agatha hob den Kopf. Sie waren allein. Eine unerwartete Gelegenheit. Sie legte die Stickerei aus der Hand und sah Paul nachdenklich an. Er sah gut aus und war seinem Vater so ähnlich. »Paul«, begann sie und ertrug sogar das ärgerliche Stirnrunzeln, als er seinen Blick von der Zeitschrift hob. »Ich weiß, dass du mich nicht ausstehen kannst.«

Er wollte widersprechen, aber sie winkte ab. »Bitte, erlaube, dass ich sage, was ich sagen möchte. Danach kannst du dann antworten.«

Paul beugte sich aufmerksam nach vorn.

»Ich habe gemerkt, dass du mit der Hochzeit deines Vaters nicht einverstanden warst. Aber ich möchte ihn glücklich machen. Wirklich glücklich. Ich liebe ihn schon sehr lange.«

»Seit ich ein kleiner Junge war«, sagte er.

»Das stimmt. Aber damals war ich nicht frei, um ihn zu heiraten.« Zerknirscht nagte sie an ihrer Unterlippe. »Verurteile mich nicht zu hart, Paul. Thomas Ward, Gott schenke seiner Seele Frieden, war ein guter Mann, und ich habe ihn geliebt. Aber ich habe ihn nie so sehr geliebt wie deinen Vater.«

»Und?«

»Ich hoffe sehr, dass wir beide zu einer Übereinkunft kommen können.«

»Zu welcher Art von Übereinkunft?«

»Ich mag dich, Paul. Als ich noch jung war und öfter zu Besuch kam, warst du immer höflich, immer respektvoll – so ganz anders als dein Bruder.« Sie rümpfte ein wenig die Nase und schwieg einen Moment. »Ich freue mich, dass dein Vater mich in diese Pläne einbezogen hat, und es würde mich noch mehr freuen, wenn sein Projekt deine kühnsten Träume noch in den Schatten stellte. Doch am allerwichtigsten ist mir, dass du mit meiner Hilfe einverstanden bist.«

»Mir ist jede Anstrengung willkommen, die zum Erfolg der Aktion beiträgt, Agatha. Ich bin froh, dass mein Vater wieder Pläne schmiedet. Und wenn diese Einladung den Anlass dazu bietet, umso besser. Ebenso froh bin ich, wenn Sie ihm aus seiner augenblicklichen Lage heraushelfen.«

»Ich danke dir, Paul.« Ihr Lächeln war geradezu … liebenswert. »Ich bin überzeugt, dass du deinen Weg machst. Ein so gut aussehender junger Mann wie du …« Sie ließ den Satz unvollendet … Schließlich erhob sie sich und wünschte ihm eine gute Nacht.

Zum zweiten Mal an diesem Tag war Paul verblüfft und sprachlos.

9

Freitag, 18. August 1837

Um neun Uhr am Abend schliefen die Kinder tief und fest, und Charmaine hatte endlich Zeit für sich selbst. In den Wohnraum mochte sie nicht gehen, weil Agatha und Rose dort regelmäßig ihre Abende verbrachten. Agatha schikanierte sie zwar nicht mehr, aber Charmaine mied die Frau trotzdem, wann immer es möglich war. Kurz entschlossen klingelte sie nach Millie, weil sie ein Bad nehmen wollte.

Eine Stunde später saß sie frisch gebadet an ihrem Frisiertisch und versuchte, die feuchten Haare zu entwirren. »Sie sind einfach zu lockig«, schimpfte sie, legte den Kamm zur Seite und griff nach der Bürste. Aber besser wurde es davon nicht. Irgendwann segelte die Bürste durch die Luft, prallte gegen die Tür und blieb auf dem Fußboden liegen. Stattdessen angelte Charmaine die Schere aus ihrem Nähzeug. In der feuchten Luft würde es Stunden dauern, bis ihre Haare trockneten. Besser, sie schnitt sie einfach ab. Aber auch diesmal rang sie längere Zeit mit sich und konnte sich nicht dazu aufraffen. Schließlich stand sie auf und trat an die offenen Glastüren. Dort stand sie lange Zeit, fuhr sich, in Gedanken versunken, mit den Fingern durchs Haar und spürte, wie der laue Abendwind die Strähnen trocknete.

Unter ihr auf der Veranda waren plötzlich Schritte zu hören. Es war Paul, der zum Stall hinüberging. Sie runzelte die Stirn. Heute lief nichts wie gedacht. Wenn sie gewusst hätte, dass Paul zu Hause war, hätte sie Agathas Missfallen liebend gern in Kauf genommen, nur um in seiner Nähe zu sein.

Sie schüttelte diesen Gedanken schnell wieder ab. Während der letzten beiden Monate hatte sie ein ständiges Wechselbad der Gefühle erlebt. Pauls Anwesenheit verursachte ihr Herzklopfen, aber er hielt immer ein wenig Abstand. Er schäkerte zwar mit ihr und ließ sie spüren, dass er sie bezaubernd fand, aber zu zärtlichem Geflüster ließ er sich nicht hinreißen. Er hatte ihre Welt vollkommen auf den Kopf gestellt, und ihr behagte es ganz und gar nicht, dass ihre Selbstsicherheit verflogen und sie ständig verlegen war und sich unsicher fühlte.

Ein Geräusch jenseits der großen Wiese riss sie aus ihren Gedanken. Sie sah zur Koppel hinüber. Paul kam aus dem Stall und ging zurück zum Haus. Also hatte er gar nicht ausreiten wollen, sondern nur nach Chastity gesehen, die demnächst ihr Fohlen bekommen sollte.

Sie ließ den Kopf sinken. Sie sollte nicht an ihn denken. Wie so oft kam sie zu dem Schluss, dass sie nur eine nette Abwechslung für Paul war – eine Frau, mit der man gern zusammen war, die man aber genauso schnell vergaß, wenn man sie eine Zeit lang nicht sah. Verbannte er sie nicht jedes Mal aus ihren Gedanken, wenn er nach Espoir aufbrach? Sie nahm jedenfalls nicht so viel Raum in seinen Gedanken ein, wie das umgekehrt der Fall war. Sie war ja nur die Gouvernante. Paul hatte ihr deutlich zu verstehen gegeben, dass sie ihm im Bett gefallen könnte. Aber zu einem Heiratsantrag reichte das nicht. Es war wirklich klüger, ihn zu meiden. Was hatte Colette damals gesagt? *Er ist ein Schürzenjäger… Ich möchte nicht, dass Sie Ihr Herz an jemanden verschenken, der Ihre Liebe nicht erwidert.* Wenn sie die Warnung nicht befolgte, würde sie mit gebrochenem Herzen enden. *Schlag ihn dir aus dem*

Kopf, dachte sie. *Stell dir gar nicht erst vor, wie sich ein Kuss anfühlen würde. Sei lieber froh, dass du in deinem Zimmer bist. Je weniger du von dem Mann siehst, umso besser.*

Es klopfte, und Charmaine ließ Millie und Joseph ein, damit sie die Wanne leerten. Als der junge Mann mit zwei randvollen Eimern davonmarschierte, wandte sie sich wie beiläufig an seine Schwester. »Ich habe Master Paul zu den Ställen gehen sehen, aber er ist nicht fortgeritten. Es ist schon ziemlich spät. Ist etwas vorgefallen?«

»Er sorgt sich um die Stute«, sagte Millie, als sie sich aufrichtete und den nächsten Eimer aus der Wanne hob. »Chastity wiehert schon den ganzen Abend, aber für die Geburt ist es noch zu früh. Master Paul hat nach Martin geschickt.«

»Martin?«

»Er ist Hufschmied im Mietstall«, erklärte Millie und schüttelte sich. »Ein abscheulicher Mann. Schrecklich eingebildet, wenn Sie wissen, was ich meine. Wenn man ihn ruft, richtet er sich sogleich häuslich ein. Hoffentlich benimmt er sich nicht wieder so schlecht wie beim letzten Mal. Damals hat er um Mitternacht das ganze Haus aus dem Bett gescheucht, nur weil er etwas essen wollte.«

Charmaine war diesem Martin zwar bisher noch nicht begegnet, aber sie erinnerte sich, dass Yvette ihn einmal erwähnt hatte. »Ich denke, die Sorge ist unbegründet. Wenn Master Paul zu Hause ist, benimmt er sich sicher nicht ganz so schlimm.«

»Glauben Sie? Dieser Martin verschont auch Master Paul nicht. Aber der lässt ihm sein Benehmen meistens durchgehen, weil Dr. Blackford keine Pferde mehr behandelt.«

Joseph kam zurück und füllte zum zweiten Mal die Eimer. Diesmal verließ auch Millie das Zimmer. Noch ein weiterer Gang, dann verschwand auch die Wanne, und Charmaine war wieder allein.

Weit in der Ferne war Donnergrollen zu hören, und die Vorhänge flatterten in der auffrischenden Brise. Charmaine schloss die Balkontüren und schlich auf Zehenspitzen ins Kinderzimmer. Yvette lag kerzengerade im Bett und hatte ihre dünne blaue Decke unter den Armen festgesteckt. Jeannette dagegen hatte sich freigestrampelt und musste wieder zugedeckt werden. Der kleine Pierre schnarchte leise vor sich hin. Ein Däumchen steckte im Mund, und seine andere Hand umklammerte das ausgestopfte Lämmchen. Charmaine strich Pierre das Haar aus dem Gesicht, küsste ihn auf die Stirn und verharrte einen Augenblick, um ihn voller Liebe zu betrachten. Als sie die ersten Tropfen fallen hörte, verriegelte sie die Glastüren und kehrte in ihr Zimmer zurück.

Der Sturm näherte sich mit großer Geschwindigkeit. Der Donner wurde lauter und lauter und immer beängstigender. Charmaine drehte die Flamme der Öllampe kleiner, kniete nieder, um ihre Gebete zu sprechen, und stieg ins Bett. Wie so oft wurde sie auch heute wieder von den Erinnerungen an den furchtbaren Tag vor Colettes Tod heimgesucht. Sie umklammerte ihr Kissen, schloss die Augen und erwartete das Schlimmste …

Aber das Schlimmste ließ auf sich warten. Als die Uhr in der Halle elfmal schlug, spielte der Sturm noch immer Katz und Maus mit ihnen. Obwohl es auf allen Seiten blitzte und donnerte, war der Lärm noch sehr verhalten. So, als ob sich das Unwetter mit Absicht zurückhielt, sie umkreiste und auf genau den richtigen Moment für den Angriff lauerte.

Schritte auf der Treppe linderten ihre Anspannung. Paul war zu Hause. Vielleicht konnte sie jetzt endlich einschlafen, wenn er in der Nähe war und sie beschützte.

Doch Augenblicke später war der tröstliche Gedanke verflogen. Der Himmel schien sich zu öffnen, und der Sturm prallte mit voller Wucht gegen das Gebäude. Heftige Böen trieben wahre Regenwände gegen die Glastüren, sodass sie vibrierten und klirrten. Grellweiße Blitze erhellten den Raum, ohrenbetäubender Donner antwortete. Charmaine kauerte unter der Decke und wartete zitternd auf den nächsten Schlag. Aber die Stille zwischen dem Donnergrollen machte ihr ebenso zu schaffen, zumal seltsame Geräusche an ihr Ohr drangen …

Am liebsten wollte sie das Rascheln gleich neben dem Bett gar nicht hören … aber die eiskalte, feuchte Hand, die nach ihrem Arm griff, war echt … Sie schrie gellend auf und schleuderte das Bettzeug von sich. Zum Glück wurde ihr Schrei vom Donner übertönt, denn neben ihrem Bett stand zitternd Jeannette. Yvette lehnte an der Tür zum Kinderzimmer und gähnte.

»Du lieber Himmel«, rief Charmaine und schlug sich die Hand aufs Herz. »Es tut mir leid, Jeannette, aber du hast mich zu Tode erschreckt!« Sie lachte ein bisschen laut, aber im nächsten Augenblick streckte sie dem erstarrten Kind die Arme entgegen.

Mit verächtlicher Miene kam Yvette zum Fuß des Betts. »Fürchten Sie sich vor dem Gewitter?«

Charmaine nickte und kam sich plötzlich ziemlich dumm vor. »Noch mehr als Jeannette.«

»Sie hat keine Angst vor dem Gewitter«, widersprach Yvette.

»Nein? Warum seid ihr dann hier?«

»Jemand hat sich über mein Bett gebeugt«, wimmerte Jeannette und zitterte in Charmaines Arm.

»Davon ist sie aufgewacht«, erklärte Yvette. »Sie glaubt mir nicht, dass Sie nach uns geschaut haben.«

Charmaine strich Jeannette die Haare aus dem Gesicht.

»Yvette hat recht. Ich habe dich zugedeckt, meine Süße. Tut mir leid, wenn ich dich aufgeweckt habe.«

Verbissen schüttelte die Kleine den Kopf, und in den großen Augen stand noch immer die Angst. »Sie waren es aber nicht. Es war ein Geist. Als ich mich umgedreht habe, ist er weggerannt!«

Charmaine schloss Jeannette fester in die Arme. »Du hast sicher schlecht geträumt. Bei dem Sturm ist das auch kein Wunder. Kommt«, sagte sie und griff nach der Lampe, »marsch ins Bett mit euch beiden!«

»Aber ich habe nicht geträumt«, rief Jeannette. »Ich habe das Gespenst doch gesehen! Sie waren das nicht. Es ist auf den Balkon gerannt. Es ist bestimmt noch auf der Veranda und wartet auf mich!«

»Ich erlaube nicht, dass dir jemand etwas tut. Aber allein bin ich nicht mutig genug. Willst du mir helfen? Wir gehen jetzt zusammen in dein Zimmer. Dann kannst du sehen, dass niemand da ist und dass du keine Angst mehr haben musst. Einverstanden?«

Jeannette nickte und umklammerte Charmaines Hand. Als sie ins Kinderzimmer traten, wehte ihnen kalter Wind entgegen. Die französischen Türen standen weit offen und schwangen an den Angeln vor und zurück.

»Warum habt ihr sie denn nicht zugemacht?« Charmaine stellte die Lampe auf die Kommode. Aber als sie zur Tür lief und sich gegen den Regen duckte, erfasste sie plötzlich ein ungutes Gefühl. Starr vor Entsetzen warf sie die Türen zu und schob den Riegel an seinen Platz. Mit einem Satz sprang sie zurück und war sehr erleichtert, dass ihr kein Geist im Dunkel aufgelauert hatte.

Betroffen betrachtete sie den Schaden. Die Vorhänge und der Teppich waren durchweicht, aber das musste bis morgen warten. Sie nahm lediglich ein Handtuch aus der Kommode und wischte den Boden auf. Als Nächstes sah sie nach Pierre und wunderte sich, dass der Kleine trotz Sturm und offener Türen das Chaos schlicht verschlafen hatte.

»Wie du gesehen hast, war niemand auf dem Balkon«, sagte sie. »Ich vermute, dass dein Geist nichts weiter war als wehende Vorhänge, Jeannette. Außerdem steht dein Bett näher an der Glastür.«

Das Mädchen war nicht überzeugt und jammerte, dass ohne ein Schloss die Türen wieder aufgehen könnten.

»Ich weiß, was beim Einschlafen hilft«, sagte Charmaine, um Jeannette von ihrer Furcht abzulenken. »Wie wäre es mit ein bisschen warmer Milch und ein paar Keksen? Na, los ins Bett mit euch.«

Jeannette nickte zwar, aber dann sprang sie schnell zu Yvette ins Bett. »Ich warte lieber hier«, flüsterte sie. Im nächsten Augenblick kuschelten die beiden Mädchen sich unter die Decke und kicherten leise.

Charmaine zog ihren Morgenmantel über und griff nach der Lampe. Aber Jeannette protestierte augenblicklich und wollte die Lampe behalten. Also zündete Charmaine eine kleine Kerze an. »Ich bin gleich wieder da.«

Im Korridor warf das flackernde Kerzenlicht groteske Schatten an die Wände und bestärkte Charmaine nur noch in ihrer Furcht. An den Wechsel von Donner und Blitz hatte sie sich inzwischen gewöhnt, doch als die Uhr im Foyer plötzlich Mitternacht schlug, zuckte sie zusammen. »Herr im Himmel!«, schalt sie sich und packte das Geländer fester. »Was ist nur los mit mir? Ich komme mir vor wie ein erschrecktes Kaninchen. Dabei gibt es doch gar keine Geister.« Mit diesen Worten ging sie etwas beruhigter nach unten.

Da die Tür zu Pauls Ankleidezimmer nur angelehnt war, hörte er leise Schritte auf der Treppe und dann eine bange

Stimme. Er stützte sich an den Türrahmen und betrachtete das hübsche Bild, das sich seinen Augen bot. Miss Ryan war wahrlich ein bezaubernder Anblick. Vor allem in halb entkleidetem Zustand. Ihr Haar fiel lose über ihre Schultern, und ihr Morgenmantel war eng um ihre Gestalt geschlungen und betonte ihre schmale Taille und die runden Hüften. Die Versuchung in Person. Seine Gedanken wanderten zurück zu dem Abend im Wohnraum, ungefähr zwei Wochen war das jetzt her, als sie sich einfach neben ihn gesetzt hatte. Inzwischen war sie bereit, sich erobern zu lassen. Dessen war er sicher. Aber bisher waren sie nur selten ungestört geblieben… Doch heute Nacht vielleicht? Hatte er nicht immer auf eine Gelegenheit wie diese gehofft? Wenn alle im Bett waren? Eine bessere Zeit gab es nicht!

Obgleich der Sturm ein wenig nachgelassen hatte, war Charmaine nicht beruhigt. Das Haus war in tiefe Dunkelheit gehüllt, nur ihre kleine Kerze erhellte ihren Weg und hin und wieder ein verirrter Blitz. Außerdem wurde sie das Gefühl nicht los, dass jemand sie beobachtete, obgleich doch alle längst zu Bett gegangen waren. Die Furcht saß wie ein Knoten in ihrem Bauch, als sie, an der Bibliothek vorbei, durchs Speisezimmer in die Küche eilte. »Ich war verrückt, hier herunterzukommen.«

Sie fing an zu summen, um die Geräusche im Dunkel des Raums zu übertönen. Spontan kam ihr nur die Melodie in den Sinn, die sie nicht mehr auf dem Piano spielen durfte. Seltsamerweise fühlte sie sich plötzlich leicht und sicher. Sie erwärmte die Milch und fand auch die Plätzchen, die Mrs. Henderson am Morgen gebacken hatte. Sie räumte alles auf ein Tablett, stellte den Kerzenstummel dazu und machte sich auf den Rückweg.

Als sie aus dem Speisezimmer trat, beleuchtete der

Blitzschein die Gestalt eines Mannes, der unter der Tür zum Arbeitszimmer stand. Sekunden später verschluckte die Dunkelheit den Korridor wieder, und die Gestalt war fort. Vor Entsetzen schnappte Charmaine nach Luft, doch der darauffolgende Donner erstickte jeden Laut.

»*Wer ist da?*«, rief sie laut und betete, dass ihre Augen sie getäuscht hatten.

Aber die Erscheinung war sehr lebendig. Es war Paul, der in den Lichtkreis der Kerze trat. Vor Erleichterung zitterten Charmaine die Knie. »Ich wollte Sie nicht erschrecken«, sagte Paul und kam einen Schritt auf sie zu. Sein Haar war zerzaust und sein Morgenmantel nur notdürftig gebunden.

»Ich wusste nicht, dass außer mir noch jemand wach ist«, stotterte sie. Sie erholte sich nur langsam von dem Schrecken.

»Ich habe Ihre Schritte auf der Treppe gehört und dachte, dass Sie vielleicht ein wenig Gesellschaft brauchen. Wie ich sehe, habe ich mich getäuscht.« Er deutete auf das Tablett. »Es war nur der Hunger, der Sie so spät in der Nacht durchs Haus getrieben hat, und nicht die Einsamkeit.«

Charmaine sah auf das Tablett hinunter und lachte leise. »Das ist doch nicht für mich! Die Zwillinge sind vom Sturm aufgewacht, und ich dachte, dass sie mit heißer Milch und Keksen leichter wieder einschlafen.«

»Dann sollte ich Sie eigentlich nicht aufhalten.« Er lächelte. »Aber ich muss es trotzdem tun. Kommen Sie …« Er ging ins dunkle Arbeitszimmer.

Obgleich er das ganz normal gesagt hatte, riet ihr eine innere Stimme, ihm nicht zu folgen. Sie ging nur bis zur Tür. »Ich muss wirklich zu den Kindern. Sie hatten Angst«, fügte sie lahm hinzu. »Und wenn ich nicht bald zurückkomme, regen sie sich nur wieder auf.«

»Bestimmt überleben sie auch noch ein wenig länger«,

meinte Paul. »Bis Sie nach oben kommen, sind sie sowieso längst wieder eingeschlafen.« Charmaine konnte nur hoffen, dass er recht hatte. »Möchten Sie denn gar nicht wissen, warum ich Ihnen nach unten gefolgt bin?«

Natürlich war sie neugierig, doch bevor sie etwas sagen konnte, drehte er ihr den Rücken zu und tastete auf dem Tisch nach den Zündhölzern. Der Feuerstein flammte auf. Dann entzündete Paul den Lampendocht und stellte die richtige Höhe ein. Das Licht war hell und verscheuchte auch die letzte Dunkelheit aus den Ecken des Raums.

Der Sturm hatte an Kraft verloren, und Charmaine genoss das Gefühl der Geborgenheit, das ihr den Schritt über die Schwelle erleichterte. Als Paul ganz beiläufig über die Schulter sagte, sie solle das Tablett abstellen, gehorchte sie. Doch ihre Ruhe war augenblicklich dahin, als er sich umdrehte und sie die Leidenschaft in seinen Augen las. Unwillkürlich überlief sie ein Schauer.

»Ist Ihnen kalt?«, fragte er leise.

»Nein«, hauchte sie, da sie sich heftig zu ihm hingezogen fühlte.

»Fürchten Sie sich vor mir?«

Ja, rief ihre innere Stimme, *und vor mir selbst. Guter Gott, wir sind ganz allein, und ich fühle mich wie verhext*. Aber das behielt sie für sich. Gott bewahre! »Muss ich mich denn fürchten?«, fragte sie zurück.

Er neigte den Kopf ein wenig zur Seite. »Das hängt ganz davon ab, wovor Sie Angst haben«, erwiderte er geschickt.

Herr im Himmel, sieht er gut aus. Eine Locke hing ihm in die Stirn. Doch Charmaine widerstand der Versuchung, das Haar zurückzustreichen.

Wieder blitzte es, und kurz danach erklang der Donner. Plötzlich erfasste ein Windstoß den Morgenmantel und presste ihn gegen ihre Beine. Eine halbe Ewigkeit sagten sie kein Wort. Pauls Augen glänzten, je länger er ihre schmale Gestalt und ihren unschuldigen Gesichtsausdruck bewunderte, der von den kleinen Locken noch betont wurde. Doch als sein Blick zu ihren Augen zurückkehrte, entdeckte er einen letzten Funken Angst. Reglos schleichend wie ein Panther näherte er sich seiner Beute.

Charmaine zuckte zwar kurz zurück, aber sie flüchtete nicht. Sie verharrte wie angewurzelt, bis sie nur noch einen Atemhauch voneinander entfernt waren. Sie legte den Kopf in den Nacken, um ihm ins Gesicht sehen zu können, und ihr Herz vollführte einen Satz, als seine raue Hand ganz zart über ihre Wange strich.

»So begehrenswert, so begehrenswert«, murmelte er völlig verzaubert, und sein Pulsschlag dröhnte ihm in den Ohren. »Ich kann nicht mehr denken, so sehr wünsche ich mir, diesen Mund zu küssen.«

Pauls Blick verharrte auf Charmaines Lippen, und sie schloss die Lider. Es gab kein Zurück mehr. Sie wollte sich nicht abwenden und sank ihm entgegen, mitten hinein in den wunderbaren Augenblick. Er umfasste ihre Schultern und zog sie behutsam in seine Arme. Sein Mund senkte sich auf ihre Lippen und küsste sie zuerst ganz zart, um ihre Unruhe zu bannen, dann aber fordernder und härter, dass die Schnurrbarthaare auf ihren Wangen prickelten. Schließlich verschlangen seine Lippen ihren Mund, und er presste ihren Körper ungestüm gegen den seinen, während die eine Hand ihren Nacken und die andere ihren Rücken liebkoste.

Der plötzliche Überfall ließ Charmaine schwindeln, doch sie erwiderte den Kuss. Sie reckte sich auf die Zehenspitzen, ihre Hände glitten über seine muskulösen Arme und packten seine Schultern, sie drängte ihren Körper dicht gegen den seinen. Diese ungezügelte Gier strafte ihre Unschuld Lügen und erregte ihn über alle Maßen.

Urplötzlich unterbrach höhnisches Gelächter die Szene. Mit leisem Fluchen machte Paul sich los.

»So ist es richtig, Paulie. Biete ihr ein Dach über dem Kopf, reiß ihr die Sachen vom Leib und dann ab ins Bett. Und wenn du sie satt hast, muss sie ihren hübschen Hintern bewegen und ohne große Kosten verduften.«

Charmaine schoss herum, um zu sehen, wer solche verletzenden Worte aussprach. Der Mann, der an der Tür zum Korridor lehnte, war von Kopf bis Fuß durchnässt und sichtlich vom Sturm gezeichnet. Er hatte stoppelige Wangen und trug eine lederne Kappe, die verwegen zurückgeschoben war. Aus dem Augenwinkel sah Charmaine, wie Paul seinen Morgenmantel glattzog, um einen würdigeren Eindruck zu machen. Doch was dieser Mann im Haus zu suchen hatte, schien ihn nicht zu interessieren.

Ohne weitere Förmlichkeiten betrat der Fremde die Bibliothek und schämte sich seiner nassen Kleidung nicht im Mindesten. Er umkreiste sie beide, bis Charmaine sich vor Entsetzen nicht mehr rühren konnte. Sie war gekränkt, als er sie mit frechem Blick von Kopf bis Fuß musterte und wie auf einer Auktion ihren Wert schätzte. Als ihre Blicke sich begegneten, senkte sie die Augen und starrte auf seine Stiefel. Sie hatten eine schmutzige Spur auf dem Teppich hinterlassen, als ob er direkt aus den Ställen gekommen wäre. Dann endlich kam ihr die Erleuchtung. Dieser Mann war der Hufschmied, der bei der Geburt des Fohlens helfen sollte. Allerdings verstand sie nicht, weshalb sich Paul solch ungebührliches Verhalten gefallen ließ.

Aber dieser Mann ließ ihr keine Zeit zum Nachdenken. Als sein Blick auf das Tablett fiel, grinste er über das ganze Gesicht und enthüllte leuchtend weiße Zähne, die ein wenig schief waren, aber dafür umso besser zu seinem unverschämten Grinsen passten.

»Wie reizend«, murmelte er. »Ein leidenschaftlicher

Kuss und anschließend noch ein kleiner Imbiss.« Er ließ sich in einen der Sessel fallen und verschränkte die Arme vor der Brust. »Na los, wo bleibt die Fortsetzung? Die romantische Szene hat mir gefallen. Ehrlich! Und erst der Text! Kannst du deine Sätze noch einmal wiederholen, Paul? An deiner Stelle hätte ich nicht so lange gefackelt.« Er lachte.

Charmaines Wut kochte über. »Sie ungehobeltes, verachtenswertes Exemplar! Aus welchem dreckigen Loch sind Sie denn gekrochen? Nein!«, rief sie und hielt sich mit angewidertem Gesicht die Nase zu, »ich will es lieber gar nicht wissen!«

Sein Grinsen wurde immer breiter. Das war nicht zu ertragen! »Zum Glück wohne ich hier«, fauchte sie, »und ich will gar nicht wissen, welcher Name zu so einem arroganten Gesicht gehört!«

Das Grinsen endete in lautem Gelächter und begeistertem Trampeln. Sie reckte ihr Kinn in die Höhe und griff nach dem Tablett, doch seine Stimme folgte ihr bis in den Korridor. »Wie wäre es denn mit einem Kuss von einem solch süßen, schamlosen Frauenzimmer?«

Draußen vor der Bibliothek begann Charmaine zu zittern. Sie konnte ihre Nerven kaum beruhigen. *Ein Frauenzimmer. Ein süßes, schamloses Frauenzimmer!* Noch nie im Leben hatte jemand sie so genannt! Sie sah auf das Tablett hinunter und merkte, dass die Kerze erloschen war. Wenn sie es nicht besser gewusst hätte, hätte sie diesem Unhold die Schuld gegeben, der sich noch immer bei Paul im Arbeitszimmer befand. Zum Glück kam der Mensch aus der Stadt, sodass sie ihm nie wieder begegnen musste. Etwas ruhiger machte sie sich auf den Weg nach oben, und nach diesen Ereignissen fürchtete sie sich nicht mehr vor der Dunkelheit.

»Was hast du hier verloren, John?«, fragte Paul, während er zur Bar hinüberging und sich einen großen Brandy eingoss.

»Es wird höchste Zeit, dass ich unsere Geschäfte überprüfe.«

»Ach, wirklich?« Paul schnaubte.

»Genau das. Zum Glück wurde unser Schiff durch den Sturm aufgehalten …« Trotz Pauls gerunzelter Brauen redete er munter weiter. »… sonst hätte ich ja gar nicht erlebt, wie du das Personal zur nächtlichen Unterhaltung nötigst. Du geiler Bastard!« Er grinste. »Sie macht ihren Job richtig gut, nicht wahr?«

»Lass es gut sein, John.«

Stille breitete sich aus, während Paul einen Schluck trank.

»Noch ist ihr gleichgültig, wer ich bin«, stellte John fest. »Aber morgen früh könnte sich das vielleicht ändern.«

»Das bezweifle ich.« Paul war enttäuscht über die Störung. »Sie ist anders.«

»Wirklich? Nach meinem Eindruck würde ich eher das Gegenteil behaupten.«

»Lass sie in Ruhe«, fuhr Paul, der seinen Ärger nicht länger beherrschen konnte, John an.

»Ich soll sie wohl eher wegen dir in Ruhe lassen, was, Paulie? Also … hast du noch nicht bekommen, was du wolltest, oder?«

»Das bespreche ich ganz bestimmt nicht mit dir.«

»Wirklich nicht?« John schnalzte mit der Zunge. »Meine Schlussfolgerung ist also richtig: Dies war dein erstes Stelldichein mit Xanthippe.«

»Das war kein Stelldichein«, zischte Paul.

»Bist du etwa in sie verliebt?« Aber er bekam nur einen finsteren Blick als Antwort. »Nein, ich denke nicht. In diesem Fall ist die Kleine also frei. Mal sehen, wer von uns der Bessere ist.« Er lachte leise. Dann stand er auf, und als er ging, hinterließ er eine feuchte Stelle in dem Sessel, in dem er gesessen hatte.

Als sie das Licht der Blitze gebraucht hätte, gab es keinen Blitz mehr, und Charmaine begriff, dass das Unwetter vorüber war. Das Treppenhaus war dunkel, und sie tastete sich an dem Geländer entlang nach oben. Auf der obersten Stufe starrte sie ins Dunkel und seufzte erleichtert, als ihre Hand den Knauf der Tür zum Kinderzimmer drehte und Lichtschein sie umfing.

Die beiden Mädchen schliefen tief und fest, wie Paul prophezeit hatte. Wie dumm von ihr, um Mitternacht noch durchs Haus zu schleichen! Nicht einmal die Erinnerung an Pauls Kuss machte die Erniedrigung wett, die dieser Mann ihr angetan hatte. *Nein! Ich will gar nicht darüber nachdenken!*

Sie wandte sich den Kindern zu, trug die schlaftrunkene Jeannette in ihr eigenes Bett und runzelte die Stirn, als sie die Balkontüren leicht angelehnt vorfand. Mit einem kleinen Schauder ging sie zu den Glastüren und verriegelte sie erneut. Ganz wohl war ihr allerdings nicht, denn sie konnte sich beim besten Willen nicht vorstellen, dass die Mädchen oder gar Pierre die Türen geöffnet hatten. Vermutlich war das Schloss defekt. Gleich morgen früh musste sie Travis Thornfield darauf hinweisen.

Sie zündete eine neue Kerze an und drehte den Docht in der Lampe herunter, dann nahm sie das Tablett, damit die Kinder nicht vor dem Frühstück naschten, und kehrte in die Geborgenheit ihres Schlafzimmers zurück.

Von dem missglückten Abend enttäuscht, hatte Paul sich keine Gedanken gemacht, wohin John von der Bibliothek aus gegangen war. Selbst jetzt fiel ihm nicht ein, dass inzwischen Charmaine in Johns bisherigem Zimmer wohnte. Er dachte an Charmaines wunderschöne Lippen, an den weichen Körper in seinen Armen und an ihre leidenschaftliche Reaktion auf seinen Kuss. Wenn er allerdings den Brandy beiseitegestellt und sich Zeit zum Nachdenken genommen hätte, wäre ihm der Tausch der Zimmer vielleicht eingefallen. Aber gefreut hätte es ihn sicher genauso wenig.

John tastete im Dunkel seines Ankleidezimmers herum. »Verdammt, wo sind nur die Zündhölzer?« Trotz allen Suchens fand er sie nicht. Vielleicht hatte er im Schlafzimmer ja mehr Glück. Er fror. Außerdem war er todmüde und von Kopf bis Fuß durchweicht. Ein heißes Bad wäre jetzt genau das Richtige, aber angesichts der späten Stunde musste das bis morgen warten. Doch nach einer Woche an Bord der *Destiny* von New York nach Charmantes war ein trockenes Bett auch nicht zu verachten.

Als John die Tür öffnete und sah, wie die Geliebte seines Bruders in sein Bett stieg, war er völlig verblüfft. Damit hatte er nicht gerechnet. Dass sie ihm so schnell verfallen war? Er lächelte schief. Das Mädchen war wirklich hinreißend. Nun ja, vielleicht war er doch noch nicht ganz so müde…

»Ja, was sehe ich denn da! Ist das nicht das kleine Biest von vorhin?« Er lachte zynisch. »Unterhalten Sie die Gäste immer auf diese Weise?«

Charmaine war zu erschrocken, um auch nur einen Laut hervorzubringen. Der Unhold war hinter ihr her! In ihrer Angst fiel ihr nichts anderes ein, als sich gegen die Wand zu drücken.

Er kam immer näher. »Woher wussten Sie, wohin ich mein müdes Haupt betten werde?«

Charmaine begriff schnell, dass sie etwas tun musste,

damit nicht alles verloren war. Sie stieß sich von der Wand ab und flüchtete wie ein gehetztes Tier. Gleich darauf hatte sie die Tür zum Kinderzimmer erreicht. Als sie den Türknauf bereits unter den Fingern fühlte, packte er ihren Arm und zerrte sie mit einem energischen Ruck zurück. Die andere Hand presste sich auf ihren Mund, um ihren Schrei zu ersticken. Dann wurde sie herumgerissen und stand dem Unhold Auge in Auge gegenüber. So mies, wie er grinste, wurden ihre Augen immer größer, und ihr Gesicht lief krebsrot an, als sie aus Angst vor seinem faulig stinkenden Atem die Luft anhielt.

John bemerkte ihren Widerwillen und ihr Entsetzen und lockerte seinen Griff. Sie schien wirklich nicht zu wissen, wer er war. Aber wie kam sie dann in sein Zimmer?

Charmaine spürte sein Zögern… und schon begann der Kampf von Neuem. John musste die Hand von ihrem Mund lösen und stattdessen die Füße festhalten, die unablässig gegen seine Schienbeine traten. Die Misshandlung schmerzte zwar nicht übermäßig, aber sie beflügelte seinen Zorn.

»Geben Sie Ruhe, Madame«, zischte er und presste sie gegen die Tür, als sie nicht gehorchte. »Ich verlange nur ein paar Antworten auf meine Fragen. Aber wenn Sie wollen, können wir auch gern an der Stelle weitermachen, wo Paul aufgehört hat.«

Zitternd gab Charmaine nach. Sie fühlte seine Worte an ihrer Wange und krümmte sich vor Ekel davor, gleich den beißenden Whiskygestank riechen zu müssen. Aber sie roch nur feuchte Kleidung und sonst nicht viel.

»Wie kommen Sie hierher?«, herrschte er sie an.

»Dieses Zimmer ist mein Schlafzimmer! Ich arbeite hier, und dies ist mein Zimmer!«

Das klang so überzeugt, als ob es wahr wäre. »Also wissen Sie *wirklich* nicht, wer ich bin?«

Als er die Hände sinken ließ, fasste sie neuen Mut. »Vermutlich einer von denen, die ihrem stinkenden Gefängnis entronnen sind!« Sie beleidigte ihn genauso, wie er das mit ihr getan hatte. »Sie wären besser dort verrottet!« Doch noch während sie die Worte hervorstieß, dämmerte ihr die Wahrheit: *Er war nicht Martin, der Hufschmied aus dem Mietstall.*

Sie schnappte nach Luft, als er sie plötzlich an seine Brust zog und den Kopf in ihrem Haar vergrub. »Aha, ein Gefangener, fürwahr«, flüsterten seine Lippen nahe an ihrem Ohr. »Aber erraten Sie auch, wessen man mich beschuldigt?«

»Ich schreie, wenn Sie mich nicht sofort loslassen.« Das Zittern in ihrer Stimme machte die Drohung zunichte. In Wirklichkeit fürchtete sie, dass jeder Widerstand ihn zu neuen Gewalttaten reizen könnte.

Er hob den Kopf aus dem süß duftenden Haar. Als er leise lachte, war klar, dass er nur mit ihr spielte. Gleich darauf wurden seine Augen jedoch ernst, dann ließ er sie zögernd los und trat einen Schritt zurück.

Dieses Mädchen war viel zu verführerisch, als dass ihm das leicht gefallen wäre. Aber er wollte sie nicht einfach in sein Bett zerren wie sein Bruder. Auf keinen Fall wollte er sie zwingen. Sie sollte aus eigenem Antrieb kommen, oder gar nicht. Im Moment war sie dazu nicht bereit, das spürte er. Er trat noch einen Schritt zurück und war froh, dass er unendlich müde war.

Aber einfach aufgeben wollte er das Spielchen trotzdem nicht. *Vermutlich war sie die Gouvernante,* dachte er, *und vermutlich hatte Colette ihr dieses Zimmer gegeben, damit sie in der Nähe der Kinder war.* Als er sich umsah, bemerkte er die Veränderungen. Sie hatte zwar weniger Besitztümer, dennoch wärmten diese die Atmosphäre des Raums, wie es ihm nie gelungen war. Als er plötzlich den

Atem ausstieß, fuhr sie erschreckt zusammen. Sie hatte sich nicht von der Tür wegbewegt. Irgendetwas in dem Raum war verändert, und das hatte nichts mit dem Wechsel der Bewohner zu tun, aber er wusste nicht genau, was es war.

Sie versuchte, sich vor seinem durchdringenden Blick zu schützen. »Wollen Sie nicht endlich gehen?«

»Immer mit der Ruhe!« Sein Blick fiel auf das Tablett. Er nahm einen Keks, steckte ihn in den Mund und trank von der Milch. »Wollen Sie mir nicht Gesellschaft leisten? Es wäre doch eine Schande, die Sachen verkommen zu lassen. Da Paul so schnell nicht auftaucht, jedenfalls nicht hier, könnten wir doch genauso gut …«

»Würden Sie jetzt *bitte* gehen?« Charmaine nahm sein leises Lachen nicht zur Kenntnis. »Es ist schon spät, und ich habe morgen früh eine Menge zu tun!«

»Oh, machen Sie sich keine Gedanken. Ich sorge schon dafür, dass Sie ausschlafen können … Heute Nacht haben Sie schließlich nicht nur einen, sondern sogar zwei Gentlemen unterhalten! Das nenne ich harte Arbeit!«

Als sie den Mund aufriss, um zu protestieren, zwinkerte er ihr zu, steckte einen weiteren Keks in den Mund und wandte sich zum Gehen. Etwas knackste unter seinem Stiefel. Er bückte sich und hob die Bürste auf, die sie zuvor durchs Zimmer geschleudert hatte. Sie war in zwei Teile zerbrochen. Einen Moment lang betrachtete er die beiden Teile und warf sie dann schulterzuckend aufs Bett. Dann tippte er mit zwei Fingern an seine Kappe und ging hinaus.

Sofort rannte Charmaine zur Tür und drehte den Schlüssel um. Dann lief sie zur Tür des Ankleidezimmers, doch die hatte kein Schloss. Starr vor Angst lauschte sie einige Augenblicke, aber als nebenan alles ruhig blieb, entspannte sie sich langsam. Schließlich sammelte sie die

Überreste der Haarbürste vom Bett und legte sich seufzend hinein.

Paul warf sich aufs Bett und fühlte sich mit einem Mal sehr allein … »Verdammt!«, fluchte er und kam wieder auf die Füße. »Verdammt!«

Er riss die Tür zum Korridor auf, aber dann überlegte er es sich anders und wählte stattdessen die französischen Türen. Sekunden später hatte er die südliche Ecke des Balkons umrundet und lief am Zimmer der Kinder vorbei, bis er durch die geschlossenen Türen in Johns altes Zimmer spähen konnte. Als er sah, dass Charmaine allein mitten auf dem Bett saß, drückte er die Türen auf und schaute in jede Ecke, um sicherzustellen, dass sein Bruder nicht doch noch irgendwo im Schatten lauerte.

Charmaine zuckte zusammen und legte die Arme vor die Brust, doch als sie Paul erkannte, ließ sie die Arme wieder sinken.

»Ist alles in Ordnung?«, fragte er besorgt.

»Inzwischen schon«, schimpfte sie.

»War er hier?«

»Natürlich war er hier! Dies ist ja sein Zimmer!«

»Hat er …«

»Nein!«

Pauls Aufatmen verstärkte nur ihren Zorn. »Warum haben Sie mir nicht gesagt, wer er ist? Mit meinen Beschimpfungen habe ich mich schon gründlich zum Narren gemacht, und als ob das nicht genug wäre, haben Sie ihm nichts von der Änderung der Zimmer gesagt …«

Ihre Worte erstarben, als er um das Fußende des Betts herumging. Sie sprang vom Bett. *Heute Nacht haben Sie schließlich nicht nur einen, sondern sogar zwei Gentlemen unterhalten* … John Duvoisins Worte verfolgten sie. Außerdem war sie wütend, weil Paul sie in diese erniedrigende Situation gebracht hatte. »Sie haben immer behauptet, dass er nie mehr nach Charmantes kommt! Sie haben es sogar versprochen, bevor ich mit dem Umzug in dieses Zimmer einverstanden war.«

»Etwas anderes hatte ich auch nicht angenommen«, sagte Paul leise. »Ich war mindestens so überrascht wie Sie. Deshalb war ich ja so sprachlos.«

Als sie merkte, dass er ehrlich besorgt war, legte sich ihre Wut.

»Außerdem wollte ich Ihnen eine Vorstellung ersparen, die John nur gnadenlos ausgenutzt hätte. Die Änderung der Zimmer fiel mir erst ein, als ich selbst ins Bett gehen wollte. Es tut mir wirklich leid, Charmaine.«

Er kam immer näher.

»Vergeben Sie mir?«

Ein angedeutetes Lächeln, ein zaghaftes Lächeln… Er beugte sich vor. Der Augenblick war günstig. Aber dann vernahm sie wieder Johns spöttische Stimme. *Ist das nicht das kleine Biest? Das süße, schamlose Frauenzimmer?*

Charmaine trat einen Schritt zurück. Solch vulgären Bemerkungen wollte sie sich nicht länger aussetzen. »Sie gehen jetzt besser.«

Enttäuscht respektierte Paul ihre Zurückhaltung. Er sah sie noch einmal von oben bis unten an, bevor er den Raum auf demselben Weg verließ, auf dem er gekommen war – und Charmaine verwirrt zurückließ. In diesem Moment war sie sehr verletzlich gewesen, und wieder hatte Paul sich als Gentleman erwiesen.

Als sie sich ins Bett legte, landete sie genau auf der zerbrochenen Bürste. Sie betrachtete die beiden Teile und musste unwillkürlich an John und Paul denken. *Zwei Gentlemen in einer Nacht*… Nun ja. Diesen John Duvoisin würde sie nicht gerade als Gentleman bezeichnen, doch die Haarbürste war das Einzige, was sie in dieser Nacht eingebüßt hatte.

Samstag, 19. August 1837

In der Morgendämmerung klopfte Paul an Frederic Duvoisins Tür. Vielleicht schlief sein Vater noch. Leise klopfte er noch einmal an, woraufhin Travis Thornfield im Türspalt erschien. »Ihr Vater frühstückt gerade.«

»Ich muss ihn leider unverzüglich sprechen.«

Travis trat zur Seite, und Paul durchquerte das Ankleidezimmer.

Überrascht hob Frederic den Kopf und schlug die Zeitschrift neben seinem Teller zu.

»John ist heute Nacht gekommen.«

Frederic lehnte sich im Sessel zurück und ließ die Nachricht erst einmal auf sich wirken. Freude, Angst und tiefe Enttäuschung stritten in seinem Herzen.

Paul fühlte sich unbehaglich, als sein Vater so nachdenklich war, und setzte zu einer weiteren Erklärung an. »Er ist mit der *Destiny* gekommen. Sie wurde durch den Sturm aufgehalten und hat erst spät am Abend angelegt.«

»Hast du ihn schon gesehen?«

»Ich war noch im Arbeitszimmer, als er ankam.«

»Hast du auch mit ihm gesprochen?«

»Nur kurz. Es war schon spät, und ich war müde. Außerdem war er völlig durchnässt.« Paul versuchte, den Gesichtsausdruck seines Vaters zu deuten. »Er ist gekommen, um die Geschäfte zu überprüfen. Jedenfalls hat er so etwas gesagt.«

Frederic stand auf. Er stützte sich schwer auf seinen Stock und humpelte zur Fenstertür hinüber. »Vielen Dank, dass du mir Bescheid gesagt hast«, murmelte er.

Als Paul begriff, dass sein Vater nichts weiter sagen wollte, verließ er das Zimmer.

Frederic starrte in den Hof hinunter. John war zu Hause. Er hatte kaum gewagt, auf diesen Tag zu hoffen. Doch nun, da er da war, war er nicht wirklich darauf vorbereitet.

Charmaine hatte lange nicht einschlafen können. Erst als die ersten Streifen der Dämmerung den Himmel in dunkles Organgerot tauchten, hatte die Müdigkeit sie überwältigt. Als sie irgendwann in die Höhe schoss, war der Raum von Tageslicht erfüllt. Sicher war es schon spät. Sie sprang aus dem Bett und wollte ins Spielzimmer laufen. Aber die Kinder hatten einen Zettel unter ihrer Tür hindurchgeschoben.

Mademoiselle Charmaine, wir sind bei Nana Rose.
Jeannette, Yvette und Pierre

Charmaine lächelte erleichtert. Sicher hatten die Mädchen Nana Rose erzählt, dass sie wegen des Gewitters in der letzten Nacht nicht schlafen konnten. Die letzte Nacht … der Sturm … die Kinder … das Gespenst … der mitternächtliche Imbiss … Paul … John!

Sie sank aufs Bett und rieb sich die schmerzenden Schläfen. Dann fiel ihr Blick auf die Uhr auf ihrer Kommode: acht Uhr dreißig. Sie wollte den Tag gar nicht beginnen, um John Duvoisin nicht begegnen zu müssen. Aber natürlich war dies nicht zu vermeiden, wenn sie ihr Gesicht wahren wollte.

John Duvoisin. Sie hatte den Erben des riesigen Vermögens kennengelernt. Sie hatte zwar viel von ihm gehört, doch meistens nichts Gutes, und nun kannte sie den Grund dafür. Hatte er nicht schon bei diesen beiden Begegnungen bewiesen, dass er alle Bezeichnungen verdiente?

Sie krümmte sich, als sie an die Worte dachte, die sie ihm ins Gesicht geschleudert hatte! *Sie ungehobeltes, verachtenswertes Exemplar… aus welchem dreckigen Loch sind Sie denn gekrochen?… Zum Glück wohne ich hier und muss nicht wissen, welchen Namen ein so arrogantes Gesicht trägt… Vermutlich sind Sie einem stinkenden Gefängnis entronnen…* Stöhnend vergrub sie ihr Gesicht in den Händen.

Ein Gefangener! O Gott, wie hatte sie das nur sagen können! Wie hatte sie nur so dumm sein können! Wenn sie im Arbeitszimmer noch nicht begriffen hatte, wer er war, so hätte es ihr doch spätestens dämmern müssen, als er in ihr Schlafzimmer kam! Weder war er der Hufschmied, noch hatte er sie verfolgt! Er hatte nur einfach sein Bett gesucht. Sie errötete. Was hatte er bloß von ihr gedacht, als er sie in seinem Bett sah! *Unterhalten Sie die Gäste immer auf diese Weise?* Guter Gott! Sie mochte gar nicht daran denken! Ihr Kopf dröhnte, und ihre Augen brannten, weil sie nicht genug geschlafen hatte.

Trotzdem: Im Grunde gab es nichts, dessen sie sich schämen müsste. Sekunden später stöhnte sie. Natürlich gab es etwas! Schließlich hatte John sie in den Armen seines Bruders erwischt. Sie hatte zwar keinen Gast *unterhalten,* aber an dem Rendezvous mit Paul war sie sehr wohl schuld. Und um die Sache noch schlimmer zu machen: Keiner von ihnen war korrekt gekleidet gewesen, sodass er natürlich die schlimmsten Schlussfolgerungen ziehen musste. Charmaine seufzte. Sie konnte nicht einmal die Erinnerung an ihren ersten Kuss genießen, weil dieser grässliche Mensch alles verdorben hatte.

John Duvoisin. Was sollte sie zu ihm sagen? Auf jeden Fall wollte sie ihm mit erhobenem Kopf gegenübertreten.

Im nächsten Moment wurde die Tür zum Kinderzimmer aufgerissen, und gleich darauf liefen die drei, ohne anzuklopfen, zu Charmaine. Sie waren bereits angezogen und hüpften übermütig auf dem Bett herum.

»Sind Sie jetzt erst aufgewacht?«, fragte Yvette ungläubig. »Es ist schon spät! Ziehen Sie sich endlich an, Mademoiselle Charmaine.«

»Was ist los? Warum habt Ihr es denn so eilig?«

»Nana Rose sagt, dass wir nicht ohne Sie zum Frühstück gehen dürfen. Wir haben aber Hunger.«

Es klopfte, und Charmaine ließ Mrs. Faraday mit einem Stapel Wäsche herein.

»Schnell, Mademoiselle, sonst kommen wir zu spät«, rief Jeannette, und Pierre stimmte ein. »Schnell, Mainie!«

Verwirrt sah Charmaine von einem zum anderen. »Wofür zu spät?«

»Master John ist heute Nacht zurückgekommen«, erklärte Mrs. Faraday, »und die Kinder wollen ihn unbedingt sehen. Er frühstückt gerade, während wir hier reden.«

Charmaine spielte die Unwissende. »Master John?«

»Ihr großer Bruder. Die Mädchen hoffen, dass er sie wieder mit Geschenken überhäuft wie beim letzten Mal, als er überraschend aus Virginia zu Besuch kam. Master Paul war offenbar noch wach, als er ankam, und hat Rose soeben Bescheid gesagt.«

Charmaine fühlte, wie ihr das Blut in die Wangen stieg. Die Haushälterin bemerkte es zwar, redete aber weiter, als ob nichts gewesen wäre. »Sie ist die Einzige im Haus, die sich wirklich über seine Heimkehr freut. Obwohl ich mir beim besten Willen nicht vorstellen kann, warum. Sie ist genauso aufgeregt wie die Kinder und will sich noch schön machen, bevor sie herunterkommt.«

»Wir freuen uns auch, dass John wieder da ist«, rief Yvette dazwischen. »Sicher hat er uns auch wieder Geschenke mitgebracht! Vielleicht sogar größere als das Piano.« Sie reckte sich auf die Zehenspitzen und hob ihre

Arme so hoch, wie sie konnte, um die Größe des Wunders zu beschreiben, das sie von ihrem geliebten Bruder erwartete.

»Pierre will ihn auch sehen«, bekräftigte Jeannette. »Das stimmt doch, Pierre?«

Der Kleine nickte. »Ich habe meinen Bruder noch nie gesehen.«

Mrs. Faraday band die Vorhänge zurück. »Master John kann ein echter Schurke sein.« Offenbar redete sie für ihr Leben gern. »Außerdem hat er einen schlechten Einfluss auf die Kinder und bringt ihnen immer allerlei Unarten bei.« Ein Blick auf Yvette sollte diesen Satz unterstreichen. Dann deutete sie auf das Tablett. »Was soll ich damit machen, Miss? Essen Sie das noch auf?«

»Nein, danke. Sie können es gern mitnehmen.«

Yvette erspähte das Tablett. »Also haben Sie uns doch Kekse geholt! Wir haben gewartet und gewartet, aber Sie sind nicht zurückgekommen.«

Charmaine registrierte Mrs. Faradays gerunzelte Brauen sehr genau. »Es hat eine Weile gedauert, bis die Milch warm war. Als ich zurückkam, habt ihr beide fest geschlafen.«

»Und dann haben Sie die Kekse selbst gegessen?«

»Nein. Ich meine … ich habe sie nicht alle gegessen.«

Mrs. Faraday runzelte die Stirn, sagte aber nichts, als sie das Tablett nahm und hinausging.

»Los, Mademoiselle, beeilen Sie sich. Wir wollen Johnny unbedingt sehen, bevor er womöglich das Haus verlässt!«

»Na gut«, sagte Charmaine. Am besten brachte sie es hinter sich.

Die Kinder liefen ins Spielzimmer, während Charmaine sich wusch, ihr Haar kämmte und zu einem festen Knoten aufsteckte. Als sie ein Kleid aus dem Schrank nahm, bemerkte sie, dass ihr Herz klopfte. Sie holte tief Luft.

Was würde Mrs. Harrington an ihrer Stelle tun? Vermutlich war die Sache gar nicht so schlimm, wie sie aussah. Wenn sie sich vorstellte, wie es sich gehörte, und ihn mit einem Lächeln begrüßte, konnten sie noch einmal ganz von vorn beginnen. Sie dachte an Joshua Harringtons Meinung über John Duvoisin und schnitt eine Grimasse. Es half alles nichts, sie musste dem Mann gegenübertreten. *Im Grunde schuldest du ihm nichts*, sagte sie sich und stöhnte. *Nichts außer Respekt.*

Sie schloss gerade den letzten Knopf, als gegen die Tür gehämmert wurde. »Schon gut, schon gut, ich komme ja«, rief sie, und als sie öffnete, stolperten die drei Kinder fast gleichzeitig herein und stürmten durch die andere Tür hinaus in den Flur.

»Worauf warten Sie noch?«, rief Yvette über die Schulter zurück. »Na los, Mademoiselle! Schneller!«

Charmaine folgte den Kindern, doch als sie die oberste Treppenstufe erreichte, waren die Zwillinge schon weit voraus. Der kleine Pierre hatte Mühe, ihnen auf seinen kurzen Beinchen zu folgen. Trotz aller Aufregung kam Jeannette noch einmal zurück, nahm ihren kleinen Bruder an der Hand und half ihm die letzten Stufen hinunter. Dann waren die Kinder fort, und Charmaine konnte nur am Widerhall ihrer Schritte erahnen, wohin sie rannten. Eilig raffte sie ihre Röcke und lief ihnen nach, weil sie zusammen mit den Kindern das Speisezimmer betreten wollte. Aber sie kam zu spät. Im Korridor vernahm sie bereits den einstimmigen Freudenschrei.

»Johnny!«

Der Klang des Namens erschütterte sie bis ins Mark. Offenbar saß John Duvoisin allein am Tisch. Aber selbst wenn das nicht der Fall war, würde er sich vermutlich einen Spaß daraus machen, sie zu verspotten. Sie war auf das Schlimmste gefasst, doch zu ihrer großen Erleichterung sah sie, dass er der Tür den Rücken zukehrte. Sie konnte sich also in Ruhe mit der Lage vertraut machen, ohne dass er sie bemerkte. Er saß auf Pauls Platz, hatte die Füße auf Georges Stuhl gelegt, und die Kinder belagerten ihn von allen Seiten. Jenanette thronte auf seinem Schoß, Pierre lehnte an seinem linken Bein und grinste zu seinem großen Bruder empor, während Yvette an seinem rechten Arm hing. Ein Blick in die Gesichter der Zwillinge offenbarte Charmaine, dass sie die Liebe der Mädchen zu ihrem großen Bruder unterschätzt hatte. Noch erstaunlicher fand sie allerdings, dass der Mann die Gefühle der Kinder zu erwidern schien, den Zwillingen aufmerksam zuhörte und Pierre zärtlich über den Rücken streichelte.

»Wo sind unsere Geschenke?«, fragte Yvette ohne große Umschweife.

»Geschenke?«, fragte John. »Welche Geschenke? Ich habe keine Geschenke mitgebracht.« Er hatte eine dunkle, angenehm frische Stimme.

»Wirklich? Und warum hast du Jeannette dann zugezwinkert?«

»Ich habe überhaupt nicht gezwinkert. Ich hatte etwas im Auge.«

So leicht ließ Yvette sich nicht täuschen. »Und was ist in dem großen Sack unter dem Tisch?«

»Du hast vielleicht scharfe Augen.« Er lachte. Das leise Glucksen kam Charmaine sehr vertraut vor. »Schau doch selbst nach.«

Blitzschnell kroch Yvette unter den Tisch, und gleich darauf zerrte Pierre an Johns Bein. »Wir haben eine Gubbernante«, erzählte der Junge und lächelte zu seinem Bruder empor.

Der beugte sich zu ihm hinunter. »Ist das wahr?« Charmaine bemerkte, dass John lächelte. »Ist sie denn genauso alt und hässlich wie Nana Rose?«

»Nein!« Der Junge war entrüstet, weil er die Gemeinheit nicht verstand. »Sie ist schön. Ich liebe sie!« Er drückte Johns Bein fester, um seine Worte zu bekräftigen, und entlockte ihm wieder ein kleines Lachen.

»Da ist sie ja!« Yvette kroch unter dem Tisch hervor und deutete zur Tür.

Als John sich umdrehte, stockte Charmaine der Atem. Er hob Jeannette von seinem Schoß herunter und stand auf. Seine Blicke hielten sie gefangen, während er sie im Licht des neuen Tages musterte.

Dies also ist John Duvoisin, dachte sie. Er war groß, vielleicht nicht ganz so groß wie sein Bruder, hatte breite Schultern und schmale Hüften. Im Gegensatz zur vergangenen Nacht war er heute so tadellos gekleidet wie ein Gentleman. Sein gut geschnittenes Gesicht war ihr gestern nicht aufgefallen, doch heute gab es keinen Zweifel an seiner Herkunft. Seine Ähnlichkeit mit Frederic Duvoisin war nicht zu übersehen: die gleichen braunen Augen, die lange gebogene Nase, das energische Kinn und schmale Lippen. Selbst wenn man sein Gesicht nicht sah, würden ihn seine Haltung und seine Statur als einen Duvoisin entlarven, der die ganze Macht der Familie verkörperte.

Als ob John Duvoisin ihre Gedanken gelesen hätte, zogen sich seine Brauen in die Höhe, bis sie die braunen Locken berührten, die ihm in die Stirn fielen. Sie wollte den Blick abwenden, und er amüsierte sich über ihre Angst vor seinen forschenden Augen. Sie schauderte bei dem Gedanken, dass ihre Zukunft in seinen Händen lag. Dieses quälende Feuer, das er mit seinem Eindringen in ihr behütetes Leben entzündet hatte, würde sie nie wieder loswerden. Eine dunkle Ahnung künftiger Probleme ließ sie zurückschrecken.

»Ich glaube, wir haben uns schon getroffen«, sagte er

mit schiefem Lächeln. »Wir kennen nur unsere Namen noch nicht.«

»Ich weiß, wer Sie sind«, widersprach Charmaine hitzig und hatte ihre Angst blitzschnell vergessen.

Seine Brauen hoben sich noch etwas mehr. »Für jemanden, der Gott dafür dankt, dass er den Namen eines arroganten Gesichts nicht wissen will, haben Sie die Einzelheiten aber schnell zusammengefügt.«

Mit offenem Mund starrte Charmaine ihn an und staunte über sein Gedächtnis. Seine vornehme Kleidung war offenbar keine Garantie für eine zivilisierte Unterhaltung.

Er dagegen amüsierte sich nur. Sie spielte die gekränkte Lady, obgleich sie, wie er wusste, keine war. »Kommen Sie – Mademoiselle. Das ist doch richtig, oder?« Nach ihrem schroffen Nicken fuhr er fort: »Sie tun so, als ob ich immer noch die Wasserratte von gestern sei. Eine Ratte in trockenen Kleidern sozusagen.«

»Ich habe Sie nie als Ratte bezeichnet!«

»Wirklich nicht?«, fragte er kalt. »Wer kriecht denn sonst aus stinkenden Löchern? In Anbetracht unserer kurzen Bekanntschaft könnte ich jedoch unrecht haben. Vielleicht konnten Sie sich ja noch keine ehrliche Meinung über mich bilden, weil Sie ständig beeinflusst wurden. Mein Bruder hat Ihnen hoffentlich nicht nur schlimme Geschichten über mich erzählt, oder etwa doch?«

Charmaines Schweigen war ihm Antwort genug. Er lachte leise.

Seine Fröhlichkeit verletzte sie, aber sie konnte ihn nur anstarren, als sie begriff, dass er sie zum Verrat an seinem Bruder verleitet hatte.

»Sehen Sie nicht so betreten drein, Mademoiselle. Sie haben mir nichts gesagt, was ich nicht längst weiß.«

»Ich habe Ihnen gar nichts gesagt!«

»Das ist richtig, Mademoiselle…?« Er kannte ihren Namen nicht und fühlte sich plötzlich im Nachteil. Das passte ihm nicht, denn andere schlecht aussehen zu lassen, das war *sein* Vorrecht. »Sie haben sicher einen Namen, nicht wahr?«

Durch seine direkte Art war Charmaine verunsichert. Sie dachte an Anne London und fragte sich, was er bezweckte. Laut Stephen Westphal war John Duvoisin mit der Witwe verlobt. Also musste er ihren Namen kennen – und mehr noch! Sie wollte sich keine weitere Blöße geben, indem sie seine Frage beantwortete. Stattdessen sah sie die Kinder an, die eifersüchtig ihrer Unterhaltung folgten. »Ich werde Mrs. Henderson um ein Tablett für uns bitten. Dann können wir oben…«

Aber John fiel ihr ins Wort. »Ich habe Sie nach Ihrem Namen gefragt, Mademoiselle.«

Nun gab es keine Ausrede mehr. »Charmaine Ryan«, rief sie über die Schulter zurück. Womöglich war ihre Vermutung ja falsch, aber vorsichtshalber hastete sie trotzdem in Richtung der Küche davon.

»Nun gut, Charmaine Ryan.« Er dehnte die Silben, als ob er sie zum ersten Mal hörte. »Ich möchte, dass Sie und die Kinder mit mir frühstücken. Kommen Sie, es gibt keinen Grund, sich vor mir zu fürchten.«

Der spöttische Ton ließ sie innehalten, und die Neugier trieb sie dazu, sich umzudrehen. Mit keiner Nuance hatte seine Stimme verraten, dass er ihren Namen kannte.

John sah ihr, den Kopf zur Seite geneigt, nach. Irgendwie kam ihm diese Miss Ryan bekannt vor, obgleich er genau wusste, dass er sie nie zuvor gesehen hatte. »Charmaine Ryan«, wiederholte er. Dann stand er auf und rückte den Stuhl zurecht, auf dem vorher seine Stiefel gelegen hatten, und bedeutete ihr, sich zu ihm zu setzen. »Da Sie für die Kinder verantwortlich sind, würde ich gern mit Ihnen reden … Sie genauer kennenlernen und erfahren, welcher moralische Geist in meinem Haus herrscht.«

Sie war sprachlos. Wie sollte sie unter diesen Umständen nur jemals ihre Würde wahren? Sie dachte daran, den Raum zu verlassen. Aber das würde seine wirren Vorstellungen nur bestätigen. Und wichtiger noch: Sie konnte die Kinder nicht verlassen, weil er das unweigerlich gegen sie verwenden würde.

»Es tut mir leid, John«, sagte Paul, als er den Raum betrat, »aber Miss Ryan und die Kinder frühstücken wie immer mit mir.«

Charmaine seufzte erleichtert.

»Wie rührend!« John lachte leise und lehnte sich mit verschränkten Armen an den Tisch. »Der Ritter in schimmernder Rüstung kommt seiner Lady zu Hilfe!« Die Zwillinge kicherten. »Bin ich nicht eingeladen?«

»Du darfst uns gern Gesellschaft leisten«, erklärte Yvette.

Paul brummte nur. »Kommen Sie, Charmaine. Wir können genauso gut in der Küche frühstücken.«

»Mach dir keine Umstände.« John stieß sich vom Tisch ab. »Ich weiß, wann ich nicht erwünscht bin.«

»Bleib hier, Johnny«, rief Jeannette. »Wir haben noch gar nicht mit dir geredet.«

»Ich komme später zu euch«, versprach John, und dann fragte er: »Warum ist eure Mutter eigentlich nicht da? Frühstückt sie heute in ihrem Zimmer?«

Die Mädchen erstarrten und sahen sich fassungslos an. Verwirrt schaute John zu Paul hinüber, der mühsam nach Worten rang.

»John … ich …«

In diesem Moment brach Jeannette in Tränen aus, sodass John einen Augenblick lang abgelenkt war. »Was ist denn los, Jeannette?«

»Mama ist tot, Johnny«, flüsterte Yvette leise. »Sie ist im April gestorben.«

Ein wahrer Sturm widersprüchlicher Gefühle spiegelte sich auf Johns Gesicht, und mit einem Mal empfand Charmaine großes Mitleid. Offenbar hatte er nichts davon gewusst.

»Wann … wann wolltest du mir das denn mitteilen, Paul?«, stieß John mit gepresster Stimme hervor.

»Ich wusste ja nicht, dass man es dir noch nicht …«

»Verdammt … Du hast es mir nicht gesagt!«

Stille trat ein, während John mit Riesenschritten ins Foyer stürmte. Sein Bruder rannte ihm nach. »Wohin gehst du, John?«

»Zu unserem Vater, um herauszufinden, was er sonst noch vor mir geheim hält!«

Paul packte John am Arm. »Nein, John, lass das sein! Du hast ihm beim letzten Mal schon schlimm genug zugesetzt.«

Mit verzerrtem Gesicht und einem wilden Leuchten in den Augen riss er sich los. »Ich habe ihm *zugesetzt*? *Ich* habe ihn verletzt?« Im nächsten Moment fiel er über Paul her, krallte sich in sein Hemd und drückte ihn gegen die Wand.

Charmaine war sich nicht sicher, ob der Lärm oder ihr schriller Schrei Mrs. Henderson alarmiert hatte.

»Was geht hier vor?«, rief die Köchin empört. Ihre Stimme brachte John zur Vernunft. »Was ist nur in Sie gefahren, Master John?«

John lockerte seinen Griff, und Paul stieß ihn zurück. Die beiden starrten einander wütend an, sagten aber nichts. Dann zog Paul seine Jacke zurecht, als ob er gesiegt hätte.

Da Mrs. Henderson keine Antwort erhielt, wandte sie sich an die Gouvernante. »Miss Charmaine, was war hier los? Weshalb gehen sich die beiden an die Gurgel, obwohl Master John noch keinen Tag lang hier ist? Streiten die beiden um Sie?«

»Aber nein, Fatima«, erklärte Paul kühl, ohne seinen Bruder aus den Augen zu lassen. »Wir streiten nicht um Miss Ryan. John will nur die Wahrheit nicht hören.«

Als John das ganze Ausmaß dieser Wahrheit begriff, wurde er leichenblass. Charmaine konnte seinen Schmerz nachfühlen, als er sich abwandte und mit gesenktem Kopf das Foyer verließ.

Sie sah Paul fragend an und wartete auf ein paar erklärende Worte.

»Fatima«, bat Paul, »würden Sie sich bitte um die Kinder kümmern, während ich kurz mit Mademoiselle Charmaine rede?«

Fatima half Pierre beim Essen und tätschelte Jeannettes Schulter. Das Mädchen schluchzte noch immer, und ihre Wangen waren tränenfeucht.

Paul sah zu Yvette. »Wenn du fertig bist, gehst du mit deiner Schwester und deinem Bruder ins Kinderzimmer. Mademoiselle Ryan kommt gleich nach.«

Das Mädchen nickte schweigend, da Pauls Ton keine Widerrede duldete.

Mit gesenktem Kopf stürmte John die Treppe empor, als seine Augen plötzlich den Saum eines Kleides erfassten. Er hob den Kopf und erblickte die gefalteten Hände, ihre Brust und schließlich ihr atemberaubend schönes Gesicht, das vom Gemälde auf ihn herablächelte. Jung und unschuldig… und nun war sie plötzlich tot. *Zu spät*, dachte er. *Ich bin zu spät gekommen.*

Plötzlich hallte sein Name durchs Treppenhaus. Sein Blick löste sich von Colettes wunderschönem Gesicht, und er sah seine Tante die Treppe herunterkommen.

»Also ist es wahr«, rief sie. »Du bist wieder da.«

»So ist es«, murmelte John, »und Sie leider auch, wie ich sehe.«

Triumphierend zog Agatha die Brauen hoch. »Offenbar hast du noch nicht *alle* Neuigkeiten erfahren. Im Gegensatz zu Colettes betrüblichem Ableben hat dieses Haus auch eine glückliche Hochzeit erlebt. Es freut mich, dir sagen zu können, dass dein Vater und ich im Juli geheiratet haben.«

John hatte das Gefühl, als ob er sich übergeben müsse. Doch das berechnende Lächeln seiner Tante befeuerte seinen Zorn, und er trat drohend einen Schritt auf sie zu.

Agathas Lächeln vertiefte sich. »Es war unvermeidlich, John. Frederic und ich lieben uns nun schon so viele Jahre. Wenn er früher Witwer geworden wäre, wäre ich vermutlich die zweite Mrs. Duvoisin geworden, und nicht erst die dritte. Colette war viel zu jung für deinen Vater. Sie hätte ja seine Tochter sein können. Frederic braucht eine Frau, die ihn wirklich liebt, und nicht ein kleines Mädchen.«

Er hätte ihr am liebsten ins Gesicht geschlagen, wenn nicht in diesem Moment auch noch Rose am obersten Ende der Treppe im Nordflügel aufgetaucht wäre.

»John, da sind Sie ja! Ich wollte gerade herunterkommen, um Sie zu begrüßen!«

John wandte sich ab und verbarg seine wahren Gefühle. »Ich fürchte, das ist im Augenblick denkbar ungünstig, Nan. Mein Vater erwartet mich.«

»John.« Die Stimme der alten Frau klang bekümmert. »Bitte, John, halten Sie sich zurück und seien Sie nett zu ihm.«

»Ganz wie Sie meinen, Nan«, sagte er nur und drängte sich an Agatha vorbei.

Sein Kopf war ein einziger Mahlstrom aus Worten und

Bildern. Was hatte George gesagt? *Colette fürchtet sich vor Agatha… sie hat Angst, dass Agathas Macht über Paul zunehmen könnte… sie fürchtet um ihre Kinder…* Ganz offensichtlich hatte seine Tante eine größere Beute im Auge gehabt und sich diese bereits gesichert.

Agatha sah ihm mit verzerrtem Lächeln nach. Als er verschwunden war, warf sie Rose einen vielsagenden Blick zu, bevor sie sich umwandte und John folgte.

Rose schickte nur schnell ein stilles Gebet gen Himmel. Sie hatte auf ein paar Minuten allein mit John gehofft, doch leider war sie zu spät gekommen. Bedrückt ging sie ins Speisezimmer hinunter.

Paul schloss die Tür zur Bibliothek und lehnte sich dagegen.

»Was ist dort draußen passiert?«, fragte Charmaine.

Paul seufzte abgrundtief. »Machen Sie sich keine Gedanken.«

»Ich soll mir keine Gedanken machen? Ihr Bruder war außer sich vor Wut und hat Sie angegriffen!«

»Mein Bruder ist leicht zu reizen. Er vermutet überall Kränkungen und Ärger, auch wenn nichts vorliegt, und dann gerät er in Wut, wie Sie gerade beobachten konnten.«

»Ihm Colettes Tod zu verschweigen war eine *schwere* Kränkung. Ich finde ihn zwar nicht gerade sympathisch, aber in diesem Fall kann ich seine Wut verstehen.«

»Er wurde schon vor Monaten über Colettes schlechten Gesundheitszustand informiert«, erklärte Paul kühl. »Ihr Tod dürfte ihn also nicht überrascht haben.«

»Und warum war er dann so wütend?«

»Wie ich bereits sagte: Er hört nicht gern die Wahrheit. Mit seinem Benehmen hat er schon mehrere Mitglieder dieser Familie verletzt. Nicht zuletzt Colette. Obwohl sie ihm gegenüber immer gut und freundlich war, hat sie unter ihm gelitten.«

Ungläubig starrte Charmaine ihn an. Sie schauderte bei der Vorstellung, dass sich hier schon öfter solche Szenen abgespielt hatten. Hatte er etwa, was Gott verhüten möge, auch Colette angegriffen? Sie wagte nicht zu fragen. »Aber warum nur?«

»Seit ich mich erinnern kann, sieht John die Dinge so, wie es ihm passt, und eckt damit regelmäßig bei unserem Vater an. Vater streitet oft und meistens auch aus gutem Grund mit ihm. Entsprechend wütend macht es ihn, dass mein Vater noch immer die Fäden in der Hand hält. Das reizt seinen Zorn ständig aufs Neue.«

Charmaine war sprachlos, so sehr ähnelte das Bild, das Paul da zeichnete, ihrem früheren Leben. Mit einem Mal spürte sie wieder die alte Angst, die sie immer in Gegenwart ihres Vaters empfunden hatte.

»Sie haben schon allerlei Gerüchte über meinen Bruder gehört, Charmaine, und nun haben Sie ihn selbst erlebt. Trotzdem sollten Sie sich keine Sorgen machen und darauf vertrauen, dass ich Sie beschütze.«

»Ich hoffe, dass ich das kann.«

»Sie müssen, Charmaine. Es kommen harte Zeiten auf uns zu, dafür wird John schon sorgen. Darin ist er Meister.«

»Master John?«

Mit sorgenvoller Miene vertrat Travis Thornfield John den Weg.

»Lassen Sie ihn herein, Travis.«

Der Mann gehorchte, woraufhin John in das hell erleuchtete Ankleidezimmer stürmte.

Frederic empfing seinen Sohn im Stehen und wirkte so ruhig wie immer, obwohl sein Puls raste.

»Lassen Sie uns allein, Travis«, forderte John, den die

lässige Haltung seines Vaters und seine wiedergewonnene Kraft sichtlich ärgerten.

Der Diener sah zu Frederic Duvoisin hinüber. »Sir?«

Doch der nickte nur, und Travis verließ den Raum.

Der Tag war noch jung, als Charmaine ihr Frühstück auf dem Tablett nach oben trug. Wegen der kurzen Nacht waren ihre Schritte schwerer als sonst, und die Aussicht auf einen anstrengenden Tag mit drei lebhaften Kindern wirkte nicht gerade belebend.

Doch im Kinderzimmer war niemand. Offensichtlich hatten die Kinder Pauls Anordnungen nicht befolgt. Verärgert biss Charmaine die Zähne zusammen. Ihr Morgen war gründlich verdorben. Ihr Frühstück musste noch einmal warten, weil sie die Kinder finden musste, bevor Agatha dies tat. Ihr Kopf schmerzte, und ihre Augen brannten. Und daran war nur dieser verdammte John Duvoisin schuld! Aber alles Schimpfen brachte die Kinder nicht zurück.

Sie versuchte ihr Glück zuerst im Nordflügel, weil die Kinder ja vielleicht zu Nana Rose gelaufen waren. Geräusche in einem der leerstehenden Räume bestärkten sie in ihrem Verdacht. Sie blieb stehen und lauschte, doch sie hörte keine Stimmen. Aber ein Rascheln. Sie klopfte. Das Rascheln wurde lauter. Dann war alles still. Sie klopfte noch einmal und rief nach den Kindern. »Yvette, Jeannette.« Keine Antwort. Nur das Geräusch von schnellen Schritten. Wieder rief sie: »Yvette, Jeannette, seid ihr da drin?« Nichts. Keine Antwort. Einen Moment überlegte Charmaine, was sie tun sollte. Womöglich waren die Kinder gar nicht in dem Zimmer. Jeannette hätte niemals den Mund halten können. Und jeder andere hätte erst recht etwas gesagt. Beunruhigt öffnete sie die Tür.

Ein Windstoß bauschte ihre Röcke und wirbelte die Papierbogen auf dem Schreibtisch auf. Einige Blätter segelten zu Boden. Rasch schloss Charmaine die Türen, um den Wind auszusperren, und dann machte sie sich ans Aufräumen. Sie sammelte die leeren Bögen ein und legte sie auf ihren Platz zurück. Doch plötzlich hielt sie inne und richtete sich auf. Sie hielt einen Brief in der Hand – ein etwas zerknittertes Exemplar. Auf den ersten Blick erkannte Charmaine die Handschrift, und ihr Herz pochte schneller. Es war Colettes Handschrift. Sie schnappte nach Luft, als ihr Blick auf die erste Seite fiel.

Liebster John,
ich habe keine Vorstellung, wie es dir augenblicklich geht, und ich möchte dir auf gar keinen Fall noch größeren Schmerz zufügen…

Wutschnaubend stand John seinem Vater gegenüber.

»Warum setzt du dich denn nicht?«, fragte Frederic seinen Sohn.

»Ich bleibe nicht lange.«

Frederic stieß den Atem aus. »Willkommen zu Hause.«

Doch John schnaubte nur, weil ihn die falsche Höflichkeit anwiderte. »Wie ich sehe, hängt Colettes Bild noch an seinem Platz, Vater. Wann kommt denn der Maler und porträtiert deine dritte Frau?«

Frederic begegnete Johns Sarkasmus mit Gleichmut. »Demnach hast du schon mit Agatha gesprochen?«

»Unmittelbar, nachdem ich von Colettes Tod erfahren habe!« John war außer sich vor Zorn. »Nicht nur ein Schlag ins Gesicht! Nein, gleich zwei Schläge! Konntest du mit der Hochzeit nicht wenigstens warten, bis Colettes Leichnam kalt geworden ist?«

»Meine Eheschließung mit Agatha hat nichts mit Colette zu tun.«

»Du erstaunst mich immer wieder, Vater. Vor vier Jahren habe ich einen Krüppel verlassen, aber sieh dich jetzt an: kräftig und putzmunter, und obendrein auch noch frisch verheiratet! Armer Paul! Er fürchtet, dass du einem Streit mit mir nicht gewachsen seist. Dabei hast du zwei junge Ehefrauen überlebt, und die letzte hat dir wahrlich einiges abverlangt. Doch was machst du? Vier Monate nach Colettes Tod hast du dir bereits Ehefrau Nummer drei angelacht!« In theatralischer Übertreibung schüttelte er den Kopf. »Doch allzu gut scheint es nicht mehr zu laufen, was? Agatha ist ziemlich alt. Ich hätte einiges darauf gewettet, dass dir die junge Gouvernante besser gefällt. Die hätte doch viel eher zu deiner Vorliebe für jungfräuliches Fleisch gepasst, oder nicht?«

Wenn Frederic jemals gehofft hatte, dass sein Sohn sich geändert hätte und bei seiner Heimkehr nicht da fortfahren würde, wo sie vor drei Jahren aufgehört hatten, so hatte er sich getäuscht. Die Gebete vom heutigen Morgen waren schnell vergessen, als sich sein Herzschlag beschleunigte und sein Blut in Wallung geriet, während Johns ätzende Bemerkungen auf ihn niederprasselten.

»Oder gibst du zu, dass du für eine hübsche Person wie Miss Ryan inzwischen zu alt bist?« Er hielt einen Augenblick lang inne, als ob er nachdenken müsste. »Nein, das kann nicht sein. Du hast immer noch Geld genug, dass dir jedes junge Ding zu Füßen läge, wenn du nur damit winktest. Habe ich recht?« Er stützte sein Kinn auf die geballte Faust, als ob das Problem zu schwer für ihn sei. Aber dann streckte er den Finger in die Höhe. Er hatte die richtige Lösung gefunden. »Jetzt weiß ich, was dich abgehalten hat! Paulie hat seinen Anspruch auf die Gouvernante angemeldet, und du würdest nicht einmal im Traum daran denken, ihm zuvorzukommen. Schließlich ist Paulie ja dein kleiner Liebling.«

Irgendwann hatte Frederic genug gehört. »Bist du nach Hause gekommen, um mich zu beleidigen? Ist es das, was du willst?«

»Aber nein, Vater! Ich bin nur nach Hause gekommen, weil Colette mir geschrieben hat. Das wusstest du doch, oder etwa nicht?«

Genüsslich beobachtete er das Feuer, das in den Augen seines Vaters loderte, und schlug eifrig weiter in dieselbe Kerbe. »Sie hat sich um ihre Kinder geängstigt. Lass mich überlegen, was genau sie geschrieben hat. Ach ja: ›Wenn dein Vater seine Bitterkeit nicht überwinden kann, haben die Kinder nach meinem Tod nur ihre Gouvernante und Nana Rose, die sie lieben.‹ Und genau hier liegt das Problem, Vater. Rose ist alt, und die kleine Närrin von Gouvernante hat sich in Paul verliebt. Und dann gibt es noch dich, den verbitterten Vater, den die Kinder so gut wie nie zu Gesicht bekommen – eine wahrhaft glückliche Familie, findest du nicht auch? Oh, ich vergaß: Inzwischen haben die Kinder ja eine Stiefmutter, die ihnen das Leben nach Kräften verschönt.«

»Es reicht«, stieß Frederic zwischen den Zähnen hervor.

Aber John lächelte nur. Er hatte erreicht, was er wollte. »Was hältst du davon, Vater, dass deine Frau ihrem *Stiefsohn* schreibt und ihn um Liebe und Zuneigung für ihre Kinder bitten muss, weil sie diese Liebe von ihrem eigenen Vater nicht bekommen?«

»Es überrascht mich nicht, dass Colette dir solch einen Brief geschrieben hat, John«, revanchierte sich Frederic. »Sie hat dich noch mehr zum Narren gehalten als mich!«

»Was willst du damit sagen?«

»Nur so viel: Ich war neun Jahre lang mit Colette verheiratet und habe vieles erfahren, was du dir nicht einmal im Traum vorstellen kannst.«

John widerstand dem Wunsch, seinen Vater ins Gesicht

zu schlagen. Stattdessen fluchte er insgeheim und machte voller Wut auf dem Absatz kehrt und stürmte aus dem Zimmer. Agatha stand draußen auf dem Korridor und lächelte triumphierend, als er die Tür ins Schloss warf. John geriet in Versuchung, seine Wut an ihr auszulassen, aber dann widerstand er dieser Schwäche und kehrte in sein Zimmer zurück, während ihm das Blut noch immer in den Ohren dröhnte.

»Manche Dinge ändern sich nie.« Frederic seufzte und ließ sich in einen Armsessel fallen. »Wann werde ich das nur endlich lernen?« Er vergrub den Kopf in den Händen und massierte seine schmerzenden Schläfen.

Charmaines Hände zitterten, während sie den Brief überflogen. *Warum hatte Colette ausgerechnet an John geschrieben? Obwohl er ihr das angetan hatte?*

Rasch faltete sie den Brief und legte ihn auf den Schreibtisch zurück. Aber die Blätter entfalteten sich wieder, als ob sie zu neuem Leben erwachten. Unwillkürlich fiel Charmaines Blick auf das Datum auf der ersten Seite: Mittwoch, 8. März 1837 – auf den Tag genau einen Monat vor Colettes Tod!

Die liebevolle Anrede sprang ihr förmlich in die Augen. *Liebster John.* Worte, wie man sie an einen Geliebten richtete. Wenn sie Pauls Worten glauben konnte, so hatte Colette unter John gelitten. Doch Colette hatte immer behauptet, dass John wütend auf sie sei. *Guter Gott*, murmelte Charmaine, weil nichts zusammenpasste. Ob Colette ihren Zorn überwunden hatte und Frieden stiften und den Dämon durch Verzeihung umstimmen wollte?

Wieder nahm sie den Brief in die Hand. Dabei fiel ihr Blick auf einige Sätze im ersten Abschnitt, die nicht für ihre Augen bestimmt waren.

… Ich bete darum, dass dich der Brief erreicht. Ich setze großes Vertrauen in George, dass er ihn dir persönlich überbringt.

George? Also stimmte es! George war tatsächlich nach Virginia gefahren. Demnach musste der Brief äußerst wichtig gewesen sein, wenn er dafür monatelang seine Pflichten vernachlässigte. Charmaine las noch ein paar Zeilen. Diesmal mehr in der Mitte.

… Ich will nicht in dem Gefühl sterben, dass er sich in so schlechter Verfassung befindet und mir sofort ins Grab folgen will. Die Heftigkeit seines Zorns täuscht über die Tiefe seiner Liebe hinweg. Er braucht einen Menschen, der ihm den richtigen Weg zeigt. Ich habe es nicht vermocht, aber ich weiß, dass du das kannst. Wenn du jemals wirklich …

Plötzlich wurde die Tür zum Korridor aufgerissen, und John stürmte herein. Er knallte sie so heftig ins Schloss, dass die Wände erbebten. Er hatte schon fast das halbe Zimmer durchquert, als er Charmaine erblickte und ihr Schreckensruf ihn aus seinen Gedanken riss.

Was macht sie hier?

Im nächsten Augenblick war ihm alles klar. Sie drückte einen Brief an ihre Brust – seinen Brief. Das brachte das Fass zum Überlaufen. »Was haben Sie in meinem Zimmer zu suchen?«, schrie er. »Und warum kramen Sie in meinen Schubladen herum?«

Charmaine war viel zu sehr erschrocken, um überhaupt ein Wort herauszubringen. Ihr Unterkiefer zitterte. Sie hatte seine Privatsphäre verletzt. Für solches Benehmen gab es keine Entschuldigung.

»Ich warte auf Ihre Antwort, Mademoiselle!«

»Ich … Es tut mir leid!«, stotterte sie und brach in Tränen aus.

Der Brief fiel zu Boden, und Charmaines Füße setzten sich in Bewegung. Aber sie kam nicht weit. John packte ihren Arm, als sie an ihm vorbeilief, und wirbelte sie herum, sodass sie ihn ansehen musste.

»Nicht so hastig«, zischte er. »Was haben Sie in meinem Zimmer zu suchen?« Er schüttelte sie, wobei seine Finger wie Schlangen in ihren Arm bissen.

»Es tut mir leid«, wiederholte sie. Sie wehrte sich gegen seinen brutalen Griff. »Ich wusste doch nicht, dass es Ihr Zimmer ist!«

Obgleich das überzeugend klang, war es leichter, die Wut und den wilden Schmerz, der noch immer in seinem Herzen tobte, an dieser Frau auszulassen, die seine Zweifel nur jedes Mal weiter vertiefte, sobald sie ihm über den Weg lief. Sie war vielleicht keine eiskalt berechnende Agatha Blackford Ward, aber hinterhältig war sie auf jeden Fall doch.

»Und Sie erwarten wirklich, dass ich Ihnen das glaube?«, herrschte er sie an.

»Ich habe doch nur die Kinder gesucht«, sagte sie schluchzend.

»*In meiner Schreibtischschublade?*«

Sie riss ihren Arm los, aber dafür packte er den anderen umso heftiger. »Sie tun mir weh!«

»Das ist meine Absicht. Ich warte auf eine Antwort.«

Er stieß sie weg, sodass sie aufs Bett plumpste und ihren schmerzenden Arm rieb. Ihre Wangen waren noch tränennass, aber ihre Augen waren plötzlich trocken und blitzten vor Zorn. Vor Zorn über diesen John, der ihrem Vater so ähnlich war. Damit hatte er sein Schicksal besiegelt. Von nun an war keine anständige Unterhaltung mehr möglich. Er war ein Hund, und das würde er bleiben – ganz gleich, was Colette auch geschrieben hatte, um diese schwärzeste aller Seelen zu erreichen. Charmaine war keine Colette, und deren Selbstlosigkeit war ihr fremd. Die Erfahrung hatte sie gelehrt, dass solche Versuche der Versöhnung immer vergeblich waren. Mit entschlossener Miene stand sie auf.

Aber John war nicht leicht zu beeindrucken. Sobald sie sich bewegte, folgte er ihr und vertrat ihr den Weg. »Ich will die Wahrheit wissen«, stieß er eiskalt hervor, »sonst haben Sie bald mehr als nur einen schmerzenden Arm, wenn Sie diesen Raum verlassen.«

Charmaine schauderte, aber gleich darauf siegte die Wut über ihre Furcht. »Ich habe die Wahrheit gesagt. Ich war auf der Suche nach den Kindern, als ich hier in diesem Zimmer Geräusche gehört habe. Als ich rief und keine Antwort bekam, dachte ich, dass mir die Kinder einen Streich spielten. Also habe ich die Tür geöffnet. Der Zugwind hat die Blätter auf den Boden geweht. Ich habe sie nur …«

»Ein Zugwind bei geschlossenen Türen?«, fragte er. »Wollen Sie mich für dumm verkaufen, Mademoiselle? Ich habe den Brief in die Schublade gelegt. Vielleicht erklären Sie mir endlich, wie der Wind den Brief aus der Schublade herausgeblasen hat!«

Für einen Moment war Charmaine sprachlos. *Aus der Schublade? Aber Colettes Brief hatte nicht in der Schublade gelegen! Vermutlich wollte er nur seine Wut und seine Enttäuschung loswerden – und ich kam ihm gerade recht.*

Als John ihre Verwirrung sah und ahnte, dass sie vielleicht unschuldig war, ließ seine Wut merklich nach.

»Ich habe Ihnen die Wahrheit gesagt«, versicherte Charmaine erneut und straffte die Schultern. »Und jetzt lassen Sie mich vorbei!«

»Sie haben gelogen.«

»Ich habe nicht gelogen. Aber ich sehe, dass Leuten wie Ihnen die Wahrheit wenig bedeutet. Na los, schlagen Sie mich doch, wenn Ihnen dann wohler ist. Vielleicht ist das ja der Sieg, nach dem Sie schon den ganzen Vormittag suchen.«

Betroffen trat John wortlos zur Seite.

Charmaine war so geschockt, dass sie gar nicht so schnell reagieren konnte.

»Nun, *my Charm …*«, spottete er schließlich, »was hält Sie noch hier? Oder erwarten Sie vielleicht, dass ich gehe?«

Charmaine reckte ihr Kinn in die Höhe und lief um John herum. Von der Tür aus warf sie ihm einen vernichtenden Blick zu, doch die Geste verfehlte ihre Wirkung, da er sich gerade mit der respektvollen Verbeugung eines Höflings verabschiedete.

Auf dem Korridor kamen Charmaine erneut die Tränen, sodass sie kaum etwas sehen konnte und vor der Tür zum Kinderzimmer mit George zusammenstieß.

»Charmaine«, rief dieser überrascht, »was ist geschehen?«

Sie versuchte, sich zu befreien, bis sie erkannte, wen sie vor sich hatte. »George! Sie sind wieder da!« Aufschluchzend stürzte sie in seine Arme.

»Aber, aber, es wird alles gut«, sagte er leise und fasste Mut, ihr den Rücken zu tätscheln. »Alles wird gut.« Bisher hatte er sie nur einmal so unglücklich erlebt, und natürlich fragte er sich, was sie dermaßen aus der Fassung gebracht hatte. Gleich darauf war es ihm klar, als ob ihn ein Blitz erleuchtet hätte.

Schüchtern hob Charmaine den Kopf und trocknete ihre Tränen. »Es tut mir leid, George.« Sie lachte ein wenig. »Ich wollte mich nicht an Ihrer Schulter ausweinen.«

»Das ist schon in Ordnung. Dafür sind Schultern schließlich da, oder nicht?« Gleich darauf wurde er ernst. »Würden Sie mir auch verraten, warum Sie geweint haben?«

»Aus keinem besonderen Grund«, log sie, doch sie mied seinen Blick.

»Wegen John vermutlich?«

Erstaunt sah sie ihn an. »Woher wissen Sie das?«

»Ich weiß es eben. Was hat er denn Schreckliches gesagt?«

»Darüber möchte ich nicht sprechen.«

Da sie schon wieder den Tränen nahe war, drang er nicht weiter in sie. »Es ist sicher klug, ihm eine Weile aus dem Weg zu gehen. So viele traurige Neuigkeiten setzen ihm sicher sehr zu.«

»Warum sagen Sie das?«, fragte sie vorsichtig. »Wollen Sie ihn vielleicht verteidigen?«

»John ist für mich wie ein Bruder. Er ist kein schlechter Mensch, doch im Augenblick ist er sehr durcheinander.«

»Es tut mir leid, George, aber ich fürchte, ich habe heute den echten John Duvoisin kennengelernt – und zwar eine Seite, die er sonst niemandem zeigt. Seine *teuflische* Seite.«

George musste sich mühsam das Grinsen verkneifen, denn er hatte diese und ähnliche Sätze zu oft gehört. »Wie dem auch sei, gehen Sie ihm einfach aus dem Weg. Und zwar so weit wie möglich.«

»Keine Sorge, nichts anderes habe ich vor«, erwiderte Charmaine.

»Nun gut. Bevor ich jetzt gleich mit dem *Teufel* rede, wollte ich Ihnen nur schnell sagen, dass die Kinder bei meiner Großmutter sind.«

»Und woher wissen Sie das?«

»Nach vier Monaten Abwesenheit hat mich der erste

Weg zu meiner Großmutter geführt. Als ich klopfte, waren die Kinder bei ihr.«

»Dann werde ich jetzt schnell zu ihnen gehen«, sagte Charmaine zum Abschied.

George sah ihr nach, schüttelte den Kopf und ging zu dem Gästezimmer, das John bewohnte. Von seiner Großmutter hatte er erfahren, dass man den armen Kerl im Ungewissen gelassen und ihm weder Colettes Tod noch Agathas Regentschaft mitgeteilt hatte. John musste außer sich vor Zorn sein, falls er seinen Vater schon besucht hatte. George scheute sich vor dem Gedanken, ausgerechnet jetzt mit John reden zu müssen. Vielleicht war das nicht unbedingt der beste Moment, dachte er.

Montag, 21. August 1837

Der Sonntag verlief zum Glück ohne besondere Ereignisse. Als es Abend wurde, dankte Charmaine Gott, dass er sie vor John Duvoisin bewahrt hatte. Sie hatte weitere Boshaftigkeiten befürchtet, aber ihre Ängste waren grundlos. Weder war John zur heiligen Messe erschienen, noch hatte er an den drei gemeinsamen Mahlzeiten teilgenommen, sondern sich in seine Räume zurückgezogen. Annas und Felicias Knickse waren der einzige Beweis für seine Anwesenheit, wenn sie wieder eine neue Flasche Brandy an seiner Tür abliefern mussten. Trotz allem hatte sich Charmaine vorsichtshalber fast den ganzen Tag in ihren Räumen aufgehalten. Der Streit wegen Colettes Brief war ihr noch lebhaft im Gedächtnis, und sie hoffte, die nächste Begegnung so lange wie möglich hinausschieben zu können.

Aus diesem Grund war sie auch heute Morgen sehr früh aufgestanden und beizeiten mit den Kindern zum Frühstück nach unten gegangen. Mit etwas Glück würde der schreckliche Mensch entweder gar nicht bei Tisch erscheinen oder länger schlafen, sodass sie noch einen weiteren Tag gewonnen hatte.

Während Fatima die dampfenden Schüsselchen mit Porridge verteilte, machte sich Charmaine klar, dass sie einen Mann ablehnte, den sie seit kaum achtundvierzig Stunden kannte. Ihr Gewissen meldete sich zu Wort, aber gleichzeitig verschanzte sie sich hinter der Ausrede, dass auch andere unter seiner Gegenwart litten. Die Spannung, die über dem Haus lag, war deutlich zu spüren. Alle Familienmitglieder und Dienstboten schienen nur auf den nächsten Zusammenstoß zu warten. Doch beim nächsten Ausbruch wollte Charmaine, so viel war sicher, nicht wieder anwesend sein.

Also musste sie das Frühstück möglichst schnell hinter sich bringen, um wieder in die Sicherheit des Spielzimmers flüchten zu können. Doch Yvette wollte genau das Gegenteil erreichen. Sie wollte das Frühstück in die Länge ziehen. Also trödelte sie beim Essen und lenkte Pierre und Jeannette ständig mit neuen Albernheiten ab. Sobald Charmaine mahnend auf ihren Teller zeigte, protestierte sie lauthals. »Zu viele Klümpchen.« Irgendwann war der Haferbrei kalt und das Druckmittel verspielt.

»Ich hole mir Milch«, verkündete sie irgendwann. »Ich bin furchtbar durstig.«

»Du bleibst sitzen«, befahl Charmaine. »Ich gehe.«

Als Charmaine ins Speisezimmer zurückkehrte, war Yvette verschwunden. »Wo ist eure Schwester?«

»Fort«, erklärte Pierre. Er packte sein Glas und verschüttete etwas Milch auf sein Hemd, bevor er gierig zu trinken begann.

»Sie ist ins Kinderzimmer gegangen«, sagte Jeannette.

Doch Charmaine glaubte ihr kein Wort. Notdürftig trocknete sie Pierres Hemd und ging dann mit den Kindern nach oben. Aber das Kinderzimmer war leer, und sofort kam ihr ein schlimmer Verdacht: Die Mädchen hatten fast das ganze Wochenende über gebettelt, dass sie ihren großen Bruder besuchen wollten. *Dorthin* war Yvette verschwunden!

Nachdem Jeannette versprochen hatte, ihrem Bruder ein wenig vorzulesen, fasste sich Charmaine ein Herz und machte sich auf die Suche nach dem anderen Zwilling. Geräuschlos schlich sie über die Veranda und blieb kurz vor Johns Zimmer stehen. Vorsichtig schob sie den Kopf vor und lauschte. Doch es war nichts zu hören, obgleich die französischen Türen offen standen. Auf Zehenspitzen schlich sie weiter und spähte ins Zimmer, aber sie konnte nur einen kleinen Ausschnitt sehen... Nichts... Niemand... Sie beugte sich noch ein Stückchen weiter nach vorn, bis sie den Fuß des Betts sehen konnte. Dann noch ein Stückchen, und sie sah die Stiefel. Erschrocken sprang sie zurück, stolperte über ihre eigenen Füße und wäre beinahe gefallen. Starr vor Schreck drückte sie sich mit dem Gesicht an die Hauswand. Auf dem Bett lag jemand... John! Als sie sich wieder beruhigt hatte, musste sie kichern. Sie benahm sich wie eine Närrin. John war allein, und ihre Vermutungen waren falsch gewesen.

Doch wo sollte sie jetzt suchen? Sie durchquerte ihr Schlafzimmer und suchte den nördlichen Flügel ab, dann ging sie über die Personaltreppe hinunter in die Küche – aber nirgendwo eine Spur von Yvette. Leise öffnete sie die Tür zum Speisezimmer, wo Anna und Felicia den Tisch deckten. Ohne auf die fragenden Blicke der Mädchen zu achten, durchquerte sie den Raum, als ob nichts gewesen wäre, und betrat die Bibliothek. Aber auch hier war niemand. Von Minute zu Minute wurde sie unruhiger und befürchtete, dass ihre erste Annahme doch richtig sein könnte: Irgendwie hatte Yvette es geschafft, sich in Johns Zimmer zu schleichen.

Als letzte Hoffnung betrat Charmaine den Wohnraum, umrundete das Piano, die beiden Sofas, die hochlehnigen Sessel und zuletzt den Teetisch. Sie spähte sogar hinter die Vorhänge, aber nirgendwo eine Spur von Yvette. Es blieb noch der Tisch mit der bodenlangen Spitzendecke nahe der französischen Türen. Sie bückte sich gerade, als eine kühle Stimme sie innehalten ließ.

»Suchen Sie etwas, Mademoiselle?«

Blitzartig schoss Charmaine in die Höhe, sodass sie fast den Tisch umgestoßen hätte.

Mit verschränkten Beinen lehnte John Duvoisin in lässiger Haltung am Türrahmen zum Foyer und grinste über das ganze Gesicht. Seine Augen waren blutunterlaufen, die Wangen von Bartstoppeln bedeckt, und das Gesicht war rötlich verfärbt. Sein unsteter Blick schien ihm nicht bewusst zu sein.

»Sie hätten sich nicht so schnell aufrichten müssen. Ihr Hinterteil ist eine Augenweide, wie man sie nicht alle Tage zu Gesicht bekommt. Ausgenommen neulich Nacht, natürlich.«

Charmaine errötete, aber eher aus Zorn als aus Scham.

Johns Grinsen wurde breiter. »Was suchen Sie denn so verbissen, meine Liebe? Vielleicht kann ich Ihnen ja helfen? Und wenn nicht, so würde mir auch etwas Besseres einfallen.« Seine Blicke schweiften kurz durch den Raum, dann musterte er ihren Körper so schamlos von Kopf bis Fuß, dass Charmaine sich zutiefst beleidigt fühlte.

Sie ließ sich jedoch nichts anmerken, sondern ging zielstrebig auf die Tür zur Halle zu. Aber John trat nicht zur Seite, sondern stützte die Hand gegen den Türrahmen und versperrte ihr so den Weg.

»Noch einen Augenblick, Mademoiselle«, sagte er in gereiztem Ton. »Sie haben die Frage noch nicht beantwortet. Hat der Wind vielleicht einen Brief unter den Tisch geweht, den Sie unbedingt aufheben und *lesen* müssen?«

Er rechnete mit einer wütenden Entgegnung und war sichtlich überrascht, als Charmaine einfach den Kopf einzog und unter seinem Arm hindurch ins Foyer schlüpfte. Als er herumfuhr, war sie bereits am Fuß der Treppe, doch sein leises Lachen folgte ihr die Stufen hinauf.

In der Sicherheit ihres Schlafzimmers machte sie sich Vorwürfe, dass sie wie ein erschrockenes Kind davongelaufen war. Schlimmer noch, wie eine Schuldige. Sie hätte ihm die Stirn bieten sollen. Sie stampfte wütend auf. »Oh, dieser elende, dieser fürchterliche Mensch!«

In der Hoffnung auf ein Wunder ging sie nach nebenan ins Kinderzimmer, doch sie wurde enttäuscht.

Jeannette sah vom Buch auf. »Haben Sie Yvette gefunden?«

»Nein«, antwortete Charmaine in leiser Verzweiflung und merkte kaum, dass Pierre zu ihr kam und sie umarmte. »Hast du vielleicht eine Idee, wo sie sein könnte?«

Jeannette schüttelte den Kopf, und Charmaine ging unruhig auf und ab. In kürzester Zeit würde sich ihr Elend im Haus herumgesprochen haben, und sie ahnte schon die Vorwürfe der Hausherrin, sollte man Yvette irgendwo finden, wo sie nichts zu suchen hatte. Als es völlig unerwartet an der Tür klopfte, setzte ihr Herzschlag für eine Sekunde aus. *War das vielleicht schon Agatha?*

Charmaine krümmte sich vor Sorge, als Yvette ins Zimmer hüpfte, aber vor der Tür stand nicht Agatha, sondern John.

»Ich liefere mein Fundstück dort ab, wohin es um diese Zeit gehört«, sagte er. »Offenbar haben Sie nach ihr gesucht?«

»Richtig«, sagte Charmaine knapp. »Vielen Dank.«

Als sie die Tür ohne weiteren Kommentar ins Schloss werfen wollte, fing er sie mit der Hand ab und grinste. »Bevor Sie mich aussperren, möchte ich noch kurz mit Ihnen sprechen.«

»Das Vergnügen hatten wir doch bereits.«

Sein Ton wurde schärfer. »Dann bestehe ich eben auf einem weiteren.« Er deutete auf den Korridor.

Um ihn nicht zu reizen, gab Charmaine nach, und während er die Tür schloss, mahnte sie sich zur Ruhe.

»Wollen Sie überhaupt nicht wissen, wo ich sie gefunden habe?«

»Nein«, entgegnete sie dickköpfig.

»Wie könnte es auch anders sein.« Er lachte leise. »Unfähig *und* obendrein dumm.«

Wütend riss Charmaine die Augen auf, aber sie bekam keine Gelegenheit, sich zu rechtfertigen.

»Denken Sie daran, dass die Kinder Ihrer Verantwortung unterstehen, Mademoiselle. Zumindest im Augenblick noch. Yvette hat im Wohnraum nichts verloren, wo sie die Gespräche der Erwachsenen belauschen kann. Ja, richtig. Genau dort habe ich sie gefunden.«

Charmaines Wangen brannten, aber seine herablassende Art und sein Grinsen verleiteten sie zur Unvorsichtigkeit. »Darf ich fragen, ob Sie sich über *mich* ärgern … oder womöglich über sich selbst?«

Überrascht zog er eine Braue in die Höhe. »Yvette ist Ihnen anvertraut, Mademoiselle.«

»Und ich verstehe nicht, welche Gefahren Yvette im Wohnraum drohen – es sei denn, Sie schämen sich wegen Ihrer ›erwachsenen‹ Bemerkungen über mein Hinterteil. Ohne Ihre Einmischung wäre das Versteck außerdem viel früher entdeckt worden.«

John fand die Entgegnung höchst unterhaltend und ihre großen Augen äußerst entzückend, aber zu einem Sieg reichte das nicht. Nicht einmal zu einem kleinen. Er hatte schon mit ganz anderen Gegnern gefochten und jedes Mal gewonnen. *Was kann ich noch sagen, um sie zu reizen und weitere Munition zu sammeln, die ich gegen sie verwenden kann?*

»Es ist mir einerlei, was Yvette gehört hat, und von wem erst recht. Aber ich bin in diesem Haus die Ausnahme. Mrs. Duvoisin und selbst mein lieber Bruder wären sicher nicht sehr erbaut, wenn man ihre Gespräche belauschte. Und wenn Ihre Schützlinge dabei erwischt werden, wird man Ihnen unweigerlich die Rechnung präsentieren. Das ist alles, *my Charm.*«

Wieder das berühmte letzte Wort. Als er davonging, folgte ihm Charmaine. »Das ist noch längst nicht alles!«, fauchte sie und zerrte ihn herum, als er bereits eine Stufe der Treppe hinuntergegangen war und ihr auf derselben Höhe gegenüberstand. »Es gibt noch etwas, *Master* John! Erstens müssen Sie mich nicht an meine Pflichten erinnern, und zweitens betrachte ich es als Beleidigung, wenn Sie mich als unfähig bezeichnen! Offenbar ist Ihnen entgangen, dass ich die Kinder seit fast einem Jahr betreue und ihr Wohl kein einziges Mal aufs Spiel gesetzt habe! Was Mrs. Duvoisin angeht, so haben Sie recht. Sie hätte vermutlich genau wie Sie reagiert. Aber Ihr Bruder hat mich stets gegen sie in Schutz genommen.«

Zum ersten Mal schien John sprachlos zu sein. Doch als Charmaine bereits triumphieren wollte, hatte er sich wieder gefasst. »Sie haben sicher das Ihrige dazu getan, dass mein Bruder Sie unterstützt, Miss Ryan, aber Sie unterschätzen mich.«

»*Wirklich?*« Seine wilden Schlussfolgerungen ärgerten sie. »Vielleicht sollten Sie wissen, dass auch Ihr Vater von meiner Arbeit überzeugt ist.«

Seine Augen wurden hart. »Sie haben keine Vorstellung,

wie ich Ihr Leben erschweren kann, wenn es mir Spaß macht, Miss Ryan. Aber noch bin ich nicht so weit. Noch nicht. Doch wenn Sie mir mit meinem Vater drohen, werden Sie das schon noch erleben.«

Charmaine spürte, wie ihr alles Blut aus dem Gesicht wich.

Zum Glück trat Agatha in diesem Augenblick aus dem Korridor des Südflügels ins Treppenhaus. »Was geht hier vor?«, fragte sie.

»Miss Ryan hat uns beide soeben miteinander verglichen«, antwortete John.

»Uns beide verglichen?«, stieß Agatha hervor. »Da gibt es doch nichts zu vergleichen!«

»Wie wahr«, murmelte John spöttisch und hob grüßend die Hand.

Damit war er fort und ließ Charmaine mit der sichtlich verwirrten Agatha allein. Mit einem hastigen »Guten Morgen« zog sich Charmaine auf das sichere Terrain des Kinderzimmers zurück.

Dort ärgerte sie sich während der nächsten vier Stunden über ihr loses Mundwerk. Warum war sie nur so hochmütig gewesen? *Hochmut kommt vor dem Fall …* Sie hatte sich einfach zu viel zugetraut und Johns Macht unterschätzt. Sollte sie den Vorfall mit Paul besprechen und ihm von dem Zwischenfall mit dem Brief erzählen? Sie begrub den Gedanken so schnell, wie er ihr gekommen war. Das würde nur zu weiteren Verwicklungen führen. Nun ja, Paul war vielleicht auf ihrer Seite, aber er stand eindeutig in zweiter Reihe. Und wenn er sich an seinen Vater wandte? Frederic Duvoisin würde ihr respektloses Benehmen niemals gutheißen, ganz gleich, was sie auch sagte. So gesehen lag ihre Zukunft also in John Duvoisins Hand. Seit diesem verhängnisvollen Zwischenfall am Samstagmorgen hielt er alle Karten in der

Hand. Und um die Sache noch schlimmer zu machen, hatte sie nun auch noch weiteres Öl in die Flammen gegossen. In diesem Punkt musste sie ihm recht geben – sie war tatsächlich dumm!

Je weiter der Vormittag voranschritt, desto unruhiger wurden die Kinder. Charmaine hatte ihnen mehrmals verwehrt, das Zimmer zu verlassen, doch als es Mittag wurde, konnte sie die Kinder nicht länger einsperren. Als sie sich dem Esszimmer näherten, überkam sie Panik. Was sollte sie tun, wenn John am Tisch saß? Zum Glück war er nicht da – aber offenbar sein Geist, denn Charmaine zuckte schon beim leisesten Geräusch zusammen.

»Wo ist Johnny?«, fragte Yvette.

»Ich weiß es nicht.« Halblaut fügte sie hinzu: »Woher soll ich das wissen?«

Yvette neigte den Kopf zur Seite. »Sie mögen ihn nicht besonders, nicht wahr, Mademoiselle?«

»Das habe ich nicht gesagt.«

»Ist ja auch egal. Früher oder später werden Sie Ihre Meinung schon ändern.«

Charmaine wäre beinahe an ihrem Bissen erstickt. So sehr hatte sich die liebe Yvette noch nie geirrt! Eher würde sie ihren Vater als Mann Gottes bezeichnen!

Nach dem Lunch weigerten sich die Mädchen, wieder ins Kinderzimmer zu gehen. »Ich habe keine Lust, immer mit denselben Sachen zu spielen oder wieder Märchenbücher vorzulesen«, maulte Yvette. »Wir haben jetzt tagelang nichts anderes gemacht.«

Womit sie recht hatte. Sie konnten sich nicht ewig verstecken. »Wollen wir vielleicht ein bisschen auf dem Piano spielen?«, schlug Charmaine vor.

Dagegen protestierte Yvette. »Johnny könnte uns hören, und ich will ihn doch überraschen!«

Charmaine seufzte, aber Jeannette hatte die rettende

Idee. »Wir verderben die Überraschung ja nicht, wenn Sie spielen, nicht wahr, Mademoiselle?«

Ein paar Minuten später waren alle um das Instrument versammelt. Charmaine spielte die üblichen kleinen Lieder und sang mit den Kindern im Chor. Selbst Pierre fiel immer wieder mit ein, bevor er in haltloses Kichern ausbrach. Die Sorgen waren schnell vergessen, und es wurde ein fröhlicher Nachmittag.

John starrte zu den Spinnweben an der Decke empor, als die Töne eines Kinderlieds bis in sein Schlafzimmer drangen. »Verdammt guter Whisky«, murmelte er und schwang die Beine über den Bettrand. Er war noch längst nicht betrunken genug. Er entkorkte die Flasche, die er aus dem Speisezimmer mitgenommen hatte, und goss sein Glas randvoll. Beim ersten Schluck drangen wieder Töne an sein Ohr. Sein Blick wanderte zu den französischen Türen, wo sich die Vorhänge leicht im Wind bauschten. Diese Töne kamen eindeutig nicht aus der Flasche und entstammten auch nicht seiner Einbildung. Die Melodie wirkte seltsam belebend, sodass er vom Bett aufstand und auf den Balkon hinausging.

Er musste die Lider zusammenkneifen, weil er nicht auf das grelle Licht vorbereitet war. Er tastete nach dem Geländer und klammerte sich daran fest, bis sich die Welt nicht mehr drehte und der Schmerz in seinem Kopf nachließ. Hier draußen waren die Töne deutlicher zu hören, und er stellte sich vor, wie die Kinder sangen. Plötzlich erhob sich ein heller Sopran über ihre Stimmen, der die Melodie trug. *Wie hübsch*, dachte er bitter, *die Gouvernante spielt auch Klavier*. Er starrte auf das Glas in seiner Hand. Dann schleuderte er es im hohen Bogen über das Geländer – und genoss das Geräusch, als es auf dem Pflaster der Zufahrt zerschellte.

»Mann, sind wir heute aber fröhlich!«

John beugte sich weit über das Geländer, als George Richards zu ihm emporsah und grinste.

»Du hättest mich fast an einer Stelle getroffen, die ich leider nicht näher beschreiben kann.«

»Womöglich hätte dir das sogar gutgetan, Georgie.« John lachte. »Was hast du denn den lieben Vormittag lang getrieben?«

»Du solltest lieber fragen, was ich *nicht* getrieben habe. Paul hat mich ganz schön beschäftigt.«

»Armer George«, höhnte John. »Jetzt muss er für seine lange Reise büßen. Hat Paul die ganze Arbeit für dich aufgehoben?«

»Ganz so schlimm war es nicht. Wir haben den Vormittag über alle aktuellen Arbeiten und die Änderungen, die Paul vorgenommen hat, besprochen.«

»Welche Änderungen?«

»Er hat zum Beispiel Wade Remmen als Verantwortlichen in der Sägemühle eingesetzt«, erklärte George.

»Wade Remmen?«

»Den kennst du nicht. Er ist erst vor zwei Jahren nach Charmantes gekommen: ehrgeizig, kräftig und von ausgeprägtem Geschäftssinn. Wade Remmen kümmert sich selbstständig um das Holz, sodass sich Paul auf den Tabakanbau konzentrieren kann. Ich bin froh, dass Espoir inzwischen bestens läuft. Sogar wenn Paul auf Charmantes ist, werden auf Espoir neue Anbauflächen kultiviert.«

John hörte genau zu. Dann schnaubte er. »Wenn Paul öfter hier ist, haben wir umso mehr Zeit, um uns in den Haaren zu liegen.«

»Nur wenn du es darauf anlegst«, erwiderte George kühl, der nichts so sehr hasste wie seine Rolle als Schlichter und Friedensstifter.

»Das ist richtig«, entgegnete John. »Aber er will es nicht

minder, wenn er sogar den Bau seines Palasts auf die lange Bank schiebt, um Tabak zu pflanzen und sich mit mir auseinanderzusetzen.«

»Ach, John«, schalt George, »denk lieber an die Zeit, als wir damals zu dritt die Insel von morgens bis abends unsicher gemacht haben. Paul ist schließlich dein Bruder, verdammt noch mal!«

John fuhr sich mit der Hand durch sein zerzaustes Haar und schüttelte den Kopf, weil er nicht erklären konnte, was in ihm gärte. »Ich bin in schlechter Stimmung«, murmelte er und kam sich plötzlich ziemlich kindisch vor. »Das verdammte Piano und dieses Gesinge sind schuld daran.«

»Der Brandy ist schuld daran«, berichtigte George.

»Vermutlich.«

»Du solltest das Trinken aufgeben, John. Es tut dir nicht gut. Außerdem fragen die Zwillinge die ganze Zeit nach dir. Sie wollen dich endlich sehen.«

»Ja, ja«, wehrte John ab.

»Warum kommst du nicht heute Abend einfach zum Dinner nach unten?«, schlug George vor. »Ich komme auch. Meine Großmutter würde dich auch gern sehen. Sie fragt ständig nach dir.«

John überlegte einen Augenblick lang und nickte schließlich. »Mal sehen. Vielleicht.«

»Gut«, sagte George. »Ich muss weiter. Zwischen jetzt und nachher gibt es noch jede Menge zu tun.«

»Lass dich nicht aufhalten, George. Ich will nicht daran schuld sein, wenn Paul dir wegen mangelnder Leistung das Gehalt kürzt.«

George lachte in sich hinein und ging über die Veranda ins Haus. Er war gerade mit Paul vom Hafen zurückgekommen. Am besten, er sagte Bescheid, dass John möglicherweise zum Dinner kam. Nicht dass er bedauerte, den

Freund aus seiner Einsamkeit herausgelockt zu haben. Aber dennoch, der Mann war betrunken und verbittert. Eine gefährliche Mischung, aus der leicht ein Feuerwerk entstehen könnte.

Paul saß am Küchentisch und aß ein Hühnerbein und eine dicke Scheibe Brot. »Ich habe John für heute Abend zum Dinner eingeladen«, sagte er und nickte Fatima zu, als sie ein Glas Wasser vor ihn auf den Tisch stellte.

Paul hustete. Dann schluckte er und starrte George feindselig an.

»Ich wollte dir nur Bescheid sagen.«

»Demnach gehe ich davon aus, dass er deine freundliche Einladung auch angenommen hat?«, fragte Paul bissig.

»Ich denke schon.«

»Na wunderbar, vielen Dank, George – im Namen von uns allen. Ich bin sicher, dass dieses Dinner sehr erfreulich wird.« Er fuchtelte George mit der Brotscheibe unter der Nase herum, bevor er hinausging.

Aber George hielt ihn auf. »Sei ganz ruhig, Paul. John ist schließlich dein Bruder. Er leckt nur seine Wunden, und diese Wunden sind tief. Ein bisschen Mitgefühl täte ihm sicher gut.«

»Diese Wunden, wie du sie nennst, hat er sich selbst zugefügt.«

»Das mag sein, aber deswegen schmerzen sie trotzdem.«

Paul sah zu Fatima Henderson hinüber, die sich mit dem Schürzenzipfel die Augen trocknete. Im nächsten Moment machte er auf dem Absatz kehrt und verließ den Raum.

Er war tief in Gedanken versunken, als plötzlich die Klänge des Pianos an sein Ohr drangen. In seiner Eile hatte er beim Nachhausekommen die Musik gar nicht wahrgenommen. Doch jetzt konnte er sich nichts Schöneres vorstellen.

Charmaine schlug den letzten Akkord der Sonate an, die sie in der Hoffnung ausgewählt hatte, dass es den Kindern langweilig würde und sie freiwillig ins Spielzimmer zurückwollten.

»Wunderbar, Mademoiselle.«

Sie zuckte kurz zusammen, sah dann zu dem hochgewachsenen Bewunderer hinüber, der unter der Tür stand. Als Paul ihr Lächeln erwiderte, machte ihr Herz einen Satz. Sie erhob sich von der Klavierbank, als er auf sie zukam und sie dabei keine Sekunde aus den Augen ließ.

»Kinder«, rief er, »geht ein bisschen nach draußen spielen. Ich will mich kurz mit Miss Ryan unterhalten. Sie kommt in ein paar Minuten nach.«

»Warum müssen wir denn nach draußen gehen?«, fragte Yvette und verdrehte die Augen. »Wir sind doch keine Babys mehr!«

Charmaine erschrak, aber Paul sagte: »Ich habe dir gesagt, was du tun sollst, Yvette, und ich erwarte, dass du meine Wünsche respektierst.«

Ein Blick auf sein ernstes Gesicht – und Yvette gab klein bei. Protestierend marschierte sie nach draußen, und Jeannette und Pierre folgten ihr.

»Genau wie John«, brummte Paul leise.

»Was möchten Sie mit mir besprechen?«, fragte Charmaine.

Er trat einen Schritt näher. *Haben wir denn niemals Ruhe vor den Kindern, den Dienstboten und nun auch John? Wann werde ich endlich von dieser quälenden Sehnsucht erlöst?*

»Paul?«, fragte Charmaine und riss ihn aus seinen Gedanken.

»Ich würde Sie gern heute Abend zu Tisch führen«, sagte er, »falls Sie mir das erlauben. Ich vermute, dass uns mein Bruder heute mit seiner Anwesenheit beehrt. Er hat getrunken und wird sein Bestes geben, um uns die Mahlzeit zu verderben. Doch wenn ich an Ihrer Seite bin, wird er sich vielleicht zweimal überlegen, was er sagt.«

»Oh, vielen Dank, Paul. Ich weiß Ihre Fürsorge sehr zu schätzen.«

Er lächelte etwas gequält, weil ihr überschwänglicher Dank ihn leicht ernüchterte. »Ich würde niemals erlauben, dass man Ihnen Schaden zufügt«, murmelte er heiser.

Mit einem Mal war sie verlegen, als ob sie sich seit dem heißen Kuss am Freitagabend zum ersten Mal wiedersähen. Sie trat einen Schritt zurück und sah zu Boden. »Um wie viel Uhr holen Sie mich ab?«

»Ich klopfe um kurz vor sieben.«

»Abgemacht.« Sie fühlte sich unwohl und lief hastig an ihm vorbei in den Garten.

Paul sah ihr nach und lächelte zufrieden. »Dieser Punkt geht an mich, John«, sagte er und prostete seinem Bruder mit einem imaginären Glas zu. *Du machst es mir leicht, den edlen Ritter zu spielen, auf den alle jungen Frauen zu warten scheinen.*

Rose passte auf die Kinder auf, während sich Charmaine zum Dinner umzog. Nachdem sie sich die Hitze des Tages von der Haut gewaschen hatte, schlüpfte sie in ihr bestes Kleid und drehte sich vor dem Spiegel, um sich von allen Seiten zu bewundern. Das Kleid war schlicht, doch es brachte ihre Figur hervorragend zur Geltung. Zufrieden widmete sie sich anschließend ihrem Haar. Nach ungefähr hundert Strichen mit der Bürste schlang sie es zu einem lockeren Knoten und steckte die seitlichen Strähnen als Krönung mit ihren Kämmen fest.

Kurz vor sieben Uhr ging sie unsicher lächelnd ins Spielzimmer hinüber. Zu ihrer Überraschung war nur Paul anwesend und wandte sich um, als die Tür in seinem Rücken geöffnet wurde.

»Guten Abend«, sagte sie schüchtern.

Ein Leuchten trat in seine Augen. »Guten Abend.«

Als er auf sie zukam, wandte sie den Blick ab. »Wo sind die Kinder?«, fragte sie, um sich von ihrem hämmernden Herzen abzulenken.

»Ich habe sie schon mit Rose nach unten geschickt, weil sie es gar nicht abwarten konnten. Ich dagegen konnte die Begegnung mit Ihnen kaum abwarten.« Er trat einen weiteren Schritt auf sie zu und strich ihr zart über die Wange. »Wie hübsch Sie aussehen. Während der letzten Tage habe ich mich kaum auf meine Arbeit konzentrieren können, weil mich der Gedanke an Sie nicht mehr losgelassen hat.«

Diese verführerischen Sätze ließen alle Möglichkeiten in erreichbare Nähe rücken, sodass Charmaine es willenlos geschehen ließ, dass seine Hand in ihr Haar griff. Bevor sie protestieren konnte, hatte er den Knoten gelöst und fing ihre Lockenmähne mit der Hand auf. Sanft und fordernd zugleich zog er ihren Kopf nach hinten, bis seine Lippen über den ihren schwebten. »Ihr Geist folgt mir in meine Träume«, hauchte er, »und Ihr Bild folgt mir, wohin ich auch gehe… meine zauberhafte… meine wunderschöne Charmaine…« Und dann forderten seine Lippen ihre Belohnung, pressten sich wild auf ihren Mund und drängten ihre Lippen auseinander, um seiner tastenden Zunge Raum zu schaffen…

Zuerst war sie wie vom Donner gerührt, aber dann erwiderte sie jeden seiner flammenden Küsse, schlang die Arme um seine breiten Schultern und genoss die enge Umarmung. Endlich störte sie niemand. Endlich entweihte niemand ihre wilde Umarmung.

Aber plötzlich löste er sich von ihr, schob sie auf Armeslänge von sich weg und wandte sich ab. Zitternd und verwirrt blieb Charmaine stehen, wo sie war, während sich augenblicklich lustvolle Sehnsucht und gleichzeitig ein erstes Gefühl der Enttäuschung meldeten.

»Es tut mir leid, Charmaine«, murmelte Paul fast unhörbar. *Was ist nur mit mir los? Ich hätte sie hier, mitten im Spielzimmer der Kinder, ohne Angst vor Entdeckung besitzen können. Verdammt! Sie ist so verführerisch!*

»Ist irgendetwas passiert?«, fragte sie mit leiser, fast verschämter Stimme.

Er holte tief Luft und drängte seine Gelüste zurück, bevor er sich wieder zu ihr umdrehte. »Nichts ist passiert«, erklärte er mit einem zaghaften Lächeln. »Überhaupt nichts.«

»Und warum entschuldigen Sie sich dann?«

»Weil dies weder der richtige Zeitpunkt noch der richtige Ort für Küsse wie diese ist. Aber Sie verleiten mich immer zu wilden Dingen, Charmaine …«

»Zu wilden Dingen?«

»Dass ich jede Nacht von Ihnen träume, zum Beispiel.«

Die poetischen Worte und der weiche Klang seiner Stimme entzückten sie und ließen ihr Herz schneller schlagen. »Es tut mir leid, wenn ich Sie so sehr quäle.«

»Quälen Sie mich nur, Charmaine. Das ist auf jeden Fall weniger schlimm, als wenn Sie mich verließen.«

»Im Ernst?«

»Ganz im Ernst«, sagte er. »Aber jetzt kommen Sie, Charmaine, das Dinner wartet.«

Das Dinner … Sie konnte es kaum glauben, aber ihre Angst war wie weggeblasen. Pauls wachsende Zuneigung hatte den tiefen Hass seines Bruders verdrängt. Mit diesem Mann an ihrer Seite konnte sie es mit allem aufnehmen, was John ihr zumutete. Heute Abend würde sie als Siegerin die Tafel verlassen.

Paul bemerkte ihre Ruhe und Gelassenheit. »Sie scheinen sich nicht vor dem Abend zu fürchten.«

»Mit Ihnen an meiner Seite käme ich nie auf solche Gedanken.«

»Sie überraschen mich immer wieder, Charmaine Ryan.« Er lachte und dachte an die Zeit zurück, als sie seine Gegenwart gemieden hatte. »Aber Sie haben recht. Ich stehe an Ihrer Seite und werde nicht zulassen, dass John Sie verletzt. Denken Sie immer daran.«

»Das werde ich«, murmelte sie leise. Es war noch gar nicht so lange her, da hatte sie davon geträumt, all ihre Sorgen auf Pauls Schultern zu laden. Konnten solche Träume wirklich wahr werden? Für den Anfang war es allerdings am sichersten, fest auf dem Boden verhaftet zu bleiben, dachte sie und schob diese Gedanken ganz weit von sich.

Paul ergriff ihre Hand und wollte sie zu Tür führen, doch sie hielt ihn zurück. »Einen Augenblick, ich muss noch schnell mein Haar richten.«

»Nein«, widersprach er und hielt sie auf. »Das kommt gar nicht infrage«, fügte er dann sanfter hinzu. »Sie sehen wunderschön aus.«

Sie freute sich über das Kompliment. Außerdem hielten die Kämme noch immer die seitlichen Strähnen zurück. Ihr würde zwar unangenehm heiß werden, aber für Paul nahm sie dieses Opfer gerne auf sich. Nach einem letzten Blick in den Spiegel wandten sie sich zum Gehen.

Trotz aller Tapferkeit bekam sie feuchte Hände, als sie das Esszimmer betraten. Sie waren die Letzten, die zu Tisch kamen. Rose saß zwischen den Kindern und band ihnen die Servietten um. Ganz gegen ihren Schwur wanderte Charmaines Blick unwillkürlich zum Ende der Tafel, wo John am Samstagmorgen auf Pauls Platz gesessen hatte. Sie wusste, dass er dort saß, also warum sah sie überhaupt hin? Erleichtert stellte sie fest, dass er ihr Eintreffen gar nicht bemerkt hatte, weil er in eine Unterhaltung mit George vertieft war.

George bemerkte sie als Erster, und seine Augen leuchteten auf. »Guten Abend, Charmaine.«

Sie lächelte ihm zu und sah erneut zu John. Jetzt hatte auch er sie bemerkt. Obgleich sein Gesicht glatt rasiert und er anständig gekleidet war, hatte der Alkohol seine Spuren hinterlassen. Er schwankte leicht, und seine Augen waren glasig.

Paul trat an den Tisch und zog ihr den Stuhl heraus. Sie saß zwar nahe bei John, aber nicht direkt zu seiner Linken. Sie dankte Paul mit einem Nicken und setzte sich so elegant, wie ihr das möglich war.

Paul griff nach dem nächsten Stuhl, und John schien sich zu amüsieren, dass sein Bruder sozusagen den Puffer zwischen ihnen beiden spielen wollte. Aber der Stuhl rührte sich nicht von der Stelle, als ob er am Boden festgeklebt sei.

»Willst du dich nicht endlich setzen?«, fragte John. »Oder müssen wir ohne dich anfangen? Wenn ich so sagen darf, haben wir schon lange genug auf dich und *Miss Ryan* warten müssen. Was euch wohl aufgehalten hat?«

Verärgert riss Paul erneut an dem Stuhl, und plötzlich glitt dieser so leicht unter dem Tisch hervor, dass Paul nach hinten stolperte und fast das Gleichgewicht verloren hätte. Die Zwillinge lachten, aber Paul überhörte es und setzte sich.

Ein energischer Blick von Charmaine beendete das Gekicher. Als sie sich fragte, welches Geheimnis dieses Missgeschick verursacht hatte, fiel ihr Verdacht sofort auf den Neuankömmling in ihrer Runde. Schon wegen seiner teuflisch glitzernden Augen.

Als der erste Gang serviert wurde, trat Stille ein. Allerdings nicht für lange.

»Ich habe heute Nachmittag jemanden auf dem Piano spielen hören«, sagte John nach einer Weile.

Alle sahen auf, nur Charmaine starrte auf ihren Teller.

»Es klang ganz gut … wer auch immer gespielt hat.«

Stumm maßen sie einander mit Blicken. »Ja, ganz gut«, sagte er noch einmal und sah sie herausfordernd an. »So gut wie ein paar Kinderlieder und eine bemühte Sonate eben klingen … Sehr … wie soll ich das sagen? *Sehr hübsch.*«

Besteck klapperte auf Porzellan, und Charmaine verfluchte die Röte, die ihr ins Gesicht schoss und ihren Zorn offenbarte. Johns durchdringender Blick ließ sie nicht los, also schlug sie die Augen nieder.

Da ihm sein Gegner abhanden gekommen war, drehte sich John zu Paul um, der seine Kommentare nicht bemerkt zu haben schien. Offenbar hatte er sich noch nicht von seinem Kampf mit dem Stuhl erholt. Pauls wunder Punkt war seine Reizbarkeit, und John gab keine Ruhe. *Wie weit muss ich die Gouvernante reizen, bis sie um sich schlägt und Paul zu ihrer Rettung herbeieilt?*

»Ich würde gern erfahren, wer heute Nachmittag so hübsch gespielt hat?«, fragte John betont höflich.

Ein Meister der Verstellung, dachte Charmaine, aber sie schwieg und nahm lediglich die Gabel in die Hand.

»Weiß es wirklich keiner?«, fragte er noch einmal und sah Yvette an. »Womöglich ein Geist?«

»Ich weiß, wer es war«, rief die Kleine.

Charmaine stöhnte insgeheim. *Warum beantworte ich diese dämliche Frage nicht einfach und verderbe ihm sein Spiel?*

»Nun?«, drängte John.

»Informationen kosten Geld«, sagte Yvette. »Wie viel zahlst du?«

Charmaine war peinlich berührt, aber George lachte nur.

»Hör auf zu lachen, George«, herrschte John ihn an. »Offenbar hat dein Geiz schon auf meine Schwester abgefärbt.«

George sah betreten drein, und John richtete seinen Blick auf Yvette. »Also gut, Yvette, du erwartest doch nicht ernsthaft ein Angebot von mir, oder? Wenn doch, so könnte sich Auntie für die kleine Geschichte interessieren, die wir heute Morgen im Wohnzimmer besprochen haben.«

Agatha beugte sich vor und wollte zu gern hören, was am anderen Ende des Tischs vor sich ging.

»Mademoiselle Charmaine hat gespielt«, sagte Yvette rasch.

Charmaine erbleichte. Nun, da es heraus war, ärgerte sie sich über die Methode, wie John ein achtjähriges Kind für seine Zwecke missbraucht hatte! Leider hatte die Taktik Erfolg gehabt, und er grinste triumphierend. Charmaine musste schlucken, weil Übelkeit in ihr aufstieg. Aber damit war das Thema noch nicht beendet.

»Was war das für eine Sache mit Yvette?«, fragte Agatha streng.

Aber John winkte ab. »Das ist nicht weiter interessant, Auntie.«

Agatha stotterte einen Augenblick, doch so schnell ließ sie sich nicht abwimmeln. »Du … Du solltest dich einer höflicheren Anrede befleißigen, mein lieber Neffe.«

»Auch wenn Sie meinen Vater geheiratet haben, bleiben Sie für mich immer ›Auntie Hagatha‹.«

»Wie du meinst, John. Aber sei sicher, dass dein Vater davon erfährt!«

»Na wunderbar! Wenn Sie jetzt gleich nach oben rennen und sich beschweren, könnten wir anderen wenigstens ungestört essen.«

Wütend starrte Agatha ihn an, blieb aber sitzen. Da es

ihr leider an giftigen Entgegnungen mangelte, richtete sie ihren Zorn gegen die Scheibe Fleisch auf ihrem Teller, die sie geräuschvoll mit Messer und Gabel attackierte.

John wandte sich wieder an Charmaine. »Sagen Sie, Miss Ryan, waren das wirklich Sie?« Er bemerkte, wie Paul unruhig auf seinem Stuhl hin und her rutschte. »Haben Sie heute Nachmittag Piano gespielt?«

»Ja«, antwortete Charmaine schlicht und sah dem Quälgeist ins Gesicht.

»Sie spielen recht gut. Viele sind mit dem modernen Pianoforte noch nicht vertraut und hämmern wie auf einem Cembalo darauf herum. Haben Sie etwa bei einem Maestro Unterricht genommen?«

Der unverhüllte Sarkasmus reizte Charmaine bis aufs Blut.

Rose Richards spürte ihre Verzweiflung. John Duvoisin wollte ebenso wenig über Charmaines Unterricht erfahren, wie er bereit war, dem Alkohol zu entsagen. Es war Zeit, dass jemand sich einmischte. »Sie sollten essen, bevor alles kalt wird, Master John«, schimpfte sie.

Zu Charmaines Verwunderung lehnte John sich zurück und sah kurz zu Yvette hinüber, die offenbar ihren Spaß hatte, wenn er geschimpft wurde, dann ergriff er gehorsam die Gabel. Dankbar wandte sich nun auch Charmaine wieder ihrem Teller zu.

George konnte kaum ertragen, wie John die Gouvernante einzuschüchtern versuchte. Er erinnerte sich an die Tränen, die sie am Samstag an seiner Schulter vergossen hatte, und konnte ihre Not nachfühlen. Im Lauf der Zeit hatte er viele unglückliche Seelen untergehen sehen, sobald sie in Johns Fadenkreuz gerieten. Aber diese Opfer hatten ihr Schicksal verdient. Doch was hatte Charmaine, so süß, wie sie war, getan, um Johns Zorn auf sich zu ziehen? »Ich habe gestern übrigens Gummy Hoffstreicher in der Stadt getroffen, John«, begann er und lächelte schief. »Er wollte wissen, wie es dir geht.«

»Und hast du ihm gesagt, dass es mir in letzter Zeit ziemlich bescheiden geht?«, erwiderte John schroff. »Das hat ihn sicher gefreut.«

»Nach dem, was du ihm angetan hast«, erwiderte George, »würde mich das nicht wundern.«

»Was hat Johnny gemacht?«, fragte Yvette.

Georges Fröhlichkeit wirkte ansteckend. »Als wir noch kleine Jungen waren, vielleicht ein bisschen älter als ihr beide, sind John, Paul und ich oft zum Fischen auf den Kai gegangen. Fatima hat jedem von uns ein Sandwich zum Lunch eingepackt, weil wir den ganzen Tag über fort waren. Gummy war immer dort, wo wir auch waren.«

»Gummy?«, fragte Jeannette. »Warum habt ihr ihn so genannt?«

»John hat den Namen erfunden. Richtig hieß Gummy Gunther, aber wir haben ihn umgetauft, weil ihm mehrere Vorderzähne fehlten.«

Die Zwillinge kicherten, was Charmaine ziemlich grausam fand. Sie stellte fest, dass John zwar zuhörte, aber gleichzeitig aß und in Gedanken weit weg zu sein schien.

»Gummy hat sich immerfort im Hafen herumgetrieben«, erklärte George, »und war ständig auf der Suche nach Haken und Essen. Er war nicht arm, aber zu faul, sich selbst etwas mitzubringen. Wenn wir ihm nichts gegeben haben, hat er uns beklaut, sobald wir einmal nicht aufgepasst haben. Später haben wir ihn dann kauen sehen. Er hat uns jeden Tag ein Sandwich geklaut, bis John eines Tages wütend genug war, um etwas zu unternehmen.«

Felicia brachte einen Krug Wasser herein. Aus dem Augenwinkel sah Charmaine, wie das Mädchen zum Kopf der Tafel ging und sich über den Tisch beugte, um Johns

Glas zu füllen. Ihre Brüste pressten sich gegen ihre enge Uniform, deren oberste Knöpfe geöffnet waren, damit es auch etwas zu bewundern gab. *Was für ein hübsches Paar*, dachte Charmaine. *Sie verdienen einander!*

George kicherte. »Am nächsten Tag hat John einen Fisch aufgeschnitten und die Innereien herausgekratzt. Als Krönung hat er ihm noch die Augen ausgestochen. Dann nahm er ein Sandwich aus unserer Tasche und bestrich es mit den Augen und den Innereien.«

Charmaines Magen revoltierte. George war weniger empfindlich. Vor Lachen liefen ihm die Tränen über die Wangen. »Ich werde nie Gummys Gesicht vergessen, als er in dieses Sandwich gebissen hat! Er hat es so schnell ausgespuckt, dass wir schon Angst hatten, dass noch sein ganzes Frühstück nachkommt!« Inzwischen hatte er mit seinem Gelächter Paul und John angesteckt, und sogar Rose und die Kinder mussten lachen.

»Erinnert ihr euch noch an die Augen, die uns vom Kai aus angestarrt haben?«, fügte Paul hinzu, woraufhin George noch lauter aufjaulte.

»Jedenfalls war es das Letzte, was Gummy jemals gestohlen hat – zumindest von John!«

Charmaine fand die Geschichte dermaßen abstoßend, dass sie Paul nur ungläubig ansehen konnte. Offenbar hatte er sogar noch mehr Spaß als George.

»Ich kann solche Barbarei nicht komisch finden«, bemerkte die Herrin des Hauses spitz.

Ohne zu überlegen, sah Charmaine zu John hinüber. Sicher wusste er auch darauf eine Antwort. Doch als er ihren Blick bemerkte, richtete er das Wort an sie. »Glauben Sie jetzt, dass meine Tante und ich uns in keinster Weise ähnlich sind, Miss Ryan?«

»Genau das habe ich schon heute Morgen gesagt«, fügte Agatha hinzu.

John hob sein Glas. »Darauf trinken wir, Auntie. Der erste Punkt, in dem wir einer Meinung sind!« Er nahm einen großen Schluck.

Charmaine schnappte nach Luft, als Yvette seine Geste mit ihrem Wasserglas imitierte. Rasch nahm Rose ihr das Glas aus der Hand. »Eine junge Lady macht so etwas nicht«, ermahnte sie das Mädchen leise. Trotzdem sah Yvette voller Bewunderung zu John hinüber, was dieser mit einem kleinen Zwinkern belohnte.

Anschließend wandten sie sich wieder ihren Tellern zu und begannen alle gleichzeitig zu reden. Paul und George tauschten Erinnerungen aus, nur John war ungewöhnlich schweigsam. Wenn er schwieg, wurde Charmaine nervös. Warum hatte sie den kleinen Pierre nur Rose überlassen? Ihm beim Essen zu helfen, das wäre jetzt genau die richtige Ablenkung. Als sie dem Kleinen zulächelte und er ihr Lächeln erwiderte, bemerkte sie, dass auch Johns Blick auf dem Jungen ruhte.

Sie konzentrierte sich auf ihren Teller, doch das Gefühl, dass John sie beobachtete, wollte nicht weichen. *Er kann mich doch nicht ständig ansehen!* Als sie vorsichtig in seine Richtung blickte, bereute sie es sofort. Offenbar hatte er ihren Blick gespürt. Er zog eine Braue in die Höhe, und seine braunen Augen musterten sie spöttisch. Charmaines Zorn wuchs. Sie hatte nicht die Absicht, sich weiterhin so unter Druck setzen zu lassen.

Als ob John ihre Gedanken erahnt hätte, wandte er sich direkt an sie. »Ich kann mich gar nicht erinnern, dass ich Sie früher schon auf Charmantes gesehen hätte, Miss Ryan. Ich weiß, dass Sie jünger sind als ich, aber Sie sprechen nicht wie eine Insulanerin. Wenn ich mich nicht irre, höre ich sogar einen leichten Südstaatenakzent. Wie haben Sie denn diese Stellung hier gefunden?«

Zu Charmaines Erleichterung meldete sich Paul zu Wort.

»Miss Ryan kam direkt aus den Staaten, um sich für diese Stellung zu bewerben. Sie hatte alle nötigen Qualifikationen und wurde als Gouvernante eingestellt.«

John stützte die Ellenbogen auf den Tisch und klopfte mit den Fingern rhythmisch gegen seine Lippen. »Und wer hat entschieden, dass Miss Ryan diese nötigen Qualifikationen besitzt? Du etwa? In diesem Fall bezogen sie sich wohl weniger auf das Interesse der *Kinder*.«

Keinem entging, worauf John anspielte. Paul knirschte mit den Zähnen. »Colette hat dieses Gespräch geführt und sich für Miss Ryan entschieden.«

Die Blicke der Kontrahenten hielten stumm Zwiesprache.

»Eine höchst bedenkliche Entscheidung, wenn du mich fragst«, warf Agatha ein. »Miss Ryans Herkunft ist äußerst fragwürdig. In meinen Augen hat sie ihren Vorteil gesucht und sich unter Zuhilfenahme einiger Mitglieder dieser Familie in diesem Haus eingeschlichen.«

Paul öffnete den Mund, um zu protestieren, aber John schlug ihn um Haaresbreite. »Beschreibst du eigentlich Miss Ryan, Auntie, oder dich selbst?«

Agatha stöhnte auf, was John genüsslich auf sich wirken ließ. »Ich glaube nicht, dass Miss Ryan so gerissen ist«, fuhr er fort. »Den Geschickten erwischt man nicht.«

Agatha war wütend, sagte aber nichts.

Charmaine erschrak darüber, wie unverfroren John auf die Sache mit Colettes Brief anspielte und wie er zwei Menschen im selben Atemzug diskreditierte. Wäre sie nicht ebenfalls betroffen, so hätte es ihr gefallen, dass Agatha endlich ihren Meister gefunden hatte.

»Erzählen Sie doch einmal, Miss Ryan«, fuhr John fort, »was Sie dazu gebracht hat, Ihre Familie und sogar Ihre Freunde zu verlassen, um sich so weit entfernt um eine Stelle zu bewerben.«

Paul wollte Charmaine ein zweites Mal zu Hilfe kommen, aber John hob die Hand. »Miss Ryan kann wohl für sich selbst sprechen, oder nicht? Erlaube *ihr*, die Frage zu beantworten. Wenn du es tust, muss ich wieder endlos graben, bis ich auf die Wahrheit stoße.«

In der darauf folgenden Stille wirbelten die Gedanken durch Charmaines Kopf. Paul zwinkerte ihr aufmunternd zu, was ihm einen Rüffel seines Bruders eintrug, aber sie fühlte sich gestärkt und konnte ebenso ruhig antworten wie zuvor Paul. »Ich wohnte damals in Richmond. Als meine Mutter starb, musste ich selbst für mich sorgen. Die Freunde, für die ich damals in Richmond gearbeitet habe, haben von der vakanten Stelle einer Gouvernante auf Charmantes gehört, weil sie hier auf der Insel Verwandte haben.«

»Ach, wirklich?«

»Ja, wirklich! Als ich davon erfuhr und Interesse zeigte, haben sie mich sogar bis hierher begleitet.«

Die unvermeidliche Frage folgte auf dem Fuß. »Und was war mit Ihrem Vater?«

Na also, dachte Charmaine, *da waren sie wieder: Anne Londons miese Indiskretionen.* Sie hatte sich nicht getäuscht. John wusste über ihre Vergangenheit Bescheid und hatte auf einen günstigen Augenblick gewartet, um sie bloßzustellen. Und das vor den Kindern! Am liebsten wäre sie davongerannt. *Ich habe gelernt, dass man seinem Feind niemals den Rücken zudreht.*

»Mein Vater ist eines Tages verschwunden«, erwiderte sie trotz Agathas hinterhältigem Lächeln mit kühler Stimme, »und nicht zurückgekommen.«

»Er ist einfach so verschwunden?«, höhnte John. »Und nie zurückgekommen? Menschen verschwinden nicht so einfach, Miss Ryan. Es gibt sicher einen Grund, warum er Sie verlassen hat. Welcher Mann tut so etwas?«

Teilnahmsvoll sah Rose zu Charmaine hinüber, weil sie solch unsensible Fragen nicht verdiente. »Lassen Sie es gut sein, Master John«, mahnte sie ihn. »Ihre Kartoffeln werden kalt.«

»Die sind längst kalt«, entgegnete er, ohne Charmaine aus den Augen zu lassen. »Sie haben meine Frage noch nicht beantwortet, Miss Ryan. Besonders glaubhaft finde ich Ihre Geschichte nicht. Hat Ihr Vater das wirklich getan?«

»Ja«, flüsterte sie.

»Und warum?«

Charmaine biss die Zähne zusammen. John spielte seine Rolle sehr geschickt, indem er vorgab, die Antworten nicht zu kennen, die er längst auswendig gelernt hatte, und sie außerdem als Lügnerin hinstellte. »Mein Vater war für den Tod meiner Mutter verantwortlich«, stieß sie hervor. »Er verschwand, um der gerechten Strafe für sein Verbrechen zu entgehen.«

Zweifelnd sah John sie an. Ihre schauspielerischen Fähigkeiten waren nicht zu leugnen. Allein die Tränen, die in ihren Augen schimmerten! Dafür verdiente sie zweifellos Anerkennung. *Aber Mord? Wollte sie etwa andeuten, dass ihr Vater ein Mörder war?* Ein Blick auf Pauls ernstes Gesicht bestätigte die makabere Vermutung. »Was für ein Mann«, lautete sein beißender Kommentar.

»Sind Sie jetzt endlich zufrieden?«, fragte Charmaine. »Macht es Ihnen Spaß, mich vor den Kindern herabzusetzen, oder wollen Sie nur beweisen, dass ich nicht in der Lage bin, für sie zu sorgen?«

»Ich mache Sie keineswegs für die Taten Ihres Vaters verantwortlich, Mademoiselle, auch wenn Sie mir das unterstellen, sondern allein für Ihre eigenen. Für eine solch schlimme Tat hätte man diesen Mann auspeitschen und aufhängen sollen. Doch wenn ich Ihnen in Zukunft eine

Frage stelle, so sollten Sie schonungslos die Wahrheit sagen. Ich bin ein ehrenhafter Mann und respektiere alle, die mir gegenüber ehrlich sind. Wenn Sie sich an meine Worte halten, können wir vielleicht sogar gut miteinander auskommen.«

Charmaine war verblüfft – und gleichzeitig fühlte sie sich durch die gönnerhafte Art abgestoßen. *Ein ehrenhafter Mann! Bah!* »Ich fürchte, in diesem Punkt widersprechen Sie sich selbst, Sir. Am Samstagmorgen habe ich die Wahrheit gesagt, aber Sie haben sich geweigert, auch nur ein Wort davon zu glauben.«

Sofort bereute sie, dass sie das Thema angesprochen hatte. Paul warf ihr zwar einen verwunderten Blick zu, aber sie spürte, wie er ihr trotzdem innerlich applaudierte.

John dagegen war nicht so leicht zu beeindrucken und lachte sie einfach aus. Er ging zur Bar und holte sich eine Flasche Wein. »Halten Sie mich doch nicht zum Narren, Miss Ryan«, herrschte er sie an, während er die Flasche entkorkte und sein Glas füllte. »Die arme, unschuldige Charmaine Ryan kommt auf der Suche nach ihren Schützlingen ganz zufällig in mein Zimmer, als ein Windstoß gerade die Schublade aufreißt, die Blätter herausweht und auf den Boden flattern lässt. Woraufhin die gute Seele ihre erste gute Tat des Tages vollbringt und die Blätter vom Boden aufsammelt *und liest* … In diesem Moment stürmt das grauenhafte Ungeheuer namens John Duvoisin ins Zimmer, und seine rabenschwarze Seele missdeutet ihre ach so große Freundlichkeit …«

Wütend sprang Paul auf und schlug so heftig mit den Fäusten auf den Tisch, dass das Porzellan klirrte. »Du ruhst wohl nicht eher, bis du jeden an diesem Tisch beleidigt hast, nicht wahr?«, rief er.

George sprang ebenfalls auf und sah Paul kopfschüttelnd an, bevor er zu John hinüberging, in dessen Augen Hass glühte. »Los komm, John, setz dich wieder hin und iss weiter«, befahl er und zog ihn zurück an den Tisch.

Zur Überraschung aller wagte John keinen Widerspruch, und auch Paul setzte sich wieder hin. Peinliche Stille breitete sich aus. Charmaine überlegte, was dieser letzte Ausbruch zu bedeuten hatte, und sah von einem zum anderen. Paul schien einen Gegenstand auf dem Tisch zu fixieren, während John verbissen auf das Kristallglas starrte, das er zwischen seinen Fingern drehte.

Die Minuten zogen sich in die Länge, und irgendwann war der Hauptgang vorüber. Zum Dessert brachte Felicia ein großes Tablett voll kleiner Kuchen herein. Charmaine lehnte ab, weil ihr der Appetit vergangen war. Paul bat um einen Kaffee, während John sich an den Wein hielt. Doch George nahm sich gleich drei kleine Küchlein.

»Du Giersack«, bemerkte John.

Sofort flammte Charmaines Zorn wieder auf.

»Warum so gute Sachen verschwenden?« Schulterzuckend biss George ein großes Stück ab. »Außerdem«, fuhr er, mit vollem Mund kauend, fort, »schmecken sie morgen muffig.«

»Pfui!«

Sofort richteten sich aller Augen auf Jeannette, die ihren Teller entsetzt von sich geschoben hatte. »Ich hasse Nüsse!«

Sie sprang auf und streckte die Hand quer über den Tisch, um sich ein neues Küchlein zu angeln. Doch Agatha war schneller. Sie zog das Tablett zu sich und schlug Jeannettes Hand zur Seite. »Du hast dein Dessert bereits ausgesucht, junge Lady.«

»Aber …«

»Kein Aber«, mahnte Agatha. »Man isst, was man sich genommen hat. Ein Mädchen in deinem Alter sollte wissen, dass es ungezogen ist, den Teller wegzuschieben und sich einfach ein anderes Küchlein zu nehmen.« Mit strafendem Blick sah sie Charmaine an. »Wie mir scheint, haben Sie den Kindern noch keine Tischmanieren beigebracht. Du hebst dein Glas wie ein gewöhnlicher Matrose.« Das ging gegen Yvette. »Und du stürzt dich wie ein hungriges Tier auf die Küchlein! Eine anständige kleine Lady würde sich genieren!« Agatha rümpfte die Nase.

Charmaine senkte den Kopf und ergriff stillschweigend Partei für Jeannette.

»Obendrein ist es eine Sünde, Essen zu vergeuden«, schloss Agatha.

John stand auf und ging zum Ende des Tischs. Seine Tante zuckte zusammen, als er das Tablett mit den Küchlein vom Tisch hochhob. »Wenn Auntie den Ausbund an Tugend hervorkehrt, so gnade uns Gott. Ich persönlich halte dich durchaus für eine gut erzogene kleine Lady.«

»Von einem Neffen dulde ich kein solch ungebührliches Benehmen«, schimpfte Agatha empört.

»So wenig wie ich von Ihnen! Sie haben allen hier am Tisch zur Genüge klargemacht, dass Sie Herzogin, Gräfin, Kaiserin und Königin in einer Person sind, Eure Majestät, aber ich lasse nicht so mit mir umspringen!«

»Ich bin die Herrin dieses Hauses und verlange Respekt!«

»Das mag sein, aber eines Tages werde ich hier zu bestimmen haben«, entgegnete John. »Sehen Sie sich vor, Auntie. Stellen Sie sich lieber gut mit mir, denn wenn mein Vater dieser Welt Adieu sagt, werde ich das Haus von allem befreien, was mir zuwider ist – ganz gleich, ob wir verwandt sind oder nicht.«

Mit angehaltenem Atem sah Charmaine zu Paul hinüber und stellte zu ihrer Überraschung fest, dass er lächelte. Ein weiterer Blick bestätigte, dass Paul mit seiner Freude nicht allein war. Sogar Anna und Felicia waren aus der Küche gekommen, und Charmaine konnte sich lebhaft vorstellen, dass Fatima auf der anderen Seite das Ohr gegen die Tür presste.

»Ich werde deinen Vater über dein beleidigendes Benehmen in Kenntnis setzen«, rief Agatha mit hochrotem Kopf. »Deine Trunkenheit ist keine Entschuldigung.«

»Ich bin nicht auf Entschuldigungen angewiesen«, sagte John drohend. »Ob betrunken oder nicht – ich meine genau das, was ich sage. Laufen Sie nur zu Papa, so schnell Ihre dürren Beinchen Sie tragen, und beschweren Sie sich. Aber meinen Respekt werden Sie so nicht erringen.«

Obgleich Agatha vor Empörung zitterte, wirkte John geradezu unbekümmert, als er Jeannette das Tablett anbot. »Welches Küchlein möchtest du denn gern?«

»Das mit Sahne, bitte«, sagte sie leise. »Aber unsere Stiefmutter hat das letzte genommen.«

»Das mit Sahne also.« John wandte sich zur Küche und rief lauthals: »Cookie!«

Sofort eilte Fatima herein und knickste. »Master John?«

Wie praktisch, die Köchin »Cookie« zu nennen, dachte Charmaine amüsiert.

John bat um ein Sahneküchlein für Jeannette, und Yvette rief dazwischen und erbat noch ein weiteres für sich selbst. »Und was ist mit dir, Pierre?«, fragte er, woraufhin sich der Kleine umdrehte und sich die Füllung seines Küchleins quer über das Gesicht schmierte. »Eher nicht, Fatima. Bringen Sie uns einfach nur noch zwei Küchlein mit Sahne, und beim nächsten Mal lassen Sie die Nüsse lieber weg. Jeannette mag nämlich keine Nüsse.«

»Aber ich mag sie schon«, protestierte George und starrte sehnsüchtig auf das von Jeannette verschmähte Küchlein.

»Du isst wahrscheinlich alles«, bemerkte John trocken.

»Sei froh, dass du nicht Gummy heißt, denn dann hätten wir heute nicht über die Geschichte lachen können.«

John nahm das Küchlein, doch statt es George zu geben, legte er es vor Agatha auf den Teller. »Hier bitte, Auntie. Es wäre doch eine Sünde, es wegzuwerfen.«

George prustete los und tauschte das Küchlein nur zu gern gegen die unweigerliche Standpauke ein, die jedoch ausblieb. Die anderen am Tisch hielten den Atem an. Johns Unverfrorenheit war nicht zu bremsen, und Charmaine fragte sich, ob er wohl jemals etwas unkommentiert durchgehen ließ. Agatha schien noch immer erzürnt, sagte aber nichts, als John auf seinen Platz zurückging.

Charmaines Blick wanderte immer wieder zum Kopfende der Tafel. Inzwischen betrachtete sie John auch mit anderen Augen. Mit Leichtigkeit hatte er die Rolle des Hausherrn eingenommen. Wie viel Kraft es Agatha wohl kostete, wenn John jeden ihrer Schachzüge durchkreuzte? Auf jeden Fall braute sich ein Sturm zusammen. So viel stand fest. Am spannendsten dürfte die Sache werden, wenn Agatha, wie angedroht, ihre Beschwerde Frederic Duvoisin vortrug. Zu wem er wohl hielt? Zu dem verlorenen Sohn oder zu seiner Hexe von Frau?

Als das Dessert beendet war, stand Paul auf. »George und meine Ladys, ich bin dafür, dass wir uns für den weiteren Abend in den Wohnraum zurückziehen.« Er war Charmaine beim Aufstehen behilflich.

»Einverstanden«, erklärte Agatha, als ob nichts gewesen wäre, und strich ihr kostbares Gewand glatt. »Ein Glas Portwein würde mir jetzt guttun.«

»Ich bezweifle, dass ihr überhaupt irgendetwas guttut«, raunte John George zu. »Höchstens eine Herde wilder Eber.«

George prustete los und klopfte John auf den Rücken. »Warum leistest du uns nicht noch etwas Gesellschaft? In

Bezug auf ein Stück Land in der Nähe von Richmond hätte ich nämlich gern deinen Rat gehört.«

Als John nickte, änderte Charmaine augenblicklich ihre Pläne für den weiteren Abend. Sie ging zu den Kindern, hob Pierre aus seinem Stühlchen und drückte ihm einen zärtlichen Kuss auf die runden Bäckchen.

»Mainie«, rief der Kleine begeistert und legte den Kopf an ihre Schulter.

Mit gerunzelter Stirn beobachtete John die Szene.

»Der Kleine ist reif für die Badewanne und seine Bettgeschichte«, sagte Rose und liebkoste seine strammen Beinchen. »Lassen Sie mich das machen.«

»Aber nein, Rose. Ich bringe die Kinder zu Bett. Sie hatten während des Dinners schon genug zu tun«, entgegnete Charmaine, weil sie unbedingt nach oben ins Kinderzimmer verschwinden wollte.

Yvette stampfte auf. »Ich will aber noch nicht ins Bett! Ich will auch ins Wohnzimmer wie alle anderen.«

»Aber ich habe doch gar nicht gesagt, dass du …«

»Yvette hat recht, *my Charm*«, fiel John ihr mit liebenswerter Stimme ins Wort. »Für die Mädchen ist es wirklich noch zu früh.«

Charmaines Nerven vibrierten, als sie merkte, dass Paul über die Koseform ihres Namens verärgert war. »Wenn Sie mir gestattet hätten, meinen Satz zu beenden«, entgegnete sie steif, »so hätten Sie gehört, dass Yvette und Jeannette noch aufbleiben dürfen.«

»Wie überaus edel«, spottete John. »Sie nehmen Nana Rose den Dreijährigen ab und bürden ihr dafür die Sorge für zwei Achtjährige auf!«

»Aber, Master John«, protestierte Rose. »Ich liebe die Kinder doch.«

Mit weichem Lächeln sah John den Kleinen an, der sich zufrieden in Charmaines Arm kuschelte. »Das habe ich nie bezweifelt, Rose. Bei *Ihnen* weiß ich den Kleinen auch in guter Obhut.«

Gekränkt drückte Charmaine das Kind an sich, während Rose bereits die Arme nach ihm ausstreckte.

»Erlauben Sie, dass Rose den Jungen heute Abend ins Bett bringt«, sagte nun auch Paul. »Wir freuen uns außerdem, wenn Sie uns Gesellschaft leisten.«

Darauf wusste Charmaine nichts zu sagen. Sie lächelte Paul zu. Dann sah sie, wie John grinsend auf sie zukam.

»Geben Sie ihn mir«, sagte er und streckte die Arme nach Pierre aus. »Ich trage ihn für Rose nach oben.«

Sofort vergrub Pierre das Köpfchen an Charmaines Schulter und wollte sich nicht anfassen lassen.

»Lass mich das machen«, sagte Paul und kam um den Tisch herum.

Der Kleine hob den Kopf und lächelte. Charmaine reichte ihn an Paul weiter und bemerkte den grimmigen Ausdruck in Johns Augen.

»Mich kennt er eben«, sagte Paul, als er zusammen mit Rose das Speisezimmer verließ.

»Gehen wir?«, unterbrach George die Stille.

Als sie den Wohnraum betraten, eilte Jeannette sofort auf John zu und ergriff seine Hand. »Stimmt das, Johnny, was Auntie Agatha gesagt hat?«

»Was hat sie denn gesagt?«, wollte er wissen.

»Dass du betrunken bist?«

Über die unverblümte Frage war John sichtlich bestürzt. »Bisher noch nicht«, sagte er, »aber noch ein paar Gläser mehr könnten mich so weit bringen.«

»Warum bist du denn nicht ins Spielzimmer gekommen?«, wollte Yvette wissen. »Wir haben das ganze Wochenende über auf dich gewartet.«

»Ich hatte eine Menge zu tun. Außerdem wäre ich keine gute Gesellschaft gewesen, fürchte ich.«

John setzte sich aufs Sofa, und die Zwillinge ließen sich rechts und links von ihm nieder – und in sicherer Entfernung von Agatha, die wie gewöhnlich ihre Stickerei zur Hand nahm. Als Paul zurückkam, besprach er mit George die Arbeiten, die am nächsten Tag erledigt werden mussten. Und wie Charmaine befürchtet hatte, ließ auch der nächste unerfreuliche Zwischenfall nicht lange auf sich warten.

»Na, schwingst du wieder die Peitsche, Paul?«, fragte John, als er sich zu ihnen gesellte.

»Du sagst es. Schließlich müssen wir ja dafür sorgen, dass das Geschäft läuft.«

»Oder George«, gab John zurück. Er zog sich einen Stuhl heran, setzte sich rücklings darauf und verschränkte die Arme auf der Lehne, sodass er seinem Bruder genau gegenübersaß. »Du vergeudest seine Zeit, was?«

»Das tue ich nicht«, widersprach Paul. »Im Gegensatz zu dir.«

»Und dabei dachte ich immer, dass du Charmantes auch bewirtschaften könntest, wenn man dir die Hände auf den Rücken fesselte.«

»Auch in diesem Punkt irrst du.« Pauls Geduld wurde auf eine harte Probe gestellt. »Ich bin der Erste, der Schwierigkeiten einräumt, und die sind nicht gerade geringfügig, wenn George nicht da ist, um mir Arbeit abzunehmen.«

George atmete tief ein.

»Aber du hast es doch auch ohne ihn geschafft«, sagte John.

»Das ist richtig. Schließlich bin ich ja nicht völlig ohne Hilfe.«

George stieß den Atem wieder aus.

John heuchelte Interesse, um die Quälerei weiter fortsetzen zu können. »Du überraschst mich immer wieder,

Paulie. Dich sogar auf neue Lieferanten zu stützen, nur um den Bau deines Palasts nicht aufschieben zu müssen.«

Paul war sprachlos. »Woher weißt du das …?« Mit gerunzelter Stirn sah er George an, doch der schüttelte den Kopf. »Egal, John, es ist nur ein Haus und kein Mausoleum.«

John lachte leise in sich hinein. »Nun gut, da es nur ein Haus ist, wundert mich auch nicht, dass du ohne George zurechtgekommen bist. Übrigens: Nein, George hat es mir nicht gesagt. Ich wusste es schon vorher. Also, wie bist du ohne ihn klargekommen?«

»Indem ich andere Hilfe in Anspruch genommen habe«, erwiderte Paul. »Und die einzig wirkliche Komplikation, die ich bewältigen musste, hast du verschuldet, mein lieber Bruder.«

Charmaine schauderte, weil sie genau spürte, dass sich ein Streit anbahnte. Sie beobachtete, wie John die Lippen verzog und ein teuflisches Leuchten in seine Augen trat.

»Eine Komplikation?«, fragte er arglos. »Welcher Art denn?«

Paul widerstand der Versuchung, ihm die Sache mit den fehlenden Rechnungen vorzuhalten.

»Wurde irgendetwas falsch gemacht?«, fragte John besorgt. »Nein? Darf ich dich etwas fragen?«

»Nur zu«, sagte Paul genervt.

»Du hast vorhin neue Lieferanten erwähnt. Ist es vermessen zu fragen, wer mein Erbe in der Zeit verwaltet hat, während du dich in New York und Europa oder auch auf deiner neuen Insel herumgetrieben hast?«

»Unser Vater. Er hat das Geschäft beaufsichtigt.«

»Ist er vielleicht nur dann ein Krüppel, wenn ihm das gerade passt? Ich kann mir beim besten Willen nicht vorstellen, dass er auf seinen Hengst steigt und Tag für Tag über die Pflanzungen reitet. Also, wer war während deiner Abwesenheit für alles verantwortlich? Ist das vielleicht die Erklärung für den jämmerlichen Ertrag der Zuckerernte?«

Pauls Wut steigerte sich von Minute zu Minute. »Du kannst die Dinge einfach nicht ernsthaft betrachten! Ich arbeite mir für Leute wie dich die Hände wund, während du dich zurücklehnst und darauf wartest, dass dir Vaters Vermögen in den Schoß fällt! Und erzähl mir nichts von Herumtreiben – da du die letzten zehn Jahre in Virginia herumgesessen und so wenig wie möglich gearbeitet hast!« Johns Grinsen reizte ihn dazu weiterzusprechen. »Ich glaube, Sokrates hat sinngemäß gesagt, dass der, der die Welt bewegen will, zuerst einmal sich selbst bewegen muss.«

»Ach, wirklich?« John gähnte. »Na gut, Paulie, dann halte ich es doch lieber mit der Weisheit, dass es sehr viel besser ist, wenige Dinge gut als viele Dinge schlecht zu erledigen.«

Diese Art der Diskussion war Paul zu dumm. Er schwieg.

John seufzte. »Nachdem wir das geklärt hätten, können wir vielleicht zum Ausgangspunkt zurückkehren.«

»Und der wäre deiner Meinung nach?«

»Die Männer, denen du Verantwortung übertragen hast – und zwar hier auf Charmantes.« Als Paul etwas sagen wollte, schnitt John ihm das Wort ab. »Ich will nur die Namen, Paul, mehr nicht.«

»Verdammt, John, du kennst sie alle!«

»George hat einen gewissen Wade Remmen erwähnt. Wer, zum Teufel, ist das?«

»Wade Remmen?«, fragte Jeannette interessiert.

John nickte und sah seine Schwester an. »Kennst du ihn, Jeannie?«

»Oh, ja! Der sieht gut aus!«

Charmaine lächelte über ihre Ausdrucksweise.

»Sieht er wirklich gut aus?«, fragte John amüsiert.

»Oh, ja!« Jeannette nickte.

»Und wer hat das gesagt? Etwa Miss Ryan? Hat Mr. Remmen einen Schnurrbart?«

»Nein, hat er nicht. Mama hat zuerst gesagt, dass er gut aussieht. Dann habe ich es auch gesehen.«

Pauls gerunzelte Stirn glättete sich wieder.

John lächelte ihn an. »Hast du das gehört, Paulie? Du hast nichts zu befürchten. Miss Ryan hat nur Augen für dich.«

»Das weiß ich«, fauchte Paul und merkte zu spät, wie lächerlich das klang.

Charmaine stöhnte innerlich und fürchtete, dass nun ihre privaten Gefühle breitgetreten würden. Sie atmete auf, als Paul wieder auf Wade Remmen zu sprechen kam.

»Als George vor vier Monaten von der Bildfläche verschwand, bat ich Wade, die Verantwortung in der Sägemühle zu übernehmen. Er hat seine Sache bestens gemacht und kluge Entscheidungen getroffen. Aus diesem Grund habe ich ihm den Posten auf Dauer übertragen. George hat jetzt mehr Zeit für andere wichtige Dinge.«

»Um tagaus, tagein für deine Wünsche zur Verfügung zu stehen, meinst du wohl. Sag, George, gefällt es dir, wenn man wie bei einer Marionette ständig an den Fäden zieht?«

»Mir ist es egal, solange die Bezahlung stimmt.«

»Manche Dinge ändern sich offenbar nie«, bemerkte John nachdenklich.

»Das halte ich für untertrieben«, brummte Paul.

Aber für John war das Thema noch nicht beendet. »Das hört sich an, als ob dieser Mr. Remmen besonders tüchtig wäre. Wie lange hat er denn gebraucht, um sich einzuarbeiten?«

Paul wusste ganz genau, dass John sich weder für Wade

Remmen noch für einen anderen Angestellten interessierte. Der einzige Zweck seiner Fragen war das immer gleiche Spiel, sich als Erbe der Duvoisins und Hüter des Familienvermögens aufzuspielen. Also gab sich Paul betont desinteressiert, um seinem Bruder den Sieg zu verderben.

»Wade stammt aus Virginia. Als seine Eltern starben, blieben er und eine jüngere Schwester mittellos zurück. Da sie in Virginia keine Arbeit fanden, schlichen sie sich auf eines unserer Schiffe, um in der Fremde ein besseres Leben zu beginnen. Der Kapitän entdeckte sie zwei Tage nach dem Auslaufen und übergab sie mir, als das Schiff im Hafen einlief. Das Ganze ist jetzt zwei Jahre her. Wade war damals siebzehn Jahre alt. Außerdem war er kräftig und an die Arbeit im Hafen gewöhnt. Er trug mir seinen Fall vor und versprach, die Passage für sich und seine Schwester zu bezahlen. Da ich nichts zu verlieren hatte, habe ich ihm eine Chance gegeben. Und Wade hat mich nicht enttäuscht. Es war nur natürlich, dass ich auf ihn zurückgegriffen habe, als George uns im Stich gelassen hat.«

»Was für eine Geschichte!« John schüttelte den Kopf.

»Willst du sonst noch etwas wissen?«, fragte Paul, ohne auf Johns dramatisches Gebaren einzugehen.

»Hat Mr. Remmen die Passage bezahlt?«

Charmaine staunte über Johns Kleinlichkeit, aber Paul schien an derartige Fragen gewöhnt zu sein und lachte nur. »Muss ich dir etwa über jeden Penny Rechenschaft ablegen, der deinem Portemonnaie womöglich entgangen ist?«

»Wenn du es nicht tust, wird sich unsere bewährte Krämerseele George darum kümmern. Nicht wahr, George?«

»In Ordnung«, sagte George. »Und, nein, ich glaube nicht, dass Wade die Passagen bezahlt hat.«

John sah Paul an. »Und warum nicht?«

»Weil er seinen Lohn gebraucht hat, um sich hier auf der Insel niederzulassen«, entgegnete Paul mit einem wütenden Seitenblick auf George. »Er hat das alte Haus der Fields gekauft und es wieder hergerichtet.«

»Das kann ich mir denken. Schließlich hat er zwei Passagen gespart! Ganz schön unfair, meine ich.«

»Ich habe ja nicht ausdrücklich auf die Zahlung verzichtet…«

»Miss Ryan hat keine solche Gnadenfrist erhalten, oder? In zwei Jahren kann man immerhin ein kleines Vermögen anhäufen.«

»Es ist einfach unmöglich«, sagte Paul. »Mit dir kann man nicht vernünftig reden.«

»Da du die Großzügigkeit aus meiner Tasche finanzierst, sollte jeder einen gerechten Teil der Beute erhalten, nicht wahr?«

»Miss Ryan war nicht mittellos«, entgegnete Paul mit schneidender Stimme. John wollte nur Charmaine gegen ihn aufbringen. Aber das gelang ihm nicht, denn in ihren Augen zeigte sich keinerlei Empörung. »Sie hatte in Virginia eine gute Stellung und konnte ihre Überfahrt bezahlen.«

»Warum hat sie Richmond dann überhaupt verlassen?«, fragte John.

»Das haben wir bereits erörtert, John. Miss Ryan wollte ein neues Leben beginnen.«

»Nun, daran besteht kein Zweifel.« John grinste, als Paul finster dreinsah. »Ich würde diesen Wade Remmen gern einmal kennenlernen.«

»Er arbeitet in der Sägemühle. Wenn du aus deinem traurigen Zustand irgendwann herauskommst, kannst du ihn ja besuchen.«

Paul trat an den kleinen Tisch und goss drei Gläser Portwein ein. Eines davon reichte er Agatha. Charmaine nahm ihres nur widerstrebend in Empfang und trank einen kleinen Schluck, bevor sie das Glas auf den Tisch stellte. In ihren Augen war der Abend ein weiterer Beweis für die verheerenden Folgen des Alkohols und dafür, welche Wut er in Männern wachrief.

Yvette nutzte die kleine Pause, als die Unterhaltung stockte, und rannte zum Piano. »Johnny«, rief sie aufgeregt, »ich habe eine Überraschung für dich!«

Charmaine zuckte zusammen. *Jetzt kommt es*, dachte sie. John hatte ihre Fähigkeiten bestritten und würde nun erfahren, dass sie das Wenige obendrein noch an seine Schwestern weitergegeben hatte.

»Was denn?«, fragte er ungewohnt sanft.

»Hör einfach zu«, rief Yvette und begann, ihr Lieblingsstück zu spielen.

Charmaine wollte eigentlich zu ihm hinsehen, doch John schien ihren Blick gar nicht wahrzunehmen, so gebannt lauschte er.

»Na, was sagst du?«, fragte Yvette, sobald der letzte Ton verklungen war.

»Ich bin beeindruckt, Yvette. Das war wunderschön!«

Das Mädchen strahlte, und sofort lief Jeannette zum Piano. »Darf ich jetzt auch spielen?«

John nickte, und sie begann. Aber diesmal wanderte sein Blick zu Charmaine. Sie wusste nicht recht, wie sie seinen Gesichtsausdruck deuten sollte. Auf jeden Fall war mehr als nur Überraschung darin zu lesen, und so wagte sie zum ersten Mal ein schüchternes Lächeln.

»Das war ebenfalls wunderschön, Jeannie«, sagte John, als sie fertig war. »Ich nehme an, dass Miss Ryan euch unterrichtet hat.«

Jeannette nickte. »Aber sie musste versprechen, uns nicht zu verraten, weil wir dich überraschen wollten.«

»Jetzt verstehe ich alles«, sagte er und grinste. »Eure

Gouvernante hat überhaupt nicht gespielt, und ihr habt mir Märchen erzählt!«

»Aber nein, Johnny. Mademoiselle hat gespielt. Wir können es doch noch nicht so gut!«

»Sind wir denn schon so gut wie sie?«, fragte Yvette.

»Beinahe, würde ich sagen.« John schien zufrieden, dass er Charmaines Distanz ihm gegenüber überwunden hatte.

Jeannette rannte quer durchs Zimmer zum Schachbrett. »Ich möchte auch gern Schach lernen, Mademoiselle. Sie haben doch versprochen, es mir zu zeigen?«

»Es ist schon so lange her, seit ich zuletzt gespielt habe. Ich fürchte, ich bin keine gute Lehrerin.«

Paul machte das Beste aus der Situation. Er überließ John und George sich selbst und zog sich einen Stuhl ans Spielbrett. »Wir fordern Sie heraus, Miss Ryan«, rief er. Dann beugte er sich zu Jeannette. »Beim Spielen erkläre ich dir die Regeln.«

Charmaine stotterte eine Weile herum. »Ich fürchte, ich… Ich bin kein guter Gegner… Vielleicht möchte ja George an meiner Stelle…«

Doch ihre Versuche trafen auf taube Ohren. Paul stellte die Figuren auf. »Nur Mut, Charmaine. Ich habe auch schon ewig nicht mehr gespielt. Wir dürften also ungefähr gleich stark sein.«

Widerstrebend war Charmaine schließlich einverstanden. Joshua Harrington hatte ihr einst die Anfänge des Spiels beigebracht, aber seitdem hatte sie viel vergessen. Paul würde in kürzester Zeit im Vorteil sein. Ihr war es zwar nicht wichtig, ob sie gewann oder verlor, aber vor seinem Bruder wollte sie sich nicht blamieren. Im Moment sprach John mit George, sodass er ihre Blamage vielleicht gar nicht mitbekam.

»… Aber, George, wenn du Land kaufst, das praktisch

nur aus Sumpf besteht, wirst du in kürzester Zeit in einem Morast aus Schulden versinken, und der kleine Teufel von Anwalt namens Edward ›P.‹ Richecourt wird ständig an deiner Hütte klopfen. Ich weiß, du träumst davon, über Nacht steinreich zu werden, aber wenn du preisgünstige Angebote suchst, wird das nicht passieren. Wenn du dich jedoch von dem Geld trennst, das du gehortet hast, dann habe ich vielleicht ein paar Vorschläge, die dich interessieren und sich im Lauf der Zeit als Glücksfall erweisen könnten.«

Paul sah vom Schachbrett auf und zu John hinüber, doch in diesem Augenblick kam Rose herein. »Wie oft muss ich noch sagen, dass man sich nicht falsch herum auf den Stuhl setzt, John Duvoisin!«

Die ganze Zeit über hatte John auf den hinteren Beinen des Stuhls balanciert, doch nun stand er auf. »Ich mache das, seit ich denken kann, und bin noch kein einziges Mal umgekippt«, bemerkte er gut gelaunt.

»Sie sollen nicht mit mir streiten, Master John!« Die alte Kinderfrau drohte ihm mit dem Finger. »Ich bin zwar älter als Sie, aber für einen Klaps immer noch schnell genug.«

Die Mädchen kicherten. Jeannette hatte die Lust am Schachspielen schnell wieder verloren. »Haben Sie ihm wirklich den Popo verhauen?« Yvette musste lachen, als Paul ängstlich das Gesicht verzog.

»Mehr als nur einmal«, bekräftigte John und legte Nana Rose den Arm um die Schultern. Als er merkte, dass aller Augen auf ihn gerichtet waren, fuhr er fort: »An einen Vorfall kann ich mich besonders gut erinnern. Damals war ich neun – nicht immer eine Glückszahl …«

»Bitte, John«, unterbrach ihn Paul, »ich versuche, mich zu konzentrieren …«

Überraschenderweise verzichtete John auf die Geschichte und drückte Rose noch einmal, bevor er sie losließ. »Schläft Pierre?«

»Wie ein Baby«, flüsterte Rose und setzte sich in der Nähe von Charmaine auf einen Stuhl.

»Er ist ein süßer Kerl«, sagte John mit Blick auf das Schachbrett. »Ich bin beeindruckt, wie gut er für einen Jungen seines Alters schon spricht…«

»Bitte, John«, beschwerte sich Paul, »unterhalte dich doch woanders.«

»Soll das vielleicht heißen, dass ich in meinem eigenen Wohnzimmer nicht mehr reden darf?«, fragte John mit gespielter Unschuld.

Paul drehte sich betont langsam um und sah seinen Bruder an. »Du kannst reden, wo immer du willst. Ich bitte dich nur um etwas Rücksicht, bis ich das Spiel mit Miss Ryan beendet habe.«

»Als Gentleman kann ich dir wohl kaum erlauben, mit Miss Ryan *ein Spiel* zu spielen. Betrachte mich also als ›Anstandsdame‹, als stumme, wohlgemerkt.«

Verärgert fuhr Paul herum und war nervös, weil John über seine Schulter hinweg das Schachbrett sehen konnte. Er rückte mit seinem Läufer fünf Felder diagonal über das Brett vor und bedrohte Charmaines König mit »Schach«.

Nun befand sich Charmaine in einer misslichen Lage – und jedermann sah ihr zu. Nervös tat sie, als ob sie nachdenken müsste, bevor sie ihren König ein Feld weiterrückte. Zu spät merkte sie, dass sie damit die wertvolle Dame geopfert hatte.

Paul verschloss die Augen vor diesem Zug. Wenn er die Dame geschlagen hätte, hätte er damit den König schachmatt gesetzt. Stattdessen griff er nach seinem Läufer. Doch John wischte seine Hand zur Seite. »Was für ein Spielchen spielst du da eigentlich, Paulie?« Mit diesen

Worten packte er Pauls Dame und fegte die weiße Dame vom Brett. »Schachmatt.«

Charmaine sah von Johns drohender Miene auf das Brett hinunter. Sie war tatsächlich schachmatt.

»Diesen Zug konntest du unmöglich übersehen! Oder wolltest du Miss Ryan einen kleinen Sieg gönnen, bevor sie daran glauben muss?«

»Es reicht«, schimpfte Paul. Das Gelächter der Zwillinge fachte seinen Zorn nur weiter an. »Du gehst mir schon den ganzen Abend auf die Nerven.«

»Ist es mir gelungen?«

»Das weißt du verdammt gut«, bellte Paul. Er stand auf und baute sich drohend vor seinem Bruder auf.

»Pass auf, was du sagst«, riet John gut gelaunt. »Es sind Ladys im Raum. Wir müssen uns anständig benehmen.«

»Was weißt du schon von Anstand?«

»Keine Ahnung, Paulie, aber vielleicht könntest du als Meister des Anstands mich aufklären? Warum fängst du nicht mit den Geldbeträgen an, die du auf Espoir investiert hast, und erklärst mir, weshalb du die Entwicklung der Insel vor mir geheim gehalten hast? Oder könntest du mir vielleicht verraten, welcher Anteil meines Gewinns auf Charmantes dort verwendet wird?«

»Endlich kommt der wahre Grund für dein Benehmen zum Vorschein! Warum besprichst du das nicht mit Vater?«

»Ich kenne die Zahlen seit langem.« John lächelte sein schiefes Lächeln. Als Paul George ansah, fügte er hinzu: »Von George habe ich es nicht erfahren.«

»Von wem dann?«

»Von deinem und meinem Rechtsanwalt, dem ehrenwerten Edward Richecourt.«

»Zum Teufel – du lügst«, brüllte Paul. »Er hat den ausdrücklichen Befehl erhalten …« Als ob man ihn erwischt hätte, erstarb seine Stimme mitten im Satz.

Doch John interessierte sich nicht für das, was er bereits wusste. »Vor die Wahl gestellt, hat Mr. Richecourt klugerweise den Mund aufgemacht. Mag sein, dass er mich verachtet, aber er weiß auch, wer ihn eines Tages füttern wird.«

»Na wunderbar!« Paul applaudierte. »Und was willst du damit anfangen? Willst du Vater etwa vorschreiben, wie er sein Vermögen ausgibt? Noch ist es nicht dein Geld.«

»Es könnte mir nicht gleichgültiger sein, wie *Papa* sein Vermögen verwaltet, und die Größe seines Besitzes schert mich ebenfalls nicht. Ich habe persönlich nicht schlecht gewirtschaftet, und im Gegensatz zu dir werde ich das auch weiterhin tun, und zwar ohne einen Penny aus *Papas* Tasche anzunehmen.«

»Wie kannst du mir unterstellen, dass ich Geld aus Vaters Vermögen annehme?«

»Das habe ich nicht unterstellt, Paul. Ich zähle nur die Tatsachen auf.«

»Nun gut, dann erlaube, dass ich ebenfalls ein paar Tatsachen aufzähle, lieber Bruder«, donnerte Paul los. »Im Gegensatz zu dir verlange ich nicht Monat für Monat ein stattliches Gehalt, was dir diese privaten Investitionen erst ermöglicht hat. Ganz zu schweigen vom Kauf der zusätzlichen Plantagen in Virginia. Ja, John, ich weiß ebenso wie du, was vor sich geht! Sagen wir es vielleicht so: Ich habe den Lohn für zehn Jahre, den ich niemals beansprucht habe, auf einmal erhalten.«

»Jede Entlohnung, die ich beanspruche, wird von meinem zukünftigen Erbe abgezogen«, entgegnete John. »Ich gehe jedenfalls davon aus, dass ich in Vaters Testament noch immer an erster Stelle stehe, oder nicht? Es ist doch verblüffend, dass du in diesem Dokument nicht einmal genannt wirst, obwohl du ihm so treu ergeben bist.« John schüttelte den Kopf und schnalzte mit der Zunge. »So gesehen, kostet mich die Entwicklung deiner Insel eine ganze Menge.«

Paul ging auf ihn los, bis sein gerötetes Gesicht nur Inches von dem seines Bruders entfernt war. Seine geballten Fäuste waren schneeweiß. »Diesmal bist du zu weit gegangen!«

Bevor John zuschlagen konnte, fiel ihm George in den Arm. »Du hast entschieden zu viel getrunken«, schimpfte er. Dann machte er Paul Vorwürfe. »Und du hast den Köder auch noch bereitwillig geschluckt! John und ich verabschieden uns hiermit.« Er nickte in die Runde und zog John zur Tür.

Nachdem die beiden gegangen waren, ließ sich Paul auf einen Sessel plumpsen, und Charmaine stieß einen tiefen Seufzer aus.

»Hast du denn völlig den Verstand verloren?«, fragte George empört, als sie Johns Zimmer erreichten. »Warum, zum Teufel, hast du das gesagt? Warum musst du diese Rivalität immer weiter schüren? Es ist doch nicht Pauls Schuld, dass euer Vater ihn vorzieht, oder?«

»Ich kann einfach nicht ertragen, wie er das ausnützt – er ist wahrhaft Daddys Liebling.«

»Mag sein, John, dass er das ist, aber er ist auch derjenige, der in den letzten vier Jahren die Familie zusammengehalten hat. An seiner Schulter konnten sich alle ausweinen, und er hat dafür gesorgt, dass sich die Familie beruhigt und das Leben weitergeht.«

John brummte nur verächtlich, aber George ließ sich nicht beeindrucken. »Es war ein riesiger Fehler, Paul zu unterstellen, dass er Geld unterschlagen hat!«

»Geh mir aus dem Weg, George«, brummte John und schob George zur Seite.

»Ich lasse mich nicht wegschieben«, stellte George fest

und trat noch einen Schritt näher. »Du hast den ganzen Abend lang deinen Zorn abreagiert. Und nicht nur an Paul. Warum, um alles in der Welt, hast du ständig auf Charmaine Ryan herumgehackt?«

»Sie ist doch nur eine geschickte Schauspielerin.«

»Charmaine?«, stieß George ungläubig hervor. »Das meinst du doch nicht im Ernst!«

»Hat sie dich etwa auch eingefangen, George?«

George runzelte die Stirn. »Wovon redest du?«

»Ich habe sie vor ein paar Tagen dabei erwischt, wie sie in meinen Papieren herumgekramt hat.«

»Charmaine? Das kann ich nicht glauben. Bist du sicher?«

»Nein«, entgegnete John sarkastisch. »Es war alles nur Einbildung!«

»Das klingt nicht nach Charmaine! Hat sie es erklärt?«

»Eine lahme Entschuldigung – mehr nicht.«

»Charmaine ist keine Lügnerin«, wiederholte George, »sondern eine ehrliche und anständige junge Lady.«

»Und die Sache mit ihrem Vater?«

»Er hat seine Frau geschlagen, und eines Tages ist die Situation eskaliert. Das Ganze hat nichts mit Charmaine zu tun, und es macht sie verlegen, wenn man sie darauf anspricht.«

»Aha…«, giftete John triumphierend. »Das erklärt immerhin einiges.«

»Lass sie in Ruhe, John, oder du bekommst es mit mir zu tun.«

John war überrascht, wie leidenschaftlich George die Gouvernante verteidigte. Womit hatte sie seinen Bruder und offenbar auch seinen Freund bezaubert? »Weißt du, was, George? Du redest zu viel.«

»Na klar, ich rede zu viel!« George packte John am Arm, als er sich an ihm vorbeidrängen wollte, und zog ihn herum, sodass er ihm ins Gesicht sehen musste. »Irgendjemand muss dir ja mal ein oder zwei Dinge sagen!«

»Du kannst mir auch nicht das sagen, was ich hören will!«, entgegnete John heftig. »Warum gehst du nicht einfach und lässt mich in Ruhe?«

Er riss sich los, aber George war schneller und nahm die Brandyflasche an sich, die auf dem Tisch stand. »Ich kann dir vielleicht nicht sagen, was du hören willst, aber der Brandy wird dir dabei auch nicht helfen. Und selbst wenn das möglich wäre – ich bezweifle, dass die Vergangenheit besser war als die Gegenwart. Du warst drei Tage lang praktisch bewusstlos. Wenn du dich nicht aus dieser Betäubung befreien kannst, so wäre es besser, wenn du gehst. Geh zurück nach Virginia, damit Yvette und Jeannette dich wenigstens so in Erinnerung behalten, wie du vor vier Jahren warst. Der kleine Pierre … nun ja …«

»Mach nur so weiter, George«, stichelte John, während sich der Ausdruck seiner Augen deutlich belebte. »Der kleine Kerl wird sich gar nicht an mich erinnern. Das wolltest du doch sagen?«

»Verdammt, John! Soll er denn aufwachsen und dich nur als Trunkenbold kennen – als sturen Ochsen, der alle um sich herum unglücklich macht? Möchtest du das wirklich?«

Es war völlig sinnlos, ins Bett zu gehen, dachte Charmaine. Sie würde ohnehin nicht schlafen können. Stattdessen überflog sie noch einmal den Brief, den sie von Loretta Harrington erhalten hatte. Ihn zu beantworten, das war jetzt genau die richtige Ablenkung. Sie setzte sich an ihr Pult und griff nach Papier und Feder. Doch als der Brief fertig war, war sie nicht müder als zuvor. Sie hatte über eine Menge Dinge berichtet, aber der größte Teil des Briefes betraf John Duvoisin.

Charmaine starrte auf die Seiten. Ihre wirren Gedanken in Worte zu fassen hatte den Dämon keineswegs gebannt. Eher hatte sie erreicht, dass sich ihr sein Gesicht noch mehr eingebrannt hatte. Sie war wacher als je zuvor in ihrem Leben! Wie sollte sie die Atmosphäre dieses Schlafzimmers genießen, wenn ihre Gedanken immer wieder zu dem Moment zurückkehrten, als John hier eingedrungen war? Warum konnte sie diesen ersten Augenblick nicht vergessen? Warum sah sie alles noch so lebendig vor sich, fühlte noch immer seine Hände, seinen harten Körper, der sich gegen ihren presste, und seinen heißen Atem auf ihrer Wange? *Nein! Ich will nicht an ihn denken! Ich will nicht! Lieber denke ich an Paul. An seinen Kuss vor dem Dinner oder an seine stürmische Umarmung in der Gewitternacht, als* ... Es war zwecklos! Sie musste dem entfliehen. Plötzlich lockte die Nachtluft. Sie dachte an den Garten im Hof... Ja, der Garten, wo sich die Meeresbrise mit dem Blütenduft mischte, dort würde sich das verhasste Bild von John Duvoisin verflüchtigen.

Paul stützte die Ellenbogen auf die Knie und legte sein Kinn auf die gefalteten Hände. Aber gegen das Chaos in seinem Kopf konnte auch die kühle Brise, die vom Ozean hereinwehte, nichts ausrichten. George hatte recht. Den ganzen Abend über hatte er den Hanswurst gespielt und nach der Pfeife seines Bruders getanzt, hatte Charmaine seinen Angriffen ausgesetzt und seine Würde für immer eingebüßt. John würde seine illegitime Geburt niemals vergessen und seine Bemühungen stets ins Lächerliche ziehen, wenn er sich des Namens Duvoisin würdig erweisen wollte. Doch warum kümmerte es ihn überhaupt? *Weil ich John ganz tief in meinem Inneren respektiere,* musste Paul zugeben. Bastard... dieses Etikett, das ihm ein Leben lang anhaftete und ihn verfolgte. Aber bis zu der Nacht vor vier Jahren hatte John sich nie dafür interessiert. Seitdem jedoch benutzte er den Begriff als Waffe, die er bei jeder Gelegenheit einsetzte. Paul stieß die Luft aus und schloss die Augen. Plötzlich stand ihm ihr Vater vor Augen. Hart und erbarmungslos, wie er war. Trotz all seiner Beteuerungen und trotz seines Lobs für seinen adoptierten Sohn war John der legitime Erbe des Familienvermögens, und Pierre folgte ihm in direkter Linie. Vielleicht hatte er kein Recht auf etwas, das er nicht war, kein Recht auf einen Platz in der Ahnenreihe der männlichen Duvoisins, denn die Umstände seiner Geburt versagten ihm diesen Platz. Und sein Temperament. War der heutige Abend nicht Beweis genug? Ein wahrer Gentleman hätte sich niemals so betragen – und zwar ganz gleich, ob er im Recht war oder nicht.

»Guten Abend …«, drang es sanft an sein Ohr.

»Guten Abend«, erwiderte Paul, während er aufstand und einen Schritt auf die weibliche Gestalt zuging. »Ich dachte, Sie würden längst schlafen.«

»Das war unmöglich«, sagte Charmaine schüchtern. »Und was ist mit Ihnen? Konnten Sie auch nicht schlafen?«

»Ich war so vernünftig, es gar nicht erst zu versuchen. Sollen wir ein Stück gehen?«

Ohne Zögern war Charmaine einverstanden. Sie war lediglich ein wenig enttäuscht, als er die Hände auf dem Rücken verschränkte und nachdenklich neben ihr herging.

»Ich möchte mich für das Benehmen meines Bruders entschuldigen«, sagte Paul nach einer Weile. »Und ebenso für mein eigenes. Ich habe John erlaubt, meine Geduld zu strapazieren, und Sie dadurch verletzt. Es tut mir leid, dass ich mein Versprechen nicht gehalten habe.«

Verwirrt sah Charmaine ihn an.

»Vergeben Sie mir?«, fragte er.

»Vergeben? Was, um Himmels willen, sollte ich Ihnen vergeben? Sie sagten, dass Sie mir zur Seite stünden, und das haben Sie getan. Was konnte ich mehr verlangen? Für Ihren Bruder müssen Sie sich wirklich nicht entschuldigen. Das muss er ganz allein besorgen, auch wenn ich nicht damit rechne. Ich bin überrascht, dass man einen solchen Mann als Gentleman bezeichnet. Ich dachte immer, dass Gentlemen die Dinge wie zivilisierte Menschen lösen, so wie Sie das mehrmals während des Abends versucht haben. Aber wenn man es nicht mit einem Gentleman zu tun hat…«

»Charmaine.« Paul lachte leise. Innerlich jubelnd ergriff er ihre Hand und drückte sie. »Die Götter müssen Sie heute Nacht in den Garten geschickt haben… Mit all Ihrer Klarheit und Ihrer Überzeugungskraft.«

»Wie bitte?«

Obgleich sie ein wenig verwirrt war, ließ sie sich von seiner Hochstimmung mitreißen.

»Sie haben soeben mein Selbstbewusstsein wieder hergestellt, und dafür danke ich Ihnen. John kann sehr ernüchternd auf Menschen wirken. Er zwingt einen, sich selbst ins Gesicht zu sehen, auch wenn man das gar nicht will. Heute Abend war ich sein Opfer.«

»Ernüchternd? Im Zusammenhang mit Ihrem Bruder würde mir dieses Wort nie einfallen.«

»So sieht es leider aus«, stimmte er zu. »Aber warten Sie nur, bis er vollkommen nüchtern ist. Sein beißender Witz war heute Abend eher stumpf. Für gewöhnlich ist er noch viel schlimmer.«

»*Noch schlimmer?*« Charmaine war entsetzt. »Wie kann ich ihm nur aus dem Weg gehen?«

Pauls Stimmung war unverändert gut. »Gehen Sie mit den Kindern einfach nach draußen. Das Wetter ist im Moment wunderschön. Die Kinder werden den Tag an der frischen Luft sicher genießen. Sie können ja vielleicht ein Picknick veranstalten.«

»Für morgen ist das eine gute Idee«, entgegnete Charmaine, »aber was sollen wir am nächsten Tag machen? Und am übernächsten?«

»John wird dieser kleinen Spielchen bald überdrüssig werden. Außerdem gibt es keinen Grund, dass er länger auf Charmantes bleibt.«

»Warum ist er überhaupt hier?«

Angesichts ihres Interesses wählte Paul seine Antwort mit Bedacht. »Espoir hat ihn neugierig gemacht. Aber wenn er alles überprüft hat und mit der Sache zufrieden ist, fährt er wieder nach Virginia zurück.«

»Glauben Sie das wirklich?«

»Ich weiß es. Die zukünftigen Schachpartien werden jedenfalls anders verlaufen als heute Nacht.«

»Dann darf ich beim nächsten Mal also gewinnen?«, fragte Charmaine.

Er lachte leise. »Sie haben die Behauptung meines Bruders doch nicht für bare Münze genommen, oder, Mademoiselle?«

»Hat er denn die Wahrheit gesagt? *Wollten* Sie mich gewinnen lassen?«

»Bekomme ich eine Belohnung, wenn ich wahrheitsgemäß antworte?«

Ihre Stimme bebte ein wenig. »Das kommt ganz auf die Forderung an.«

Sein Blick ruhte auf ihren Lippen. »Wie wäre es mit einem Kuss?«

»Also gut«, sagte sie atemlos, als das unbefangene Spiel sie immer weiter auf unbekanntes Terrain entführte.

»Ich würde Sie jedes Spiel gewinnen lassen, solange es mir einen Kuss einträgt.«

Seine Worte gingen im Pochen ihres Herzens und in der Bewegung unter, mit der er sie in seine Arme zog. Sie hob den Kopf und schloss die Augen, überließ sich seinen Lippen und spürte die rauen Haare seines Schnurrbarts auf ihrer Haut. Als sie glaubte, dass er sie nicht noch enger umfassen konnte, packte er sie noch fester. Sein gieriger Mund presste sich schmerzhaft auf ihre Lippen, während seine Zunge sie auseinanderdrängte und ihren Mund eroberte. Dieses Mal wich Charmaine nicht vor ihm zurück, und der wunderbare Augenblick dauerte an. Sie klammerte sich an Paul, damit er sie festhielt, und sie erwiderte seinen Kuss mit ihrer ganzen Leidenschaft. Als seine Lippen über ihren Hals glitten, fühlte sie seinen heißen Atem in ihrem Nacken, sodass ihr ein wohliger Schauer über den Rücken lief. Und nur zu genau hörte sie die zärtlich geflüsterten Worte dicht an ihrem Ohr: »Meine süße Charmaine, meine Sehnsucht bringt mich um den Verstand… ich sehne mich nach dir… ich will dich lieben… komm mit mir in mein Zimmer…«

In diesem Augenblick holte die Wirklichkeit sie ein und vernichtete alle Sehnsucht und alle Erwartung. »Ich kann nicht!«, rief sie und presste ihre Hände gegen seine Brust. »Ich kann es einfach nicht.«

Unter Qualen löste Paul seine Umarmung, und die Frau, die er mehr begehrte als jede andere, verschwand im Schatten der Hecke. Obgleich alles in ihm schmerzte, tröstete er sich mit dem Gedanken, dass die Zeit auf seiner Seite war. Er musste nur warten und noch ein wenig Geduld haben, bis sie sich ihm endgültig ergab.

In der Geborgenheit ihres Zimmers vollzog Charmaine dasselbe Ritual vor dem Zubettgehen wie an jedem Abend, und während ihre Tränen versiegten, erinnerte sie sich an die wunderbare Umarmung. Ja, er hatte es wieder gesagt. Paul begehrte sie so, wie ein Mann eine Frau begehrte, und doch respektierte er sie und zügelte seine Leidenschaft, wenn sie noch nicht bereit für ihn war. Wer weiß – vielleicht würden sie beide im Lauf der Zeit doch noch ein Paar.

Demnächst als Blanvalet-Taschenbuch erhältlich

Die wunderbare Saga um die Gouvernante Charmaine Ryan und die Familie Duvoisin geht weiter.

DeVa Gantt

Der Fluss der Erinnerung

Aus dem Amerikanischen von Monika Koch

Nach dem vorzeitigen Tod der jungen Hausherrin Colette herrscht tiefe Trauer über das hochherrschaftliche Anwesen der Familie Devoisin. Als Frederic Duvoisin ohne Vorwarnung seine Schwägerin und langjährige Geliebte Agatha heiratet, sind Colettes Kinder entsetzt und finden nur bei ihrer Gouvernante Charmaine Schutz. Agatha fühlt sich von ihren Neffen und Nichten gestört und führt ein unbarmherziges Regiment im neuen Haushalt.
Darüber hinaus bricht erneut ein Konkurrenzkampf zwischen Colettes Stiefsöhnen Paul und John um das Familienerbe aus – und plötzlich sehen sich alle gezwungen, sich für eine Seite entscheiden.
Im Zentrum der Intrigen steht die unschuldige Charmaine, die mit gefährlichen Wahrheiten konfrontiert wird und neue Seiten einer Familie entdeckt, die sie einst zu kennen glaubte – und sie muss entscheiden, wer von den Duvoisin ihre Bewunderung, ihren Hohn, ihre Hingabe oder sogar ihr Herz verdient …